『子在川上曰：「逝者如斯夫！不舍昼夜。」』

——《论语·子罕篇》

岁月如斯

符号 / 著

长江出版传媒
湖北人民出版社

图书在版编目(CIP)数据

岁月如斯/符号著.
武汉:湖北人民出版社,2015.5
ISBN 978-7-216-08582-3
Ⅰ.岁… Ⅱ.符… Ⅲ.散文集—中国—当代 Ⅳ.I267
中国版本图书馆 CIP 数据核字(2015)第 092620 号

责任部门:大众纪实分社
责任编辑:邓宁辛
封面设计:蕴博设计
责任校对:范承勇
责任印制:王铁兵
法律顾问:王在刚

出版发行:湖北人民出版社	地址:武汉市雄楚大道 268 号
印刷:武汉市福成启铭彩色印刷包装有限公司	邮编:430070
开本:710 毫米×1010 毫米 1/16	印张:27
字数:470 千字	插页:2
版次:2015 年 5 月第 1 版	印次:2015 年 5 月第 1 次印刷
书号:ISBN 978-7-216-08582-3	定价:48.00 元

本社网址:http://www.hbpp.com.cn
本社旗舰店:http://hbrmcbs.tmall.com
读者服务部电话:027-87679656
投诉举报电话:027-87679757
(图书如出现印装质量问题,由本社负责调换)

目　录

岁月如镜　鉴照我的容颜、脏腑、魂灵……

岁月如梳　梳理我的惦念、省察与遐思……

岁月如盘　盘结我的眷恋、敬畏、向往……

岁月如秤　掂量我的沉重、珍重、厚重……

岁月如诉　倾诉我的所感、所悟、所惑……

岁月如歌　吟唱我的苦歌、甜歌、辣歌……

代序：我的散文写作体验

曾自嘲：我是一只蝙蝠——能飞而非鸟，类鼠非鼠辈，典型的“四不像”。曾身为贱民，享受过“敌我矛盾人民内部矛盾处理”的“待遇”；也曾“殊荣”加身，被人尊作“父母官”；做教师被半路“还俗”，做官是半路“出家”；写作并未成为专业，写杂文是四十岁以后的事；此前诗歌、曲艺、民间传说收集整理，教学论文乃至戏剧、作曲都曾涉猎过，皮毛而已。既然灵魂在炼狱里烧烤过，油锅里煎滚过，历七十年之风雨洗礼，于是浓浓的沧桑感、沉沉的厚重感、深深年轮印迹锲入心灵，决定着我的写作癖好与走向。

所写散文不多，但都是用心来写的。在百余篇怀人、记事、描景、抒怀的篇章中，尽力做到吐真言，写真情，文出于己，己出于心。六十初度写下《我心依旧》；七十光临写了《珍视这份阅历》，是自己不“做生”的一种“做生”。

我写巴金赖鼻饲维持生命类似“植物人”两千多个日日夜夜，依然领导着世界上作家最多的一个协会；媒体发出的是一律微笑的告别照，与他面对人生、面对读者，乃至面对死亡的态度相契合。然而我以为巴金的本质是忧郁的。一辈子的负债感、歉疚感，永远的自问、自责；忧郁的目光，羸弱的身子，瘦削的肩膀，沉思的状态……他是我们的爷爷、尊师、菩萨。他划开自己的伤口，用刀子剜脓血，是世上为数不多的自己给自己下刀子的“医生”。你可以说他的《随想录》检讨批判不够深刻深入；对“文革”悲剧发生的体制根源，没有进行更深的挖掘；可以说他对社会问题介入的深度广度以及不妥协精神，远不如鲁迅；甚至可以说他没有触及整个中国的政治人文环境的实质，可以讽他祥林嫂式的“文革”絮叨，不少政治套语夹杂其间……但是你却无法否定，由他去世形成的空白暂时还无人填补，中国思想史、文学史绕不开《随想录》……

我记沈从文在经历过患精神病和刀片自杀之后，又“自虐”式地斩断文学情缘，躄进故宫那远离风暴的港湾。习惯于世人的侧目而视，自安于卑微、谦和、柔弱的生存状态。他一笔不苟地书写着文物标签，很称职地打扫着历史博物馆的女厕所……一种悲剧色彩的“转业”，一种“干一行爱一行”、“爱一行成一行”的悲壮典型，一种智者无可奈何的“突围”。柔弱里显出湖南人的倔强，谦和中透出土家汉的自信。沈从文这一泓“上善”之水，正由“至柔”而至于“至坚”。当沈老百年之后，我们面对另一种“两个沈从文”现象——被埋没扭曲的“小人物”沈从文，与还历史本来面目的“大师”“大家”沈从文；也面对实际存在的“两种选择”——沈从文自己对历史的选择，与历史对沈从文的选择……

今坊间有顺口溜曰：“人多的会议不重要，重要的会议人不多。”那么是否也可以说：“文章连篇累牍的好的不多；真正的好文章，是悄然而至，独出机杼呢？”小时候父母叮咛：“人多的地方不要去。”尽力避免扎堆、凑热闹、瞎起哄。日后读陆游诗“文章最忌百家衣”，以为与大人的叮咛不谋而合。于是自觉不自觉地将它作为动笔的“潜规则”，即无论在题材、立意、谋篇、布局、遣词、造句上，都力避同他人“撞车”；也本能地厌恶那种装深沉、装深刻、装感动、装激昂以及无病呻吟、鸡毛蒜皮、蜗角打斗、“触蛮”之争一类的劳什子。

我记杂文家牧惠，整个儿就是一个“当代钟馗”的形象，是窥到了真鲁迅的影子；记杂文家陈泽群，我注意抓住他老伴电话里哽咽叙述中的一个细节：当泽群先生得知汶川地震中心就在他小时候就读的都江堰时，全天坐在电视机前边看边流泪，当晚就脑溢血一病不起……同他坎坷的一生一样，他的死，也跟中国大地的苦难连在了一起……

20世纪60年代末的一个冬夜，曾“有幸”从热被窝中被叫醒乘坐军用吉普同曹宗国等参与地区革委会《致敬电》的起草。“受宠若惊”之余，再次体味到“抠脑袋”“做”文章的尴尬与狼狈。“百篇一律”堂而皇之的“致敬”体，同当今依然“长盛未衰”遗体告别仪式上为某些家属字字“较真”的悼词，可并称当今两大八股文体。

于是唯恐避之不及，尽力摆脱，力求有自己的体验，有独有的感受，否则决不动笔。入选于《中国新文学大系1976—2000杂文卷》的《约瑟夫的阶级成分》，记的不过是瑞士圣加仑市郊经营九十五公顷苹果园的农场主约瑟夫——一个脸上有着雀斑、身材颀长的小伙。文章绝大部分篇幅叙事，只在结尾点出：这个标准的地主、地道的资本家、十足的农民、典型的工人、名副其实的科技工作者，还是商人的农场主，到底该给他划什么阶级成分？我们“已有的理论在他面前显得捉襟见肘”，“集地主、资本家、工人、农民、商人、科技工作者于一身”的约瑟夫，“也许正是一种新人，一种超出我们已有理论规范难于界定的新的生产力的代表。”平常的叙事背后，酝酿着是对重大理论问题的质疑与发现。

记北影门前应召的“北漂族”群众演员，他们在银幕上总以远镜头、全景式地展现，永远是背景上的一片模糊，天际的一抹色彩，地平线卷来的潮水，密匝匝簇拥的蜂蚁，是黑压压的一帮乌合之众，一跪一大片、一死一大片的子民、草民……此等感受正基于我对重大社会现象的关注。

写游记我也力避泛泛的见闻叙写。我抓住在南半球“骑在羊背上的国家”澳大利亚三百公里的行程中竟没有见到一位牧羊人的“怪事”，写那里的羊群几百上千只地被牧羊人“丢”在牧场，打出生那一天起即如野生动物一般生长，日晒夜露、历暑经冬。它将我从小熟悉的“鞭儿打在你的身上”式的牧歌，“斜光照墟落，穷巷牛羊归”的放牧模式彻底颠覆……

我写农家的孩子穿着不合身的单衣裤瑟缩于寒风中，鼻尖冻得通红，没有着袜的脚上露出红红的脚踝；写南方淋过雨如镜的路面，农民工背着塑料编织袋返乡的身影，编织袋是他们的“身份证”；写城市路灯下头发蓬松肤如铜色三五成群的男子，以及发育饱满略带土气的女子簇在一块儿闲聊，打闹，以饥饿的眼神茫然投向路过的异性，“春节是他们的情人节”……都源于我对贫困状态下人们的关注与积累。

强烈的冲动催促我倾吐，写散文常常是临时动议，并无严格计划。《现场过招》一篇，题材的获取与写作过程都充满戏剧性。来自湖北的我跑到北京的王府井大街，偶遇上来自河南的民间雕刻家常德明；我由纯粹的节日逛街，到临时起意请他雕像；一向内敛矜持的我，竟在世界最热闹的大街上于众目睽睽之下充当“模特”“展品”。我由常德明的雕凿动作、表情、方式、程序，雕凿的神速与品位，乃至他摊前“古怪”的对联、名人题字、已有的样品，窥探到这位萍水相逢的雕刻家的技艺与素养……拙文写成后，上十家报刊相继刊发。几月后接到了常先生来信：“记不得多少人前来寻观雕像，皆曰读了符先生文而来，使我一时应接不暇。”2006年常先生应邀赴巴黎参加世界博览会，现场为巴黎市长雕像，欧洲媒体纷纷报道；2007年央视国际频道专题报道了常先生的神艺；2008年我将收有《现场过招》的集子寄给常；2008年花城出版社编选《2008中国杂文年选》，我的《庄老夫子，您不该……》一文入选，后记中特地引用了常先生关于“井底之蛙”富有见地的文字；而中国地质大学（武汉）新闻传媒系肖峰教授又将它选入《中外新闻作品研究课程》，都让我始料未及……

有人说小说作者是演员，其真实面目藏在背后；散文作者则如主持人，是在台前，常常是要袒露本色的。“反右”中我向组织主动交出大学时代四大本日记以表忠诚却被丢失从此永劫不复，接着又在友人那里丢失了农场劳动以及刚参加工作的四本日记，此后我已失去叙写回忆录的勇气与雄心了。细节的淡忘，伤口的重新划开，触及灵魂深处的痛处，是一件“短阳寿”的事，此生恐已难于如愿。看来我只能断续写些零碎的文字了！

2009年11月29日

岁月如风　播撒我的过往、当下、未来……

我心依旧

——六十初度抒慨

"花甲",曾在我的视线里属于遥远的概念,一幅并不令我喜爱的画图:额上沟壑,枯发花白,老花镜组装一个老态人生……一个似乎要给人一击的年龄界限,一个要划入老境、退出社会舞台、变作家庭的人的开端,一个价值、光芒将逐步收敛、淡出、退隐的时段,一个容易被年轻人"尊崇"、"照顾"、"敬远"的角色……

然而,随地球旋过二万一千九百转之后,"花甲"这位不速之客,竟也豁然闯进了我的门槛。我不能不面对它的孟浪与唐突!

已无法再过目不忘,也不能再熬夜到凌晨。唯足自欣的是:我心依旧。精神的天地仍处于生命的清晨。"身在曹营心在汉",这个"汉"是血气方刚的青年顶多是个开始谢顶的中年——身入而心未入"曹营"的老年。"自古逢秋悲寂寥,我言秋日胜春朝。晴空一鹤排云上,便引诗情到碧霄。"——刘禹锡诗境即我心境。

半个多世纪的风雨冲刷,曾伤痕累累,棱角磨损多多,但自己是自己的心理医生。在自我医疗调理下,心竟无太多伤痕。关汉卿那颗"压不扁、炒不爆、蒸不烂、煮不熟的响当当的铜豌豆",仍在为我造型!

热心未衰。常处于血涌潮流状态。每遇邪恶,辄怒目相视;感动之处,则热泪盈眶;激动之时,即热血沸腾。看重直觉,器重事实,珍重自己眼睛,相信自己的脑袋。警惕江湖上各色巫医法师,决不与奸佞邪恶为伍。对人力求宽容宽松宽宥宽厚,永远坚信世上依然苦人多好人多。而当有人专横到对我的宽容也不宽容时,就只好坚守、回击,而绝不躲闪退让。

真心不减。决心彻底告别假话、套话、空话、大话、狠话、违心话、昧心话。要么不说,要说我手即写我心,我口即泻我情。本能地厌恶做戏者、面具人,静观其一举一动,肃思其一笑一颦。

恒心不弃。始终笃信水滴石穿、集腋成裘、勤可补拙的箴言,更自信凭已有的腿力，有生之年尚可再翻几座山峰。

不以闲为乐。“闲”于我是行进中的调剂，冲击前的蓄势，小捷后的间歇。过闲即感空虚，不闲倍觉充实。平生乐事在用笔倾吐心曲，在诵读华章佳构，在与同道促膝倾心。

常有苦恼。那是创造中的苦恼，寻求突破前的苦恼，因年龄而致体力、记忆力、联想力倒退的思危性、警示性苦恼，见贤思齐而不得、而少得的饥渴性苦恼。

阅历似乎可圈可点。看岁月风云变幻，各类角色表演半个多世纪；亲身经历的大坎坷小顺利、大顺利小坎坷，皆视作至可宝贵的财富，但决不用作炫耀的资本。

也暂不去进行回忆的翻检，顶多在剖析当今时，顺带捎出些正反阅历以相参照以资佐证。间或也卖卖“老”，那是陶醉于曾做教师的温馨而不自禁，或者在势利眼面前故意摆摆“威风”……

六十初度，心静如水。请老伴摘苏东坡词《水调歌头》行书与我：“世路无穷，劳生有限。笔头千字，胸中万卷。用舍由时，行藏在我，袖手何妨闲处看。身长健。”可算是她、也是东坡先生送给我的生日礼物，自定为后几十年的座右铭！

1998年农历八月廿九日夜

珍视这份阅历

随地球旋过二万五千五百圈之后，我生命的年轮也形成了近七十个同心圈。父亲仅活四十多，母亲熬过六十二，自己则即将迈进古稀今不稀的人生阶段。

六十多年前，我见过美国飞机小钢炮打日本飞机浓烟滚滚的一幕，见过抓壮丁号天哭地的现场，见过赤贫如洗的农家，见过饥民吃大户的画面……从那时起，我的阅历即已打开。

"简师"出身的母亲让我一进校门就上三年级，乡村小学的复式教学又让我不经意间一年学完了两年课程。不满十岁时，我被父亲送到县城上"高小"，我碰上了举城欢迎一个叫胡庶华博士返乡的盛会。我见过竞选"国大代表"沿街摆开的宴席，见到学校隔壁警察局晒太阳面如菜色的妓女……

之后由于家境艰难我报考了中师。在那里，我听到了曾经同毛泽东睡上下铺的周世钊校长讲毛熟读韩愈文章、洗冷水浴、要当秦始皇的故事。迎着1954年的滔滔洪水我以不满十六岁的年龄考入华中师院中文系，跟大我十多岁的"调干生"成了真正的同窗。

家庭成分的连累使我直到大三才入团，我激情满怀地投入了鸣放"整风"。因采访被打成"胡风分子"的业余文学爱好者、学院印刷厂工人熊志成，我以不满二十岁的年龄在复查中被补"派"为"右"；以坦荡的襟怀主动交出四大本日记以证实我的赤诚纯洁，结果反因此罪加一等，划为"极右"。四本上百万字的日记也从此丢失，永劫不复，是永远的痛（如若今日一字不改地原文发表，当是珍贵的"原生态"的历史见证）。于是我选择了去农场，投身到那个由领导干部、农场工人、上海宜昌知青、下放干部、"反党分子"、"右派"、"中右"等多种成分组成的社会。几十年后的事实证明，那里面藏有大量的国家忠良与社会精英。因祸得福我的视野由此豁然展开，阅历又增长了几重。

在那里，我重读了小说《牛虻》，并以牛虻自喻；我订阅了刚刚创刊的《红旗》杂志，一篇不落地细读了近二十年。直到发现跟车越紧撞车的几率也越高时，只好从此做罢。三伏天我给棉田打过十多天的1059剧毒农药；在一个叫李家包的蔽天老林里，放倒过数以百计多人合抱不下的大树去喂“土高炉”；我目睹过生产队里老幼露天排队等吃“公共食堂”的画面；享受过“吃饭不要钱”旋即又以野菜掺麦糠裹腹的生活；我亲历过身边百米远处沮漳大堤溃决的惊心动魄场面；同腹大如鼓的晚期血吸虫病患者同餐共住达一月有余……

一年半后我被“免冠”分配到一所重点高中任教，工资比同期进校的同事差了好几级。当我由高中、初中、中师、师专、学院，直教到大学，由教师而至院长、校长，我恪守的是“给我一个舞台，献你一台好戏”的秘诀。

“文革”中我背着三十四斤的背包历时三十七天由宜昌走到北京，为的是参加一场“圣战”。到北京后，“天派”“地派”的火药味呛得我难以呼吸，带回的是重重的疑虑与败兴。回来后成天围着一个纸糊的叫“叛徒、工贼、反革命”的稻草人口诛笔伐，被戏弄的无奈长袭心头；昔日的师友、身边的同事不少凄然自尽，我的忧思与愤懑也与日俱增……

历史的浪涛于20世纪80年代将我推向了政界，在一个中等城市变成了主管教科文卫的“五品同知”。那种战战兢兢的使命感、受宠若惊的惶惑感，命我夙兴夜寐，如履薄冰，不敢稍有懈怠；贱民的处境、底层的经历，让我懂得如何实在做人，低调做官。注重实情，看重实效，珍重口碑，我没有忘记自己的斤两。“入官随俗”，既无法改变由来已久的某些官场显、潜规则，就只好作“君子远庖厨”式的坚守与回避。

身边有心无旁骛的工作狂、锲而不舍的实干家，也不乏巧言令色的政客、钩心斗角的高手、逢场作戏的方家，正是大开眼界的又一最佳时刻。见识了身边有人一夜暴富腰缠万贯，见识了所在省五位省长副省长相继落马，见识了山区的孩子三年“走”成一个“长征干部”，见识了被“买断”的职工家庭的每况愈下……

身处矛盾的旋涡，面对扑面而来的积弊、时弊、流弊，太多的切肤之痒、之痛，催我于夜深人静拿起了笔。不能以学问为人生，就决心将人生当学问；是乐观的悲观主义者，也是悲观的乐观主义者。我用“豆腐块”表达心声，赞美梁思成、马寅初、黄万里等当代“离朱”，歌吟巴金、沈从文、孙犁等寂寞的“寿者”；讥刺李玉亭式的经济学家，解剖“外方内圆”的大伪大贪；关注“近殿欺佛”的现象，探究未必可以随便闯入的世界。参观了瑞士的农场，发现世界上有一种集地主、资本家、工人、农民、商人、科学工作者于一身的“新人”；从正史野史里，瞧见了既非“重如泰山”也非“轻如鸿毛”、“固有一死”的存在；从源头的腐水长流产生对“流水不腐”的质疑；从“大肚能容”、“开口便笑”的名联发现上下自相矛盾的谬误；从“黄金周”

的喧宾夺主，发出对五一节主题的诘问；从北影门前群众演员的挑选，思索着草根子民的宿命；从盈耳赞歌的没完没了，窥测到“言之太甘，其心必苦”的内里；从引导者被引导者、塑造者被塑造者的人为划分，发现导向的纰漏与缺失……

八百余篇杂文、随笔，八本出版的专集，是我所思所悟所疑所惑的印痕，是从睡眠、休憩、娱乐中“抠”出的时间的转化。不少被媒体转摘、评论，为方家谬奖，被高校、中学选作范文、考题，选入“最佳”、“经典”选集，我知道是半个多世纪的阅历给予我的慷慨馈赠。

20世纪末有幸闯入电脑世界，阅读方式、思维程序、写作习惯都有了大转换，我的阅历猛然间又别有洞天。每当晨起，十指跳跃于键盘，莫名的快感悄然而至，阅读信息，查寻资料，收信发稿；捕捉灵感，铺展构思，改动增删，乃至弄照片、制DVD……是何等的乐哉快哉！

“随心所欲不逾矩”，是体力服输与精神不服输的交合，阅历优势与精力弱势的并存，是白发与童心的交响，“无所畏”与“无所谓”的和谐。我为自己成为“自由王国”的臣民而自慰自欣。

及时清理掉花白的胡须茬，但决不染黑华发装年俏。好奇、好动顽性不改，笃信“老年自有老年美”。依然半夜爬起看球赛，偕老伴西欧、北欧、澳洲四处游。好听从来没听过的音乐，好吃先前不让吃的食品，学起了贾宝玉雪夜闭门读禁书……

无法做到“观书老眼明如镜，论事惊人胆满躯”，毕竟可以“纵浪大化中，不喜亦不惧。应尽便须尽，无复独多虑”。

于是作“自我鉴定”曰：虎年入世，“耳顺”多年，湖湘人士，“倔”性难改。心尚好，仍可固守良知；脑还健，无需他人代思；眼尚明，“河东”“河西”历历在目；听算聪，风声雨声时能入耳。牙缺数颗，犹能“切齿”；发稀多多，已难于“冲冠”。曾腰椎受损，腰板犹挺；今体重稍加，仍可大步。神经未“木”，末梢痛感犹在；血压略高，不时血涌肠热。敲小文忘乎所以，品佳作不时拍案；谈学生如数家珍，结文友可以忘年。娱“静观肃思”之乐，休“思海撷浪”之闲；吐“断思片语”之丝，品“大千百味”之鲜。只管真心一吐，任由他人褒贬！

权作我迎候“三十五公岁”的祝辞吧！

2008年8月29日

心中的八合冲

离开故乡八合冲已经六十一年了！从1947年去县城念高小，到1950年离开攸县一中，再没有踏上这片魂牵梦绕的土地——我心中的圣土，我此生的根。

六十多年的风雨将儿时的影像已冲刷得十分模糊，却依然记得家门前那一大片绿色的田垄以及石桥和桥下嚯嚯作响的瀑布。雨天里一双双四颗铁钉支撑的牛皮木屐在泥泞中"跋涉"，不知今日是否还保留有这种"文物"？田垄右边傍山的是村小，背后有由绿而蓝的层叠山岭。最高峰有一座道观，云遮雾罩，那是乡亲们眼里的气象台。

家门口充当晒场兼乘凉的空地，是夜里追萤火虫的好去处；中秋节同小伙伴们用碎瓦片砌宝塔对着圆月尝月饼，看月中嫦娥、伐桂吴刚，是童年最快活的时刻。荒草中有破旧的牌坊，鹤、鹊、鹿、蝙蝠、八仙一类的彩绘雕塑，若保留至今，足与山西平遥的古建筑相差无几。屋场右边的山包上有几人合抱不下的老枫橡树，蹲在树下面捡枫叶、橡子、捉蚂蚁，是童年最好的游戏。山包下有从集市延伸而来的道路，几家中药店、杂货铺统称李家铺就在路边。依稀记得一位姓聂的同学，就住在这里。最有意思是去八合冲赶集，熙熙攘攘人头攒动，是小孩最盛大的节日。称猪肉用稻草系上，穿绳而过的一小块猪肝，小帽似的搭在肉上面，给人以喜气和美感。春节不叫春节叫"过年"，祭祖后父母让我用毛笔对着鼻尖在红纸上写"元旦发笔，大吉大利"。拜年以蓝色的薯粉皮作招待，豪华的占满整个盘子的雪枣之类，不到年过完是只看不动的。在写着祖籍山东琅琊的祠堂里，吃过带浅灰色皮的羊肉，以为那是世界上最好的吃法……

日本投降那年我七岁，进校就上三年级。此前"简师"毕业的母亲在家中用小黑板教我，她是我人生中的第一任老师。兆璋兄说他也是我母亲的学生。在村小我们对着手绘的国父画像鞠躬，背"革命尚未成功，同志仍须努力"的遗嘱；听老师讲黄兴挑一担大粪逃脱清兵追捕的故事；听戴眼镜的督学讲古代小女孩李寄斩杀毒蛇的传奇……

逃难来八合冲教书的有龙玉润、珠文姐妹，任校长的父亲让我跟她们一起住在学校。珠文老师给我念一本叫《绿野仙踪》的外国童话，一个叫多萝茜小女孩的历险故事。煤油灯下每晚念上一节便催我睡觉，幼小的我每晚都为小女孩的险遇悬心吊胆牵肠挂肚。在书本成为奢侈品的年代，多萝茜同珠文老师一样，都成为我终身的良师，日后每遇困惑、坎坷、挫折能始终保持向上的心态，只有我自己知道，这与八合冲、与龙珠文、与多萝茜，有着不可分的联系。还有三寸金莲年逾八旬的老祖母黑夜里教我背《正气歌》，说是“可以避鬼”，也是渗入骨髓管一辈子的东西……

村小的“复式教学”让我不经意间一年学完了两年课程，九岁多便在父亲的鼓动下去了县城至善高小“跳级”住读。碰上举城欢迎一位叫胡庶华的大胡子博士返回故里，长大以后才知道是我国有名的钢铁专家，北京钢铁学院的首任校长，由此感受到学问的威力和荣耀。八合冲那时最有学问的人要算堂兄符兆璋，他是全冲唯一去省城上高等工业学校的人。前不久他告诉我，他父亲原本是个“守财奴”，却不惜倾其家产把两个儿子送上了高中……

1948 年冬或 1949 年春，我以不到十一岁的年龄再次“跳级”考取攸县初中，学校派专人走四十里地来八合冲报喜，进门就是一挂鞭炮噼里啪啦，像当年祖父考上秀才一样隆重！一起上学的还有念同一年级的叔伯姐姐符西梅、高我一年的符清珠，两位清纯美丽的女孩；高年级有来自扶竹冲的符同生、符竹林，1950 年在全校的掌声中戴着大红花参了军。1949 年暑期我还在扶竹冲上过一个月的私塾，教材是《幼学琼林》“混沌初开，乾坤始奠……”因为与同学睡通铺染上了疥疮，不得不中途辍学，回家用硫黄水洗浴医治。那是我唯一一次上私塾，也是唯一一次去过扶竹冲……

1950 年暑期离开攸县先后去萍乡、长沙念书；1951 年又“跳级”考上了湖南第一师范。1954 年被选送考入华中师范学院中文系，直到在宜昌从教、从政、写作、退休，达半个多世纪。

2009 年母校攸县一中六十大庆，校庆办的陈安国老师通过网络，寻到了我这个六十年前的老校友。在北京我参加了由县、局、校领导参加的校友会，母校的校史展览将我列入其中。攸州网也发布了我的一些信息。

1988 年，时任株洲市政府常务副市长后成为省长的周伯华，两次盛邀我回家乡看看；攸县的领导也正式邀我回母校参加校庆；已五世同堂的利华姐每次写信打电话都要我回她的莲塘盘龙看看；异父同母的利剑弟特地约我回八合冲去感谢四十多年前悉心照顾被遣返回乡的母亲的老支书……然而我始终没有如愿成行！在经济繁荣、交通发达的今天，我为什么六十多年未回老家，其实是处于一种矛盾犹豫的复杂心情之中：狼狈时羞于见她，倒霉时惧怕见她，“得意”时又不愿意以“衣锦还乡”的方式见她……少小离家老未回，乡音早改鬓毛衰，长幼若见谁相识，自知此生何处来！有人说“回不去的地方叫故乡”，看来在我身上是言中了的！八合冲，永远是我记忆中的八合冲，想念中的八合冲，想象中的八合冲！

2011年6月初的一个中午，突然接到乌鲁木齐“陌生人”打来的一个电话，“陌生人”正是60年前参军的学兄、族兄符竹林。由此同故乡中断了六十多年的线顿时连接起来；不到十分钟身在八合冲年逾八旬的堂兄符兆璋、扶竹冲从未见过面的远房堂侄符蒲仔的电话分别打来。一讲就是一个多小时，六十年间积攒的话恨不得一口气淌出……

老子曰：“夫物芸芸，各复归其根。”人类不灭，亲情永在；寻根问祖，天理人情。同全国56个民族、1000多个汉族常用姓氏一样，符姓族群同样是大家庭的一员。资料表明：当今国内符姓人口140多万，国外符姓人口30多万；老《百家姓》中“祖武符刘”符姓排名第138位；新《百家姓》中“娄盖符奚”符姓排名第227位。攸州网上我还查到一篇《攸县姓氏趣谈》，知道全攸县“符姓2154人，扶竹冲、八合冲两个村就有1440人，占全县符姓总人口的70%”。昔时先人为躲避战乱、饥荒，拖家带口流离迁徙，终于聚居于这穷乡僻壤的无名山冲……我以为“扶竹冲”，其实是以符姓命名“符竹冲”的谐音！

于是我想到，眼下各地时兴的兴修家谱，是一种由来已久人心所向的风习。家谱是一个族系的生命史，是以宗族为核心的民间历史档案，是其他形式无可替代的乡村百科全书。不能像过去一个时期那样，过分夸大家族的负面影响，抹杀谱牒文化对稳定社会、维系文化道德传统的积极效用，表现出一种虚无主义的傲慢、偏见与无知。

在攸县、醴陵的符氏后代七修族谱之际，离开八合冲、扶竹冲六十多载的游子、年逾七旬的我，以最虔诚最炽热最圣洁的心，祈祝故乡的亲人们，以自强建设家园，用知识改变命运，迎接既保有原生态又具有现代气息的更秀美、富庶的山冲！

2012年3月1日

我是一只井底蛙

曾一直以为自己是个很“博学”的人。接受过正规的高等教育，读过马恩列斯的著作。当年大学开“马列主义基础”课，教材是《联共（布）党史》，一周六个课时，比任何一门专业课都多。知道社会主义制度优越性在于“有计划，按比例”，“各尽所能，按劳分配”；知道“帝国主义是垂死的垄断的资本主义”；知道集体农庄是农村共产主义的必由之路；知道社会主义“最凶恶的敌人”是党内各种“机会主义分子”。专业开《语言学概论》，教材是斯大林的《马克思主义与语言学问题》，因而知道斯是杰出的政治家、军事家、经济学家兼语言学家的“全才”。“文革”中偶尔有幸读到《参考消息》，知道亚非拉到处在盛赞咱们的“文革”，“世界人民心中永远不落的红太阳”，“世界上还有2/3的劳苦大众生活于水深火热之中”……“凡是敌人反对的我们都要拥护，凡是敌人拥护的我们都要反对”之类的《语录》能背数百条；“右派分子想翻天也翻不了”的《社会主义好》、《公社是朵向阳花》、《无产阶级文化大革命就是好》之类的歌曲会唱上百首；看到“祖国的花朵”最后成为“资产阶级的接班人”；牢记知识分子“夹着尾巴做人”、“脱了裤子割尾巴”、“脱胎换骨”。还知道美国两个有名的作家，一个叫马克・吐温，写过《竞选州长》；一个叫德莱赛，是描写美国工人阶级的。旧中国还有一条“资本家的‘乏走狗’”梁实秋……

20世纪70年代末80年代初，我的“库存”的信息许多遭到颠覆，显出它破败、残缺、虚假、贫乏与偏失的特色。发现自己原本不过就是一只井底蛙，一只受过高等教育的井底蛙。庄老夫子、荀子、韩愈早先嘲笑鄙夷过的“坐井观天”、“井蛙之见”，于本人竟是尺寸正合。

来之不易的“发现”，得益于“真理标准”的讨论，“两个凡是”的败落，长达两个多月“务虚会”的成效，十一届三中全会的功绩，还得益于一系列丛书的出版面世。如四川人民出版社由包遵信、金观涛主编的《走向未来丛书》，由甘阳主编的《文化：中国与世界》，华夏出版社由邓朴方主编的《二十世纪文库》，由汤一介主编的《中国文化书院文库》，湖南教育出版社由王元化主编的《新启蒙》丛刊……严济慈、杜润生、陈翰伯、侯外庐、钟沛璋、钱三强等几十人的顾问，丁学良、王焱、王小强、王岐山、王晓鲁、尹蓝天、包遵信、乐秀成、刘青峰等几十上百人的编委的豪华阵营，几十上百个课题，几十上百个闻所未闻的书名，几十上百个熟悉而陌生作者、译者的名字，如满天星斗闪闪烁烁，似雨后蘑菇星罗棋布。还有李泽厚的美学著作、《第三次浪潮》等，在知识阶层中几乎家喻户晓。读这些书，是"东海之鳖"与"井蛙"的对话，一下让你目瞪口呆，惊喜交加。

在众多的读物面前，在"读书无禁区"的鼓动下，我等贪婪亢奋，饥不择食：狼吞虎咽，囫囵吞枣，半懂不懂，似懂非懂，不知所云，不求甚解，也未必能完全认同。然而这是一个气场，一块磁石，一种氛围，一方水土。它所带来的振聋发聩、拨云退翳的效应，是世所公认、毋庸置疑、始料未及的。它们力图把握当代自然与社会科学的最新成果与特点，从世界观的高度精选各门学科的知识精华，从整个人类文明的曲折发展与更迭中，展现当代自然与社会科学的日新月异，反映人类认识与追求真理的曲折道路，记录一代国人对国家民族命运与人类未来的思考与探索，真正的兼容并蓄，有容乃大，天下视野，江海襟怀！一扫此前的"鸦雀无声"、"万马齐喑"的沉寂。这是迎接新一次真正民族复兴的引入前奏，是迎来思想大解放的曼妙序曲。正如马克思所说："思想的闪电一旦真正射入这块没有触动过的人民的园地，德国人就会解放为人。"

瞧，《人的发现》、《让科学的光芒照亮自己》、《语言学与现代科学》、《现代物理学与东方神秘主义》、《经济控制论》、《在历史的表象背后》、《看不见的手》、《人的现代化》、《西方社会结构的演变》、《摇篮与墓地》、《择优分配原理》、《第三次数学危机》、《凯恩斯革命》、《艺术魅力的探询》、《西方文官系统》、《富饶的贫困》、《儒家文化的困境》、《悲壮的衰落》、《日本为什么成功》、《弗洛伊德著作选》、《梁启超与中国近代思想》、《哲学的还原》、《凯恩斯理论与中国经济》、《社会研究方法》、《发展社会学》、《科学家在社会中的社会角色》、《人口，中国的悬剑》、《理性主义》……还有查建英采访一批知识精英的《八十年代访谈录》，同二十年后三联书店由李陀、北岛主编的《七十年代》，正遥相呼应。由民间编委会组织编辑的数以百计的丛书小册子，呈现出1980年代思想学术界空前的繁荣与活跃。

繁忙的工作之余，我等不得不用有限的时间一目十行，跳跃浏览，手忙脚乱，应接不暇。常常是拣到哪读到哪，翻到哪读到哪，读到哪想到哪，想到哪说到哪。一切都那么新奇，新特，新鲜，新怪！若问哪本书、哪个作者、哪个译者对你影响最大，一时还很难说清。群体性的扑面而来，全方位的熏陶渗透，让人一下意识到自己的井蛙身份与破井欲望。如同恢复高考积压十年考生的涌入，群情迸发不可遏阻，积十余年的阅读能量，此时井喷式的集中释放，出版与阅读的应和，真蔚为壮观。激情燃烧的岁月呵，作者、译者、出版者与读者同时燃烧！打扫“文革”垃圾，涤荡浩劫污泥浊水，原先懒散过剩的时间也骤然金贵，热情的水银柱急剧上升。出版与阅读不约而同形成共识：将耽搁的岁月与损失夺回来，补回来。

周扬在中国社科院召开的纪念“五四”运动60周年学术讨论会上作报告，指出中国人民经历了三次伟大的思想解放运动：“五四”运动是第一次，延安整风运动是第二次，目前正在进行的思想解放运动是第三次。提法是否准确，可以讨论，但是公元1980年代发生在中国大地上的这一次伟大的思想解放运动，则是举世公认毫无疑义的。它使人想到了春秋战国的诸子“百家争鸣”的盛况，由此带来的社会群体性的大吸收，大借鉴，大解放，大探索，势不可当，有口皆碑。真比“五四”还“五四”，比延安更“延安”。20世纪80年代的思想启蒙为后世提供的经验，对后世的影响，随时间的淘洗打磨，将日渐凸显而闪亮。

我于是知道这个世界除了有“事不关己，高高挂起，当面不说，背后乱说”式的“自由主义”，还是一种思潮，一种追求保护个人思想自由、主张以法律限制权力、保障自由贸易的观念，一种用市场经济、透明政治体制保障每一个公民权利的思想流派，也叫“自由主义”。也知道，有“剥削阶级共同的道德原则”、“万恶之源”的个人主义，也还有作为一些国家的思想支柱、根本信条，即最大范围地发挥个人的创造力和主观能动性的个人主义。独立的个人是社会的本源与基础；民主是对个人的尊重；宪政是个人的制度保障；自由、平等、人权是个人的政治诉求；市场经济是对个人经济追求的承认与规范；文学艺术是个人体验个性的表达；生活方式是个人对幸福的追求。个人先于社会而存在，社会、国家是个人为保障自己某种权利或利益而组成的。除了个人的目的，社会或国家没有任何其他目的。此种个人主义，是个人对自己的行为负责，是以不损害他人利益为前提的，同“唯我主义”、“极端利己主义”是不能画等号的。转型期对西方个人主义理论的认同正呈上升趋势，个人主义价值观取向有日渐增长的趋势。

世界原本就是多姿多元的，不能一把尺子量天下，一个巴掌当井天。这当儿听一位学者讲座，讲到人类社会形态的划分，有按生产关系划分的，即原始社会、奴隶制社会、封建制社会、资本主义社会和共产主义社会（其初级阶段是社会主义社会）；有按生产力划分的，为渔猎社会、农业社会、工业社会、信息社会。对于从小只知其一不知其二如我者，头上的天又开阔了许多。还知道“社会主义”也有多种，除了咱们的之外，也还有尼赫鲁、奈温、穆加贝、波尔布特以及父子孙相袭的社会主义……

甚至一本诠释西方抽象画的《画布上的创造》的小册子，也给人以启蒙：所谓

“抽象画”，原有人定位为一种阶级的特性，西方人“吃饱了没事干”而出现的“没落文化”，或者成为某国、某个政治集团特有的专利，其实是不合实情的。如同音符之于管弦乐谱，无需构成生活场景的幻觉，是一种象征性的符号体系。一目了然可辨认的物象写实性绘画，与无可辨认的自然物象、非描述性的绘画语言，正是丹青家族中的一对姐妹。当年中国美术界高层人物对抽象画的否定，对吴冠中画风进行打压，甚而至于反对者由于激昂愤激多次地晕厥到最后殒命。在吴老仙逝后的今日，一切终于可以真相大白了。

门缝里透出了一线亮光，到强烈的阳光照射，让人一下睁不开眼，要流泪，要心悸，要目眩，要头晕。然而阳光对于寻求光明者是不可或缺的。以封闭为幸福、以孤陋寡闻为荣耀的格局终究被打破。不能再做井蛙，不能再坐井观天。阅读无禁区，思考无禁区，探索无禁区，借鉴无禁区。兼容并蓄，有容乃大，正日益成为一种趋势，一种潮流。

此时我等一行，以刘姥姥进大观园的心情，身着紧系风纪扣的中山装南下深圳，则如井蛙出井之见大海，是与丛书阅读相呼应的一次“见广”之旅。当怀揣“边防签证”踏入那片神秘的土地，见到港商住一晚宾馆花去上千元港币；我等一月的工资不够人家请一顿潮州菜的宴席；听到公司员工为老板祝贺生日以为丢尽人格；听到叫爱人为“老婆”，以为是“男女不平等”的铁证；看到官家子弟纷纷下海“春江水暖鸭先知”，而走私、贿赂则大行其道、半似公开，于是惊呼、惊诧、惊叹并起，喝彩、赞同与疑窦同生。人群簇拥的中英边界沙头角小镇，从打火机到电子手表、不打皱的化纤布段、夏士莲护肤霜，到低高档的西装、夹克应有尽有，来这里的人们“出门像公子，抢购像兔子，回去像骡子，结账像傻子”式的采购疯狂，跟面对出版界纷来沓至琳琅满目的丛书小册子，是一样地令人眼花缭乱。当牛仔裤、迪斯科、邓丽君的歌、《乡恋》“靡靡之音”四处传播，井蛙的窘迫、尴尬与渴望，也日渐强烈。

其间我读到斯沫特莱几十年前撰写的《朱德传》，知道朱德先后有四个妻子，早年还吸过大烟。是在赴德留学几个月无法靠岸的海轮上，强迫自己将毒戒掉——非“为尊者讳”的传记写法，让人结识了一位真实的有血有肉的立体伟人，崇敬之情并未消减。相反对于那种人造光环四射的传记，则感到恶心反胃。

此时，《随笔》像香港报刊那样登记一下即予创办，《读书》、《书屋》、《新观察》等也相继出现，如春雨浇灌着干渴的土地。我等也开始陆续知道帕斯捷尔纳克、索尔尼琴，知道《日瓦戈医生》、《古拉格群岛》；知道《赫鲁晓夫回忆录》、《朱可夫回忆录》、《莫洛托夫回忆录》，彼此补充，相互参照，组成了一个个真实的历史断片。90年代初，我到方庄拜访曾彦修（严秀）先生，“高知楼”简陋的小书桌边那数千张卡片令我惊讶，老人就是从这些回忆录中抽丝剥茧，从历史缝隙中有了许多惊人的发现。他说，为什么斯大林老讲“希特勒背信弃义”，而罗斯福、丘吉尔却从来不讲，其中的奥秘促人深思。蓝英年从苏联作协主席法捷耶夫的自杀，剖析当年的实况、从高尔基“十月革命”后享有20多个随从的厚遇，探到他后半生写不出大作品的缘由。加上后来张心阳“无一字无来历”的《带毒的亲吻》的出版，点评勃烈日涅夫、苏斯洛夫、契尔沃年科，都是从这些资料中梳理出的发现。我跟心阳说：“称你们是苏联问题的‘三剑客’，不为过吧！”联想到前年我去河南漯河南街村，看到高耸的华表前数丈高的斯大林彩色画像，民兵24小时日夜“庄严守卫”，斯氏享受他“本国”（有本国吗？）无缘享受的殊荣，真让人尴尬难堪，哭笑不得！

那时还读过由新华社记者郭超人所写的一篇《双流镇调查》：遵照伟人领袖“95%以上的干部和群众是好的或比较好的”的指示，每次政治运动剔除5%“一小撮”，然后剩下的95%又变成下次运动的100%，再剔除5%“一小撮”，如此循环下去，一个叫新店子的小街道，最后“专政对象”达87人，占成年人的74%，完全“干净”的不到26%。一个叫建设一队的“贫下中农”，没有一个能有参军资格。不彻底扫除唯心的阶级估量，就不可能理直气壮地结束二十年来阶级斗争扩大化和绝对化的局面，就不可能义无反顾地把注意力吸引到四个现代化的事业上来。据说该文曾引起高层强烈反响，不久，“阶级斗争为纲”宣布废止，接着是履历表上原先必不可少、打娘肚子里即定终身的“家庭出身”栏目被取消，可算一个不小的“石破天惊”的壮举。

岁月代序，世事变迁。渐渐地“人性”、“人情”、“人道主义”不再那么面目可憎如洪水猛兽；以代表大家抒情为己任的作家不再那么红得发紫；马克思对前期的太平天国“强大革命”的褒扬，对后期“给予民众的惊惶比给予老统治者们的惊惶还要厉害”、“魔鬼的化身”的痛斥，开始耳有所闻。也开始知道，有坚持政党办报政府掌控媒体的国度，也有宪法明文规定政党不许办报、政府不准掌控媒体的国度；有官员必须公开自己的财产接受全民监督的国度，也有将官员财产视为机密的国度；有成天讲资源缺乏危机四伏以激励国人奋发图存的国度，也有成天喜报频传鼓舞国人斗志、生怕因报忧而致悲观沮丧的国度；也终于明白，照相原来也可以照侧面、照背影，可以俯拍、仰拍，顺光、逆光、顶光，不必一律登记照，正襟危坐的登记照，未必就是唯一的模式。

该归位的都该归位，该还原的要着手还原。人间蒸发了的航天动力专家吴仲华终于墙内墙外重新吐香；“出土文物”沈从文，终于重放异彩；二十多年前给“老右”们带来灭顶之灾的“毒汁四溅”的作品，终还原为“迟放的鲜花”；最早写诗讴歌毛泽东、后来被画成嘴里衔着带血屠刀的美女蛇的胡风，也还原其作家的本色；刘文彩院子里设水牢的子虚乌有终于真相披露；暴风雪中草原小姐妹龙梅、玉荣的救命恩人——一个被打成右派、开除公职、送到达茂旗草原劳改的内蒙古人民出版社的编辑哈斯朝鲁，终于得到平反昭雪……先考事实，再讨说法。一切该清理的都是可以清理、可以还原。

国人可作“万岁”考，也可追问“日记何罪”；可剖析“八旗子弟”现象，也可比较《国际歌》与《东方红》的异同；可以评论“处级和尚”、可以议论“武大郎开店”，也可以口诛卖国贼，笔伐“爱国贼”；可以审视显规则，也可以深究“潜规则”；可以重温“历史的先声”，可以直面“历史周期率”的命题；可以从当年阳谋派“右”55万到最后没剩几个的史实，考察“扩大化”的自圆其说；也可以从20世纪60年代初饿死三千多万还是五千多万，追问大饥荒的毋庸回避。允许“交锋”，允许说“不”，允许对“说不”说“不”；允许“不高兴”，允许对“不高兴”不高兴；允许说“被”，允许议论为什么“被”；允许讲“犯错误”，也允许谈“犯正确”；允许议论革命、改良、改善的利弊，也允许探究缩小代价减少折腾的良方。有扬气器，有出气阀，不能自筑壁垒，自己为自己造井。

其间，我又得到一本由汤一介作序的叫作《中西五百年比较》众多高校教授编写的书，将起点定位为16世纪中叶中国同欧洲生产力水平大体处于同一个起跑线的年代。由于政治、经济、思想、文化的多种原因，到了500年后的现在，中国则被越抛越远，大大地落后下来。在如何科学地处理中西文化的关系，即正确对待西方文化和中国文化遗产，如何既摒弃国粹主义又摒弃民族虚无主义，做到“损益古今，权衡中外”，一系列需要冷静思考的问题探索回答。既作纵向又作横向的中西文学比较，法学比较，政治制度、经济体制、经济发展的比较，明白打从五百余年前明朝禁海始，整个中国就不停地进行着“造井”，芸芸众生更被看不见的井壁困住有如铁桶，皇帝老儿、诸多大臣，一律坐井观天；渐渐地大家都麻木迟钝，随遇而安，成为盲蛙、愚蛙。尽管也有着可以跳出的机会，例如16世纪末、17世纪利玛窦等传教士的东来，一批科学技术、天文历算随之传入中国，然而都失之交臂。1717年，号称开明的康熙在所谓“礼仪之争”中下令禁教，一个翻译七千部西方书籍的计划也随之搁浅，再次关闭了中国接纳西方文化的大门……以至今日，同时有八九十个城市宣布要建成“国际性的大都市”，洋洋于“擅一壑之水，而跱埳井之乐”。归有光在《项脊轩志》中说：“余区区处败屋中，方扬眉瞬目，谓有奇景；人知之者，其谓与坎井之蛙何异？”山村的老太婆一辈子没到过县城；头次坐火车的老汉将车上的抽水马桶当脸盆洗脸遭人嗤笑，都是可怜的井蛙的原生态。我写《庄老夫子，您不该……》，其实是在说我自己。

井不是蛙们该待的地方，蛙们也享有神圣的天赋“蛙权”，它们的家园是稻田、池塘、湿洼地，是水陆两个广阔的舞台。它们理当尽兴在水田捕捉害虫、保护庄稼，为人类造福；可以跃入池塘，游泳戏耍，赢得百鸟的喝彩；可以睁着大眼尽赏蓝天白云；可以在洼地草丛仰看夜幕星星的眨眼。于是我加入了蛙鸣的行列，自由地敲着蛙鼓迎接春天。不能以学问当人生，就以人生为学问；是乐观的悲观主义者，也是悲观的乐观主义者。于是以“豆腐干”赞美马寅初、梁思成、黄万里等当代“离朱”；歌吟巴金、沈从文、孙犁等寂寞的“寿者”；解剖“外方内圆”的大贪大伪；讥刺投靠大亨的经济学家李玉亭；关注“近殿欺佛”的现象；探究未必可以随便闯入的世界；瞧见正史野史里既非“重如泰山”也非“轻如鸿毛”累见不鲜的“固有一死”的存在；发现世界上一种集地主、资本家、工人、农民、商人、科学工作者于一身的“新人”；依据“只要你说得对，我们就改正”的理由，指出责难“背后议论”的荒谬；从源头的腐水长流，提出对“流水不腐”的质疑；从“大肚能容”“开口便笑”的名联，发现自相矛盾的谬误；从“黄金周”的喧宾夺主，发出对五一节主题的诘问；从北影门前群众演员的挑选，思索着草根子民的宿命；从盈耳赞歌的没完没了，窥测“言之太甘，其心必苦”的内里；从引导者被引导者、塑造者被塑造者的人为划分，发现导向论的纰漏与缺失；从鸡毛掸子的灰尘“转移”，质疑其保洁功能的名不副实；从“同床异梦”的古今一律、合情合理，回敬其遭受的不白之冤……

是坚定的“事实主义”者，心中永远是事实第一，道理第二。事实决定道理，而非道理决定事实；道理服从事实，而非事实服从道理。透过事实看道理，道理才愈看愈清；道理接受事实的检验，道理才具折服力公信力；道理在事实的基石上升华，凡不接受事实检验或者接受不了事实检验的，都是伪道理，强词道理，短命道理。事实小而道理大、道理多而事实少、企图用道理代替事实的新闻都是蹩脚新闻，冒牌新闻，欺世新闻。可以不讲道理，但是不能不讲事实。不讲事实比不讲道理更可怕。企图用抹煞事实、混淆事实的办法维系道理，是心劳力拙、愚蠢至极的。既不信唯物主义，也不信唯心主义。前者是拜物教，后者是“精神万能”。唯有唯物与唯心的融合，才可能接近真实接近真理。于是说话作文，不在乎得到谁的首肯、赞誉，或责难、贬斥，唯耿耿于几年十几年几十年之后，仍为真知灼见、真情实感、真情实况，还是屁话、废话、笑话……由“超人”规定“礼”的标准，教井蛙们非“礼”勿视，非“礼”勿听，只能使愚蛙、盲蛙的命运永远延续。解放思想首先是解放眼睛，解放耳朵，解放脑袋，解放嘴巴。让比较、借鉴、参照、拿来，成为常规，成为必备。“德”

“赛”两位先生，一个也不能少，我们需要的是“德”“赛”先生兼有的发展观。不能只承认人家自然科学技术发达，社会管理经验先进，而否定人家在思想文化意识形态方面的优势，将它们拒之门外；不能物质产品空前丰富，而精神文化产品却相对单调贫穷；不能经济上改革开放，思想文化上锁国闭关。同国际接轨，既适用于经济领域，也适用于思想文化领域。有人担心门窗打开苍蝇进来，这决不能成为重新关门闭户倒退的理由。何况窗外的空气质量、卫生状况未必就比屋里差，不能将蜜蜂、蝴蝶、蜻蜓，都当成了苍蝇；何况关门闭户会使屋里空气污浊，唯有流通才可能清新；何况人家先进的环保设施与机制也可以引进为我所用。只承认经济范畴的普适价值，而否定乃至惧怕意识形态上的普适价值，是缺乏自信心、维护既得利益的表现，当权者更要警惕自己沦为井蛙的可能。与其沉溺于关门自己给自己作揖，真还不如以博大的襟怀吸收整个世界、整个人类的精华营养壮实自己。那将避免与减少多少社会与历史后遗症，迎来真正的长治久安；也将尽快寻到打开“总是培养不出杰出人才”的“钱学森之问”的钥匙，迎来全民式的精神解放与全方位的民族复兴。

2010年8月29日

早年的那两本书

当进入古稀今不稀的年龄段，半个多世纪前读过的两本书依然像汩汩的山泉滋养我的心田……

日本投降那年，七岁的我在家乡八合冲读小学三年级。启蒙老师龙珠文每晚给我念一本叫《绿野仙踪》的外国童话书——一个叫多萝茜的女孩被旋风吹到了一个遥远的陌生地，决心自己走回家。她遇上了要找脑子的稻草人、找心的铁皮人、找胆的大狮子。他们将壕沟大河甩在身后，让女巫化成水浆，让野狼、野黄蜂、毒蜘蛛纷纷死伤，让颈子伸向天空的怪人败下阵来……终于在善女巫、飞猴、田鼠的帮助下，女孩回到了家，稻草人得到了脑子，铁皮人得到了心，狮子得到了胆——煤油灯下龙老师每晚只念一节，念完便催着去睡。幼小的心每天为多萝茜们牵肠挂肚，泪水涟涟……日后学习中，有一股子犟劲，生活上不怕艰难，仿佛暗中得到了多萝茜的神助；几十年来每遇坎坷、挫折，始终保持良好的心态，只有我自己知道这与从小结识多萝茜有很大的关联。

20世纪50年代初，我在湖南第一师范图书馆重新找到了这本书，就像寻到了失散多年的亲人！这时我才知道译者正是我国著名的儿童文学家陈伯吹，然而走了许多城市的许多书店，都无法购得。直到1999年六一儿童节，我意外地在宜昌新华书店里见到了已列入《世界名著金库》新版的《绿野仙踪》，是我们半个多世纪后的第三次重逢！没有长大的多萝茜仍然是我的“忘年交”，步入中年的我，血液中仍然活跃着多萝茜的因子。我把新版的《绿野仙踪》作为一件非同寻常的礼物送给了孙女遥遥……

而当我上湖南第一师范时，意大利女作家伏尼契的小说《牛虻》刚翻译到中国。岳麓山下的一个深秋的夜晚，曹华同学眉飞色舞地给我讲亚瑟对生父红衣主教蒙泰里尼由崇拜到嫉恨的历程；讲因为不谙世事而导致战友的被捕；讲出狱时女友琼玛那一记沉重的耳光；讲漆黑夜将草帽扔进水中制造自尽假象亡命天涯；讲若干年后笔锋犀利的“牛虻”的诞生……听时的那份动情，以后自己读小说时那种不能自已的境状，至今仍令我唏嘘慨叹。当1957年那场恶风暴雨将我猛击，茕茕孑立中我只有找牛虻，当时我唯一的知音。我眼前又浮现了那扔在水中的草帽……我用仅有的几元钱径直到书店买了一本《牛虻》揣入怀中，告别孤独，没了沮丧。我把去农场视同亚瑟将草帽扔进水中，是“旧我”的死亡；我咬牙要把自己铸造成一个伤痕累累却毫不羸弱的“牛虻”！而1958年草埠湖那一场沮漳河决堤的滚滚大水，将与我朝夕相伴的《牛虻》卷走，我欣慰“牛虻”元素已在我灵魂驻足永远休想卷走。当新世纪到来的时候，我又去书店购买了新版的《牛虻》，我与牛虻再也没有分离。

2012年12月2日

人生三题

热情燃烧

人生之旅，沟坎堑壑，得失荣辱，戏剧性波折，常要遇及。身处其中，最要者莫过于心底热情的始终燃烧。即使是最艰难的日子也不熄灭甚至减弱。热情是进取的原动力，心境的营养品，青春的长驻术。让自己始终处于一种“兴致勃勃”状态，劲鼓鼓全身心地投入每一天，将经手的每一件事都干得像模像样，把各种喜忧成败都作为增长阅历、获取能力、显现价值的人生体验。不哀叹时运之不济，不愤慨命运之不公。命运是不以个人意志为转移的必然与偶然因素的相加。重视与攫取每一个即便是微小的可逢而不可求的机遇，“给我一个舞台，献你一台好戏”。平日大家形同一般，机遇面前即分高下。

相信“天生我材必有用”，不才努力炼成材；相信“车到山前必有路”，无路且用双脚开。“敝帚自珍”，自重自爱，同时也十分珍惜外界真诚求实的鼓励与中肯的逆耳忠言。保持一颗善良、奋发、自信、动人火烫的心。拒绝清闲，拒绝空虚，拒绝“看穿”，拒绝庸人自扰，拒绝时间与精力的无端消耗，拒绝鸡毛蒜皮式的烦恼，拒绝“破罐子破摔”。关汉卿那颗“压不扁、炒不爆、蒸不烂、煮不熟的响当当的铜豌豆”可以自勉；司马迁“文王拘而演周易，仲尼厄而作春秋……”的名言足可自策。

热情非凭空而燃，来自对生活的忠诚，来自对前贤的仰慕，来自对创新的追求。前贤俊杰是我们未晤面的良师，是超越时空的知音。人类拥有这样一批人物连我们也觉风光。他们给我们燃烧的热情源源不断地输送着燃料，“伊兹事之可乐，固圣贤之所钦”（陆机语），创新是高层次的目标追求，是对自我潜能的唤起与调动。每当向新境界探寻，热情的火焰就将熊熊燃烧。熊熊燃烧的热情，直可照亮人生。

有容乃大

为人处世，四条原则似可遵从：一曰有容乃大；二曰成人之美；三曰复杂关系简单化；四曰小事违心大事不违心。

“海纳百川，有容乃大”，这是一种襟怀，一种气度，一种素养。举凡为人为学为文为商为政，都不妨强调一个“容”字，兼容，包容，宽容，容忍。容百家之长，容他人之短，“能容人处且容人”，不犯偏狭、偏执、急性子病。不同观点学派，不妨参照比较，互补发展，不草草定是非，明正误，作结论，不一遇异端、异己，即鸣鼓围攻，铲除务尽。对立两派的人，都可以交为朋友。一时弄不清的问题，沉得住气有雅量，且请时间与实践出面作结。

大家来到这个世界都不容易。这个世界永远是好人多，苦人多。解人一困，胜造七级浮屠，在无损于他人的前提下，尽管去与人为善，成人之美。这个世界头号需要的仍是“雪中炭”、“及时雨”。一个人本事有限，当不了救世主，但至少可以尽其所能，多多助人；至少可以多体谅、理解一点他人，设身处地，将心比心，换位思考。对于那些走门无径、求告无门者则更需要一种强烈的同情心、救助心。对于那些如日方升的好后生，“忘年交”，则尤需以满腔的热情去奉送，为他们“胜于蓝”的佳绩而喝彩。

人世间最复杂的关系莫过于人际关系，为中国传统文化与当前体制所羁绊的人际关系尤甚。倒不如超脱静观，快刀斩乱麻，你复杂我不复杂。不卷入旋涡，惹不起躲得起，有时候尽可以着意糊涂，没必要搞清楚。除非一而再再而三地在你头上拉屎拉尿给予必要适当的反击，一般不予理睬，也不必介意。且任他人臧否，但求无愧我心。赞美歌也罢，扣屎尿盆子也罢，反正自己知道自己的斤两，既不狂妄自大也不妄自菲薄，既不蒙唬自己也不作难他人。

这个世界除了我们自己，还有许许多多的人，不可能什么事全由着自己。即使大人物也无法都唯自己的旨意是从。同事、同学、夫妻、父子、亲友间，哪里不需要和谐相处，息事宁人？不需要谦让、宽容、糊涂、“和稀泥”？而于大事，则当是另一种态度，毫不含糊的坚守，风雨不动的固执，一切谦虚、退让、迁就、违心，一律拒之门外。宁折不弯，“油盐不进”，恪守诚信，固守节操。这里需要的是屈原老头那种“九死不悔”的倔劲，“拗相公”王安石的那股子拗劲。

永远饥渴

据说，饥渴感是健康的一种信息。除却病态之外，一般饭量大、食欲强，表明新陈代谢快，生命力旺盛，所以有少年儿童吃“长饭”的说法。其实也适用于精神生活，不断增强精神食欲，保持精神饥饿感，正是充满生气、永葆青春的要诀。面对沉甸甸的一本本蓄积人类智慧的泱泱大著，你感到如不吮吸简直是枉来了人世“白活了”。一旦捧读产生难以言喻的快感，那么你必是一个心灵的富有者，心境的年轻人。

笔者一直在作这种追求。虽出入于“文山会海”，却心系“文山书海”。没法细读就浏览，不能浏览就挑看，没空挑看就读序跋、目录，先“挂号”日后再“登门”。每读名著华章，高论锦段，即大喜若狂，读之诵之，画之录之，默之韵之。而当作者思想与自己体验相碰撞，击出火花，产生谐振，则更乐不可支，难以名状。此时，年轻人的心境，进取者的激情，也就沛然而生，自我感觉是相当良好的。

耶稣说：“人不能只靠面包过活，你的心灵需要比面包更有营养的东西。”这种营养就是闪烁着人类文明尊严与睿智光芒的书海文林。孔子曰“食不厌精”，正是我们对精神营养品的追求。

无论什么时候都不动摇“知识就是力量”的信念，无论什么“风”什么“潮”，都不怀疑“国运昌盛离不开知识分子”这个时代与历史的走向。

要奉献，首先必须索取。在“为社会付出”同“个人所获”的关系上，用得上“只讲奉献，不讲索取”的流行语。但要奉献得多一点好一点，则必须在精神上多多汲取，对前人与当代成果索取再索取，让自己充实再充实。唯其如此，方能具有雄厚的功底，让不竭的源头流淌出永不干涸的活水。

1995年12月12日

致母校陈老师的信

攸县一中校庆办陈安国老师：

好！

您多方打听，找到了我这个六十年前就读于母校攸县县立初中的老校友，令我十分感动。

我于1938年农历八月廿九日出生于攸县八合冲。1949年考入攸县县立初级中学，就读初一学年，其中新中国成立前后，各一个学期。

岁月遥远，六十年前的往事已记不清楚了。只依稀记得，1948年冬或1949年春，我在攸县城至善小学读了一年半“高小”后，在父母的鼓励下，以不到十一岁的年龄“跳级”报考了县立初中。当时她是全县唯一的初中，全攸县没有高中。当年招收新生100名，发榜后得知被录取在六七十名的位置。当时学校派专人到四十里外的八合冲上门报喜，进门就是一挂鞭炮，噼里啪啦，惊动四邻，如考上秀才一样的风光！

同我一起上学的还有同一年级的叔伯姐姐符西梅，高我一年的叔伯姐姐符清珠，两位文静美丽的女孩！好像还有来自八合冲符家湾高年级的符同生、符竹庭……可惜后来都失去了联系。

来学校报到后不久，我在校园里捡到过一块“袁大头”光洋，当即交给了学校，训育主任在全校“朝会”上表扬我拾金不昧，不少师生投以赞许的目光，也有个别大同学说我太傻不该上交。

学校好像是坐落在一个叫“接官亭”的东郊（不知是不是这几个字），距城关有几里路程。学校不远处有洣水绕过，悠悠静流，是很好的风景。听说水很深的，不敢靠近。附近还有一座风景优美的灵龟峰，曾跟同学去那里玩过。好像国文老师还出过一副上联让同学对下联：“灵龟峰峰上有枫，风吹枫动峰不动。”有人对曰：“丹霞路路边宿鹭，露降鹭知路不知。”还记得同年级中有名每年专替别人代考的叫杨智的同学，成天抱着一本翻破了的《复习大纲》背诵，令我惊讶，却并不让我羡慕……

这年7月初学校提前放假，听说是解放军要打来了。下半年再去上学，学校情形已大不相同。经常扭秧歌，唱《谁养活谁》之类的歌曲，很少读书。高年级同学开始报考“革大”，面试回答“吃得苦中苦，方为人上人”是对还是错一类的问题。晚上大家去城里看部队文工团露天搭台演歌剧《白毛女》、《刘胡兰》，深夜而归。第一次面对假手枪发出的“噼呀、噼呀”的枪声，十分新奇。学校也有一位好像是戏剧学院毕业的老师扮演话剧《血泪仇》的主角，用棉花沾在上嘴唇和下巴上演老农，算是我平生第一次看到了话剧……

第二年我即因故转学江西萍乡，从此离开了母校，离开了攸县，再也没有回来过了。1962年夏，与我同在宜昌师专共事的化学老师刘行兰（男，武汉大学毕业）调往攸县一中任教，我同他提起过攸县上初一的经历。可惜后来也没有同他联系过……六十年过去，岁月沧桑令我感慨不已。

当母校七十华诞之际，我这个年逾七十的老校友，向她致以最真挚最美好的祝贺与祝福！祝她为故乡攸县、湖南、全国乃至世界，培育更多英才！祝故乡攸县更加繁荣幸福！

随信附上个人有关资料，并赠拙书七册，作为给母校生日的薄礼以表拳拳之心。

六十年前的校友符利民（符号）

2009年10月26日于北京

陪四哥回家

——在郭超人纪念铜像揭幕仪式上的讲话

由于社会的变迁、工作的繁忙，超人生前只回过两次故乡、一次母校。如今，他终于可以弥补这一缺陷了。母校"民国三十五年卷宗编号223"的这位初一少年，又可以投入母校的怀抱，重享儿时的温馨，重温魁星阁师长的教诲，又可以倾听校友们的读书声了！在超人过世十周年的日子里，我们作为亲属代表从北京、武汉、宜昌赶来，陪父亲—细爷—四哥回家！

叶落归根，饮水思源——是超人的父亲，也是梅川中学的英语老师郭国勋、母亲蓝修微，给了超人以生命和良好的家庭熏陶（四兄弟一样的字体，一样厚实的英语功底）；是武穴的乡村小学、梅川初中，练就他终身受用的"童子功"。

郭超人的"千里之行"，正是始于黄冈、武穴、梅川脚下的这片土地。当他登上海拔6600米的冰雪营地，一只手拨开水肿的眼皮一只手坚持写《红旗插上地球之巅》；以纵横古今的大手笔写下气壮山河的《驯水记》；以无可辩驳的第一手资料，写下振聋发聩的《安康调查》、《双流调查》系列；以磅礴云天的气势写下经典檄文《历史的审判》；以坚实的步伐走上共和国新闻通讯社的领导岗位，走进中国的新闻史……正是从黄冈、武穴、梅川起步的。郭超人永远是赤诚的鄂东子、广济儿、梅川娃！

研究"郭超人现象"，绕不开黄冈、广济、梅川，就像绕不开武汉、二男中，北京、未名湖；绕不开雪域高原、黄土高坡、巴蜀乡村……也如同研究"黄冈现象"，绕不开李时珍、熊十力、黄侃、汤用彤、殷海光、包惠僧、闻一多、余叔岩、李四光、胡风、王亚南、秦兆阳、闻家驷、郭超人、汤一介……

几年前，我们曾带着孙女到万国公墓看望舅爷爷舅奶奶，在他俩十指紧扣凝视远方的汉白玉雕像前肃穆伫立；如今，我们在这尊仍有着呼吸和体温的青铜雕像前，碰触那熟悉的慈祥、沉稳而深邃的目光，我们依然感觉他就在我们中间！

我们向享誉世界的青年雕塑家蔡志松先生致以深深的敬意！

有作家说："所谓故乡，就是身越走越远、心越走越近的地方。"如今，超人的心同故乡、同母校贴得更亲更紧了。从此他将与学弟学妹们朝夕共处，同大家面对面地倾心交谈关于学业与事业、顺境与逆境、执着与沉着的话题……即使夜深人静，他也会乐意的；他更会以期许的目光，注视着大家从他身边走向生活，走向社会；走向现实，走向理想；走向平凡、走向伟大……

2010年6月29日

心中留有特殊位置的人

收到一本别致的小书:《沧桑记忆》,作者是我五十年前的老上级徐汝潭老人。1961年,时任宜昌师专党委书记兼校长的他,带领工作组来宜昌二高;同年暑假,我即由宜昌二高调宜昌师专。从高手如林的省重点高中挑选一名刚刚摘掉右派帽子、工作两年、仅23岁的青年教师到“最高学府”任教,那种胆识与风险,是不言而喻的。而对于我,那种受到信任与器重后的感动与激励,也同样是刻骨铭心,终身受用的。

平生原谅了非常年月里有意无意或轻或重伤害过我的人,却一辈子无法忘怀有恩于我的诸多好人。极端贫困中支持我上大学的母亲;严寒时节将新卫生裤、呢大衣让给我穿的同窗学长;阳谋“派右”后上车去农场时匆忙递上一本《戴望舒诗选》的挚友;风雨草埠湖慰勉有加的下放干部组长;“希望有一天读到你的书”临别赠言的农场生产队长;将女儿放在我任教的班上的女校长……徐汝潭是又一位在我心中留有特殊位置的人。

那时他是三十多岁的“老革命”。讲话真切真实,自然本色,没有充耳可闻的哼哼哈哈,也不见高台教化的壮语豪言。时光过去半个多世纪,至今仍让人津津乐道感慨良多。当年由山东调来宜昌的吴林柏先生,他亲自去码头迎接;“文革”后吴先生调武大,已离开师专的他又亲自送行。日后当我走上领导岗位,对待教师医生艺术家能够谦卑恭敬,是有意无意地效法于汝潭校长的。每于顺逆之境得意扬扬或者颓唐狼狈时,一想汝潭先生的知遇之恩,则如鲁迅于夜深人静瞥见那深胡子的藤野先生,是为之一振而肃然奋起的。

书名《沧桑记忆》,历史沧桑感扑面而来。封面素洁淡雅,一如他的人生;副题是“留下历史的真实印痕”,“真实”二字,掷地有声,昭示本书的思想分量与价值取向。连绵群山背景下满头银丝矍烁慈祥的头像,显儒雅坦荡的本色。几段格言式的话表白心迹,“回忆是一种精神财富,能讲真心话,是一个社会的成熟”。“我常用《礼记》中的一句话来警示自己:敖不可长,欲不可从,志不可满,乐不可极”……可以窥到文本的内涵与境界。

“祖承美德诚朴在，立身道义任炎凉。”六七岁时行医的父亲让他背《三字经》、《千家诗》，八九岁背《论语》、《大学》。“童子功”决定了他的思想定向与行动轨迹。

《沧桑回忆》是八十多年“历史电影”的片断放映，是献给家人、好友的掏心真言。他记母亲怜悯穷苦人家、同情弱者、好做善事给予他的影响；记 15 岁时被派赶骡子去送公粮；记豫中树林里当面听陈毅、刘伯承的报告；忆自己有惊无险的两年被审查；记亲历的土改复查吊打地主的情节；记肃反中将几位旧职人员说成特务的愧疚与不安；写 1958 年郭老《咒麻雀》的怪诞诗章……

他吟诵苏轼“哀人生之须臾，羡长江之无穷”的诗句；认定“浪费时间就是浪费生活，浪费幸福”的哲理；他掂量蒙田“眼看生命的时光无多，我就愈想增加生命的分量”；他“要千方百计地提高生命质量，硬是要活出味道来，活出兴趣来”；他说“任何一件历史事件都要历史的冲刷，都要由历史老人来评判”；他说“乐观向上是强者的内心袒露，是人生不可或缺的生命之泉”。他 76 岁与电脑“相见恨晚”，他说“网民是撒在 13 亿人民中的红色纪监员”……

“妙笔记流年，诗思如泉。墨滋青山云壑间”——用他赠友人的诗句“回赠”于他，正可谓量身定制。耄耋之年出版的文本，文字虽未能臻于完美、结构也欠完整，然而这是一个耐人咀嚼品味的读本，一叠用生命热血写就的非一般闲情逸致、无病呻吟可望其项背的血性文字。

在虎年元宵到来之际，我恭祝年方四十“公岁”的汝潭先生，南山不老，松鹤永年！也热望同汝潭先生一样的长者，为人间留下更多真而实、真而诚、真而信、真而纯“含真量”高的文字。

2008 年 2 月 7 日

汝潭乃碧潭

汝潭乃碧潭，泽润胜蓝田；汝潭属深潭，沧桑映其间；
汝潭为清潭，澄澈若童眼；汝潭不老潭，烛照似古鉴！
我饮汝潭水，汝潭养我颜；我爱徐公美，美美美汝潭。

——贺徐公汝潭米寿打油

2014 年 6 月 29 日

和柏森戏呈徐校长二首

（一）

汝潭不老潭，寿水映米山。
徐徐清风举，送君上珠巅。

（二）

徐童沐夏雨①，汝翁涵清虚。
潭馨众侣醉，寿贺潭汝徐。

2014 年 7 月 8 日

① 美徐公生日为 7 月 17 日（农历六月十九）。

《静观肃思录》后记

这是我的第三本杂文集——近几年发表于大陆与香港的杂文结集。大抵是政务之余从睡眠、休憩、娱乐中"抠"出的时间的转化。套用时新的"含金量"的说法，是颇有些"含心血量"的。

我从1985年底任宜昌市副市长以来，迄今已届十一个春秋。扪心自问，是尽其所力，不敢懈怠，或者不谦虚地说，任期内各项指标大都实现，在省内乃至全国都有相当的位置。然而我似乎还想在其他方面有所突破，有一点个人的建树，于己有乐，于世有益。于是我终于选择了杂文写作。

有人问我为什么要取用"符号"的笔名，我说符利民乃我的学名，"教名"，"政名"——争取符合人民利益；用"符号"作笔名，无非因为它是一个现成的双音节词，说起来顺口；而与杂文相匹配，多少有点文学气味，较为含蓄。何况人名本来就是一个人的符号，而决无"作号角"、"发号召"之用意。我又说，大凡以"符利民"发表的讲话、文章，则大体代表我所在的岗位，代表职务，代表集体，决非个人的专利；而以"符号"发表的杂文，则是地地道道一笔一画、一字一句出自自己的心与手，属于个人劳作的结晶。

文友杂文家张宿宗曾经写道："符号如有'自知之明'，那么不管从政不从政，哪怕日后终有一天退休而不从政，也将拥有取之不尽用之不竭的财富，凭着它去开发人生价值，去杂文殿堂登堂入室，'潇洒走一回'。"我是很看重这一席话的。我希望文友和读者以"平等"待我之杂文，不以"从政"为尺度，以"官职"论杂文之高下，似乎由于官员中写杂文者屈指可数，因而"物以稀为贵"，发"特别奖"、"鼓励奖"，降格以求。我不希望享受这种"特殊化"，而希望置我的杂文于杂文之林中，"一视同仁"。这并非我的虚妄与自大，而恰恰出于一种自律，或者说自信。

看来我已和杂文结下了难解之缘。这种"情结"恐怕将支配我的后半生。物质上我要求不高，希望简单又简单；政阶上我又颇有点不求"上进"，甚至不止一次地主动放弃某些"机遇"，知我者给予赞许称道，不知者则惊诧莫名。然而于我则是

“叫化子讨米——自找的”。岂但无怨无悔，简直如鸟投林。将潜藏于脑细胞皱褶中的思想文化原质与社会万象相碰撞，与半个多世纪的阅历、经历相掺和，是可以激发出一些思想与文学火花的。既有社会的参与性，又有文学的审美性，这本身就是一种充实，一种快慰，一种非局中人所能体味的享受。实际上也是我的一种选择，一种自娱，一种精神生活的方式，一种将有限创造性置于一种力所能及的方位的合理调配，一种思想与文艺、读书与生活的自我消化与自我营养，也即是一种人生归宿。

我想我其实是想做一个辛勤的制镜人，磨研出一面面小镜子，照面照心，兼照万象；照人照妖，也照自己。拭尘去垢，修身整容。写杂文其实就是在论曲直，评是非，张正义，求净化。我希望为社会做一点思想深化、净化的工作。我希望我的杂文中的见解、提法，经得起时间的洗刷，有“耐压性”，“压”上几年后仍不过时。力避“时潮”包括杂文“时潮”的干扰，不致成为几年、十几年、几十年后读者数落的对象，自己脸烧的原因。

鲁迅先生说希望自己的文章与抨击的丑恶一道“速朽”，其实，丑恶朽了，先生的文章是不会朽的。我倒担心丑恶未朽，而我们的文章却已先朽。我希望对自己的每一篇千字文有限的议论成为某个论题的一次小小的研讨。议“煞有介事”现象也罢，“混珠”现象也罢，“帮倒忙”现象、“假外行”现象、“姓病”现象、“卡拿OK现象”也罢，都不妨作为一个小小的专题研究。我写“政论”——论及政治的论文，我似乎更热衷于写“社论”——论及社会万象的论文。

希望追求杂文中的思想含量与文化含量。我似乎不满意于就问题论问题，就事论事式的浮浅，我倒十分偏爱古代如孟子、老子、庄子、韩、柳、欧、苏，近化如鲁迅、巴金、聂绀弩、林语堂、梁实秋，当代如王蒙、余秋雨、公刘、陈泽群式的杂文与“泛杂文”。我希望力避居高临下式的训导，张牙舞爪式的威猛，而更欣赏绵里藏针，点到为止，应付裕如。我的一些文字，如对民族优秀传统“尽可不必实行‘最彻底的决裂’”，对“有容乃大”的呼唤，对朱丽叶对罗密欧姓氏的表白等，其实都可以单写成一篇长文。我企盼深掘而不浮躁，生动而又充实的“文”“质”并重。自然追求是一回事，实际达到是另一回事，“取乎上，得乎中”也就够了。从来眼高手低，如果眼都不高，那手就更低了。

杂文写作者写作习惯一般有“国画式”与“油画式”两种：“国画式”一气呵成，不打草稿，只打腹稿，无需大改动，即成佳品；“油画式”则是先勾草图，再上单色，再上诸色，以成图画，经历多道“工序”。我写杂文大体属后一种，既然无法文不加点，下笔成文，就只能纵横反复，满纸涂抹，吟哦而出，也是没办法的事。

文友画家刘文湛赠我书法作品一件，上书“静观”两个大字。字遒劲厚重，簇成一团，恰如一条壮汉浑身劲鼓鼓的，像就要往外冒出一样。我爱不释眼、释心，视为座右铭。词典上词汇千千万，刘君专只赠“静观”示字，真是深知我心，正中下怀。习杂文最重要者首推“静观”——冷静之观，清醒之观，超脱之观，重实际之观，不受干扰，不买鼓噪、炒卖的账。力戒过去“热观”、“潮观”、“糊涂观”之弊。静观不仅指对社会万象的冷静观察，也包括对自己作品作冷却式的审视。

静观加肃思。以高度严肃的态度作深层次剖析，探究。对社会负责，对后代负责，对历史负责。而决不趋时赶浪，如矮子看戏——跟随他人说短长；或者信口开河，“使性子”讨彩，任凭意气用事。于是我又请大书法家襄阳王树人赠我以“肃思”二字。

缘于此，当整理完78篇文稿成集时，我蓦地决定：以“静观肃思录”作本集书名。

当本书即将付梓的时候，我要向大力支持她问世的中国三峡出版社社长刘文敏先生及陈胜乐君深深鞠上一躬，并将此献给我的第一位读者与“责任编辑”夫人郭超敩先生。

1996年10月23日

我的"处女作"与写作账单

至今不清楚我的"处女作"是什么、发表于何时。上湖南一师时有作文《哨音》，写解放前童子军军训带来的惊恐，获得老师一连串的红圈和"甲+"的评分，让十三岁的少年热血沸腾，日后我做老师时也那么慷慨地给学生连连打红圈和八九十的高分，是有着自己童年的烙印的——那是我"未成铅字的处女作"；大一的诗作《又是他》，仿效苏联情歌诗人依萨柯夫斯基，以女性的视角描摹对热追男士的惊喜与娇嗔，得到朱伯石教授的高度评价，我认定是我"诗歌的处女作"；1958年"派而为右"在草埠农场写《认罪书》、《思想汇报》，"虔诚"地挖空心思地自我贬损，那布满密密麻麻字迹的底稿可惜被沮漳河的没顶大水冲走，不然我也可以如邵燕祥那样有自己"'找灵魂'的处女作"；1970年代我终于有了见诸铅字的《大字报之歌》、《毛泽东——华国锋》，正是"我的'跟风'处女作"；1978年，我与啸海到兴山、秭归收集整理屈原、王昭君的传说，连发《民间文学》两期两个头组八篇上万字，可算是我的"'合作'处女作"；然后是我给班上一个叫蒋杏的女孩"文革"中举家由姓"蒋"被迫改姓"毛"、"文革"后又还原"蒋"姓的作文《改姓》作点评，发表在当时的《西陵报》，指出"神圣过度就成滑稽"，可算是我的"评论处女作"；1984年，我的同事中不少人参加省成人高考，试卷上有一道"分析《'远方和尚'考》一文的思想主题和表现手法"的考题，作者标明"符利民"——是我在《湖北日报》"热风"栏目五六篇杂文中的一篇。我的"读者"一下猛增好几十万，于是私下认定：这乃是我的"杂文处女作"。

然而我终于发现自己不过是一只井底蛙——一只受过高等教育"博学"的井底蛙。随着"井盖"掀开大缝，发觉已有的知识结构、认知水平那么残缺而破败，不能不面临一个心灵的"拨乱反正"。憋着太多的话需要表达，于是我选择与工作方式大体适应的"豆腐干"写作方式。而这时《宜昌日报》的杨尚聘、胡旭以空前的气魄开辟了"周末漫笔"专栏，一开前后就是七年多；此后又有由《三峡晚报》张泽勇发起的"名家专版"，于是一发而不可收拾，三十多年来已发的杂文随笔900

余篇，于《湖北日报》、《长江日报》、《杂文报》、《杂文月刊》、《今晚报》、《工人日报》、《南方周末》、《南风窗》、《炎黄春秋》、香港《大公报》、《求是》、《人民日报》、《光明日报》、《今日名流》、《讽刺与幽默》、《中国经济时报》、《法制日报》、《科技日报》、《文艺报》、《文学报》、《文汇报》、《解放日报》、《北京日报》、《学习时报》、《重庆日报》、《天津日报》、《湘声报》、《潇湘晨报》、《湖南日报》、《教师报》、《西安日报》、《齐鲁晚报》、《济南时报》、《成都晚报》、《重庆晚报》、《长沙晚报》、《西安晚报》、《四川文学》、《杂文选刊》、《当代杂文》、《读书》、《读者》、《中学生阅读》、《学习月刊》、《文摘周报》、《文摘报》、《文摘旬报》、《报刊文摘》、《中国剪报》、《特别关注》、《青年文摘》、《书摘》、《意林》、《中国老年》、《天津中老年报》等100多个报刊刊发。

入选各选集的篇目有：《约瑟夫的阶级成分》——《1999中国最佳杂文》（辽宁人民出版社）；《笔会文粹默守崇高》（文汇出版社）；《100次尴尬》（四川人民出版社）；《世纪末杂文200篇》（文汇出版社）；《中学生阅读2001佳作·高中版》（漓江出版社2001年）；《中国新文学大系1976—2000杂文卷》（上海文艺出版社）；《左口袋　右口袋》——《2000中国最佳杂文》（辽宁人民出版社）；《2001中国年度最佳杂文》（漓江出版社）；《中国当代杂文经典》（春风文艺出版社2003年）；《阿Q再生记》（天津古籍出版社2003年）；《中国新文学大系1976—2000杂文卷》（上海文艺出版社2009年）；《马燕的漂流瓶》——《2003中国杂文年选》（花城出版社）；《2003中国年度最佳杂文》（漓江出版社）；《杂文选刊》创刊15周年精华本（2003年）；《感动中学生的100篇杂文》（九州出版社2005年）；《中国当代杂文二百家》（2009年10月）；《“侠文化”大炒卖》——《2001中国年度最佳杂文》（漓江出版社）；《中国最佳杂文2001》（辽宁人民出版社2002年）；《震撼大学生的101篇杂文》（内蒙古文化出版社2006年）；《厕所“万花筒”》——《2007中国最佳杂文》（辽宁人民出版社）；《中国的良心》（中国时代经济出版社2008年）；《2008最适合中学生阅读杂文年选》（北方妇女儿童出版社）；《庄老夫子，您不该……》——《2008中国杂文年选》（花城出版社）；《2008最适合中学生阅读杂文年选》（北方妇女儿童出版社）；《不胜任的鸡毛掸子》——《2010中国杂文年选》（花城出版社）；《可以……可以……也可以》——《2010中国杂文精选》、《2010年中国网评年选》（花城出版社）；《世纪初杂文200篇》（文化出版社）；《“揣着糊涂装明白”及反之》——《2010中国最佳杂文选》（辽宁人民出版社）；《同床异梦，古今皆然》——《2011中国杂文年选》（花城出版社）；《且请善待“吐鲁番”》——《2011中国杂文年选》（花城出版社）；《哪里寻“同床同梦”者》——《2010年中国网评年选》（花城出版社）；《虎头山的回归》——《2011中国杂文精选》（长江文艺出版社）；《“手术”的尴尬》——《世纪初杂文200篇》（文化出版社2011年);《一个“井蛙”知识分子的事实主义》——《2011中国最佳杂文选》(辽宁人民出版社);《井蛙感言》——《新启蒙时代年代的阅读》(广东人民出版社),该书封面是本人80年代书房的照片;《“反对”与反“对”》——《2011年中国网评年选》(花城出版社)、《2012中国最佳杂文选》(辽宁人民出版社);《“桥上看风景”与“楼上看你”》——《2012中国杂文年选》(花城出版社);《“可以有”与“真没有”》——《2012中国杂文精选》(长江文艺出版社);《“招”美与审“美”——2013年中国最佳杂文》(辽宁人民出版社);《且说“戾气”——2014中国杂文年选》(花城出版社);《昔文时文的交相融合——2014年中国最佳杂文》(辽宁人民出版社);《两个“半个沈从文”》——《2003中国最佳杂文》(辽宁人民出版社);《2003中国杂文精选》(长江文艺出版社);《名目之惑》——《盛世沉思录》(中国时代经济出版社2009年);《谁能叫世界停止三秒钟》——《2008中国最佳杂文》(辽宁人民出版社);《口碑》——《山月不知心里事》、《〈四川文学〉五十年作品选》(四川文学杂社2006年);《意义的四处翻飞》——《韩非子的笑声》、《〈四川文学〉五十年作品选·散文随笔杂文卷》(四川文学杂社2006年);《安徒生笔下那孩子》——《语文课外阅读》第二册(山东教育出版社2002年);《杂文选刊》金牌栏目书系《愚蠢指数》(2005年);《珍视这份阅历》——《2007中国杂文年选》(花城出版社);《“叟言无忌”》——《2006中国杂文精选》(长江文艺出版社);《农民工的情人节》、《浩浩荡荡“公务”出国游》——《2006中国最佳杂文》(辽宁人民出版社);《“球型典型”的回归》——《2006中国杂文年选》(花城出版社);《“泰山”“鸿毛”之议》——《2005中国杂文精选》(长江文艺出版社);《〈日出〉扉页的引语》——《2005中国杂文年选》(花城出版社);《旧文也能像任意打扮的小姑娘》——《2005中国最佳杂文》(辽宁人民出版社);《“经济学家”李玉亭》——《2004中国杂文年选》(花城出版社);《难能的离朱》——《2004中国最佳杂文》(辽宁人民出版社);《十贪十伪》、《乡下人还是这样的乡下人》——《2002中国最佳杂文》(辽宁人民出版社);《童心中的“黑色幽默”》——《2002中国最佳杂文》(辽宁人民出版社);《谁说咱不阔》——《2001中国最佳杂文》(辽宁人民出版社);《关于“背后议论”的议论》——《2000中国最佳杂文》(辽宁人民出版社);《过往天空的落后操作》——《2000中国最佳杂文》(辽宁人民出版社);《“基本上”跑调》——《2000中国最佳杂文》辽宁人民出版社;《也释“舆论一律”》——《1999中国最佳杂文》(辽宁人民出版社);《“别议”偶拾》——入选《湖北新时期文学大系·散文卷》(长江文艺出版社1999年);《“指议”》、《“地差”说》——《时代的浪花》(湖北人民出版社1999年);《“传媒”杂思二题》——《1999中国最佳杂文》(辽宁人民出版社);《〈魔方启示录〉后记》、《杂文随想》——《中国现代杂文百家百论》(吉林人民出版社1997年);《杂文的魅力》《断思片语(三章)》——《三峡风》(吉林人民出版社1997年);《黠鼠》——《当代散文精品选》(广西民族出版社1993年);《赝品论》——《杂文报十年作品年选》(花山文艺出版社1994年);《关于"叫鸡公同笼"》——《湖北杂文选粹》(长江文艺出版社1991年);《"老油条"品后感》——《湖北杂文选粹》(长江文艺出版社1991年);《路的随想》——《随笔菁华》(天津社会科学院出版社1990年);《话说"屁股指挥脑袋"》——《湖北百人杂文集》(花山文艺出版社1989年);《难以置信后的思考》——《中国广播杂文大观》(中国工人出版社1991年);《杨守敬墓前的沉思》——《宜昌山川胜迹》(湖北人民出版社2005年);《杨守敬文化读本》(湖北人民出版社2006年);《泽被后继　群仰丰碑》——《纪念陈泽群文集》(武汉出版社)……

结集出版了九个专集:《魔方启示录》(长江文艺出版社1990年);《杂文三人集》(花城出版社1994年);《静观肃思录》(中国三峡出版社1997年);《大千百味》(湖北人民出版社1999年);《思海撷浪》(湖北人民出版社2001年);《悟思录》(中国三峡出版社2002年);《左口袋　右口袋》(长江文艺出版社2003年);《敢自嘲者真名士》(长江文艺出版社2007年);《岁月如斯》(湖北人民出版社2014年);《约瑟夫的阶级成分2002年》(金城出版社待出)。

参与主编过《中国现代杂文百家百论》(吉林人民出版社1997年);策划《野马杂文漫画丛书》(长江文艺出版社2003年),其中鄢烈山的《一个人的经典》获第三届鲁迅文学奖,撰写丛书总前言。

2012年,我的《"反对"与反"对"》获中国新闻奖三等奖,杂文入围权威奖项,据说尚属首例;该文同时获湖北新闻奖一等奖、中国报纸副刊年赛金奖。而此前我的《"寂寞"的寿者》、《两个"半个沈从文"》、《农民工的"情人节"》分获中国报纸副刊年赛铜奖,由《四川文学》、《今晚报》、《杂文报》、《求是》杂志等征文中也多次获奖。曾私下认定:获奖或者"遭毙"都不是文章好坏的标准,看几年十几年几十年之后,是屁话废话笑话,还是真知灼见真情实况真情实感那才是真正的标准。但我仍然为得到人们的认可而"敝帚自珍"。

1990年代,济南、扬州一些高中语文课外阅读教材,选有我的《安徒生笔下那孩子》、《"泰山""鸿毛"之议》;而那上百封熟悉和陌生读友乃至监狱囚犯寄来的信件,以及数十首赞誉的诗词,也让我为之动情。

我和宜昌杂文学会的"杂友"们,于1994年、1997年、2000年组织了四川杂文学会、《四川文学》、《三峡晚报》、《当代杂文》,联合举办三届"三峡风"全国杂文研讨会，第一、二届在宜昌，第三届在成都。二十多年来与严秀、牧惠、刘征、邵燕祥、陈四益、黄一龙、朱铁志、鄢烈山、王乾荣、张心阳、杨庆春、徐怀谦、刘齐、杨学武、潘多拉、黄波、宋遂良、张宏遵、韩三洲、张泽勇、张勇、刘玉泉、冯汉斌诸师友的交往，激溅出思想火花，是终身受用的。

三十多年来，有上百篇评论拙文见诸报刊的，如 1990 年《长江开发报》《深层次的“又一村”——读〈魔方启示录〉的启示》丁福村；1991 年《杂文报》1 月 18 日《催军战鼓醒世警钟——评杂文集〈魔方启示录〉》邓黔生；《杂文报》7 月 19 日，杨学武《副市长与“花边文学”——访杂文家符号》；1992 年《杂文界》张宿宗的《西陵峡口升起的三颗新星》第 3 期；《江汉周末》总第 19 期《以杂文闻名的“五品官”》黄兵；1993 年香港《大公报》8 月 28 日、29 日《符号的杂文爱好与追求》杜文远、王长宗；1997 年《杂文报》10 月 21 日《符号杂文的哲理意味》朱铁志；《深圳特区报》11 月 3 日《符号杂文驰骋的天空》苏天生；《湖北日报》12 月 7 日《听海人手记——读符号先生杂文新著〈静观肃思录〉》张永久；《杂文报》9 月 26 日《符号杂文与 MR》金道行；1998 年，《杂文界》第 1 期陈泽群的《可贵的政文兼栖现象》；1999 年，《杂文界》第 1 期《若无八角眼　岂识四方月》刘征；《人民意志报》10 月 21《读〈大千百味〉致符号》任蒙；《中国摄影报》9 月 24 日《珠联璧合　相映成趣——看〈大千百味〉》高峡；2000 年《杂文月刊》第 5 期《上善若水——杂文家符号风采》李华章；《书刊文摘导报》总 32 期《艺苑奇葩　芳香醉人》刘不朽；2003 年《湖北作家》第 2 期《真的杂文真的人》黄波；2006 年《今传媒》——《邹韬奋新闻奖获奖感言：一位报纸编辑的心路》郭兴文；2007 年 1 月 30 日《新民晚报》《总算还好》朱大路；2008 年《杂文月刊》——《超越者的功力》鄢烈山；《2008 中国最佳杂文》序《杂色纷呈》王乾荣；《杂文月刊》——《思想者的火星》刘抗美；2010 年《2010 年中国杂文精选》序《杂文姓杂》向继东；2011 年《文艺新观察》第 2 期《血性文章睿智表达》涂怀章；2012 年《湖北日报》3 月 12 日《敢自嘲者真名士——智者符号》张永久；《三峡文学史》符号杂文专节胡德才；《三峡文化》2014 年第 5 期《符号：士而优则杂文》……

二十三年走过的路

——宜昌市杂文学会换届会上的讲话

宜昌市杂文学会成立于1987年，1991年正式注册，会员120多名。作为本会会长，同大家一道回顾二十三年走过的路是一件很有意思的事。现报告如下。

一、举办了一系列杂文笔会。宜昌市杂文学会与四川省杂文学会、《四川文学》、《三峡晚报》、《当代杂文》，先后于1994年、1997年、2000年联合举办了三届“三峡风”全国杂文研讨会——其中第一、二届在宜昌，第三届在成都举行。活跃于全国的第一流的杂文作家、第一流报刊的杂文编辑云集宜昌、成都，与会者中有严秀、牧惠、邵燕祥、鄢烈山、朱铁志、黄一龙、马识途、流沙河、何同心、罗勇、冉云飞、何三畏、朱大路、闫长龄、何龙、徐列、童志刚、秦海、盛大林、杨庆春、张宿宗、任蒙等。全国各报刊纷纷予以报道。

宜昌市杂文学会、《三峡晚报》还同《长江日报》、湖北省杂文创作委员会于1995年在《长江日报》举办了符号、高峡、杨子《杂文三人集》的作品研讨会，著名作家李蕤、古远清、鄢烈山、涂怀章、苏天生、张宿宗等与会。

我们还先后在本市的三游洞、桃花村、情人泉、宋山、古潮音洞、石牌等地举办过多次杂文笔会，为本地杂文创作的繁荣和杂文作者水平的提高，起到了促进作用。

我会会员符号、杨学武、黄波还两次受邀参加了由《杂文选刊》主办的长春全国杂文笔会，会上的发言被选登在《杂文选刊》上；张勇、刘玉泉还应邀参加了衡阳、绍兴召开的全国杂文笔会。

二、举办了18届“三峡风”全国杂文征文。宜昌市杂文学会以《三峡晚报》为依托，先后与三峡工行、万达房地产公司合作，连续二十二年面向全国征文，发表杂文作品2000多篇，给宜昌和全国的杂文作者提供了写作平台。在座中被提名为下届理事的诸位，不少就是历届杂文征文的获奖者。而来自全国各地的杂文高手如鄢烈山、秦海、杨庆春、陈仓、陈鲁民、郭松民、冯远理等，也都参与了征文活动。

三、拥有众多的杂文园地。《三峡晚报》连续二十二年开辟有杂文征文专栏，在全国具有影响；在社长杨尚聘、副总编胡旭的倡导下，《宜昌日报》(《三峡日报》)于1991—1997年连续8年在“三峡都市版”开辟有“周末漫笔”固定专栏，由林永仁、高峡、金道行、杨子、陈金成、符号轮流供稿，被誉为“高品位的栏目”，影响颇大；在社长张泽勇的倡导下，《三峡晚报》2002—2003年又约请朱铁志、蒋元明、张勇、黄波、陈刚、吕志青、张永久、符号等开辟“名家专栏”(每周一期)；此外《三峡文学》、《三峡文化》、《三峡法制报》、《三峡希望报》,《宜昌文化报》等，都发表不少杂文作品、杂文评论。拥有如此多的杂文园地，在全国中等城市中，是少见的。

四、发表了大批杂文随笔作品。从中央到省市，从南方到北方，几乎所有全国有影响的报刊都发表过宜昌作者的杂文作品。据粗略估计，当在一万篇以上。其中上千篇杂文为《杂文报》、《杂文月刊》、《杂文选刊》、《读者》、《报刊文摘》、《文摘周报》、《文摘报》、《新华文摘》等报刊选用，入选几十家出版社各类《年选》、《精选》、《最佳》、《精粹》等专集一百多种。

其中高峡《填好这一栏》、《也谈“交学费”》两篇收入《中国新文学大系·杂文卷》;《杂文报》“名家专栏”也曾刊发有高峡的作品专版。张勇的《这两座政治名山》入选《中华百年精华》，是极为难得的，该文还选作一个杂文专集的书名；上海文汇出社版的《世纪末杂文200篇》，他一人即有四篇杂文入选。黄波连续多年以每年上百篇杂文作品见诸全国各种报刊；他还为上海《文汇报》等多家报刊开设有专栏；连续多年为多家选本的主编序言中提及，认为是国内颇具潜质值得关注的青年杂文家。符号有三十多篇杂文为二十多家出版社四十多本专集选用，其中《约瑟夫的阶级成分》一篇即收入八个选本；有四所高校，山东、江苏两省的中学课外教材中选有他的杂文作为范文、考题；1993年8月香港《大公报》发表有《符号的爱好与追求》的长篇推介文章。

五、出版了三十多本杂文随笔专集。其中有由《三峡晚报》副刊部主任刘玉泉主编的“三峡风”杂文征文选集《三峡风》；有高峡的《讲假说真录》、《杂文三人集》；林永仁的《晚照集》、《绿草集》；张泽勇的《张泽勇随笔》、《评论集》、《绿园》；张勇《书生之见》；杨学武《盛世明言》、《杂文三人集》、《简单的复杂》、《春明感言》；黄波的《说破英雄惊煞人》、《真实与幻影：近世文人纵横谈》(另有《宁为愤青，不作犬儒》、《成功的为什么是朱元璋》在出版中)；元辰的《悠游人生》、《网上漫语》；徐诗达的《做官的滋味》；杨力的《力人茶坊》；周振林的《夷水夜话》、《评论集》；张立先的《读你自己》；吕祥文的《肩上脚下集》；王应献的《看破与说破》；李沂的《根之花》；符号的《魔方启示录》、《静观肃思录》、《大千百味》、《思海撷浪》、《悟思录》、

《左口袋 右口袋》、《敢自嘲者真名士》等，符号、扬子还参与主编了《当代杂文百家百论》。

六、涌现了一大批杂文作者。从事杂文写作的有高峡、林永仁、张勇、张泽勇、杨学武、黄波、金道行、符号、高登元、吕祥文、徐诗达、曹宗国、元辰、周振林、戴建华、王应献、陈金成、杨虹珊、秦晓梅、骆勇、李全柱、李沂、郭慧、周保平、王佳以及尚未进入本人视线的众多的作者群……

从事杂文评论的有高峡、林永仁、张泽勇、张勇、马启成、黄波、杨学武、杨力、刘不朽、李华章、甘茂华、金道行、杨尚聘、曹宗国、胡旭、刘玉泉、韩永强、吕志青、张永久、刘抗美、陈胜乐、刘小平、符号等数十人。

七、涌现了一批热心杂文事业的组织倡导者。“言论是报纸的旗帜”，已成为许多报社老总的共识。《三峡晚报》前社长高英章、张泽勇，《三峡晚》报副总编、市杂文学会常务副会长张勇，《宜昌日报》(《三峡日报》)前社长林永仁、杨尚聘，总编熊庆文、副总编胡旭、副刊采编部主任韩永强，《中国三峡建设》执行主编张立先等，都为杂文写作的盛兴，为报刊质量的提高，做出过历史性的贡献。

这里要特别提到《三峡晚报》原副刊部主任、市杂文学会秘书长刘玉泉，他为宜昌的杂文事业组织联系，培养作者，多方奔走，付出了不少心血，做出了不可磨灭的贡献。相信他的继任者现副刊部副主任、被提名为学会下届秘书长的冯汉斌，也将发扬这种优良传统，壮大宜昌杂文作者的队伍，把宜昌的杂文事业继续推向前进。

八、拥有大力支持杂文事业的经济后援者。这里特别要提到原三峡工行行长陈焕祥、宜昌万达集团董事长杨伟先生。陈焕祥先生前后九年支持“三峡风”杂文征文活动的开展；杨伟先生迄今已经连续十年支持“三峡风”杂文征文活动。此外杨学武为三届全国杂文笔会的召开，为省《今日名流》、《四川文学》杂文的征文，都提供了有力的支持；葛洲坝电力公司书记徐诗达以及三游洞、三峡人家、宋山、桃花村、人民银行的负责人，都为本会的活动伸出过援助之手。他们表现出的眼光和气魄，是值得我们称道、感激和效法的。

九、有比较宽松的舆论环境。宜昌市各级党政领导和宣传部门的有关负责人，以各自的多种方式表现出的支持和关注，有目共睹，有案可稽，这里就不一一赘述了。

总之，二十三年来，宜昌市杂文学会有活动、有作品、有阵地、有群体、有媒体依托、有组织倡导者、有经济支持者、有较为宽松的舆论环境，这是宜昌市杂文学会二十三年来取得引人瞩目佳绩的重要原因。

在本会长卸任之际，特向下任会长、秘书长、理事和全体同道们提出如下建议。

一、多写。题材、内容、形式不拘，按照广义杂文的尺度，传统杂文、怪味杂文、幽默讽刺小品、随笔、思想性散文、文化散文、时评、寓言、古体诗词（如程建学即将出版的古体诗词《望潮集》）、打油诗（如熊平的《神聊集》）等多种方式，报刊、网络、博客等，都是杂文发表的良好园地。

二、多开展活动。包括不拘形式的神聊聚会、不定期的研讨、恳谈、交流会，在相互切磋中受到启发，不断碰撞出思想的火花。

三、多发展会员。不断发现新苗子、积极分子，特别发展中青年作者，以壮大我们的写作群体。

四、多方寻求支持。争取更多的支持者，为学会活动提供写作阵地、活动场所和经济资助。

在本会长卸任之际，本人感谢诸位的一贯支持。相信在新一届张勇会长，高、黄、杨、王、徐副会长，冯、杨正副秘书长及诸位理事的带领下，一定会作出更加骄人的新的“会绩”、“作绩”。谢谢！

2009年3月14日

附　　录

“和而不同”的文化家庭

——作家符利民（符号）做客《三峡文化》

主持人常东方（以下简称“常”）：今天来到我们栏目做客的是原宜昌市副市长、中国作协会员、湖北省杂文学会副会长、原宜昌市杂文学会会长、教授符利民（笔名符号）先生，我们的话题是“谈家庭和谐”。

符利民先生今年72岁，健康，睿智，和蔼。他一生做过中学老师、大学老师、大学校长、市委宣传部副部长、宜昌市人民政府副市长、宜昌市人大常委会副主任。先后在全国数十家报刊上发表杂文八百余篇；出版有《敢自嘲者真名士》等八本杂文随笔专集；作品数十篇分别收入《中国新文学大系1976—2000杂文卷》、《中国当代杂文二百家》等六十多本选集之中；有的杂文被选入中学生课外读物、高考赏析试题。

符利民夫妇刚参加一代名记者、原新华社社长郭超人纪念铜像在武穴市梅川高中揭幕仪式归来。郭超人是符先生夫人的四哥，武穴是他们的家乡。符先生接受采访时还沉浸在对四哥的思念中，我们能感受到先生难以平静的心情。

我们就接过这个话题，谈起了他同夫人郭超爻的爱情生活。

常：能讲讲您和夫人当年的爱情故事么？

符：可以。我们之间一切都是很自然地发生的。都是华中师院中文系的学生，后来又都分到了宜昌。她漂亮、孤傲、性格内向、爱看小说；我外向，爱好广泛，拉手风琴、吹笛子、演戏、跳舞、打球、游泳、画画……但我们对文学、对社会、对历史的感觉和认知常常是不谋而合的。于是无言靠近，自然结合。彼此不问出身，不问社会关系，不问年龄，不问工资；没有爱的表白，没有声明承诺，心照不宣地走到了一起。

常：性格不同，能相处得好么？

符：我俩的性格是“迥异”的，叫作“和而不同”。经过四十多年的磨合，应该说相处得不错。由于生活习惯、喜怒哀乐的同步，连相貌也有相似之处。有人说我们有点"夫妻相"！生活上我们力求简单，略求精致。物质生活上都没有多高要求。20世纪70年代初，两条三两重的小鱼可以高高兴兴地过春节。两人都比较看重精神生活，以此作为生活质量、"幸福指数"的重要标志，即使在物质与精神的双重重压下也自得其乐。

常：和而不同，怎么才能在"不同"中求和谐？

符："'不同'中求和谐"，就是"互补"——性格互补，知识互补，生活互补，优势互补，叫作"公不离婆，秤不离砣"。我们都以庄子为师，豁达。对书、对画、对文章是所见略同。共同的审美情趣，让我们一道看电视剧《蜗居》、《与青春有关的日子》；一道看俄罗斯300年油画展、中国百年国画展；一道看龙应台的《大江大海1949》，认定为划时代的巨著，是文学版的经典历史教科书。

常：能谈谈你们之间的默契么？

符：鲁迅曾赠何凝（瞿秋白）对联"人生得一知己足矣　斯世当以同怀视之"，我借将过来转赠给她。她就是我的红颜知己，白发知己。我们的客厅挂着一幅条幅是老伴所书："世路无穷　劳生有限　笔头千字　胸中万卷　用舍由时　行藏在我　袖手何妨闲处看　身长健"这是她摘录苏东坡的词书赠予我的，简直是"量身定做"——知我者老伴也！

夫妻和谐的最高境界应当是默契，我们之间常常是不谋而合，不约而同。说来你不一定相信，几十年来，我们彼此都没有叫过对方的名字。为什么？因为默契。你看我的头发，总算"对得起观众"，这都是她理的。我称她为"家庭理发师"。四十多年都没有上过理发店，开始是为省钱，后来是为省事，再后来成了习惯，改不了也不打算改。我当副市长的时候，接受中央电视台现场采访，也没有作什么发式的修饰。

常：为什么能够这么默契？

符：首先是欣赏对方。超叕出身于书香门第，"叕"什么意思？"光明"的意思，是阳光从窗格射出。《康熙字典》和《中华大字典》才有这个字，这是她父亲的主意。父亲是"老武大"，祖父是秀才。土改时烧她家的书，三天三夜没烧完。他们五兄妹写一样的字体，四兄弟英语水平都高。她天资聪颖，基本功扎实，学识颇丰，眼界甚高。在师专教古典文学，听过她的课的学生，没有不喜欢听她讲课的。还是青年教师的她，就被同事戏称为"教授"、"郭老"。在我眼中，是"娇小姐"，"最后的贵族"。身处乖蹇而不自卑，祸加于身而不退缩，时遇顺达依然头脑清醒。外柔而内刚，形弱而质坚。她大哥是黄埔军校第十六期学员，后留校当教官，抗战时期在中缅边境中国远征军中，24岁任少校团长，人品学识都是她最敬重的。1957年被打成"右派"发配潜江劳改，已是共青团员大学生的她，不顾学校警告执意为他送行，为此受到团内警告处分。而当她的四哥担任新华社社长、三届中央委员后，反而从不声张。最"烦"的是老有人在问："你是他亲妹妹吗？"

她写书法称之"画字"，寄情砚墨，释放心灵。读帖而不临帖，信手涂鸦，不拘绳法。内容则广涉古今文论、书论中的佳言妙句，决不写一些用滥了的"现成语"。举凡正楷、行楷、行草、章草，一一尝试。有宗有祖，无派无门；"圈"外试墨，从不参展。"文革"中批她是"养尊处优的资产阶级小姐"，后来干脆把书房取名为"养尊斋"——一个人没有尊严还行吗？

常：几十年来二位红过脸吵过架吗？

符：实话实说，一年总有那么几次，却让生活增添了色彩。"扯皮"方式可各不相同——一个是"吼"，一个是"不惹乎"。不过最多一两天就自然和解了，彼此都不"记仇"。一天晚上她不开灯下台阶（我们的房子是"假复式结构"，屋里有几步台阶），结果摔了一跤，听见她一声叫，吓坏了我，幸亏没出问题，我弄清是怎么回事，就立即大吼起来。我按巴尔扎克笔下的"葛朗台"称她为"郭娘台"。她知道我是担心她也就不吱声。小说电影中常说某某"从来脸都没红过"，古代也有"孟光梁鸿举案齐眉"的美谈，在我们看来，其实都是"理想主义"的虚夸。

常：请问你们谁当家？

符：她当家，我坚持维护"一元化"领导。成家后有十多年她工资比我高两级，现在是倒过来。彼此都从不计较，没有因金钱问题闹过意见。我从不管钱。不会存款取款，记不住密码，不会交电费、电话费，一切由她担当。1976年暑假坐火车回老家，好不容易托人买到两张特快车票，她硬是跑到火车站换成了普快；吃白菜先拣边上黄的吃，待到心子黄了又吃黄的。我们自嘲为"吃边叶思维模式"。

常：你们谁做家务？

符：都做。除了每天坚持到"中国宜昌滨江公园风景区"旅游外，也把家庭劳动作为健身的一部分。不过她干的是技术含量高的细致活，我干的是洗碗扫地一类没技术含量的粗活。她负责买菜，她每次买菜回家，我必上前迎候以示慰劳。她知道我从小在湖南喜欢吃椿芽、中年起又爱上了蕨儿根，她就不管贵不贵，只要看见都给我买。

常：你们如何保持一种平常宽适的心态？

符：首先是，顺其自然。吃饭吃到自然饱，睡觉睡到自然醒，不跟自己"过不去"。比如人老了头发就白了，我们的态度是及时清理掉花白的胡须茬，但决不染黑华发装年俏，相信"老年自有老年美"。进入古稀今不稀的年龄段，我仍然是玩性不改——顽性不改。依然半夜爬起来看世界杯；好听先前没听过的声音，好吃先前没吃过的食品，好写自己想写的文，学起了贾宝玉"雪夜闭门读禁书"……虽不能做到"观书老眼明如镜，论事惊人胆满躯"，毕竟可以"纵浪大化中，不喜亦不惧。应尽便须尽，无复独多虑"。

常：您平日喜欢读些什么报刊？

符：我多年阅读的有《随笔》、《文学自由谈》、《炎黄春秋》、《南方周末》、《文摘周报》等，还有网友发来的海内外各种信息资料，叫作"阅读无禁区"，"思考无禁区"。

常：你们什么时候学会用电脑的？每天上网吗？

符：使用电脑我已经有十多年的历史。出版的杂文集中后有四本是用电脑写作的。阅读方式、思维程序、写作习惯都有了大转换。每当晨起，十指跳跃于键盘，有一种悄然而至的莫名快感，阅读信息，查寻资料，收信发稿；捕捉灵感，铺展构思，改动增删，真是悠哉快哉！

全家五口人五台电脑，互不干扰。在电脑权威儿子的耳提面命下，还学会了修理数码照片、听 MP3、玩 PPS、操作 MSN、制作 DVD 呢。

常：夫人对您的写作有帮助吗？

符：她是我的第一个读者，也是第一位责编。不过她架子大着呢，不三请四催不会答应。六个字可以概括她的功劳，这就是："把脉，出招，警醒。"发现问题直来直去："毫无新意"，"用典有错"，"细节有问题"……从不拐弯抹角。她认定的文章外边必用，由她"枪毙"了的文章就不往外投了。

常：有人说你们是两只候鸟，是这样吗？

符：儿子、媳妇、孙女儿在北京，我们退休后，夏秋北上，春冬南下。夏天北京比宜昌凉快，秋天秋高气爽；冬天宜昌湿润一些，春天可以躲过北京的风沙。两地居住，与孩子们有分有合，既享受了亲情，又保持了各自的自由和新鲜感。还可以转换视角，站在北京看宜昌，站在宜昌看北京，"客"观"主"观加"旁"观，可以获得不少新的感悟，新的体验。前些年一篇小文《站在北京看宜昌》，《三峡晚报》刊出后，当时的市委书记在三级干部大会上念了起来，让不少人惊讶。

常：你们怎样与下一代、下两代相处的呢？

符：我们这个家，一屋子的大学生。大家的相处叫作"亲密有间"——三代人都有自己的空间，表达亲情的方式也特别。比如我从不过生日，连祝贺都不要，大家就都尊重。老伴儿七十岁，孙女用她的零花钱买了一个用蜡烛做的带"70"字样的小礼品，让奶奶感动得不得了。儿子上清华，有一年春节没回家，特地寄回一张自制的贺年卡，熟悉的笔迹写着："父兮生我，母兮鞠我/拊我畜我，长我育我/顾我复我，出入腹我/欲报之德，昊天罔极……"我同老伴一连读了好几遍，眼睛不禁湿润。儿子是学理工的，居然从《诗经·蓼莪》篇中摘到这样的诗句，表达自己对父母的深情，真是有心！二十多年过去，至今想起来心头仍是暖暖的……尽管儿子教学电脑训起来像训儿子，但一有假期，就由他一人驾车，带着我们去平遥、五台山、青岛、烟台、沈阳、安阳、西安、延安、呼和浩特到处游；我在任期间出国少，老伴儿一次也没出去过，他们就安排我们先后去西欧、北欧、澳洲四处游。

儿媳妇出差非洲，那里的木雕特有名，想到我们喜欢木雕，就抱了一个又大又沉的黑人头像回来，真是难为她了！他们出差多，无论到哪里都会及时打来电话，报个平安。

代沟？一代人与一代人之间，没"沟"是不可能的。不同的生活需求、思维方式、价值标准乃至日常习惯，怎么可能一致？老人怕高盐、高糖、高脂，好吃清淡，年轻人需要油水，喜欢味大；空调他们要低，我们要高；看电视我们声音要大，他们声音要小；走路我们慢步而行，他们快步如飞；老人陈年烂芝麻，好"讲古"，年轻人怕啰唆，老人却喜欢有人听他啰唆。我们的办法是尽量避免啰唆，避免自己成为"祥林嫂"。代沟的深浅其实取决于共识的多少与彼此能否兼顾。

常：你们的儿子媳妇都是很有出息的，请问当年你们是如何教育他们的？

符：还没有大讲计划生育的年代，我们即选择了只要一个儿子，力求少而精。俗话说："根柴莫烧，独子莫娇。"那时候买煤得自己挑，我前面挑一副大箩筐，儿子在后面挑一副小箩筐。母亲下乡搞教改，儿子从小学会自己洗衣服，冬天小手冻得通红、皴裂，也仍然坚持。学习上我们对儿子不提出什么特别要求，主要是家庭文化气氛的影响，潜移默化。他每天清早从师专跑步到火车站，然后折回，没有谁督促他；学校的作业他在学校做完，在家里则按计划自学。初一时买了一套数理化自学丛书，一放学就一道一道地挨着做，到初三已把高中的数理化自学完，到高中就是复习了。上初二的时候，参加宜昌市初中组作文竞赛得第一名，文章是改写白居易的《缭绫》诗，他说他早读过，问他是从哪里读过，他说是从书架上翻出来的一本书上读到的。上初三他参加高中组的作文竞赛，得了第二名，第一名是我的学生。1981年高考，他是宜昌市总分的第二名。对儿子，我很少批评；老伴则是从来就没批评过，只有欣赏和信任。

常：谈谈你们的孙女吧。

符：对孙女遥遥，我们也是欣赏有加，而且越来越欣赏。她是家庭照坐中间的人物，也是英语水平最高的人物。不久前获得英语论文竞赛北京二外一等奖，叫我

们高兴得不行……①

常：能谈谈您的儿媳妇吗？

符：儿媳妇过去是我的学生，班上团支部书记。我是她中学时的班主任，不过并没有充当红娘。她武大毕业后，被挑选到团中央国际部，后送莫斯科大学进修，现在是全国妇联国际联络部副部长②。她实际上充当儿媳妇兼女儿的双重角色。

常：你们真是一个文化家庭，在这样的家庭中平日开玩笑说笑话么？

符：开玩笑、说笑话是经常的。老伴儿被我们称为"模范共产党员"，"典故"出自李瑞环视察宜昌时在桃花岭讲的一个故事，有干部下乡调研问老大爷："共产党员是什么性质？"老大爷朗声回答："急性子。"大家一阵大笑，从此，这"模范党员"就成了"急性子"的代名词。老伴儿性子急，我们就喊她"模范党员"。前几天儿子跟我们用视频对话，北京热他打个赤膊，一上来就说："我穿的皇帝的新衣啊！"孙女识不得几个字的时候，把"遗憾"读成了"贵感"，"万不得已"读成了"万不得己"，现在"贵感"和"万不得己"就成了家里的通用语言，说的时候，总会伴着笑声。

常：你们现在主要同哪些朋友交往？

符：有文友，有学生、青年人、谈得来的人，信息量大的人、包括至今没见面的朋友，不分职业，不分年龄。"亲近客套少，知己笑谈多"，知心朋友是患难之交，剖心之交！不喜欢那种装腔作势的人，"言之太甘"的人。

常：听了符先生的谈话，仿佛走进了他们和谐优雅温馨的家庭，一切都是那么美好。先生在接受邀请时就说了，"力求不讲道理、特别是大道理，最好采用'拉家常'的方式。以教师、作家、老人的身份谈家庭，谈文化，不希望以原副市长的身份谈，淡化教条，淡化官味，不贴标签"。所以这里我们也不敢贴标签了，就把先生的谈话记录在此吧。

2010年6月17日

[原载《三峡文化》（家庭读本）2010年第5期]

① 符遥已于2011年赴美攻读新闻传媒硕士学位，2014年学成回国，现为《中国新闻周刊》记者。——编者注

② 2012年任国际联络部部长。——编者注

艾鹤年书札

符公利民兄

郭教授座右：

正月十四日晨读报得悉符公《敢自嘲者真名士》一书杀青问世，内心窃自不无向往也。午间，报社转来一大摞邮件，该书竟然以亮丽超俗之装潢赫列其内，且有作者题赠语和签名于扉页上，喜何如之！相声中有一个段子《扒马褂》，其贯索性情节："窗外飞来一只烤鸭子。"《敢自嘲者真名士》忽悠悠遽来顾我，其差堪与飞来之烤鸭媲比乎？（一笑）

屈指算来，与你们贤公母结识，阅时已差近卅个春秋了。当年不揣冒昧，几曾登门造访，符公遗我之印象，记忆犹新，概括说来，温文尔雅且柔中透刚，亲和友善但不无警戒。此前，曾有人向我介绍："符老师'摘右'复出后，一向衣冠楚楚，熠熠风神；与人交往，则不卑不亢，无从委顿；应对自如，有分有寸。"此后，符公更鲤跃龙门，韶年得志。折桂入仕后，如我之辈，或蒙青睐，叨陪末座，偶有过从，业已不是分寸感什么的了，而是具有中国特色的保持距离了，严肃正面的说法，则应名之曰自我保护意识。仕途者畏途也，由来已久，今何例外？除非你已修炼成如鱼得水的"职业官僚家"金刚不败之身。（一笑）符老师踏登仕途，如所自白，兢兢业业十八年，修以五品同知，清白致仕，光荣淡出，用符老师自己的话说，实在做人，低调做官。用我的话说，大隐隐于朝，小隐隐于市，符公其前者乎？

我按照习惯，读书先自两端——序言和后记始，不料深深吸引住我的，却是书本的《符号自白》、《答荆楚网东湖社区问》和《珍视这分阅历》三篇……不，是三首，三首诗：

"心尚好，仍能固守良知/脑还健，无需他人代思/眼力尚佳，河东河西，历历在目/听力算聪，风声雨声时能入耳/神经还好，末梢痛感犹存/牙缺数颗，尚能'切齿'/发稀多多，已难于冲冠/曾腰椎受损，腰板犹挺/今体重稍加，尚可大步……童心未泯，爱看面具后的真面目/好奇心依旧，喜翻人家的'左口袋''右口袋'……"

我的一位朋友说："像这样的诗句，诺贝尔文学奖提名水平。"当然，人们也可以说，这位朋友的话夸大其词了，人们也可以说，我逢人便推介这些文字，是在向作者献谀。对此，我只想辩白如下：诺贝尔奖的公正度，未必就极顶神台，高行健若未加入法国籍，人家为考虑瑞中关系计，该奖或许永远轮不到他头上。但诺贝尔奖至少不会弃法大莱于不顾，而授奖给麦当劳吧。而在生我养我的这片大地上，进入21世纪后，文化领域仍然是黄钟毁弃，瓦釜雷鸣，荒诞故事与无厘头幽默交织，十几亿人的精神营养，全靠铺城盖野的文化快餐和法相庄严足使人“抗体增生”的主旋律套餐来维系，一位台湾名作家说：“大陆的文化事业，只有一件是成功的，即文字改革。”这话刻薄吗？

《符号自白》若按诗的形式要求，也许句式嫌板滞些，稍欠空灵些，但诗才横溢，诗采纷呈，风骨崚嶒，警句迭出。有的人文名盛炒，护照俱全，卅年一方骚坛祭酒，半纪小邑文化班头，一会儿鲁学家，一会儿诗人，一会儿散文家，著作齐膝，但内中全是些聪明人早已不屑说，愚蠢人一辈子不会说的话语和词句，更谈何警句？是鲁迅先生的话吧，人与人之间的差异，要比人与猴子之间差异还要大。（一笑）

还有一位资深报人，晚年耕诗牧起平仄来也就罢了，但却义愤填膺地公开斥责起《我爱你，好像老鼠爱大米》来了。让我怎么说才好呢？连起码的美学ABC都不要了，难道人间只有功利？难道精神领域也要“除四害”？我敢起誓，绝对无意蔑视这位“除四害”义士的人格、嫉视他毕生成就及其被社会认同的地位，我只是感到可悲，难道这仅是个别人的个别现象吗？符公那篇《蜗牛、老鼠和其他》响应得太好了，话说得毫不含乎，且又非常“照顾”。“人在官场，身不由己”，即使退休致仕了也好。符公此分寸得体，有容乃大，不禁引起我的孺慕之情。人往往如此，在人身上看到了正是自己所缺的而且是要害的东西，必然会油生这种情致。符老师以“亦师亦友”称我，亦师二字，余愧何敢当？事情让你弄颠倒了，尽管虚长符公十一岁，但幼稚得很，还是重复鲁迅先生的话吧，人与人之间的差异比人与猴子之间的差异还要大。（一笑）

鄢烈山先生评价《敢自嘲者真名士》，拈出“超越”二字，非常有见。但他未能准确得当地从书中选例具体印证，我就试为补述吧：

我认为把《答荆楚网东湖社区问》与《珍视这分阅历》合来一篇读之，简直就是一篇现代《五柳先生传》，试问今日能有几人的文格文风和精神状态能超越陶渊明？“问：你最想拥有的？答：洁净的空气，自由的天空，非功利的相处”“阅历优势与体力弱势的并存，是白发与童心的交响，‘无所畏’与‘无所谓’的和谐”好文字！意蕴合象征一体，诗情携警句齐飞。让我借用那位朋友的话说：“诺贝尔文学奖提名的水平！”（一笑）

被《符号自白》感动和启发之余，也诌了题名《人生谢幕前夕自我认定》几句荒言如下，博二位解颐一笑：

“名士心仪，清客命贱，岂敢自嘲欺世？没心没肺，荣辱不分，难得明白寄生！情感奴隶，利禄白痴，饰功低能，生活傻帽儿，到头来文庙不收，徒令斯文潦倒：阎王‘退货’，幸得耄年延存！”

将此《自我论定》与符公《符号自白》两相对比，还是那句话：“人与人之间的差异，要比人与猴子之间的差异还要大。”（一笑）

反复读了鄢烈山先生关于“叟言无忌”的看法，感到他的见解未必是“曲说”或者“反说”，而是充满了善意的忠告吧，“无忌”，即使是“叟言无忌”也要考虑自身条件的，可怜亦可叹的是，我不仅在人生两端，即使在中端几十年中也没有省悟这一现实的处世真谛。今天，3月7日，又颁布了广电总局的禁令，是信号也罢，不是信号也罢，倒计时谢幕如我的人，就很难顾虑这些了。唉！向二位谈点关于“文学观”什么的吧：

按我们的传统，“文学”二字，是有异于西方的或者叫的Literature的吧，冯牧先生归纳现代文学为四大类，即诗歌、散文、小说、戏剧。散文一词，该是出于Essay的译文吧。20世纪30年代出现了“杂文”一词，被译成英文Luhsuns Sqterial Essuy，亦即“鲁迅讽刺性散文”。我个人认为，文学毕竟属于艺术之一种吧，一种用语言符号显示的艺术形式吧。叔本华认为，理念和科学仅能研究现象世界的规律，而艺术则可直观现象世界背后的物体（即康德所谓的“天意”，中国传统中的“天钧”一词差堪近之）。我认为文学最本质的功能，亦应是这种直观感知功能及其所引发的情感在与生命、人生和人性最本质的存在相碰撞中产生的火花，“美”也就存在其中，“美”是世界及其一切现象和永恒的基本形式之一。当然，在文学的反映和表述过程中，理念是不可避免的，但正如黑格尔所说：“美是理念在感性上的显现。”归根结底，艺术离不开感性，包括情感。“美”的产生，归根结底是在感性上显现，亦即引发情感的震颤上。

文学不应是调适政治的工具，“为政治服务”就更不用说了。理论上讲，文学就是文学，是有其独立品格的，但她作为对生命、对人生和对人性的最核心意义的感知和表述，又怎能全然摆脱人类历史发展中的人为动力杠杆——政治话语的影响呢？正因为如此，所有优秀文学作品，偏偏是在摆脱政治束缚的前提下，反而更能准确、生动和形象地，似乎是冥冥中的，政治对人类命运、对历史走向的命运，尤其是对个性化的个体人物异样多彩的命运的运作关系。这样说法像是悖论，但世上事物本来就不无荒诞地存在着，难道不是吗？《静静的顿河》如是，《日瓦戈医生》

更如是（我十七岁时，即1944年就耽读过《静静的顿河》，20世纪90年代读过蓝英年翻译的《日瓦戈医生》，21世纪初我的小女儿为我从香港购得《灵山》和《一个人的圣经》）。

然而我最想表明的意图，则是：鲁迅先生之浩瀚杂文出现，是因上个年代苦难中国特殊语境和先生特殊个性下所促就的“不得已”的“急就篇”。就文学的严格定义而论，只能是“准文学”。鲁迅先生当时的精神状态，用他自己的话说，已经在“遵命于政党”了。

请原谅我在二位面前班门弄斧，“马列学院门前卖《毛选》”，絮叨地解释一下何谓“急就篇”吧：

年轻时读《阿Q正传·大团圆》一节时，尤其是读到阿Q在死刑判决书上画圆圈这一细节时，感到既震颤而又好笑又好玩，反复玩味下又颇感可信，但总是说不出所以然。后来终有所悟：鲁迅早年在仙台医学院读书时在日本人关于日俄战争的训导片中，看到日本人把一群当作间谍的中国农民砍头前的麻木表情，鲁迅受刺激太大了。这一印象不仅深烙于意识中，而且隐入了潜意识中，多少年后，当先生在创作阿Q这个人物形象的想象激发过程中，潜意识迸然而出！我们国家不仅有众多为图强的挺身殉道者的视死如归，更有苦难弥深，生死几乎已无界限因而麻木不仁的视死如归，进而用“神来之笔”创造了“画圆圈”这个细节。阿Q形象创造之那样深邃和使读者灵魂震颤，这一创作过程，岂是“急就”可及？即使仅是细节创造，却是完全与逻辑思维无关，难道不是吗？

我读了《敢自嘲者真名士》后，忽然发现，该书作者首先是个诗人，其次还是个诗人，一个“一君二臣”的诗人，再其次才是湖北杂文学会的掌门人（我从来主张真正的诗人和作家，必须情感领军（一君），才和功辅之（二臣）。

《敢自嘲者真名士》中，诸多篇章大都是情感领军的，作者写作，都是被情感驱动的，带着自己深挚情感起兴的。

就以《北影门前的景观》、《农民工的情人节》而论，尤其是那篇《背编织袋回家的人们》，它使我既惊异又有愧，原来这位符兄并不仅仅是在官场上懂得与不同的人士保持不同分寸的人，而是个真正情系草根的“性情中人”；我有愧的是，以我的身份，我有更多的可能和机会接触“一队队背着塑料编织袋的人们急匆匆地打街市走过。南方淋过雨的如镜的路面映出他们的身影，身体前倾，步频快捷，他们像候鸟般赶在春节前回家。只要见着背编织袋的几乎可以认定就是农民工”。“编织袋又称蛇皮袋，一种白底蓝红相间的大塑料袋，跟主人一样，它们结实、廉价、不起眼，管用着呐。年初时它为主人带走打工人的衣物、亲人的牵挂……”像这样的文字，饱含情感，若仅为捞名声而作弱势群体关怀秀，绝不可能写出上述这样的文字，并且由编织袋起兴，多么发人深省。“是这样的！”可是，包括我在内，对这种情况习焉不察，麻木不仁！上述摘录的文句，说它是散文诗，鲁迅《野草》和《朝花夕拾》般的散文诗，难道不是吗？可惜该文下半部让理念的议论占据了。逻辑推理把事情说得太透，太淋漓尽致，没给读者留下想象的余地，这样做恰恰是消灭了文学性，至少我认为这是杂文体带来的，因此杂文是“准文学”。

符公刚进入不逾矩之年，按现代行情估算，仍处于中年，正是创作最佳年龄段，作为朋友，我深望你更大地超越，超越“准文学”，把自己潜在的诗人天赋，充分发挥，创作更高形式和风格的作品。

少年时代我便是沈从文先生的铁杆粉丝。沱江江畔的风光和凄美的土家人故事，使我至今仍怀有去吉首一游死而无憾的念头。不是蓄意谀你，我认为那篇对沈从文先生的评论文字超过了汪曾祺。符兄不仅从美学上真正了解沈先生的价值，而且更能对这位诗人和小说家的柔中有刚、能进能退、从不委顿的品格，有最乘胜前进的了解，这难道仅是同为湖南人吗？

非敢谬托知己，符兄关于沈从文的这篇文章我认为是最见功力和最有眼力的品人论事的文章。

说点轻松的吧，我为郭教授写了副对联，虽对仗欠工，但确实舍不得放弃“述而不作”这四个字，因为这四个字最能表述郭教授的智慧和品位了。

“述而不作抛球杰，玉树谢家咏絮才”

抛球者何？抛绣球也。（一笑）

说句套话吧，套话未必不能表示真正心态：

临颖神驰，不任区区向往之至！

艾鹤年戊子二月一日

（作者原为《三峡晚报》副刊部主任、资深编辑、诗人）

文友书简

利民兄：

你好！郭老师好！继续读你的杂文集子（指《魔方启示录》——编者），常有一种心灵的沟通。我虽然从近三十年前就从傅定萱那里听到你的名字（“文革”时定萱还担心你是不是能活下来），为人性格、才华，看到过你的照片，以后又见过一面，但应该说彼此了解还是不深的，止于友好、客气、尊重而已，鉴于我也有知识分子的毛病，总以为做了官就不干净，因而有一种莫名其妙的其实是很软弱的清高气质（换言之，也有点“吃不到的葡萄就说……酸的”）。但读了你在业余写的这些文字，好比同你坐下来一起谈心，有许多共同的心理感受和看法，有时也纠正了我的一些偏颇和脱离实际的片面性。比如《析“书生气”》、《“西天取经”班子试评》、《关于“叫鸡公同笼”》、《瓦匠·木匠·铁匠》、《“不如狗窝”质疑》等，思、文、情、理并茂，很有读头，而且讲道理不居高临下，分析问题没有框框，哲理、思辨、人情兼有（《江南有丹橘》、《混沌之死》等文语言文字风采也是极有个性的）。从这些文字中，可以看出你思维的开阔，胸襟的放达，与夫面对实际、知难而进、顾全大局的善良持有之心，也能看出你的勤奋，执着，庸俗与追求静雅的情趣。读书如交友，如促膝谈心，读其书如见其人，一点也不错。如果说有不足，那么我的感觉就是有些文章还是太规矩了些，面面俱到了些，锋芒稍钝了一点。毛主席有言，抓住真理，所向披靡。有时候得理让人，有时候也不妨得理不让人，响鼓重槌，穷寇猛追，造出一种气势来。此外，在简练和幽默感上也还可以再精益求精地加以打锻，在这方面用些心思，便可以进一步形成你独特的个性风格。以忧国忧民之心写盛世之美文。不知兄以为然否？

此信被人打断，写得很凌乱。言犹未尽，曾有心写篇短文予以评介，又说不出太好的见解，于中就拖拉下来。写这点粗浅看法，聊表寸心。

专此即记

全家好！遂良顿首

1992年11月21日

（山东师大教授，中国作协会员，著名文学评论家）

杜渐坤书简

符先生：

手示、大著（指《杂文三人集》、《静观肃思录》——编者）均早悉，因忙，迟复为歉。

在宜昌得遇你这父母官，一睹俊彦，聆听教示，深以为此生有幸矣。你官不似彼官，有平易近人之实，无拿腔作势之态，胸有文才，笔赋华章，既为民谋利，又与民同乐。似你官是多一个于国于民多一分裨益也。

盼日后仍有机会见到你。也盼市长东移大驾，饮于珠江。

专此颂安

杜渐坤

1993 年 1 月 28 日

（《随笔》主编，著名作家、编审）

韩石山书简

（一）

利民先生：

不是茂华提起，还真的忘了。诚恳地向您道歉。您的书（《静观肃思录》——编者），我回来是看过的。功力深厚自不待言，更让人钦敬的是，身为领导干部，能有这样锐利的思想，确实不太多见。奉上我的两本小书，请指教。

谨颂

雅安

韩石山顿首

1996 年 1 月 21 日

（二）

符号先生：

寄来的杂文集《思海撷浪》收到了。当即翻阅，饶有兴味，不知不觉看了大半本。先生之思想才智，在这些短小的篇什中，得到了充分的展现，辅之以雪骏先生的漫画，更是溢光流彩，让人拍案叫绝，回味无穷。于此知文章不在长短，但在能别出心裁，言人所未言。近来我们刊物正苦版面呆板，如何能图文并茂，引人阅读的兴趣，插入其中，还望先生允许。稿费少许，当按时奉上。

谨颂

雅安

韩石山

2001年7月14日

有批评社会现象的杂文，请寄来支持我们一下。又及

（三）

符号先生：

大作（《左口袋　右口袋》——编者）收到。非常感谢。翻看大半，对您敏锐的观察力，辛辣而又不失敦厚之旨的文字风格，甚是钦敬。中国的种种痼疾，就是利斧也劈不开的，而文人们只能写写文章，嘶喊几声，是多么的可怜复又可笑。然而这也正是我们良知之所在，责任之所在。因此我们是同道，因此我敬重您。

祝

文祺

韩石山

2002年3月6日

（山西省作协副主席，《山西文学》主编）

赠诗录(十九首)

——不时收到相识与不相识的文友、读者的来信、博客留言与诗词相赠,表达对拙文的认同、认可与期待,也表达了他们自己的价值取向、情感倾向,是不带任何功利性的。它让我铭感在心,也成为我继续潜心追求的驱动力。我知道其中不乏溢美过誉之词,令我愧不敢当,但是,我仍然要将它视为最珍贵的礼物,视作一种预支性的褒扬与策励。

读符利民先生惠赠《敢自嘲者真名士》志感

艾鹤年

情系苍生奋楚鞭,利民好义古稀年。
笔辉鲁壁诗三百,纸贵洛阳书五千。
说贾文章开异彩,批庄号角拓新篇。
九头我羡多名士,一卷宜昌启后贤。

试题符公《敢自嘲者真名士》

江　婴

文化而今尚自夸,周身又绽牡丹花。
自嘲不免旁观笑,我自风流岂管他。

戊子夏月于沽上江婴

接宜昌符号先生《敢自嘲者真名士》一书扉页题字中有“方家”二字口占亦自嘲也

江　婴

先生大著赠方家，我对方家思若麻。
乱石滩头随浪滚，方家苦不作圆家。

抄呈博符号先生一粲
戊子立夏后三日于沽上

自嘲文里两相逢

江　婴

自嘲文里两相逢，我自惊心名士风。
浪怕千遭江上壁，郭家慧眼识符公。

右赠符公养尊斋主望大雅两正
庚寅暮春于宜昌

读符号先生杂文随笔有感(六首)吴柏森

读《大千百味》

世间百味大文章，醯醢盐梅费品量①。
赖有锦心兼慧眼，醍醐灌顶醒迷茫②。

① 《左·昭二十年》：“水火醯醢盐梅，以烹鱼肉。”
② 佛家以醍醐（甘美乳制品）灌人之顶，使之清醒。

读《约瑟夫的成分》

疑义相稽约瑟夫，似“红”若“黑”几踌躇①。
剑沉沙没舟行去，贻笑千年“楚客”愚②。

读《与天鹅的邂逅》

湖滨邂逅白天鹅，洽比依人共舞歌。
处处湖山添爱意，民胞物与息干戈③。

读《安徒生笔下那孩子》

皇帝光身赞衣新，人间可贵是诚真。
童心不染明如镜，国步民魂赖作根。

读《敢自嘲者真名士》

握瑜怀瑾冰霜质，名士淳真敢自嘲。
筱凤潜龙时有否④，城狐社鼠运偏高⑤。
混珠赝玉愁炎火，铸剑纯钢耐冶陶。
忧乐无边来眼底，天高地阔“我”鸿毛。

读《符号自白》兼寿三十五公岁

乞桃王母欲盈筐⑥，无酒无花笔作觞。
驰骋文场犹跃马，参详世路不亡羊⑦。

---

① 曾有一个时期按红黑两大类划分人们的阶级成分。
② 刻舟求剑故事。见《吕氏春秋・察今》、《淮南子・说林》。
③ 宋・张载《西铭》：“民吾同胞，物吾与也。”与，同辈也。
④ 屈原《九章・怀沙》：“凤凰在筱兮，鸡鹜翔舞。”《易・乾》：“初九，潜龙勿用。”
⑤ 指藏匿于城墙和社庙中的鼠与狐，灭之，将坏城墙和社庙。见《晋书・谢鲲传》。
⑥ 传说王母种桃，三千年一结实，食之延年。见《汉武故事》。
⑦ 歧路亡羊。见《列子・说符》。

童心未泯撕花面，白发萧疏动热肠。
伉俪偕携观四海，凌波搠浪又梯航。

读符号杂文集有感（七律）

詹　同

宏文挥洒语诤诤，不亚雄师百万兵。
入木三分诛丑恶，迎头一棒打奸佞。
点评黑白分泾渭，褒贬人妖辨鬼神。
读来几次忘形骸，拍案高呼惊芳邻。

1997年9月1日

读符号新著杂文集感言（七律二首）

程建学

（一）

先生风骨素崇钦，旧著新编鲁迅魂。
笔底不容世象丑，胸中饱蕴公民忧。
静观久矣能知病，肃思精而敢下针。
腻草甜花随处是，刺玫竦竦别样馨。

（二）

先生风骨素崇钦，卷卷杂文是美文。
刺虐攻贪刚且劲，喻今讽古辣还辛。
妙语连珠对霁月，危言耸听启民心。
莺歌燕舞承平日，谁味书中一片忧。

致作家符号先生

——读《敢自嘲者真名士》

胡少康

青鬓消磨共夕阳，半生征旅月如霜。
一腔热血追红日，几度秋风走异乡。
一事洞明皆学问，是非说论数华章。
先生文品真名士，毕竟梅花雪里香。

致师尊符号

元　辰

（一）

书山连云恒久长，赖有师尊亲导航。
文起百载夫子道，慈悲万怀屈杜觞。
史眼佛心两兼有，睿智锥笔九回肠。
名满天下更携后，一点一拨送祥光。

（二）

师尊谦和我愧领，不弃当年一顽冥。
文德昭昭子弟福，慈怀蔼蔼师生情。
项背楷模先践学，翰墨教诲后励行。
四十余年云追月，如如明明满心庭。

——丁亥（2007）除夕前

和符号先生《贺徐公八八华诞诗》

元　辰

因师示新作　梦回镇境山　学府虽简陋　先生正华年
倾囊劝勤学　精思教成才　拳拳勉报国　殷殷以身传
开讲新小说　劳动奋当先　诸师如玉树　引人入上苑
今生多风雨　历难志弥坚　从政更从文　播传新理念
文标鲁迅后　睿智开新篇　而今寿徐师　尊老启后贤
诗心如明月　银辉照天山　大德终生益　师恩如涌泉
跟贺徐师寿　敬重徐汝潭　二师人渐老　学生鬓亦斑
养德颐心志　守常乐晚年　愿师齐天寿　师生共翩翩

2014 年 7 月 1 日

学长有幸文坛幸

柳定祥

煌煌新著展全景，上天入地广无垠；
敢自嘲者真名士，有心忏悔数巴金；
北影门前微尘聚，民族瑰宝离朱明。
流喷滴渗都是血，学长有幸文坛幸。

读符号《“水”数字》感赋

石明光

“水”数贤文面世时，存真去伪显天资。
如针刺破包脓血，似剑深穿假面姿。

从众英豪行实践，依人小丑做浮辞。
为捞政绩良心丧，害国伤民自否知？

遣兴录呈符号前辈陶东轩

（一）

同山同水兼同城，几番谋面迄未曾
尽日相见无尘杂，一段墨缘增晚晴
教授为官实有成，形役案牍心利民
笔点符号真爱在，世上如公能几人
千年黄土万年情，世上尚多清苦人
指点江山待民主，激扬文字寸草心
时光匆匆似碾尘，古贤今贤同道人
清扬文章自传世，笔笔都刻中华痕

（二）

半年夷陵半北京，形役为官心为民。
寸心喜作黄昏颂，世上如公能几人。
字字珠玑见真痕，刊头报尾皆传神。
文章散作生灵福，每问符号揖清芬。
同山同水兼同城，几番谋面迄未曾。
尽日相见无尘杂，一段墨缘增晚晴。

喜捧《名士》咀华章

孙光耀

符号是我大学同窗学友符利民的笔名。今年春节他寄来新著《敢自嘲者真名士》(长江文艺出版社)让我欣喜万分。从扉页上得知,从1990年到2003年,他先后出版了《魔方启示录》、《静观肃思录》、《思海撷浪》、《悟思录》等七部文集。这是第八部,主要收录他2003年以后所发表的一百多篇杂文随笔。仅仅十多年,仅以数量论,这要花多少精力和心智啊!他并不是专业写作。我被他学思不停、笔耕不辍的奋斗精神所折服!

五十多年前,他不满16岁,进入华中师范学院中文系,能歌善舞,活跃于校舞蹈队。1957年,满怀激情投入鸣放整风,以不满二十的年龄,被派为“右”;以坦荡的襟怀主动交出四大本日记,结果反罪加一等,划为“极右”;1958年,也是春节后,他被遣送到农场劳动,那走在队伍最后一个的单薄身影,至今依稀在我脑海浮现。“河东”“河西”。感慨不已!

捧读新著,一个多月,从泛览到精读,与他心交神游,充实而愉悦。激动得时而落泪,时而心惊,时而发笑,时而凝神。这里有对历史的深沉思索,对现实的热切关注,对丑恶事象的无情揭露,对忠臣良士的诚挚歌颂,更有对弱势群体的深切同情并为之大声呼唤。

开篇《难能的离朱》以古代传说中“察针末于百步之外”的人物——离朱为引子,引出三位堪称当今离朱的人物:一位是预言如不控制好人口,“新中国就会背上一个极其沉重,不易摆脱的包袱”的北大校长马寅初;一位是五十多年前提出“保留北京旧城,另建政治中心”的梁思成;一位是力排众议、反对三门峡工程被打成“右派”,蒙冤二十多年的清华教授黄万里,说明20世纪50年代的三位学者在三个不同领域作出了超前的科学论断,结果反遭厄运。赞扬他们不仅有其“明”,

更有其“勇”、其“诚”、其“韧”，警醒当政者要“识得离朱，善待离朱，器重离朱”。忆旧醒今，振聋发聩！

符号长于从细微处见深义。《伞下的关爱》从官员打伞看女童在雨中演出这一被忽略的小事，巧妙揭示根深蒂固的官本位意识。《安全帽的‘另类’功能》，从井下矿工面临死亡仍思维清晰地在安全帽上用粉笔记下我欠别人，别人欠我的具体钱数，颂赞普通劳动者强烈的责任感和高尚的心灵。

他善于从常人熟视无睹或见怪不怪的事象中思久远。《新竹年年长》写当下新官“如泼了粪的韭菜一样，一茬一茬见长”。“‘长’一个新官，要长多少钱？”联想到历史学家王春瑜的文章所议的明朝灭亡原因之一是“乌纱帽太多!”史鉴不可不察!《名目之惑》，从大量表面出国考察，实则公费出国旅游，屡禁不止还堂而皇之的现象，联想到法纪的松弛、公信力的猛跌以及社会机能紊乱所造成的危害。《平湖遐想》、《嘉陵江、黄柏河的“绿色”病态及其他》，从水位提高想到三峡两岸的滑坡体、包括许多城镇新址的基座于日晒、水泡之中，是更结实还是更松动？……从嘉陵江、黄柏河的“绿色”病态，想到西陵峡另一条支流——香溪会不会更名为“臭溪”？这不是在作杞人之忧。

符号敢言常人之不敢言、不愿言、不屑言，展示胆识卓见，倾注浓浓真情。《约瑟夫的阶级成分》一文，叙说访问瑞士一个农场主的见闻。由众人七嘴八舌议论其阶级成分，水到渠成地得出：“也许这是一种新人，一种集地主、资本家、工人、农民、商人、科技工作者的人物，一种新的生产力的代表……”的结论，阐释世界万物的复杂性和与时俱进的可变性。《“挂出来”又怎么样？》揭示当下官场学界日渐流行的“瞒”与“骗”。有正直的教授提出，“学术单位不是私人作坊”，“学部委员的评选，不能在‘桌面下进行’”，“要把论文‘挂出来’”。作者借此生发，揭出眼下学术评选中的腐败现象。一些地方披露，某些带“长”字号的硕士、博士论文，不必自己动手，由政研室一类的手下“班子”代劳。由此可见，正直教授“挂出来”的良好主张，对于他们是起不到检验作用的。这是何等深刻而有见地!《农民工的情人节》、《背编制袋回乡的人们》，对为国家建设贡献巨大而收入低廉、处于弱势地位、连正常夫妻生活都得不到保证（因无城市住房）的大量农民工生活现状，作体贴入微的描摹，流露出动人肺腑的情感。

通观全书，深感作者在高扬科学和民主的旗帜，固守正义与良知的底线，不少篇章，力主包容与多元，盛赞和谐与双赢。他敏锐地抓住现实热点问题，联系古今，中西对比，深入浅出鞭辟入里地剖析与阐释，在触及人们敏感神经时引出共鸣。他文风平实，文采多姿，篇幅短小，标题醒目，有引人阅读的新鲜感。他的语言鲜活生动，熔古、今、俗、雅于一炉，尤善仿旧出新，如“人逢知己千句少，话愈投机话愈多”、“从官员中来，到官员中去”常引人于会心一笑中受到启迪，很有研究价值。

正因如此，他的作品被转载、赏析、评介或作为高校、中学的范文、考题；有数十篇关于他的作品的评论、漫画、专访；三十余家出版社、四十多种选本中收有他的佳作。一位为他现场雕像的民间工艺美术家给他去信：“先生文行京津沪上，笔触所指，阅者心醉，文采流处，名都增色。记不得多少人前来寻观雕像，皆因读了符先生文章而来，使我一时应接不暇。”可见其作品的时效性。

符号虽是中国作协会员，在不少杂文组织担任重要职务。但他并非专业作家，主业是从教和为政，为什么笔触如此深广？倾情如此浓烈？作品如此高产？从他篇末《珍视这份阅历》中可以找到些答案。在我的同辈学友中，他的阅历是比较丰富且颇具特殊性的。

五十年前，他以“贱民”之身被遣送劳动，在一年半的时间里，饱尝沉重劳动的艰辛和心灵创伤的苦痛。但他逆境不沉沦，重读《牛虻》，以牛虻自喻，磨砺坚韧；一篇不落地细读《红旗》，不灭胸中希望的火焰。那个由领导干部、工人、知青、“反党分子”、“右派”等多种成分组成的特殊群体，为他认识人生开了一个新的窗口。

一年半后，他被“免冠”分到一所重点高中任教。他恪守“给我一个舞台，献你一出好戏”的法则，“由高中、初中、中师、师专、学院直教到大学，由教师而至院长、校长”这个简单表述，隐去了他二十多年从教生涯中的多少智慧与创造的实绩，以及他对人生的见闻感悟。

20 世纪 80 年代，他进入政界。在一个中等城市成了主管文教的“父母官”，由宣传部长（副）、副市长到人大副主任。“那种战战兢兢的使命感，受宠若惊的惶惑感，令我夙兴夜寐，如履薄冰，不敢稍有懈怠；贱民的处境，底层的经历，让我懂得如何实在做人，低调做官。注重实情，看重实效”。他无法改变由来已久的某些官场的显潜规则，只好洁身自好，“‘作君子远庖厨’的坚守与回避”。但官场使他接触各色人等，又大开眼界。因为所见者真，所以所知者深。“身处矛盾的旋涡，面对扑面而来的积弊、时弊、流弊，太多的切肤之痒之痛，催我夜深人静拿起了笔。不能以学问为人生，就决心以人生当学问……用‘豆腐块’表达心声”。他的业余写作，全是社会责任感所驱动，是现代公民意识的流露，当然也是中国正直知识分子忧国忧民传统美德的继承与弘扬。

他说：“八百余篇杂文随笔，七本出版的专集，是我所思所学所疑所惑的印痕，是从睡眠、休憩、娱乐中‘抠’出的时间的转化……是半个多世纪的阅历给予我的慷慨馈赠。”我全信他的真诚直白。

出于对学友业绩、精神的粗浅认识和由衷感佩，情不自禁地吟出如下几句：

喜捧《名士》咀华章，如饮醇酒沐春光。

笔触万象刺怪丑，墨洒苍生颂忠良。

字字珠玑吐肺腑，句句针刀入膏肓。

“阅历”不予仁智勇，哪得佳品世留香？

很快，我察觉到我的感悟的局限。我只看到他的成功，是他的“阅历”与他的为人品德、聪明才学、奋斗精神的结合，而忽视了客观因素。其实，如果没有改革开放的历史背景，彻底打碎箍在他身上的政治枷锁，他怎么能在育人为政的舞台上施展拳脚？没有改革开放的政治氛围，他怎么可以清醒地观察、自由地思考、大胆地议论？是改革开放的前进要求，增强了他的社会责任感和为科学民主和谐而呐喊的信心与勇气，是改革开放给他提供了一个前所未有的大好舞台，使他为社会献出了一台精彩的人生好戏。

在他古稀今不稀的寿辰之际，借此，为他的新著面世而喝彩！

2008 年 9 月

（作者为恩施一中特级教师）

“风雨携行五十年”

2013年4月27日,蓦地发现这是我俩的金婚纪念日。于是一反往常,二人以自己喜爱的方式打油三首以自贺,之后悄悄发给了一些师友。未曾料到的是几天内竟收到从北京、武汉、长沙、济南、海南发来了几十首唱和应答的诗作、贺辞。从八旬诗翁到诗词老手,到几十年前的同窗、学生……有的连和多首,有的数易其稿,有的为斟酌推敲而致夜深失眠……令我俩受宠若惊,无法自已。以为是此生收到的最珍最贵的礼物。不敢私藏,特公开以表谢意!

金婚自贺(三首)

符 号 超 苁

(一)

回首结褵五十年,风雨相依苦亦甜。北山坡里培桃梦,镇境山头吐丝缘。
青春有约潜经史,白发不忘效圣贤。最喜儿孙终成器,媪翁一对活神仙。

(二)

风雨携行五十年,拜谢月老赐金缘。相恤相惜东山麓,载辛载幸镇境园。
砚田养尊斋里醉,文海淘贝艇中颠。最欣京美传心语,翁媪陶然胜过仙。

(三)

五十年华一瞬间,张扬内敛两无嫌。吹拉弹唱砚笔墨,柴米油茶酱醋盐。
世上几多盘丝洞,胸中一片伊甸园。白发皤然终不改,一动一静一如前。

贺符号伉俪金婚(步原韵)

刘不朽

贺君金婚五十年,结识伉俪赖天缘。慕名慕才成益友,相知相敬梦中圆。
同为书痴心陶醉,共做文虫态狂颠。人间德者长厮守,羡煞天上老神仙。

得符郭伉俪金婚自贺诗三首,感而用其韵和之

(北京)纪宝成

遥祝金婚五十年,人生佳美结双贤。艰难总有忧中乐,奋斗从来苦复甜。
琴瑟相和比山水,云霞过尽笑尘缘。相依共话西陵美,文海诗山自在仙。

原韵贺符利民先生郭超爻爻教授金婚

姜祚正

风雨同舟五十年,历经苦辣与酸甜。杏坛两炬竞呈彩,学海双星巧结缘。
不俗文章堪发聩,无瑕人品足超贤。养尊符号独家用,胜似王侯胜似仙。

原韵贺符利民　郭超爻爻先生金婚戏笔

(拆字顶真体——各句句末字下半部,移作本次句第一字)
姜祚正

山盟海誓梦魂牵,牛女幽情紧卷帘。巾帼怀春吉士诱,秀才抱布内心甜。
甘泉出峡润桃李,子弟趋庭仰圣贤。贝叶经中添典故,文坛双宿胜神仙。

依韵贺符郭二师金婚

程建学

共命同心不计年,神仙眷侣住人间。培桃树李三千树,救弊匡时百万言。

深爱岂因颜色改，良缘须借性灵牵。行来步步应无悔，贵在养尊养浩然。

步原玉贺符公郭师金婚

冯汉斌

斯世斯情惜此缘，两湖两好两相牵。赌书剪烛晨而夕，课子含饴苦亦甘。
傥论千言留血骨，教鞭三尺铸华篇。深盟皓首凭前约，再度人生五百年。

步韵和贺符号金婚有感

（长沙）胡少康

（一）

牵手征程不计年，白头沧海尚怡然。三千桃李争春色，五十秋冬祝月缘。
声价敢云闻九域，文章今已誉双贤。芙蓉并蒂耽吟咏，俚句聊缀寄贺笺。

（二）

牵手征程路八千，同舟风雨苦耶甜。拼将桃李株株壮，赢得功名事事湮。
比翼山前观世海，骈肩月下论华篇。吟笺读罢诗情涌，好写池塘并蒂莲。

（三）

牵手征程五十年，白头沧海总怡然。倾将热血夭桃壮，共剪西窗青烛圆。
坦荡襟怀陈义胆，铿锵文字激高贤。灵犀一点心相印，好个人间并蒂莲。

贺二位金婚之喜戏赠一绝

吴柏森

阿母阿公金石缘，瑶池照影月团栾。蟠桃喜结千年实，玉树芝兰拥座前。

贺利民兄超㸚嫂金婚因步其韵亦打油也

金道行

帅哥才女忆华年，历久弥新胜蜜甜。楚雨巴山育桃李，湘南湖北结姻缘。
文林学海共比翼，月下花前让后贤。遥祝金婚羡煞我，京城再见双神仙！

和金婚自贺（武汉）

郭熙汉　晏　燕

不觉姑叔金婚年，莫道弹指一瞬间。辛幸一路同苦乐，恤惜半百逐醉颜。
动静扬敛得益彰，儿孙成器称孝贤。吾辈仰随愧望尘，神仙岁月人生美。

贺符郭二吟长金婚

熊　平

风风雨雨岂寻常？相倚相靠相扶将。挽手文中看晓月，并肩诗里望朝阳。
培桃育李声名震，著书立说姓字香。更喜儿孙贤且肖，说是神仙不夸张！

贺符号老师金婚

田晖东　杨月珍

风雨同舟不计年，无涯文海结良缘。高山白雪三千叹，流水悲风五十弦。
明月诗成龙凤管，青萍赋就白云篇。枫林染赤寒山寺，箫鼓迎来书画船。

五言古风敬祝符老师郭老师金婚志喜

曹宗国

吐丝镇境园，燃烛东山灯。
一从心相许，守望成媪翁。
书斋天地广，文章四海馨。
桃李春风笑，儿孙佳音频。
三峡祝泰斗，日月证金婚。

老师金婚　颇多感慨　即句以祝

吴绪久

难得金婚五十年，冰心一片寄诗篇。酸甜苦辣云烟过，彩虹朝霞锦绣妍。
文海笔耕三万里，教坛鞭吟八方仙。桃李纷纷春相贺，烛影丝语颂双贤。

读符郭先生佳诗

宋卫东

人淡如菊超凡尘，桃李不言最天真。无畏无求惟静泊，有情有意更精神。
闲来踏歌利诗韵，兴起落笔吐民声。向晚但看夕阳好，高山流水润书琴。

恭贺金婚大喜

淡昭铣

同田笔耕五十年，栽花育果苦也甜。桃李天下终圆梦，尊师爱才喜结缘。
红烛奉献方入史，园丁辛劳更称贤。师辈金婚最喜气，恭贺师媪赛神仙。

符郭老师金婚志庆

周学文

符老金婚宜相庆，浪漫峥嵘终为情。
白头偕老悠然处，桃李满园是温馨。

贺金婚

柳定祥

学长金婚，可喜可贺。《有感》两诗，堪称佳作。
宠辱不惊，相濡以沫。文坛兄长，世间楷模。

狗尾续貂以贺金婚

——“世上”二句，堪称绝唱，狗尾续貂，以贺金婚

（济南）宋遂良

世上几多盘丝洞，胸中一片伊甸园。
何处青山隔尘埃，风雨诗书到月圆。

集符公诗句以贺符公伉俪

（北京）刘　齐

青春白发，苦甜相依。媪翁风雨，神仙结褵。

贺利民　超㸚金婚

王道生

灿烂金婚情铸就，风雨半世贵梦同。
砚田苦耕连理壮，文采辉映夕阳红。

鹊桥仙贺符郭二先生金婚志喜

郑世让

湘童鄂女，金牛玉虎，牵手鹊桥渡。桂子山上结良缘，定终生，东风莫负。
风雨同舟，患难与共，铿锵人生路。树人立德五十载，却赢得，桃歌李舞。

敬贺符号先生金婚大喜打油

刘小平

翩翩一对老情侣，五十年前比双翼。欢娱总是嫌夜短，恩爱弹指已桑榆。
色诱名惑照妖镜，风霜雨雪试金石。高山仰止颂符郭，始信人间存真义。

贺利民夫妇金婚大喜

（长沙）刘起玲　黄伟琛

相濡以沫五十年，风雨同舟苦亦甜。同心协力半世纪，金婚岁月赛神仙。
举案齐眉情意深，儿孙成材乐心田。今日祝贺金婚喜，来年共享钻石宴。

戏贺符老郭老金婚

虹　珊

执手相看两不厌，一往情深五十年。谁言云端漫步好，人间鸳鸯赛神仙。

《金婚打油》堪富矿

李发刚

老师总不老，原是家庭好。政界并学界，无不敬师表。

衷心祝贺

我们的金婚在去年。可能五十年中经历有点不同，只是“青春未敢潜经史，白头才偷学圣贤”落后多了。

——（四川）黄一龙

品符号“打油”

贵油似灯油，微光，照亮温馨之家；如黄油奶油，不无高雅；是荤油，泥土气息；酱油味儿，不离吃喝拉撒；绿油油，环保；火上加油，爱情炽烈。愿迎来钻石婚，更加幸福美满！

——（北京）王乾荣

捧读自贺诗，感慨系之

符公：金婚大庆，捧读自贺诗，感慨系之！诗好，词好，情更好！非经百千番人生磨砺者而不可为之。其湖湘之才情，巴楚之浩气，浸润于诗间。而你和夫人琴瑟之和，笙簧之谐，濡沫之深，更不失为人间佳话。我当以小楷录下，细品赏之。

——（北京）张宏遵

用楷书书写诗作

符老师好！祝贺你们风雨同舟，幸福度过五十年，步入金色殿堂！

晚辈非常羡慕！为了表示祝贺，我想用楷书书写你们的诗作赠与您。不知喜欢否？

——刘路喜

拜读大作

杂文写得好，诗也写得好。笃厚的感情中带着欣慰和快乐，这是人生的一大幸。杂文有时只是政治情感的表达，而家庭生活才是真正关系人的一生生活质量。很羡慕。

——（北京）张心阳

集符公诗句　以贺符公伉俪金婚吉庆大典

昔有人借花献佛　今我取兄自酿琼浆数滴入杯　遥望长江长城　高举过顶致敬：

青春白发　苦甜相依　媪翁风雨　神仙结褵

——（北京）刘齐癸巳立夏日于海南

神仙境界

神仙境界，几人修得！

——向爱东

这正是：

歪诗三首搅翻天，文字飞出众大仙。琼浆玉液倾盆倒，醉煞人间两疯癫。

——符号　超奴读师友贺诗有感

三首歪诗可点圈，引出唱和三百篇。从此诗坛添佳话，只重金婚不羡仙。

——姜公奉和

说是歪诗并不歪，行间字里见真才。写诗原为抒胸臆，勿因格律费剪裁。
贺罢金婚待钻石，届时看我打闹台。跟随诗友吟且唱，要多快哉多快哉。

——熊平打油奉和

三首歪诗捣翻天，各路高手续新篇。吟诗作赋贺金婚，舞文弄墨祝姻缘。
利国利家还利民，超戏超群也超贤。夫妻恩爱天地久，琴瑟合和共婵娟。

——郑世让奉和

岁月如流　流淌我的思绪、思虑、思索……

二十多岁的“吐鲁番”

打从20世纪90年代初的“春晚”开始，“吐鲁番”和她的妹妹“海南岛”、“少林寺”们，就被她们叫花子似的父母背上舞台，从此声名大振，大有不输于成龙、巩俐、章子怡的架势。二十多年来，这个叫《超生游击队》的小品千百次地将她们作为开心对象尽情奚落，仿佛不这样不足以宣示“计生”工作的力度、今日小品的繁荣！

不过笔者一开始心里就直犯嘀咕：怎么能把降生在咱们国土上、虽为“计划外”却仍是一条条鲜活的生命如此作贱呢！你可以嘲笑其父母，嘲笑“超生”，怎么可以嘲笑这些刚刚来到这个世界的女幼童呢！小品在着力“诠释”超生带来的贫穷与窘迫，却没有顾及对这些以塑料娃娃为“替身”的有血有肉有知有觉有情有感的女孩的伤害。胎儿性别检测让不少女童出生前即遭封杀；超生后又对她们的生存权进行“封杀”，如今舞台上再次对她们“落井下石”，真有违人性、有违道德底线呀！

“你跟人家能比呀，人家生得起，罚得起，你能行吗？”“吐鲁番”的叫花子似的爹跟她们的妈如是说。因为交不起5000元的“天文数字”，他们只好“成天钻那个水泥管子，孩子们冻得直哆嗦……”而就在豪宅小区内，你可以不费力气地见到房地产商、煤老板、影视体育明星，照样两个三个潇洒地生。不就交点儿款吗？他们在乎吗？他们才堪称超生“正规军”呢。五年前我同老伴儿作为“散客”加入某产煤大省劳动系统的一个公务团前往澳洲旅游，同行的各地市州的公务员们，几乎每人名下都有两个以上的小孩。问是否罚款受过处分？答：没有——纷纷凭借八仙过海各自的神通以“病孩”、“上农村户口”等办法一一过关。罚款、处分哪轮得上他们！《超生游击队》的创作者对这些一一装聋作哑不敢触及；却对“吐鲁番”们大肆挞伐毫不手软。不客气地说，这种“吃柿子专拣软的捏”的本事，是不是继承了“嫌贫爱富”、继续坚挺“重男轻女”的性别歧视呢！

依据“存在即是合理”的法则，其实“吐鲁番”父亲的想法并非毫无道理：在体力劳动占主导的农村，背一袋化肥下车，到山脚挑一担吃水上山，男孩的优势岂容置辩；“养老保险”未曾落实之前，“养儿防老”问题毋庸回避，一顶“重男轻女”的大帽能涵盖所有现实问题！

更让我揪心的是，被奚落了二十余年之后，如果还健在人世，今天的“吐鲁番”该成了大姑娘了吧，甚而至于要谈婚论嫁了！那么现在她有户口吗？她接受过九年义务教育吗？她有身份证、有工作吗？要知道，不论农村还是城市，没有户口，就不能上学，不能到邮局寄领汇款、包裹，不能住旅店、坐飞机，不能到银行开账户、外出找工作、参加选举，不能结婚生子，否则生出的孩子要成为“黑二代”呀……

有关法律规定：父母一方为中国公民就具有中国国籍；父母是外国人或无国籍人本人出生在中国也属中国公民。罪犯尚有劳动、取得报酬的权利，没有剥夺政治权利的罪犯还有选举权，“吐鲁番”难道不如罪犯？第六次人口普查后权威机构公布全国无户口的“黑人”1300万，绝大多数属于草根。每次人口普查都要解决一部分“黑人”变“白”，然而遗漏如“吐鲁番”者也不在少数。她们也是共和国的一分子，也是“祖国未来”的组成部分！何况她们的存在，还有助于改善多年存在的“男女性别比例失调”呢！

很欣赏温总理温情的话：“所有公民都应该有尊严地生活。”只有每一个国民活得有尊严，这个国家才有尊严；每一条生命都得到尊重，这个国家才可能为世界所尊重——“吐鲁番”小小翅膀的扇动，真还会造成整个国家的“蝴蝶效应”呢。

且请善待“吐鲁番”！

该谢幕了，《超生游击队》！

2011年9月18日

一种疼痛感

一群“背篼”腊月天在贵阳的街头露宿，令人惊骇。打20世纪80年代始，背篼成为贵州农民进城揽活的工具，于是“背篼”也同重庆的“棒棒”一样，成了颇具地方特色的群体代称。贫穷的“有钱用”的生存逻辑，驱使他们告别土地进入城市，成为不可或缺的部分。不完全是农民，也非一般的农民工，他们是“自雇职业者”城市边缘人。躲开异样的目光，很像流浪汉。无固定工作时间，无固定的收入，揽不到活儿就在街头打扑克消磨时光。为省房租三九天也选择露宿，露宿街头也比农村种地好，比起现代化生产的工人，精神上也轻松得多。放下背篼的那天，也许就是干不动的那天。同“官二代”、“富二代”一样，年轻的“背篼”已经前来“接班”。“背篼”，一个值得认识的群体；“背篼”经济，一个变革中需要直面的课题……

读这样的文字，你会有一种疼痛感、温暖感，无法释怀……花园般的城市还在锦上添花，需要雪中送炭的农村依然缺炭。“剪刀差”的剪刀，难道要成为农民的宿命？民间潮汐，世上疮痍，需要我们去观测，收集，正视。新闻人应该是“事实主义者”，永远事实第一，道理第二；经不起事实检验的道理是伪道理、强词道理、短命道理；轻慢事实的新闻是蹩脚新闻、冒牌新闻、欺世新闻。

直面是报人的天责，唯有直面方能燃起变革的欲望，鼓动前驰的风帆，点准改革的穴位。《诗经》“风雅颂”国风为上，莫言获诺奖展示“国风”的实力。报人何尝不也如此，范长江、邹韬奋、普利策获奖者，都是直面的忠实践行者。

阳光与暗影是一枚钱币的两面。有暗影，方显出阳光的灿烂；有阳光，才能映照出各种暗影；而死气沉沉的阴霾天，既不见阳光，也没有了暗影。偌大中国，既有浦东、王府井也有汶川、玉树；既有华西村也有乞丐村、艾滋村、光棍村；既有晴空万里，也有千里雾霾；既有孔繁森，也有王宝森……这才是真实的中国、未曾“勾兑”的国情。何不“风声雨声”时时入耳，“河东河西”历历在目。

报人不能持小品《不差钱》中“可以有”、“真没有”的活性哲学；不能如李玉刚真假声变用响遏行云。“言之太甘，其心必苦”。不必对“高调”过分迷信。整台《喜洋洋》乐曲，人人效帕瓦罗蒂唱《我的太阳》，未必见佳；“两边见耳”的登记照，只适用于身份证、光荣榜、通缉令，而多彩的生活则需要正、侧、背，平、俯、仰，顺、逆、顶光的多元摄取。“人间正道是沧桑”，“报刊正道是沧桑”，几十年前的老照片告诉我们什么叫“新闻如史”。

2013 年 2 月 1 日

昔文时文的融合辉映

陈四益、黄永厚新著《聊斋索图》、《错读儒林》问世，让我想起二十年前四益与丁聪合作的关于“时文”与“昔文”的一则妙文。那大意是说有一书生古庙夜读，隔壁的客人断定他读的是“昔文”无疑。结果错了，读的竟是“时文”。客人不解，“时文”怎么当今的事一点都不说及呢？又一日夜读，客人断定这回读的必是“时文”无疑。结果又错了，读的却是“昔文”。客人又不解，“昔文”怎么讲的全是当今的事呢？——二十多年过去，四益与丁聪、永厚先生合作，接连创作了“百喻图”、“唐诗图”、“世相图”、“竹枝图”、“儒林图”、“聊斋图”、“世说图”等系列重头作品。古今勾连，时空错接；文中有画，画中有诗；言近旨远，言远旨近；或锋芒毕露，或绵里藏针，或一语中的，或引而不发，或幽它一默，或斜刺一下；语录式、点评式、随感式、寓言式，“诗加注”、“文加诗”、“诗加评”……长年刊发，四处转载，好评如潮，粉丝多多。读者直可参与互动，产生谐振。无须看作者即可认定非他莫属，此之谓风格。

它是昔文与时文的交响，是现实与历史的观照，是思想与美学的联袂，是传统与前卫的嫁接。既让经典名著超越时空的普适价值彰显弘大，也让现实中各类弊病突破意识形态的壁障得以追根溯源；既是便捷可口的文学快餐，又是足可细细品味的营养佳品；既是功力强大的社会“清洁液”、“抗腐剂”，也未尝不是明目醒脑、壮腰健骨的精神补品。

“肯进忠言的弟弟无须自叹‘独罹此殃’，世界上进忠言的大多落得这样的下场”是无情史实；“如果碰上阳世里的瘟官，错了也不认账，先关你几年，然后找个名目把你放了，还说是宽大处理，要你激动得泪流满面，感恩戴德，你不是一样没脾气？”时文昔文岂能截分！那神仙局里手摇折扇风流裙下陶然自得的洪憨仙，“腿”前的海报“国学大师，文学泰斗，百岁耆宿，主讲中华文明”的显眼广告，不是地道的当代“儒林内史”的章节？《儒林》中的周进、范进、梅玖，乃至蘧公孙、张铁臂们仍在我们身边游走，恍惚中真不知是虚是实，孰古孰今？

孔子曰：“诗可以兴，可以观，可以群，可以怨。”四益的文正是“可兴”“可观”“可群”“可怨”的上品。其含金量、含铁量、含钙量、含真量，都是优质的。在我心中，陈四益乃何满子、邵燕祥、朱铁志、鄢烈山之后未曾申报的(为什么“非”要自我申报呢？)鲁迅文学奖(散文杂文类)的合适人选。

四益的合作者永厚先生，国画式的漫画也别具一格，独树一帜，是画的杂文，杂文的画。元气充盈，逸气丛生，正气磅礴，画风本真。无论陆离光怪、夸张变形、画龙点睛、显豁响亮，皆奇狂拙美，热烈鲜明，老辣凝重，气韵盎然。与那些浅薄、应景、逢迎、现饭之类，真有云泥之别。

两头拓荒牛，一对千里骥。古益州走出来的汉子毕生益文，益思，益邦，益世；“霸蛮”乡孕育的画师永远厚德，厚道，厚重，厚实！凭借他们加起来一百六十余年的阅历修炼，是真正的珠联璧合，强强联合；是不可多得的文坛佳话，杂苑美谈！

天意君须会，人间要好书！天意即民意，社会大趋势，不可阻挡。世上没有“一言兴邦”、“一言丧邦”的神话，却存在“众言兴邦”、“众言兴族”的铁律。时代需要更多的陈四益黄永厚！

愿二位打造出更多益世厚重之作，愿国中涌现更多的陈四益、黄永厚们！

2012 年 3 月 18 日于宜昌

马燕的漂流瓶

马燕是谁？马燕是濒临失学的宁夏女孩。马燕终于没有失学，因为她有三本用练习本写的日记。母亲把日记交给了一位叫韩石的法国记者，记者写成了通讯在法国发表。读者来信涌进了记者的信箱，人们纷纷捐助，一家出版社出版了《马燕日记》，版权被转售到多个欧洲国家和日本……

据说水手在海上有抛漂流瓶的习俗，将心愿或希望，寄托于毫无希望的拾取者。马燕的母亲把女儿的日记交给素不相识的异国记者，就像是把一只漂流瓶抛向了大海。然而几十万、几百万分之一的“机缘率”，落到了马燕的头上。“蚂蚁掉进蜂糖罐”，马燕从此成了“名人”。

“掉进蜂糖罐”的当然不止马燕。苏明娟因为记者拍了她的“大眼睛”，如今读到了大学；主演了《一个都不能少》的魏敏芝，如今举家迁居到石家庄，自己也进了师范；《美丽的大脚》中的孩子们，因为遇上了一位志愿者老师，能够去一趟北京，住进了老师四星级宾馆式的家中，亲历了一次“天堂”生活……然而靠“漂流瓶”改变命运，未免过于玄乎，靠“漂流瓶”完成义务教育，也太缺乏了保障。如果法国记者没有去到那个偏远的村子，如果马燕的日记（全国该有多少这样的日记！）没有交到记者的手中，故事又该怎样结局？马燕15岁的堂姐辍学一年，下个星期就要结婚，那不是马燕最大的“机遇率”？

“妈妈说你怕这是最后一次上学了。我就睁大眼睛望着妈妈，您怎么会说出这样的话来呢？”——马燕睁大的是苏明娟式的眼睛！“今年我上不起学了，我回来种田，公（供）养弟弟上学。我多么想读书啊，可是我家里没钱……”“我读书就是不想像爸爸妈妈那样生活。那样的生活太苦了。”——浅显得掉渣、深刻得让人心颤的道理！

“我要读书”四个字从电脑键盘上敲出，网上即出现两万六千多“我要读书”的条目，依稀有高玉宝的声音！新华社记者发有一组“我要读书”的照片：穿着破旧的孩子伏在木匠做活似的粗糙条凳上做作业；顶着千疮百孔的“天窗”的孩子在起劲地朗读着课文；几十个孩子席地而坐、用小板凳当成了课桌；深秋时节女老师牵着一串女孩高卷裤腿蹚过滚水坝……那该是“主流”外的“涓流”。

20世纪末，我们即已宣布“基本普及九年制义务教育”，但其中颇有水分。笔者所在地的两个土家族自治县，五年前即主动提前“普九”验收，原因是上半年如不“验”，下半年就根本无法“验”成，只好等到五年以后。因为随着人口生育高峰，新学年全县要净增上百个班，师资、面积、设备、图书、投入等，通通无法“达标”。县、市、省层层签订了责任状，大家都不好交代，连总理向世界的承诺也只好落空——结果，上半年皆大欢喜地提前“验收达标”，大家都可以交代了……

由城乡、地区发展的不平衡导致的教育机会不均等，贫困地区适龄儿童失学辍学现象有愈演愈烈之势；城市化的背景下“宏志班”的开设，是城乡、阶层差距的佐证；而流动人口的子女在身份及户籍壁垒下，其明天也实在令人担忧！

倪萍主演获四个奖项的《美丽的大脚》，其实只是“半部好电影”：前半部以冷峻的真实再现了西北山村的现状，有强大的心灵震撼；后半部不过摊了一张甜甜的画饼：徒有四壁的教室连基本教学设备都没有，居然要添置电脑，真如衣衫褴褛的穷汉要配上一条高级领带。而这种漠视“雪中送炭”式的“锦上添花”，其筹款的方式又是靠张美丽灌下整瓶烈性烧酒换来的“大款”的“开恩”……难怪导演最后要让美丽莫名其妙地撞车死去，那真是一个带象征意义的结局！

如今网上流行所谓“祈愿漂流瓶”，那是将祝福撒给素不相识的人们，一种充满浪漫气质的“四海之内皆兄弟”式的友善。教育的“漂流瓶”如果进入到这样的层次，那当是另一种意义的福音！

2003年5月8日

北影门前的景观

北京电影制片厂的门口，永远是一道景观。不止那透溢神秘魅力的厂名，那挺立在大门拱形标牌上披着尘灰的三人雕像，更有那门口常年结集不散的人群。看衣着有些像是上访者，然而并不手持状纸面显忧戚；像前来找活儿的农民工？面前却没有搁放“泥瓦工”、“洗抽油烟机”之类的马粪纸牌。他们是谁？他们是前来应召的“群众演员”。准确地说，得在“群众演员”前面加上一个“准”字。

北影厂拍戏，采用现招现成的方式招募群众演员。招募地点就设在厂门口，应募者一律露天而立席地而坐，犯不着设什么接待厅室之类。春天的风沙夏日的骄阳秋天的金风冬天的冰雪，是他们最好的陪伴。他们各自同各自一群小声地说话，不打闹更不人吼马嘶。他们很有耐心地从早晨五点多前来，到晚上五六点依依散去。个别的直待到夜深，等待摄影棚夜里拍戏临时需要人抓差补缺，但这样的机会极少。可仍有人在这里“守株待兔”，使人想起臧克家的诗“夜深了，还等什么呢？”

应召者大多面孔黧黑、皮肤粗糙，装束随便，像来自边远郊区的农民或者外地来京的农民工，高矮瘦胖、平头长发、虎须光下巴、眉清目秀、怪模怪样者一应俱全。看不出他们身上有多少文艺细胞，甚至感觉根本就同艺术不搭界。但他们仍然不倦地执着地在这里等候，一点儿也不在乎旁人探询惊讶的目光，好奇、鄙薄的神情。

他们中间肯定不乏“北漂”。“北漂”是演艺圈约定俗成的名词，开始指来京流动的有知识有学历的那一部分人。最早可能是诗人，然后是画家、作家，演艺圈里的可能人数最多。北影周围的地下室就住着不少演艺圈的“北漂”族。然而北影门口的应召者远够不上“北漂”的层次，他们还住不起地下室，他们只能在大门左侧的树荫下铺一块皱巴巴的塑料布，熟熟地打着轻鼾，美美地做着好梦。甚至房前屋后、桥梁、涵洞、自行车棚，都可以成为他们过夜的居所。不少来京打工的民工，当他们无意中发现干群众演员这一行可以挣些饭钱而且轻松有趣，他们就毅然决然地作出了这种选择。尽管机会并不太多，且经常受“穴头”欺骗盘剥，他们还是按时按点地“忠于职守”。为挣一份盒饭、微薄的报酬维持生计，总比在工地上搬砖头强，比在家种地来钱容易。拍戏每天最多 20 元，即使每天都有戏，一个月也就 600 多元，实际上不可能天天有戏。于是，吃饭就成了问题。比起大明星的“天文数字”，他们的所得是芥末，是微尘。

然而他们是自愿而来的，无人胁迫，不须下令。他们很容易得到满足，即使是银幕上一个背影，半边脑袋，也足以惊喜若狂，令乡邻羡煞而刮目相待。他们十分珍惜这种“亮相”的机会，常常为出拳、站立姿势而切磋半天。他们常常做梦，连白天也是。有朝时来运转，因为一个露脸的镜头带来奇迹，那该是又一个成名“傻根”的出现。

在戏中他们扮演的角色无疑是不可或缺的。理论上讲当属“强势群体”。因为没有他们，戏就不成。不论哪朝哪代、悲剧喜剧、敌我友哪方，情节、环境如何，他们都是不可忽视的存在。越是大制作大背景大场面大事件大英雄，越需要群众角色的拥戴、烘托、铺垫、捧抬。缺了群众角色、群众场面，就缺了气势、声势、阵势、优势，就无法造势，就显得贫弱、冷清、苍白、单调。电影不消失，群众角色就铁定地永远地要受重视。

然而事实上他们同时又是剧中的“弱势群体”。他们是地平线卷来的潮水，是密匝匝簇拥的蜂蚁，是黑压压的一帮乌合之众，是一跪一大片、一死一大片的子民草民。浩大威武的军阵他们是不够格扮演的，那是训练有素的部队成团成师的调集。

然而他们的出现总是群体性的。观众不可能看清他们谁是谁，他们总以远镜头、全景式地展现于世人。他们是天际的一抹色彩，背景上的一片模糊。你可以笼统讲他们多伟大、多重要，是真正的英雄、无名英雄，了不起，了不得，然而电影的镜头永远不会对准他们，只能对准主角，对准英雄。有机会在银幕上短暂露脸的才算得上配角，他们连配角都不是。剧本对他们不设单独台词，有，也不外是“群体性”的“冲啊”、“杀啊”、“万岁”、“喳”之类，话语权不属于他们。“演员表”当然也与他们无缘，他们人数太多，哪排得下来，也没有必要，也没有人因此找导演扯皮。因为这种角色是不需经任何专业培训的，大卡车大队人马大呼隆一拉，劣质戏服一穿，脸上胡乱涂抹一阵，就可以粉墨登场了，只要听从调遣听话就行。说他们是上帝也好，主人翁也罢，他们创造了什么什么也罢，反正在银幕上、银幕下都是陪衬主角配角的不起眼儿的群体角色。这是任何一个导演、经纪人、观众都看在眼里的事实，是他们注定了的宿命。

其实，这个世界同北影厂门前一样，哪里没有这样的景观……

2005 年 4 月 20 日

莫言的担当

秉承“莫言”古训从红高粱帐里走出的作家，用三十一年的直面、沉远、犀利、魔幻的言说，摘得了2012年文学“诺奖”的桂冠，这是继1938年美国赛珍珠以中国农民生活为背景的自传体小说《大地》、2000年法籍华裔作家高行健以中国“文革”为题材的《灵山》之后，让中国故事流布于世界的中国本土第一人。同世界级的泰戈尔、罗曼·罗兰、肖伯纳、海明威、福克纳、马尔克斯、索尔仁尼琴、帕斯捷尔纳克、肖洛霍夫、川端康成、大江健三郎等一道步入世界文学长廊，多少弥补了些鲁迅、沈从文、老舍、林语堂、巴金等与“诺奖”擦肩而过留给国人的遗憾，也多少满足了开始融入世界、成为世界公民一员的心理渴求，让认同式的焦虑症有所缓解。

这个被人称为风格独特、想象狂放、叙事磅礴、语言精妙的作家，以重组回忆、独特建构、百味杂陈、荤腥不忌的姿态，将隐秘于胶东平原边缘的高密东北乡的大悲大喜，可歌可泣，惊心动魄，骇人听闻，摇曳多姿激情迸射地展现于世界读众的面前。无论是红高粱、蒜薹、红萝卜的悲情叙说，还是人轮回转世为猪狗驴的亦真亦幻；是被损害、被遗忘的“黑孩”，还是“送子娘娘”兼“杀人恶魔”的姑姑，抑或是以“我爷爷”为代表的高密东北乡上演的一出出人生大剧，都那么凄凉悲戚、高亢鹰扬。它颠覆“社会主义现实主义”的乡村“诗意”，突破了阶级、政治的界限。意为“不要说话”的“莫言”的言说，具有浓重的现实和历史的隐喻性，带有强烈的历史穿透力与社会批判力，一如土地深处的泉眼被打通不可遏阻，具有筚路蓝缕开疆拓土的功能。

莫言在法兰克福书展上说：“文学揭示了人类的普适价值”，“多样性的思想是国际关系的普遍原则”。莫言的文学言说是直面的，犀利的，沉远的，独到的。怪诞的背后是逼人的真实；对主流和现存的话语体系和社会状态无畏的质疑与颠覆，显现他高超的智慧与狡黠。他的高密东北乡系列，广阔展现了百年沧桑，革新了正统的历史叙事模式。他的充满想象力地向历史纵深开掘，向广袤的中国乡村无边延伸，创造了一个充满无数生灵的文学地理世界。英、法、西、德、瑞、俄、日、韩等十几种语言的翻译出版，大陆、港、台到法、意、日的诸多奖项，显示了举世的普遍认同，成就了他无可撼动的严肃文学与畅销书籍兼具的大家。

他的沉潜与独立，与时行的那些“采风”、“采雅颂”，与那种伪“贴近”、“深入”秀，是毫不搭界的；他的获奖，同所谓“国力增强”、“屈从”、“低头”论，是不相干的。他足让那些喧嚣一时走红发紫的虚假、矫情、应声、献媚、雅颂文学相形见绌而无地自容。文学是个人化的耕耘，非同集体的劳作。不必对莫言获奖作拔高的破解，也不可无限上纲地作肆意的矮化。莫言并非完人，也有自己的局限与回避，自己的虚假与苦衷，然而莫言对中国文学的激励是不言而喻的，给予中国作家的引领效应将与日俱增。完全有理由作这样的期待：莫言同当代中国众多有良心有担当的作家，一道书写着新时期中国文学的新史。让我们且以莫言获奖的名义，祝福未来的中国文学。

2012 年 10 月 19 日

孤独者的心灵解脱

将《灵山》连续读了两遍，我被深深地感动了。作为那段背景的亲历者，有着强烈的认同感与共鸣感。窃以为这是一部真实的地道的小说，也可视同为一部寓言，一部游记，一部广涉中国社会文化、传统哲学、宗教、民俗方方面面里里外外林林总总的杂书，一部绝对中国化的书，一部不是中国评委评奖的书，一部瑞典人—北欧人—西方人眼里感兴趣的书，一部为国中已有文学理论无法规范的书。

所有的指责都没有超出作者本人预料的范围，他在书的许多章节里作了足够的回答。

《灵山》没有塑造人物吗？ NO。《灵山》塑造了有灵有性、有血有肉、有思有情的"我"也即你、他、她——一个孤独、孤愤、孤寂的逃亡者、行吟者、云游者的形象。那里所有的"你"、"我"、"她"、"他"，全是一个人——既然到了无人可与敞开心扉、可与倾吐的地步，就只好自说自话——"你"向"他"倾吐，"我"向"你"倾吐，"他"向"她"倾吐，"她"向"你"倾吐——对自己倾吐。而"她"，也只不过是一个郁闷宣泄的载体，"意淫"的对象，一种主人公孤独挣扎的方式，一种"病急乱投医"式的无奈与无助。

《灵山》没有故事情节吗？ NO。故事全发生在旅途中，发生在你我他她的心中。每个"文革"亲历者都会唤起心灵的悸动、理性的认同和情感的共振；每个"文革"未曾经历者同样可以从作者多角度的叙述中，体味到一个向灵山朝圣者的心路历程。故事纵横交错，人称交互使用，不在意如何承接隶属，不在意源自哪里流汇何方，也不引导出任何冲突或企图。摆脱传统的情节编织、人物塑造的累赘，以一种散文化的小说模式，与古代笔记小说、杂记相呼应，成为一种崭新的表达方式。除了对"文革"、对极左行径痛彻骨髓的诅咒、痛斥、谴责之外，比起国内的不少作品，窃以为，并不显得"尖锐"、"出格"、"触雷"。他毫不回避中国的种种社会现实与政治，也非同一般的抗议与揭露，《灵山》是孤寂者的心路历程。

"佛在心中莫浪求，灵山只在汝心头。人人有个灵山塔，只向灵山塔下修。"他在天台山大佛寺过夜，半夜里钟鼓齐鸣，蓦然惊醒，披衣观看僧人的早祷，那种庄严肃穆，给了他巨大的心灵撞击。他浸透了自嘲，具有颠覆性的深刻。他的透彻的怀疑主义导致对中国传统的伦理教化的反思；他唯一做的是破解历史，是面对一个个谜语、谎言、面团、废话、鬼打墙进行文学的质疑与诘问……

《灵山》的基调是凝重的、痛苦的、茫然的。无论尘嚣的市集、人迹罕至的蛮荒、笔者身边的神农架木鱼镇、《黑暗传》、“三峡省筹备组”……主人公在这个世界展开了心灵的朝圣之旅。所有力量都灌注在心灵的倾诉和语言的锤炼上，一种带有抒情的散漫、温婉、哀伤的笔触，让故事如同雪山涧水淌入读者心田……

昆德拉说：“一部小说就是以带有虚构人物的游戏为基础的长篇综合性散文。”昆的论断提前帮高行健回答了“不像小说”的责难。

2001年春

“解愠”“阜民”的《南风歌》

《诗经》中有《南风歌》，相传为舜所作。结尾唱道：“南风之薰兮，可以解吾民之愠兮；南风之时兮，可以阜吾民之财兮。”由此想到温总理政府报告近七十次“改革”词语的高频率使用，证明中国改革的急迫和严峻。每年“两院”报告中居高难下的官员犯罪率、社会犯罪率、群体性事件等数据，连同连年表决中反对、弃权票的居高难下，都是现实的水银柱，测量着国人的期待与耐心。而联合国关于中国基尼系数最贫困、最富裕人口所占收入、消费的份额，以及银行存款贫富悬殊的差距，也不断发布着政治气候与社会心态的阴晴。不断提醒与强调：改革才是国富民强长治久安之根，才是当政者“维稳”的不二法门。

意料之中，改革饱受褒誉、称颂和期待，也毋庸讳言，其质疑、骂娘乃至恐惧指数也并不低：一面是改革浪潮中被不断边缘化、为改革“埋单”者原生态的痛苦体验，从中“提炼”出固执的结论，甚至不受“文件”、“联播”、“社论”所左右；另一面则是特殊既得利益集团的迅速膨胀，成为改革深水区的陷阱、暗礁与有目共睹的绊脚石。而许多改革方案恰恰是由这部分人起草，“近水楼台先得月”的惯性发作，以“改革”的名义营私，不断地让公正、正义的伤痕累累而不断蒙羞。于是改革同官员、主流媒体一道，同样面临着“公信力”的拷问，其改革认同感和认同面，也无情地摆在现实的面前。

权贵崛起，垄断坚挺；国进民退，国富民穷势头未减；“哗上取宠”机制愈烈，贫富差距日深；“裸官”高发，贪官外逃，第三次移民潮兴起；官员财产公开连年受阻，“文革”式“唱红”，运动式“打黑”……改革的公信力，已刻不容缓地要提上议事日程。以“捂”、“堵”、“压”、“拖”的方式维稳，一时或可见效，长期则只能积怨愈多，风险愈大，事与愿违。

我们需要的是“德”“赛”兼有的发展观。“德”“赛”两位先生，一个也不能少。唯有“普适”方能同国际接轨，引领世界，如同通用件的国际流行。“普适”是纵向与横向的时空普遍通用。与国际接轨只适用于经济领域，不适用于思想文化政治领域，是荒谬的；只承认经济范畴的普适价值，排斥乃至惧怕意识形态上的普适价值，经济上改革开放而思想文化政治上锁国闭关，是不可想象的。

——和薰入时足可“解愠”、“阜民”的南风呵，我对你有如此强烈虔诚殷切的期待！

2012 年 8 月 19 日

贾母吃果子狸

几经肯定、否定、肯定，世卫专家最终仍认定：果子狸样本中存在大量SARS冠状病毒，与人类的“非典”病毒具有同源性，其基因序列也越来越“人类化”……人类不得不对售食的果子狸“格杀勿论”了。

突然记起贾母吃果子狸的事儿。《红楼梦》第七十五回：中秋前夕贾母歪在榻上，正与王夫人说话，早有媳妇丫环抬过饭桌。贾母吃下半碗红稻米粥后吩咐：“这一碗笋和这一盘风腌果子狸给颦儿宝玉两个吃去……”

果子狸在两百多年前成为大观园桌上的佳肴，足见此种“吃风”在北方也较盛行。但“老祖宗”只尝了一点点就要送给两个心肝宝贝去吃，也足见即使在“白玉为堂金作马”的钟鼎之家仍属稀罕之物，并不像今日大款大官大腕的高消费群体可以随意享用的。即使从黑山村乌庄头给大观园的新春大礼单上开列的野生动物，如大鹿、獐子、狍子、暹猪、汤猪、龙猪、野猪、家腊猪、野羊、青羊、家汤羊、家风羊、鲟鳇鱼、野鸡、熊掌、鹿筋、鹿舌等五花八门，独独不见果子狸，也足见它在当时的稀少与金贵。

资料说广东吃果子狸已有两千多年的历史；最早见于文字记录的是盛唐尚书令韦巨源的《食谱》。李时珍的《本草纲目》对果子狸则有较细的记载，说它“专上树木食百果，冬月极肥”。清李朝元的《南越笔记》中说：“雪州所产香狸，所触树木皆生香。”简直比巴黎香水还高档。清袁枚的《随园食单》中详记了果子狸的烹调过程，与曹雪芹的记叙正相佐证。至于今日粤、鲁、津、徽各菜系中“红烧果子狸”、“双冬果子狸”、“红扣果子狸”、“清燉果子狸”花样百出，则汇入专以野生动物猫头鹰、东北虎、金钱豹、眼镜蛇、穿山甲、娃娃鱼、活乌龟以及斑鸠、蟒蛇、孔雀、飞龙（花尾榛鸡）、黄羊、蜥蜴、熊掌、熊鞭、虎鞭、猴脑、“三叫”（生涮幼鼠）等为饕餮对象的“满汉全席”，堪为流变千年而难易的中国美食文化的“胎记”。

只是令人疑惑不解的是，从前从未听说果子狸带过病毒，贾母以及宝玉、黛玉吃了也未见害病，如何步入21世纪竟成恶性病毒的载体？更蹊跷的是果子狸自身并不感染，倒要传给人类？恶性病毒难道也如20世纪后十余年贪污腐败病毒一样“与时俱进”？果子狸生长于山野，素与人世无争，更不侵民扰民，不是人类把它们大规模逼上餐桌，即使身上带再多再烈的病毒，又怎能传播于人？它饥吃生果，渴饮山泉，呼吸新鲜空气，徜徉绿色怀抱，自得其乐。然而人间“吃风”日盛，果子狸成天逃窜躲藏，身心俱伤。沦为阶下囚，处狭笼，吸秽气，食不甘味，朝不虑夕，就如生活劳顿心情郁闷的人极易患上绝症一样，“果氏”体内病毒也就孳生繁殖。久居大麻、罂粟产地的土人体内会产生“抗体”，果子狸对SARS也极可能由此而具有免疫力。于是人类不怕果子狸而怕SARS病毒，果子狸不怕SARS病毒而怕人类，正是看不见的“造物主”精心安排的一种“生态平衡”，也是对人类恶行的一种报应。

中国自古有“天人合一”的主张，“各美其美，美人之美，美美与共，天下大同”（费孝通语），这既是调整社会内部结构的准则，也是抵御与防范天然生态失调的良方。但愿如专家所放言，今日对进入饲养、运输、销售环节果子狸的灭杀，对人工饲养、烹吃果子狸的禁绝，不会减少大自然中果子狸物种的数量，反有利于天然生物链的维护，当是“置之死地而后生”。倘能如此，那当是今日大批果子狸“牺牲”的意义，也是未来大自然果子狸的福音。

猴年伊始，杀罢果子狸眼下又在大规模杀鸡——并非“杀鸡儆猴”，而是“半路上又杀出了程咬金”禽流感流行。为应对自然界的瘟疫，也该像对付腐败瘟疫一样，须得建立起强有力的“防患于未然”的机制。

2004年2月18日

两个“半个沈从文”

两部高校新版文学史《中国现代文学三十年》与《中国现代文学史》，都高度评价了沈从文作品的文化内涵与艺术价值，确认他在现代文学史上“大师”的地位。这是献给这位被鲁迅誉为“新文学以来所出现的最好的作家”、这位曾与诺贝尔文学奖擦肩而过的“乡土文学之父”百年诞辰的最有分量的礼物。

他笔下那“水气盈盈”的沅江沱水、充盈着强悍性格淳厚民风的“湘西世界”，那静美沉郁的文字，把读者带入到诗情画意神秘新奇的天地。他以七十多部作品献给了这个世界。

然而正当继续推向高峰的时候，沈从文这部情节跌宕的正剧，猛然间峰回路转急转直下，主人公倏然匿迹销声，以致几十年后成为“出土文物”……

20世纪50年代初，毛泽东在一次文人会见中还同他握过手，说沈从文50多岁，可以再写几年小说。然而他没有，他“金盆洗手”对自己作了彻底的封杀。他了断文学情缘，选择文物钻进故宫，踅进那个远离风暴的港湾。他终于习惯人们对他的侧目而视，自安于卑微、谦和、柔弱的生存状态，他横竖不说一句话。他认真地为古文物展品书写着标签，“文革”期间很称职地打扫着历史博物馆的女厕所，然后在那间无一处不是书、不是图片、不是零零碎碎纸片的小房内，物我混为一体地独自默默耕耘着既定的事业，而对于出入于各种会议、“坐着飞机出国”的同仁们竟“无羡慕或自觉委屈处”……直到80年代复出，外国友人向我国从事国际文化交流的官员打听沈的状况，文化官员竟懵然不知沈为何许人也；沈于北京逝世，消息却由海外率先发出……

后半生的选择无疑是一种无奈，一种自我保护。因此省却了许多麻烦，也逃过了反右与“文革”的劫难。他的选择也是一种“突围”，是善于排除困境超脱自我的智者的抉择。柔弱中显出湖南人的倔强，谦和中透出土家汉的自信。钱钟书说：“不要以为他总是温文典雅。骨子里很硬。”老子说：“上善若水”，“天下之至柔，驰骋天下之至坚”。沈从文这一泓“上善”之水，正由“至柔”而至于“至坚”矣！

于是这个原本在唱大戏舞台旁边也能专注工作的人，在脱离“群居”与“主流”的状态下，可以从吴道子的手卷人物环饰中见出宋人制度，认定并非唐画的无疑；可以在五年的咸宁干校仅凭记忆写出《中国服装史稿》的补充材料。以后半辈子几百万字的著述的文物学术成果，反证了社会发展史的价值，也反证了沈从文自己的价值。《史稿》填补了一个领域的空白，那灿烂的文采、严密的逻辑与高标的美学价值，让读过这部史稿的人惊叹感佩。文学不幸文物幸，个人不幸国家幸。一种颇含悲剧色彩的“转业”，一种“干一行爱一行”“爱一行成一行”的悲壮典型！

两个半生，铸造文学文物两个辉煌；两个“半个沈从文”，组成沈从文的完美的整个人生。“不折不从，亦慈亦让；星斗其文，赤子其人”是当之无愧的作结。中华民族中蕴藏的能量，于此可见！

历史据说是不能假设的。其实凡天下事，什么不可以假设？1957年罗稷南问毛泽东“假如鲁迅还活着”的问题，毛泽东不是慨然作答了么？我们也不妨诘问：假如现代文学史上如郭、茅、巴、老、曹，后半辈子像沈从文又将会如何呢？假如沈从文后半辈子像某某某，又将如何呢？假设是不成为现实的设想，是人们驰骋想象的空间，人们可以从中演绎出许多出人意料耐人寻味的情节。与其写些平庸、迎合、应景的东西，真还不如去开拓一片合适的新的领域。不可能要求人人都成为沈从文，都去学沈从文，沈从文不过是现实中独特的“这一个”。唯其独特，就更有人格的魅力与研究的价值。历史有自己的走向，个人有自己的行为逻辑，不应该也不可能将大千定于一尊。只是当沈老百年之后的今天，当我们面对另一种“两个沈从文”——被埋没扭曲的“小人物”沈从文，与还历史本来面目的“大师”“大家”的沈从文；面对实际存在的“两种选择”——沈从文自己对历史的选择，与历史对沈从文的选择，进行历史的审视与反思，也就成为纪念沈从文百年诞辰的又一沉甸甸的话题。

2003年3月7日

思考者的远去

结束了六年两千多个日日夜夜不能说话、不能写作、不能与人交流的病榻折磨，百岁巴金终于得到一种“超脱”。在赖鼻饲维持生命类似“植物人”的境况下，他依然担负着国家参政议政的重任，领导着世界上作家最多的一个协会，担当起实质性而非荣誉性的工作。用他自己的话说：“是为你们而活着的。”

媒体发出的一律是微笑的告别照，与他面对人生、读者，乃至死亡的态度，高度契合。其实，巴金本质上是忧郁的，一辈子的负债感、歉疚感，永远的自问、自责。看不少画家为他造像，都是忧郁的目光，羸弱的身子，瘦削的肩膀，沉思的状态。北京现代文学馆草坪上那尊巴金雕像，你尽可以攀着他的肩同他合影，他一点儿都不生气，他是你的爷爷、尊师、菩萨。

他划开自己的伤口，用刀子剜脓血，是世上为数不多的自己给自己下刀子的“医生”。他以沧桑的阅历，痛苦解脱式地一鞭一鞭抽打着自己的灵魂，“狠狠地挖出自己的心”，对自己的苛责，对世人的深爱，都虔诚得近乎宗教。他一字一句写他的忏悔录，不以哲人姿态，不用语不惊人誓不休的大话。那篇《怀念胡风》，他用左手推扶着右胳膊，颤颤巍巍每天一百多字，七八千字的文章，“画”了整整一年。

你可以说他的《随想录》检讨批判不够深刻深入；可以说他对于“文革”悲剧发生的体制根源，没有进行更深的开掘；你也可以说巴金在对社会问题介入的深度广度以及不妥协精神上，远不如鲁迅；你甚至还可以拿他同国外的知识分子作比较，说他没有触及当时整个中国的政治人文环境的实质，你甚至可以讽他为祥林嫂式的“文革”絮叨，指他有政治套语夹杂其间……是的，不是可以指出梅兰芳的旦角这样那样的瑕疵么，侯宝林的相声这里那里美中不足么？你却无法否定他们。由他们形成的空白，暂时还无人可以填补，你同样无法否定中国思想史、文学史绕不开《随想录》。他的不少文章，当时国内发表，常被删改，有的得拿到香港发表。若干年后出版合订本，才得以一一恢复原貌。1978 年开始的八年跋涉，距痛快淋漓的韦君宜的《思痛录》，早了二十年，跟至今死不认账、拒不忏悔的“洁癖”文人间，岂可以用道里计。

高僧只说常话，老人拥有全部的朴实无华。自我的“痛悼”之作，无论语言上的返璞归真，还是思想上的沉潜深宏，让平装的、精装的；分册的、合订的；精选的、全选的；简体的、繁体的；线装的、手稿的；中文的、外文的《随想录》，都透射出信仰与真诚的魅力，让读者从中获得力量与信仰。《随想录》让一切奉旨、玩世、傍腕、傍金之作自惭形秽。

巴金暮年竭尽全力将《往事与随想》译成中文，那是赫尔岑历经苦难之后对他那个病态时代的实录。一百年后，巴金的《随想录》，是当代的《往事与随想》。巴老垫着蓝色的复写纸、用圆珠笔慢慢叙说：“不忏悔，这是我们民族的弱点。这一点我们确实应该向德国人学习。他们不认为法西斯是希特勒一个人的责任，而是全德国民族的耻辱，而我们却把一场民族的悲剧推到几个人(林彪、四人帮)身上。”毕竟抽象理论化的历史叙述与定性分析，取代不了感性的个人化的回忆与反思。而后者正是保证民族的历史记忆不至苍白模糊的关键。犹如卢梭在18世纪的法国、列夫·托尔斯泰在19世纪的俄国，巴金是20世纪中国伟大的道德思想家、社会改革家。

文学佛国里菩萨打架，“木匠造枷枷自家”，不要忘记中国几十年的文坛怪圈：以批判别人代替认真的理论思考，到头来批判者大多又遭到另一些人同样的批判。巴金说：“我并不像某些人那样‘一贯正确’，我只是跟在别人后面丢石块。我相信别人，同时也想保全自己……”他跟着别人高呼“打倒×××”，同时也高呼“打倒巴金”。他心甘情愿地低头认罪，主动地“改造思想”。如今他把这些原原本本编入全集，他说：“现在才明白编印全集是对我自己的一种惩罚。”当他“文革”中打扫厕所生怕有人认出时，却听见有人在读他的作品，那是怎样的一种体验；他写自己无法保护比自己年轻十三岁的妻子，无法庇护日本友人送给他的狗……他倾吐的字字句句，正是修建“‘文革’博物馆”的砖瓦砂石。

当年替鲁迅守灵抬棺的巴金曾经说：“我勉励自己讲真话，卢梭是我的第一个老师，但是几十年中间用自己的燃烧的心给我照亮道路的还是鲁迅先生。”鲁迅的精神传统是一道源远流长的精神河流。历史之筛怎么也筛不掉这个拥有1300万创作与译作、拥有真诚与良知的金子般的巴金。巴金对新华社记者说：“我一生没写什么东西，只写了《随想录》这一部作品。”“五集《随想录》是我一生的总结，一生的收支总账。”今日对巴金最好的纪念，是从《随想录》出发继续着他的思考，在建成中国现代文学馆之后，继续筹建“文革博物馆”。不能在仪式上保持对老人的尊重，却视他的警告为杞天之忧。将“文革博物馆”的建议永置高阁。

巴金走了，可以重回“鸟的天堂”，再看“海上日出”，可以去同他日夜思念的爱妻肖珊，甚至他心疼的灵性的狗一块儿团聚，这是怎样的一种“解脱”。然而我辈仍未“解脱”，我辈当继续思考：如何坚守良知，固守家园，“合于时宜”而又“合于‘史’宜”……

2005年10月26日

寂寞的寿者

不知道长期居于同一城市的孙犁、马三立，生前可有过交往交流，笔者发现这一从文一从艺、一主“雅”一主“俗”的两位大师，竟有着那么多的相似之处！

二位都是生命的寿者。行年九十，按《左传》“中寿百岁”的标准，都是接近“中寿”的中国文坛艺届的两位耆宿。

二位也是创作的寿者。创作生命力如此旺盛！孙犁最后二十年，以每两年一本的频率连续出了十本书。从《荷花淀》到《曲终集》，七十年的文学长旅，将数百万字的作品留在了这个世界。马三立直到88岁才告别演出，八十载的相声生涯，数百个耐人品味的段子有口皆碑，马大哈、开会迷，早步入了辞书……

二位的作品都不好趋时赶热。笔下嘴上，不约而同地远离“大喊大叫”，拒绝提高嗓门。题材都不那么“重”，旋律也不那么“主”。即使如《荷花淀》、《铁木前传》，也是武戏文唱，举“重”若“轻”。而马三立，装的全是小人物的喜怒哀乐、市井视角的众生相。与今日那种大赞农民如何坐宝马、使笔记本电脑、反穿裘皮大衣、卧室里两部等离子电视机的“假大空”相声，真是云泥之隔！

二老都钟情于恬淡平和的风格。“荷花淀”派的倡导，“文哏”“冷幽默”的一贯，特立独行，独树一帜。贾平凹说：“孙犁的文章好到你不觉它是文章，难寻技巧。”读他的文章，如读书帖般舒服，也想见其书家的自在。而愈到后来，则愈显其简淡超逸老到，臻于“大味必淡”，“大道低回”的炉火纯青。马三立则专以“我”为嘲笑对象，让你大笑之后也跟着自嘲，嘲笑的正是人性的弱点。他以特有的“唠叨劲儿”，使劲儿地将腮帮子往里嘬，声平气和耳语聊天式地“逗你玩”。从不高台教化，不恩赐、强加笑声。哀而不怨，俗不伤雅，婉而多讽，乐而不淫。传统在他这里得到了充分的张扬与提升。

有评论家说孙犁的作品是不可模仿也无法模仿的：“孙犁是最易被社会误解的作家，也是最易让模仿者‘上当’的作家。”无独有偶，也有评论家说马三立是无法模仿的：“谁不学马三立谁不会说相声，谁学会了马三立谁也说不好相声。”风格独绝简直让二位成了“孤家寡人”。

二位的为人也似乎相约，都是低调儿的。远离尘嚣，固守寂寞；都未进官场，不当红星，不吹不擂，无竞无争。始终生活于“行”外“圈”外：离文坛而不离文学，远艺界却不离相声。正如冯骥才先生所说：“这种寂寞是彻底的，真正的。”在艺坛、文坛乃至大型晚会都崇尚闹腾的当下，这真是和而不同的两个“另类”。

聂绀弩有诗：“中年多隐痛，垂老淡虚名。”仿佛是专为二位而写的。别看孙犁参加革命早，对于人事关系却偏偏缺乏应有的知识，更无应对的能力。“文革”中，饱受迫害谪居陋室，几次想到自杀。马三立由青年时期的地摊糊口，到善良到对“政治”一窍不通，到“反右”中成为替罪羊，到“文革”遭同行以死相逼而跳楼……两人的境遇竟是这样惊人的相似。“淡虚名”，于是成为他们的一种哲学，一种境界。以近一个世纪的阅历，二位看透人生参破世事，因而平淡中迸发激情，精微里显示骨气；宁静与致远同在，孤傲与谦虚并行。一个是永与书为伴“副科级”的文学大师，一个是无需减肥的欢喜笑佛；一个是笔酣学富的大儒，一个是仙风道骨的长老。皆为“隐于世”的“大隐”！

“人心如明镜清泉，虽尘积风扰，不可掩也。”（孙犁语）大智若愚，大强若弱。生前固守寂寞者，身后倒未必寂寞——如今孙犁的塑像坐落在天津日报大厦的广场前；天津市民为名人海河立像的投票，马三立得票最高……再回看文艺界一些人物整天露脸亮相、送往迎来、应景追风却作品平庸、文思枯竭，身后倒成了真正的“寂寞”者，该是多么有趣的社会“生态平衡”！

“仁者寿”——孔子的话，看来不无道理。马三立 71 岁时自称“幼童”写下诗句：“昔日药王寿高，今朝却将他超，百岁焉敢称老？齐璜亦属寿夭。”这是仁者的胸怀。津门并世出现两位大师级寿者、智者、仁者、圣者，看来堪称一块福地！

2003 年 7 月 8 日

曹禺老舍们的“手术”

天下文章不怕改，这是被无数作家实践与名言所证明了的。但愈改愈糟的事同样是不乏其例的。比如我读1951年版的《曹禺选集》，就大吃了一惊，见到的分明是一个另类的《雷雨》！曾经闭目即现的那位忍辱负重、呼天抢地的宿命的侍萍，变成了敢于顽强反抗的斗争妇女，当再度同周朴园见面，即大骂周是“杀人不偿命的强盗”。指着周萍对周说：“有你这样的父亲就教出这样的孩子。”简直对她进行了大脑移植。鲁大海被简化成具备“应有的工人阶级的品质”、“有团结有组织的”罢工领导者，当场揭露周朴园背后有帝国主义支持、同官府勾结的行径。为了凸显这种勾结，剧中新增了一个毫无血肉的叫乔松生的省政府参议。周萍则全然是玩弄女性的纨绔子弟，先同蘩漪私通，继而玩弄四凤，而后又要和蘩漪私奔……结尾没有让周萍自杀，四凤也不寻短见，周冲也没有触电死亡，说不清是悲剧还是喜剧。掩卷之余，倒觉得曹禺自己成了悲剧的主角……

这戏是曹禺改的么？曹禺会如此“发昏”么？读田本相的《曹禺传》可知：1950年大师以空前的勇气与热情，要挖去“创作思想的脓疮”，把自己“煮一遍”。他认定原剧“没有阶级观点，看不见当时新兴的革命力量；一个很差的道理支持全剧的思想……”他“自觉”地对十七年前即轰动海内外的处女作、成名作兼代表作的《雷雨》，进行了全身器官的大更换。这样的结果下来，正如他自己事后所说：“越描越糟。”“文革”以后乃至近年出版的《雷雨》，终于又通通恢复了当初的原貌，花大力气绕了一个大圈之后，终于又回到原来的起点。

同样的情形也发生在老舍身上。老舍对已发表过的作品历来是不愿再加修改的，然而他也破例了。以《骆驼祥子》为例，解放后出过多种“改订本”，每次删除与更动的幅度越来越大。那些“不大洁净的语言和枝冗的叙述”被裁截了；人物阮明被删掉了；第二十三段后半和第二十四段全部清除出去了。连如下的议论也被视为禁忌：“祥子还在那文化之城，可是变成了走兽。一点也不是他自己的过错。他停止住思想，所以就是杀了人，他也不负什么责任。他不再有希望，就那么迷迷糊糊地往下坠。坠入那无底的深坑。他吃，他喝，他嫖，他赌，他懒，他狡猾，因为他没了心，他的心被人家摘去了，他只剩下那个高大的肉架子，等着溃烂，预备着到死岗子去。"原汁原味悲剧的祥子走了，独有的北京情味淡了，生怕拢了"丑化劳动人民形象"的边。版本繁杂的名著，终于在跨越两个不同社会制度后，遇上了"手术"的尴尬。在一时笼罩的有形无形的引力下，大师也未能幸免地干上了"越改越糟"的傻事。

其实此类"傻事"是早已有先例的。当年肖霍洛夫写作《静静的顿河》，先是有人指责作者以同情的笔调描述了反对红军的哥萨克支持富农、帮助人民的敌人，接着是斯大林对语言改革甚感兴趣时，因作品运用生动的哥萨克人语言而受到审查，前几部带有浓厚地方色彩的语言经过"纯化"后，变得苍白无力。作者不得不向高尔基求援，制止那些把小说改得面目全非的"检查人员"。而斯大林本人，就曾亲自出面来说服作者，让主人公成为一名布尔什维克……

写作是心灵的自由放飞，是生活的独特融合，一旦受某时某境某势某说的牵掣，囫囵吞枣地从某种条律出发，失去自我，缺了主见，能够越改越好么？迄今不见新的大师出世，曾经魅力四射的大著甚至一度黯然失色几乎毁于一旦，难道不值得深思么？

至于那些关系亿万人生存祸福的文献，于正式发表后，再对作原文大修大改，删除经不起检验的"败笔"，加进新内容，如牧惠先生所说把近三十年后的经验，总结在三十年前的文章中，并且不加任何说明，如 1951 年"毛选"出版"以后为先"地修改 1926 年即已发表的《中国社会各阶级分析》；另一篇《历史是筛选器，时间是过滤仪》，今天，当我们以近一个世纪的距离回望这些"沧海桑田"，不是那样妍媸易辨、泾渭分明么。《湖南农民运动考察报告》1951 年与 1927 年的原始版本"差别实在太大"；1957 年发表的《关于正确处理人民内部矛盾》的文字，与一年前向全党传达的报告，无论主旨、重点、内容乃至语言风格，相距不可以道里计，这样的"手术"是美容，是"避讳"，抑或是应了以前老以为是胡适首创、如今证明纯属栽脏的那句"历史是可任意打扮的小姑娘"名言呢？

2005 年 8 月 15 日

师范牧惠

一年前，我在八宝山最后一次同这位盖着党旗的熟悉老头告别，我分明仍听到他的呼吸。党旗的覆盖是对他一生的“正式”作结，也是对他“离经叛道”的一种认定，对当年“石头”之诬的一种回敬。

当铁志将老人去世噩耗告我，我猛地如被重击。就在此前两天，我还给他家里打过电话，没有人接，我估计他又跟往常一样到哪里参加笔会或者避暑去了。他多次在电话里讲起去北戴河游泳、回广西老家的情形。我从来对他的身体都不曾担心过。他每天爬景山，每星期都游泳，一口气就是八百上千米。凭他不久前体检的血压、心脏功能，也决不至于脑溢血、心脏病猝发的。他死时俯卧在浴池里，右脸颊有明显磕青痕迹，我疑心是他踏进浴池不慎脚下一滑，头重重地砸到了浴池边上，造成颅脑内出血休克窒息而死。我立即将消息转告几位文友，大家都难以相信。赵敏说：“两月前，我还与林文公在深圳的一个会上相聚，和黄一龙等人在他房间里长夜欢谈，老头子精神很好，眨眼间竟驾鹤西去，真是不能接受……”黄波惋惜道：“世上说真话的又少了一个。”于冥冥中我草成挽联一副：“人间护良知应多几位　世上说真话又少一人。”低眉写罢，眼睛已经湿润……

我与牧惠相识大约在十年前，他比我大整整十岁。他三次参加由四川文学、四川省杂文学会、湖北省杂文创作委员会和宜昌市杂文学会联合主办的“三峡风”全国杂文笔会，两次在宜昌，一次在成都。在我原先的印象中，牧惠是个火气挺大的倔老头，整个就是一个“当代钟馗”。贪官肯定不喜欢牧惠，“准”贪官也要惧他三分。某些地方官员不是暗自规定他那里不许发牧惠的杂文吗？他曾尖锐指出：“严重的问题在教育干部！”与若干年后写入全国党代会报告的文句相契合，是怎样的一种“提前量”！有报刊曾整版刊出“同牧惠族商榷”的文章，令人触到“围剿”的森森，然而他泰然如常从容以对；“新基调”走俏一时，他激言谠论让其无法成调，是窥到了真鲁迅的影子的。成都笔会上针对“体制外”“体制内”的争论，他说：“我们才是真正的‘体制内’，那些人搞歪门邪道的才是‘体制外’！”这一观点甚合我意。他的杂文《华表的沧桑》选入高中语文课本，从一个方面也反映了他在中国杂文界的地位；他主编的《杂文大观》，集中现当代杂文之精华，正是他杂文主张的经典体现。有时我在想，他走得如此急迫，该不是人间鬼魅买通阎罗，趁他访欧归来时差尚未倒好即还稿债之际，以突然偷袭的方式将他索去；或者阴间冤魂紧急召他，去那边为他们的昭雪去呼号奔走奋笔疾书？

牧惠是为杂文而活的，他的杂文是为老百姓而活的。他的乐趣，他的愤怒、悲情，全留在他的杂文里。记得成都笔会后去九寨沟路上汽车抛锚待修，他顺手买了报纸凝神读了起来恍如置身书房，至于什么时候修好什么时候到达都似乎与他无关。事后不久即见大作面世，写的正是那一段的经历。马识途送他《“文革”十年》，清早起来他已读了近半。对于他来说，仿佛随处皆是读书的佳境。一次电话中他告我正在读几大本资料，说很有兴头，事后就见到他发表感想的文章。在杂文写作上，他似乎随时都可以“进入角色”，始终处于“待命”状态。

桀骜锋利，毫无疑问是牧惠性格中本质的一面，但如果你以为仅仅是这一面，则是大错而特错的。第二届“三峡风”全国杂文征文颁奖暨研讨会上，林公以 71 岁高龄慷慨陈词声如洪钟，而在谈及他家乡契娘的贫苦境状“比我打游击时差了一大截”时，当年的武工队队长竟哽咽难语老泪纵横，全场一下鸦雀无声。听他的同乡陈泽群说，家乡上访者来京告状，牧惠为他们专门提供食宿，并亲自为之奔走呼号。宜昌笔会期间，他正激昂慷慨地为河南的一位青年农民被乡里恶少欺压被迫自卫而蒙冤签名……

去清江看巴人祖先遗址爬五落钟离山，山势又高又陡，他是一行中年龄最大的，朱大路为他请来尾随的滑竿，他横直不肯。我说：“无论从新道德、旧道德，对于一位古稀老人，都非苛求。是不是怕有‘骑在人民头上作威作福’的嫌疑？”说得大家都笑了。在大家的推推搡搡吆喝下，他才勉强“就范”，简直就像一个倔孩子！而在去九寨沟的汽车上，他与严秀开起玩笑来，简直就是两个老顽童。

同他接触多了，你会感到他对人的真诚与率直。元旦春节电话问候称他老师，他都诚恳回应：“老朋友不要客气，直呼其名就行了。”每次居京，我都电话向他报告，几次相聚也少不了他。他讲起自己起初对“高干”亲家的戒备，以后又如何心灵相通、为她《思痛录》的出版而四处奔走如释重负；谈及身边的一位知名青年杂文家荣升“局座”，他也毫不含糊地说：“出有车，食有鱼，杂文家未必就不配。与其让坏蛋掌权，真还不如好人在岗。”

他九本杂文大著赠我。我加入中国作协，他与铁志作我的推荐人。一天他寄来《读图识志》，扉页书题“读”字旁有钢笔改的一个“看”字，批道：“编者未经本人同意乱改书名。”可不是,《看图识志》正与几十年前扫盲读本“看图识字”相近,先生借用过来作为书名有深意存焉,正表明所捍卫的不过是最普通的启蒙常识。编辑擅作主张,将“看”改成了“读”,不仅情味顿失,而且将作者的寓意全部烟消了。收到他《耍水·耍枪·耍笔》一书,信中说记不得上次寄过给你了没有?如重复了,请转送他人。其实他并没有寄重复,倒是他的《红楼梦醒》连送了我两本,出于私爱,至今仍舍不得转送他人。

牧惠一辈子都在从事“解剖”工作。前几十年不少是被迫胡解乱剖,后几十年则是真切无情地在解剖社会、解剖人生、解剖自己。而生前即已签好字将遗体捐出作医学解剖的决定,以最后解剖自己的方式为一生作结,是怎样富有象征意义的壮举!

庄子对人的离世主张“鼓盆而歌”,从人情一点看似乎有所缺失,然而以他面对生死的达观,则是慰抚我等不必过分悲伤的理论。陈毅《绝命诗》中说:“此去泉台招旧部,旌旗十万斩阎罗。”牧惠此去泉台,就会那么善罢甘休么?总有一天,阎罗以及他那里的成克杰、胡长清们会发现,让牧惠过早地“去”那边,未必就是明智之举,在那里牧惠同样会叫他们不得安宁的。牧惠永远属于人间,属于正义。张勇的挽联中有“中国仍有声叹浩浩正气皆文章”,这该是对牧惠最大的安慰与纪念。

学高为师,德高为范。我以先生为师为范。我在心底说:师范牧惠!

2007 年 7 月 27 日

邵燕祥的旧体诗

很喜欢燕祥老师的旧体。几年前，曾向他乞墨宝，他以“暂不示人”的一首律诗赠我，那情思的宏富与书写的儒雅，给我以强烈的震撼。去年春，又收到燕祥先生“春节小礼物”《邵燕祥诗抄·打油诗》，喜不自禁。几夜捧读，爱不释怀……

早听过这样的议论：“邵燕祥的杂文比新诗好，旧诗比杂文好。”他自己却并不认同。他当面跟我谈到过，在他的写作生涯里首先是自由诗，写了大半辈子，虽有很多败笔，其中毕竟有他的梦、他的哀乐、他心中的火与灰；其次是杂文，“是我的思索，我的发言，数量大，什佰选一，也还不无可取”；最后，才是原先只写给自己、顶多是二三友人传看的格律诗——即“打油诗”了。然而这正好说明，并不刻意为之的旧体诗，同样是卓然一帜的。《打油诗》囊括了作者 1958 年至 21 世纪初四十余年来绝大部分旧体诗作，多数系首次发表。一经问世即好评如潮是情理之中的事。

“打油”无论述事、状景，咏史、讽世，应答、配画，叠印着人生遭际，历史履痕；是思想、情感的凝缩，是历经“河东河西”的厚积薄发。

“世纪行来皆历史，地球何处不文章。”“老蚌磨珠”、“泪雨成冰”、“张狂岁月”、“苦辣酸咸”，多少“夜不能寐”之作，让你感慨唏嘘，忍俊不禁，鼻子发酸，称奇拍案……

他为周总理的逝世“肝冻如铁”、“揪心如铅”、“方寸如捣”；写于是年的“问天何日是清明，有泪如江未敢倾”；作于十余年之后的《书愤》、《从今》、《赠友人》，都是让人动容的烙印之作。

他嘲讽“葡萄美酒夜光杯，欲饮奥迪马上催”的“公仆”；睥睨“焦大忠诚输赖大，是处弹冠跳沐猴”、“随人俯仰官如妓，见势逢迎妓似官”的龌龊；痛斥“整人之乐乐何如，兰不当门也要锄”、“左言右史旧曾经，百代独多跟屁虫”的肮脏。

灼钢淬火，冷而弥坚。“敢担道义何慷慨”，“讲实话者即吾师”；“匝地歌诗缘愤怒”，“依然史笔重春秋”。“打油”，正是他杂文的诗化，是诗化了的杂文。

旧典不时拈来，翻出新意：“不必牺牲皆壮烈，从来冠冕总堂皇”；“自由不是无情物，化雨随风入万家”；“牢骚谁谓肠能断”，“沉舟妒看千帆过”，“海内何妨存异己”……出语奇崛而见地独到。

“打油”透出他的忠诚与挚爱：“飞蛾甘死光明愿，寸草犹期葵藿功”；“人贵自知兼自胜，一生低首向工农”。坚持自己的操守与做人的准则：“不到成佛不涅槃”；“人宽我自宽，人仄我亦仄”。

“打油”中也透出他的文学“诗观”：“诗岂无达诂，理应有正义”，“文章虽贱骨非轻”，“诗到痛时无比兴”，“赏饭打油援有例，时开时禁两由之”，“诗亡在禁不在戒，予爱定盦破戒诗”。

文友唱答，率性而为。“戏作”戏中有戏，“油”内深意存焉。他赠夏衍、冰心，光未然、李锐、吕剑、何满子、吴祖光、朱正、吴小如、杨宪益、黄苗子、蓝翎、王蒙、袁鹰、聂华苓等，欣赏的正是他们“童心犹弄浙江潮”，“一样文章归老辣”，“敢有忠忱轻鼎镬”的人品文品。连小许多岁的方方，也不吝以“天下主编多少个，一方方胜众须眉”的笔墨赞美，真是“鸦雀无声雁有声”的风骨写照。尤其是那首《贺韦君宜八秩大寿病中》，更属血性经典之作，也足见先生的人品文品。

“打油”中还有不少哲言箴语，启人心智：“树若招风是异材”；“气难通处是膏肓”；“消息从来传小道，纠纷自古起深宫”；“鸟是争鸣好，人因自胜强”；“欲除两面派，不要一言堂”……妙语连出，耐人寻思。

燕祥先生说：“他所以将这些诗名之为打油，更主要缘于对中国源远流长的诗歌传统的敬畏，保持不敢妄自尊大的一点自知；也怕亵渎了历代知音读者的切肤会心。”这是先生的心里话，也未尝不是自谦之辞。然而诚如黄苗子所说：“思到无邪合打油。”燕祥先生是当之无愧的。

2006 年 5 月 28 日

迟到的纪念

那年的12月中旬，我从南方归来，看到由《杂文界》和《杂文报》寄来的两封信，字体洒脱而纤秀的是杜老文远寄来的，有散发着油墨香的第五期《杂文界》和杜老的亲笔信，说准备年底来参加我们的《杂文三人集》和《中国现代杂文百家百论》两本书的首发式……顿时，他那微笑的圆圆的面容浮现眼前，他那厚重的北方口音又响在了耳边。然而没有料到的是，当我拆开另一封《杂文报》寄来的信时，“讣告”赫然两个大字让我眼前一黑！主人竟是杜文远先生。昊天何狠！我捧着的一面是他主编的新闻出版亦即他最后主编的一期《杂文界》和写给我的带有体温的信，一面却是宣告说话人已经镶上了黑边。看逝世日期，已经过去二十来天，连发唁电都来不及了。我只好赶忙给杜老夫人打电话，致以深深的哀思。而今杜老离我们远去已经一年多，我也只能写一点这样的文字寄托我永久的纪念……

我历来以为能为人先敢发滥觞者，都是了不起的人物，其眼力、魄力、能力、精力当刮目相看。而杜老，作为中国首家杂文专报和杂文专刊的首任社长和主编，正是这样当之无愧的角色。他为中国当代杂文事业所做的贡献是不可磨灭永垂杂文史册的。

回忆我同杜老的相识与交往，时间并不算长，虽然我早就是他主编的杂文报刊的忠实读者。1990年的一天，忽然收到署名杜文远的来信，向我索要由长江文艺出版社出版的我的杂文集《魔方启示录》，我当即寄去。因为我早想将拙集寄给杜老请他指教，但向来不习惯毛遂自荐，现在人家屈尊主动联系，私下是深受感动的。不久杜老即来信对集子给予肯定，并发书讯，组织书评文章。从此有书信往来，过从甚密。他多次向我约稿，并邀我参加一些全国性的杂文笔会、联谊会，可惜我由于公务在身，一次也没能成行，只寄过几篇稿子给他。

1992年4月，文远参加四川杂文笔会，顺长江而下来到宜昌。我们终得以见面。一见如故，相见恨晚。其时《杂文报》副主编王长宗也专程来宜，三人于滨江公园漫步长谈，无拘无束，谈的不外是杂文写作，杂文理论、评论、争论，杂文组织、流派……话语恰似出峡的长江水滔滔不绝。此后他与长宗将这次长谈写成了长达4000字的对我的专访，发表于《杂文报》与《杂文界》，并于1993年8月被香港《大公报》全文转载。而我则将这次交谈中个人的体会整理成了《杂文随想》，发表于《四川文学》，并被杜老转载于他主编的最后一期的《杂文界》为首篇。杜老以古稀高龄倾注于杂文事业的心血与热情，在我心中铸成了一位可亲可敬的“长者、学者、领导者”的“三者”形象。每当眼前浮现他圆圆的微笑的面容，想到他“预支性”的鼓励，即会产生出一种“还账式”的奋发，非得更加“焚膏继晷”，多写些严肃厚重深沉的文字，来回报杜老的拳拳之心。

1994年春杜老来信，邀我和杨子、刘绍本先生一道合编《中国现代杂文百家百论》一书，主要收录杂文诸家新中国成立前、“文革”前、“文革”后包括杂文论文、序跋、评论、创作谈等长短不一的各式理论文章，以成为《杂文百家专访》的姊妹篇。我们以为这正是满足广大杂文爱好者心愿、繁荣杂文事业的好事。一拍即合，说干就干，于是由杜老、绍本汇集资料，我与杨子予以增补筛选，联系出版社，拟最快速度于年底出版发行。杜老高兴不已，刊发书讯，喜告同人，去世前四天，还打电话给刘绍本，谈及年底参加首发式的事。不料出版中节外生枝，波折迭起，书未成，先生已过世，我与高峡、杨子的《杂文三人集》无法让杜老亲眼看到，《中国现代杂文百家百论》更处于难产之中，杂文事业发展之艰难可见一斑。然而我与杨子、绍本下定决心，定要完成杜老未竟的遗愿，无论如何要将《百家百论》出版出来。这既是为了中国当代的杂文事业，也是为了告慰为杂文殚精竭虑、鞠躬尽瘁的杜老文远先生。

1995年12月

鲜花丛中的困惑

“鲜花丛中的困惑”，是苏天生八年前写的一篇杂文的标题。文中引用当时权威报纸纪实的一幕：当“我”去看望一位“老总”轻轻推开高干病房的门，顿时惊呆了！一人多的大花篮成排地摆在病房四周，矮一点的花篮和一些盆花摆在里边一圈！茶几上、桌子上也是鲜花，连雪白的被单上也有几束。“老总”原本就瘦瘦小小的，现在被单外头只露一个清瘦的脸。“我”差点儿以为“老总”离我们而去……真像一个充满温馨与爱心的遗体告别室。作者由此引发了一篇议论，由“鲜花”写到了“困惑”。这篇杂文一字不改地放在今天发表，也依然那么鲜活。现在作者以它作为新著的书名，是颇耐人寻味的。

一面是“鲜花”，一面是“困惑”；“鲜花丛中”有“困惑”，“困惑”在“鲜花丛中”。你可以理解为我们面对的现实的尴尬，也可以理解为强势与弱势群体的两种处境……内涵的多义性，决定了这本杂文集的厚重与丰赡。

有一种人，似乎从来不曾困惑过，他们是只赞美鲜花、忌讳议论困惑的。他们忧心忡忡地以为一谈困惑就是消极、灰色，就会影响士气，不利于稳定，乐此不疲地以鲜花掩盖困惑。其实这本身就是困惑。他们的所谓鲜花，尽管不少也很美，其实不少是纸花、塑料花，没有生命力。

苏天生以一个杂文家与新闻工作者的良知与触角，将读者、百姓、时代的困惑，加以收集、梳理、剖解、探究、提炼，广涉官场、法界、商海、世风、情感生活、行旅风情……正是一种清醒，一种洞见。

比如他的“涉官篇”，涉及官场方方面面，鞭辟入里，切中肯綮。他透视“以级论贪”的贪官哲学；他剖析“近官者官”的官场现象；他就贪官在狱中文思大发“莫！莫！莫！”“错！错！错！”“悔！悔！悔！”分离出“狱中文学”的新变种；他援引唐宰相陆贽“鞭靴不已，必及金玉”的反贪理论警示当今；他引用明袁宏道做县令“遇上官则奴，候过客则妓”的苦状揭露官场的痼疾；他引用《清稗类钞》“京都向有小官大做、热官冷做、俗官雅做、闲官忙做、男官女做”之谣，提出不妨“热官冷做”；

他引用张作霖“唯国家人民是念”、吴佩孚“拯国民于水火之痛”、曹锟“何词以谢国家？何颜以对人民耶？”的美言，指出：“杀人如麻的军阀们，哪一个不是打着‘解民于倒悬’的旗号？”他指陈：“都说当官是为了什么什么，但这‘什么什么的’究竟真是什么，不是说在嘴上，而是写在脚下。”他诘问：“在我们这个‘官本位’根深的国度，现存的种种不尽人意的世态，是官态？是民态？还是官民同态？”捕捉生活中自身就具矛盾性、讽刺性、荒唐性的具象入题，作感悟的发端，不时讽它一讽、幽它一默，正表现出苏天生韧性的战斗精神和精巧的作战方式。丰厚的史实功底，严谨内在的逻辑链，警策洗练的语言，使苏氏杂文具有强烈的可悟性，可感性与可悦性。

杂文是对良知、常识、公理的价值认定，是对时弊、积弊的深度解剖，是对民情、民心全面吸纳后的血性倾吐，每一位不是睁眼瞎的血性作家，在它们面前都不可能“坐怀不乱”。苏氏杂文正具备这种特色，是参阅民间、学者、官方诸多视角后形成独特视角的个性表达。他的杂文为民主增氧、为法制清道，为社会肌体的康健、民族精神的复兴献力。

天生的杂文是留有余地的。所谓“余地”，一是将锋芒稍作收敛，不给老总添“狐骚”；二是不把话说尽，留下些让读者自己补充。心照不宣，心灵互动，自是一番情味。读苏天生的作品，有一种油然而生的不虚此“读”的信任感与愉悦感。

作为以“作嫁”为主业的作家苏天生，我们经常于各地报刊以及获奖名单、各种杂文选本上，见到他的大作与大名。大名使人想起“天生我材必有用”的名句，不知父亲给他取名时有没有这方面的寓意。反正苦处出身的他，是 20 世纪 60 年代复旦大学新闻系的高材生。尔后又有过执笔“从戎”、在《长江日报》任文艺部主任、被推为湖北省和武汉市作协杂文创委会副主任等诸多经历。德高望重年近耄耋的老杂文家陈泽群先生的“收山之作”杂文集《岂无此理》，特邀天生老弟为之作序，足见苏氏为人为文的品格及在同道中的声望。

我识苏先生是先读其文、再慕其人、而后亲与交往的。深感其为人的平实厚道，无任何花哨，有如其文；其为文则厚重严谨，亦无任何花哨，如见其人。因而虽过从不甚紧密却是一见而如故，再交则为挚、为诤、为知己并自以为荣、为幸的。在他新著问世之际特奉以上文字，一述读后心得，二示衷心祝贺，并遥祝他身笔两健。

2005 年春

荒诞与真实的融合

——读田晖东长篇小说《没有彼岸的桥》

书题怪怪的，让人设想为一篇童话，一个寓言，一道讳莫如深的哑谜；或者一篇美学论文，一本哲学论著，一部难以捉摸的翻译作品。

荒诞充满章节，荒诞到不能再荒诞。不到二十岁的女大学生，近六十岁的儿子，两人居然会面。逝去的秦月亮找到仍在阳世的替身马季薇，对她说："我是你的灵魂。"秦瀚教授见到马季薇慌忙下跪，叫她"我前世的爹爹"……眼睛一眨，母鸡变鸭。一会儿是男人，一会儿做女人；一会儿八十岁，一会儿二十沾边。整个就是马季薇的"梦游"，"脑子清醒了，记起那些幻觉；那些自编的愉悦自己的缥缈的故事。"

然而，荒诞过后是真实，经得起历史老人"审读"的真实。做医生的父亲无辜进牢房，儿子将大字报贴在医院大门口声明与"杀人犯"脱离父子关系；女儿被母亲反锁在屋内，想要恋人替自己报信，又怕对方拿自己邀功；马季薇痛恨"唾面自干"的所谓修养风度，如今却为了妈妈免受恐怖，作奴性的忍让。而强奸给类植物人带来苏醒的"奇迹"，最终被诱导成毛泽东思想威力的典型；寇老师那间"夏天像蒸螃蟹、冬天像冻冰虾"誉之为"宫廷大厨"的杂物间顶楼，木板周围糊满多层大字报，冬天不再漏风，夏天能挡烧烤……都是荒诞岁月里真实的"原生态"，是当代历史档案里发黄的"老照片"。而马季薇肉体、精神的双重被强暴，富有强烈的象征意义，可视为"文革"对一代人肉体与精神的双重凌辱的象征。可谓神来之笔！

作者避开了"文革"正面血腥感官刺激的描摹，只言片语中却透出了历史的印痕：姚棍文章发表，山雨欲来；郭老宣布自己的全部著作要烧掉，"没有一点价值"，原因在"没有学好毛泽东思想"；毛泽东亲自指示送《光明日报》、《人民日报》发表……中国土地上荒诞的真实的"革文"风暴，就这样被作家化整为零地融于情节的肌体、渗于人物的血管。

连细节都那么真实：女儿随大伙本能地举手高喊打倒"杀人犯"的父亲；贫穷乡

村的小孩将绘画的橡皮当作糖吃掉;池塘边的她们“是一群没有洗衣机舍不得用自来水的阶级”;《地道战》、《地雷战》看了一百遍还得看,每句台词,甚至每段音乐都熟悉;上游修了水库,麻河只剩下一河的沙……甚至“人摞人”、“打桩式”、“牯牛发威”之类点到为止的情色描写,“新打的船儿新插橹,一夜摇到大天光”之类荤民歌,都可见出作家厚实的生活积累,感触到荒诞里逼人的真实。

结构上时空颠倒,真实虚幻叠印,潜意识显意识交汇,形而下形而上交融,历史背影与生活细节交织,形象与主题交合,构制成扑朔迷离的“蒙太奇”,展现的正是两个唯美主义者的相似人生,或者说一个唯美主义者的两世人生。

浓浓的“宿命意识”随处可及。其实也不必诧异:在一个随时可以叫人“灵魂出窍”的年月,一个不断唤醒人们潜藏的几近萎缩的丑陋、卑鄙、仇视、嫉恨因子的年代,一个“正人君子也会用卑鄙的手段来保护自己伟大生命”的年代,命运一旦无法由自己掌控,就难免会想到神灵;当百思不得其解、百招无法挣脱劫难时,就只好追省前世、窥瞻来生,哪怕那答案何其荒唐荒谬。人物命运的不确定性,带来情节推进的不可预料性;运动的波翻浪谲,遭际的起落浮沉,带给人物的起伏跌宕,故事悬念也就与“页”俱增。这种情节设置的荒诞与历史背景的真实,细节安排的荒诞与生活真实的交合,我们姑且以“荒诞的现实主义”名之。作者同马季薇一道“在荒谬的江河里游泳”,我几乎把马季薇当成了田晖东的替身。

小说中反复出现这样的句段:“给马季薇写忏悔录,只印五本,让世界上最大的图书馆收藏”;“谁帮我写自传,我就嫁给谁”,“江一帆敢写?闵中秋敢写? Y老师敢写?”“月亮的忏悔,也是由病人口里提出,似是给科学提供材料,又像是对自己所愧对的人谢罪”;“让人透过若隐若现的往事,看到秦月亮力求清白的一生以及他内心强烈的追求”;“老弟呀,虚构的梦也不错嘛。一个女人想做男人,为自己编一个过去的梦;一个男人想做女人,为自己编一个未来的梦。两个梦加一起,才是完整的”。——我猜想这是作者动笔的初衷。

历史的合力其实是包括顺向、逆向的。个体与阶层的痛苦与牺牲,常被隐蔽与忽略于逆向的力中。恩格斯说:“最终的结果是从许多单个的意志的相互冲突中产生出来的。”从更高的历史层面进行艺术审视,正是有良知社会责任感的作家赋予自己的使命。

生活没有彼岸,历史没有彼岸,走在这样的桥上,在桥上看风景,足可增长见识。书中说:月亮的忏悔,不是为了换取廉价的怜悯。他忏悔,表明他不是老百姓的敌人,希望减少人与人之间的仇恨;同时也减轻他自己内心的痛苦。月亮费了几十年的努力,想走一条属于自己的路。他编写《白牡丹》剧本时内心豁然开朗,高叫:“找到了!我找到了一座桥!”很遗憾,他没走到桥边就倒下了,死不瞑目。他希望有人拿过他的爱的接力棒，走过桥，到达那个创造的王国。这份希冀，如今终于由田氏实现，真不愧为“心存仁爱的作家”。小说让我想到高行健的《灵山》，我读《灵山》是为之动容的。

全书的叙述方式也很特别。回忆中套回忆，讲述里有讲述。月亮的，后妈的，白牡丹的，何今的；信件、日记、回忆录、诗词、绘画……马季薇遭际的主线，将半个多世纪的散落的珠子缀成项链，光彩熠熠。小说后半部分步步紧逼，有一气呵成之势。

小说文学品位不凡。风情小画别样精致：小乡村的池塘，一长溜妇女在石跳上洗衣裳，砧声盈耳，唱歌似的应答；入夜“长河似的八姑塘像暗色水晶一样地澄澈……房屋的倒影镶嵌着许多长方形的亮光，那是窗户，夜的眼睛”；“园内阒无人迹，落叶满阶红不扫，但依旧绿荫冉冉，碧水悠悠，层层阴凉映衬着粉墙黛瓦”……

作者语言驾驭力娴熟高超：“十六岁，那是新桐初引、清露横流的时光”；“她微笑着明眸流转，对每人的眼睛亲了一下”；“荷花池装满锈水，干荷叶横七竖八，衰飒丑陋地在雨中叮咚作响”；“天上的月亮惨白而邋遢，陌生而遥远”；“此时荷叶如裙”。还有湖上游船、湖边唱戏、兵乱、洪水等等描写，单独剪裁，是耐得品味的美文。

不少人物的议论，相当精辟：“人生在世，能扮个小丑，让人快活快活，也是一种善举。干吗要做假道学先生，扮圣人？弄得一点人味儿都没有，那真是无聊”；“常年如此理智，常年如此紧张，怎么受得了啊”；“我们小百姓一辈子都在感恩”；“给陌生人说说心里话，危险要小一些”；“皇城的百姓九级官”；“卑微有什么罪过”；“留一本文字记录，比留一个坟墓更有意义”；“具有固执的生存意识的人，随时会抓住一个快乐的借口，活下去”；绘画的光“就是意识形态，它能造成不同的色调、感觉、深度、气氛”……

妙喻信手拈来：“雷霆震怒似的高音喇叭”；“西方一片火烧天，灾难、厄运似的，压在鳞次栉比的街道民房之上”；“脸皮像被浆过的衣衫那样，硬硬的”；“飞机像拉大便似的拉下许多救生圈”；失势的官“一把漏雨的伞”……

书中涉及希尔德的版画、敦煌的壁画，吴道子、阎立本的帝王画，吕渭的《选冠子》、刘基的《卖柑者言》；涉及弗洛伊德学说、佛教轮回说……凸显作家的学养功底。

如果说有美中不足的话，我以为作品的上半部，头绪纷繁一点，人物间关系多少稍嫌芜杂，不容易让读者一下梳理清；而两个时代的两个“我”，其语言风格的差异，也嫌小了一些；其前世今生的关系，当是外人不可能知晓的“秘密”，书中却仿佛尽人皆知而且一一认同，不仅实了一点，也少了神秘朦胧的氛围……

晖东其实与我是大学校友，他晚我两年进校，彼此却并不相识。十多年前他赠我小说集，以后却没有交往。平日里他很少于公众场合露面，甘于寂寞，远离喧嚣，拒绝浮躁，这也许正是他大部头问世的奥秘之所在，是值得我们为之心仪与效法的。

2007年2月18日

附　录

总算还好

朱大路

读晚清宫廷史实，常觉铁砣压心，透不过气。比如幼的溥仪异想天开，指着地上一块脏东西对某太监说："你给我吃下去!"太监驯服地趴在地上吃了下去;溥仪拿救火龙头朝老太监喷，老太监蹲在那里不敢避开，结果被冷水激昏过去。

底下人只知逢迎，不敢谏劝。专制如磐，把人性的园地压抑得生意断绝。

但也有例外。有一回溥仪举气枪射向太监的窗户，有个声音响了起来："老爷子，屋里有人呐！往屋里打，这要伤了人呐！"

说话的是溥仪的乳母王焦氏。她解释说，别人和皇上同样是人，皇上的牙不能咬铁砂，别人也不能咬；皇上要吃饭，别人不吃饭也要饿肚子；别人也有感觉，别人的皮肉被铅弹打了会一样痛，溥仪的恶行被制止了（见《我的前半生》）。王焦氏一字不识，却完美地诠释了孔夫子的名言："己所不欲，勿施于人。"清宫黑暗，王焦氏却是一塌糊涂的烂泥塘里的光彩。

"己所不欲，勿施于人"，曾被铁板钉钉，视作"人性论"和"阶级斗争熄灭论"的双料货，油煎，火烧，炮轰，再踏上皮鞋脚。结果呢?它抖落一下尘土，又完好地站起来了。

我今年，山南海北，走了一些地方。无论是湖北清江泛舟，还是吉林长白山观景，我都和杂文家符利民先生结伴同行，叙谈甚欢。符先生说，他到日内瓦国际红十字会博物馆参观，一进展厅，就见投射在地上的光带，上面用中英文写着两行大字，其中一行是——

己所不欲，勿施于人

看到孔夫子的话被镌入国际社会的坐标，成为全人类财富，符先生说他激动极了。展厅较暗，一走出去，顿见天阔地宽，阳光绚烂，和平使鸽在绿草坪上翻飞。

嘿!这个世界如果没有压迫、没有战争多好。他浮想联翩了。

对“己所不欲,勿施于人”,杂文家符先生含商咀徵,情有独钟。最近他寄我新作,将孔夫子这一思想遗产,引申触类,再作褒扬。他还说:“‘传统’不能一股脑儿都‘决裂’”,“文明总有其连续性与传承性”,“如若斩断这种‘血缘’,民族文化的大树将难逃厄运。

符先生杂文写得漂亮,官也当得漂亮。他以一介书生,当过宜昌市副市长。坐在官位上,他将“己所不欲,忽施于人”诠解为:“当官者自己不想要的,不能强加给老百性。”有的地方干部乱集资、乱收费,符先生下令退款,并通报批评。理由很简洁:干部中也有亲戚下岗的,知道生活拮据不好受,不能让普通的、老实巴交的家庭也来承受这种拮据。有的偏僻工业区的中学质量差,支援工业主战场的技术人员送子女来此上学,不放心。符先生马上拨款,造房,调特级教师去当校长,硬是将该校变成名牌,除却技术人员后顾之忧。理由也很简洁:干部子女想进名牌学校,不愿文化落伍,咱们也不能让百姓子女进末流学校,在知识上遗下缺憾。

是的,历史颠来倒去,走了一圈,才把“己所不欲,勿施于人”——这条由王焦氏、符先生等无数人用实践肯定了的公正的准则,写在社会的旗帜上。人们付出的学费太多太多,但学有所得,总算还好。

(作者为《文汇报》资深编辑,著名小说家、杂文家)

真的杂文真的人

黄 波

试着学写杂文，这于我还是近几年的事。在我于杂文门外徘徊而不得入的时候，符号先生就已经是国内知名的杂文家了，按常理，对就在身边的这位杂文家，我应该有很多的请益机会，然而事实上我们相见甚晚，而且第一次见面还出于符号先生的主动。其中原因一方面缘于自己的疏懒，也因为先生身份的特殊。

虽然缘悭一面，但先生的一些名文我还是烂熟于心，像曾被《杂文选刊》选载又被收入多种选集的《约瑟夫的阶级成分》，从身边事自然生发，全无硬做的痕迹，寥寥千字的篇幅却提出了一个重大的理论问题，十分耐人寻味；又如《左口袋右口袋》一文，是因"大专辩论赛"而作的。我也爱看和我同龄的大学生们的雄辩滔滔，每次看完除了自恨生就的笨嘴拙舌外别无感想，而先生却敏锐地发现了"大专辩论赛"的一大特点，即"那些竭力为之辩护的所谓'正方''反方'，未必就是辩手平日实际所持的观点！"，饱经沧桑的先生因此浮想联翩："革命大批判"年代分装两份批判稿的左口袋右口袋，战国时期"朝为秦谋暮为楚士"有奶便是娘的策士，最后"图穷匕见"痛批风派！全文顺势而下一气呵成，读来痛快淋漓……老实说，平日我和朋友谈论当代杂文界的一些名家名作时，符号先生的这些佳作也常是我们的话题，我还试着总结过先生杂文的一些特点，这就是：首先，从身边人身边事取材力避"据报载"的俗套，引车卖浆者流读来也倍感亲切；其次，具有较强的思辨色彩，这类杂文便不是仅仅给人"泄愤"的快感，而是催人思索。可是私下谈谈也就罢了，我从未想到会有和先生深层次交流的机会。

2001年岁末的一天，先生来宜都出席会议，捎话要见见我和另一杂文作者戴君。在他下榻处，我们三人谈了一个多小时。我素来是怕见"大人"的，但这次和符号先生的见面却给我留下了极深的印象。我们无拘无束率意而谈，而话题总不出"读书""作文"这两个范围。他最关心的是我们文章发表于何处，手头正在读什么书，有何写作计划，事后我也惊奇他根本就未问到我和戴君工作、单位上的事情，也未向我们这些未经世面的小青年炫耀自己从政、作文的光荣史。我真切地感到，先生在政坛不论做到哪一级，骨子里始终是一个文人，文人就应该关心文事，这就像陶渊明笔下的老农，“相见无杂言，但道桑麻长”。

自那以后，我虽然再未与符号先生见面，但却时刻都能感受他给我的严师般的关怀：看到我的一篇小稿，他立即会打来电话指陈得失；国内两家著名媒体《书屋》、《杂文月刊》原定发我的两篇文章后因故撤下，在我万分沮丧的时候，先生很快给我发来电子邮件，讲述自己作文遭遇的波折，语重心长：“你还年轻，没什么！”最让我难忘的是今年5月，我著文批评一位知名杂文家惹出了点小麻烦，这位杂文家还是符号先生的多年故交，当我把事情的前因后果告诉先生时，握着话筒忐忑不安地本预备挨骂，不料电话里传出的是他平淡而坚定的声音：“不要紧，见仁见智。”……后来，又是符号先生居中调停，在这位杂文家面前为我说项，我俩不打不相识，他主编《2002年度最佳杂文》时还专程给我发来了约稿信。杂文是一个需要投入激情、血性的事业，一个不小心步入杂文魔道的人应该对前途的风雨有足够的心理准备，但一个德高望重的长者的关怀和呵护毕竟会让你的路好走一些，会让你在最困难的时候知道你并不是独行者。我很庆幸自己在杂文路上刚刚蹒跚学步，就遇到了像符号先生这样的师长，他不仅扶我掖我，更重要的是从他那儿我知道了怎样去做真的人写真的杂文。

符号先生新近出了第六本杂文集《悟思录》，像《约瑟夫的阶级成分》这样的名文都收入了。无论针砭世事的杂文还是抒写性情的随笔，都是从一个阅历丰厚而又绝不世故、眼光锐利而又绝不立异鸣高的人的胸臆中流出的文字。辛幼安有诗：“观书老眼明如镜，论事惊人胆满躯。”适足为先生其人其文写照。

2003年

（作者为《南方都市报》评论员，著名青年杂文家）

岁月如镜　鉴照我的容颜、脏腑、魂灵……

本山大叔的功绩

据说本山大叔到美国巡演，始料未及地惹出了一大堆负面新闻。尽管他本人坚称在彼岸受到了前所未有的欢迎，演出空前成功，但国外网站上的报道并不见佳有的还相当刺耳。指责其内容庸俗，言辞粗鄙，趣味低下；一上台就模仿盲人、瘸子、口吃者；嘲讽身体肥胖、生理缺陷、精神病患者，将欢乐建立在弱者的痛苦上，招来愤激抗议，乃至有人要起诉他歧视残疾人……

笔者虽然基本赞同上述观点并在若干年前著文讽刺了此类现象，但至今仍坚持认为：赵氏的“忽悠”系列，在揭示国中社风的弊端方面，是功不可没的。本山大叔和他的本子创作者在上下皆可以接受的“度”内，真切而狡黠地直面了“能把正的忽悠斜了，能把蔫的忽悠谑了，能把尖人忽悠嗫了，能把小两口过的挺好我给他忽悠分别了……一双好腿我能给他忽悠瘸了”的“大忽悠”现象，让受众在捧腹喷饭之后，沉入深深的慨叹与省思之中。

它使人想到已入温总理视线的“村忽乡，乡忽县，一直忽到国务院”的流行口诀，加上各人自身和身边的种种遭际，就化合成强烈的共鸣与翩翩联想：“从大头奶粉”、三聚氰胺、瘦肉精、地沟油、毒胶囊，到陷阱电话、存款诈骗，到矿难、暴力拆迁、动车追尾，拐卖妇女、婴儿，“躲猫猫”、“俯卧撑”，“被满意”、“被自愿”，以及各式文字的、数字的、视察的、论证的、招聘的、评比的、报道的“忽悠”之作，真让人仿佛掉进了“忽悠”万花筒。

赵的小品《不差钱》也有着同样的情节：当他来到铁岭最贵的饭店——苏格兰餐厅，迎接掌有录用大权的毕姥爷，第一件事就是用小费买通小沈阳共演双簧，一个要点高价菜，一个就说没有：“澳洲鲍鱼四只——对不起，没有；四斤的龙虾一只——对不起，没有那么大的；一斤多的，有吗——有还是没有啊；来一个小野鸡炖蘑菇——没有——这个可以有——这个真没有”……有着丰富潜台词含义的“可以有”、“真没有”，就成了当下的“经典名句”！照常理讲，有就是有没有就是没有，“有不有”是客观存在。怎么可以随意“可以有”“可以无”呢；“可以”不“可以”，不过是一种判断，一种认定。明明有却说没有，或者明明没有却要说有，无非是依据既得与“企得”利益为取舍标准的实用主义。“忽悠”面前的“真实”不过成了可方可扁的面团，公民的知情权、参与权、批评权，也就成为可有可无的幻影。这同坊间流行的“迎着实事求是来，围着实事求是转，跟着实事求是喊，对着实事求是干”，正遥相呼应异曲而同工。

如若让“可以有”取代了“真没有”大行其道，那么大“忽悠”、小“忽悠”，上“忽悠”、下“忽悠”，高级“忽悠”、低级“忽悠”，就会于商场、官场、学场、文场争相登台亮相，“忽悠”之风就会有恃无恐而长盛不衰。那么所有的公信力、私信力，良心良知，道德底线，都会在“可以有”的“忽悠”之声中跳水崩盘，国家和民族将要付出高昂的利息与代价。一个容忍“忽悠”畅行的国家，能是强大的国家吗？一个任由“忽悠”恣行的民族，能是一个受到世界尊重的民族吗？于是想起电影导演冯小刚的话：“你是个造假的民族，假奶粉、假足球、假票房、盗版，你这样的一个民族凭什么让你的电影走出去，你的故事能够让别人去听，关键是世界有没有兴趣听你讲故事。”相当难听的话，让人无法逃避。

什么时候我们可以坦荡地在说“没有”时，能痛快地省掉那个“真”字，也就是摆脱掉藏“真”背后的那个“假”。当然，更不允许只限于“这回”。

“桥上看风景”与“楼上看你”

年轻时爱读卞之琳的《断章》：“你站在桥上看风景/看风景的人在楼上看你”，喜欢它的情意绵绵余音袅袅。恋者被恋者，皆入风景中。不论在桥上，还是楼上；是邂逅，还是特意，都笼罩于一种欣赏与被欣赏的氛围里，怡然的神秘感悄然升起令人遐思。而在经历过几十年风雨沧桑之后，我终于发现，还可视它为一首耐人寻味的哲理诗。

大千世界，原本就是由各式“风景”组成。“画”中各样的人从各自的位置、角度相互打量、欣赏、审视、窥察。皆是画中人，都入风景中。不管你是否意识到，是否承认它，都是一种客观存在。你是老师不断“看”学生，你也不断地接受学生的“看”；你是观众看演员表演，你自己其实也在“表演”；你是编辑编发的文章好评如潮，你的“编绩”不胫而走；你将一些拙劣虚假的文字连篇累牍刊出，亮作品、作者的同时，也在亮你编辑自己；你是审读员对大量忠实反映民声民意的文章呵护褒奖有加，或者你无端苛责为难一些敢持正义敢说真话的文章，对那些假话充斥空话连篇的劣质品大开绿灯大加褒扬，你在审读的同时，也必然要受到广大受众的“审读”——“看”与“被看”就是一条条颇具观赏性的“风景链”。

再如你身为代表、委员，你“代”的谁、“表”了啥，受谁的“委”、“托”了甚，也面临着“看”与“被看”的拷问。你开的是“贫富差距就是要大”、“房价上涨根本是一个货币问题，因为老百姓手中的钱太多”、“春运铁路一票难求在于票价太低”、“大学生从事掏粪工作可能会改变中国的掏粪现状”的“黄腔”；你提的是“立法禁止父母带儿乞讨”、“明令禁止公款买烟”、“让斗鸡合法化”、“在天安门广场东侧竖文圣孔子、西侧竖武圣关公塑像”一类的“八卦”议案；你说“我从来不投反对票，不给国家添乱”；你质问“这个问题这么敏感，你问我干什么”——你在大会堂看“风景”，“被看”者们也在各地“看”大会堂里的你。

你是个裸官，却谆谆教导广大臣民爱党爱国；你“谈笑皆‘款’‘腕’，往来无白丁”，却口口声声“跟人民群众有着无法割舍的感情”；你引用“文革”中流行的“敢同魔鬼争高下，不与霸王让寸分”的诗句，说成是古人的诗句借以“明志”，你的“文革”情结、信口开河的惯性、可怜的文史知识、把百姓当弱智的自命不凡都暴露无遗；你推崇沉迷于“雅颂文学”，你“为人民大众”的表白一目了然；你出游大山名池将广大游客挡在山下，你的“亲密联系群众”的口水就成了赵本山式的“小品”；你开口就是“教育”、“武装”、“调动”，“给”、“让”、“使”，居高临下睥睨下界，“被教育”、“被武装”、“被调动”，“被给”、“被让”、“被使”的下界就只能匍伏仰视，仰得太久脖子发酸头犯晕，就只好改换视角……

“看”与“被看”从来都不可能是“单向视”，“单向视”属于“单相思”。主客体是会相互转换的。女孩对采访者说：“我就是你们的一面镜子，在我身上也照出了你们不同的自己。”女孩简直是个哲学家！世上人多，眼睛也多，亿万双“雪亮”与并不“雪亮”的眼睛，就是安装在域中各个角落有生命的高智能“摄像头”，监视着千千万万你我他的一举一动。俯仰正侧远近明暗，视角自然也多，“横看成岭侧成峰，远近高低各不同”。看来看去，看出个“立体”的人、“立体”的世界、“立体”的历史。在品评社会、现实、历史的同时，也必然受到社会、现实、历史的品评。亮相率高、出镜率高的人，更注定要成为瞩目的对象，是非黑白得失功过，全在“摄像头”的瞳仁中，“头上三尺有神明”。你可能逃过法网，逃过某时的舆论，却未必逃得过口碑，逃避得了历史。随着信息的日益速达与民主的不断开启，眼下、眼外更多的风景，将更加真切地收入世人的眼底。而社会正在这彼此打量、欣赏、审视、窥察中相克相生、相辅相成、相得益彰地前行。同古今许多好诗一样，卞之琳《断章》也具有引人联想的多义性与普适价值，给予我们更多的，是诗外的启迪。

2012年3月5日

虎头山的回归

去平遥古城，返程顺道看了大寨。四十年前共和国的农业圣殿，经领袖号召、行政发动、媒体推介，一时成为举国朝拜的去处。那时通往昔阳路上是川流不息，有如“文革”中的大串联。有人开玩笑，光取经者们排泄的粪便，也够为大寨增肥献宝的了。而那里生产的，已不是粮食，而是成囤成仓的“经验”！

看当年大小媒体的报道，大寨经验已远不止于“战天斗地”、“艰苦奋斗”，举凡“政治挂帅”、“斗私批修”、“阶级斗争”、“割资本主义尾巴”、民兵武装、文化教育、卫生体育、妇女家庭方方面面，都是出有经验的。用当时一位领导的话说，大寨是个“球形典型”。

典型而呈“球形”，是借用了物理学的原理。球表面的任何一个点，都可以成为整个球的支点，让球立住。大寨“球”的任何一点，都会变幻出令人羡慕的经验。直到“文革”结束拨乱反正改革开放以后，这些经验终于销声匿迹了。拔高了的大寨又回归到它应有的位置。

四十多年过后，大寨又如何呢？当年无缘亲炙其光的笔者，仍然产生一种想撩开它今日面纱的冲动……

直到来到这里“亲自”观看与听介绍，我才惊讶地发现，原来那么赫赫有名的大寨，不过七百多户人家；驰名中外的虎头山，也不过五百来亩土地。当年竟然生产出那么丰富、完美、成熟、动人的方方面面的经验，真是每寸土、每根草，都成了经验的结晶。

“典型”一词，在苏联文学中是颇为走俏的。所谓“典型环境中的典型性格”，不止于文学，实录的新闻报道也是奉为圭臬的。于是为某种需要而进入“高大全”误区，其结果可以想见。“球形典型”的信奉者满以为“样板度”愈高，则影响力愈大。常常接二连三、连篇累牍、排炮式地催“球形典型”问世，让人由起初的惊异，到倾慕，到最后的疑惑，到厌烦厌恶。

不必责备“笔杆子”们的一哄而上铺天盖地，受指派的使命与刚性任务的下达，是他们施展才干难得的机遇。当采访资源近于枯竭时，他们只好“另辟蹊径”寻求新的“支点”。于是有着许许多多“支点”的“球形典型”,就这样“横空出世”了。

然而当时间与实践的针将“球”戳消了气,到头来则只能证明那不过是一只轻飘飘的气球。所谓“无所不包、无所不能”,其实是“掺水”、“拔高”的虚夸。不论在公众、在民间、在私下,人们在内心深处是并不认同的。毕竟绝大多数人是天然的唯“物”唯“实”主义者。

让人痛心的是“球形”典型带来严重的“殃及池鱼”后遗症。一次遭愚弄,久久存戒心,是难以治愈的心理硬伤。既然曾经浪费了多次的“感动”与“激动”,自然要产生持续的“抗药性”逆反。每遇“典型”即无论真假好次,先要“条件反射”式地打上大问号,要进行戒备式的审视,冷峻的甄别。心存芥蒂地嘀咕道:真这样么?

可以开出一个长长的单子,表明几十年间我们确有一批真典型、好典型,至今仍高高矗立,深入人心;也毋需讳言,一批假典型、伪典型,也让人们伤痛犹在,记忆犹新,其中不少早沦为笑柄。令人担忧的是时至今日,“球形典型”的嗜好与思维模式依然可见,有可能继续为害社会。

如今当我迎着夏风立在虎头山,以亲历者的身份俯瞰大寨,“河东河西”的沧桑感扑面而来。有意思的是,五百亩狼窝掌如今已不再生产粮食而改作了森林公园。尽管眼下还不够浓郁,但黄土地上这或浓或淡的绿意,使人对大寨有了一种前所未有的亲近感。

我们听当地人说,大寨人如今已将挖煤等重体力活交给了外地的民工;自己则从事着服务旅游的第三产业,出售包装精致的小米、玉米,手工缝制的鞋底、手帕;在窑洞里开饭馆,用特色的南瓜、玉米棒、自制的饮料,招待天南海北的客人。他们自己也告别了当年的那些“经验”。

典型也者,“型”是不可以轻易“经典”化的。是什么样,就该是什么样,任何生拉、硬贴、人为、强求,都是徒劳的。倒是那种不怎么“经典”、不那么成“型”的典型与经验,倒比较容易接受公众与时间的“安检”的。

行走中,一辆带“8”字号车牌的新奥迪蓦地驰到了眼前,好熟悉的一张面孔走下车来,这不就是长白、长胖了的当年的铁姑娘郭凤莲么!原来她是专程前来接受香港凤凰台的采访的。不久又一阵风似的离开大寨回她的昔阳去了。目送远去的车影,我又有一种“球形典型”终结的回归感了。

附记:就在本文写成不久,新去那里的友人告我,森林公园的顶端,已耸起了一座雄伟的普乐寺大庙。香火整日缭绕,香客不断。而斥3000万巨资者,正是郭凤莲的大儿子。

2005年10月29日

农家的孩子

也许是曾经教过不少农家的孩子的缘故，对于他们，总涌起一种天然的好感与疼爱。

20世纪60年代初的南方寒潮袭来，他们穿着不合身的单衣裤瑟缩于寒风之中，鼻尖冻得通红；母亲亲手纳出的布鞋穿在那没有着袜的脚上，露出红红的脚踝。身材瘦小，腼腆，胆怯，一口令城里人讪笑的乡音（其实城里人也多是方音），生活节俭得近乎小气，有时也不乏一点自卑，但更多的是倔强，执拗，勤奋而有悟性，充满自尊、自信。他们身体的发育与知识的长进，似乎都要“慢半拍”。高中生的个头比城里初中生都小，男孩尤甚。而一到高二就像追施化肥似的往上“蹿”，大学几年更换成了另一个人，大有“男儿二十变”的味儿。学校与家庭的限制，使他们大多基础不够坚实，知识面显窄（农村方面自然在外）。但一旦有良好的学习环境，有名师点拨，则眼界大开，学业大进，使我联想到“士别三日刮目相看”的名言。看他们日后投身社会的才干、后劲与成绩，直令世人惊叹，让师长自慰自欣。

广阔的中国农村潜藏最富厚人才资源，这里曾走出过毛泽东、刘少奇、朱德、邓小平，正走出陈章良、王军霞、徐洪刚……未来中国人才辈出，很大程度将取决于农家孩子的崛起与潜能的释放。当今每一位有识、有责之士，都应为之密切关注，设法尽力。

当今农家孩子的境况，自然让他们的父兄无法企及。但较之于城市，其条件的劣势仍十分明显，山区孩子尤甚。不久前一位熟悉教育的负责人谈到的几件事，令我久久无法释怀。

某山区一名学生考上省内一所大学，全家倾其所有、亲戚大帮小凑筹集了1000元学费，缝在母亲连夜赶制的腰带里。没钱买车票，挑着行李、带着粑粑步行十几天去上学。到校报名时解开布带，那一张张留着体温的人民币，已全被汗水浸透，留下白花花的盐迹，在场师生全被惊呆。一位平日品学兼优的山区孩子为了不至于失学，破窗作案去交学费（其他一分钱未乱花），法庭上下为之唏嘘，虽被判刑，审判人员与旁听群众纷纷为他捐款。一位山区的大学生在学校非正常死亡，父母双亲竟因筹不到经费而无法去料理儿子的后事……他们太需要关心，需要支持,需要给予温暖。扶贫资助、希望工程、奖学金、助学贷款对于他们无异于雪中送炭,沙漠中送水。有限的给予,将得到巨大的回报;给他们一次机遇,他们就可能破壳而出,举翮振飞。似可预言:农家孩子腾飞之日,才是泱泱中华凌云之时。

1993 年

农民工的“情人节”

社会学家李银河关于性权利演讲成了当下的热门话题。她对于性自由、“性解放”持相当前卫的观点。不过，我更关心数以亿计的农民工最基本的性权利，不怕您笑话我思想“后卫”。

接触到不少长年在外的打工族，和他们交谈时，常流露出夫妻常年不得相聚的苦楚，有的夫妻在一地打工，由于租不起住房，想多省些钱供家里的小孩读书，不得不各自住在集体宿舍，过着夫妻长期分居的生活。这事让我感慨不已，也让我想起前一阵炒得很火的中国“情人节”。

“迢迢牵牛星，皎皎河汉女……盈盈一水间，脉脉不得语。”牛郎织女七夕鹊桥会，充满凄情的诗意。然而将它定位为“中国的情人节”，却未必符合实际。你想牛郎织女恩爱夫妻一年只见上一次面，未免太残酷，太有违人性、人情。虽然秦少游先生曾经高度评价过这种爱情模式，称为“两情若是久长时，又岂在朝朝暮暮”，只是不知少游先生本人，是否很乐意同他的夫人一年只见一次面。

今日数以亿万计的农民打工族，其实就是当今数以亿万计的牛郎织女。为了生存与富裕，不得不长年离家别乡、离妻（夫）别子（女），到城里去建楼、修路、卖菜、送货、当保安、做保姆、挖下水道、做计件工……他们只能在春节回乡回家去团聚一回；甚至不能如传说中的牛郎那样，将小孩带在身边，而是丢在老家由老人照料。由于没有城市户口，在城里上学要多交不少的钱。歧视加上各种名目的收费，让收入本来就接近生存底线的他们难以承受。城乡二元户籍制度有如王母娘娘手中的簪子，给他们画出了一道难以逾越的银河。岂止七夕不得相会，就是五一、十一这些法定的节假日，于他们也形同虚设；一百多年前世界劳工组织规定的“八小时工作制”，一百多年后依然徒有其名。

看城市的路灯下，三五成群头发蓬松肤如铜色身强力壮的男子，或簇在一块发育饱满略带土气的女子，各自闲聊、打闹、逛马路、“斗地主”，或者以饥饿的眼神茫然投向路过的异性，不可抗拒地被地摊上印有性感女郎的书刊吸引。低质廉价的录像厅是他们唯一光顾得起的娱乐场所，防空洞改造成的录像厅里，是清一色的“快乐单身汉”。当城里人住在宽敞明亮、温馨舒适的高楼大厦享受男欢女爱时，住在低矮潮湿工棚里的他们，顶多也就发发短信寄托相思，或者伏在昏暗灯光下写信，却无法享受电话的“高消费”。夫妻的长期分居，性生活的缺失，使他们患有不同程度的性压抑症。没有城市户口没有可承受的经济条件，他们无力将家属接到城里。有的夫妻同处一地，却不得不住集体工棚。长期的心神不宁，焦躁、疲劳、亢奋，为小事而大动肝火，也极易造成潜在的工程质量和产品质量问题，成为一大社会隐患。

只有在不可阻挡的传统节日春节，那个把星期、十天半个月内，他们才能享受夫妻儿女团聚的快乐，释放一年劳苦的辛酸。用他们中的“粗话”说，叫作“饿的时候饿死，撑的时候撑死”。

为了轮上这个久盼的“情人节”，一年的辛苦不说，还得在春运的“鹊桥”上疲惫奔波受尽艰辛。为买到一张坐票或者站票，要顶风冒雪彻夜地排队；要忍受车票涨价的打劫、黄牛党的敲诈、小偷的欺侮乃至监管人员的呵斥；十几个小时无水供应、没法上厕所的尴尬，也不算稀奇。当半个多月甚至个把星期过去，他们又得为生计上路，重新去过那种牛郎织女式的生活。如此年复一年周而复始，牛郎变牛叔，牛叔变牛翁；织女成织婶，织婶成织婆，是痛楚的宿命的轮回。

“饮食男女，人之大欲存焉”，程朱理学主张“存天理，灭人欲”，然而“灭人欲”正是“天理”所不容的。撇开民工的生存状态、自然需求，一味进行所谓道德教化、观念指责，是不公平的也是乏力的，全社会理应关心他们的境况，多一些生命的关怀。起码为他们过正常人的生活创造必要的条件，哪怕是解决平时一起打工的夫妇用房这样的“小事”。

从大范围讲，确保公民享受法定节假日的权利；打破城乡壁垒，尽快出台更为人性化、和谐化的户籍管理制度，势在必然。从长远讲，让农民工与其他的职工平等地享有休假探亲制度，也应逐步建立，并最后成为劳动保障法的条文。这也是我们的社会保障每个成员的基本人权的题中应有之义。

故此，窃以为农民工的“情人节”，不在七夕而在春节。

2007年3月

“北粮南运”与其他

史上“南粮北运”由来已久，视为“常规”。近十多年来，城市化推进，农田大量建厂建房，南方原本一些产粮大省产粮功能退化，自给率逐年降低，“南粮北运”渐为“北粮南运、中粮西运”取代，笔者不禁一惊，思绪翩翩……

“国以民为本，民以食为天”。治国安邦，社会“维稳”，第一要义当非食莫属。“多元化”日益成为“基本价值观”的当下，千年的古训，仍当仁不让地要视为“天理”，成为“天责”。

国史上“文景之治”、“贞观之治”也罢，朝代更迭中刀光剑影也罢；冯小刚《1942》惨不忍睹的一幕也罢，资深记者、学者对1960年代三年大饥荒的调查、争论、当事人的回忆录也罢；世界史上爱尔兰土豆饥荒、乌克兰大饥荒、印度大饥荒、尼日利亚大饥荒以及眼下毗邻令子民勒紧裤带搞核武饥荒不断也罢，都不竭地坚挺着“以食为天”的颠扑不破。

古老《诗经》“无食我粟”对硕鼠的诅咒；彭大将军“谷撒地，薯叶枯。青壮炼铁去，收禾童与姑。来年日子怎么过”的鼓呼；李昌平上书总理“农民真苦，农村真穷，农业真危险”的实话也罢，至今仍震撼着国人的心灵。

耕地占世界7%、人口却占22%的中国，伴随土地要素的恶化、需求的膨胀、分配消费的严重不均、生态的频遭伤残、地方以土地换项目的大肆卖地、农民进城连带出土地闲置田园荒芜……与世界权威资料：“163个经济体中，2010年粮食安全风险指数中国排96位，列‘中度风险国’”，正相互印证。

美国持反恐标准出台“生物国防法”；澳大利亚对农产品入关“严防死守”；日本对稻农高补贴、将外国大米拒之门外；印度严控转基因品种销售推广，都是对“粮食主权”的一种宣示。在国内国际市场一体化的大势下，我国东北黑土地上的农民几乎赤手空拳地同受政府高额补贴的大洋彼岸的巨头同场竞技，以致失去话语权、定价权、自主权。产品积压，价格受挫，面积锐减，不能不令人心悸。“自己的饭碗主要要装自己生产的粮食”——习近平的平常话正当其时。

“民以食为天”，“国以民为天”，“官以食为天”，“政以食为天”——岂有“过去时”，唯有“进行时”。

2013 年 12 月

招“美”与审“美”

老以为亚洲重男轻女现象，异常严重，直到英迪拉·甘地、班达拉奈克夫人、贝·布托、阿基诺夫人、梅加瓦蒂、英拉、朴槿惠一长串名字的凸现，才猛地发觉有色眼镜还架在自己的鼻梁上。

在这种背景下，读到云南漾濞县一百多人竞争九个副科级岗位，胜出八位年轻女性，只剩下一位男士，实现了8：1“纯属巧合”的大突破，真是令人高兴。中国女性干部数量偏少，女干部比例须强制性搭配，“无（无党派）、知（知识分子）、少（少数民族）、女（女性）”配置沿用多年，直到有专业人士统计本届国家高层领导，女性的比例有所下降。据说“差额选举”“差”掉的往往就是女干部……如果各地都多一些这种“8：1”，该有多好！

然而舆情对此似乎并不完全认同。“健康”与“不够健康”的心态，“正常”与“不正常”的隐情，遭众多质疑。街谈巷议、“博”传“网”议，以致记者要特地前往，看个究竟（见《南风窗》2013年第13期《女干部，舆论和官场》）。于是有“很多人怎么考也考不上，就产生了吃不到葡萄说葡萄酸的心态”、“长相清秀一点，考官印象好点，录取率自然要高一些”的官方解释（“自然”，何其准确）；有指出“怎么考也考不上”是“很多人”的实情（“实情”，何足为奇），只是用“吃葡萄心态”能说明全部问题吗？“爱美之心，人皆有之”，向善向美，人之常情。只是“公选”的女干部“几乎全是本地人”，又不禁让人生出疑窦：是否越过官场攀爬中的显性、隐性台阶，考公务员、村官进入仕途，成为地方吏治中的缩影之一；被曝事发地如果在地级市或者县乡一级，只要不酿成恶性公共事件，不太戳眼睛，那么就很难为公众监督所覆盖，即便人事腐败，也因掺杂了“关系”和“派系”的官场显、潜规则而扑朔迷离。因而对某些地方政治家族或者权色交易的可能性的猜想，难于盘积不散；坊间屡屡曝出的“二代世袭”、“日后提拔”现象的层现累出，正印证了公众对政治资源分配幕后交易的想象；而类似“符合程序”、“破格提拔”、“纯属巧合”、“公正公平”的“标准答案”，虽摆得上台面，却服不了人心。何况偏远小县城应对媒体老练娴熟的能力，也不可低估……

于是人们认定：“招美”、“选美”，实际上是循着一条“女士优先——美女优先——本地美女优先——关系美女优先”的路径堂皇或悄悄地运行。于是街谈巷议、“博”传“网”议，私下和公开的“审美”活动“长盛不衰”，“自然要高一些”的“实情”，也就难免了。

无数实情证明：没有进一步的主动信息公开，舆论质疑的云雾就无法消散，传闻的堆积与真假莫辨，使得网民宁可信“猫腻”也不信“大道”，如此条件反射式的“思维定势”，无法遏阻，那么任你指网民“特定人群情绪宣泄”也罢，“低年龄、低学历、低收入人群占据较大比例”也罢，“别有用心”也罢，“受大V操纵”也罢，劝他们“断开网线”、“务正业”也罢——都难免一厢情愿，难济于事。唯一的还是老老实实正视，顺应，就势，让正道、正气、正声，真正张大起来。

2013年10月

黠鼠记

说到鼠，就想起苏东坡曾经遇着的那只小老鼠。小老鼠掉在箱子里，箱子坚固跑不出来，它就吱吱出声，招人注意；当书童燃烛前来察看，它就装死躺下；书童把箱子一倒，它一溜烟地跑掉了——心计之工，智商之高，让人瞠目。难怪东坡先生慨叹，“万物之灵”竟不如区区鼠辈……

老鼠的狡黠，中外古今是颇有名声的。公元前6世纪的《伊索寓言》早有所披露：猫想用装死的办法引诱老鼠出来，可老鼠探出头说：“朋友，你即使变成皮囊，我也不会到你跟前去。”伊索时代的老鼠，不中猫的计，与苏轼受老鼠的骗，正形成对比。18世纪《聊斋志异》中记蛇鼠斗，蛇吞了一只老鼠，另一只老鼠待蛇入穴过半，就奔来咬蛇的尾巴；蛇只好退身而出，小小的老鼠硬是逼着蛇将死鼠吐出。这只老鼠与苏轼遇着的那只，很可能是嫡系亲族。

也许正由于这种狡黠，使老鼠在严酷的处境中，不仅赢得生存权、害人权，而且在人类社会中赢得可观的席位。生物学上有它的纲目，《辞海》中有它的部首；十二生肖由它领衔排号；邮票上有它的尊容；《诗经》中不乏鼠的诗句；庄子、荀子著作中不乏鼠的典故。“鼠思泣血”，“鼠思”喻隐忧；“梧鼠五技而穷”，“鼠技”喻薄技；“玉非鼠璞何劳辨，鱼与熊蹯各自珍”，“鼠璞”喻有名无实之人；“硕鼠硕鼠，无食我粟”，“硕鼠”喻巧取豪夺之辈；“谁谓鼠无牙，何以穿我墉”，“鼠牙雀角”喻强暴侵凌引起争讼；“鼠肝虫臂化万途，神奇腐朽相推迁”，“鼠肝虫臂”喻小不起眼。“小偷小摸”曰“鼠窃狗偷”；踌躇不决曰“首鼠两端”；仓皇逃奔曰“鼠窜”；欲行不敢有所顾忌曰“投鼠忌器”；目光短浅曰“鼠目寸光”；鄙视他人曰“鼠子”、“鼠辈”；民间至今流行有关老鼠的歇后语：“老鼠爬秤钩——自称自”，“老鼠进风箱——两头受气”，“老鼠过街——人人喊打”，“狗拿耗子——多管闲事”；留下口头禅：“龙生龙，凤生凤，老鼠生儿会打洞”，“一颗老鼠屎，搅坏一锅汤”……真是洋洋大观的“鼠文化”。

东坡先生遇着的宋朝的老鼠，那是一千多年前的“鼠精”。物竞天择斗转星移，到了20世纪末，鼠子鼠孙们又该进化得如何呢？笔者有幸亲自领教其高明而大开了眼界。

一次，在奔驰的火车上，见到骨碌着小眼睛的鼠先生竟大模大样地穿行于餐车与软卧车厢之内，列车员说："这不稀奇，这站上，那站下，走南闯北，是常有的事。"听跑海轮的水手说，海轮上照样有老鼠，那是混进货物中上来的，无需护照一样漂洋过海，比起它们的祖先来，是远"出于蓝而胜于蓝"的。

家住五楼最高层，登高爬楼，原以为老鼠不容易光顾，然而事实竟大出我意外。因为底层养有猫，鼠们无安全保障，于是高层正成为它理想的栖身地。于是沿着电线、溜水沟、自来水管、晾衣绳，飞檐走壁，来往穿梭，转移到了屋檐、天花板下安家。每到夜深人静，老少鼠爷儿们即开始上班，将纱门咬出一个个或大或小、或方或圆、或高或低的小洞，到橱柜、米缸、食品柜内尽情享用那米、肉、瓜果，在沙发、桌面、床单、书卷上撒上臭臊鼠尿，留下点点的爪痕。继而室内的手绢、抹布、塑料袋纷纷不翼而飞，让人惊叹莫后。一日，拆一久置未用的煤灶，哈哈，失踪多时的这些什物全藏在旁边的烟囱内，成了鼠们构建安乐窝的原材料。于是请来灭鼠专家于墙角门后、洞边鼠道投放灭鼠药物，安放鼠夹，放置鼠笼，巧布诱饵。然而除了有几只就擒遭毙外，其他鼠竟鼠夹、鼠笼就是不挨，鼠药、鼠饵就是不吃；纱门照样咬，食物照样偷，鼠尿鼠屎照样四处拉。人说老鼠是"精怪子"，说谁聪明绝顶就叫"耗子精"，真是不虚此名。人说狐狸狡猾，我说"黠鼠奸于狐"。

有外国资料介绍，老鼠往往命令一只最弱者去品尝它们怀疑的食物，其余的则在一旁耐心观望，如这只老鼠倒下，其他鼠们便再也不碰这种味的食物；只要闻一闻死鼠身上的气味，就能识别并记住这种鼠药……有地方曾公开宣布为"无鼠害城市"，实在是灭了鼠的威风长了人的志气，然而笔者常不免犯嘀咕，老鼠真灭得尽么？据说人类有200万年的历史，老鼠有600万年的历史。恐龙之类的庞然大物从地球上消失了，偏偏这鼠类连同蚊蝇之类撒豆成兵生生不息。邓拓先生曾援引统计资料说：家鼠一对，四年间可繁殖176.37万只后代；田鼠一对，四年间可生育101682.792万只子孙，能从地球上抹掉这些丑类么？

于是我想，这也许正是上帝的旨意：且让这些"阴类恶物"作为人类的伴生物，在相克相生之中形成一种生物链，一种特有的"生态平衡"。让它不断地警醒人们：别要侥幸，莫要懈怠，且在这不疲倦的长期反复同丑类的较量中，赢得文明的进步，生活的温馨。

1992年1月10日

蜗牛、老鼠与多元

一个有悖于惯常对鼠评价的标准，一个与传统情感大相径庭的比喻，一个让人感到新奇“叛逆”又感到不伦不类的歌名——“老鼠爱大米”，贸然出现在我们的中间，处处可闻无法回避。

什么比喻不能用？偏偏让老鼠与神圣的爱情挂钩，它配么？老鼠与大米，吃与被吃，动物本能需求，置于人类情感领域，成何体统！

据说歌名原先并不如此，而叫《就这样爱你》，竟流传不开，更遑论轰动。尔后“老鼠爱大米”歌名一冠，流传神速，堪与“老鼠繁殖”速度相比。“另类”比喻的魔力可见一斑。嗤之以鼻也罢，痛心疾首也罢，少男少女们唱得有滋有味，连中老年中也有人忍俊不禁地要听上一回哼它几句。

比喻即“打比方”，依照事物的相似点，以此喻彼。作者高妙处也许就在这独出机杼，富有听觉的“冲击力”。有人反驳：说冲击力，“苍蝇爱大粪”，不更强么？流行就好，流行性感冒呢？罗密欧对朱丽叶会说“我爱你就像老鼠爱大米”？鼠乃“四害”之首，人类大敌，中国鼠谚贬义何其多，搞笑歌曲如此热炒，折射出的正是价值取向的低俗。但又有人反诘：人类中有的“爱情”还比不上老鼠爱大米呢！为什么不拿出点既“高雅”又传唱得开的作品？

正正反反，驳驳诘诘，展示的正是多元文化的格局。其实视野是不妨稍稍拓开一点的。看各地流传的老鼠嫁女、老鼠搬家民间故事，于年画、剪纸、雕塑、皮影戏、连环画中尽情挥洒；花轿、伞盖、旗、锣、灯火、吹鼓手，那场面渲染得何其盛大热烈！农家晚上还特地点上油灯，为老鼠办喜事照明，让小孩侧耳谛听隐隐传来的唢呐声、欢闹声，对上帝创造的这一生灵，充满友善、怜爱、宽容，并不判它“十恶不赦”，“踏上一只脚，叫它永世不得翻身”。再看蒲松龄笔下的“侠鼠”，眼见同类落入蛇口，袭扰不断，以弱斗强，是何等的侠义。比起那些见死不救、临阵脱逃的“人类”，真不知要高出几多。而《三侠五义》里被包拯招安的江湖侠客锦毛鼠白玉堂等“五鼠”，大概也是为数不多的“正面形象”。

再看看异邦那些机灵可爱、憨态可掬的小鼹鼠、小田鼠、小白鼠、土拨鼠，皆“动漫”之常客、亿万孩子的挚友，人家可不担心会由此敌我不分、丧失了“阶级立场”的。至于那只诞生于五十年前风靡全球至今的米老鼠也即“爱大米的老鼠”，则成为每年吸引数千万游客，掏走多少亿花销的奇鼠，是家喻户晓钻进每个孩子的心灵的。

由此不禁想到了另一个小生灵蜗牛，这个行走如挪的慢行动物，“文革”中酿成轩然大波的“蜗牛事件”，是因为美国商人向我方赠送了玻璃钢蜗牛的礼物，江青勃然大怒，以为是别有用心地讥讽我国建设速度之慢，展开声势浩大的讨伐运动。后经查明蜗牛是人家的厂标，赠送完全是友好的，倒现出“女皇”让人笑掉大牙的愚顽偏见与孤陋寡闻。今日有地方将《蜗牛》列为爱国歌曲让学生传唱，学习其进取向上的精神，不论这种选择是否恰当，至少是宽容破格之举，是多元文化的一次胜利。

上帝为这个世界创造各种生灵蔚成大千。龟，既有千年灵龟的美誉，也有缩头乌龟的贬称，还是男戴绿帽的恶名，呈现的正是一种多元的表述体系。《伊索寓言》中蛇是咬死农夫恩将仇报的负义者；中国戏曲中的白蛇、青蛇却是让人爱怜的多情者与仗义者。毛泽东笔下的孙悟空，有时是精兵简政、深入敌人后方的八路军，有时又是钻进革命队伍内部的妖精；列宁一面把狐狸比作狡猾的敌人，一面看见雪地里皮毛靓丽的狐狸而赞不绝口。在形象上是大可不必“舆论一律”的。

世界的视野里更是如此。“狗眼看人”、“狗改不了吃屎”之类的恶谚，同西人视犬为最亲近朋友的评价形成巨差。一位德国妇女来中国旅游，得知热气腾腾的美肴是香喷喷的狗肉，竟顿时昏厥过去。有字无字的字典里，动物形象是少有固定的评价模式的。

世界多极，文化、思想多元，比喻多义，审美多元是一种客观存在也是一种大趋势，不应将自己逼于非白即黑的狭窄胡同。尊重不同文化的差别，尊重多种生活方式的价值，不轻易评判和摧毁与自己文化不相吻合的东西，强调任何普遍假设都应经过多种文化的检验，强调寻求理解，和谐相处。谁想在思想文化、文学艺术上搞“单元化”，只能是一厢情愿、心劳力拙的。

2005 年 8 月 9 日

师 牛 说

身处牛年，更触动我师牛的心思……

在十二生肖中，我久怀敬意、情有独钟的就是牛。这不仅因为我喜爱唐代画家韩滉的《五牛图》，简劲自然的笔墨中，画出五牛各异的体态神情，呈现出朴实的田园风光；我喜爱卢浮宫收藏的19世纪法国画家特罗容的《去耕作的牛群》，那晨雾中牛群奔跑前去备耕的神态，让人逼真感受到法国农村的乡土气息；不仅因为李可染以牛为师并将画室命名为“师牛堂”；也不仅因为“鬼才”魏明伦写下了洋洋洒洒令人拍案叫奇的《盖世金牛赋》；更不仅因为夫人属牛，以至“爱屋及乌”……其实我对牛的怜爱与敬意是掺和着感性兼理性的双重体验的。

在我的脑子里，牛是同中国农民、中华民族一道走过来的最忠实、最亲密、最可靠、最得力的灵牲，是“上天”派来帮助我们的好伙伴、好助手。它同我们共同分担着耕作的劳累与艰辛，同我们共味人间的酸甜与悲喜。三峡坝址中堡岛七八千年前新石器时代遗址中出土有水牛的头骨；公元前13世纪的甲骨文中有多处关于牛的记载；《诗经》中有“日之夕矣，牛羊下来”、“我任我辇，我车我牛”的咏唱；柳宗元、白居易、黄庭坚、杨万里有对它的歌吟。时至今日，我们仍离不开牛；将来相当长一段时间恐怕也仍离它不了。岂止是亲密朋友，简直是家庭的重要成员，肩负繁重体力活的主要劳动力。以至我们一说到牛，就自然想到农村，想到农家，想到农民；想到田野、庄稼、粮食，想到劳作与收获。

牛的勤劳坚韧是久负盛名的。劳作一生，苦累一生，肩负着“民以食为天”的大任，栉风沐雨，水里泥里。“一粒红豆饭，几滴牛颔血”，晚唐诗人吟出了牛的奉献。春寒料峭，犁耙水响；夏日炎炎，推磨拉车；秋收时节，运粮驮草；冬令季节，又为兴修水利忙碌。一辈子哪曾有过安闲的日子！

牛的忠厚踏实也是有口皆碑的。总是迈着虽不算快却沉稳坚实的步子，一步一个脚印。默默无闻，埋头苦干，任劳任怨，忍辱负重。终生不改牛脾气，一旦认定，犟起来谁也拉不住。从不吝惜牛劲，从不讨好卖乖、投机取巧、诌媚邀宠。初生牛犊不畏虎，开山拓荒，披坚执锐，在所不辞。即便是年近黄昏，也仍是“不待扬鞭自奋蹄”。

牛温驯而善良，童叟无欺，没有势利眼，不会要权术。小孩“小放牛”，牛角挂书，牛背读书，牧歌短笛，诗情画意；老人也乐于陪它路边吃草，它爱驮老人徜徉于山野，构成一幅情趣盎然的乡间风景画。连乌雀、八哥也喜欢落在它宽阔的背上，为它挠痒，啄食寄生虫，啁啾一支动听的曲。

牛所需甚少而奉献颇多。种的是庄稼，吃的是草，挤的是奶，跟中国农民长年粗茶淡饭一样的待遇。难怪今日仍呼唤“老黄牛精神”！难怪鲁迅以“俯首甘为孺子牛”自励！

我常常想：牛与中国农民何其相似乃尔！性格、气质、处境、品质，简直难分彼此。是牛受到中国农民的陶冶，还是中国农民受到牛的感化？牛年到来，我于内心祝愿黄牛开山精神弘扬光大；祝愿农民兄弟的负担不要“如牛负重”；衷心祝愿牛皮不要使劲吹。

1997 年 5 月 15 日

背编织袋回乡的人们

一队队背着塑料编织袋的人们急匆匆地打街市走过。南方淋过雨的如镜路面映出他们的身影。身体前倾，步频快捷，他们像候鸟一般赶在春节前回家。只要见着背编织袋的几乎可以认定就是农民工。编织袋是他们的“身份证”。

编织袋又称蛇皮袋，一种白底蓝红相间的大塑料袋。跟主人一样，它们结实、廉价、不起眼，管用着呢。年初它为主人带走打工的衣物、亲人的牵挂，此时则为他们带回给亲人买下的打折的毛衣、糖果、乡下稀罕的日用品。至于用血汗挣来的现金，那是要装在贴胸口袋最保险的地方的。

说不清是谁的规定从哪年肇始，春节就成了中国团聚的节日。千里来归，风雪无阻，要赶在大年三十前，隔了团年饭味道似乎就淡了许多。于是他们顾不得老板最后一个月工资的拖欠，顾不得买票彻夜排队、车上硬座、站票的劳顿困乏，顾不得票贩子的盘剥、小偷的袭扰，终于背着编织袋匆匆上路。

曾经面对面地听一位歌唱家用鄙夷的语调痛斥一首叫《一封家书》的歌，以为玷污了神圣的艺术；同样是我，亲眼见到一群农民工听着这首歌而泪流满面……一年里，他们不可能“常回家看看”，也不可能“有事没事打个电话”，他们只能在春节这样的时刻，用赶回家的方式来补偿对留守的老人、孩子的歉疚，同时为自己筹到了孩子的学费、父母的药费、修整房子的费用而庆幸欣慰。

春节是农民工的情人节，在这样的日子里，牛郎织女才可能一年一度地倾诉衷肠、“让你亲个够”。此时，只有在此时，一年里遭受的辛劳、辛酸、辛苦才可能消融化解。

当半月、二十天匆匆过去，他们又将匆匆上路，再到城里开始那种天各一方的生活。那是他们生活的常态，一种“格式化”了的家庭结构模式。“好男儿志在四方”，农民工跟当兵的人一样，正是这样的男儿。

几亿人的队伍二十多年来长盛不衰，成不可遏阻的潮流，嗤他为“盲流”也罢，被某些人当作苦力、粗俗、低文化、低素养代名词也罢，被投以鄙夷、冷漠、戒备、训责的目光也罢，被某些地方定为清查对象、年终严打内定对象也罢，把社会秩序的混乱、铁路汽车的紧张归罪于他们也罢，他们把青春、体力、梦想，全都给了城市。从摩天大厦到下水道，从菜摊到餐馆，从搬运站到发廊，城里人不愿干的赃活累活，他们都一一承担。不能让他们天天去向别人“感恩”，他们才真正是值得全社会感恩的人。

他们不懂得经济学深奥的名词，不会说豪言壮语，讲不出整套的政治术语，他们只是按照自己的需要行事，凭自己的吃苦硬干养家糊口，改变现状，他们凭借乡邻亲戚朋友的“传帮带”来闯世界，即使像无头苍蝇碰个头破血流，也依然义无反顾地前仆后继。他们是高危行业的主力军，是身兼农民、工人两种“成分”的新人，是城市不断扩大、农村不断向城市靠拢大潮中的弄潮儿。计划经济、城乡分治的户籍政策，城乡隔离的二元经济政策，城乡的巨大差距，增加了中国农民工的复杂程度。他们则以自己的行动为农村的丰裕、城市的繁荣、城乡的活力，在闯新路。

二十多年的演变，他们背的、提的已经出现了双肩旅行包、漂亮的密码箱包之类的“族群”。手机乃至电脑也开始成为新一代农民工的特征。农民工的第二代、第三代，由单纯的养家糊口到去城里创业，少量甚至融入城市主流社会，由小本到中本、大本，成为老板的预备军。

如今，有的部门总算“醒悟”过来，从不早不迟专拣他们返乡的日期车票涨价的模式中走了出来；如今北京开始设有农民工火车专列，有深圳老板花百万之巨在四星级酒店宴请农民工——不管是否属于作“秀”，至少在形式上是一种尊重，有一份温情。曾几何时，权威部门规定不许使用“农民工”的词语，不允许有“弱势群体”的提法，随后却庄严郑重地写入了总理的工作报告，地方政府开展有“农民工权益维护年”活动，有的媒体开辟农民工讨薪热线，你多少可以感受到人性关怀的加重。

其实包括如春晚这样的节日传统大餐，也是不应置农民工于舞台之外的，更不应在反复审查的节目里，将其作为奚落的对象。因为拥有几亿数量的大军，理当成为政治、经济、文艺生活中的主人。

2007 年 2 月 15 日

喜爱“原生态”歌唱的缘由

带着新鲜阳光、黝黑面孔的歌者，以野性、土气、辣味的本色，同习见唱法迥异的本嗓，了无遮拦，穿云裂帛……尽管这是经过润色的“近”原生态、“准”原生态歌唱，却依然让所有听惯了“老一套”的耳朵，有被山泉洗过一般的新鲜。

当文化母体的良性传承因庙堂经院式老谱的盘桓而难以为继，当千歌一调千声一腔的“标准唱法”显浮华矫情之态而渐失人缘，“原生态”歌唱就成为破解单一、突破平庸、保留个性、摆脱苍白的一股新气，成为延续民族文化记忆、民间文化基因的“种质”资源。

“原生态”歌唱对于我们的意义已远在歌唱之外。我们其实是面对严峻自然环境与社会生活诸方面“原生态”的式微。我在鄂西长阳土家的天柱山、西陵峡中的石牌看到那宛如璀璨珠宝世界的“原生态”夜空，就更忧心于如洗碧空的日见稀缺。即使中秋节的夜晚也让人在城市发出“明月几时有”的慨叹；我在长江边一个叫“松木坪”的地方却未见松林，当地老人说几十年前这里还是乌黑的原始松林，是20世纪50年代的“钢铁元帅”将它剃了个精光，从此留下一道空名；我到三峡里一条被杜甫赞美过的下牢溪边，澄碧的溪水已被上游的石墨厂废水染得污黑；从一些乡镇企业经过，周围几乎是闻一多当年描述：“让死水酵成一沟绿酒，漂满了珍珠似的白沫”，“铁罐上锈出几瓣桃花”，“油腻织一层罗绮，霉菌给他蒸出些云霞”……于是我感到环保权威部门发出“有水皆污”、“逢雨必酸”的评语，并非危言耸听。对“原生态”环境的渴求与向往，怎么能不与日俱增？

“唯乐不可以为伪”，纯朴本真的声音，是打动人心弦的“天籁”。如同人们对无污染的“原生态”绿色食品的需求，我们的为政者也需要倾听那发自田野山壑、街头巷陌“原生态”的民声，贴近那跃动于生活底层的“原生态”的民心，从而准确获取真实的原汁原味的民意。它对于增强视听嗅觉，提高智商情商，矫正价值取向、审美情趣，是不可或缺的。

那下岗家庭的叹息声，失学孩子的唏嘘声，因卖血而染上艾滋病的贫困村民的呻吟声，因强行拆迁而流离失所、蒙冤上访几十上百次的申诉声……都是原生态的民声；那庆幸贪官倒台、黑老大入狱的鞭炮声，那不胫而走妙语连珠的民谣短讯，那近乎文盲的农村打工妹遭遇的倾诉……同样是原生态的民心、民意。为政者能否“声声入耳”，能否像当年彭大将军那样为之“鼓与呼”，是所有自称“情为民所系”的人们绕不开的一竿标尺。

尽管有人声称如何喜欢“原生态”的歌唱，“爱不释耳”，击节再三，然而眼下却似乎越来越难于听到未被污染的“原生态”声音了。由于长期浸泡于“往来无白丁，谈笑尽大款”的圈子里，维系着“从官员中来官员中去、从大款中来大款中去”的人际关系，满耳官声“款”声，声声入耳；一旦听到真正“原生态”的百姓声音，则往往叶公好龙式地失色，打心眼里感到“呕哑嘲哳难为听”，顶多也就喜欢一些几经“加工”、“过滤”、“净化”了的伪“原生态”。

其实同维系自然界的生态平衡“原生态”有着无可替代的协调功能一样，对于和谐社会的生态平衡，“原生态”的民声、民心、民意的制衡功能，也是无可取代的。故此，对于民声、民意以及环境、古迹、食物、药品诸方面“原生态”的珍惜与看重，就成为当下人们喜爱“原生态”歌唱的另一种缘由。

2007 年 3 月 9 日

安全帽的另类功能

打从这个世界有了安全帽，给从事冶金、交通、建筑、矿井作业的人们带来安全感，也逐渐成了产业工人的职业标志。从大型宣传画到新闻镜头，戴安全帽正是产业工人的形象特征。就是视察工地车间的首长，也无一例外地要戴上安全帽，一面固然为了安全，一面也增强深入基层同群众打成一片的气氛，当然也表明被视察单位有着浓厚的安全意识。至于工人们用安全帽遮阳、挡雨、避风，用它当扇子、当小板凳、当饭锅，则可算是安全帽的兼职功能。

然而安全帽还有更特殊的功能，是正常生活的人们所无法想到的，比如湖南省娄底市涟源七一煤矿安监员聂文清，其安全帽的用法，就让最大胆、最富想象力的人们也意想不到。

2003 年 4 月 16 日下午，聂文清和他的同伴正在井下 160 米的深处采煤，忽地一声闷响，大水夹着黄泥汹涌而至，巷井霎时被堵死，16 名矿工坐以待毙。两天后抢救人员还能听到地底下的敲击声，第三天即渐渐微弱，第六天当堵死的巷道被打通，聂文清和他年轻的矿友已全部窒息而死。清理现场除了遇难者的遗体外，人们还发现聂的一顶安全帽。

聂的安全帽的特殊就在于上面有一份用粉笔写成的遗书，遗书是一份长长的账单："骨肉亲情难分舍，欠我娘 200 元，我欠邓曙华 100 元，龚泽民欠我 50 元。我在信用社给周吉生借 1000 元，王小文欠我 1000 元，矿押金 1650 元，其他还有工资。莲香带好子女，孝敬父母，一定有好报，我一定要火葬。"短短的文字，并不连贯的语句，压缩了的感情，清清楚楚的数字，令娄底市市委书记潸然泪下……

平生读过不算少的有关披露遗书的文字：颐养天年者预先的交代，饮恨永诀者剖心的独白；秘而不宣的暗中运行，按法律程序的严格操作；寿终正寝者的从容交代，身陷绝境者的匆匆写就；更有"文革"中如邓拓、傅雷、闻捷等以死抗争的悲愤辩白……然而写在安全帽上的遗书账单，写在地底 160 米的深处，写在不该写的年龄，用粉笔写遗书，却让我这个历六十余年沧桑者见所未见、闻所未闻。死者对骨肉亲情的牵挂，对相濡以沫爱妻的叮咛，令人唏嘘。而那张“总决算”的账单，更如一桶熔化的铅沉沉地灌入我的心口。多纯多硬的汉子呵，先将欠人家的350元钱写在帽子最醒目处，即使面临绝境也释放出那么强烈的责任心。当然也没有忽略别人欠自己的钱——两个孩子的父亲、70岁爸爸的儿子、贫穷家庭顶梁柱唯一可以留下的“遗产”，数量小得够不上观看“皇马”的几张足球票……

权威部门统计，2002年全国矿难死亡的人数6300人，为美国的200倍、印度的10多倍，百万吨死亡率为世界平均水平的10倍。不知道他们有没有类似的遗书，然而一定有6300个类似的家庭，而且大多数来自贫穷的山村。聂文清家乡30%以上的青壮年都外出谋生，每天都将脑袋像矿灯一样提在手上，再好的安全帽也无法保护他们。“人总得活呀，不弄点钱，老婆娃娃们怎办？家中老人怎办？”煤矿500～600元的月收入，顶得上一亩田一年的收成……

幽灵般的矿难，给原本贫困的家庭带来灾难，也给咱们的“天天都是好日子”增添了不少的扫兴。然而它仍然不知趣地如约而至，乐此不疲、层出不穷。这不，在我写文章的当下，大同杏儿沟煤矿瓦斯爆炸声又吞噬了37条鲜活的生命，还有5人下落不明——如今似乎已经够不成新闻了。

“资本原始积累阶段”群雄并起，草莽流寇各路登台。“有50%的利润，它就铤而走险；为了100%的利润，它就敢践踏一切人间法律；有300%的利润，它就敢犯任何罪行，甚至冒绞首的危险”，马克思的名言仍然适用。时下1吨煤将近200元的暴利，怎不让经营者发疯。而显居要津者白天做猫，晚上成鼠，猫鼠一家。于是什么“三令五申”、“人命关天”、“严肃法纪”；什么“劳工生存权”、“八小时工作制”、“最低生活保障”，通通不过是扯淡。早在一百多年前即已开始的世界范围内争取劳工权利的斗争，今天在这里通通得“从头再来”！

体制与机制，是最大的安全帽。当大安全帽捅了窟窿，头上的安全帽再好也无济于事。为了安全帽的“另类”功能不再，每一个活着的人都该低头三思。

2003年9月12日

外方内圆者

友人手里有一只密封式茶杯颇引我注意。这茶杯既不是前些年流行过的热水瓶式的圆杯，也不是那种篾织外壳的玻璃杯，也不是颇具干部身份的不锈钢密封保温杯，也非那种腰缠橡皮隔热圈的玻璃圆杯，而是一种身方、头也方，周身有棱有角的方形玻璃茶杯，不光给人以耳目一新的好感，而且颇显得端庄大方。我惊叹于这别具一格的塑造，同时又不免有些纳闷：身方、头也方，那瓶盖如何转动盖严而不致漏水呢？从友人手里接过杯子端详摆弄了半天，终于将“地雷的秘密”给探出来了。原来那杯盖的方，不过是个外表，一种装饰，在那方正的外表的底下，依然是圆圆的旋口，瓶嘴圆，盖口也圆，全套到了一块儿，却不露半点痕迹。这样既有方的外形，又有圆的内里；既有方的美感，又有圆的实用——“外方内圆”。直可谓表里兼顾，方圆皆有，名实都得，左右逢源。

正次优劣的热水瓶大抵可分为外冷内热、内热外热、外冷内冷等若干类型；各种形状的密封茶杯也大抵可分为外圆内圆、外圆内方、外方内方、外方内圆等类型。

这自然使人想到人。看世间人的性格虽千差万别，大抵不外乎外热内热、外冷内冷、外冷内热、外热内冷几种；那为人处世的态度，也大抵可细分为外方内方、外圆内圆、外圆内方、外方内圆等多种类型。

在“方圆”的处世态度中，那“外方内方”者颇令人敬畏。这种人一般面孔严肃，不苟言笑，对人对己要求都很严格甚至严厉，办起事来认真古板，大有“木板上钉钉子覆个脚”的作风。平日话不多，但君子一言，驷马难追，绝无戏言。不喜欢拉拉扯扯、吹吹拍拍，一身正气。有时则未免过于执拗，颇有点迂腐，你难于同他“套近乎”，却并不担心他暗地里做你的手脚。“外圆内圆”者其“圆滑”特点触手可及，言语滑，神情滑，态度滑，像条泥鳅，浑身是“涎”。他是“山区的司机会转弯”，头插风向标会见风使舵，会顺竿爬，会敲顺风锣，会有奶便是娘，会脚踩两只船，会唬死人不抵命。与人见面熟，但不过逢场作戏，人走茶凉。初相识给你的印象不错，久相处则难免露馅穿帮。千万不要把他的话当了真，如同在个体市场还价，打对折或许不会上当。

我颇为欣赏那种“外圆内方”式的为人。平日里随和平易，好商量，好共事；也讲变通，也讲照顾，也讲宽松，也讲人情。然而一遇重大原则问题，则毫不含糊马虎。绵里藏针，软中有硬，不容更改，掷地有声。在他这里，宽松与原则、灵活性与坚定性得到高度的统一，足以为我们的楷模。

最让人憎恶的要算那“外方内圆”的茶杯式人物。平日里正襟危坐，正经八百，正气凛然，正大光明，正人君子之态可掬，然而这通通不过是“瓶盖”，是装饰物，以“方”的表面掩盖“圆”的本质。口口声声讲秉公办事，实际上则徇私舞弊，劫公肥私；声称用人唯贤，实际上用人唯亲、唯钱；标榜艰苦奋斗，实则花天酒地；打扮为政清廉，实则腐败糜烂；执法看似义正辞严，冠冕堂皇，实际是巧取豪夺，徇私枉法；无论搞评审、搞审计、搞检查，都似乎坚持真理，坚守原则，实际上都是“杯盖”，做做样子而已。需“方”则“方”，需“圆”则“圆”，一切以我画线。他们常常是公开“方”，私下“圆”；对人“方”，对己“圆”；对下“方”，对上“圆”；对疏“方”，对亲“圆”；于己有利则“方”，于己不利则“圆”；想“方”就“方”，想“圆”就“圆”；“圆”可以“方”，“方”可以“圆”；不“方”不“圆”，亦“方”亦“圆”，灵魂早揉搓得圆头滑脑，周身像泥鳅一般“涎”哒哒，骨子里仍少不了一个“圆”。

“外圆内圆”者固然令人恶心，但毕竟易于识别，上当受骗的机会较少，唯有这又当婊子又立贞洁牌坊者，最具迷惑力，值得加倍小心。

1997 年 8 月

哈哈镜里的我

站在哈哈镜面前，我发现里面的自己是那么丑陋、滑稽、可怜亦夫可憎！我的脖子比长颈鹿还长颈鹿，身体比小瘪三更小瘪三；在另一面镜前，我又成了一个标准的侏儒，脖如腰大，腿如桶粗，比武大郎更武大郎；在第三面镜前，我更成了一个狰狞的妖怪，身子歪七扭八，嘴脸猥琐不堪。平日里的"光辉形象"倏然消失，往日的"巍巍尊严"荡然无存。我不免狼狈而无奈！哈哈镜把我糟蹋成这等模样，"是可忍孰不可忍"？

然而看看所有从哈哈镜面前走过的人，其形象都不敢恭维。于是，我突然明白：在哈哈镜面前，真个是人人平等！因而无论什么人，恐怕也难于同哈哈镜去较真。有什么办法呢？它就这种秉性，好跟每一个人包括圣人神仙开"大不敬"的玩笑！幸好人们不会把哈哈镜中的形象等同于实际的形象，也就不至于对尊严与威信构成大的威胁。

然而哈哈镜毕竟是镜族的一员，它同样恪守着"镜鉴"的基本职责。不论怎样去变形扭曲，它仍然大体保留着你相貌的特有轮廓、形象的基本特征，使人一眼就能辨认出那是千真万确的你而非别人。

其实如同凹凸镜面的拉动，我们的心灵也常常受到世俗各种力量牵扯而扭曲变形。例如你老是装模作样，煞有介事，颐指气使，自视高人一等，不说老子天下第一也是老子某地第一，那么你那威威赫赫的样子也就如哈哈镜的模样可笑亦复可憎；又比如你老是那么疑神疑鬼，草木皆兵，担心别人暗算自己、反对自己，那么你的这副尊容也就如哈哈镜中的尊容一样令人恶心；再比如由于精神营养的匮乏，你变得干豇豆般干瘪纤瘦；由于根底的浅薄，你变得头重脚轻；由于饱食终日无所用心，你变得脑满肠肥大腹便便；由于为人的不老实，你成了言语的巨汉、行动的矮人；由于利欲熏心，你变得绝情寡义；由于贪得无厌，你变得手毒心狠……总之，稍一不慎，就会被拉扯扭动而失去了本真，受到潜藏的假丑恶的侵凌，你就很容易成为哈哈镜王国中的公民。正由于主客观诸多因素的牵掣制约，我们平日常常自觉不自觉地被戴上各种面具，被各种包装包裹，对自己的伤疤、缺陷、弱点少有觉察，自我感觉始终良好，老患“自恋症”。如今哈哈镜把你的底一一亮出，那是灵魂的外化，精神的具象，是不可不予正视的心灵素描。于是在你不敢相信又不能不信有这种可能性的现实面前，哈哈镜实际上就是给我们的一种警示，一种棒喝，一种提醒！

由此可以认定：哈哈镜乃我们的诤友、良师，不可多得的镜鉴。

我希望身边多几面这样的哈哈镜！我企盼我们的杂文也能成为生活中一面小小的哈哈镜！

2000 年 9 月 18 日

握手的学问

握手是平常事；握手是不平常事。

握手是简单动作；握手是并不简单的动作。

握手是礼仪，是社交；是心灵交通的形态，是情感释放的方式。

握手是友好，是友善；是崇拜，是逢迎；是热烈，是淡漠；是真诚，是敷衍；是礼贤下士，是傲物骄人；是原则，是态度，是人格，是尊严；是郑重大事，是例行公事。

握手是窥探人间万态万象的镜头；是蕴含极为丰富而精彩的载体。

斯大林、毛泽东莫斯科的握手；毛泽东、蒋介石重庆谈判中的握手；周恩来、尼克松北京机场的握手，都是历史性的，准备蕴酿了几十年。

张扬长篇小说《第二次握手》握出了书中人物的崎岖波折，也握出了书外作者的坎坷遭际，直让人良多感慨。

将崇敬人物的双手紧握猛摇，透出了虔诚与荣耀；与“偶像”争相握手的追星族的狂热，透出了畸态与稚拙；歌星走下台与观众握手的真挚与做作，老友故交久别重逢后的紧握中透出的千言万语……如览厚书数册。

外交家握手的姿态与架势；领导者对普通百姓握手的热情与主动；大人物对小民握手的漫不经心、装腔拿势与有气无力；见面熟的人广撒名片、见手就握的火烫与轻浮；还有那上面亲切握手下面使绊子的营生……直如欣赏万花筒。

滴水映海，一叶知秋，握手——这文明社会中的文明举动，让人们读到多少文明、亚文明、非文明、反文明的林林总总、花样翻新的大观。

1998 年 8 月 6 日

散章七则

山间笋

嘴尖，却不拍马吹牛；
皮厚，却不涂脂抹油；
腹中空，却不藏污纳垢
——此等山间笋，谁不爱在心头！

墙上草

头重，因为老想拔高；
脚轻，因为先天不足；
根底浅，因为高踞墙头；
东西南北风，都可把它吹倒
——于是只好/摆尾摇头。

独木桥

你走你的阳关道，我走我的独木桥；阳关大道固然好，独木桥未必全糟；
独木桥有时就是阳关道，阳关道有时其实就是独木桥；
独木桥有时走出阳关道，阳关道有时走成了独木桥；
独木桥有时冒充阳关道，阳关道有时被误为独木桥；
普天下哪能都是阳关道，阳关道有时替代不了独木桥；
人在世哪能都走阳关道，阳关道独木桥都不妨都走它几遭。

藤

大名曰藤，缠树为生。
不显形，悄无声。
一步步攀，一步步附；
一步步缠，一步步跟
——转眼间，跃上大树头顶，睥睨群木百草，直可唤雨呼风。
可别小瞧了此辈的本事，
转眼间，又将像蟒一样，将树缠出累累伤痕。
——直到缠枯、缠死、缠空。而它自己，则张牙舞爪，郁郁葱葱！

爬山虎

爬山虎，并非虎，一种向上攀附的植物；
爬山虎，甚于虎，一种神通广大的藤族。
步步为营，苦心黏附，用吸盘，用卷须
——别看它浑身没骨，无法直立；却有本事，跃上大厦高府。
——别看它冬日里蔫皮拉筋，可怜巴巴；一俟气候合适，那固有的爬性，立即复苏！

人走茶凉

人一来，茶就热；人一走，茶就凉——凉热没商量。
妙在一个“就”字，意味深长……
人既已经走，茶本就该凉；新人既已到，热茶该他尝。
常规常理，常病常“方”。
心静如水，宠辱皆忘。
茶热时头别发烫，茶凉时心可别凉！

“近”是学问

近水识水情，近山知鸟音；近朱者赤，近墨者黑；近鬼者“鬼”，近神者“神”。

近是接近，是靠近，是亲近，是逼近；是“套近乎”，是“远交近攻”。

“近”是一门学问，“近”中大有窍门。

舍近求远，贵远贱近，孰是孰非；

近贤远小，远水近渴，属吉属凶。

——且登临那思维之山林，谛听百鸟之和鸣。

1999年

“小说”五题

这里说的“小说”，非指叙述故事塑造人物描写生活的文学体裁小说，而是区别于高谈阔论长篇大论的小议小评小论小说。

(一)小说“套话”

何谓套话？套话是成龙配套的现成话，格式僵化的应酬话，说了跟没说差不多的“悬空话”，说了上句即知下句的“大路话”，重复百遍了无新意的“正确废话”，张口即来无须动脑的“懒人话”。

一种充斥“时髦”名词、“新鲜”术语、训导架式、表态语汇的表述体系，一种让官员厌倦、群众讨嫌、学人嗤笑的“戏腔”；一种套词成串、套句盈篇、套文满册的流行风；一种轻车熟路的外交辞令兼“内交辞令”；一种成批上量、没完没了的语言轰炸；一种趋时随流、跟风追浪的语言“套餐”。

“在……下”的开头格式；多年一贯制的联播套式；重复多年的“两会”感想套语，“第一提高认识”、“最后加强领导”的报告套式……有会议套话，文件套话，新闻套话，官场套话，民间套话的诸多分类；在一些人那里，套话是避免“犯错误”的安全套，是风险系数低下的保险套。套不只是话风，也是会风，作风，官风，政风。

有自上而下纵向的“套”，有此起彼伏横向的“套”；有主动的套，有被迫的套；有以套为乐为荣者，有以套为耻为羞者；有不说套话即不会说话、不写套话即别无他长者，有以擅说套话而自命不凡者，有对不善说套话嗤之以鼻者；有一面讨厌套话，一面又不得不说套话者……对口吐莲花、将套话说得连轴溜溜转的人，不妨保持必要的距离。

季羡林说，他的不少文章是在听那些冗长无聊的讲话时构思的；姜昆说他的《笑星的爱》，不少是在主席台陪会时草成的，那该是套话的“正能量”吧。不必一味责怪听套话者的恹恹欲睡、萎靡不振，套话的催眠效用岂能低估；不必老责难与会者的走神、频上厕所，看发短信，偷练书法，那是对无法摆脱喋喋不休套话的一种无奈的反抗。

生活中，“套”其实常常是不可少的。“套”是礼节，是规矩，是习俗，是习惯。无套有可能乱套，无套不成方圆。套装，套曲，套餐，套房，套有时是生活中的必备。然而“套然成风”，必定“套然成灾”。它套住了真情实况、真情实感、真知灼见；套掉了活力、朝气、创造性；套没了务实、坦诚、本真；套失了公信力、私信力、人格魅力。套话一滥，必“大”必“空”必“假”，“假”一多，必“大”必“套”必“空”。“假”“大”“空”“套”——一窝里的四只耗子，怪胎里的四个连体。

朱镕基向来反对开口“穿靴戴帽”；吴仪一贯要求单刀直入直奔主题；习近平履新演说平易实诚简短；李克强座谈会打断拿稿念的官员频频发问；王歧山说：“参加王某人的会，不准念发言稿。”……可视为反套话中的佳话。

韩愈有言：“唯陈言之务去。”不妨仿造一句：“唯套话之务去。”

（二）小说“要”

文件是“要”的集散地，会议是“要”的倾销店，报告是“要”的集装箱。无“要”不成文件，不成报告，不成会议，不成“体统”。会议的分量，得以“要”出场的次数来衡量，文件的轻重，得看“要”亮相的频率去评估，报告的气势，得看“要”字出马的多少来计算。不妨数一数一个文件中有多少个“要”，一版报纸“要”有多少！

“要重视”，“要提高”，“要加强”，“要落实”，“要强调”，“要狠抓”，“要动员”，“要学习”……“要”是某些官员的头号口头禅，常年“绕口令”，挂在嘴角的香油壶，曲不离口的基本功。“要”让基层、让百姓、让受众，耳朵磨出了茧，眼睛长出了疔。

毛泽东当年指陈“一二三四甲乙丙丁子丑寅卯”的“中药铺”，在今日“‘要’字经”面前，显得何等小儿科！

“要”中乾坤大，“要”里日月长，“‘要’字经”中学问深！“要”是老马识途的率由旧章，是某些官员磁带的反复播放。有了“要”即万事大吉，“要”了即优越无比。“要”成了掩饰政绩平庸的遮羞布，成了渎职罪过的虎头盾。“要”族一兴旺，“要”油子必行时；“要”字太繁荣，“‘要’口溜”即四处窜行。“要”一旦成为官贪脓疱上的香水，必要的“要”也就遭受玷污与亵渎。

报告中的“要”，与现实中并不实行“要”常成反差。实际上不该“要”、没法“要”、没想“要”、“要”不了的，仍在没完没了无休无止地“要”下去，以“要”的套式去落实“要”，结果是想“要”的偏偏没有“要”到，不能“要”、不想“要”的偏偏老在

“要”“要”没完。“要”与实现“要”之间横着一道大壕沟，有的简直就是远隔牛郎织女的天河……

“要”是原则，是思路，是指令，是号召；“要”是方法，是态度，是途径……

不是说不能要“要”，但是不能一味只说“要”、只会说“要”、以说“要”为要。只会念“‘要’字经”的官决非好官，唯有把“要”字变成“能”字者才是硬角儿。与其成天把精力花在“‘要’字经”的念叨上，不如把气力花在如何将“要”转化为实现“要”的实干上。如果把成天说“要”的心思、精力、勇气，用到实行“要”的行动措施及其落实上，那该是一件多么功德无量的事！

（三）言之太甘，其心必苦

言之太甘，其心必苦；言之太满，其心必虚；

言之太勇，其心必怯；言之太俏，其心必躁。

——如若不信，请列位以所见、所闻、所经、所历验之。

（四）“哗‘上’取宠”

“哗‘上’取宠”是与“哗众取宠”相类而又迥异的一种“哗”的变种。

“哗众取宠”与“哗‘上’取宠”都在“哗”，“哗”是其共同特征，然而取宠的对象，则完全不同了。

他所要“哗”的不是普通的民众，是专为高踞于他们头上的“上”而“哗”的。而对于普通民众，早缺了“哗”的热情与兴趣，他以为没了“哗”的价值。

他们是专为高踞于他们头上的“上”而“哗”的，不但“哗”，不断“哗”，乐此不疲地“哗”，绞尽脑汁地“哗”。“哗”的目的为“取宠”，取宠的目的，则无须赘言了。

——“哗‘上’取宠”，官场通病。

（五）良　方

昔有累失眠者，每至夜深即辗转难寐，清醒莫名，遍求天下名医诸方无效，百药不治，身心俱疲，痛苦不堪。

一日，偶遇失眠症康复已近断根者，求其秘方。曰：“‘天机’不可泄漏。”恳求再三,康复者终为之所动,咬耳细语曰:“不过床头置八股文一卷,睡前翻读,只须读上一二段,即睑重头沉,哈欠翩至,神智浑噩,不可遏阻。”失眠者愕然!遵嘱试之,果然灵验。乃拊掌笑曰:“八股,神药也!”

有长者当下荐以良方曰:读那些无聊的官样文字,充满套话的乏味文章、辅导材料,保证瞌睡不请自来,效果奇佳。以此荣膺诺贝尔医学大奖,不为怪也!

2013年2月

附　　录

艺术化的符号杂文

甘茂华

我注意到很多评符号先生杂文写作风格的文章，大多局限在对他的杂文追求深层次的思索和哲理性的思辨两个方面，而忽略了符号先生杂文的另外两个方面，即激情的理性化和艺术化的逻辑思维。我读符号先生杂文的整体感觉是，他将自己的身心融入写作过程，将自己发现的社会生活与杂文追求的理想生活整合统一，从这里出发，表达他对人文精神及其环境的思考、求索，仿佛是作者与读者在一起作情感的倾吐和思想的散步。

读杂文没有快感，读者就无法自觉走进杂文世界，杂文就缺乏吸引读者的诱惑力。当然，快感也是内涵丰富的，鲁迅式的匕首投枪是快感，邓拓式的燕山夜话也是快感，比如讽刺、幽默、敏锐、峻烈，或痛快淋漓的雄辩，或娓娓道来的谈心等，不仅包含着文体形式所具有的审美感。因此，我比较喜欢符号先生这种“我手写我心”的随笔体杂文。像《“别议”偶拾》对似有定评的说法的纠偏，既提出偏颇谬误之处，又使读者开了“天目”，如同读了数则“寓意新编”。像《人生三题》，不仅印证了杂文的生命在于不竭的敏锐思考与不懈的参与精神，而且让人明白了人世的沉浮冷暖与不放弃进取人生的可贵精神。我反复品味，觉得真是深透极了。

“也许是曾经教过不少农家孩子的缘故，对于他们，总涌起一种天然的好感与疼爱。20世纪60年代初的南方寒潮袭来，他们穿着不合身的单衣裤瑟缩于寒风之中，鼻尖冻得通红；母亲亲手纳出的布鞋穿在那没有着袜的脚上，露出红红的脚踝”。

这是《农家的孩子》的开篇之言，是杂文还是散文?我看是地地道道的散文语言。符号先生从农家的孩子说起，进而联系到广阔的中国农村潜藏最富厚的人才资源，最后在结尾时顺理成章地议论道：“有限的给予，将得到巨大的回报；给他们一次机遇，他们就可能破壳而出，举翮振飞。似可预言：农家孩子腾飞之日，正是泱泱中华凌云之时。”从描写到叙述，从叙述到议论，从感性到理性，从个别到一般，这不正是艺术化的逻辑思维吗？

《“姓”病咨询》一文，符号先生由人的姓氏的重要性，引申到姓社姓资的大论争，却出人意料地巧妙而又俏皮地用莎士比亚剧中朱丽叶对罗密欧说的一句话作了结论：“罗密欧，罗密欧，你不姓罗密欧我也爱你！”作者于是大发感慨：“她说她爱的是罗密欧其人，而不是那个‘姓’。我们有时太看中那个徒有其表的‘姓氏’，钟爱得本末倒置，滑稽可笑，近乎‘买椟还珠’。朱丽叶不经意成为了我们的老师，她的话真可让我们铭记在心，咀嚼十几年、几十年！”从共性的问题延续到个性的问题，且又达成共识；从感情的认识上升到理论的认识，且又归于以情表意，这不正是激情的理性化吗？

符号先生这本书里面十篇《断思片语》，或以史为镜，或托物言志，或借题发挥，或调侃时事，虽然说不上字字珠玑，但确乎篇篇启迪思维。一篇《黠鼠记》可谓真知灼见，即使蕴含着警醒人们同丑类长期较量以赢得文明生活的大道理，但符号先生却丝毫也没有端起架子故作深刻之状。朗润的情感与形象的语言已为符号先生和杂文读者搭起了一座沟通精神领域的桥。秋读符号，我想起两句诗：“世事洞明皆学问，人情练达即文章。”符号先生的杂文，充满了人情味；或者用流行语说，符号先生的笔底人事，充满了“文化关怀”。

批评家蔡翔说：“就我个人的阅读兴趣而言，注意的也是对象的叙述过程。在过程中，才能表现出一个人的智慧风貌，智慧比观点更重要，它不仅孕育观点，更能启迪观点。”看来，好的叙述智慧也应该是好的思想观点，好的杂文家也应该是好的文体家。

符号先生的杂文文体已经具有适合他自己气质、阅历、思维和表达方式的个性化色彩。我把它定位为随笔体杂文，也只是强调其某一个特征而已。我不知道我把话说清楚了没有，反正窗外的雨还在下，我的思绪也没有打住。秋风秋雨夷陵夜，静观肃思意气平。我想，符号先生或许又在挑灯笔耕了吧。

（作者为中国作家协会会员，著名散文家）

符号:仕而优的杂文

金道行

杂文是“意见文体”,又用讽刺和曲笔,故常不讨某些官员的喜欢,传媒上也差不多匿迹了。可是有一位中国作家协会会员作家身居官场,却喜欢杂文,还三十年如一日地写杂文,他就是符号。符号“除了有很好的政声以外,兼有很好的文采,在杂文写作上不但很出活,而且很出色,不少堪称精品的篇什已流布于各省与境外,而且他又是杂文事业的热心人,主办过多次全国性的‘三峡杂文笔会’。杂文的翰林中有此一笔,有此一人,我认为是很好很好的一种‘现象’”,即“从政又从文的双栖者”现象。

这位“从政又从文”的“双栖”杂文家,从1990年长江文艺出版社出版他的第一本杂文集《魔方启示录》后,他在《人民日报》、《求是》、《学习月刊》、《文艺报》、《文学报》、《文汇报》、《解放日报》、《北京日报》、《法制日报》、《读书》、《读者》、《讽刺与幽默》、《南方周末》、《杂文报》和香港《大公报》等海内外一百余报刊发表杂文九百余篇,继续出版了《静观肃思录》、《悟思录》、《大千百味》、《思海撷浪》、《左口袋右口袋》、《敢自嘲者真名士》、《岁月如斯》(待出)等九本杂文集,并有作品近百篇收入上海人民出版社、花城出版社、长江文艺出版社《中国新文学大系1976—2000杂文卷》、《中国当代杂文经典》、《中国当代杂文200家》、《中国最佳杂文》、《世纪末杂文200篇》等六十多个专集,先后获“中国新闻奖”、“全国报刊副刊奖”等十余种。作品被转载、赏析、评介,或作为高校范文、考题。

“从政又从文”的“双栖”现象,而且是从政写杂文,更写出了成就,这不能不令人拍案惊奇,并值得我们重视和研究。

一、做官与杂文

符号是在走上官场以后主攻杂文写作的。他认为从政之后,“由于工作性质的变化,时间、精力的限制,只能‘见缝插文’地弄些‘豆腐干’、‘千字文’”。“不过,生活中的优势与劣势总是形影相随……每天面对着大量纷至沓来的社会生活矛盾,需倾全力去研究，去解决，毋庸回避，不能马虎；而与之俱来的则是取之不尽的杂文素材与‘点子’，成为我工作中的副产品，一种探手可得、‘数’‘质’颇丰的财富。如不赶紧记录、陆续整理，总感到是一种缺陷，一种债务，于是小‘豆腐干’也就相继问世了。而反过来，这种‘豆腐干’，又成了我工作中的一种营养，一种方式独特的自我进修，一种保持思想敏锐与精神奋勉的‘砺石’”。

因此，他最初的杂文大都来自工作。一位领导上党课，强调要联系本地实际，提倡多讲点“地方话”，引发了他写《“普通话”与“地方话”》的灵感。干部中流行“屁股指挥脑袋”的话，也是他在官场看惯的本位主义作风，于是写出《话说“屁股指挥脑袋”》，既分析以屁股坐的位子决定思考角度的片面与危害，又指出“在其位，谋其政”也是一种责任感，总比当“维持会长”、“糯米团长”、“安乐窝长”和“只占茅坑不拉屎”的人强，进而强调终归还是应该由脑袋指挥屁股，不论坐什么位子，都要坐得正，从全局出发。

然而，这些本来来自工作，并推动了工作的杂文，却激起官风不正者恼羞成怒。那段“尽可能说真话……尽量少说废话、说套话、说假话、说混账话；竭力避免说瞎话、说白话、说大话、说狠话”的话，“一位长官却认定这话是讽刺他的”！另一篇直指“未曾翻番而号称翻番，明知产值无法过亿却仍将目标定为过亿，明明拖欠教师工资未曾兑现而上报已经兑清，明明没那么大灾情而报那么大灾情”，乃至瞒报、数字掺水、搞两本账等“村唬乡，乡唬县，一直唬到国务院”的官场“潜规则”的《“水”数字》，“说起癞子头上痒”的长官读了，怎不“一时大为光火”！1992年后，符号杂文正值旺盛期，他与另外三人共同主持《宜昌日报》的《周末漫笔》杂文专栏，由于一位长官的“头上痒”，也致使这个专栏被封杀，而办不下去。

符号所管辖的科教文卫各项指标，在全省乃至全国的考察中都在前列，可谓政声可嘉。从政愈佳，杂文愈佳；杂文愈佳，从政愈佳，岂不好上加好！只是“愈佳”却愈与不正之风分道扬镳，因而其杂文也愈能击中不正之风的要害。一篇《“各位领导”》，写作者在参加青少年夏令营的开营式时，孩子代表发言的第一句就是“各位领导”，然后才是“各位同学”，使他由衷地汗颜和感慨。他不由联系成人的各种会议，包括学术讨论会、英模报告会，更无一不把“各位领导”放在开头；至于照相、吃饭排座次，也是以“各位领导”为中心；还有新闻报道，出席各种劳模先进表彰会的“各位领导”名字一长串；电视镜头也是“各位领导”光辉形象无一遗漏，而被表彰的对象却鼻子眼睛也看不清，有的连影子也找不到……这篇《“各位领导”》在《杂文报》发表后，连续被《杂文选刊》和《文摘报》转载；可是唯其如此，却恰恰得罪了喜欢“官本位”的“各位领导”。

打铁还得本身硬。杂文是硬功夫，容不得花枪和假大空。只有一身正气且过得硬的从政者才对官场的不正之风嫉恶如仇，才敢于写杂文，这样的从政者光明磊落，这样的杂文也正气凛然。符号长期投身于杂文写作，他只有自己不高高在上才有对"各位领导"居高临下的敏感和反感，他只有"本身硬"才有力量"打铁"到底，他也只有把自己的人和文统统置于读者和人民的监督之下，才有勇气无情地撕破"潜规则"的面纱。他以卞之琳《断章》"你站在桥上看风景/看风景的人在楼上看你"的名句指斥裸官"谆谆教导"草民们爱党爱国，草民们也看到他"谈笑皆'款''腕儿'"；你站在大山上神游，山下的游客也看着你把游客挡着。他认为，"看"与"被看"从来不是"单向"的，"世上人多，眼睛也多，亿万双'雪亮'与并不'雪亮'的眼睛，就是安装在各个角落有生命的高智能的'摄像头'"。

由于本身硬，写出的杂文也有力。春晚小品《超生游击队》风行了二十余年，符号写出《且请善待"吐鲁番"》，针对该小品千百次地将"超生"孩子尤其是女童"作为开心对象尽情奚落"提出质疑，责问"你可以嘲笑其父母，嘲笑'超生'，怎么可以嘲笑这些刚刚来到这个世界的女幼童呢！"这篇杂文一经发表和流传，小品《超生游击队》从此就停播了。符号"杂文中的见解、提法经得起时间的洗刷，而且有'耐压性'，压上几年后仍不过时"。他说："获奖或者'遭毙'都不是文章好坏的标准，看几年十几年几十年之后，是屁话废话笑话，还是真知灼见真情实况真情实感，那才是真正的标准。"这种"耐压性"和杂文的时间标准，杂文家朱铁志则概括为符号杂文"在具有强烈的现实性的同时，又兼具相对的'耐久性'特色"。例如他在1995年针对"'落实'在嘴巴上、文件上、会议上"，"一面慷慨激昂'坚决落实'，一面压根儿就不打算'落实'"的官场现象而写的《关于"落实"的落实》，已过去近二十年了，文章还耐读，还让官场许多人读了脸红。朱铁志说"现实性与耐久性的奇妙结合"，才构成了符号杂文的生命力，此言极当。

符号杂文，不能以文论文，要以人论文，更是以文论人。

二、"爱国"与"爱民"

符号写作杂文，面对"拍案叫好"，也面对"光火"和"封杀"，他没有满足与退缩。他自信是"微笑的悲观主义者"和"痛苦的乐观主义者"。他坚信"秽腐未灭，杂文长存"，他深信"杂文万岁"。于是，他"铁下心，继续进行这'焚膏继晷'的笔耕，连同更多的白发与皱纹，一并融进去"，而且对自己提出了写出"思想含量与文化含量"更高的杂文的追求。

他在杂文中也强调“身正不怕影子歪”，也就是杂文家的“行得稳”。这个“身正”和“行稳”是什么呢？就是他的杂文一以贯之的内核——“民心”。端午节到来的时候，他想起了与这个节日结缘的屈原。他说：“屈原是伟大的‘爱国诗人’，其实更是伟大的‘爱民诗人’。”他不忘记闻一多说过“屈原是真正的人民诗人”的话。他指出，“如果《离骚》失去了忧国忧民的血性本色，那么屈原就不成其为屈原，人民心中也不再有无限崇仰的偶像”。因此，他认为“爱国的内核在爱民，爱国的目的在爱民。‘爱国’而不爱民，不过假爱国以‘爱己’”（《永远的端午》）。这就道破了爱国的实质，而把“爱民”看得至高无上。

于是，他身居“厅官”高位，“而始终自诩为升斗小民们的‘足下’”。他对人们称地方行政长官为“父母官”提出异议，而矫正曰“其实百姓正是这些‘父母官’的‘衣食父母’”。他在新春佳节人们大说“拜年话”、“恭喜发财，万事如意”的时候，他的心底向着偏远贫困山区“那衣不蔽体睡在苞谷衣子里的老人，穿着绷得过紧过短衣衫的少女”，惦记着“有一户人家，住在一个简陋的棚内，半边安四口之家，半边养一头母猪四头小猪，臭气扑鼻，从而联想到九百多年前在夷陵做县令的欧阳修记述的‘一室之间，上父子而下畜豕’的情状，九百多年后仍未绝迹”……

“民心”就这样成了符号杂文的永远的“主旋律”。

符号杂文也正如陈泽群先生说的，“真诚地以‘民本位’的情怀痛斥了‘官本位’的荒谬”。

陈泽群先生说，在“他开始执笔的年代，有两家杂文写作的路数要供他师范的，亦即一南一北的‘龚同文杂文’和‘三家村杂文’，但符号宁可迢迢地去沐受燕赵的‘远水’，而不愿觅承荆楚就地可热的‘近火’。这条路让他选对了，通过邓拓的耿介，通向鲁迅的深沉，最终自我塑造了一个从政公仆善于以杂文为民请命为民请缨的‘静观肃思’者的形象”。在《“老百姓”称谓与现代文明格格不入？》里，符号对某教授以“与现代文明格格不入”为名，主张“以‘公民’和‘公众’取代‘老百姓’的称谓”的言论进行了痛斥。他认为“在矿难不断、‘三农’突出、野蛮拆迁严重损害普通百姓利益的当下，不是‘老百姓’的称谓，恰恰是‘取代论’淡化了‘公民意识’”。还有《“劳动节”的主题》，作者对于当下的五一“劳动节”变成了单纯的“旅游节”，而大小城镇的打工者却还得干一天拿一天的工钱，甚至还被拖欠，他们哪有饭钱去买景点的门票？当“情人节”到来的时候，他又想起数以万计的农民工，“其实就是当今数以万计的牛郎织女”，因而“窃以为农民工的‘情人节’，不在七夕而在春节”（《农民工的“情人节”》）……这不都是激情洋溢的“为民请命”之心声？

为什么符号杂文有这么强烈的“百姓意识”，能这么真诚地“为人民鼓与呼”呢？

他回忆说，“也许是曾经教过不少农家孩子的缘故，对于他们，总涌起一种天然的好感与疼爱”。穿着不合身的衣裤瑟缩于寒风中，鼻尖冻得通红的农家孩子的形象，使他刻骨铭心。山区一名学生考取了大学，亲人和亲戚凑了1000元学费，母亲给他缝进腰带里。没钱买车票，而带着粑粑步行十几天上学，报名时解开布带，那人民币全被汗水浸透。师生们惊呆了，又怎不“令我久久无法释怀”！在“春晚”上观看一群农民工孩子朗诵：“昨天，有人要问我是谁，我总不愿回答，因为我怕，我怕被城里的孩子笑话……”不禁“好让人心疼”，他大呼“真是委屈了他们”！他还看到一幅“关爱女童”的新闻照片，照着四幼童在雨中表演，“任雨水毫无遮拦地淋湿脖子、双肩和纱裙”；而观看表演的大人却“一律”打着伞，甚至被别人打着伞。他又禁不住怒斥“充满人性关怀的一项活动以非人性化的方式演绎诠释，是不是有点儿荒唐而冷酷”！面对着“‘关爱女童’及时雨”，而“照片中的‘雨中伞’啊，却不属于女童”，他的心里“渐渐变成一种威压，要榨出拿伞下藏着的‘小’来”……农村孩子的形象成了符号心中永远的“伤疤”。《且请善待“吐鲁番”》也是在这种沉痛的心情下抑制不住为在全国电视观众面前受奚落的“超生”女幼童请命的。

他还回忆小时候“见过赤贫如洗的农家，见过饥民吃大户的画面……从那时起，我的阅历即已打开”。青年时代他又被打入底层，在农场，“三伏天我给棉田打过十多天1059剧毒农药”，到蔽天老林里砍过树，还“享受过‘吃饭不要钱’旋即又掺野菜麦糠果腹的生活”，以及同肚子大如鼓的晚期血吸虫病患者同吃同住……由于有着长期与底层大众同命运的经历，难怪他有着关注、惦记和敏感于最基本的老百姓的情怀。凡是见到“弱势群体”，他都要心动，他的笔触也禁不住挥洒：“一队队背着塑料编织袋的人们急匆匆地打街市走过……身体前倾，步履快捷……只要见着背编织袋的几乎可以认定就是农民工。编织袋是他们的‘身份证’。”当他走在北京电影制片厂门口，偶然看见“面孔黧黑、皮肤粗糙、装束随便，像来自边远郊区的农民或者外地来京的农民工”的想当群众演员的应招者，不由奋笔抒写这群北影门前的“北漂”和“剧中的‘弱势群体’”。尽管他们如“簇拥的蜂蚁”，是“黑压压的一帮乌合之众”，是“跪一大片、死一大片的子民草民”，但是越是大剧，越少不了他们，因此“电影不消失，群众角色就铁定地永远地要受重视”！……这是何等的敏感和感情倾斜！

他更有“民为贵”的理性认知。从《墨子》的“观其中国家百姓人民之利”，寻其“老百姓”和“人民”称谓的渊源；从《论语》中的“子曰：‘足食，足兵，民信之矣’及“民无信不立”而探其“取信于民”之道；从《孟子》里的孟子曰“民为贵，社稷次之，君为轻”深悟“民贵君轻”的根本；他还念念不忘当代中西文化的科学民主精神。于是，他的杂文才自觉地“用民心去写民意”，“不是仗牧民意识而是仗唯民意识”（陈泽群语）。这样，也就不难理解他的杂文中为何屡屡出现“草民”、“子民”、“贱民”、“蚁民”的个中情感，不难明白他平日就是与他分管的文化界人士以朋友往来的平民姿态，不难清楚他为何多次解释他本名“符利民”乃“争取符合人民利益”，而更有曾经取笔名曰“黎民”的良苦之心……

进入“人民”之心，就进入了符号杂文。

陆游的诗句“位卑未敢忘忧国”常被某些官员和文人挂在嘴上。符号为官为人为文却在真诚地践行着“位尊未敢忘忧民”。

“人民”，对符号杂文有不能承受之重。

三、仕与士

符号出身于知识分子家庭，他19岁就从大学中文系毕业，然后“由高中、中师、师专、学院，直教到大学，由教师而至院长、校长”。如此在教坛大显身手，“传道、授业解惑”达二十五年。按中国古代的划分，他是典型的“士”。

20世纪80年代初期，他是以优秀的知识分子被提拔到领导岗位的，正所谓“学而优则仕”。但他“不能以学问为人生，就决心将人生当学问”，于是就战战兢兢地工作，又“用‘豆腐块’表达心声”，而在心声里，仍带着浓重的知识分子的“士”气，这或者又可谓“仕而优则文”。因此，他深情地“赞美梁思成、马寅初、黄万里等当代‘离朱’，歌吟巴金、沈从文、孙犁等寂寞的‘寿者’，讥刺李玉亭式的经济学家”。他从曹禺《日出》初版的扉页上引用《道德经》的“天之道，损有余而奉不足；人之道，损不足而奉有余”，读出了“作者创作的苦心”，也读出了“《日出》的主旨”。他还就曹禺在1950年以后以“原剧‘没有阶级观点，看不见当时新兴的革命力量’”而内省，“自觉地对十七年前即轰动海内外的处女作、成名作兼代表作的《雷雨》，进行了全身器官的大更换。这样的结果下来，正如他自己事后所说：‘越描越糟’”，以致“文革”后不得不又恢复初稿的原貌。他说，“掩卷之余，倒觉得曹禺自己成了悲剧的主角”。如此谈知识精英，他如数家珍；论文化得失，他动真情；学生和文友，在他的杂文中亲切欢洽，如平常身影……

莫言深有体会地认为“写作就是‘为了我自己的写作’，而不是‘为老百姓写作’”。“‘为老百姓去写作’这口号听起来平易近人，实则有一种居高临下的感觉。因为写作者本身就是老百姓”，作家“感受的生活，他灵魂的痛苦是跟老百姓一样的”。符号杂文的“民心”主题和百姓情怀，说到底同样不是对“民心”、“民意”的隔靴搔痒的同情和居高临下的作秀，而是他始终居于“士”的身份与地位的体察。“春风得意”也罢，“高官厚禄”也罢，他还是他那个“老九”。他写杂文实际上就是写他自己的“心”，他的“意”，他的老百姓的感受和痛苦，故他才能对莫言作出深刻的理解：“他的沉潜与独立，与时兴的那些‘采风’、‘采雅颂’，与那种伪‘贴近’‘深入’秀，是毫不搭界的。”（《莫言的担当》）

他的“士气”，还多见于他的文风。一个成语，一个典故，千百年相沿成习，他却能从中翻出新意来。例如《为啥不“爱民如父”？》：“‘爱民如子’与‘爱民如父’是两个截然不同的‘官学观’。前者是千百年沿用的惯性表达，后者则是笔者眼下的生造。”原来是因央视在黄金时间播出电视剧《一代廉吏于成龙》，媒体报道各地还组织了座谈会，并“无一例外地突出一个主题：要学习于成龙‘爱民如子’的精神，当好人民的‘公仆’”。他不禁拍案而起：“以‘为人民服务’为最高宗旨的‘公仆’以人民的‘老子’自居，你说这是神圣还是滑稽？”他说，如果有一个官（像于成龙）“爱民如子”，“把本应该尽的义务视为对‘子民’的一种恩赐；‘儿子’获得本该属于自己的权利也得千恩万谢感激涕零”。那么，时代已进到21世纪，“爱民如子”怎不使人闻到一股霉味？又如《“会”当凌绝顶》，“会当凌绝顶”本是杜甫《望岳》诗的名句，他用来形容“中国不愧为会议大国”，以致宾馆成了“会馆”，新闻成了“会闻”，干部皆为“会员”，有多长工龄即有多长“会龄”，领导即是“会长”，长年累月大家忙于“会战”、“会师”、“身经百会”，还得拖欠一屁股“会债”。于是“省会”成了“省里开会的地方”，“都会”即“都来开会之去处”，甚至“会计”也是“专为会议开支而计”，真个是“‘会’须一饮三百杯”，“乘风破浪‘会’有时”，“斯人兴‘会’更无前”，以致成了“会海”、“会害”、“会灾”……一篇杂文简直成了一次“集‘会’”之大成，也成了一桌语言的大餐，思想的启示录。

他还善于从一个词语联想到一连串同义词，或者衍生出一些新词，以显出其逻辑的荒谬绝伦，从而对所写内容进行细致严密的“归谬”剖析，作出辛辣的揶揄与讽刺。例如《呼唤名流》罗列很多“名人现象”：“不择手段造名、哄名、炒名、沽名、盗名、争名、夺名终成‘名人’”，以致出现“‘会议名人’、‘镜头名人’、‘广告名人’，《人名录》式的”“名人”，甚至借“‘含权量’、‘含金量’、‘含水量’、‘含吹量’而‘名’得发紫”的“名人”……再如“有真打假，有假打假；有打真假，有打假假；真打假是打真假，打假假是假打假”……读起来似乎如念绕口令，但内容的周延和思想的剖析尽显其中。读这样的文字，非但没有词语堆砌的感觉，而且更有一气呵成，酣畅淋漓之感。这样的语言成了符号杂文的一道独特的风景，可以称作“符式语言”。

这种“符式语言”说到底是知识分子的趣味。它没有鲁迅曾经指出的那种轻浮庸俗的“油滑”，而独有“雅致”的语言的排列组合的功力。这是一种饱学有余的语言修养，也相应地显示了他兼具的思想功底和文学功底，由此，更见出了他的知识分子本色。

余英时先生说，“中国知识分子从最初出现在历史舞台那一刹那起便与所谓‘道’分不开”。孔子说“士志于道”。“道”就是道德理想，相当于希腊哲学家及柏拉图和亚里士多德“静观的人生”的“最高境界”。然而，“以‘道’自任的知识分子出现以后，首先便面临着如何对待政治权威的问题”，也就是说，作为“道”的承担者，“士”将“道统”与“政统”已然分开。《孟子》说“天下有道，以道殉身；天下无道，以身殉道”，“乐其道而忘人之势”，从而在“‘道’与‘势’（即政统）的关系”上，“明显地是把‘道’放在‘势’之上”，“士”就具有了“不治而议论”的“公共”职能。这就是知识分子“批评时政”的传统，知识分子“根据‘道’的标准来批评政治、社会从此便成为中国知识分子的分内之事”。

符号曾就他的名字而解释说，“大凡符利民发表的讲话、文章，则大体代表我所在的岗位，代表职务、代表集体，绝非个人的‘专利’；而以符号发表的杂文则是地地道道一笔一画、一字一句出自自己的心与手，属于个人劳作的结晶”。这大约不是一种简单的职责“分工”，而是对于自己“身份”的明确指认，也是他对“道统”与“政统”的关系的正确处置，从而看出他在“个性”的杂文写作中对于“静观人生”——即“议论”职能的坚守。于是也才能理解他为何在文友画家赠他“静观”的书法作品的时候，如此“爱不释眼”，认为“真是深知我心，正中我怀”，以及明白他为何要选择《静观肃思录》为一本杂文的书名的真意。

余英时先生认为，古代知识分子既然相信“道”比“势”更尊，而“道”又往往“缺乏有形的约束力”，那么怎样才能坚守“道”的标准和权威呢？关键在于“一切都要靠个人的自觉努力”。“知识分子只有通过个人的自爱、自重才能尊显他们所代表的‘道’。此外便别无可靠的保证。中国知识分子自始即注重个人的内心修养，这是主要的原因之一”。符号杂文追求“以高度严肃的态度作深层次的剖析、探究。对社会负责，对后代负责，对历史负责”的“肃思”，就是一种过硬的“自律”。于是，他也才每有不忘子民、草民、黎民、蚁民、贱民的清醒，而绝不“趋时赶浪”，不“信口开河”，不“‘使性子’讨彩”，不“意气用事”，更不“居高临下”，不“张牙舞爪”。这是“自爱”、“自重”，也是“自觉”。同时，他也才不怕“找麻烦”，不怕“官能过敏症”，即使“虚说、曲说、反说、戏说”，也坚持“血管里出来的是血”，写出自己的“血性文章”。

他愈尽心尽力从政，愈有“含心血量”的从文；而他愈有“含心血量”的杂文，也就对“政统”的批评愈力，这就又构成“道统”与“政统”的二律背反。于是，他才不会居高临下，不敢高谈阔论，而能高瞻远瞩，高屋建瓴，也就更加“自爱”、“自重”和“自觉”。长篇杂文《我是一只井底蛙》可谓符号“含心血量”最盛的代表作，作品从数十年所学所知，自以为很博学了，而在20世纪80年代后，却“终于发现自己原本就是一只受过高等教育‘博学’的井底蛙”。文章旁索究底，娓娓道来，又辛酸深沉。然后写他“是坚定的‘事实主义’者，心中永远是事实第一，道理第二。事实决定道理，而非道理决定事实”；“凡不接受事实检验、或者接受不了事实检验的道理，皆为伪道理、强词道理、短命道理”。“你可以不讲道理，但是你不能不讲事实。事实比道理坚硬一百倍，不讲事实比不讲道理更可怕”。“解放思想首先在解放眼睛，解放耳朵，解放嘴巴”……说得何其深刻！而全是符号用一生的“事实”穿透的“道理”啊！

20世纪90年代以后，“经济上升为中心问题。此时知识分子在社会意义上被彻底边缘化了”，“很多知识分子不再具有公共性”，“不再拥有80年代知识分子宽阔的胸怀和饱满的激情”，以致“同社会的关系日趋淡薄，越来越分离”。在这样的语境下，符号竟然反其道而行之，他挺身而出，迎难而上，绝不“边缘化”，从而表现了对公共关怀的更高的激情。符号杂文是他的思想、人生进入成熟之境的表现，他老而弥坚。从前的梁启超、鲁迅，当代的邵燕祥、李国文等都是思想人生成熟之后而写杂文，符号杂文也应如是观。

“80后”新锐作家韩寒曾被指为“意见领袖”和“臭公知”，他毫不避讳地说“我就是个臭公知”。他旗帜鲜明地声言：“‘知识分子’和‘公知’这两个词，在任何时代，都应该是褒义词，都应该去珍惜。”并且在“社会变化的……过程里，不应该鼓动大家都唾弃公知，而是应该鼓励大家都成为公知”。符号以一个知识分子的社会身份从政，更以知识分子的公共关怀选择杂文写作。三十余年的坚守，“势”与“道”在他的心中矛盾着，又统一着，他尤其身在“仕途”，而心怀“士途”；退休后不在“仕途”，而更回归“士途”。他既然选择写杂文，就有“公知”的自觉；他既然专捅“潜规则”的娄子，就不想买“潜规则”的账，这样的“公知”实在是太少，太可贵。从他的杂文，可以读出他的襟怀和他的苦心。他是明知其难而写杂文，他愿自尝其苦而享心中之乐。

符号杂文，是“公共知识分子”的担当，是“社会的良知”使命的自觉。正因为如此，这种“仕而优”的杂文才更有价值，“从政又从文”的“双栖现象”才值得重视，而从官场走出来的杂文作家符号也才更让读者尊敬！

2013年1月初稿于武汉归去来居

2014年6月修改于北京北书房

（作者为三峡大学教授，著名写作心理学家）

岁月如梳　梳理我的惦念、省察与遐思……

合影“百科”
厕所“万花筒”
无疆方成大爱
喜爱《诗经·南风歌》
“政治经济学”的观照
且说“戾气”
邂逅天鹅
嗜蛙
约瑟夫的阶级成分
“残疾人”代表团
罗莎夫人
家庭“联合国”
“双胞胎”现象
彼邦之石
野牧
无独有三
名目之惑
占领维也纳皇宫厕所
埃菲尔的戏剧性经历

合影“百科”

偶然的机会，得知五十年未通音讯的一位同窗的信息，电话打过去，对方竟什么也想不起来。提及当年一起当少先队辅导员的合影照，对方则立即尖叫起来，历历往事顷刻鲜活……合影就这般地神奇，让中断多年的线瞬间连接，让尘封久远的事迅即复活。

余光中说：“忙碌的现代社会，谁能叫世界停止三秒钟呢？谁也不能，除了摄影师。”摄影师将时空凝结，让刹那化为永恒，让合影成为忆起逝去岁月的触媒，人生道途的履痕，亲情、友情、爱情的见证。数以亿兆计定格于薄薄相纸上的各式合影，留住了这个斑斓的世界……

合影其实最后都成了“老照片”，褪色残破的老照片则成了历史的宠儿，博物馆、展览厅、档案馆的宝贝，家庭、团体、国家、民族的文物。

毛泽东与蒋介石、斯大林、尼克松的合影，记录着风云变幻的史页；鲁迅与肖伯纳，梅兰芳与卓别林、斯坦尼斯拉夫斯基，徐悲鸿与泰戈尔，张大千与毕加索，张张合影显现的是大师的风采……

合影常常传出佳话。周恩来总理同文艺家香山合影，居然站到了最后一排的最左边；温家宝总理看望季羡林，合影中一站一坐，颇富人情味儿。而侯耀华跪着给三十六年跪着为孩子们授课的陆永康老师颁奖，那合影的画面真令人唏嘘……

合影曾给不少人带来过无边的酸甜苦辣的体验。我见过反右中恩爱夫妻为了儿女免受连累，不得不办理离婚手续，分手前却去照相馆照上一张合影“纪念照”；“文革”中为“划清界限”，不少人暗地里剪掉、焚毁可能受到牵连者的合影；董希文的油画《开国大典》，随时势变幻对历史人物“合影”多次进行增删；离奇的“换头术”，让陈毅元帅的身子长出另一个人物的脑袋，这时你可以看到荒诞年月的林林总总……

然而也有人无缘享受合影的“殊荣”。比如黄继光生前连登记照都不曾有过一张，又何况“全家福”；今日频发矿难中不少遇难矿工的家，竟然也找不着一张全家的合影照；甚至大学生杀人犯马家爵，贫穷的家里也不曾有过一张全家的合影……

不过眼下“合影资源”的开发则是炙手可热、与“势”俱进的。谁跟具有土地、贷款等生产要素决定权的人关系密切，谁就有可能获得生产要素而一夜暴富。在这样的背景下，合影已充当了介绍信、通行证、保护伞、护身符、垫脚石、敲门砖，“生产力”的角色。不是有小学水平的农民凭伪造的与中央领导的合影，编造出子虚乌有的机场工程而诈骗千万之巨么；不是有某北京女，凭一张偶然的合影冒充高官的“干女儿”，一路绿灯走南闯北卷走了两百多万资金么……

那豪华酒店、宾馆的大墙上，一字儿悬挂着老板同各式大人物亲切合影的大彩照，那是让大人物屈尊当托的广告；有巨商初次见面即递上多幅同政要合影的彩印大张，那是财大气粗的自荐；还有升迁的官员，将同领导人物合影的大照挂满办公室的一面墙，那是在宣告自己的来头与资历；一位名气不小的作家赠我以大作，前十几页竟是几十幅同政要名流的合影，由此我窥到了作者企图增加作品分量的良苦用心……曾经听一位给不少“款”们策划拍摄此类合影照的摄影师，讲述个中的古怪离奇，足可写成厚厚的一部小说……

而另一种合影的病态，也令我们惊诧。比如前不久一个叫杨丽娟的疯狂粉丝因为没有同刘德华合影，其父愤而跳海；昆明动物园用游客同老虎合影作“生财之道”，活活地让一个六岁女童命丧虎口……

合影呵合影，你真是个大观园、大百科哟！

厕所“万花筒”

厕所，便溺之处，排泄之所，“方便”之门，众“矢”之“的”。厕所与污秽为伍，跟蛆蝇结伴，同腥臊有缘。于是有“厕所里的石头——又硬又臭”、“厕所里照镜子——臭美”、“厕所里搭棚——臭架子”、“厕所里洒香水——香臭不分”系列歇后语的问世；有两千年前李斯“出恭”后发出的宁做“仓中鼠”不做“厕中鼠”的感慨……

历来似乎都重“上”不重“下”、重厨房而轻茅房。《汉书·刘旦传》有“厕中豕群出，坏大官灶”的记载，证明那时即使皇家大院也是厕所猪圈合一的；明人王思任《文饭小品》中有“愁京邸街巷作溷”句，表明即使是京城，卫生状况也很不佳；清人《燕京杂记》说京城故人当道中便溺，妇女当街倒便器，加之牛溲马尿，有增无减，重污叠秽，触处皆闻……

几十年前我蹲过家乡那破墙两堵草帘一挂、破缸一口窄板两块的简陋“茅坑”；见识过敬畏字纸而又买不起手纸的赤贫者用生兹养兹的泥土块刮屁股的“画面”。至于“千村薜劳人遗矢”，那多是“厕”而无“所”的“素面朝天”！

20世纪50年代，我就读于岳麓山下一所名校，依然历经了那蹲位高于粪池十余丈、小解“飞流直下”，大解如飞机扔炸弹式的惊险。反右运动中，有老师不堪被辱跳入这没顶的粪池自尽（当时称“自绝于人民”），不敢想象那是一种怎样的决绝！

20世纪80年代初，我所在的那座城市仍没有消灭旱厕。为迎接一位大人物的夫人莅临三峡，有关部门不得不事先派专人沿途“侦察”，结果寻遍江汉平原三百多公里公路两旁，竟找不着一所满意的“水厕”。

1984年，当我们身着领口紧扣的中山装，南下广州走进白天鹅宾馆，怎么也没曾料到这世界竟然有不臭反香的厕所。同行中硬是有人一头钻进去半天不见出来。

记得川端康成有小说叫《厕中成佛》，说的是某丈夫为给自家厕所揽客，蹲在邻人的厕所里长时间不出来被臭气活活熏死，也可见彼邦昔日的厕所，一样不堪。然而1991年当我走进广岛的公厕，见到的是手纸盒、纸巾盒、洗手液、冷热水、烘手器、残疾人厕位、小孩低位洗手盆、小便斗，一应俱全。我到开酒厂的一位友好人士的家中做客，见到的是电脑控制可调水温、自动冲洗烘干的大便器，原先的“厕所”概念一下被彻底推翻。据说更先进的还有踏脚的电子秤可测体重；扶手可同时量出血压、脉搏，化验仪器会立即分析出粪便中的蛋白质、红白血球与糖分数据，迅速反映到荧光屏上并同时输往健康中心，电脑医生会立即发出劝告指令。我想起相声大师马季，家中如果有这样的设施，也许不致走得这样突然。

直到20世纪后期，我有幸参加农村改厕的有关会议，着手在小城镇与乡村推广沼气、推广家用式的水冲厕所。在我心目中，那是不亚于“扫盲”的一场脱贫变革。与此同时，“外记”也开始不宣而至地来参观我所在的城市的公厕，不知道此刻是否也抱有我等去白天鹅宾馆参观厕所同样的心态。其实这当儿中国的大中城市、旅游景区一座赛似一座的“WC”如雨后春笋。只是同“公园”一样，“公厕”那“公”字有些形同虚设。打工仔视它若“衙门”，不菲的收费让他们哪敢拢边。我也曾在泰山顶“享受”过一元一次的便桶“公厕”，眼瞪瞪地被人举着“公”字牌欺宰。还听说西安华清池有五星级的“豪厕”，红木雕刻的门窗、镀金镶银的龙头、汉白玉的座椅、大屏幕的背投电视，建设费用高达两百多万元。我自然又想到城市里的僻街陋巷，有的至今仍臭水横流、须垫砖头入厕，晨起排着长队倒尿罐……

去年我慕名一览袁崇焕当年死守的古城也即影片《三进山城》的现场拍摄地——兴城，城墙下等距离一色的公厕令我一振，暗赞地方官治理有方；走进去小解却几乎将我熏昏，这时我又领教了“花架子”是如此的拙劣。我还“欣赏”过苏州河上涮马桶的风情画，对成语“流水不腐”不禁产生了怀疑：“污染源”不解决，腐水其实是长流不断的——一个富有象征意味的命题。而我每天见面的长江，每一天都承受着千万只客货轮的屎尿废物倾泻与两岸千万吨污水的排放，不肖子孙已将变成国中最大的“公厕”。

联合国环境报告指出，中国城市人均拥有厕所的比例居世界末位。国家卫生城市标准规定，每平方公里至少要有三十座公厕，繁忙闹市区每隔二百米应有一座，次干道每五百米一座，迄今全国的城市没有一座可以达标。即如长一点五公里的西单北大街，平均每天购物者约十万人，仅有一所公厕。购物高峰时每五秒钟一人进入，候厕人流拥挤不堪，女厕更是水泄不通……

列宁曾豪气干云地宣称：到了共产主义，我们要用黄金建造厕所。理想社会尚未到来，摆放着《列宁全集》的“黄金厕所”却在“一国两制”的香港出现。列宁未必料到，他的鄙薄黄金的预言，恰恰成为赚取黄金的手段……

嗟乎！道不尽的“厕所文化”，以“万花筒”名之，不为牵强吧！

无疆方成大爱

十余年来，当我轻点鼠标用“伊妹儿”给远方的友人发去邮件，无需付邮资传送文稿、照片；用“百度”搜查资料；尔后用QQ同远在美国读研的孙女作视频对话，不担心时间长短、计费多少，只尽情享受由网络带来的“天涯咫尺”的天伦之乐……我不能不为网络发明者的神奇与大度而惊叹感动，把它称为给“地球村”全体村民送上的一份厚礼，是毫不为过的吧。

2013年，一个陌生的名词“MOOC”——中文译作“大规模网络公开课”的新客，又来到了我们中间。由国际性学习社区创造出来，将顶尖大学拥有的前沿性教育资源，集合于互联网的平台上，施行一种全新的免费授课方式，经过2011—2012年的海外预热，迅猛而火热地成为中国高知人群的热门。免费上世界最好大学、最好老师的最好课程，视频讲解，讨论区、作业和论文，一应俱全。横跨IT与教育界的“革命性事件”，着力于拉平全球教育资源，实施平等教育，让大学内容和所有愿意学习者连在一起，以此作为社会使命。孔子“有教无类”的思想，经两千年而在现代化的虚拟世界里光芒闪烁！在教育同医疗一样不断为国人诟病、行政化压倒专业化的当下，“MOOC”的莅临既是雪中送炭，也是锦上添花。

我不禁想起恩格斯在马克思墓前的演说：“任何一门理论科学中的每一个新发现——它的实际应用也许还根本无法预见——都使马克思感到衷心喜悦。”科学是社会的助推器，科学家的研发成果是惠及全民的善举，是无疆大爱的播撒。它突破时空、疆域、民族、人种、宗教、信仰、意识形态各种壁障而人所共享，也蕴含着“世界大同”的元素因子，价值抹煞不了甚至无可限量。大规模的“网络公开课”的兴起，预示着一个教育新时代的肇始。

大爱让这个世界变得更美丽亲切。受惠者感受着，也必然将广泛传递着，泛漫着，其社会传导力、道德感召力、文明征服力不可低估。大爱必然无疆，无疆方成大爱。贫家学子也能踏入学府之门，普通高校的青年有缘面对面聆听名师的教诲，这是怎样的一种大爱教育。在它的面前，那些“教育产业化”、“学术造假”、“圈地运动”、“建豪华校园”等，是何等渺小猥琐；那些吮吸青年学生的血以自肥的“招生办”主任者流，又何其丑陋与卑污。

许多报刊的年度评选是独具慧眼的。不论是用生命守护孩子坚守人性本质的长者，还是还原革命的历史根脉、寻找历史本质真实的史家；是规划未来乡村“把乡村建设成真正的乡村”的中国乡建院，还是用生命构筑护卫幼女防线的白衣天使；是殉职一线的县官，还是宁舍百万年薪也要服务“边缘”学生的校长，还是维护法律尊严跨界联手平冤的卫士……都是大爱的践行者，普惠的播撒者。“登山千条径，独仰一月高”，大爱方式多样，普惠渠道多元。博爱天下、慈航普渡、尊道贵德彼此是相通的。回归善的教育、善的人性、善的政治、善的法律，回归常识，回归本质，就是大爱、普惠的要义。

评定是价值观的宣示，是信则的推崇。与其成天大话连篇，口水四溅，贩卖“狼奶”、意识形态烙印四处乱盖，真还不如埋头做点惠人惠己大爱大德的切切实实的工作。

2014年1月

喜爱《诗经·南风歌》

借参加孙女美国硕士毕业典礼之机,偕老伴去美国走了一遭。耳闻目睹所及,真切触摸到实业兴邦、科技兴邦的威力与魅力。20世纪经济危机中沙漠里升起“白天像夜晚,夜晚像白天”梦幻般的拉斯维加斯以及为它提供了充足电源的胡佛水坝,八十年前用一米粗的钢缆吊起近两千米钢架的金门大桥,无论设计、材料、构建,都显示这个仅有二百年历史的国家实业科技兴国的优势与牛气。航母、航天博物馆每天接纳成百上千的孩子,那是实业强国的无声教化;斯坦福大学旁边的硅谷——科技“发烫“之谷,即使如汽车钥匙这样的小玩意儿也不断智能化升级,引领全球;河南一个不起名的县近几年有七八名大学生前去落户……无非是这里的知识值钱,有着浓厚的实业至上、技术至上、创新至上的氛围。全美300多位诺贝尔奖获得者居全球之首,自然科学领域获奖者远超其他所有国家的总和;全球十大科技顶尖公司,美国占据八家……

然而我们终于有了自己的改革开放,自己的实业、实业家,由经济濒临崩溃经三十年搏击到总量全球第二。在贫困与自卑、自信与狂妄,坎坷与奋斗、偏执与冷血的撞击中,巴拿马运河挤满了中国货轮,纽约的时代广场有了英文招牌的海尔公司。马克思所说的“商品价格的低廉是摧毁一切万里长城、征服野蛮人最顽强仇外心理的重炮”,国人如今也有了切身的体味。

在邓小平们的设计下,任仲夷、梁湘、袁庚们的带动由南方发端。联想、万科、海尔、招商地产、上海大众,苏南模式、温州模式、晋江模式、平定模式相继问世;步鑫生、马胜利、鲁冠球、王石、柳传志、张瑞敏、年广久们纷纷登台;海归、高学历、硅谷经历,没多少体制背景出身亦不贫寒的一代如张朝阳、马化腾、李彦宏、马云们成创业偶像,正是当年洋务运动、辛亥革命、五四运动、抗日战争中“实业救国”的一脉相承与发扬光大。

共识岂非易事,实行尤为艰难。看官员寻租,贪腐怵目,真是“问君哪得‘浊’如许,为有源头‘腐’水来”;国企垄断,民企萎缩;“钱生钱”走俏,制造业逼仄;房地产恶性发作一家独大，企图摧毁所有的价值观；“仕不优而商”潮流退去，“商而优则仕”潮流重回；政府干预升级，过度意识形态化抬头；公信力受挫，道德观扭曲；虚夸之风走俏，百姓幸福指数下滑。泱泱大国，竟无自己独立强大的汽车工业，不如一个韩国；比欧洲空客晚两年起步的国产大型喷气客机研制长期搁置，今日差距令人咂舌……实体兴邦，实业兴邦，实力兴邦，实干兴邦，依然是任重而道远。

笔者曾在参观瑞士农场时，见到一种“集地主、资本家、工人、农民、商人、科技工作者于一身”的多重身份的“复合人”，以为乃“新的生产力代表”，也应是中国实业家的缩影。

三十年前，笔者迎着蛇口海湾的薰风，想起了《诗经·南风歌》的诗句：“南风之薰兮，可以解吾民之愠兮；南风之时兮，可以阜吾民之财兮。”三十年后，我不禁又忆起那古老的诗篇。“解愠”与“阜民”，永远是我们的主旨，是富邦、美邦、兴邦、安邦之要义。

2014 年 6 月 9 日

“政治经济学”的观照

“转基因”食品的争论，成饭后谈资，网上热议。业内专家，行外人士；事理俱实者，道听途说者；心平气和者，慷慨激昂者；冷嘲热讽者，痛心疾首者；“狼来了”的惊呼，“特洛伊木马”的警示；福音论，祸根论；瞎子摸象以偏概全者，得失利弊各持一端者；以至节目主持人同留洋生物学博士，微博互掐，对簿公堂……

也难怪，无论是民、是官，是国、是球，皆“以食为天”概莫能外；又何况面临着土地锐减、人口暴增、环境日仄的现实；面临着太多的催肥鸡、激素鱼、速效猪、农药蔬菜的扑面而来。挺“转”、反“转”、忧“转”者——其实都是身在其中的重“转”者。

不过问题并不如此简单，科学检验的复杂性、实证周期的漫长性、传媒网络的客观性、权威机构以及标准确定的艰难性，决定着我们应对的复杂与艰难。又何况还面临着法律的缺位，利益集团的掺和，“官商科”的正当结盟与不良勾搭，无良企业与人物的作梗，让你不可能匆忙作结，作结也不可能铁板钉钉，形成“舆论一律”。

美国从事“转基因”研究已经三十多年，转基因专利达六十多项；巴西、阿根廷是应用转基因技术最多的国家；欧洲则反应冷淡，行动迟缓，自成体系；我国20世纪60年代即已杂交培育出矮秆水稻、矮秆小麦，引发全球农业的“绿色革命”；以后杂交水稻横空出世，袁隆平如雷贯耳，在世界农业发展史上作出里程碑式的贡献，绝不亚于今日的孟山都、杜邦等巨头的影响。然而优选的种子并未进入知识产权的领地，贡献巨大却没有从中获取多大的经济利益。“绿色革命”时代的种子逻辑和今天的专利逻辑大殊，以至时至今日，“那里有漫山遍野的大豆高粱”的粮食大省，悄然间让美国的“转基因”豆种不由分说地占领90%的市场……

不容回避，无法处之泰然；不能奉行“不承认主义”、执行“鸵鸟政策”；不能如晚清以狗血、妇人经血抗击洋人的洋枪洋炮，以“夷人膝盖不会打弯”而自慰自欺。

与其没完没了地在“安全性”问题上打口水仗，一时又难于得出无可争辩的结论，结论又无法一下铁板钉钉，“舆论一律”，还真不如将转基因的科学和安全性的讨论暂且搁置，由单一的安全性关注，投向与“转基因”紧密关联、同样至关重要的诸如知识产权、资本扩张、资本积累，有关市场、法律诸多生物链、经济链、政治链上来，进行全方位、全景式的政治经济学的观照。这是一种思路，一种智慧，一种襟怀，一种使命。

物竞天择，优胜劣汰。柯达胶卷让位于数码，电子网络取代了电报；计划经济让位于市场经济，对外开放取代了闭关自守……大势所趋，不可遏阻。“转基因”的专利现在大部分都在美国人手里，我们的研究起步虽早，却行动太缓进展太慢，领域太窄成果太少，借用当年胡适的话，真还需要“少谈些主义，多研究些问题”。

其实又何止于转基因的课题，在对待城市功能定位、产业发展布局、反贪腐打虎灭蝇，乃至房地产业、教育制度等，都有必要进行政治经济学关注的拓展与延伸，这是普适与特色的结合，共性与个性的兼容，是真正的科学发展观之要义，值得大力倡导与花力气推行。

2014 年 7 月 29 日

且说“戾气”

中医学中有“戾气”一说，是和正气相反、邪气相对的暴戾之气。又名曰疠气、杂气、毒气、乖戾之气。“人感乖戾之气而生病，则病气转相染易，乃至灭门”。

从社会层面看，“戾气”则是一种张扬仇恨、崇尚斗狠、迷恋恐怖、偏走极端的病态心理与社风。不时发生的街头砍人、火烧公交，地铁拳脚相加、机场爆炸自残，城管砸死小贩、小贩捅死城管，男童双眼被挖、女婴被当街摔死，女大学生误上黑车被害、敬老院老人因丢失 200 元而纵火致 11 人死亡，连“人群中多看了你一眼”也成为顿生杀机的理由、邻里口角导致灭门……或积怨太深，或蓄谋已久，或一时冲动，或见财起意，最后则都是丧心病狂。散见于各地的“负面”新闻，虽属个案，带来的震动却非同一般。再看网友留言恶语相向，极不友好和理性的，可视为一种“舆情信号”；再看名牌大学的教授，博客里频现“性骂”态度蛮横，被网友讥之曰“叫兽”；报纸发长文，满纸火药味一派大字报风格，同朱自清、张中行们那份儒雅气，相隔岂能以道里计……

《水浒传》中有李逵劫法场的“精彩”场面，没来由地无辜草民成板斧下冤鬼；武松血溅鸳鸯楼，飞溅的多是毫无干系的小民的鲜血；《三国演义》中猎户刘安，家中无肉，杀妻当肉，招待偶然路过的刘备……《水浒传》、《三国演义》两部“大才子书”经典，一部“暴力崇拜”，一部“权力崇拜”，成了我们摆不脱的“文化遗产”。民间早有“少不看水浒，老不看三国”之说，一些家长至今不让自己的小孩看《水浒传》，就怕吸上李逵式的戾气，染上毒瘾。当年京城围观谭嗣同六君子就义，是节日般的热闹；凌迟犯人人山人海，连小贩都赶来摆摊。不禁又想起十多年前一记者团访美，见世贸大厦硝烟蔽天，都情不自禁地鼓起掌来。真不知是李逵式的基因发作，还是“狼奶”养分渗入了骨髓！

天天、月月、年年斗的岁月，挂黑牌、戴高帽、剃阴阳头，暴戾之气，堪比SARS、埃博拉。而前年反日游行中的打砸抢，与当年的火烧英使馆，又有什么两样？

友人从台湾旅游回来，纷纷讲到台湾人的友善，说话轻言细语，文质彬彬的；看韩国电影显出的那股斯文劲儿，与国产影视剧中那些吵架式的对话，直冲冲钢珠般的宣讲，调门高、分贝大的痛斥，反差何其强烈。

陈丹青说：“来不及检讨自己和民族产生的裂变性，对自己行为的粗鲁和没品位，没有作灵魂深处的反省，我们就匆匆忙忙迎接改革开放的大潮。”于是时至今日，我们还欠有多少文明的旧账！

戾气是匪气、霸气、官气、痞气、窝囊气的聚合与叠加，一旦恶性发作，后果不堪设想。对如ISIS式的“入膏肓”的戾犯，自当毫不留情地依法扑杀，现在的问题是不同类型、不同程度的带菌者，远非一句“稳定压倒一切”所能解释、解决得了的。成因需要剖析，“狼奶”务须停产，斗斗哲学必须中止，“温良恭俭让”理当请回。

快速发展中的贪腐疯长，贫富差距的日见加大，促使戾气因子的急速孳生繁殖；暴力强拆、暴力执法，不断为“刁民”示范。于是暴力、准暴力的“回敬”，即如高压锅少了出气阀，其爆发力是难以预料和估量的。若消社会戾气，先扫“权力戾气”，大兴公平、公正、公开之风，重建公信，增强凝聚力、向心力，是绕不过的“门槛”。

灾难深重的中国，曾经历过不少灵魂的瘟疫期，时至今日，也必须直面精神危机、灵魂瘟疫的威胁。依法惩罚暴戾主义者，固然是当务之急；而灵魂世界的疗伤与保健，更任重而道远。

2014年9月3日

邂逅天鹅

也许因为对芭蕾舞剧《天鹅湖》印象太深，天鹅在我心中始终是圣洁的化身；也许又因为中国有“癞蛤蟆想吃天鹅肉”的俗谚，天鹅于我便成了不可向迩的圣物！除了在影视中我能欣赏到它美丽的身姿，就只能在动物园几十米见方的大网（“超级鸟笼”）内，一睹它的芳容！我总向往能在大自然亲眼见到真正自由戏耍翱翔的天鹅！有时我简直把它当成了一种奢望。

然而当我在瑞士戈雅湖畔眺望湖光山色时，难以置信的邂逅几乎把我惊呆！五六只白天鹅竟在距我不到三米的岸边款款地、悠然地徜徉，一会儿这只脖子埋入水中，湖水漾起晃动的倒影；一会儿那只拍打着硕大的翅膀，溅起串串清亮的水花。它那弯曲的颈脖S形曲线，构成最动人的造型！它那白玉般的羽毛，眼角细细的花纹，微微翘起的尾部，身后拖起的水波，都令我陶醉！多年神圣的夙愿竟在如此不经意间轻易实现，我简直怀疑是一种错觉。我们这些异国的不速之客，显然并没有惊扰它们，其中有几只竟友好地朝我靠近，几乎就在我的身边逗留！这是我过去从来不可想象的事，在我们那里，“惊弓之鸟”、“吓得像野鸭子”一类的描述简直是司空见惯、不足为奇的！此时我们除了傻子似的贪婪打量它们美丽的倩影之外，便只有抢着同它们合影……

类似的情形在瑞士我还经历过几回：在日内瓦湖边，一只美丽的水鸟在距我不到半米远的栏杆上旁若无人地梳理着羽毛，似乎半点都不担心游人对它进行伤害；在弗莱伯格广场，鸽子亲昵地落到了我们的肩头、手上；布恩湖边，海鸥就在我们脚边欢快地徜徉；各地的麻雀也居然调皮地到我们手上来啄取面包屑……我想起了中国“冰冻三尺”的古语，惊讶物我这等和谐绝非一日之功！没有相当高的文明水平与几代人的努力是绝不可能的。而在一个农业博览会上一个别开生面的场馆，我多少寻到些答案：松软的干草地围着一圈软绳，圈里是出生不久的小羊、小猪、小狗、小马驹、小牛犊，前来参观的大人兴致勃勃地把刚学步的小孩放进圈内，让他们以伙伴的身份跟小动物们戏耍，让他们从小就养成与动物友善相处的心态……

这些都是我在国内见所未见的。我见到的是北京玉渊潭射杀天鹅的报道(那射手实实在在地“想吃天鹅肉”);是四十多年前我也亲身参与的那场举国消灭麻雀的运动;是20世纪60年代初权威大报上《开展冬季狩猎》的社论(同时刊登有汉川县捕获禽兽9万多只的先进事迹);是用稻谷拌上农药1059,用酒精浸泡粮食毒死、醉倒成担成担的大雁、野鸭;是南方餐馆里官员大款们津津有味地咀嚼猫头鹰、果子狸、穿山甲、娃娃鱼、金钱豹、眼镜蛇的身影(普通老百姓是无缘享此口福的);是北京玉蜓桥花鸟市场内至今仍挣扎于狭窄笼子里的可怜的画眉、鹦鹉、白头翁、灰喜鹊……

一个数千年热衷于豢养学舌鹦鹉、笼养金丝鸟“优良”传统的国度,一个人与人“窝里斗”长盛不衰积淀深厚的地方,一个至今还有多少多少千万张嘴尚未塞饱的环境,一个“带脚的除了板凳、带翅的除了飞机不吃,其他什么都吃”的“美食文化”发达之邦,我们面临的难道仅仅是一个人与鸟的关系?一个简单的“环保”?难道没有深层次的历史背景、文化背景?人与鸟的关系,难道不是人与人关系的折射?在如何善待生存伙伴的问题上,不也反映出我们的人生观、“物生观”、世界观、宇宙观的缺陷与诟病?

《世界自然宪章》(1982年)中有一段文字:“文明根源于自然,它塑造了人类的文化,并影响了所有的艺术和科学的成就;与自然协调一致的人类生活将赋予人类在开发创造力和休息、娱乐方面的最佳机遇。”我询问自己:什么时候能在我的故乡的湖畔,在国内游人如织的风景区,我们也能同大自然中自由翱翔戏耍的天鹅、海鸥、野鸭,甚至我们曾经视为死敌的麻雀一道嬉戏、留影呢?

但愿不是个漫长的里程!

2000年2月12日

嗜　　蛙

长篇小说《饥饿的女儿》中有描写二十年前重庆市场宰杀青蛙的场面，宰杀者双手和围裙血迹斑斑，黑黑红红的肠肝肚肺、绿色的蛙皮满街皆是，盆子里宰剥完毕的青蛙横竖堆压着相连的大腿小腿，血水顺着乱石堆成的街墙流淌……二十年后当我读到《重庆人吃蛙，日达千公斤》的消息（2002 年 7 月 15 日《重庆晚报》）时，我感到时间的流动在这里几近于停滞。

小青蛙体轻个儿小，“日达千公斤”是多少万条相连的大腿小腿的堆压？重庆市场的蛙，一半来自川、鄂，一半就地取材，那么川、鄂、渝乃至全国，是怎样一个蛙脏成冢、蛙皮成丘的“彩色”图画？

捕蛙、贩蛙、烹蛙、食蛙者未必不知道“青蛙是益虫，是农田卫士”，然而生活的奇妙与悲哀就在于常识的遗落。“盗亦有道”，一斤蛙的价钱胜过多少斤粮食的价钱，辛苦一年的种粮与辛苦一夜的捕捉，是怎样一种反差？农村缺的是现钱，捕贩之道在种粮不如捕蛙。烹食之道在蛙肉鲜嫩营养丰富，蛙为己用即物尽其用；不像人工饲养的牛蛙成本高，“自然蛙”物美价廉，没有污染；蛙繁殖力强，捕得完吃得尽吗？蛙是弱者，无力反抗，捕起来何其顺当！食蛙成俗，法不责众，谁奈我何？农村人捕蛙，城里人吃蛙，有人贩有人吃，有人吃有人贩，“市场需求”使然！尽管捕蛙者正是蛙的施惠者，恩将仇报，农自伤农，也就顾不得了。当“生物链”与群体利害攸关，于个人却似乎“与己无关”，一切就以实用主义为依规，即使“窝边草”，也要吃它个一祖出世，二佛升天。

我们实际上面临一个如何对待弱者、如何善待朋友乃至功臣的“待人”、“接物”之道。以恶报德，凌弱欺善，宁可我负天下物，不可天下物负我。人的自私、贪婪、残忍、短视的劣根性，一览无余。

写到此，想到宴请外宾时，热情的国人按照“己所欲，施于人”的原则上有“红烧乳鸽”之类的名菜，外宾居然罢宴拒吃，十分反感。美国有“青蛙公路”的实事：东部湖泊众多的缅因州，生活着大批颜色不同、大小不一的青蛙。一条高速公路打从这里通过，川流不息的汽车将大批青蛙碾死。青蛙数量减少了，当地的害虫却增加了。在环保专家的呼吁下，政府根据人民意愿在高速公路上增加了一条安全通道，青蛙们从此可以安全穿行……是一个纯粹的生态问题吗？恐怕并不如此简单。人与自然的关系，其实就是人与人关系的折射，动物的命运大体与人的命运相对应。动物中的弱者与人类中的弱者有着相同的境遇，给予宽松的生存空间，是一个社会维系“生态平衡”的必备，也是一个适于居住的健康、健全的社会的必备。

2002 年 8 月 14 日

约瑟夫的阶级成分

约瑟夫是瑞士圣加仑市郊的一个农场主，经营着九十五公顷的苹果园。这是一个脸上有几粒雀斑、身材颀长的小伙，二十八九岁，还没结婚。雨后的苹果园分外清新，远处小镇上哥特式教堂的尖顶，衬托着满眼翠绿的农场，使我们仿佛置身于疗养胜地。约瑟夫有一幢精致的别墅式住房，另有几栋工作用房，有大型储藏冷库，三部汽车和各种农作机械。

约瑟夫介绍说，他这里的苹果都是优良品种，每公顷产量达六七十吨，试验园地里有望达到一百吨。我们惊讶不已，同行的内蒙农艺师悄悄地说："我的妈，我们那里最好也就三四千斤！"

问九十五公顷的果园多少人经营？回答是他和他的母亲，一切自己动手。问请多少个长工，回答是请长工没必要，也不划算。问请多少个短工，答只在春季请两个，给果枝摸赘芽，干一个月；秋季请十个摘苹果，干两个月。问只有你和50多岁的母亲两个，忙得过来吗？答没有问题。我们都不禁纳闷"九十五公顷就是一千四百多亩，苹果地的耕作、浇水、施肥、嫁接、运输……怎么忙得过来？

走到苹果园里，只见这里的苹果树一行一行，枝叶长向像晾晒在铁丝网上的衣服，都没有向四面八方伸展。约瑟夫说，这是为了通风和光照，也为了省地特意把它整成这样的。再看另一边的果树，全都栽在一个个塑料桶中，如同我们盆栽的花木。我记得在国内曾听农场的专家讲棉花，地面的枝干和地下的根须大体一样长。盆栽的苹果树限制了根的发展，如何吸收营养结果实呢？约瑟夫说："营养保证了，根就不会长长。"说着提起一个苹果树塑料桶给我们看桶底，三个排水孔外干干净净，不见半根须根。这时我们发现每一棵树下都有一条小小的如同静脉注射的塑料管装有针头插入土中。约瑟夫告诉我们，这是输送营养的管道，由电脑控制，营养室内按比例配置好果树生长所需的养分根据果树需求随时供应。他的苹果冷库也全由电脑控制，并不需要专人管理。至于施肥、耕作，都请社会专业公司操作，不必亲自动手。同行的一位专家感叹道："人家已经不仅是实现了机械化、电气化，而已是电脑化了。硬件电脑化，软件社会化。”

离开苹果园，在车上有人突然提出一个怪问题：如果给约瑟夫划阶级成分，倒底该划什么？七嘴八舌，大家一下颇犯了难。划地主么，拥有九十五公顷土地，标准的地主；划资本家么，这么多资产，地道的资本家；划农民么，风吹日晒，长年累月在地里劳作，还取得了国家颁布的“农民”证书，标准的农民；划工人么，所有机器仪表亲自操作，自食其力，典型的工人；他还有自己的实验室，算得上名副其实的科技工作者；他种的苹果，百分之二十直接售出，百分之八十卖给超级市场，也是商人。那么他倒底该划什么？都是，又都不全是。我们已有的理论在他面前已经显得捉襟见肘！

也许这是一种新人，一种集地主、资本家、工人、农民、商人、科技工作者于一身的人物，一种成分复杂的人物，一种处于“边缘状态”的“四不像”式的人物，一种新的生产力的代表。一种超出我们已有理论规范难于界定的人物……是该造制出些新的尺度！

1999 年 12 月 16 日

“残疾人”代表团

我们一行尽管绝大多数享有高级职称，也并未挤占残疾人名额作卑劣的冒充，然而我们却全都是地地道道的“生理”缺陷者！因为打从踏上这片异国的土地，大家便顷刻变成了聋子、瞎子和哑巴！没有一个离开了翻译有眼能够看，有耳可以听，有口能够说！大家自嘲曰：“高级‘残疾人’代表团！”

瑞士百分之六十的人口使用德语，百分之二十几的人口使用法语，百分之十几的人口使用意大利语，还有山区少量人使用罗马拉丁语。整个瑞士国并没有单独的瑞士语和瑞士文，官方文件告示，同时使用德、法、意、拉四种文字！

我们到德语区先由罗莎夫人将德语译成英语，再由我们的翻译袁女士译成汉语；而在法语区则由苏珊娜小姐将法语译成英语或不熟练的汉语，复杂一点的则由袁女士由英语译成汉语，没有这种翻译“接力赛”，我们便通通大眼瞪小眼傻了眼！“高级”一下变成了“低级”！

新中国成立初至60年代初是全盘“苏化”，学校只开俄文；“反修”伊始，弃俄兴英。几十年搁置不用，“条件反射”早已中断废弃。“文革”中外语为“资”“修”大本营，外语教师是“资产阶级思想”恶性传染者。我的一位同事由于家大口阔做不起新衣不得不穿新中国成立前的旧西装，被头儿在大会上斥之为“洋奴”的难得典型！“我是中国人，何必学洋文！不学外国文，一样当革命接班人！”——河南一个叫马振扶的地方一名农村女中学生付出生命代价的“绝命诗”，作了最具代表性的袒露！

然而在瑞士无论在德语区还是在法语区，在博览会还是在手表厂，在农校还是在“兰的”（乡村供销社），都有人粗通英语，能同我们的翻译作直接的交谈。英语也并非他们的母语，却远比我们普及；也并不因为全世界如同通用阿拉伯数字一样让英语作国际通行语即愤愤不平。在他们面前，我们这些“高级”只是一群盲聋哑俱全的“残疾”！

我忆起我所在的城市曾有市民给市长写信，指出政府大门前的指路牌、邮电大楼墙上的英文错误；有的地方市情介绍、旅游指南的英文错误百出；有的要员名片英文译误不时可见。至于不识电视机、刮胡刀、微波炉、手机、电脑、空调说明书英语符号者,又该有几多!一些宾馆的电器设备因此常被旅客胡乱掰坏……

我想起明治维新时代的日本,大量引进西方科技文化,翻译了大量英美经济、哲学、自然科学著作,以至已有的日文包括借用了大量中国汉字词汇之后仍不够用,于是再次借用汉字翻译,如革命、干部、经济、资本、科学、民主、物理、化学之类,都是借用汉字翻译出的新词汇,日后这些新名词又被咱们拿回,成了义同音异的“外来”名词。世界就这样互通着有无!

其实外语水平的低下,正是一个国家封闭的印迹。从一些回忆录中得知,毛泽东晚年仍在艰难地记着英语单词,想他老人家大概也有过不谙外语的苦衷!处于信息时代的地球村今日,缺乏国际交际交流的熟练工具,将如何应对?如果连“高级”们都是“残疾”、“水货”,那么现代化进程、新世纪的赶超,就只能是遥远的梦!而我们的周围,如我等这样的中老年“残疾”教授、研究员,乃至中青年“残疾”硕士、博士,又该有几多!一批连英语字母都认不全者测试居然一一过关,有如神话!其考风、政风、学风的颓败,皆可想而知!据说至今还有人愤愤于目前高级职称的外语规定,要求降格乃至取消,直让人匪夷所思!

2000年11月11日

罗莎夫人

接待我们的是长期致力于中国瑞士友好的民间组织负责人罗莎夫人，一位退休的中学校长。高高的鼻梁，黄黄的卷发，黑色风衣显几分干练，素花纱巾透一种高雅。起初以为她不好接近，接触多了，除了语言障碍简直就像我们团里的成员。

问她为什么会对遥远的中国感兴趣，她说这是从小受到祖父的影响。祖父是一名传教士，20 世纪初来到中国，一待二十多年。罗莎小时候就听祖父讲中国的故事，讲中国人的淳朴、友善，言辞中流露着对中国深深的怀念，使罗莎有着强烈的中国情结……

一行路过弗莱伯格，罗莎夫人告诉我们这是她的出生地。那时候，有钱人才买得起皮鞋；她上小学每天得徒步两个多小时；全村 48 个女孩上过中学的只有她一人；1957 年她 17 岁时父亲才有一辆自行车；念完中学后她去英国上大学，父母都承受着巨大的经济和精神压力……她的介绍很令我们吃惊：世界首富之国 20 世纪 50 年代居然也这么穷！而那时，我们正即将进入“吃饭不要钱”的“大跃进”年代……而今天，瑞士“国平”每家 1.5 辆汽车，罗莎夫人家拥有三辆！

不知是不是罗莎夫人的爱好，参观教堂几乎成了我们每到一地的必修课。天主教堂高门大厦，巨画夺目，金碧辉煌；基督教堂则略显“朴素”。卢塞恩的弗兰西斯嘎拉大教堂就是以当年的牧师名字命名的。罗莎夫人解释说，教堂同当地的历史有着血肉的关联。十六七世纪传教士来到穷乡僻壤，办学校，办作坊，教穷人识字、纺织，庄园贵族把他们视为眼中钉，有的传教士因此被杀害。问罗莎：“你从教会学校中学毕业，相信上帝吗？”她说：“我相信上帝……没帮过任何人。”说得大家都笑了起来。她接着又郑重地说：“教会在历史上所起的作用是无法抹去的，教堂堪称当时政治、经济、文化、科学、哲学、艺术的缩影……”一路的活动，让我们懂得不少外国史知识。

罗莎夫人的接待简捷而高效，二十多人十多天的吃住行参观访问，向导、翻译、生活服务，德语区全由她一人负责。她说中国卫生部部长陈丙章访瑞，也由她一人包了下来。我们在法语区活动则由苏珊娜小姐承担，两人绝不重复，一站一站，紧凑有序，不出一点差错。她说你们中国接待客人，总爱前呼后拥的，官员跟随一大帮，给外国人留下的印象很不好，好像除了陪客，总没事可干似的！说得我们真有点脸红。

罗莎夫人领我们去购买价格便宜质量却不差的巧克力带回国作礼物；向我们推荐手工制作的拖着长长链条的木屋形小钟。每到时辰，一只小鸟就从小笼子里伸出头来，发出“布谷，布谷”的叫声，叫完又躲进笼内，而价钱比在国内要便宜很多倍。我因犹豫未买又有些后悔时，她就花几十分钟陪我步行上十里路一家一家铺面打听，高跟鞋在石头路面上发出“咯咯”的声响，真让人过意不去！当我终于买到了称心如意的“布谷”时，罗莎夫人如释重负，像“布谷”一样笑出了声，比她自己买了还高兴！回国以后，每当墙上“布谷”按时探出头叫出声时，不知怎的，真觉得那是罗莎夫人亲切的笑声……

家庭"联合国"

接待我们的法语翻译苏珊娜，曾在北京大学留学，中文名字叫白莲花，会法、英、中三种语言。白皙的皮肤，澄蓝的眼珠，高高的鼻梁，修长的身材，美得像件典雅的艺术品。她的丈夫是个黑人，正在上海医科大学攻读硕士学位。他们有一个一岁多的儿子，混血儿。苏珊娜留给人一种随意、亲和、善良、文静的印象。彼此熟悉以后，她给我们介绍她颇有意思的家庭：她的父亲是意大利人，母亲是法国人入瑞士籍，姥姥是英国人，公公是加蓬人，丈夫是加蓬人，婆婆却是南非人……我们跟她开玩笑，她们家真是一个地道的"联合国"！

我们问她，像她这样的家庭多不多，她说不算多，但是家庭成员跨国却是常有的事。大使馆的官员跟我们介绍说，瑞士有600多万人口，其中一百万来自南斯拉夫、捷克、希腊、奥地利、法国、德国、土耳其……跨国婚姻不足为奇。我想，这也许有利于减少或消除种族偏见、民族鸿沟、国家隔膜，有利于思想、文化的交流交融。而"地球村"的概念，也许同时会得到强化！

我想起即便是20世纪70年代末，我所在的城市的孩子，见到金发碧眼者仍比看动物园的猴子、大象还稀奇！为了看清这些"珍稀动物"，大群簇拥着走到他们的面前，挤着嚷着，边倒退边"观赏"！

80年代初，曾是我学生的一个女孩，因为同日本大学生恋爱东嫁日本，曾被她的同事鄙夷得一塌糊涂！以为这是既出卖肉体也出卖灵魂的勾当，跟汉奸、卖国贼相差无几！我们不时看到的报道也多是一件件"老夫少妻"、大陆少女受骗的个案，不外乎好财、好色，轻浮、草率，酿成终身大恨……却很少从更广阔的视野去看待开放后的人际关系包括"婚际"关系，报道一些成功的结合，相反对其负面影响，则似乎倾注了过分的热情，读者中自然也有人更乐意于接受！

其实时至今日，我们仍不会忘记王昭君远嫁塞外给两个民族带来的亲和力；也不会低估文成公主入藏与松赞干布成亲千百年来的积极影响，那是"跨族"婚姻的成功范例。便是现代如肖三、李立三和他们的苏联妻子，如柯棣华、路易·爱黎和他们的中国妻子，如陈香梅与她的美国丈夫陈纳德，如90年代大山与他的中国妻子……都应当视为十分平常的事情，无足大惊小怪。曾经一些家庭因“跨国”组合带来人间撕心裂肺的离合悲欢，却是令人惊颤的！在这方面，其实不妨也开放一点。老是戒备、防范、疑惑、惊惧，担心“泄露机密”，警惕“里通外国”，无休无止地同“政治”胶合在一块，那其实正是自我封闭禁锢的典型病灶。

如同一个地域不跟外地人通婚，一个民族不与外族人通婚很难融入世界大家庭的怀抱一样。一个国家，没有大吞吐的国际贸易，没有跨国公司，大型的国际技术合作、学术交流，没有经常性的国际会议，甚至没有一点跨国婚姻，又怎能谈得上多大的开放度？

杂交的优势，不仅表现于物种、人种，也表现于地域、经济、文化，所谓“有容乃大”是也。现在有“一家两制”（国营、民营），有一户两国的“跨国”家庭，看来这都是开放过程多元化的社会组合，不必大力提倡颂誉，艳羡有加，也无须鄙弃指责，视作洪水猛兽，以平常之心对待也就可以了。

2000年12月16日

“双胞胎”现象

接待我们访美的是我的老乡唐先生，他给我们讲了华人圈中的“双胞胎”现象：中国导演吴天明在洛杉矶开了一家经销中国影视的音像社，过些时一位同胞也开一家同样的音像店，地点紧挨吴的铺面。如果是为了形成“群体优势”也罢，偏偏价钱压得比吴低，用意不言而喻。又比如这条街开了一家中国餐馆，另一家中餐馆不久也比邻诞生。你五美元一碗面，我必四点九美元，赔本也干。与咱们的出口贸易相互压价如出一辙，专跟同胞“对着干”！

这使我想起友人访美接待他的老太太讲的旧金山老华人的一段往事：那里的华人大多为抗战前后从大陆、台湾辗转而来，经几十年风雨在美国立足。为了在政治上、经济上、生活上有所依靠，他们组织了“同乡会”。令人不解的是同乡会“双胞胎”也竞相涌出，一个“湖南同乡会”成立，另一个“湖南同乡会”跟着问世；一个“上海同乡会”正在筹备，另一个“上海同乡会”马上诞生。若两个同乡会互相支持尊重也罢，偏偏尿不到一个壶，你诽谤我“不正宗”，我攻击你“不地道”，互不买账！“窝里斗”实在有点“誉”满全球！

唐先生说，这事在日本、韩国那里，是绝不可能发生的。他们即便开店，也要隔一段距离到另一条街。在美的韩裔没华裔多，他们却有一名议员，所有的韩裔全力支持他当选。他们的共识是：有总比没有好。有韩裔的议员毕竟可以替韩裔说说话，而华裔则多不买账而互相拆台。我干不成你也休想；我不能也别好施了你！无论来自大陆、台湾，华裔参政者都少，固然与都对政治厌倦有关，但与华人自古有的“窝里斗”不无关系！缺乏“成人之美”的宏量，戒备有人前来掠我之美，先下手为强，贬人之长，践人之美。

嗟乎！柏杨归纳的“丑陋中国人”的恶习，借助历史的惯性已神不知鬼不觉附于国人灵魂，成为浸入骨髓的“集体无意识”！“集体无意识”，是群体性的不谋而合，是“条件反射”式的群体宿见与积习，是植入骨髓渗入血液的“所见略同”！改造落后的“集体无意识”，并不比改造落后经济形态更容易！

这种利益的“大锅饭”情结，如此顽强与普及地阴附，究竟出于什么原因？我曾长时间思来想去，其妙莫名。也许这与中国几千年的小农经济状况有关，与“不患寡，患不均”强烈的平均主义思想有关，与中国自汉以来的独尊儒术的“大一统”思想不无联系……

“有人总希望水落而又落，以突出自己的‘庞然’；有人则欢迎水高高涨起，水不涨船只能搁浅！‘水涨船高’，‘水落石出’——两种世上景观，两种做人哲学，两种量人标竿。”我往日的一首小诗，道出了其中的一些症结！

彼邦之石

南半球那个浩渺烟波中最大的岛屿也即五大洲中最小的“洲”——澳大利亚，同其东南边由南北两岛组成的新西兰，让人一踏上就颇有冲击力地感受到人与自然的友善与和谐。

灰暗的夜幕中，你在导游的引领下去公园喂食，给树上下来的袋貂——一种澳洲特有的体长似猫、面目如狐、尾长而卷的有袋小动物。可爱的机灵鬼闻到面包香味，就迅即爬下树来，用前爪抓扯你手中的面包，任凭你的另一只手抚摸它略带粗硬的皮毛，然后爬上树用小嘴细细地品尝面包，不吃完是绝不下来贪婪地再要的……

这里家养与野生的概念，并不那么明显地分界；善待动物仿佛早已植根于国民的心灵，简直成了与生俱来的潜意识、潜道德规范，即使是不更事的少年，也不见去惊吓、欺侮他们的友邻。

游客源源不断地坐着大巴赶往墨尔本南三百多公里的诺得路亚，是为去领略那里独有的奇观：在夜色掩映中看成群结队的小企鹅从浪花汹涌的海滩上岸。它们天不亮就下海觅食、戏耍，夜幕降临才挺着肥肥的肚皮，在当地人为它们特地铺设的青草道蹒跚回家。在游人的目光里，它们走走歇歇，在这里那里的草丛中栖息，有的双双依偎，用小嘴梳理着对方油亮的羽毛，有的则连声地歌唱，满山里响起“起起”的声音，有如弦乐、虫鸣。当地人规定，为了不干扰它们的生活，游人一律不得照相、录像，使用手机，不得喧哗……游人与小生灵成群结队，构成别处难以见到的独特的风景。

澳、新两国都定有“国鸟”，澳大利亚的是体形近乎鸵鸟的鸸鹋，与袋鼠一道被捧上了庄严的国徽，原因是因为这两种动物是无法后退的，它们象征着国家永远前进的精神；新西兰的国鸟则是一种羽毛呈黄褐、淡灰色，头发蓬松，善于奔跑，听、嗅觉特别灵敏的奇异鸟(Kiwi)又称希维鸟，象征新西兰人热情好客的本性。

澳、新都是犯罪率低的国家，固然同其低税收、高福利的水准有关，与高素质的培养有关，而二百年来世代培植的人与大自然的友善亲情，不能不算是一种潜移默化的全民教育。人人视为当然，不必质疑求证。只有我们这些来自“惊弓之鸟”成语故乡的游者，才会始则目瞪口呆，继之视为梦境，仿佛踏入了“君子”之国……

作为四十多年前目睹群起追杀麻雀的那一幕的亲历者，笔者接触到的是20世纪60年代初权威大报上读到的《开展冬季狩猎》的社论（同时刊登有汉川县捕获禽兽9万多只的先进事迹）；是用稻谷拌上农药1059，用酒精浸泡粮食毒死、醉倒成担成担的大雁、野鸭的消息；是南方餐馆里官员大款们津津有味地咀嚼猫头鹰、果子狸、穿山甲、娃娃鱼、金钱豹、眼镜蛇的身影（普通老百姓是无缘享此口福的）；是北京玉蜓桥花鸟市场内至今仍挣扎于狭窄笼子里的画眉、鹦鹉、白头翁、灰喜鹊；是至今仍不时传来高跟鞋虐猫、硫酸泼熊以及偷猎藏羚羊、当众敲开猴脑生吃脑髓、当着活貉的面、客商的面活剥貉皮的画面……

十二年前我曾在一篇文章中写道：“人与其他生物的关系，是人与人关系的一种折射。在如何善待生存伙伴的问题上，常常显露出人们的‘人生观’、‘物生观’的缺陷。”面对的种种场景，继续强化着我的这一观点。人与大自然的和谐源自于人与人关系的和谐。和谐社会与和谐自然，共同筑起和谐生存的生物链。人与人关系的紧张必然连累人与自然关系；人与自然的和谐又定然带动人与人关系的和谐。

“文明根源于自然，它塑造了人类的文化，并影响了所有的艺术和科学的成就；与自然协调一致的人类生活将赋予人类在开发创造力和休息、娱乐方面的最佳机遇。”1982年《世界自然宪章》可以告诫我们：“他邦之石”，可以用来“攻”我国之“玉”的。

2006年5月19日

野　　牧

悉尼通往堪培拉的高速公路两边，是连绵起伏的牧场。时值深秋，正是我们的初夏。由于缺水，澳大利亚的牧场夏、秋、冬三季都呈黄色。车窗外不时有星星点点的羊群闪过，让我在异域体味到北朝《敕勒歌》"天苍苍，野茫茫，风吹草低见牛羊"的意境……

奇怪的是三百公里的行程中竟没有见到一位牧羊人。问导游，人呢？导游说到镇上喝酒享受生活去了。牧场难道不住人？答：牧羊人一般都不住在牧场。那么谁来照管这些牲畜？答：平日里羊群根本无人照管，也无须照管。问：不担心被野兽叼走？答：澳大利亚没有狼虎一类凶猛的肉食动物，不必担心；问：没有人将羊盗走吗？答：良好的社会秩序，让所有的牧场主从来不担心会丢失一只羊羔。那么如何让羊群早出晚归呢？答：在这里没有"早出晚归"的概念。为什么？因为一天到晚、一年四季，它们都露天地生活在野外，无所谓"出""归"。于是我用两个字概括了澳人牧羊的方式，"野牧"——牧场上圈有栅栏、备有水池外，就几百上千只地"丢"在牧场上，让它们像野生动物一般群居着、生活着，它们自己安排着自己的生活，渴了饮，饿了吃，乐了奔，乏了卧，自主作息，自由自在。既没有享受主人的"关爱"，也不会随时招致主人的打扰，当然也必须自己去应对下雨刮风、日晒夜露、盛夏严寒的降临。

澳洲的牧羊人是很善于"偷懒"的，除了在剪羊毛的春季由牧羊犬赶着剪毛忙一阵外，顶多也就一个星期去照看一次。更多的精力则投放到草种优化、草场管理、水土涵养、畜种改良等方面。

我于是更加有了一种想一睹两百年前由沃特豪斯上校带上澳洲岛的美利奴绵羊风采的欲望，想亲眼打量这除了鼻端、嘴尖、小腿全被毛茸茸地裹住的臃肿富态的优质羊的尊容。导游说，其实近距离看都是灰不溜秋脏兮兮的，你简直要怀疑那就是享誉全球的"澳毛"。问：怎么会是这样的呢？答曰：就因为羊群都是"野生"的。

然而正是这种"野生"，提升了羊毛的优质。冬可保暖，夏能散热，具有良好的性能。炎暑天，垫上它舒适凉爽；寒冷时，触到它有天然的暖感。经过两百年的繁衍生息品种进化，澳毛已成为纤维洁白细长、柔软蓬松、特有韧性的国际名牌，成为各种高档毛线、羊毛衫、高级毛料的上佳原料。人们还发现，美利奴羊的皮下，分泌有一种可以保护皮肤不被灼伤、冻伤的特殊物质，提炼出来就是今日享誉世界的护肤佳品“绵羊油”，这与它们长年的“野牧”生活，同样密不可分。

我的传统的“放牧观”在异域整个儿地被“颠覆”了。我从小熟悉的是“鞭儿打在你的身上”式的牧歌，是《诗经》“鸡栖于埘，日之夕矣，羊牛下来”的画面，是苏武于冰天雪地里与羊群亲密相拥的场景，是班彪“日晻晻其将莫兮，睹牛羊之下来”、王维“斜光照墟落，穷巷牛羊归”的模式……然而在地球的南半端，我面对的是畜牧大国原始而先进的另一种放牧……

“骑在羊背上的国家”，就这样在矿产品的出口值居于首位、农牧业人口仅占全国人口2.5%的情况下，依然成为世界最大羊毛生产国与出口国。沙漠、半沙漠占国土面积的35%、草原面积占55%的国家，用法律与科学控制住放牧的密度，牧场实行轮牧制。既为羊群提供了充足的食料，又给予牧场以足够的休养生息。不致像我国北方的一些地方，不顾草地面积与草源的有限，盲目地无节制地发展山羊，结果山羊食难果腹，草地却被山羊“杀鸡取卵”式地连草根也啃得精光，土地沙化，水土流失，二十年内难以恢复元气，沙尘暴甚嚣尘上愈演愈烈也就顺理成章。长期来我们过分地崇信人为的因素、人的力量、权势的力量，以为无论社会抑或自然，从来都可以任由人说了算，人定胜天，大地只有俯首称臣的份儿。澳洲的“野牧”方式在中国无疑不合国情，无法行通，然而澳洲的“野牧”却昭示我们，遵循、尊重生物乃至人类社会自身的生存生活规律，发挥其自身的能量，调动其内在的优势，则是我们赢得更主动更裕如更强大的关键之所在。

2006年8月9日

无独有三

走近悉尼歌剧院，有一种如约而至的感觉。正如导游所言，不到巴黎不算到过法国，不看埃菲尔铁塔不算到过巴黎；那么不到悉尼就不算到了澳大利亚，不看悉尼歌剧院，就不算到了悉尼。

其实一到巴黎你四面都可以看到埃菲尔铁塔的身影；无独有偶，一到悉尼，从陆地、海洋乃至天空，你都可亲睹悉尼歌剧院的芳容。

在蓝天蓝海之间，它是一簇洁白的海贝，一捧盛开的白莲，一支迎风鼓帆的船队，一尊建筑神话里的维纳斯女神。它是悉尼港的明珠，悉尼城市的皇冠，澳大利亚的形象大使。无独有偶，作为“人类创造性的天才代表作”，它同埃菲尔铁塔一样，进入了世界遗产的名单。

然而，悉尼歌剧院也同埃菲尔铁塔一样，有着坎坷的命运。先是丹麦青年设计家约恩·乌松梦幻般的蓝图，差点儿被丢弃在废纸篓里；接着是戏剧般地从 231 个方案中脱颖而出；接下来的是不断的“狐骚”：如帆的大屋顶无法修建；轻薄的壳体难以施工；光对十个大“海贝”安全系数的计算就花去了整整五年时光；光填海建广场就花掉了预算的全部资金……在野党攻击政府为建歌剧院置社会福利于不顾；市民怀疑纸上的宫殿能否矗立海港。乌松“破浪鼓帆”的寓意，仿佛襁褓中即要经受现实的考验，到第九年，政府总理猝然去世，反对党上台，旋即宣布停工。无独有偶，当年累遭诘责的埃菲尔在埃菲尔铁塔建成后愤而离开了法国，如今乌松在历时十年拼搏后走投无路身心交瘁，也不得不愤然登上返回欧洲的飞机，发誓再不来澳洲这块伤心的土地。

然而戏剧性的事情又一次发生，同埃菲尔铁塔日后声名大震一样，当悉尼歌剧院“盖头”15 年后掀开，顿时让悉尼沸腾，澳洲哗然，举世震惊。悉尼歌剧院成了澳洲最大的磁石，以每年数百万游客的光顾作了回报。悉尼歌剧院被誉为 20 世纪最伟大的建筑；对乌松天才的赞誉，如悉尼港的海浪无止无息。人们甚至难以想象，没有悉尼歌剧院的悉尼，会是怎样的一个悉尼！

无独有偶，此时乌松年逾古稀，同埃菲尔一样沉默无语。直到1998年才开口：“我热爱澳大利亚这片土地，我热爱悉尼。”2003年，耄耋乌松八十有八，荣获了国际建筑设计领域的诺贝尔奖“普茨克奖”，算是几十年的纷争有了一个圆满的结局。

无独有偶，悉尼歌剧院——埃菲尔铁塔；埃菲尔——乌松。然而岂止“有偶”，也还“有三”。悉尼歌剧院落成十年后，美籍华裔建筑师贝聿铭受邀为卢浮宫扩建设计，不也遇上同样的尴尬么？玻璃金字塔“钻石”方案一经亮出，即招来如潮般的口水，头两年全花在了“吵架”上。万幸的是读懂了法国历史的贝氏，从埃菲尔铁塔中读出了建筑的命运。13年后卢浮宫前拿破仑广场，终于升起了贝氏的金字塔“钻石”，过分严肃的广场从此迸发生气，过往与现代缩到了最小距离，爱挑剔的法兰西人转而啧啧连声……

历史大树上的“三片树叶”是如此相似得惊人！另类的想象，超前的构思，偏离已有轨迹的创意，对现成走俏成果的挑战，对传统审美模式的颠覆，就这样不约而同地由三个不同国籍的建筑师完成。20世纪三个“涵盖了人类历史许多文化精髓”的建筑，一次次证明人类共存的“普适价值”。而时间这位最无情也最公正、最固执也最权威的鉴定师，让历史上被错位的一一“归位”。

不必过多责怪当政者的平庸与短浅，也不必过分惊怪民众的世俗与忧心，在如何珍惜突破、善待另类，宽容异端、容许“大逆不道”，应允“荒诞不经”的问题上，如何给这个世界的“有形”与“无形”以新的创造的前提，给他人、也给自己留下点足够的空间，乃是至为关键的要义。那么“无独”岂止有偶、有三，也会有四、有五乃至有“n”。

2006年5月4日

名目之惑

这次与老伴的澳、新游，是拼入其他旅游团的，一行26人，公务16人、商务6人，自费如我俩者6人。公务、商务都来自内陆产煤大省劳动、经贸系统，虽是现职带"长"的队伍，却一律持红本私出护照；但经层层审批严格把关由公家付费、由旅行社组团。对外名目曰"考察"，收费则比我等自费高出1/3至1/2，其中一部分当然要私下返回给个人以"零用"的。这种跨地区、跨行业的公私"混合团"，旅游途中随处可见，已成为组团境外旅游的首选。还有少量持绿本公出护照而单独组团的，但后来发现，这种团除另雇导游、另租汽车外，所有行程、景点、旅店、餐馆，都同咱如影随行，多的只是一个"公务"的名目。

前年随团自费旅游欧洲所到之处也是如此，"公务"私出的队伍浩浩荡荡恰似当年"文革"的串联。用当地留学生的话说，叫作"干半天活，玩一周"。现在则是"半天活"也给免了，干脆成纯粹的"公务"旅游。这种做法自然是备受各方欢迎的，它省却了公务员出境大量的"麻烦"，无须煞费苦心找接待单位发邀请函，如此大的批量哪有那么多的单位接待呢！旅行社出面，手续简便，安排细致，速度快捷。旅行社方面也十分欢迎，因为是"公家"出钱，如同医院开药方先问是不是公费报销，收费就比私出者高。"公务旅游"成大宗是势所必然，如果"公务"一旦紧缩，旅游业即可能如寒潮来袭时水银柱般迅速下跌。

"公务"团购买力特强，什么羊毛被、驼羊毛毯、羊胎素、澳宝乃至瑞士浪琴、雷达手表、日本数码相机，一出手就是几千上万的现金，特产店里满是中国"采购团"。异国导游自然也是合不拢嘴，每次提成都相当可观。其实"公务"团的"阔绰"是可以理解的，路费不用自己出，还有一定数额的返回，而各地的处、科级公职人员轮到一次也不容易，带着多年的积蓄买点免税的名牌洋货，加上替亲戚朋友代买应属人之常情。

不少省几年前都发出过通知，要求对跨地区、跨部门的出国、出境团组加强监督，坚决制止公款出国旅游歪风云云；去年新华社专题报道，国家旅游局将公款出游作为全年整治的重点;有报纸更以《公款出国旅游行不通了》的大标题,让国人高兴了好多天。然而一时的收敛打住,带来的是更猛烈的反弹。有如闸门里的水,憋一阵子后夺流而出势不可当。

其实一个继续探索改革开放的国家,让他的基层官员出去看一看、瞧一瞧,是无可厚非甚至是值得赞许的。只是这种一天也不“公务”的“团”满天飞,总不免有“羊头狗肉”之嫌。但老伴坚持认为让各个位子上掌有权力、对国计民生负有责任的“长”字号去国外看看不是件坏事。她说花纳税人的一笔钱亦即“公款”让公职人员出去见世面,起码比吃喝嫖赌、大肆挥霍、大宗鲸吞强得多。在游山玩水中,亲见那里的月亮是怎样的“圆”、“亮”、“近”,天是怎样的蓝,人家是怎样看病、住房,孩子怎样上学,诚信怎样被视同生命,宗教怎样对社会起稳定作用,媒体怎样无孔不入、无所不在地监督官员……短时间的耳闻目睹、耳濡目染,比听几十场报告、开多少次会恐怕要管用得多。

不管是否合适,眼下观光潮正方兴未艾。如此浩大的群体性行为、群体性效尤,让任何慷慨的论说、严厉的规定、强烈的呼吁、一再的警告,任何纪律、法律、自律、他律,都变得苍白。所谓“法不责众”、“纪不责众”,实在是责不过来。既然“师出有名”,他做得了初一,你就做得了十五,谁都明白是怎么回事,谁都不会把这层窗户纸捅穿。大家以“公务”名义,轮流出游,利益均沾。

据权威专家称,过热的出境游增长对整个中国经济产生了不良影响。目前巨大顺差主要来自资本项目和经常项目下的商品贸易;而服务贸易我国一直是逆差,其中就包括国际旅游。以出境旅游来平衡顺差账户,无异于用外国人在中国的投资以及中国人低附加值劳动换来的钱,来支撑出境旅游。大肆花掉来自纳税人支撑的“公款”,其实是慷纳税人之慨。这时你可以相信,权威统计部门发布一年消耗多少多少亿的纳税人的钱,并非无稽之谈。

这种“羊头狗肉”式的群体性“公务”,另一大损失是信誉即公信力的猛跌。信誉是社会隐形的平衡器,一个缺乏信誉的机制,导致道德成本的猛涨、社会机能的紊乱,殃及社会生活整个的诚信底线的失守。

然而如果赤裸裸地就叫“公务旅游”,也太“无所顾忌”太刺耳了。全世界哪有如此不带伪饰又如此浩大的公费“公务”呢?制度的优越也不能优越到这种地步呀!

有学者称,菲律宾前总统埃斯特拉达因腐败被赶下台,腐败之风对于菲律宾社会生活基础秩序的破坏,可能需要这个民族付出百年的代价。那么一个国家如此众多的官员众口一词地将旅游当公务、将公务变旅游,都那么脱口而出、熟练圆润、视若当然、毫无羞赧之心，那么要责怪国民素质的低下、道德的滑坡，也就显得滑稽与苛求。靠他们来担当荣辱观的启导、国民素质的提高，只怕是缘木求鱼！

由此想到不如干脆开一口子，明文规定将出去看看视作广义的学习班，也是对内地公职人员的一种奖励，既有利于那里经济与精神的成长，也有利于公信力的重建。

只是这样一来，恐怕招聘公务员的队伍会更长的……

2006 年 7 月 6 日

占领维也纳皇宫厕所

随自费旅游团，“飞马观花”到了德、荷、比、法、卢、意等11个大小国家，最后一站是奥地利的维也纳。拜见了音乐公园内的施特劳斯金色塑像、舒曼塑像，敬谒了广场的贝多芬雕像，参观了国家歌剧院金色大厅，然后一行来到了霍夫堡皇宫。霍夫堡皇宫是奥匈帝国的政治中心，是奥匈帝国长达七百年统治的哈布斯堡皇室驻地。1275年至1913年间，霍夫堡经多次修建、重建，形成了包括新王宫、旧王宫、宰相宫、亚梅丽亚宫、英雄广场等如同迷宫一样庞大而和谐的建筑群。今日奥地利的总统府和政府所在地也设在这里。

10月26日正值奥地利国庆纪念日。平日见不到多少人的城市，突然间人流涌动，热闹非凡。英雄广场上停放着直升飞机，巨型坦克、大炮供人们参观，年轻英俊的国防军战士正接受着检阅，军乐高奏，欢声雷动，大屏幕现场直播……

眼下的中式旅游团大体还没有摆脱“上车睡觉，下车撒尿，景点拍照”的格局，因而每到一处，即捷足先登找“WC”。导游说，今天可好，大家可以免费到皇宫里的厕所去“方便”一回。

团内女士三分天下居其二，又适逢彼国国庆，皇宫女厕自然不时爆满，门口排起了小队。然而“内急”可不是好玩的，何况时间安排紧，看的景点多，浪费在入厕上实在很不划算。于是团里有女士运用起国内训练有素的“插队”、“加塞”技法，一变俩，两变仨，私下为同伴的“方便”提供方便。然而此法并不理想，节奏依然不快。国人的耐心是有限度的，此时见旁边的皇宫男厕门开着，里面无人，于是她们像此前在华人中餐馆“方便”时一样：接管男厕，临时占领。厕外布岗设哨，如有男士入厕，对不起了，一律暂停。此招一出，果见奇效，排队小龙顷刻消失，团员又可以高高兴兴地照相去了……

我为女士们的“创举”忍俊不禁之余，不能不惊讶于她们的胆量与气魄。没有国内决非一日练就的功底，是不可能如此痛快淋漓当机立断的。当时团里有人对此颇有微辞，以为有损国人形象甚至国格，然而这说法未免有夸大之嫌，因为占领厕所毕竟是区区小事,并且富有幽默感。说玩笑也罢,恶作剧也好,犯不着“上纲上线”。

倒是由此我想到,眼下国人的性子似乎是越来越急了。看火车站、长途汽车站、医院挂号窗口、体育比赛场所、打折商品柜台,哪里见不到此类拥挤不堪的景观?我不知道我们什么时候形成了此等“行为模式”。

20世纪50年代始,就从苏联接过了不少的排队模式,但那是先来后到,老弱优先,礼让之风随处可见。到60年代初人祸天灾时期,手拿着花花绿绿大大小小几十种计划票证排着长龙买肉、买糖、买豆腐、买鸡蛋、买火柴、买肥皂,有时通宵达旦,人们开始变得焦躁不安了,抢呵挤的,也就告别君子之风。“文化大革命”红卫兵大串联,全国乘车不要钱,混乱的人流从车门车窗里疯挤硬塞,公德之类就只好通通被挤得一干二净。

70年代人们挤公汽上班,一排几个小时上不了车,“挤得赢的是哥哥”,最后大家只好都不“弟弟”了。有人戏曰:每坐一次公汽等于出一次国,经过了“越南(栏)”、“几内亚(挤内压)”、“塞内加尔(塞加进去)”好几个国家。久而久之,一切视为顺眼,不正常变成正常,物质匮乏后遗症转化成公共秩序紊乱症,扩散为“唯我”的“集体无意识”,延续至今,一遇情况,就会不假思索地“条件反射”出来。

我担心此类条件反射式的行为定势,会不会也给异国的人们留下某种情感定势,以为这就是中国人的常态,属“中国特色”系列。这种担心不是没可能的,比如眼下一年大几百万内地游客港澳游,每天潮水般地涌进涌出,会不会将内地大声喧哗、随地吐痰、过马路闯红灯乃至争先恐后的“下意识”,也成批带到那里去。又比如如今欧洲也涌动起中国潮,在凯旋门、卢浮宫、罗马广场、阿姆斯特丹港口,那些着新西装、端保温杯、夹公文包、拎着大包小包的“公务”团员们,他们高谈阔论、眉飞色舞、指手画脚、旁若无人的模样,更构成了一道亮丽而夺目的风景线。如果不予收敛,那么人们担忧的“国人形象”与“国格”问题,倒真会有些问题。

2004年12月4日

埃菲尔的戏剧性经历

夜十一点才进入巴黎，满城的灯光显出睡意。蓦地，远处夜空下宝石般晶莹剔透的塔影进入视线，有人惊呼："埃菲尔铁塔！"

第二天就跃上了这座巍然庞然以设计建造者埃菲尔名字命名的塔身。七千吨体重、三百多米高的巨人，以法兰西异想天开的浪漫直冲天穹。所谓"不到巴黎不算到法国，不上埃菲尔铁塔不算到巴黎"，铁塔放射着巴黎的文化魅力，张扬着崇尚创新的民族灵魂。

然而导游告诉我们，这位天才的设计家当初竟累遭皇室权贵的诘责、行内专家的抨击、大部分巴黎人的冷淡与排斥。以莫泊桑为首的以"至今尚未受玷污"的作家、雕塑家、建筑师、画家的身份，以"法国文化的格调受到蔑视、法国历史与艺术受到威胁"的名义，反对要在市中心建造这"无用的怪物"，"带来无法弥补的侮辱与破坏"，"大铁块就像一大片墨水影子盖住巴黎这个有着几个世纪积淀下优秀建筑的城市"。三百多人签名载于大报；附近的居民组成强大的游说团阻止工程的开工；哥特建筑学派的权威甚至计算出建到二百二十八米时塔身即会倒塌。等建到这一高度时，周围的一部分居民早已搬走，却赶来了众多看笑话的"灾难见证者"……然而埃菲尔是自信的，他小心翼翼地设计出三千五百多张图纸，施工中不作任何改动一次成功，不留给反对者任何口实。然而即使塔身耸入云霄也同样面对横飞的唾沫："赤裸裸的金属"，"悲剧式的蜡烛台"，"可怕的钢材堆"，"巨大的工业烟囱"，"长脖子的妖妇"，"太失美感"，"单一无味"，"怪模怪样"，"不如叫作装配更为恰当"，继续有人请求政府拆除；著名诗人魏尔伦每回打这里路过都要立刻扭头不愿见到这"丑陋"的形象。可怜的埃菲尔最后不得不答应一俟纪念活动结束博览会闭幕，即动手拆除这座他心血的结晶。如果不是一战的爆发，铁塔派上了无线电发射的用场，也许世人再也见不到这一稀世的艺术杰作。

接下来是戏剧性的一百八十度的大转弯：爱迪生誉它为"宏伟建筑的勇敢建造者"；毕加索将它吸入画布；建筑学家称赞它"于不和谐中求和谐，不可能中觅可能”，“是新艺术派的代表，昭示着古典主义传统向现代主义的过渡与转换”；巴黎人在塔下为埃菲尔塑像，给铁塔赐以“云中牧女”的芳名；音乐家阿波利内尔为他谱写了不朽的颂歌《桥梁之父》；连当初激烈反对的文人也常来此聚会。有人问莫泊桑原因，莫泊桑无奈而诙谐地回答：“因为只有在埃菲尔铁塔之中，才是唯一看不到铁塔的地方……”

然而这一切却无法抚平埃菲尔心中的创伤，永远无法让他原谅那些无端尖厉的指责。他悲愤地离开了法国，甚至发誓不再踏上这片他钟爱的土地。直到晚年以九十一岁的高龄于巴黎辞世。四十年后，铁塔被正式列为古迹，成为法兰西的象征。每年以接纳数百万游客的数量让世人称奇。

一个颇富戏剧性的历史玩笑，一个声名远播的经典讽刺剧昭告世人：一时的“定见”，即使是辟头盖脑、铺天盖地、“铁板钉钉”、“盖棺定论”，也未必就能算数；唯有经受时代测检、历史透射、时间打磨、空间洗刷者，方可见得分明。“风物长宜放眼量”，“长”到生前身后数十百年……

披着塞纳河上的秋风我临塔远望，脚下是一张硕大无比的活巴黎地图，条条大道道道小巷画出无数根或宽或窄的线，喧闹的巴黎一时静下来让我沉思：这个世界毕竟是唯“物”唯“实”的，任何人、任何历史也无法获得“免检”的特权。一时看似天经地义、天衣无缝、天作之合、天花乱坠者，未必就能经久长远；一时荒诞不经、狗屎不如、十恶不赦、无可救药者，经过白云苍狗、“河东河西”的洗礼冲刷，很难说不会如埃菲尔与他的铁塔一样。从众说纷纭到众口一词，有时距离甚短有时则很长很长，其间反响愈大、时间愈长、涉及面愈广者，则留给后世的启迪也愈大，影响自然也愈加深远。

2005 年 8 月 22 日

附　录

血性文章　睿智表达

——论符号杂文的思想与艺术特征

涂怀章

观览我国的杂文领域，符号先生的作品是引人注目的。三十多年来，他撰文八百余篇，结集八个，数十篇佳作被转载、赏析、评介，分别收入《中国新文学大系1976—2000杂文卷》、《中国当代杂文二百家》、《中国最佳杂文》等六十多本选集；有的还被选入中学生课外读物、高考赏析试题。社会反响好，一直在现实生活中发挥重要作用，我以为，皆源于其独具的思想和艺术特征。

一

从观念和内容来看，符号近百万言的血性文章，其首要特点是心系民生。

我最初读他关注农民工之艰辛的篇章，继而领略他忧矿工的安危、街边商贩的遭遇，议贫富不均、冤假错案、河湖污染、医疗改革、慈善事业、户籍制度，乃至如何对待小偷、理解乞丐，甚至包括城市厕所，字里行间，处处激跳着关爱人民群众的赤子之心。从民众的基本生存状态，人的尊严、社会救济、最低生活保障、义务教育、保障性住房，到如何给平民发展机会与能力，诸如充分就业、消除歧视、保护基本权益等；直到怎样提升生活质量，使之获得一定层面的社会福利与精神享受，均有论及。全面关心人民疾苦，处处替老百姓维权，有着多方面的发现和仗义执言。他在《庄老夫子，您不该……》一文中写道："连生存权、知情权、发声权、迁徙权都没法保障的井蛙啊，难道不值得庄老夫子您一洒同情之泪，为之哀婉动容、奔走呼号吗？"

考查杂文的质量当然主要不在题材的宽泛，关键看谁开掘得更深、更新、更巧。符号的优势在于其阅历的不凡与深厚，他目睹过许多历史事件的全过程，积七十多年正反曲折的体验与感悟，对社会关注的深度和历史的穿透力则格外出众。如将马寅初、梁思成、黄万里喻为当代具先见之明的“离朱”；称巴金、沈从文、孙犁为寂寞的“寿者”；称“集地主、资本家、工人、农民、商人、科学工作者于一身”的瑞士农场主为“新的生产力的代表”；从源头的腐水长流，提出对“流水不腐”的质疑；从“黄金周”的喧宾夺主，发出对五一节主题的诘问；从北影门前群众演员的挑选，思索着草根子民的宿命；从盈耳赞歌的没完没了，窥探“言之太甘，其心必苦”的“私隐”；从引导者被引导者、塑造者被塑造者的人为划分，发现导向论的纰漏缺失；从鸡毛掸子的灰尘“转移”，质疑其保洁功能的形同虚设……写的皆是付出巨大历史代价得来的沉重教训，是值得整个民族珍视的财富。有时，尽管只是一个司空见惯的概念，他也要探究一番。他就发现《中国大百科全书》与《大不列颠百科全书》中“慈善事业”概念的不同，指出前者所表述的慈善观带有偏见与曲解，成了制约我国发展慈善事业的障碍。这种入微的惊人揭示，对提高本民族的认知水平，是具有触类旁通的启示意义的。

符号笔下，对儿童少年的教育显然占有重要分量。如《马燕的漂流瓶》，讲述一个失学女孩的母亲将其日记交给异国记者，幸运地获得几百万分之一的机缘率，得到多国好心人的捐助。但作者阐述的重点是，贫困地区适龄儿童失学辍学现象有愈演愈烈之势，如果光靠类似抛漂流瓶式的求救方式，解决不了普遍存在的问题，读来发人深省，对改善整个现状具有警醒和推动作用。这一类杂文他不仅写得较多，且大都有亲自调查、亲身体验的第一手材料，让人倍觉亲切和富于说服力。尤其拭去了历来使人困惑的宣传迷彩，给人以认识上的清澈和解放。

符号杂文的另一思想特征是：鼓呼改革。

为反腐倡廉呐喊，强调改革的紧迫性。请读《一自高唐赋成后》，由老百姓怀疑干部受贿说开去，高声呐喊：只要腐败这具“腐尸”还在“腐”，“行尸”还在“行”，社会空气的污染就没法减轻，社会“环保”任何时候都不亚于自然的“环保”。要铲除腐败，必须实行体制改革。他在《“公信力”解读》中，痛批由于腐败造成的湖北佘祥林冤案、湖南滕兴善冤案、兴宁矿难假安全鉴定等恶劣现象；在《“要”字经》、《“弹性权”》、《集体违章》等篇中，猛烈谴责某些干部言行不一、滥用权力、肆意违法乱纪，有力论证了对司法、安全等多项制度改革的迫切需要。

更多的文章则是直接上到管理体制的高度，作本质的探索和分析。如《“异地监督”的优越与无奈》，盛赞舆论监督的异地操作，是揭露腐败、突破专制、伸张正义、击垮地方保护主义的“妙着”，进而吁求建立健康崭新的民主管理制度，使本地与异地舆论监督相结合并以本地为主。还有《“撞钟”、“听课”那么灵么？》，就某省组织官员进城观看《反腐倡廉展览》，设钟撞击示警、让囚犯给官员“授课”等形式主义浅薄之举，提出尖锐批评：“不在机制上下功夫、只在枝微末节上搞弯弯绕，等于提醒腐败者更隐蔽、更狡猾、更谨慎。”明确指出：“完善监督体制，体制与制度建设是防范腐败的不二法门。”在《安全帽的“另类”功能》里，于深切同情死难矿工的同时，奋力呼喊：“体制与机制，是最大的安全帽。当大安全帽捅了窟窿，头上的安全帽再好也无济于事。”让人们感到全面政改已成为切迫的主题凸显在国人面前。

符号善于站在总结历史经验的高度燃起烛天火炬。如《无物之阵》一文，就回顾了“文革”历史：老舍跳湖，傅雷吊颈，国家主席蒙难，遇罗克遭毙，张志新被割喉……诘问凶手在哪？责任人是谁？岂一个林彪、“四人帮”了得？20世纪50年代末开始盛行于各地的浮夸风饿死那么多人，在哪省哪县哪社？谁该负责？负什么样的责？近十余年腐败层出、数千官员外逃，又该向谁问责？银行那么多的呆账，责任人是谁？那么多烂尾楼、“政绩工程”，责又该谁负？回忆再现真相，辩论维护真理，杂文家揭示了未被领悟的真实，敲响的是警醒今世与后世的洪钟。

除总结本国历史经验外，符号还注重以境外先进体制作参照系以增强文本的说服力。在《对一条新闻后续的关注》中，他热情赞扬媒体报道的江苏沭阳县委对干部财产和收入公开的规定，认为这是宝贵的改革措施，是民主进程的可喜开端，继而推介俄国公布总统候选人及其配偶的收入和财产，我国澳门开始实施财产申报法，吁请应真正切实完善并推广沭阳经验。在《新竹年年长》一文中，批评我国年年提官太多，机构臃肿，人民不堪重负。同时对照境外和本国古代正反两方面的经验，转引历史学家王春瑜文章的警言：明朝灭亡的原因之一是乌纱帽太多，指出历史之鉴不可不明察。同时评介瑞士联邦制国家元首兼政府首脑由12名部长轮流兼任一年，把国家治理得经济发达、风景如画、风尚极佳，再看咱们所有的小县穷县，都有专职“配套”的“四大家”，工作却不出色，相形见绌，难道我们的体制不应改变吗？它所昭示的道理，是丰富而深刻的。

符号杂文的又一思想特征是：直击时弊。

经常将时弊、流弊、积弊绑缚一块，予以剖析抨击。其针砭的力度、深度，给人以非同一般的震撼启迪。譬如改革大潮中，一些依附于款爷、大腕、官们的堕落“学者专家”，他在《想起李玉亭》一文中，指出这是茅盾小说中傍着大亨妖言惑众、危害社会的李玉亭的徒子徒孙，痛斥他们有奶便是娘、人尽可夫的卑劣行径，召唤大众予以识别。再如，对民间某地人群嗜吃青蛙的落后现象，不仅指出其破坏自然生态的错误，更联想到人类社会如何对待弱者、朋友乃至功臣，如何维系健康健全的生态平衡等大问题。在重读曹禺剧本的扉页引文时，指出贫富不均、两极分化正是源于未能规范“有余”之道，未能保护“不足”的权益。让人立刻想到二十年来医药价格、学费暴涨，下岗工人和农民收入低到难以维持生计的情形，给社会病象切脉，一针扎准穴位。对现实中压制民主、权力寻租、卖官鬻爵、个人敛财、干部公费旅游、形式反腐、形象工程，乃至旅游者“占领维也纳皇宫厕所”，存在已久、流毒深广的跟风起哄、弄虚作假、落井下石、两极思维、为尊者讳等，都毫不留情地割开毒疮，挖其脓根。

符号的针砭还表现在伸张正义和捍卫公正，如《冷漠大师的掌声》一文，对某校花季少女自杀、教师冷漠喝彩的行为极端愤怒，强烈谴责突破社会道德底线者毫无荣辱廉耻之心，喝令接受现实与道德法庭的审判，并指出悲剧的发生同教育的弊端有关。还有《伞下的关爱》，由某地一面是让女童淋雨、一面给官员打伞而拍摄所谓“关爱学生”的新闻照片，联想到克拉玛依大会堂火灾中演出“领导先走”以致死伤数百名学生的历史悲剧与丑剧，一并予以指控。此外，他在为多部小说、诗论、画集、专著、丛书、录像所作的评论或序跋中，发表有更多切中时弊的精辟论述。

符号杂文贯串始终的又一思想特征是：审视自我。

数十年如一日严格自律，是他的行为准则。他直击时弊，是立在严于律己之基础上的。最初读他的文章，我感到，这是一位饱受传统文化熏陶的志士仁人，钦佩他的高洁品德。及至我了解到他的两段特殊经历，更加被震撼了：一是早年的坎坷遭遇，曾经身为贱民，享受过“敌我矛盾做人民内部矛盾处理”的待遇。这样的人士，在我的见闻中为数不少，且不说少数人视为“前车之覆”，从“历史教训”中转身投靠固守错误理论的霸权话语者，政治卖笑，道德屈膝，甚至充当帮凶帮闲向弱者鸣鞭，企图捞回“往昔的损失”；起码变得谨小慎微，明哲保身的是多数。即使专门从事创作或其他文字工作者，也少有像符号如此敢用杂文激浊扬清的。二是新的历史时期到来，他“殊荣”加身，任一座中等城市的副市长，笔锋却依然直刺官场腐败，不仅需要胆量，更需要自身廉洁，经得起检验。笔者也有这样的朋友：过去写过高质量杂文，一旦升任党政要职，便惧怕因文惹祸，从此金盆洗手搁笔不干。正因为有了这些例子的对比，我更感到符号著文的可贵。实际上，他也确实因此遇到麻烦，在有青年干部将其杂文段落引为座右铭的同时，也有长官主动对号入座，耿耿于怀。然而作者都毫不畏惧，依然我行我素，视若等闲。面对巧言佞色的政客、勾心斗角的高手，即使身处矛盾旋涡，也从不退缩，不因此变得油滑。

我常沉思，符号为何不像某些人“吸取教训”而随风使舵？从贱民跃为高官，按个人得失来看更应珍惜这反差极大、来之不易的权位。但他作了相反的选择，只能作一种解释：正气充溢胸中，不为私利而活。他赞美太史公蒙奇耻而造就更高层次的“重于泰山”，怀念巴金讲真话的深思高举，反思两个“半个沈从文”留给后世的启示，高度评价同时代的正直文人。即使在参观本地名人墓冢、游览国内外名胜、阅读他人著述、查阅图书资料时，都不忘检视自己的思想生活，写出自省的文字。他是一位饱经忧患和磨难的民族赤子，一位永葆青春的热血男儿，一位操守高洁的渊博学者，一位光明磊落的真正公仆。他身为教授、大学校长、城市高官，却时刻关注平民的生死冷暖甚至倾向于同情街边的乞丐、“小偷”。他使我想起雨果笔下的马兰德市长冉阿让，当然，他比那位市长更高更丰。他饱读经典政治理论，却决不死守教条而积极追求先进观念；他崇尚并践行屈原、司马迁、鲁迅精神，却有自己的革新；他自我解剖、审视灵魂，嘲笑自己“牙缺”、“发稀”，“哈哈镜中的丑陋形象”，也曾以《伊索寓言》中的“蝙蝠”、“四不像”自比，是将自己置身其中，而非隔岸观火、指手画脚的。他在《敢自嘲者真名士》一文中，由衷赞美国内外敢于自嘲的正直名人，正是他何以永葆赤子之心的最好答案。

二

符号杂文的艺术特征，我以为主要体现在主题的深度开掘、布局的纵横捭阖、风格的凝重内敛和表达的文采哲思。

历经三十多年笔耕，符号已形成一种条件反射式的敏锐感，批判精神贯穿于写作始终。即使是众口一词、素有定评的说法，他也会以审视的眼光“透视”“过滤”。道人之未道，发人所未发，如指陈“对传统观念实行最彻底决裂”的偏激与谬误；对“大专辩论赛”所谓“正方”“反方”的激辩未必就是辩手实际所持观点，由此联想到历次政治运动中那些见风使舵、了无操守者等。他新近发表的《“同床异梦”，何罪之有》，初读标题即令我一震。据我的记忆，无论史上对“同床异梦”的道德贬斥，还是近现代引入政治批判领域，人们一直持认同思维，从不怀疑的，而符号却发掘出这其实是个虚假命题。他仿佛在作地矿勘探，思想的钻机一下子打到了词义起源的深度，然后作生理科学实况的取样，再顺着积非成是、以讹传讹的轨迹爆破，对荒谬推理作层层掘进，直至挖出：所有的以它发难、相沿袭用问罪，乃是典型的霸道哲学与混账逻辑，给人顿获沉冤大白的快感。于是谬误千年的释义不再合理合法，所有对“同床异梦”的专横指责不实之词被通通推翻。然而，他并未停止采掘，还进一步引用阿尔巴尼亚当代作家伊斯梅尔·卡达莱的著名小说《梦幻宫殿》作结，将昔日遭遇跟奥斯曼帝国的情形作对照思考，让人不禁惊心动魄，开掘也由此到达极致。如果说，对一个命题的破天荒独特质疑，需要高度敏锐的思想眼力，那么能够作如此深度的开掘，对义理、考据的探索与判断，是对认识的拓展、跟进和创新，是以知识、经验、智慧、勇气为助力，以长期的积累、分析、综合、归纳、抽象为前提的，而这一切，都取决于作者的总观念和实践能力。他在《期待与前瞻》中写道："'德先生、赛先生'永远是杂文的老师；'独立之人格、自由之思想'永远是杂文的准绳；历史审视、人文批判，永远是杂文的天职；血性文章，永远是杂文的最高境界。"可见，符号对主题的深度开掘是自觉追求并卓有成效的。

符号在杂文布局上，古今一揽，中外皆收，天南地北一锅烩，政文哲史尽包容。庞杂的材料看似不着边际，实乃一线贯串，深具坚实的内在逻辑性。如《"合影"百科》，从毛泽东、蒋介石、斯大林、尼克松，到鲁迅、肖伯纳、梅兰芳、卓别林，从黄继光到马家爵，从遇难矿工到今日有人利用"合影资源"充当了通行证、保护伞、护身符、垫脚石，展现的正是大千世界的林林总总，简直就是一部小"百科全书"。《厕所"万花筒"》则由李斯的"厕中鼠"，说到《后汉书》中的人畜混居的史载；由清末京城的粪溷横流，到今日西单上厕排长队；由"千村薜荔人遗矢"，到右派含冤粪池自尽；由要人夫人的光顾，到西方记者的私访；由日本作家的小说，到今日电脑控制的便器；由华清池的五星级豪厕，到列宁欲以黄金造厕的预言，到今日香港"黄金厕所"的现身……有如幅幅历史的画图，促人遐思绵绵。

就章法而言，符号杂文风姿潇洒，众多议题事理，信手拈来，旁征博引，纵横捭阖。如《可以……可以……也可以》，用专家杜润生昔日关于包产的著名论断起兴，从多领域论证宽容为健全社会的突出特征，以"可以"为主、"不可以"为辅是民主法治文明社会的标尺。作者文思奔放，语言倜傥，从书法习练、照相取镜，到戏剧观摩、诗词赏析；从人类社会形态的多标准划分，证实世界本是多元的存在，到联想参观瑞士农场的感受，主张创新理论尺度的必要；接着忆起史上两极思维的盛行，旋即又折回，谈近三十年多元概念的涌现；刚赞美了"共同发展"、"皆大欢喜"，转身又批判"一言堂"、"清一色"的弊端，真是收放随心，游刃有余。又比如在《"揣着糊涂装明白"与"揣着明白装糊涂"》中，以转述两位名人装糊涂的故事入题，忽然跳到梅兰芳创演京剧《宇宙锋》中女主角装疯骂佞臣昏君，继而想到鲁迅笔下的狂人和《红岩》中的华子良；接着嘲讽某些企业老板打牌学王熙凤；猛然忆起自己大学以来读不同书籍对历史人物的认识变化，顿时给郑板桥"难得糊涂"的经典话语作辩证解读。临近结尾，闪回罗马尼亚政治家的教训，最后落实到辨析多种形式的"明白"与"糊涂"，给人以方法论的启示。他的许多佳作，像无数溪流经千山万壑自然汇成一个个晶莹的湖泊，乃是博闻和记忆按“意”与“情”的流动，在“理”之下集合，每一篇都是一个新的存在，新的结构，这使我想起“世事洞明皆学问，人情练达即文章”的名言。

符号七十多年的独特经历，诚如他所说灵魂在炼狱里烧烤过、油锅里煎滚过，于是浓浓的沧桑感、沉沉的厚重感、深深的年轮印痕锲入心灵，决定了他写作的癖好与走向。于是形成个人行文风格：深沉凝重，内敛浓缩。有的一句话，其实可拓展成一篇文章；一句话即一篇文章标题。平日不好张牙舞爪，剑拔弩张；不喜一览无余，浅薄轻飘。常是话中带话，绵里藏针，读者自可以本身经历作参照，获得共识共鸣。

符号对鲁迅的继承带有个人特征，蕴含发展要素。如他所言：“当语境受限，也未必不可以虚说，曲说，反说，戏说。水管里出来的是水，血管里出来的是血，那么是流，是喷，是滴，是渗，都不影响其实质。杂文的曲折表达成为常用手段，也成为隽永的根由，使人获得‘不虚此行’的审美愉悦。”当然，由此而来有的也难免具有某种弱点，个别篇章平稳有余，尖锐不足，没有放开，未能触及实质——恕我直言。

符号是有意识地将杂文置于文学范畴的，区别于新闻范畴里的时评。他好思海撷浪，在思辨上下功夫。他是坚定的“事实主义者”，认定永远是事实第一，道理第二；他认为自己是“悲观的乐观主义者，乐观的悲观主义者”；既然“不能以学问当人生，就决定以人生当学问”。他指出“政治家眼里的文学都是政治，文学家眼里的政治都是文学”；他将前人笔下的“山间笋”反其意而为之：“嘴尖，却不拍马吹牛；皮厚，却不涂脂抹油；腹中空，却不藏污纳垢。此等山间笋，谁不爱在心头！”翻出一片新意。

文采哲思，是符号杂文的强项。他力图让杂文散文化，美文化，随笔化。看这样的行文：“他们是地平线卷来的潮水，是密匝匝簇拥的蜂蚁，是天际的一抹色彩，背景上的一片模糊，他们总以远镜头全景式地展现于世……”（《北影门前的景观》）生动的具象化文笔，酷似小说散文的描绘。“历史的‘显影’常常要花上几十上百年，不过当我们将几十上百年当作‘压缩版’阅读，又是何等清晰确凿……然而一味的‘马后炮’，代价又未免过高，总不能老重复于‘当年经验终成教训’的轮回。”（《难能的离朱》）含多少深刻意蕴！请听对边腐边升、最后败露之官员的评论：“他们经常激昂慷慨煞有介事地挥舞着诸如‘学习’、‘讲用’、‘自查’、‘检查’、‘生活会’、‘测评’、‘整改’这些鸡毛掸子，在自己身上拂来拂去，在公众面前舞去舞来，除了障他人眼目、为自己打掩护之外，又能起什么作用呢？”不仅针针见血，入骨三分，更重要的是，将一些在政治舞台上得到过美化、被提升到经典高度的概念，“请”下神坛，指出在庄严表演中饱含的对自身的苦涩否定。文采是花，哲思是根茎，文采体现为华美语言，但不仅仅是语言，实乃思想情操与艺术功力的总和。毫不夸张地说，我读他的文章，常有聆听哲人和大师的喜悦与凝重之情。

总之，符号杂文坚持血性文章的精魂，坚持道义、正气和社会良知，巧妙运用了符合时代精神与国情的富有远见的表达方式。他的丰富而坎坷的经历，博学、社会实践加勤奋思考，构成了他以杂文写作为主要方式服务社会、为真理而奋斗的生命形式。他随地取材，有感即发；直陈事理，点评实质，伟词如泉，气吞山河；他寓庄于谐，幽默风趣，微言大义，曲笔解疑；他注重深耕细耘，培育新的理念，不断驱开掩盖真理的迷雾，将政论、文学置于一炉，将论点、论据，哲理、情思，甚至生活细节、现实与历史画面，用观点贯穿起来，于论证之中融为一体。于是，血性文章掷地有声，表达技巧是如此的睿智！

2010 年 11 月 1 日于鹏城

思想者的火星

刘抗美

我很幸运，第一次与符号见面，就收到他的《敢自嘲者真名士》这部洋洋近三十万字的厚实赠书。只是事务缠身，没及时读。最近沉下心来，竟是一篇接一篇读下去，欲罢不能，甚至在灶台边炒着黄豆，也要让手中的锅铲暂时歇歇，去书房拿来书，边读书边炒豆子。如此忘我读书，今生还是第一次，同时心中隐隐生出惭愧，真是怠慢了这部好书！

掩卷而思，书中是什么力量让人忘我？让人惭愧？

《敢自嘲者真名士》是符号的第八部杂文集。这部文集里，占相当篇幅以博大的仁爱之心、水乳交融的良知关注底层人民，真实体现出的底层关怀深深地打动人心。

文集中《关注"6199"》部队，其标题和立意精彩之绝，过目不忘。过儿童节的孩子和过九九重阳节的老人隔代组合，把"未来"交给"过去"，忧虑这大量的留守儿童，成为城市化进程中巨大代价的付出者，担心这种状况的延续反作用于未来社会；《劳动节的主题》，则坚持"劳动节"是劳动者维权的节日，可是农民工能过上属于自己的节日吗？恰巧我今年"五一"在北京西站买返程票时，为观察、采访两个蜘蛛人的生活，追寻他们至立交桥底的地下室，亲眼目睹以"编织袋为身份证"的农民工其艰辛生活，几十个人挤在四面透风的隔离板休息间，每人每天的伙食费仅仅六块钱。即使有休假日，他们也不会放弃哪怕几块钱的加班费。还有《北影门前的景观》思索草根子民的宿命；《起盗心的追寻》究其犯罪根源；《理解多少岁》拷问理解何以走向衰老，这类具有普遍社会意义的文章在符号笔下淋漓尽致。

另一类，《无物之阵》、《庄老夫子，你不该……》更是个性突出，让人刻骨铭心。前者以佘祥林为例，他因妻子复活，杀妻之冤真相大白。符号由他在狱中遭受种种酷刑后的活法儿借用鲁迅的话写来，"你分明感到四面有物，影影绰绰，声音哑耳，一式点头，可是最终你什么也没见着，没碰着，你面对的阵地，阵势空空如也，你的呐喊消失在空气中……”这是怎样的无奈与无助？尽管我们的国家法制相对健全，佘祥林这样深重的蒙冤只是个案，但在实际生活中，由于权力意志主导，非信任性商业性交往，普遍存在的潜规则等诸多弊端，已经对人们的社会生活和个体生存造成了很大伤害。农民打工者被克扣工资，大学生求职无门，原告无钱贿赂官司告输……人们遭受不同程度的不幸，从佘的身上不同程度地看见自己的伤口。

后者则是挑战庄老夫子，不仅不对井底之蛙抛洒同情之泪，还对它们抱于嘲笑，替庄老感到遗憾。文章中说：“假若吃水人为了自身利益，加上井盖，或者井上建亭，那么它的居住环境就更糟了，简直就是一个黑洞洞的箱子，它的视线就只能退化到暗河中的盲鱼了。”如果说前者恰到好处引用了鲁迅的语言，那么这里展开的形象思维，可以说是与“无物之阵”在两个不同时代的比翼双飞；继续读下去，“即便它放声大喊大哭，祈祷苍天，有谁听得见那井底的呼唤，井水水温太低，青蛙没法不噤声处于失语状态……”我眼前呈现一个花白头发的七旬老人，在井边蹲下身，把微微颤抖的手伸向冰凉的井底，去感受草民百姓的冷暖。血脉相连的语言啊！相信凡是有过底层生活体验的人，读着这篇文章都会动心、动情、动容，于泪湿书页间抬起头，默默敬仰符号为文为人的品德，没有一颗真诚善良的心，没有无私坦荡的襟怀，没有对底层之痛的切齿之情，没有深刻的思考和忧患意识，是写不出如此震撼人心的作品来的。值得我们思索的是：古往今来，大凡名垂千秋的作品，其作家立场固然与国家、民族、老百姓根本利益紧紧相连，但也是他们自身不幸的产物，屈原因遭诬陷被逐而写出《天问》、《离骚》；司马迁受宫刑而发愤著书《史记》；杜甫穷困潦倒而吟《茅屋为秋风所破歌》。符号呢？虽然未及弱冠在大学被派了右，但历史已经遥远。他执教二十六年后从政，从主管文教卫的副市长位子上退休，现在该是颐养天年的时候。事实上他的生活很安逸、很充实，旅游美食，读书上网，何以以牙缺数颗，发稀多多之体久坐案头，以至末梢疼痛；何以站在草民中间，与他们同呼吸共命运，以至不时血涌肠热，写出是流、是喷、是滴、是渗的血性文章来？这于他的身体来说，付出的代价是巨大的！若不是他把庄老读得好，他将怎样肩负草根子民的沉重感。

印度籍诺贝尔经济学奖获得者阿玛蒂亚·森也曾引用“井底之蛙”的故事，他是说柏林墙的倒塌打开了井底之蛙的视野，我们可以相互学习到很多东西。弗里德曼在《世界是平的》著作中全方位的分析，由于柏林墙的倒塌，地球上的各个知识中心统一到了一个单一的全球网络中，世界开始了由圆至平的迅速变化。中国也不必扒在柏林墙头窥视人家了，大大方方走出国门，官方名目繁杂的考察、商务、经贸洽谈，民间的旅游……这里想起符号在旅游途中拾掇的另两篇文章《野牧》、《约瑟夫的阶级成分》，后篇被《读者》、高中阅读教材和各种版本的杂文年选转载。真实地说，读这两篇文章时，我充满梦幻感，幸福感，想必符号写此文时是轻松而陶醉的。那是怎样的理想王国？在瑞士的一片土地上，九十五公顷的苹果园里，经营管理者仅仅只有约瑟夫和他母亲两个人。《野牧》则把我带进地球的南半端，“天苍苍，野茫茫，风吹草低见牛羊”的现代化的牧歌意境——人与羊，人与自然，自由自在，和谐完美。又想起每年春节前的水果摊上，最新鲜最大的苹果上都写着“吉祥”、“如意”之类的红字，假如约瑟夫把他的苹果上也写字——地主、资本家、工人、农民、商人、科技工作者，哪怕他以最昂贵的价格卖出，人们也要一抢而空，谁不对身披数类光环的“农民”唾涎欲滴？

不能否认，中国在世界趋于平坦中发生着巨大变化，无论是欧洲还是美洲，人们都能通过中国产品感到中国的力量。但在社会总体进步的同时，日益加剧的矛盾使人忧心，使人惋惜，中国的经济模式早已经跳出了井底之蛙的范畴，大量涌入城市的中国农民仍然处于社会最底层的井底之蛙的境地；“中国制造”在全球漫天飞舞，中国水货却遭到世界强烈指责；拉斯维加斯的老虎机，一个晚上吞进一个中国官员的几十甚至几百万美元，而近三千万的城市贫民，却在生活成本不断上涨的焦虑中熬日子；少数权贵、腐败分子一掷千金，于性欲游戏中乐此不疲，数以亿万计的农民打工者，却无法摆脱牛郎织女般的痛楚宿命！符号以敏锐的眼光捕捉现实生活中的焦点，将沉重的思虑诉诸笔端，相形之下，屈原的“哀民生之多艰”因为是过去时，倒显得乏味了。我们的思想一旦从文章中得到启发，受到影响，被激活，思考源源不断——柏林墙的倒塌、苹果的诱惑、城市贫民、阶层分化、寻找边界、协调的社会机制……

符号在《思考者的远去》一文中说，“然而我辈仍未解脱，我辈当继续思考：如何坚守良知，固守家园”，“合于时宜”而又“合于‘史’宜”。认真读过《敢自嘲者真名士》，回头再品味这段语言，可以这样认为，我们不仅仅是把这部著作当作好书来读，更重要的是在接受一个思想者的拷问、思考、探索，这个思想者不代表历史上的昨天，而代表现实中的今天，向往中的明天；他不是鲁迅，而是一个普通公民，他时刻在我们身边，亲切地、认真地倾听我们生活中的酸甜苦辣，用火热的激情来表达民众的声音及意愿。我们才自行觉悟地随着思想者的魔力指挥棒去拷问、去思考、去探索。我们并不了解，符号肩负副市长重任期间有何等政绩，但我们确切地知道，符号的八部杂文集中，其中四部是退休以后的作品，作品内容有官场现形记、国民劣根性、人文历史，包罗万象，在这第八部文集中，重心转移，比较集中、系统地体现底层关怀的思想，从共性到个性，从普遍到特殊地关注民生、民权、民意，这本身就是极为特殊的个性姿态，这种个性姿态说明什么？符号在超越狭隘的“自我”，超越他这个阶层的基础之上，正在身体力行地实践，实践现代公民意识，我想在中国，这是难能可贵的！这里我们就不难理解，现实生活的血脉贯穿在《敢自嘲者真名士》的每一篇文章中，也不难理解，符号杂文在文化圈内形成一个特殊的符号，在民众中引起强烈、广泛共鸣现象的原因了。

最后要说的是，我有微微的叹息和遗憾，是从文章中发出的，不少篇文章后都留出一条小尾巴，或提议，或设想，或寄托，或渴盼，尾巴上牢牢地拴着符号的理想色彩。可是让我读着总觉得有点儿空洞、苍白、无奈，当然这是杂文艺术之外的想法。

2008 年 6 月 25 日

岁月如盘　盘结我的眷恋、敬畏、向往……

不只为了纪念

在清明这样的日子，我们纪念鄢国培诞辰七十周年，盈溢着浓浓的亲情。老鄢离开我们已经八年多，然而我仍感觉到他带着烟味的呼吸，听到他浓醇的川音，看见他天真坦荡有时又带些狡黠的微笑。他送给我的《长江三部曲》和《冉大爷历险记》（他曾对我说，想作为《乌江三部曲》的第一部），仍在书柜里向我述说……

我与老鄢的交往始于20世纪80年代初，彼此没有客套，没有遮拦。他喜欢串门，串门是他交友知情、观察生活、了解社会的重要方式。1984年，我到宜昌市委宣传部工作，他也来宣传部挂职，于是接触更多，海天神聊，甚是和谐。我们同游原始森林大老岭，面对横七竖八自生自灭的原生态景观、几公尺厚松软的腐植层，我发现他有一种投入大自然怀抱的天性愉悦。他拨开草丛告诉我：这是野生天麻，这是宫廷用的淫羊藿……听他讲江上见闻，讲他读重庆政协数十册文史资料，真是如数家珍。十多年几十次的交谈，你不能不为他对底层生存状态的谙熟，对三教九流的探究，对官场形形色色的观摄，对人性弱点洞若观火的捕捉，对钓鱼佳境绝妙的体味而惊喜、而叹服。我去汉开会，也多次到东湖他的“巴山客寓所”看望他，每次都有说不完的话。

“文革”之后，鄢国培在文坛异军突起，一鸣惊人，这可以称之为一种奇特的“鄢国培现象”。

早在1957年，其实他就出过短篇小说集，而在反右后的二十多年里，他却自我封杀，“藏”而不露，以至周围的人竟不知老鄢会写小说。“文革”中他更是将自己“雪藏”深深。当中国的文化惨遭“革命”、武化“革命”正酣之时，他则采取了逃避、逍遥、超然的态度，与他的伙伴们悠哉闲哉地于停泊江心的趸船上彻夜讲古吹牛摆龙门阵，“隔岸观火”，悠游“混”日。然而他是有心人，他神奇地将一场可怕的民族浩劫化作个人千载难逢的积累素材的大好时机。他简直就如苏东坡《沁园春》词中所写的那样：“用舍由时，行藏在我。”一旦“时机”成熟，他即脱颖而出，给世上一个惊喜。触及多少人“灵魂”的“大革命”，他竟不受干扰，他的眼光、视角、思维方式，作品的结构、词汇、手法，在当时是“全新”其实又是“全旧”的，跟当时的帮腔帮调大相径庭，成一大“另类”。他压根儿好像没有经历过“文化大革命”，他仿佛从另一个星球而来。停泊江心的驳子是他的“鲁滨孙荒岛”，是他“不知有汉，无论魏晋”的桃花源。然而他的作品同李劼人的《死水微澜》、茅盾的《子夜》，又是那样靠近，一脉相承。你不能不承认，老鄢是自觉兼自发抵制“文革”的清醒者，也是为数不多的“文革”中没有虚度岁月的成功者。他的独立洞见，不趋时赶浪、随风摆柳的坚守，独辟蹊径的创意，他的感性理性交融的文学主张与实践，正是他的作品卓立不群独树一帜最本质的原因。

洋洋二百多万字的《长江三部曲》，以巨大的规模、恢宏的气势，多角度多侧面地展现抗日时期大后方的社会场景。运笔大开大合，情节起伏跌宕，人物形形色色，场面斑斓驳杂。涪顺轮上高公馆内；川东首府石牛小镇；政坛风云经济争斗；各式骗局种种黑幕；自然异景民风土俗；码头河市轿夫滑竿；歪屁股木船惊险“递漂”；名菜小吃方言俚语；爱情生活家庭纠葛……从资本家土财主破落地主，到大小军阀袍哥头子烟馆老板，到交际花妓女地方暗探日本间谍英国大亨牧师，到海员小贩无业游民贫苦农民，到以记者闯江湖身份作掩护的地下工作者……几乎囊括了旧四川社会各色人物，给我们展示了20世纪30年代半封建半殖民地中国的社会长卷，真正是“半壁神州入画图”。

尽管至今我对他以真实人物卢祖孚为原型的民成公司总经理陆祖福形象的塑造，仍不满足满意，对他对这位在中国“敦刻尔克大撤退”中的功臣的评价，仍嫌过于吝啬与局限，然而他毕竟为我们刻画了一位抱负不凡、目光远大、坚定执着、深沉持重、求才欲渴、生活节俭、精通业务、讲求实效、摈弃物欲俗念、一心直扑事业、简直不愧为帅才为领袖式人物的文学形象。在“文革”刚刚结束、“左”毒远未肃清的当时，实属不易，就是在中国现当代文学史上，也尚属首创。

鄢国培笔下即使是些“跑龙套”的闲杂人物，如冯烂王、山大王、白吃大王、巫山佐官、卖炒米糖开水的、兜售香烟葵花子的、表演头钻夜壶的、奉节码头的伤兵……一个个寥寥数笔却活灵活现。还有各种细节场景描写，如涪陵码头各色各样的脸盆；“蒋委员长对不起四万万同胞”的对联；后方小镇抗战胜利时鞭炮抢购一空而地上铺满钞票的场面；皮船长偷看女人洗澡……都那么真切传神，既构成色彩鲜明的风习画，也点染出时代的气氛。

鄢国培对三峡的痴情，对三峡枝枝叶叶根根底底的熟稔与把握，对三峡人物、风情的独到观察与摄取，是他忠于生活，沉于生活的必然。他不是“主题先行论”者，他的创作并不合某些理论家预先设定的框框。《漩流》问世后，记者采访他，问该书的主题思想是什么，他想了半天才挤出一句："只有社会主义才能救中国。"老鄢作品中的许多"思想"，其实是理论家日后按有关套式帮他"抽象"整理出来的，正如今天的中学语文课，许多"主题思想"、"深刻含义"，是语文老师与他们的《教参》人为制造出来的一样。老鄢是地道的"生活先行论"、"真实先行论"、"形象先行论"者，这也许正是他的创作经验中最可宝贵的精髓。

"几十年来有一个古怪的流行语叫'体验生活'，那是特指专门下到某地去'体验'、去'深入'一下'生活'。早年还正儿八经地去同吃同住些日子，后来则蜕化到'浅入'都谈不上的蜻蜓点水。至于今日几十几百号人物浩浩荡荡兴师动众招摇过市的'采风团'，那是连'体验'也挨不上边儿的。其实，难道我们毕生不都在体验么？唯有切身的刻骨铭心的体验，方才能写出些带血性的文章……"这是我在杂文集《左口袋　右口袋》后记中的一段话。老鄢显然与那种张扬、浮皮、毛糙的所谓"体验"、"深入"、"采风"之类毫不搭界。他是连带着几十年的生命、遭际、情感的"沉入"、"融入"，是和着灵与肉，爱与憎，思与情，苦与甘的忘情的"投入"。他的创作轨迹，对于我们无疑是一种昭示，一种正告，一种垂范。弄文学这行当从来都不是那么轻飘飘舒服服的，不义无反顾，倾其所有，没有不计后果、"煮自己肉"的决心，谈何建树？所谓"玩文学"，卓有所成者即使表面上是在"玩"，骨子里却仍然是呕心沥血、殚精竭虑、损精耗髓的。老鄢写《长江三部曲》，每天以几千字的大写作量日夜兼程，不只是他的才华的勃发，生活与文字功底的喷吐，更是他抢时间的奋不顾身，连冠心病袭来也是在所不惜。这种"玩"文学，是地地道道的"玩命"。

我想起了一位诺贝尔文学奖获得者的话：文学"贵在发现和揭示鲜为人知或知之不多，或以为知道而其实不甚了了的这人世的真相。真实恐怕是文学颠扑不破的最基本的品格"。老鄢的创作，是实践并证明了这一"颠扑不破"的品格的。

曾经还有一种时髦的提法，即划分"工人作家"、"农民作家"等，其实那是"工人阶级占领上层建筑"时代的产物。老鄢也就理所当然地被划入了这一行列。其实作家就是作家，为什么还要去突出其"阶级成分"、强调其"个人出身"呢？这样划分究竟是对其"阶级觉悟"、"阶级立场"的褒扬，还是后来指称其"学识底气不足"的一种贬低呢？难道因为某个时期从事过某职业或者反映过某题材就要人为的划分"阶级成分"，其提法的科学性与实际社会效果，是完全值得质疑与否定的。

老鄢英年辞世，令人痛惜。车祸发生，我出差外地，没有来得及同他的遗容告别，是永远的遗恨。他是被他的崇拜者无意中伤害的，这也许带有某种象征意义：对待被崇拜者也需要理性的对待。悼念他的文字中有一篇叫《老鄢，你不该"前排就坐"》，也是一个有象征意义的标题。老鄢遇车祸是因为在"前排就坐"，"前排就坐”给老鄢带来了荣誉，也带来了无可弥补的损失。担任省作协主席“前排就坐”后，每次回宜聚谈，他已很少谈论创作上的事儿了，多是房子、车子、电话费、评职称、评奖、人际关系、向上面要钱之类的扯皮事。我笑他：“如今你说话，怎么跟我一样啊！”他听了直笑，带几分无奈，也含几分苦涩。但他依然孜孜不倦不厌其烦地去办。他费尽九牛二虎之力，为在大老岭建立湖北省“作家之家”四处奔走化缘，邀我一道去看地方，而且非常自信，以为凭他的面子、人缘与能力，是可以一举而成的。然而最后他是碰得头破血流的，这大概是一生的一个遗憾……然而他的献身精神，却至今让人称道与敬重。

今天我们聚会，不只是为了纪念，更为了珍视，为了弘扬。一方水土养一方人，一方人滋润一方水土。一个城市需要自己的文化标杆与偶像。宜昌这块土地，诞生过屈原、王昭君、杨守敬，出过董和、董允、陆逊，现当代又出现了张子高、冯汉骥、鄢国培……宜昌人应当引以为荣。

老鄢如果今日健在，也不过才入“从心所欲不逾矩”的年龄，正是创作勃发期。天不容人，后行者当努力追索，不断奉献。

2004年4月8日

追思陈泽群先生

当鄢烈山将陈泽群先生逝世的消息告诉我时，我的心猛一紧，半天缓不过气来。春节前我还打过泽群先生的小灵通，说病情已有所好转，准备出院回家过春节。而此刻，距他的遗体告别已经过去了好几天！我赶紧和他老伴刘老师联系，我注意到她哽咽叙述中的一个细节：当泽群先生得知汶川地震中心就在他小时候就读的空军幼年学校所在地都江堰时，就全天坐在电视机前边看边流泪，当晚就脑溢血一病不起……同他坎坷的一生一样，他的死，也跟中国大地的苦难连在了一起！我为失去一位良师益友知音而黯然神伤。

是20世纪八九十年代的《长江日报》、《湖北日报》，让我对陈泽群的杂文“一见钟情”。当时宜昌有不少人自费订阅《长江日报》，就因为喜欢陈泽群、鄢烈山、汪义群的文章；人们知道江汉大学，也因为有陈泽群、杨江柱这样的教授。由严秀、牧惠主编的薄薄窄窄不过六七万字的《当代杂文选粹·陈泽群卷》，那可是篇篇精彩！深沉老辣，内敛凝练，庄谐并重，鲁迅味十足。所透溢出的人格、目力、学养、才华，让我为之心仪。终于有一天我约文友杨子（杨学武），去武汉叩响了江汉大学筒子楼陈先生的“359旅”（陈先生对自己门牌号的戏称）。

一位质朴大方学生模样的女孩接待了我们，说陈老师办事很快就会回来的。原先只听说他的住处是不上锁的“君子国”，学生可以“自由出入”，看来此言不虚。斗室内陈设简单，墙上却有曾卓的赠诗、吴丈蜀的书法，好像还有周翼南的画，玻璃板下则是他自己的文字——一笔遒劲潇洒典雅的字令人过目不忘。从事过二十二年强体力劳动、抬过多年一千多摄氏度铁水的手，仍有此等功力，真是匪夷所思！

不久先生气喘吁吁地回来了，一个个头不高的和蔼的老头。发亮的短发，方正的脸，目光灼灼有神，让人推想到当年少年飞行学员的帅气。开口是带浓厚广西尾音的普通话，富有节奏感，充满磁性——连绵的政治运动竟没有“改造”掉这种儒雅之气，又令我感慨不已！

“亲近客套少，知己笑谈多。”我与他虽然年龄相差11岁，经历却诸多相似：都曾被阳谋派右，都有多年从教的经历，都钟情于杂文。同声相应，同气相求，同病相怜，大家有说不完的话题。不觉中午已到，本想请陈先生到外面用餐，但他执意挽留，去学校食堂打来饭菜就在他的斗室内吃了起来，这显然是最亲近朋友间的一种“不见外”的礼遇，让我们引以为荣。边吃边谈，从各自的经历到兴趣爱好，从鲁迅到聂绀弩；从铁骨铮铮的“三家村”，到频频责问“不相信亩产10万斤的人是何居心”，专门歌颂反右、大跃进、大办钢铁的“龚同文”；从他的学生历次政治运动中的悲欢离合，到“文革”中长沙新火车站“朝天椒”火炬的设计；从他每晚听完新闻联播上床睡觉清早起来写作的习惯，到我从政之余夜深人静的练笔……却都有意回避了他的家庭生活，为的是不触痛他至今淌血的伤口。他孤老晚境的凄凉狼狈，同他文章的阳光大爱显出强烈的反差。

第二年我又同苏天生、张烽兄看望过一次。我带上新出版的《静观肃思录》请他指教。他说1990年的“三峡风”全国杂文笔会和1992年在《长江日报》召开的符号、高峡、杨子《杂文三人集》作品研讨会，他都有事未能参加，甚为遗憾，这回要好好拜读。不久他的《可贵的政文兼栖现象》即见于《杂文界》(《杂文月刊》的前身)。他指出：在符号开始执笔的年代，有两家杂文写作的路数可供师范，亦即一南一北的“龚同文杂文”和“三家村杂文”，但符号宁可迢迢地去沐受燕赵的“远水”，而不愿觅承荆楚就地可热的“近火”，这条路让他选对了。他还指出：“一篇杂文对读者的感召力，首先是作者人格的亲和力，因为任何一篇杂文都是作者的或显或隐的人格宣言……能干的杂文作者也善于用民心去写出民意，用史心去写出史潮。”他希望我“继续保持对生活‘入而不迷’的清醒感，对现实‘超而不脱’的瞻瞩癖”。他的指点，成为我日后为人为文的推动力，日后我的博客的篇头语“写民意，观史潮”，即出自陈氏的笔下。

又过了几年，一个夏天的傍晚，电话里又响起那带广西尾音的普通话熟悉的声音，说已到宜昌。学校组织他们离休干部明天看大坝，后天去三峡。我赶紧同老伴看望，也第一次见到了他老来的“新娘”——一位质朴坦荡贤慧可亲的大姐刘威莉老师，为他蹀躞大半生终于有了宁静温馨的港湾而欣慰庆幸。第二天晚上，宜昌杂文界、新闻界的朋友都前来为他接风洗尘。文友同好，海阔天空，纵情放谈，真乃人生一大快事！

他给我带来了《聂绀弩旧体诗全编》，一本由侯井天先生历时九年收集注解并自费出版洋洋六十五万言的诗本。仅仅因为上次谈话中无意我谈到了对聂公杂文、诗歌的仰崇，以为是鲁迅之后最杰出的大家。聂诗旨同庄骚排闼出入的旷世情怀、以杂文为诗而无不中律的造诣，是我心目中的极品。可惜寻觅多年竟没有买到。没想到他竟做了有心人，将自己珍藏的一本赠予我。他是嗜书如命的人，为纪念被红卫兵抄走的三百多卷书籍，干脆将书房命名为“此地无书三百卷斋”。从先生手中接过这盖有先生多个印章的诗本，又一次体味着在他斗室内吃从食堂打来饭菜的亲切，感受着寒风中穿上亲友带体温的棉衣的亲情。几年后我在同几位文友联袂出版“野马丛书”撰写的前言中用《信口雌黄易，锥心坦白难》作标题，即借用了陈公赠我的聂诗的句子……

此后我收到过他的三本大著，“肃请”、“教我”、“于墀下”，题签都别具一格；我每有拙著出版，首先也要寄去请他指教。他成立新家后，桂林、武汉轮流居住，我退休后则北京、宜昌作候鸟式的往返，从此就没有机会再见面了。但每年春节、重阳，电话问候是少不了的。后来他多次住院，说特别嗜睡，东西写得少了，声音短促有喘息性的停顿。大好年华虚掷的无法弥补与壮志未酬的无奈，充溢于话语间。读他后期的文章和《自挽》联，常可以触到这种伤感！

然而老人依然是挺立的大树，是顽强生命的典范、愈挫愈锐的楷模。他的《自挽》联与启功的《墓志铭》，有异曲同工之妙。不同的是前者自嘲里透出沉郁，后者则沉郁盖过了自嘲。但如果用它来概括泽群先生的一生，则未免有失全面。他生命的价值，他的杂文的造诣与影响，他在广大读者中的地位，都是不可忽视的。20世纪 90 年代我在北京方庄看望严秀，牧惠来宜昌参加“三峡风”全国杂文笔会，都不约而同地说道：“湖北有个陈泽群！”湖北杂文卓然一帜，长盛不衰，陈公有形无形的影响是不可忽视的。鄢烈山、刘洪波、朱健国、黄波以及苏天生、张宿宗、汪义群、赵振宇、余英杰、周声华、叶昌金、张勇、杨学武、高峡，推动杂文事业发展的黄克智、陈修成、戴新民……可以开出一长列的名单，陈泽群是当之无愧的排头兵！

难于排解的悲恸中，我吟成挽联一副，算是迟到的悼念，也算是对他《自挽》联的“补充”，我将它发给了刘洪波：

因杂文累因杂文欣　一枝冷峭温情笔　泽被后继

为社稷呼为社稷鼓　七百铿锵精粹文　群仰丰碑

陈公永在！

2008 年 11 月 29 日

林公永仁

他平静地告别了这个世界："悄悄的走了，正如悄悄的来。"我未能参加他的告别仪式！

孔子曰"仁者不忧"，孟子曰"仁者无敌"，庄子曰"爱人利物之谓仁"，林公是永仁，名字与其人品、学养、实绩，正相契合！

"永仁"，是一种做人的法则，处世的哲学，是一种人生观、价值观。"仁者爱人"，与"慈航普渡"、"博爱平等"相通；与跟天、跟地、跟人斗斗不休，天天、月月、年年斗，"其乐无穷！"南辕而北其辙。

忆及同林公的密切交往，当始于《宜昌日报》开辟"周末漫笔"专栏之后。那是一个前后历时七年多"空前"很难说、不是"绝后"的笔会——一个由尚聘、胡旭发起，由林公、高峡、金道行、杨子、陈金成、符号等轮流供稿的文化盛餐。以文会友，切磋推敲，过从甚密，视为可以推心置腹、尽兴倾谈的同道同方。他为我的拙书《思海撷浪》写过大评，我遵命为他的大著《昭君和亲源流考》作过小序；还就董老昭君诗"舞文弄墨总徒劳"诗句的立意提出过异议……即使之后各自往返于北京、武汉、宜昌，见面甚少，也会在电话里，海聊神侃、开怀大笑。

他数十年如一日主操新闻本业，有着老报人的那种条件反射似的"保持一致""注重导向"的职业特性，业绩卓著，广获好评。但也间或向我说起大半生当"喉舌"、作嫁衣中的种种辛楚，少了自己个性化的东西。于是退休之后他即进入一个崭新的黄金时期，在众多领域有着骄人的突破：杂文见锋芒，诗词显才气，时评切中要害，记游灵动多姿……更重要的是生命中喷射出的一种孜孜不倦、求索不已、正直不阿、泥而不滓的精神与品质。

八十年间"以史为鉴"，洞烛幽明，人情练达，他是许多历史全过程的亲历者与见证人。他的杂文《家教》篇，选入《杂文选刊》，收入公开出版的选集；他的《讲真话也是政绩》、《非常可乐物语》、《由打假想到信仰的饥渴》……都有着自己独到的见解。后来他也跟我流露出如《绿草集》后记中提到的苦衷：人一年老一年，与世情一年疏远一年；加之在家门口发文章，不得不考虑事前导向和事后效果，“像一杯杯温开水，入不得主流杂文门墙。如同一个老人气喘吁吁地在时尚和潮流后面追赶，赶到门外，被保安一下挡住不准入内……”然而他依然兴致勃勃孜孜不倦收获颇丰。他将主要精力转向对巴楚文化、昭君文化、容美土司史料的整理研究，选择适合于他的表达方式，为普及性提高、提高型普及做了不少的工作。

林公词典里的“安度晚年”，是“吐丝”、“吐思”式的文化的“度”，是高层次特有的“安”，是臻于至境“随心所欲”的“乐”。

林公是名副其实的记者，编者，论者，歌者；是实至名归的仁者，智者，长者，达者。

他瘦削的身子，终于扛不过重病的折磨，他依然于“上气不接下气”中笔耕……元旦前，我去医院重症抢救室看他，气管已被切开不能说话，但神经系统仍然是健康敏锐的。他在我的手心上写“不行了”几个字，令我心痛。我只能无能为力言不及义地宽慰他，那是我们的最后一面……

未能为林公送行，且以挽联一副聊寄文友的哀思：

应时鼓潮　向善求真　孜孜一生垂风范　永者恒立

察今溯古　播情洒爱　落落八秩竖楷模　仁人长生

林公永在！

符号敬挽

2011 年 2 月 6 日

三峡文化研究的丰碑

在北京收到不朽先生邮来的学术新著《三峡探奥》，欣喜感佩之情沛然而生。早在七年前，在《中国三峡建设》上读到他的探奥大作，不能不惊叹倾服。那探索领域的浩阔，攀越高峰的雄心，汪洋恣睢的论述气势，古今资料的广征博引以及理性诗意交相辉映的表达方式，都令我耳目为之一新。电话里他说打算写个几十篇，作为离休后的重点著述，我预感并期待着一部非同凡响的大著的问世。如今七年过去，四百五十页四十五万言、装帧沉稳大气的新著摆在我的面前，好一座三峡文化研究的丰碑！

几天来，我囫囵吞枣式地将全书通读，沉浸于不虚此行的愉悦兴奋之中。那探奥选题的宏大，探奥资料的厚富，探奥视角的新特，探奥表述的精美，探奥成果的丰硕，探奥精神的难能，都是我很少见到的。

作为落户三峡四十六载非三峡土著的"悠悠远客"、不朽先生不断地叩问三峡大峡谷峭壁的历史回音壁，探究悬岩中藏匿的种种文化奥秘。举凡长江起源、三峡形成、人类进化、三峡禹迹、三峡母权制社会、三峡神话演变、先民神灵信仰、自然崇拜、图腾文化、先民聚居、氏族部落、神龙遗踪、草木世界、柑橘文化、中草药文化、稻作文化、地名文化、奇石文化、三峡禽鸟走兽、龙蛇龟鳖、野人之谜、悬棺悬案、奇俗奇观、乐歌渊源、文化交融……几乎涵盖了三峡古代神秘文化、自然奥秘的各个领域，是对三峡奥区的大探索，三峡富矿的大开掘，三峡精粹的大汇集。

《三峡探奥》汇众家之说，集文献之言，创一家之见，将我们带入一个已知、未知、半知、似知的三峡世界。书中资料的援用，广涉考古学、文化人类学、地理学、地理文化学、民族文化学、民俗文化学、动物学、植物学、宗教社会学、地质学、古生物学等诸多领域；征引了多种史籍、辞书、考古发现、神话传说研究、方志、传记、诗词、记游以及宗教、地理、政治、地质等上百部文献、数百位学者专家上千篇论文。"寻坠绪之茫茫，独旁搜而远绍"，这种大海捞"珍"的工程，其阅读量、案头工作量，何其浩大！做卡片，摘资料，梳理剔抉，提要钩玄，条分缕析，去粗取精，去伪存真，博观约取，厚积薄发，即便年富力强者，若无超常的勇气、精力、视野与襟怀，也是无法企及的，又何况一位年逾七旬的长者呢！

刘氏将三峡文化置于整个长江、中国、世界乃至宇宙的坐标予以考研；由表及里、由古及今地进行多学科、多角度、多层面的文化审视。从宏观的三峡到微观的三峡，核磁共振般地将各种物质的、非物质的奥秘进行切片，逐一扫描，是名副其实的“集广大，致精微”。

他依据大量史料推想最先称长江为“江”的可能是楚人；他从古籍有关禹的传说载述，探究其与三峡的渊源关系；他用史料证明南方长江流域特别是三峡地区，乃中国古代神话的摇篮；他依据三峡及周边地区发现的古化石，探寻三峡人类起源的足迹；从相关史料以及丹山、丹水、丹穴、丹阳，盐水、盐池、盐池河等有特征的地名，考证出盐与丹砂是三峡地区先民生存发展的两大支柱；他从古籍有关白色动物的记载，从遗传基因和自然生态环境以及观念形态，破译其地域的传承与文化意蕴……类似的成果可谓层现累出，比比皆是。

而在表达上，文采飞扬与缜密的逻辑论证的完美结合，知识传递与身心愉悦的双重享受，可读性与可信度的相得益彰，让人读来大有所获而饶有兴味。书中征引甚多，作者却并不死掉书袋，而是得心应手，收合自如，深入浅出，浅入深出，款款道来，娓娓动听。书名“探奥”，文字并不深奥，不愧为学者型诗人，诗人气质的学者。

《三峡探奥》对三峡、三峡文化、三峡文化人的贡献与影响，已经显现，将随着时间的推移而日渐彰显。笔者在主编《宜昌诗词咀华》、《宜昌文林揽粹》两书时，就采用了不朽先生亲自上门送来的珍藏资料，听取了他的不少精辟见解。书中《诗经江有汜》、《乌鬼》等篇目的入选，就是采纳了不朽先生的建议而确定的。

文学创作与学术研究历来是实力的产儿。它与那些成天的热闹场面，鼓噪吆喝、镜头恭喜、陪会陪吃之类，是格格不入的。不朽先生在著述过程中，身居闹市，闭门谢客，坚守寂寞，以“心远地自偏”的心境，探奥不止。甚至在老年丧子的悲痛中仍不曾停笔，继续他“究三峡天人之际，通三峡古今之变，成三峡一家之言”的事业，是极为悲壮的。

张立先先生说，《三峡探奥》，“是三峡有史以来第一部运用全新视角来诠释古三峡地理文化的学术著作，是学术价值和研究价值俱佳的传世之作”，是为确论。不朽先生真正是三峡文化的旅者，侠者，行者，痴者，仁者，智者。他以自己几十年的孜孜追求，完成了由乐山乐水的三峡诗人，向严谨治学的“三峡通”学者的转变。

《三峡探奥》是三峡大百科全书的精华版，是集三峡文化之大成的，足可阅读、收藏、传世的大作。而对于作者本人，则是可以“枕头”的著作，是他生命力旺盛、青春不老的见证。

在祝贺《三峡探奥》问世之际，我衷心祝愿不朽先生身笔两健，青春永葆！

2006年8月12日于北京

一部文化人格的录像

一天下午，金道行先生在事先电话约定的时间里打"的"前来看我，"人逢知己千句少，话愈投机话愈多"。他拿出将要出版的三个集子的书稿来，让我为之一惊。他已出版了五本大著，不久前还在住院！他身子瘦小单薄，白皙的脸，花白头发，手是凉的，还在呕心吐丝，欲罢不能。心疼之余，我内心肃然。他想让我为他的随笔集《上帝发笑》作序，我有些惶然。我跟不少人作过序，大多是晚一辈的年轻人；给"倒霉"却孜孜以求的年轻人，更常常很少推迟。而要给我一向敬重感佩的金教授作序，则不免有"不够格"的自惭。然而他认为我最合适，对他有至深的了解，非我莫属。见我推辞再三，他竟轻声问道："该不会有其他难处吧？"一句话叫我连解释都来不及……他是受过伤的人，1957年以来结出的长长的疤痕，阴雨天是会隐隐生疼的，有时又会条件反射般地特别敏感。我知道再推托会闹出误会，我不得不从命！

他跟我们一道开过专栏，他的"金先生系列"写得格外俏皮。他精心塑造出一个今日杂文中很少见到的表面上胆小怕事、唯唯诺诺，不断被人欺侮，遭人奚落也同时遭自己奚落、自我贬斥的小人物形象，实际上这是一个正派善良、洞若观火的智人、高人，一切丑陋邪恶都休想逃过他的火眼金睛。那"金先生曰"篇末的点题，四两拨千金，一语中的，含而不露，点石成金，更上层楼，直如平地拔起的山峰，风景卓然。像金先生这种有人物性格，有小故事情节可读性很强的"平民杂文"、"小人物杂文"，真可谓独树一帜，别开生面！

他是我心目中须仰视的人物。凭他的人格，他的精神，他的执着，他的人生轨迹，他在学生中的影响，他在学术上的成就。

学生称他为"三好先生"：人好，课讲得好，学问做得好。"心里淘金，缘道而行，是谓之'金道行'"。

诚哉斯言！我要说，金先生是金。

他吐的虽非"金口玉言"，写的也非"金科玉律"，口袋里"金哥哥"更没几个，他却是人品是金，精神是金，学识是金，文章是金——读金先生和金先生著作后不能不这样认定。

他16岁发表处女作，18岁开始教书；20“弱冠”，蒙冤派“右”，沦为贱民。于学校听小孩唱“右派分子夹着尾巴逃跑了”，在农场不厌其烦地听“老实点”的教诲。他默默地捞螺、挖藕、做“火头军”、当牧鸭人；20世纪60年代初从武汉发配到贫困的长阳山区，一待就是二十多年……他随遇而安，努力去适应各种环境，他“以火去点燃火，以心去点燃心”。他是激情型的教师，讲起课来“可以吐得出一颗心来”；他疼爱高足，不薄差生。在他的门下，穷困山乡走出了出版社的编辑部主任、报社老总、文学期刊的主编……他多次被评为省先进工作者、省优秀教师，不少学生视他为人生的楷模。我多次听到他中学与大学的弟子背地里对他的赞美与感激——金先生不期然地得到了金色的回报。

他随遇而安却并不随声附和，随俗沉浮。他“磨而不磷，涅而不淄”，保持着那份正直、执着、清醒、淡泊与宁静。他如庄子所说：“胸中则正，正则静，静则明，明则虚，虚则无为而不为也。”他认为：“一切教学做学问都凝聚成为一种人格。教学就是教师把自己的人格描绘给学生，一代代教师留给学生的最后都是自己的人格形象”。这实在是他的写真！

他是一个赶路者，在写作的道途上，不计寒暑、不舍昼夜。超强度的劳动，弄得他面色清癯，身子单薄，仿佛一阵风都可以吹倒，以至参加路程不太远的活动，夫人都不太放心。然而他依然默默地呕心沥血、燃烛吐丝，他说必须赶在身体崩溃之前夺回失去的二十年光阴。历史曾有负于他，他却好像自己欠了历史的账、学术的账、学生的账、读者的账。他的口头禅是“时间不够”；他的座右铭是鲁迅的“赶快做”；他的独白是“我终于要与写作‘拜拜’，那是我不能再思考的时候”。这是他的生存方式、情感方式，他的“本我解放的欢乐”，他的“活法”。

他自比“村叟”，“抢种晚秋”。他期望“种豆得瓜”，实际是“种瓜得豆”。不过他得到的是光闪闪沉甸甸的“金豆”。他以几十年的“厚积”，于十几年中“薄发”而致不可收拾。他以久违的国外心理学理论融入中国的写作理论与实践，提出了“写作心理双向组合”的学说，形成完整的学术体系。他做下上万张研究卡片，于教学的同时，十余年中写出厚厚的八部学术专著与文学随笔、五十多篇学术论文，总计达一百多万字。金先生迎来的正是生命的金秋！他简直是“大器晚成”！

“受屈不改心，然后知君子。”李白的诗是为金先生而题的！

《上帝发笑》按生活随笔、学术随笔、诗文书话三部分分类，其实皆可统称为“学者随笔”——学者的生活，学者眼中的社会，学者笔下的随笔；一切洋溢着学者的氛围，展示出学者的品位。

我曾听到过对“金先生系列”不同的一些议论。有人说他写的全是拈不上筷子的日常琐事；有人说他的生活面太狭窄，老围着自己的圈子打转转……有人则赞不绝口，以为是清晨的鸽哨，雨霁的田园，别有一种清新……

是的，“金先生系列”，少有经天纬地的大题材，治国平天下的“主旋律”，只有买菜买水果打电话看戏看病瞅挂历逛书肆坐“麻木”住旅店之类的琐琐细细絮絮叨叨。金先生没有新闻记者耳听八方的条件，也不像从政者处于矛盾的旋涡；他可以读万卷书，却无缘行万里路、识万种人，这限制着他直接的社会感受与信息。然而劣势某种程度也可能成为优势。正是这种凡人小事，烛照了民情、社态、党风、政风。

他的优势在他独有的学养，独自的体味，独特的视角，独到的剖析与独创的技法。

他的文章没有疾言厉色与剑拔弩张，没有长官式的居高临下与社论式的训导教义，没有时评式、读者来信式的直白。他实践着他的“杂文是拐弯艺术”的主张。

他把“金先生”塑造成为一个寒碜、迂腐、可怜亦夫可笑的角色——处处小心却又老是上当，事事谨小慎微却又经常尴尬狼狈。那其实是所有无权无势无钱的本分百姓的共同经历，是善良、诚信受到奚落与践踏的掠影。文章不断地对自己进行着贬损与嘲笑，然而这通通不过是载体，是以之讽世嫉俗抨击弊端的一种构思。金先生显然在作一种“平民式”的杂文与随笔的尝试，以凄苦弱者的苦涩幽默折射出大社会的万象与平头百姓的酸甜苦辣，金先生也就成了社会积弊与国民心态的解剖专家。读解之后，你会感到真正尴尬狼狈的并非金先生，倒是那些人生舞台上演出各种拙劣戏剧的“耀武扬威”的人们。在金先生的高级摄像机前，他们丑陋的外表与龌龊的灵魂都无所逃遁。

对于出洋相的“金先生”，一时你可能感到可笑；而对“金先生曰”中的金先生，你则会肃然起敬。“金先生曰”，使人联想到《史记》中的“太史公曰”，写得妙语连珠，警策隽永。例如记述生活中几折拙劣的滑稽戏之后，金先生曰：“看演戏，以演得越像生活就越好，这时的演员实实在在已进入无我的境界；而生活无儿戏，它越像演戏就越糟，那演员必然迷于有我的怪圈。当人在生活中营私时，他必演戏，这样的戏，越煞有介事，就越害人。我记起了南派喜剧大师程之引在条幅上的话：演戏要生活，生活不演戏。”记述自己染发由白而黑而红，最后推成大平头的“喜剧”之后，金先生曰：“嘻！生活的捉弄，科学的报复，文明的揶揄，希企的调侃，演出了多少悲喜剧，又何止于染发。处在社会转型期中，需要适应，需要学习，更需要精神的轻装。我们曾经活得太累，呼唤轻松，走出困惑！”文章因“金先生曰”而小事不小，读者因“金先生曰”而思想得到启迪与升华。

金先生常喜欢怪诞地进行词汇的错接巧接：褒料贬作，贬菜褒炒；庄严的政治名词用于凡俗的生活，日常用语搬至神圣的政治领域，获得一种不同凡响的效果，烘托出一种特有的气氛。亦庄亦谐，寓庄于谐；俗中见雅，雅中有俗。吃惯了大油大荤的人也许对这种清淡的菜肴不甚习惯，但真正的美食家是会认可的。

生活随笔中另一种是有关乡情、亲情、友情、人情、欢情、苦情的描述。用心灵对话，从心底流出，其含真量、含情量都是高浓度的。他绘影绘神地描摹出如雷电奇遇、入院体检、军营上课、乡亲喝茶等各种“盛况”；酣畅淋漓地抒发对生活的挚爱，对事业的专注；“不愿以自己的痛苦去凑热闹”的回忆文章，让人触摸到一个赤诚正直的知识分子的良心，让人读后或怦然心动，或隐隐作痛，或啼笑皆非，或忍俊不禁。他情景交汇，叙议融合，他的“意识流”渗透于叙事的每一个毛孔，即便如过河过江过渡这样的小材小料，也让他制作得精美奇巧有滋有味。其文字的准确、洗练、流畅、幽默，显示出丰厚的文学功底，他简直是随心所欲，随笔赋形，随语成韵，随韵成趣。行文以情作线，一气呵成，因而读他的文章，也会不自禁地“一口觉香，二口肚热，三口精神大振”。在今天快节奏的现代生活中，不失为一种广受欢迎的文化快餐。

如果说他的大部头学术专著是大金块，那么他的“学术随笔”包括“诗文书话”，则是些金屑粉末。金块也好，金粉也罢，都是金贵的好东西！他探索文学创作的心理动力、心理空间、心理时间、心理语言、心理逻辑、高峰体验等，其实都不过是他学术研究“边角废料”的合理利用；是他学术探讨的前奏、雏形与余波。他对沿用已久的“形象思维”提法科学性的质疑，极具创见；他对杂文“文艺性论文”、“散文的一种”的观点的否定，对杂文写作的“导向”大有裨益。虽然这类随笔带有较强的专业性，但是由于金先生善于深入浅出，化抽象为形象，因而对于非专业的读者，也可以读得满口生香，津津有味。

20世纪80年代，我与金先生曾对门而居达一年多时间。虽往来很少，但心心相印，灵犀相通。90年代一道在报上开专栏，多了些见面的机会。每次交谈，总有说不完的话，总有“人逢知己千句少”的感觉。他赠我专著，我呈拙书请他指教，“君子之交淡如水”。有感于郭沫若、巴金、老舍、曹禺、路翎、浩然、姚雪垠等作家几十年创作道路的起伏，我曾经向他提出写“写作病态心理学”的建议，看到他单薄的身子，话刚出口，又不禁后悔……

金先生曾在一篇文章中提出“人格文化”的命题：“中国人，尤其是知识分子，常喜借墙壁来观照人格……睹其壁而知其人，这就形成一种人格文化。”人格渗于文化，文化展现人格，正所谓“铁肩道义”、“道德文章”。那么凝聚着金先生文人之“迂”、学者之“思”、教师之“情”的随笔集《种瓜得豆》，正是他的一部“人格文化”的录像。

“凤凰翼其承旗兮，高翱翔之翼翼。”衷心祝愿金先生身笔两健，鼓荡起金色的翅膀，继续在学空里搏飞，在文海上翱翔！

1999年3月12日

“耶利哥的玫瑰”田晖东

“耶利哥的玫瑰”是南美的一种球状植物。在极端的干旱中，枝叶紧缩成球状牢牢锁住体内最后一滴水，即使全身98%的水分丧失仍能生存几十年；而一旦遇上雨季，草体就会“贪婪”地抓住每一滴水自如地导入细胞，锁住相当于自身重量460倍的水分，重展绿色，呈现盎然生机。科学家称它为“复苏植物”；《本草纲目》称它为“长生草”；中国民间则赋予它“复活草”、“还魂草”、“还阳草”、“回阳草”等多种称呼。晖东用它作自己的网站名，我猜想是以此自况和自励的。

田晖东四岁丧母，少年饱尝辛酸。大学上体育课从吊环上跌下，患上脑震荡后遗症，如铁锅顶头、万蚁钻颅，休学却又无家可归，留校养病又以“白养废人”被遣回家为年老的表兄暂时收留，之后又被批示重返母校……漫长的身心折磨中他如“耶利哥的玫瑰”，顽强地生活着生长着。他读书思考，体验人生百味，终于拿起了文学的笔——同他曲折坎坷、死而复活的经历一样，他作品的主人公也大多是“耶利哥的玫瑰”式的化身。

他的长篇《没有彼岸的桥》讲述脑部受伤的女大学生前世今生的故事，集合着爱情与婚姻、磨难与荒谬、幸福与灾难的大喜大悲。他借助聊斋的形式，吸取魔幻现实主义的技法，从更高的历史层面进行艺术审视，荒诞过后是经得起历史老人“审读”的真实。他的作品纳入“上海作家丛书”出版，由湖北省作协提名角逐第七届茅盾文学奖。他的“情痴三部曲”（另两部为《裸岛》、《神女》），精魂都是“耶利哥的玫瑰”。他笔下的“脑残”角色，使我想到格拉斯《铁皮鼓》中的侏儒、鲁迅《狂人日记》中的狂人、莫言《透明的胡萝卜》中的黑孩儿、贾平凹《古炉》中的狗尿苔、陈应松的《火神》中的大系哥……

不显山露水的晖东被加拿大列治文图书馆由读者推举为最受欢迎的华文作家之一；2010《中国作家》金秋笔会，他以拼贴簿形式写的两画家寻找被拐卖的儿子、两孤儿寻找父亲的长篇《梦王孙——艺术家的故事》，在全国征文中获一等奖；他不经意间草就的《昙华林里的昙花》，也获《散文选刊》全国散文奖一等奖……

闻一多、胡风、废名故乡的田晖东，文学视野广阔，底蕴丰厚：他赏析李商隐四首《无题》诗，评、译秦观、姜夔、周邦彦的词；点评英国特德·休斯的《生日信札》，品赏诺贝尔奖得主莱辛的文学语录——归入“学者型作家”是恰如其分的。

晖东少有公开露面，堪称“隐于市”的“大隐”。他说，“无人重视”虽带来许多的不便、不快，须说服自己的不甘，然而却因此多了一份清静、平安、惬意，可以自由地读自己心仪的书，写自己心仪的题材，从容写作、从容修改。生活中的晖东，甚至有时显得卑微，但当他进入创作天地，却那么充满活力。真幻叠印，时空颠倒，走火入魔，神灵附体，野马尘埃，皆为活物。现实的敏感性、历史的洞察力，在审美中尽情释放，正如吕志青所言：“在宜昌、湖北或更大的范围内，还未见到《没有彼岸的桥》这样的书。”

晖东不善交际，却结交了不少“高层次”的人物：早年翻译《少年维特之烦恼》、《茶花女》的85岁高龄黄甲年教授称他为“忘年交”；夸耀白桦没少受过他“教育”的剧作家王某借走他的《十日谈》作“批判”用，一面看一面笑一面骂“大毒草”，一面则充当了“刘备借荆州”的角色；当年在湖北社修改处女作《陈胜》的今日空军上将刘亚洲，见到晖东打开的木头书箱不胜惊讶：“真不容易，你还保存了这么多好书！”当即借走了《红与黑》、梅里美的《查理十九世轶事》；在省报以“龚同文”笔名一天一篇鼓吹“大跃进”杂文的风流才子梅白，临终时竟然对这位小老乡剖白心机有所托付；他为香港经济学家、作家钊艺的长篇《风暴》写序；而上海作协的大家沈善增竟力荐《没有彼岸的桥》纳入“上海作家丛书”出版；本市青年小说家许扬、诗人陈刚，都是他的文学铁哥们儿；外美内秀的夫人杨月珍，则是他的红颜白发知己……

“物须见少方为贵，诗到能迟转是才。清角声高非易奏，优昙花好不轻开。”二十来岁时，晖东引袁枚诗为友人题画，五十年后，我借用这诗句转赠晖东，当是“正相宜”的吧。

2013年4月

笔宗秦汉　风仰前贤

——耄耋书家蔡静安“墨缘”试解

宜昌市首位中国书法家协会会员、湖北省首届书法家协会常务理事蔡静安先生，八十七年前出生于夷陵老城，五十六年来寓居于距“墨池书院”故址一步之遥、清代书法家顾槐父子居住的中书街“墨缘轩”内，完成由“徒”而“匠”、而“师”、而“家”的艺术飞跃，被日本《书道》誉为杨守敬之后宜昌又一位书法名家，这是上苍的旨意，还是人世间诸多偶然必然因素的相加？该是怎样一种传奇式的“墨缘”！

七十三年前寇机摧毁了静安的家，也摧毁了他的学业和“两黄”（黄庭坚、黄自元）的楷书启蒙。十三岁只身逃难恩施，拜徐艺生为师刻字学艺。1939 年大批流亡书画家聚于当时的省府恩施，静安在为他们的书画展送递请柬、布展的同时，也吮吸到了世上最优质的艺术乳汁，即人们常说的“第一口奶”。恩施遇“恩师”，真是难得的“师缘”。日后他的四条屏《大江东去》、六条屏《正气歌》、斗方《文王拘而演周易》、条幅《望岳》、横披《北国风光》等黄钟大吕式的作品，透苍凉劲健之气、蔚沉雄昂扬之风，与当年那些恩师的民族家国情怀正一脉相承；而他数十年来无论律己抑或衡人，都眼界甚高，不肯降格以求，与“第一口奶”的滋养，也有着千丝万缕的“乳缘”。

三年后出师摆摊糊口养家；1956 年进刻字厂定为一级篆刻工匠；1968 年调宏文印刷厂（后为彩印厂）任设计师；1981 年成为中国书法家协会会员……蔡静安走的是齐白石、黄永玉式的艰难却不乏灵光的道路。他“读书养气”，“减睡以补课，坚持以行健不息”；“临池读碑，神游秦汉古风，体味前人意、法、情、韵，融入自我，表现意心旨趣”。曾一连五天现场观看黄胄作画；与登门造访的美学家王朝闻剖心交流，与名家张昕若、李尔重、吴丈蜀促膝倾谈……八十三寿仍日课临习《汉・石门颂》，纵横劲拔，“出”“入”自如，结集出版堪为新的范帖。“无常师”而

“多师”，蔡公正是“转益多师”的忠实践行者。

在发表园地极少的年月，偏居小城籍籍无名的小字辈，作品居然“中榜”省报，也算是一种“报缘”。此后专家领导接踵看望约稿，数十枚艺术篆刻远刊于京、沪、粤、汉诸大报乃至海外。他将《橘颂》全诗刻成三十六方组印，金石寄志；以十二枚印石镌刻巫山十二峰，抒发对三峡的挚情。《三峡大观》一书收有他的印章五十多方；应约为《湖北日报》创刊五十周年治印，被誉为“书得篆籀古韵，篆承秦汉之风”。1991 年我率团访日，赠予宜昌市首位外籍荣誉市民小林一夫先生的礼物，即是由蔡公篆刻的“长寿”印章，深得东瀛友人的珍爱。

向来有“一百位画家中出十个书法家，十个书法家中出一个篆刻家”之说。静安治印“殷商甲骨金文古籀篆隶”一应俱全，方寸间将汉字调教得朱白、方圆、疏密、离散、正欹、粗细、断续、拙雅有致，神沛韵足，奇峭苍古，简逸浑厚，尔雅大气，自成一家印风。先生道：“篆刻之学，不能以雕虫小技论矣，余终生求索于斯……”他的扇面，录清代篆刻家丁敬诗“古人篆刻思离群，舒卷浑同岭上云”自励。常“思离群”，走独创之路，正是他毕生的追求。

他的书法顾盼古今，融碑化篆，揉简含金，简淡静穆，深沉旷达，气度恢宏。他着力于“笔下情操，字里风骨”，“养浩然之气”；一辈子的精品意识，字字千金。看西陵峡中，三游洞内，夷陵楼上，杨守敬故居，世界华人画家三峡刻石崖壁，桃花村，白马洞，柴埠溪……宜昌所有重要名胜古迹，几乎都留有蔡氏的手迹，经风雨洗礼时间冲刷而历久弥新。这不是没骨纤柔、矫揉造作、怪异玄虚、江湖叫卖者流可望其项背的。

蔡公性格端方古梗，独行傲立，印如其人，人如其书。可以当面拒绝某“个展”的嘉宾邀请；可以直言某公园设计的俗不可耐；可以在他人送上的“请指正”的著作上批注指陈其错讹纰漏；可以同好友争论得面红耳赤然后相安无事……整个就是一个本真、率真，臻于“大化”之人。有人说他太看重钱了，拒绝一些人包括要员的免费索字让对方尴尬不已，其实对于一位大半辈子“义务献字”，至今退休金微薄、年届耄耋的清贫书家，又岂违人情？与其说是为钱，不如说为了尊严。其实蔡公是很重情谊的。晤谈多艺事，往来皆雅客，雅室赫然一个大“谦”字，是真正“有容乃大”。八十有三，书道卓然，仍自称“经世纪未逮境界”、“性愚手拙”。他题称冯中衡“画坛纤夫”，李守正“竹翁守正”，杜大江“三峡风采大江情怀”……他为多少文友、粉丝、俊男、才女，馈赐墨宝金石。

1987 年，我受邀为“世界华人画家三峡刻石”撰《三峡刻石记》，蔡公慨然挥毫，令拙文增色，已成西陵峡中摩崖石刻；他的《三峡刻石记》四条屏，廓然大气典雅美感，已为多人收藏。曾调侃文友宜昌首位中国摄影家协会会员徐达，我口占“捉影大将，好摄之徒”八字戏谑，不苟言笑的他欣然题书相赠……

先生“主攻金石书法之余，闲有石癖之好”。多次“拜水烟收坝，问道荆门山”；数度泛舟三峡、探奇巴渝。他认为“清玩”有益于“奇思”，“乐天”，“忘忧”，“延年”；他以石喻人，以石寄志，石吾合一。捡石以精、趣、雅、韵、神为要，慧眼识宝，有时甚至人弃我取，人取我弃。

捡石者历来多如牛毛，而能以美学、哲学、诗意眼光鉴赏奇石者却不多。一本《静安清玩》，是地道的意蕴厚丰、精美典雅的奇石美学专著。他赞石“不慕权势，不嫌贫穷，不因人喜而骄矜，不因人弃而萎顿”。他收藏三峡独有的“剥皮石”、“水冲石”、“画面石”、“菊花石”、“雨点石”，都能恰到好处地引经据典，给予描摩评说，让一块块冷硬的石头有了灵性，有了生机，有了哲理，有了诗意，也有了知音。他三峡里偶得的上品，为昆明“世博会”定为奇石馆门前的标志，是又一种“石缘”。而那块坐禅于莲花座上的老者形象石，执麈尾俯身虔诚修炼，心无旁骛；道袍飘飘，垂柳依依，氛围净穆而圣洁，好一尊可遇而不可求的神品，简直就是蔡公自己。

他是迄今为数不多的在明洪武年间建起的宜昌大南门城墙下玩耍过的人；他亲见过抗战大撤退时长江边无遮无盖地堆满入川的物资；待过厨房边父亲挖下大坑、铺上木板、堆上厚土的临时防空洞；见过寇机滥炸后电线杆上挂着的冒烟的同胞尸体；也见过万人空巷祭送殉国将领张自忠的场面……他是宜昌近现代史的亲历者、见证人、活字典。

“翰墨不老药，金石常青丹”，三年前，相濡以沫六十余载的老伴走了，生活一切自理。已是“奔九”的人了，依然头发一丝不乱，衣衫一尘不染，脸上无一块老人斑。依然周末徜徉于花鸟奇石市场，甚至熟练地操作起苹果 iPad……

有时我暗想，夜深人静时，他会孤独吗？我不敢问。我又设想，有老伴墙上的目光，有敬他爱他的各年龄段的“蔡丝”的话音，有圣哲典籍的抚慰，有盈室金石的呢哝，赏看根雕翩翩，静听石语声声，他是会感到温暖和热闹的。

他几乎喋喋不休地逢人就宣讲着一座城市文化品位的重要；不止一次谈及市内建美术馆的必须。他希望身后他的书法、印章、根雕、贡石有所托付，成为一座城市的财富，然而眼下他不知该托付给谁……

七十余年的“锲而不舍”、“金石可镂”，书法、篆刻、贡石三足鼎立。笔宗秦汉，风仰前贤，成就他宜昌当今书坛泰斗的地位。而他依然心静如水，神安似佛；金石趣有永，翰墨乐无穷，这正是他生命与艺术长青的诀窍。人生修炼达此境界，能不由人“行止”“仰止”乎！

相声大师马三立诗曰：“昔日药王寿高，今朝却将他超，百岁焉敢称老？齐璜亦属寿夭。”——谨以此转赠于静安先生。

2014年1月8日

高标一帜　书道两峰

——序《抱一书论》

很喜欢读德聪的书法作品，那是一种享受，一种心灵的洗涤。淡雅，恬静，醇厚，隽永，如清风朗月，洁净超尘，是对传统书法的承传体悟，是对当代书风的借鉴吸收。无市井之俗味，无“写家”之匠气，让人赏心悦目，养性怡情。书卷气扑面而来，学者型书法家特有的精神气质、情致意兴、审美追求，触手可及！

人们不禁要问：周氏的书法造诣，从何而来？有何奥秘可寻？

也许可归结于他聪颖的天赋：小学描红“红圈”满纸；“文革”中为村民写门联常被夸奖；不知宣纸为何物，参展却居然入选……而日后国内国际高层次书法征集、展览、评比，摘桂夺奖，成为全国中青年书法家中的佼佼者……

也许可解释为得益于良师：20世纪80年代初有幸就教于徐本一先生足下；尔后深造于中国美术学院，受业于沙孟海、刘江、陈振濂、邱挺权、祝遂之等知名教授；90年代又得以“国内访问学者”身份，赴首都师范大学书法研究所，师从于博导欧阳中石……

也许还可以求解于他的敏而好学、墨耕不止：十年内写就成千上万件书法；于全国各种专业报刊包括大学学报，刊载、连载、选载、开设专栏，发表书法论文数十万字；刚入“不惑”就主编《大学师范书法教程》，并出版有《书法教程》、《书法创作形式例话》、《颜柳欧赵楷书临范》等多部著作……

也许还可以从所处环境找到缘由：长期居高等学府，潜心于书法教学、创作与研究；寒暑假日，受邀于全国各类高级书法讲习班授课，赴西安、黄山、天津等地讲学，担任首都师大硕士生论文答辩委员，指导韩国留学生考上博士研究生……

自然还可以探究其为人：淡泊，谦和，儒雅，质朴，不事张扬却又热情诚挚。从平日书写的诗文哲言禅句看，大有“出世”之慨，然而作为三峡大学艺术学院一院之长，从事大量行政管理工作与社会活动，又是“入世”之身。“出世”而又“入世”——

"入世"做事,"出世"做人。有强烈社会责任感,又固守其精神家园,这在当前经济转型期,实在是难能可贵!

然而,当读到新著《抱一书论》,则可以进一步领略德聪雄厚的理论功底,感受他书法创作感性表达与书法研究理性思考的高度融合,真是书道双馨,相得益彰。至此,一位充满才气锐气"全能型"书法家、书法理论家、书法教育家的形象,清晰浮现于读者面前!

全书涉及书法史、书法美学、书法技法、书法创作、书法教育……作者对古典书论的融会贯通,对当代书坛的了若指掌,对流风时弊的洞若观火,对重大课题的真知灼见,使人不能不由衷赞服!

一口气对八十多位书家进行品评,其气魄、功力,于功底浅薄者是不可想象的。多点切入,独具见地;深入浅出,浅入深出;多姿多彩,绝少重复。一些难于意会、或虽可意会却难言传的"所以然",被作者诠释得有声有色、头头是道。既是普及性的赏析,又是提高型的探求;显现出作者慧眼识珠的眼力,也见其有容乃大的襟怀!

八十多篇短论,充满有关笔法、章法、书法、墨法的辩证法。正所谓拙中藏巧,柔中寓刚,圆中出方,正中见奇……在藏露、提按、疾涩、纵敛、虚实、生熟、美丑、雅俗等方面,都阐述得有血有肉,有情有味,合起来则是一个可观的系统工程,突现出作者全方位的书法观。

作者评书论人,客观平和,褒贬得体,坦诚指陈,不作庸俗的恭维。对于某些唐突、拖泥带水、过于率意失之浅薄、扭捏作态的弊病,一针见血地一一指出,实属不易的方家诤言!

如果说"书法赏评"是从微观对书作加以审视,属"个案"解剖,那么"书法新论"则是从宏观做学术的深度关注与整体把握,具有颇高的学术价值。作者纵览三千年中国书法的流变,审视历朝历代书风,扫描当代书坛走势,将热点、焦点、难点,一一收入视野,处于理论前沿。例如中国美学理论界乃至西方美学论著中迄今暂付阙如的关于中国书法的内容与形式以及形式构成等课题,德聪独步率先,迎难而上,读解破译,具有填补空白的开拓意义。再如对书法艺术进行感情审美的理性研讨,也足显其无畏的学术勇气与碰硬作风。有的文章则是对时下浮浅庸俗书风的匡正,对书法艺术趋势与研究走向的一种导引。

一组论及从小学中学到高等师范院校书法教育层次性、书法教育危机及其对策的论文,有的放矢,切中肯綮,与那种闭门造车的高谈阔论者,是不可同日而语的。"书法杂识"中的文章五彩纷呈,多为个人书道的实践心得创作体会,读来亲切可感,对书友同道不乏借鉴、启迪效益。

杨守敬说，学书“一要品高”，“二要学富”。翻读《抱一书论》，不能不惊讶于德聪学识的厚富，从《易经》、《庄子》、《说文》、《通志》到马克思、黑格尔、毕加索、布封；从东瀛书界，到近世书家。举凡文学、美学、哲学、社会学、历史、艺术，无不涉及。古今融于一体，中外冶于一炉；典故信手拈来，运用适体合身。这与那些徒稔技法，不谙理论；或者于古典如冬烘学究，于现代理论与相关知识，则如村妇稚童；或一味追逐时尚，缺乏传统根基贪图“捷径”者，相距岂可以道里计！

德聪书作书论，两峰并峙，一帜高扬，构成独具魅力的书法风景线！从而赢得读者认可，同道嘉许，专家首肯，社会承认，实至名归水到而渠成！方家将其划入“中国实力派书法家”阵列，看来非过誉之词。

哲人云：“抱一以为天下式。”——一是起点，是过程，是归宿；是宗守一法，是专一不二。衷心期盼德聪高标一帜，求索不已，续写更加瑰丽的书法人生！

2001年8月9日

姜 公 赋

吕望后裔，夔门子孙。形似委座，神比振宁。当今东方朔，民间纪晓岚；汉族阿凡提，诗界赵本山；潇洒郎，不老翁，哈哈佛，无忧仙。

头安计算机，迅比子建；指染魔法，师追米癫。手黑心“独”，名正诗歪。干藏头露尾勾当，好九曲流觞雅玩。文采略抒，唐寅拍案；风骚稍显，江郎汗颜。常敬雅士喷饭酒，时献淑女捧腹丹。生就陀螺屁股，四方云游；炼得热闹性子，广结善缘。日进斗银，坐拥千金；款腕趋之若鹜，姜丝美女盈门。

近日黑拳出击，新创“拳书”问世；他日黑脚再伸，且谱“脚书”新篇。

祈望老顽童继续老来俏、老不“正经”、老不“安分”、老不死！

笑祝“而立”公岁男书比南山、诗如东海、寿攀太公祖先！

符号戊子新春胡诌养尊斋主学书且请祚正酌正凿正。

1999 年 1 月 28 日

诗书绝技　华夏奇人

——《姜祚正藏字诗选》序

心仪姜先生已久，早年那篇《奇石赋》曾令我拍案称奇：激情澎湃，文采飞扬，知识广博，文势恣肆！将石姿石质、石韵石魂、石缘石趣、石典石史一一揽入赋中，使人如饮甘霖如坐春风，感受到藏石家丰厚的文化学养和文学功底！藏字诗是他咏石诗的转向与发展；《藏字诗选》正是他早年结集出版的《奇石吟》的姊妹篇。

自汉魏六朝始，文人创制的藏字诗大抵可有三类：一如《冰川诗式》中所记："首联与中二联皆具言所寓之景与情而不合题意，至末联方说题之意，是谓藏格"；一如《诗体明辨》中所记："每句头字皆藏于每句尾字也"；一如《水浒传》吴用题卢俊义宅中诗，四句每句开头一字暗藏"卢俊义反"四字。它与离合诗、回文诗、宝塔诗、剥皮诗、辘轳体、拗体、蜂腰体、断弦体、盘中体等一并归入杂体诗类。由于这类诗特重字形、平仄、韵律、句法排列，通病是重文轻质，内容单薄平庸，成为纯技巧性的文字游戏；等而下之则是矫情、落套、俗气，沦为讨好权贵、奉承上司、取悦宾客的工具，其文学与社会价值都是不高的。

然而姜氏藏字诗却颇有翻新，无论内容形式都进行了大的改造与发展。他以这种难度极大的诗歌形式用于为新时代服务，并衍成一种"绝活"。

"绝"在何处？

一"绝"在神速。"三分干墨不为速，七步成文已太迟。"古有曹植"七步成诗"的佳话、李白"倚马可待"的美谈，而当代姜氏，即以两分半钟口占成诗，嵌名隐姓，指书成篇，文质俱美。于众目睽睽之下做现场表演，有求必应，累试不爽，直令四座皆惊，口服心服。连诺贝尔奖得主杨振宁博士亲身领教之后也说："这绝活出自人脑，电脑现在还没有设计出这种程序！"姜氏也就成为"人脑文思胜电脑"的奇人。

二"绝"在精美。虽是应景应时之作，姜氏却"应"得贴切，"应"得高雅；"应"

出了意境，“应”出了高格。有如技艺娴熟的画家刹那间寥寥数笔勾勒出人物速写，姜氏极善于倏忽间选择最佳角度，以极洗练的笔触呈人之美。他为伟人孙中山、宋庆龄作藏字七绝，大处落墨，史笔抒慨，何其准确；他为外交家钱其琛造像，对这位世界大潮的弄潮人、民族尊严的捍卫者给予恰如其分的评价，科学公允；他于神速构思中，将作诗的地域、环境、自己的心境融入小诗，得心应手；他将被写者的职业、年龄、爱好、特点，巧妙地化作诗行，适体合身。在美丽的三峡、神女峰下，他给主管旅游的负责人献艺“就地取材”，既取美丽的巫山神女传说，也取游轮晚会的和谐氛围，于人于景于情，都那么自然而贴切；他给雨花石藏石家赠诗紧扣雨花石特点；他为西安藏石家留墨即不离秦川秀色；他为香港大学教授许为厚作诗即从为学、执教角度入题：“为学敢当天下先/厚今继古化三千/教坛高士植桃李/授业感物鱼跃渊”不说“厚今薄古”，而说“厚今继古”，用词之确当观点之鲜明，可见一斑；至于有人以重金相邀为侵华日军作赞美诗，他嗤之以鼻，更显示出可贵的骨气与原则。

鲁班门前敢弄斧，关公面前能试刀。姜氏可以赢得散文大家余秋雨的赏识与荐举，可同文坛高手贾平凹以诗书相应答，亦可见其文化品位与才气非同一般。

读集中藏字诗三百首，可以看出姜氏对中国古籍文史典故的驾轻就熟。从上古传说到历代史实，从《尚书》、《易经》到孔孟百子，从文人轶事到诗词掌故，数百个信手拈来，呼之欲出，随心所欲，珠联璧合，真是化典随心添妙趣，藏露相宜字传神。

诗三百风格各异，或磅礴大气，或风流倜傥，或文质彬彬，或俗中见雅，或幽默风趣，或蕴藉隽永。那一首让人忍俊不禁的赋“鸡屁股”诗，却有着“五德”、“德禽”的高雅掌故，化贬为褒，出人意外，令人击节！

“藏头藏尾藏腹地，字眉字眼字珠玑；成句成章成联句，诗骨诗风诗罕稀。”友人以“藏字成诗”四字藏头回赠给姜先生的诗正可以概括姜氏藏头诗的精美。

三“绝”在多变。藏头、藏中亦藏尾，正、逆、横、斜、波浪、四角，反复、折反，隔音、谐音、译音……无所不为，前后手法达50余种。他在近乎苛酷的条件下，挥洒自如；他似乎天生的有一种“哪壶不开提哪壶”的倔强，有“不信邪”的自信。举凡外国名字、扶桑俳句都可入诗；即如“爻”这种极不常见的生僻字，也让他得体嵌入，游刃有余。这真是花样翻新嵌字妙，即席神来恣意为。

四“绝”在高产。举凡政界要员、文坛巨子、专家学者、商贾名流、国际友人、四海宾客来者不拒，出口成诗，挥指成书，一发而不可收拾，并非偶尔为之。他似乎总处于一种创作的亢奋状态，他简直成了藏头诗“批量生产”的“专业户”！书中收“藏字三百首”，散入民间的已远不止这个数目。而诗各具个性，并不重复落套，如赠钱其琛、吴学谦、李道豫三位外交家的三首诗，即三种风格，互不雷同；如五首“长江三峡”藏字诗，即五种写法，各有意境。直可谓：妙笔清书堪绝技，诗林独步第一人！

五“绝”在入市。日本友人曾告我，在日本，最珍贵的礼物乃是专为客人“特制”的物品，世上就这么“一件”！而姜氏当面专为客人精心创作、藏有其尊姓大名的“一件”，正是特地赠予对方的“孤品”！因而最显珍贵。姜氏凭他多年经商的职业敏感，率先让他的藏字诗步入市场成为商品，成为旅游中的一种娱乐，一种广受欢迎的助兴方式，以至“铁公鸡”也乐于为之“拔毛”，作者也可获一定的经济效益，不能不说是一个大胆的突破与创新。

六“绝”在影响。绝活面世，不胫而走。数十家电视台、数百家报刊争相报道，日本卫视现场直播，诗作流传于六十多个国家、地区，其轰动效应不可谓不大。真是“指书凭招万里客，清词丽句竟凝香”！

姜氏藏字诗的效应，还不仅于此，更有其超出诗本身的意义，给予我们许多人生的启迪。姜先生一生不断探索，执着创新，干必有成。他似乎不满足于平平淡淡的生活，周而复始的重复。他总会不断亮出新招，涉人所未涉，成人所未成。平生他以商为业，“幼为商童，壮为商仆，笔为商耕，舌为商战；发为商稀，心为商碎”。他有过“火车硬坐六昼夜”、“一日看尽黄山景”的记载；他早年在珠算表演赛中，不仅是右手、左手打法两个冠军获得者，更是“双手打法”、“蒙眼双打”的唯一表演人。他以文经商，出奇制胜，创造了“一副对联赚百万”、“万商品烟震中州”、“铁嘴京城胜群商”等业绩，被同行誉为“当今九头鸟，经商魔术师”。在捡石、藏石尚未成风的年代，他竟发疯似癫地捡石藏石，“骨因石瘦，力因石疲，学因石废，家因石贫，名因石毁，官因石迁，犹将一生石顽犟劲，化作石髓铸石魂”。他对觅石、命石、品石、咏石都有极高造诣，他发现过多处古文化遗址；他提出了“书画起源于仿石”的假说；他玩石搭台，经营唱戏上有成功的尝试。他成为家藏两万石的石富石豪；成为象形石收藏“中国一绝”称号的获得者。然而当其他人对捡石藏石趋热成风之际，奉行“人无我有，人有我优，人优我特”经营原则的他，又适时地实行“产品开发”战略转向，把主要精力放在“藏字诗”的开拓上。他的这种不断刻意创新的精神，正是我们从事一切工作者足可仿效与借鉴的财富。他曾在《六十预祝》一诗中写道：“人到老年诸事佳，男儿六十一枝花。”正是这种年轻人的心境，使他于花甲之年，又攀上一座新的高峰！

——够了，一切饶舌都显得多余了！最佳办法还是请读者诸君去亲身参与那“诗藏百家博众爱，指罗万象一览收”的神奇场面，品尝那专为你速思巧构、挥指走笔的诗作条幅吧，那将是一件趣事、乐事！

1999年1月28日

画风疏狂　笔格守正

——李守正大写意赏读

20世纪八九十年代，我登门造访过市内十多位书画家、雕塑家，李守正正是其中之一。先生自号“沂山村夫”，给女儿取名也不离一个“沂”字，让我不禁想到他的老乡孔子所赞赏的邀五六个好友、六七个童子沐浴于沂河，对春风而舞、哼着歌儿回家……

我注意到守正年少时有幸亲睹过美术大师傅抱石、潘天寿作画；观摩过齐白石、黄胄、李可染、蒋兆和的个展；拜读过唐寅、八大山人、郑板桥、徐渭、吴昌硕、黄宾虹的原作……接到中央美院国画系入学通知打点行装时恰逢“文革”爆发，他不得不与最高学府失之交臂。然而他没有歇气、没有停步，他以大家为楷模，外师造化，内得心源，求索不止。

我还注意到20世纪50年代守正的国画《百花齐放》刊于《大众电影》的封面；1962年《战长江》夺全军美展一等奖；韶山纪念堂收有他的《竹梅同春》；1995年《夔柚》于中央美院展出获张仃、范曾的连声称道并合影留念；日本东京大学教授收藏他的《钟馗》以为是同类中的上品；他的《硕果图》作为礼物送法国奥利伍勒市政府……

那天守正为我当场作画，出我意外。只见他饱蘸水墨屏气凝神，重而轻浓而淡地唰唰两笔，两竿圆润光泽的豪竹瞬间挺立满室生辉。他恐怕并不知道我与竹有着特殊的情缘：祖传符姓，“竹”字打头；我的另一个笔名就叫“竹氏”。竹——虚心属秉性，高节贵终生；严寒葆翠色，酷暑生清阴。竹被我视为生命的图腾，以竹为范乃我终身的信则。

二十多年后当我面对守正大量近作大饱眼福时，我不能不震惊岁月给予他如此慷慨的赐予，或者说他给予岁月如此厚重的回报！如果说守正早期的画，笔墨、造型稍嫌粗犷有余而细腻不足、疏放有余而精微不足，那么历经几十年磨练，原有的简约、拙朴、倜傥、豁达得到进一步张扬，更难得的是拙中蕴雅，朴里涵精，豪中有韵，笔下愈加多情。这是人生感悟与艺术求索的交合，是传统和现代的辉映，是“齐鲁风”同“三峡韵”的融合。

前贤画竹，多为群竹、瘦竹，枝叶披纷，竿隐于叶，呈孤高、瘦劲、清挺之态；守正画竹，则多壮竹、栋竹，叶隐竿显、竿粗身雄，呈顶天立地壮志凌云之势。水墨晕染，浓淡干湿，明快简捷，挥洒即就。同他的荷、菊、梅、兰、山水一样，更注重意境的营造，给人以丰富的想象空间。你看，整幅画就一朵饱孕满满实实莲子的硕大莲蓬，题名《何须有诗》，这种构思的大胆，真是匠心独运；一池盈盈的蝌蚪摆尾摇头，两只青蛙爸妈爱抚地守卫在池边，真让人陶醉；再看墨荷丛中玉荷一枝亭亭玉立纯净圣洁，再配上静立的一只小蜻蜓，简直就是化境！它如浓抹狂泼中一只近似工笔的震翅欲飞的小蜜蜂，屈腿欲蹦的小蚱蜢、小蟋蟀，怡然自乐的小鱼、小蜘蛛、小甲虫……反差如此强烈，更加趣味无穷！还有一团乱墨山水中，一座精致的屋舍桃花盛开；一叶扁舟，悠然天外；两壁之间，一桥飞峙云雾陪衬；一只玉米堆里的睡猫，一只扯起嗓子鸣叫的小鸟，一对精锐的黑蟹……那些标题:《晚节香》、《花好鸟自来》、《苍松之友》、《左邻右舍》、《昨夜客来茶当酒》……都给人不尽的遐思！他还取“金屑眼中翳”的偈语、“从来共住不知名”的示道诗、“得水能仙天与奇”的水仙诗、“黄菊香残夜雨”的宋词造境；引《菜根谭》、《世说新语》诸多典故入画，诗情盎然雅气盈纸。骨子里则仍是疏狂，是大写意。大块水墨与线结合，减笔变格，狂草入画，意到笔随，捉控自如，超然象外。耄耋书家静安先生为他量身定制了“竹翁守正”四个大字，其实守正何尝不是“荷翁”、“菊翁”、“禅翁”、“放翁”呢！“放”者，疏放也。

先生另一重要题材是罗汉画。营造着禅的世界，哲的世界，梦的世界。守正明显地吸纳了历代罗汉画像的成果，却同样有所创新。一方面他突破传统罗汉庞眉隆鼻、高颧深目、胡貌梵相、状貌古野的外形，而多以儒雅长者居多。显温文尔雅、沉静专一、襟怀博大、超然释然之气韵。都那么可亲可近，足可为邻为友、为师为尊的。我甚至有时觉得那就有守正本人的影子！先生自号“太极轩主”，看来并非偶然。

罗汉或居中央下方，上多空白；或居中央上方，下多空间；或角边构图，或占整个画面，不拘一格而现悟道之境；留下大片空白配以诗偈、赞语，更显简素、苍古、洒脱。

罗汉背景烘托上，守正更下足了功夫。只见罗汉头顶上，风旋云流，地茫天浑，灵光四射，有如浩渺佛国、宇航世界，有如屈原驭龙车之天庭，众仙起舞之九重。先生笔旋毫转，墨濡彩泼，广吸西洋、现代技法，反复琢磨终形成独树一帜的审美效果。

守正为人低调，不事张扬，为人为艺，谦逊有加，知黑守白，坚持底线。交友则重质而轻数，他与蔡静安、徐达、沈良鸿数十年交往，淡如水而浓似酒。守正守正——固守正道，正则，正气，正声也！闻其名观其人，自然让我想到“深水静流”、“真水无香”一类词语，与那种装腔拿势、张口神吹、唬弄外行、吓唬粉丝、市侩气十足、铜臭味遍体者的距离，岂可以道里计！

作为痴长两岁的文友，我期待守正继续弘扬守正笔格、疏狂画风的大写意，求索不止而永葆青春。

2013 年 7 月 15 日

曹宗国的回归

作为当年的老师兼文友，我想用"曹宗国的回归"表达我对他的网络小说《巴山旧事》入选茅盾文学奖提名的欣喜与祝贺。

四十多年前的一个严冬的夜晚，曹宗国和我先后被人从热被窝中叫起乘坐军用吉普车去参加起草宜昌地区革委会成立《给毛主席的致敬电》，那时他不过是66届宜昌二高一个刚毕业的学生，却已获得如魏晋时期"三曹"那样的"曹"的美称。

然而到1977年恢复高考，曹报考的竟是数学专业。同许多人一样，他患上了"文化恐惧症"，作出了"金盆洗手"的断然决定。

然而命运又一次跟他开了个玩笑，掩盖不住的"文名"最后还是把他推到了宣传部门。他起草着一份份主流文件、报告、材料；随后担当了电视台如履薄冰"守土有责"的重任。

然而他终究割舍不了文学，这也许是一种宿命。退休后他出版了诗词集《行吟集》，古典诗词的功底再次显露。让我震惊的倒是卷尾唯一的那首现代诗《有些话》，一首浓缩的具有经典意义的篇什：

"有些话在眼里说，有些话在心里说，有些话不想说也得说，有些话想说不能说。……有些话三十年后说，有些话到死也不说。有些话对别人说，有些话只对一个人说，有些话对相片说，有些话对自己说。……有些话拍案而起说，有些话用沉默来说。……有些话用时间说，有些话要用生命诉说。……有些话用诗说，有些话用剑说，有些话用墓碑说，有些话由山川日月说。"

二百来字，让人浮想翩翩。我悄悄地将它寄给了《杂文选刊》，不久即予刊出，接着是《文摘》、《读者》一类报刊的纷纷转载，这一切事先他并不知晓……

他绕不开文学的情结，退休依然不甘寂寞。新华网、人民网、凤凰网，出现了《赵本山和文艺的泛娱乐化时代》、《曹操墓美人骸骨背后的专家发笑论断》点击率极高、署名曹宗国的时评，新华网甚至还出现了眼泡略带水肿的曹宗国的肖像，跟那些大报知名评论员并肩而现。不过不少文章有“台长”的视角残留，居高临下的“官腔”时有逸出，有点“本台评论员”的风味。在他缺席的情况下，他被推举为宜昌杂文学会新一届的理事。

然而他终究不满足，“曹氏”的光辉不因岁月而淹没。凭借在家乡聂河大山里练就的“童子功”，他神游于鄂西大山，探秘于土司王国，演绎出土家汉子和女人的歌哭情仇。清代雍正年间鄂西地区“改土归流”的画卷，在他笔下以波澜壮阔的背景、悲壮苍凉的叙事、传奇色彩的情节、惊心动魄的场面，赢得如方方等眼界甚高的评委的青睐，一举夺得“长江杯”网络小说大赛一等奖；进而作为网络小说被推举入选茅盾文学奖的提名。这是我市继鄢国培《漩流》、田晖东《没有彼岸的桥》之后的又一小说盛事。《巴山旧事》为网络小说，却与惯常的通俗流行色有所区别，文学品位甚高；许多章节是优美的散文，读它是一种美的陶冶与享受。自然也正因为以散文的方式写小说，于小说则未必十分对路，叙事细节上有的略欠个性，让我不能满足……然而毕竟是瑜中微瑕，无损于整部作品的成就。

作为同宗国交往达半个多世纪的同怀同道，我庆幸并祝贺他文学的回归，价值的回归！

2001 年 6 月 19 日

孙才清和他的三峡农民工

我被林立的一幅幅巨大油画包围着，一群群头戴安全帽浑身裹满灰浆的大坝农民工无声地站在我的四周——此刻，我正置身于孙才清的工作室，看他为第五次访欧、第二次访德做准备……

满是车辙的大坝工地，纵横交错的钢筋城堡映托着建设者黧黑的面孔、五颜六色的工装……他们的脸部都不那么清晰。才清说，宏大的工地上，车轮比人还高、吊车耸入云天，你几乎看不到人。无论紧张的浇筑工、沉着的钢筋工、激情的管钳工，从容的架子工，奋力抬岩芯的人群，烈日下排队吃盒饭的队伍，夕阳下拖着疲惫步子下班的中年农民工，什么都干的女勤杂工，他们干着城里人不愿干的重活，干一天才有一天工资，而且是不高的，他们经常一批批地被轮换。孙才清每年都在夫人的陪伴下多次去工地，每次都带回强烈的创作冲动，催促他去驾驭色彩、线条、质感，连同自己的情感、体验、理解，交汇融合，着力表现他们的执着与沉稳，卑微与苦涩，坦然与伟然。这些在唯美主义者眼里不屑一顾的角色，同“文革”中那种挥舞榔头的高大全、红光亮、假大空毫不搭界；同荧屏中不时亮相的那种身着崭新工装、摆出架势的“标准”相大相径庭。才清的笔下，是地道的本色原生态的真实。

一米四五见方的一幅，从构思到绘制完成，一般需要两个月左右的时间。繁忙的社会工作之余寒暑不计，节假日全部搭上，他从2003—2007年，五年里一共完成建设者大油画系列二十来幅。

才清说，他画这样的作品是很动情的。三峡工程即将结束，这些农民工建设者也从此消失。他要用画笔将他们留住，让后世记住他们，否则那将是他永远的亏欠。

看这样的作品我同样是动情的。它让我看到我们民族真正的脊梁，看到生活于底层的逼人的真实。它也使我自然联想到柯勒惠支的矿工，门才尔的炼铁工人，库尔贝的修路工那些世界绘画史上打烙印的经典。甚至也联想到高更对色彩的归纳，塞尚几何形体的处理，梵高心灵的宣泄，印象派光线、色彩的运用。文艺复兴发祥地人文主义的光辉照射在他的画上，20世纪前西方美术史上写实主义的传统，引导他密切关注社会、关爱人生……

我知道，这与他四次“西天取经”是不可分的。十四年前，当他以初生牛犊不怕虎的气势带着那些稚嫩却富有生气的三峡、西藏题材的作品，首次应法国瓦朗谢纳市之邀举办画展，得到法国同行与观众的认可与喜爱，当地的报纸、电视台纷纷予以报道。两年后，他作为“回头客”再次被邀，由十五天增至三个月。善于抓住机遇的他，一去就扎进到了那里的艺术博物馆，如饥似渴地临摹着古典大师卢本斯、华托的原作。每天从开馆直到闭馆，中午在馆内吃几口面包喝几口水毫不间断。连混熟了的博物馆警卫也同他开起了玩笑：“回国时把原作带走，把你的临摹挂在原处，保证没人发现。”后来在办理回国出关手续时，倒真的遇上了麻烦，海关人员将他的临摹当成了“文物”，不得不开具证明才得以放行。2002年他第三次被邀，时间增至半年。办理签证的领事也慕名要买他的油画，孙表示可以相赠，对方则坚决付款。在油画之乡，他一边讲学，作学术交流，一边去荷兰、比利时以朝圣者的虔诚观摩一个又一个艺术馆、博物馆，并且继续临摹名作。法国电视台及多家报纸再次为他作专题采访，这时的孙才清简直如鸟得风，如虎添翼。

2007年5月，孙才清同民间雕塑艺术家陈德宝受宜昌市政府的委派成为宜昌的文化使者，去德国参加路得维希堡“内卡河艺术节”。面对绕城如带的内卡河不见半点漂浮物的河面和大片翠郁的葡萄园，他沉溺于诗意的画境与惬意的创作之中，现场绘制的全景式的《内卡河风景》和《小镇城堡》，受到德国媒体和市民的青睐，其大作悬挂于路得维希堡县政的大厅、长廊。今年他又将作为“回头客”，带着他的“建设者系列”再访路得维希。

对东方艺术本原性的把握，与西方艺术精髓的碰撞融合，孙才清的目光、胸襟、视野，随之廓大，升华；选题、构思、笔力、技法，悄然发生飞跃式的嬗变。孙走着的正是一条民族艺术与国际接轨的路子。

回顾孙才清的艺术成就，其实与他漫长的求索道路，是密不可分的。当他由下乡知青到成为一名交通警察，凭借勤奋与悟性，二十三岁时即被出版社请去出版了连环画《火莲》印刷达三十万册；他的年画《早晨》入选全国第六届美展。当上海交警队派专车送他去寻访浙江美院时，他意外地遇上一位叫金波的老师，是这位一面之交的老师为他及时通报了招生的信息，使他得以被浙江美院录取，从此完成了一次改变人生命运的转折。

良好的正规高等教育，给艺术人生的阶梯铺垫了坚实的基础，善于抓住机遇的他，终于又攀上了一个新的高度，他开始在文化系统从事带专业性的工作。

十三年前我即去过他那时还窄小的家，初次欣赏到他有关三峡渔民、村妇、山川、屋舍和冒着严重高原反应只身去拉萨、拉曲写生的油画作品，我就为他的才气与灵气深深打动。他打床下抽出几大箱砖块似的世界经典油画集，令我又吃了一惊。我想，也许正是在这种“读帖”式的阅读，使他获得潜移默化的滋养与熏陶。我触摸到了这位瘦高个的年轻人的怀抱、起点与标高。

二十多年来他几乎没有一天不作画，这是他生活的常态。远离喧嚣，拒绝炒作，埋头实干，皇天不负苦心人，终于有一天，他接到全国第三届优秀作品参展的通知。五年一届的全国最高级别的联展，油画专业最具权威的巡展，最高级别的美术刊物，垂青于这位三峡中等城市里颇具实力的画家。百里挑一的漫长筛选，由省内而省外，由武汉而广州而北京。不少名家作品被刷下，他的《抬头的人》(2003年)、《建设者》(2004年)等三幅作品先后入选。大家靳尚谊停留在他的画前久久没有离去：“孙才清以三峡工程为题材的油画，大气磅礴，感染力和震撼力强……还是现实主义的作品有旺盛的生命力。”中央美院教授、闻一多的儿子闻立鹏亲切地询问着这位初次谋面的老乡。

身为中国美协会员、湖北省美协理事、湖北美院特聘艺术家、宜昌市美协主席的孙才清，人缘人气很好，口碑甚佳，圈内圈外、国内国外凡同他打过交道的人，都乐意同他交往。三十年前的交警老同事依然视他为好哥们儿，初学绘画者视他为好老师。从他对冯仲衡、吴章彩、季士林、张文永宜昌老一辈画家发自内心的尊崇呵护；对拄着拐杖踏遍三峡山水的残疾人画家佘阳华等的关注支持；对成名前谦卑有加、成名后即置往日师友于脑后、专攻高官政要借以造势的画人投以内敛自持的目光，保持清醒的距离，对那种几分钟挥上几笔就多少多少万、专门欺负那些似懂非懂的“半吊子”高官大款的“文骗”、“书骗”、“画骗”的嗤之以鼻，都彰显一个正直艺术家特有的风骨品格。看新一届美协的年终盛会，老中青画家济济一堂亲如一家，你就会对孙的凝聚力、感召力毋庸置疑。

才清才清，有才且清。夫人陈清林，清秀、清澈、清雅，还多少带一点清高，事业上给予他一贯的理解，有力的支持，不尽的鼓励。真可谓“清”“清”相吸、相惜，“清”到了一块！

如今，他依然天天作画，默默作画，不计寒暑，不分节假日，从不间断。他正处于创作的勃发期、旺盛期，然而他依然不满意自己，不满足已有的高度。它使我打心底坚信：凭着这种势头与襟怀、执着与自信，才清必将登上更加亮丽的新的艺术高峰。

2008年5月22日

胡少康的牡丹与诗书

也许小时候听了牡丹仙子与武皇的故事,牡丹不畏淫威,敢于违抗“花须连夜放”的酒后圣旨,招来烈火烧身逐出长安贬至洛阳的厄运。然而她不低头不颓丧,异地生根,昂然怒放,焦黑的枝干“幻化”出更加绚烂的“焦骨牡丹”,在我心中,那是一则颇具深意的寓言!

然而当我于展馆、商肆看到各样的牡丹画作时,发现是有高下、雅俗之分的。不少过艳、过炫,太俗、太浅,缺了意境、少了内涵。正如人间之“富贵”者,有富而清、富而雅、富而仁者;也有富而骄、富而奢、富而淫者,二者是不可同日而语的。而当我面对少康的牡丹,眼前为之一亮,一种“他乡遇故知”的惊喜猛袭心头!

少康的牡丹,是“千片赤英霞烂烂,百枝绛点灯煌煌”、“疑是洛川神女作,千娇万态破朝霞”的阵势。热闹而不繁复,靓丽而不奢靡,包容而不乖戾,婀娜而不矫情。无意争春,不压群芳,乐与梅、兰、竹、菊为友,喜邀蜂、蝶、燕、雀做伴。“愿与百花同献艳”,“留得人间岁岁春”,释儒雅之气,显君子之风!

他以大写意的泼辣,骋怀展国色,尽兴抒天香。他看重内涵,讲求寓意,经得起把玩;他赤橙黄绿青蓝紫随性涂抹,将现实中难得一见的各色牡丹和谐聚于一幅画中,他简直在进行一次“颜色革命”!而画幅浓淡、虚实、疏密的搭配,题款、印章的布局,都那么得体,给观者以充分愉悦与遐想的空间。徜徉于这样品位的艺术佳构中,直可怡情养性、益寿延年的。少康的“粉丝”多多,也就不足为奇了。

不必惊讶于他的大器晚成。他的历史学养、哲学襟怀、人生阅历、艺术造诣,相互融合相得益彰,夯实了他艺术创作的基石。正所谓“厚积薄发”,“养兵千日用兵一时”,所谓“不鸣则已,一鸣惊人”,前几十年的积蓄,成就了他后日井喷式的爆发。

少康对牡丹的钟情,同他的身世也紧密相关。前半辈筚路蓝缕,后半辈峰回路转,扶摇直上,与牡丹惺惺相惜,名花名士两相欢。牡丹画作,正成为他抒怀的一种方式,与世界对话的一个窗口,安度晚年的一种方式。他自己就是一枝风姿绰约迎春怒放的牡丹花。

赏少康书法，风格多样，尤擅行草。笔墨纯正，收放有仪，柔中寓刚，正中见奇。我则尤喜他《石庵书画诗词选》封面自题的字风：苍劲，顿挫，大度，从容，有历史的沧桑感与人生况味，也从中触摸到书家的自信与坚韧。

少康的诗词，正气磅礴，沧桑凝重。诸如“倾家震难虽亏我，擎国忠魂岂折腰”；“涉世无缘难致富，治家有誉不称贫”；“且耽书卷痴为乐，夜染丹青拙也珍”；“莫信洛阳皆纸贵，酒余覆瓿供新香”……遣怀寄兴，发慨吐志，恪守格律，继承传统，表现个性，凸显风骨，是自成一格的。

总之，画书诗三位一体，各擅其长相互拱卫。画是少康彩色的诗，书是少康黑白的画，诗词则是少康文字的书情画意。正是多才的他，仅用一种样式不能尽兴后的唱和与补充，也是他生活质量、幸福指数令人艳羡的缘由。

面对少康如此勃发旺盛的生命力，我深信并遥祝少康兄，永远少而康、康而泰，老而弥坚、弥新！

2011 年 3 月 29 日

守望本土的寂寞画家肖俊植

他是守望本土的画家；是甘于寂寞的画家；是周韶华大师称作“贤弟”、“老友”的画家；是笔者由衷敬重、乐于亲近的画家。他，就是肖俊植。

命运似乎并不垂青于这位既具天赋又很勤奋的画家。20世纪60年代初的大饥荒，让全国大多数高校的美术专业停止了招生，一中毕业的肖也无缘踏进高等学府的大门。他被“特招”到了市床单厂从事工艺美术设计。一无大学文凭、二无中级职称、三无指标的“三无”美工师，凭借在全国一举拿下两个部级一等奖、一个二等奖的实力，被省厅破格提拔为“高级工艺美术师”。难得的每年两次外出写生，给了他“外师造化”的机遇，“胸中丘壑”油然而生。从此思如泉涌，佳作累累，他成为了中国工艺美术家协会会员、中国美术家协会湖北分会会员。

他以守望本土为己任。他的《湖畔清晨》获第七届湖北省美术作品铜奖；《家住岸边》入选中国第一届山水画展；《秋窗风雨夕》被中国画研究院收藏；《西陵古镇》获湖北省文化厅、美协学术奖；他为中外社团和个人收藏的大部分作品，都离不开生于斯长于斯的三峡。

同老师冯中衡乘小船溯江而上去三峡写生，是难忘的：船移山动，峡开云涌，那种动感，那种氛围，正是他日后创作的灵感源泉。他打破惯常的“两扇门”式的三峡构图，将两岸的叠嶂层峦、山岚云气、古镇石桥、山崖藤蔓、老树虬枝、民居帆影、激流悬瀑、暮色渔火……一一收入画中。积墨显厚重，留白透寥廓；繁密蕴厚富，雄浑见精微。形从神主，神形兼备；画意诗情，绵长幽远。既富自然的原生态，又漫浓郁的山民情；既有传统的气韵，又现时代的风格。无论长屏巨卷、中幅小品，都在章法、笔墨、气势上形成自己的语汇，形成他的“心源之境”。

1989年经过正式考试，他去了中国画研究院研修班脱产深造，终于圆了二十八年前的大学梦。系统绘画理论的“恶补”；名师龙瑞、白雪石、杨延文的指点，让这位有着丰富实践经验的画家如蛹化蝶，如虎添翼！石涛《一笔画论》曰：“夫画者，从于心者也。”一笔画乃“众有之本，万象之根”；“形天地万物者也，舍笔墨其何以形之哉？”肖俊植豁然开朗，认定创作必须根据个人的感受，创造相应的画法。始于此，终于此；成于此，也败于此。而一代宗师黄宾虹讲究山石树屋的浑然一体、勾皴点染的浑然一体、枯湿浓淡的浑然一体、天地人的浑然一体，也给予他极大的启迪，成为他日后创作自觉的孜孜追求。

肖讷于言而敏于笔，不善言辞，不会交际；参展不多，见报尤少，镜头空白；不是好走高端、攉近大款、善作广告、名大于实的那种。他不“入圈”，未“入流”，只一心沉潜于绘画创作。

然而“桃李不言，下自成蹊”，他拥有来自武汉、厦门、上海、广州的众多倾慕者、求购者，这不，新近创作的一批画作，又被画商订购，欲亮相于上海世博会的书画市场，这叫“真人不露相”！一向谦恭的他，眼界却是相当高的。听他私下评画，鞭辟入里，一语中鹄，是货真价实的行家。我与李华章、徐达等同他结伴去胭脂坝、南津关、猇亭、清江捡石，他那发现美、鉴赏美的独到眼光，让我们都为之折服。而当我在“尔雅斋”看到正在装裱的他门下小画家的山水、花鸟习作，又不禁生出“名师高徒”的感慨来！

他交友不多，却交谊甚深，是可以信赖的那种。我曾在一篇文章中提到多年的同窗好友患难之交，见面时叫我一声“长”，直如鲁迅听到闰土那一声“老爷”，浑身掉进了冰窟！而肖却直呼我名，倍觉直朴而亲切，以为是难得的人格平等的好友！他还是一个很重感恩的人，不止一次地提起冯仲衡、张文永、沈良鸿、孙才清等对他的关爱。

当代大师周韶华前后写给他二十多封书信，多次赠画；每次来宜，必打电话同他见面……由此你可知他们的深交。近来有幸翻阅他从不示人的韶华寄自井冈山、石首、广东惠来、东湖梨园医院的部分毛笔、钢笔手札，深为大师对俊植的眷眷深情所感动：“根据你现在的情况，只要坚持搞下去，并且不断充实自己的内在修养，是能够画出自己的风格来的”、“你的画风变化较大，进步不小，其中有几幅我很喜爱”、“尤其看了你的新作特别高兴”、“初步有了自己的文化风貌，有情致和韵味，整体感和情调相当别致”、“要说缺点，在气质上还不够胆大。大道包容天地，吞吐万物，其大无外，其小无内，意蕴深邃，不拘泥于诠释对象，未知你以为然否”、“我也很想看到你的近作并谈谈心”、“现将近作一幅奉作纪念”、“我一生中顺利的时候少，不顺利的时候多，但它常常成为我的精神财富，希望你能超脱，不管什么时候都要靠自己的本事，靠自己来掌握自己的命运，相信你能顶得住”、“时代在推动我，欲罢不能，总是腾不出宽余时间作些调整，迟早会累垮的……”个人行踪、起居、身体近况、苦衷，一一向他袒露——五十年的相识，三十余年的交往，二十多封书信，多次的相聚，享此“殊荣”者，至少在三峡宜昌难出其右吧！然而他从不声张，不愿借友人之光“照亮”自己。若不是动笔前刨根问底，连我们这些相交匪浅的老友，也仅知个大概。

俊植于耳顺之年才出“处女”画集，令人感慨。然而比起冯中衡、吴章彩等生前竟无一本画集问世，则又是可堪欣慰的。我在祝贺之余，也深信，俊植的艺术生命正值“而立”之年。凭他天生的悟性、后天的执着，凭他几十年阅历、创作的来势，凭他的人品、画品，必将迎来又一个艺术的春天。

2010 年 6 月 7 日

我读大江

杜大江师从国画大师周韶华，周先生曾题赠他十个大字："天地入胸臆，笔下生风雷。"这既是周先生对弟子画风画路的认定，更是对他画艺画境新的期待。这些年来，杜大江正是以此为圭臬，不倦攀登！

大江画大笔挥洒，气势浑茫，如立山顶，雄踞高天，是宏观视角的大块文章！他的画，具"一览众山小"之气概，蓄"群山万壑赴荆门"之襟怀；不见仰视，唯有俯瞰，忽略小眉小眼的描摩，唯有"航拍"式的全方位观照。即或是小幅小品，也是大景的浓缩，豪气渗溢其间。早年北疆的军旅生活，练就他极目远眺的习性，一个时期画作中的大漠风光，使人想到唐代边塞诗人苍凉豪放的诗行！

从 1992 年首次举办个展至今，大江从细致写实跳脱，取整体紧凑布局的块面，兼以刚柔并济的线条；有西方传统的严谨功夫，更有东方笔墨虚实留白的意境。题材从足迹所及的西北天山雪域、三江源头、黄土高坡，渐集中于巴楚山川题材的开掘与萃取，从豪迈奔放的构图中愈来愈着力建构着属于"故乡"的精神——巴楚魂！

大江画山，是苍莽的山脉，少有个体的峰岭；大江对山水的配置，大多显山而隐水，水衬山色，山因水雄；无论故乡古景、神农秋色、热土三峡，大江的画中大多不见房舍人迹，多系静穆安谧、神秘悠然的"原生态"，是远离喧嚣之所在。这是大江"大道自然"、"天人合一"思境的外化与向往，是他在现代化进程中对生存状态一种前瞻式的关注！

读大江的画，想见其为人。画雄人豪，人帅画俊。周韶华先生说："杜大江从山沟到城市，一路冲锋陷阵，杀出一条路来，初露头角，小有名气。"诚哉斯言！

大江出生于屈原家乡秭归，被陆游赞为"乃知画非妄，却恨笔未精"的如诗如画入诗入画出诗出画的三峡，给了他不尽的营养，屈子"上下求索"的因子滋养着他的灵魂，楚人筚路蓝缕的精神奔流于他的血液。也许正是这使大江在为生计奔波的同时，孜孜于艺术的攀登！

笔者以为，眼下杜大江画作，层次感稍有不足。往往气势大于笔墨，骨架优于血肉，豪放强于细腻，刚直多于柔和。也许这正是他的优势，也可能是其不足。门外观画，恐贻笑大方！

衷心祝愿杜大江尽情投入生他养他的故乡三峡的怀抱，毕生去追求那“天地入胸臆，笔下生风雷”的画境！

2000 年 10 月 12 日

“耕夫村主”的心语

——《力人茶坊》序

力人以三十万字的《巴楚文人》而崭露头角，其实最早他是以写散文随笔杂文言论而“出道”的。

力人自号“耕夫村主”，声言“耕夫村是我的精神家园”；称自己是“骨子里渗透着乡下人的血脉的城市移民”。

他细写“乡下人在火药的裂变声与酒杯的撞击声中的艰辛与收获”；写“城里乡下人”年关的心态；写乡村除夕夜上坟“满山遍野的坟地亮成了星河”。他说“中国人的‘年’在乡下，我这一生永远在乡下过年”。

对艰难岁月老屋的依恋；对贫穷而富有生机的山区的挂牵，对家大口阔、人满为患而走出盆地、散布于南方北方餐馆、工地、码头多干苦活累活的“川军”的动情赞美；对凄婉动人红衣舞妹的隐忧关切，不光适于年轻人的口味，就是年长者也为之动容！

作者取名“力人”，在于立志做一生劳作下力之人，也为劳作下力的人们而劳作下力。“力”是努力、加力、强力、全力；是心力，气力，毅力，魅力。世界是所有“力人”的世界，世界要靠“力人”去创造！

因为雅号“力人”，所以他特别关注靠力气吃饭的人群：卖麦芽糖的老人、巴台舞女、小学启蒙老师、基层干部、一辈子在乡下的父母、“既攀不上上层人物也与黑道中人称不了兄弟”的开车人燕哥……对生活的挚爱，对亲人、师长、母校、故土的深情，使他成天兴致勃勃地感受着生活，享受着生活。不慕权势，不羡“乌纱”，孜孜笔耕，乐此不疲。

这本集子，也许真还适合以“茶坊”命名，散文、随笔、杂文、言论……一应俱全，作了全面的尝试。茶坊是底层人们聚首之所在，是交流情感、互通情报的好去处。

茶坊里茶味常带苦涩，何况于山乡的粗茶！力人文常带苦涩味，即便甜蜜的生活也有淡淡的涩味。这种“味”耐人品尝！

力人人实在，文也实在，真情，实情，是心声的倾吐流露，不矫饰，不做作，率意而为。文章巧饰易而质朴难，而质朴有味者，尤当不易。这是一种境界，一种文风，一种文品！

力人的文章是本色化的文章。他刚届“而立”，阅历应该说不算太丰富。但他触角敏锐，观察入微，一枝一叶，一眉一眼，写来颇有兴味。平常事娓娓道来，有滋有味，常让人一口气读完而毫不费劲。

力人有的散文写得富有诗意：他写车溪的月光，不着意于客观景物的描摹，却着力于内心感受的铺陈；他写三峡，“像走进母亲河的心房，又像走进祖先的血脉与腑脏”；他“把三峡放在枕边，与她一道进入梦乡”，余音绵绵……

力人历时五年，与100多位巴楚文人全面接触与深入交流，可以说无论就精神吸收与素养提高，都是一次升华与飞跃。如果说《巴楚文人》主要在开掘别人的精神世界；那么《力人茶坊》则大量在开掘自我的心路历程。

力人不少杂文随笔针砭时弊，有新鲜“杂味”：他提出“领导干部的‘知名度’与‘知民度’”问题；设想让“唐僧肉”长刺，是对鲸吞公有制的一种谴责；他说“在中国要拒绝‘小金库’，除非所有家庭都不设‘私房钱’”；杂说“爹”和“爸爸”，将三辈人对比，既具人情味，又有历史的空间感；他年纪轻轻即思索“人生倒计时”的命题，这种“争朝夕”的惜时精神，是难能的奋进欲望！

杂文《冷眼说“水货”》、《佛门改革方略》，构思新颖；《“爬梯族”与“爬格族”》，写来促人深思；《我的文章又获奖了》，辣味十足却又让人忍俊不禁；《囊中何必羞涩》，由囊中的羞涩写到心中的羞涩，生发出新意；而那篇《伤心的斗牛》，写得惊心动魄，笔下贮满悲愤，使人不忍卒读，读后心潮难平。作者对人类弱点的审视，对做牛做马的劳苦大众命运的关切，言近旨远，文短情长！我以为，这是全书中最好的一篇。

自然你也可以举出集中不少文章的肤浅与经不起推敲，然而你无法否认其执着，其率真，其赤诚，你不能不感受到扑面而来的清纯、热情与朝气！读力人的文章，常有“未完”的感觉，这一是由于其内容稍嫌单薄；一则是由于作者善于娓娓道来，让人意犹未尽。这是种好本事——“让人只吃七分饱”，是对读者的一种尊重！

然而优点也爱跟缺点傍在一起，在力人的“茶坊”中，原材料的储备量似乎少了点；内涵有时略嫌轻浅。言论、杂文中的一些篇章，较稚嫩平庸，议论略欠独到，有简单化、浅表化的弱点。有时候大白话多了一点，多少有些遵命奉旨应时应景之作;个别甚至有“广告”的嫌疑,那是招徕游客实用主义“笔会”的斧痕,有时“套话”、“套段”的“入侵”,用滥了的某些新闻语言、文件语言混迹其间……

我如此不留情面地指出这些问题,其实是与力人“同病相怜”!譬如跳高,到了一定的高度,再要越过更高的横竿,即或是一厘米,也相当艰难……我们的理论功底、阅历积累、社会观察剖析力,都需要不断地提高,不能满足于文友间的互为欣赏与传染,心灵上需要永远处于饥渴状态才是。我不知道力人的食物结构如何,看来我们都需要多读一些须“仰视”的书,特别需要读一些有分量的名著包括中外历史、哲学、传记之类,这乃是我向往多年却不能至的目标!

力人曾说:“三十年前,一切皆美好;三十年后,一切需思考。”力人是有抱负的后生,不会也不能一味沉浸于初战告捷的喜悦中,只能将前辈与同行的赞誉,看作是一种奖掖与预支。注意一下力人作品的写作时间就会发现,如同由瘦弱少年向“抽条”的青年发育,到成长为高挑壮实的汉子,那文章愈到后来,则愈显壮实、成熟、多姿,对此我是充满期待与信心的。浮士德与魔鬼梅菲斯特打赌:什么时候满足,什么时候就意味着死亡——这是一则很有箴诫意义的故事。我以此与力人共勉!

2001年2月13日

用画笔思索的郭志刚

这是文人的画，学者的画，思者的画！

这是大容量、大视野、大构建！

兵马陶俑，气度非凡；千年古佛，主旨宏大；鬼戏钟馗，寄寓深远；壹网江山，视角奇特；竹笛黄叶，促人遐思；枯树老兜，蕴蓄生机；枯槁老人，形象怵目；朽床裸女，反差惊心……这是他的倾吐、读解，他的寻求与生存方式！

嗟夫！“此中有深意，欲辨已忘言”。

天赋与才华，铸就了他的执着与自信；年龄与勤奋，赋予他创新的锐气与精力；良好的科班教育，造就了他扎实的绘画基本功以及广涉美学、史学、哲学、社会学、心理学的学养；从西安古都到巴楚之乡的千里徙迁，受汉唐气魄、屈风楚韵的双重陶冶，使得他具备一个艺术家难能的广阔视野与胸襟！

在他的画中，前瞻来者，后思古人；直面人间，回眸世纪；仰对星汉，俯瞰史河；重组物象，诗化大千。展画幅之美，发笔端之奇，蕴深沉之思，寄讽喻之意。

他可以画得很古典很传统，也可以画得很现代很前卫；他可以毫发毕现足可乱真，也可以朦胧抽象乃至于晦涩梦幻；他注重大千的原生态，更器重于其本质内涵的开掘；他力求摆脱机械的模仿，追求内心最高的真实。在题材、画风、画技、画境上，他力图作全方位的尝试、探索与超越，显示出炽热的创作欲望、激情与实力！

对于一个年届而立、踌躇满志的画家，不过早定型拘于一尊作自我禁锢，这无疑是十分恰当的，于日后更加高远的腾飞无疑有巨大的作用。其追求可歌可赞，其成果可许可嘉！

郭氏率性坦诚，不谙世故，潜心画室，自视甚高，或有些许不合“道”合“群”。但从来得失不两全，劣势也许正是其优势。完全有理由期待志刚发扬汉唐包容四海、楚人筚路蓝缕的精神攀越新的高峰，去领略更美的快意！

（本文为“郭志刚现代艺术展”前言）

地球村画师郑瑰玺

在众多的画幅之中，你一眼就可以认出，那是郑瑰玺的画。此之谓“风格”！

独特的题材，深邃的意境，高超的技法，交融化合，一帜独树而自成高格。刚入“而立”，有此造诣，实为难能！

郑瑰玺笔下的花草虫鱼世界，恬静而安适，神秘而和谐，远离尘嚣，悠然自在。这是至可宝贵的自然原生态，是令人艳羡的绿色乐园。这是郑瑰玺对这个世界的认知、阐释、希冀与祈求。这样的底蕴，无疑属于全人类、全世界！读这样的画，如饮清露，如听秋吟。读这样的画，是美的沐浴，是灵魂的净化！

郑瑰玺将传统与现代汇融，令率性与精心默契，让写意与写实组合！

郑瑰玺保持这种势头，求索不止，日后当成大器。圈内圈外人，且拭目以待！

2000 年 3 月 12 日

（本文为“郑瑰玺画展”前言）

《三峡山水》品尝

赏画亦如读文，具有强烈冲击力巨大震撼力者方为上品。青年画家许文胜先生的《三峡山水》，正是这样的一幅力作。作为馈赠给上海市政府的礼品，是当之无愧的。

看画面云积雾漫，山耸峰峙，群瀑争泄，树木森森，霞光披拂，气象峥嵘。好一幅《三峡山水》！恢宏之气扑面而来，让人眼前为之一亮，一震，一惊。

《三峡山水》幅宽图大，气势磅礴，温厚大度，风仪峭古。作者以沉雄浑重的笔墨，娴熟老到的技法，塑造了峻拔浑厚、雄阔壮美的三峡诗境与气骨，其阳刚之风沛然而至，给人以昂扬、振奋、廓远、博大的感染与启迪。

读文胜《三峡山水》，使我自然想到宋代杰出画家范宽的画风。惠及元、明、清画坛的大家范中立以鼎健的笔力，厚足的墨韵，雄劲浑厚的布局，结实滋润的技法，今日在许氏的笔下得以重现，是何等的令人欣喜。尤其是范宽名重一时擅用的积墨法，"善写云中山顶，四面峻厚"的表现手法，在濒于绝迹的当今于文胜画中得以凸显，更是弥足珍贵。没有清苦献身的心志与恒久锤炼的功力，是无法步入此等境界的。

更让人称奇的是文胜以油画形式绘制国画，对传统与外来艺术加以嫁接与借鉴，中西技法融为一体，其表现力更丰富，气势更宏大，画境更浩莽。出自正值"而立"的后俊之手，其内在素养与气质是不可低估与小视的。

今日某些画作或精致有余却气势不足，或气势有余却精致不足，且都少了内涵韵味，许氏的《三峡山水》则是三者兼具、耐人一品的。

这显然与文胜的艺术经历分不开。文胜就读于享誉海内的浙江美院达五年之久，名师亲炙指点、正规科班教育，为他的艺术创作奠定了厚实的基础。尤其师从当代著名画家、浙江美院副院长吴山明教授，更在理论与素养上作了厚富的积累与储存。尔后供职于吴越书画俱乐部，又在中国地质大学任美术编辑六年，又为日后的创作做了长期的准备。他的作品如《高峡出平湖》、《巧渡西陵峡》、《宁静致远》、

《一帆风顺》，都属大气之作。理所当然地受到了读者赞许与方家的认可。

我曾见过文胜不少人物、风景素描，也看过他不少临摹的西洋、中国经典名作，其技法之娴熟高超令人吃惊，足见出于名校名门，是有着扎实的功底的。以这种功底进行创作，无疑有着得天独厚的优势。

如今文胜以对三峡故土的深情，回归故里潜心丹青默默耕作，效先师范宽背囊负箧，披云钻雾，上奉节，访神女，亲巫山，近峡流，素描写生，亲历感受，如此忘情实干，非心浮气躁、贪走“捷径”、混迹画坛者可以比及。

大江东逝，不可遏阻，年轻画家以“而立”的气势正努力搏击，相信保持如此势头，在实践范宽“在古无法，创意自我，功期造化”的精神指引下，在山明先生“搜尽奇峰打草稿”的教诲下，永不歇步，求索不舍，日后是会大有作为的。

2007 年 1 月

《张克春书画作品集》咀华

克春以"特快专递"将拟出版的书画集清样，邮来北京，嘱我作序。拆开邮件，素净的封面溶溶月色中一树静放的白梅沁出淡淡幽香，暑日里顿感清凉。打开画卷，惊喜感佩之情，油然而生。我面对的是一片梅的世界，一道惬意的"美食"。

这是克春多年创作心血的结晶，艺术劳作的载体；是他理想与个性鸣奏的音符，艺术信奉与追求的印记。我掂量着这本集子的分量与品位。

平日很喜欢克春的画，尤其喜爱克春的梅。我宜昌、北京两城住地都挂有克春的大作：北京红梅怒放，一片火旺；宜昌白梅点染，宁静平和。长年面对，相看两不厌，正是激情励志、养心怡性的佳品。

克春的梅，题材多类：灿若丹霞的红梅，洁素如雪的白梅，华贵富丽的黄梅，静若碧玉的绿梅，凝重隽永的墨梅……"自是不开开便好，风信严时清有骨"！

克春的梅，风格多样：老干凸显遒劲，幼条吐放生机；骨朵浸染气质，心蕊播撒清芬。或繁花似锦，或简约如哲；或重彩浓墨，或淡写轻描；或凛然对雪，或憨笑临风；或豁达豪放，或宁静从容；或激情似火，或娇羞静默；或大气磅礴，或纤巧可人。"冰雪林中著此身，不同桃李混芳尘。"整个是浓艳而不媚俗，淡素却无孤高。

克春的梅花，广受青睐：既见于华丽高档的宾馆，也悬于文朋学人的雅室；时见于满目缤纷的画廊，也现于人头攒动的拍卖会上。"忽然一夜清香发，散作乾坤万里春。"克春说，他力求俗中见雅，雅中有俗，雅俗共赏。他的这种艺术主张与艺术实践，赢得广大读者喜爱与圈内人士认可是理所当然的。

克春的梅作，尺幅多种：大者数丈，豪情满墙，给人以强大的视角冲击力；小者方不盈尺，蕴含丰盈，予人以巨大的艺术感染力。

尤为难能的是，克春笔下的梅神韵十足："丹青难写是神韵"，克春入画的梅，如云，如锦；如弦，如歌；如诗，如哲；如师，如友。"雪虐风号愈凛然"，"只留清气满乾坤"。神姿绰约，冷弥香远；筋藏执拗，干蕴铁质；浓艳中贮浑厚，茂密里显逸清。"天生不合寻常格，莫与春花一例看"昭示的正是一种人格，一种尊严，一种气质，一种做人的法则。

我喜爱克春的梅花，尤激赏其笔下的白梅。以画卷中那幅《清香春满枝》为例，清秀、典雅、圣洁、美感。简繁得当，虚实自如，不乏古意，而又漫溢出浓郁的时代气息。每看一次，都平添几分感动与惬意，都是一次心灵的抚慰与洗涤。

放翁诗云："子欲作梅诗，当造幽绝境。笔端有纤尘，正恐梅未肯。"能画出梅的神韵的画家，必先有梅的高洁的襟怀与超尘的气质，人品画品相契合。克春的梅，正是克春淡泊、谦和、儒雅、质朴为人品格的写真。

克春长期在政府机关工作，繁重冗杂的机关事务与文件处理，占去他绝大部分精力与时间，他年复一年地全力以赴，兢兢业业，不事张扬，未有丝毫怠慢。他只能在下班之后、节假之余，用一些人串门、逛街、钓鱼、打麻将的时间，从事业余画作，并以此作为紧张劳作中的一种转换，一种休憩，一种"得宽余"式的享受。"眼高懒为凡花醉，与梅岁岁有幽期"，他是地地道道不折不扣的"业余画家"，甚至因此形成了一种"古怪"的创作方式：非得拉上窗帘亮上灯光，灵感才肯光顾，感觉方可找准。鬼使神差，忘乎所以，进入创作的最佳状态。

命运之神没有给予这位农家子高等学府"科班"深造的机遇，无缘获得名师耳提面命的亲传。他不得不凭着天生的悟性、后天的勤奋，在自学的道上艰苦跋涉。他以"梅花香自苦寒来"的精神策励自己，遇挫不馁，锲而不舍。他广搜名家画作，反复临摹捧读。眼下的画作，看得出受关山月、王成喜、端木梦锡、程生达诸家的影响，但又非关、非王、非端木、非程氏，而是吸纳众长的张氏梅花。他将历代咏梅诗抄录成册，烂记于心。从那些恰到好处的题款、印章，就可以感受到他的文学艺术的涵养。他利用有限的机会寻梅、访梅、品梅，师法大自然，正是他创作不竭的源泉。

其实克春的艺术实绩并不限于画梅花，其他诸如山水、书法，也颇见功力。画作创意清新，透出灵气；书法行兼隶楷，传统现代相融合，不乏佳作。

诚然克春眼下的书画作品，有的略显稚嫩，有的稍感拘谨，有的技巧尚欠火候，对于一个不断探求独特风格者来说，是在所难免的。艺无止境，绘画画到一定境界，其实是在画内涵、画修养、画韵味的，克春还需广采博取，继续提升，探索不止。

而这本书画集，正是一束报春的新梅，预示克春艺术更加璀璨春天的来临。我们期待他，祝福他。

2007年4月5日

写意陈德宝

泥土孕育万物，人类在泥土上繁衍。女娲以泥塑出了炎黄始祖；耶和华以泥塑出了亚当；普罗米修斯以泥造出了希腊的先人……

陈德宝以三峡的泥，塑出了三峡巴楚文化的大千……

经过锤、揉、搓、捏、雕、塑，三峡天然廉价的泥，在陈氏的手中演化为具有爱恨情仇、七情六欲的三教九流、五行八作……

三峡巴楚藏龙卧虎，陈德宝——三峡巴楚艺术天地里的奇龙怪虎也。

“怪”，是陈氏德宝的特色、特质、特性。

陈氏是“泥怪”、“陶怪”、“艺怪”。“怪”，成就了陈氏的“泥塑人生”。

经历之“怪”：由人生谷底跃居巅峰，由巅峰复入谷底；然而又奇迹般地柳暗花明复入佳境……

性格之“怪”：在其率真，坦直，执着，傲岸。“仰天大笑出门去，我辈岂是蓬蒿人”，为他度体量身。而面对真心实意、真才实学者，他又那么谦和、随和，本真、天真……

题材之“怪”：无论奔马、太白壶、昭君文具、梁山泊一百单八将、卧佛、罗汉、寿星、巴山舞者、纤夫、磨刀师傅、剃头匠、对弈者、跳丧人、敞怀村妇、性感乡女……夷陵生活卷、巴楚精气神、三峡悲喜忧，尽收手底，跃然泥上，绘影绘神。

风格之“怪”：在大拙大美，大雅大俗；在其“心忘方入妙，意到不求工”的怪异，怪诞，怪谲，让人惊怪、嗔怪、错怪……

德宝德宝，化泥为宝！三峡“珍稀”，宜昌“活宝”！

2005 年 4 月 20 日

附　录

智者符号

张永久

与符号先生第一次近距离接触，是在长阳天柱山的一次文学笔会里。那时，他还没有退休，还在宜昌市副市长的任上。傍晚时分，我们踏着落霞余晖沿山间小道散步，且行且叙，讲的是一段沉重的历史：关于“文革”的记忆。小县城里，几个优秀的青年人，死了；一个浪漫的爱情故事，悲剧了……符号年长我十几岁，按说该是我聆听教诲，那次却成了我讲他听。一路上，符号始终安静地听着，眉头上锁着个结子，讲到人物命运的关键处，忍不住插话问上几句，神情有些急切。若干年后，我明白了那种急切的神情叫作人文关怀。

官场上讲究作风沉稳，符号身在其中，不可能不遵守潜规则。何况在那些年代，对“文革”话题的敏感，犹如对麻风病的忌讳。我很感谢他当时能安静地当我的听众，我更感谢他眉宇间那种人文关怀的神情。后来相处多了，我慢慢也知道了：对小人物命运的同情与关爱，是符号一以贯之的生活态度。

有一次，参加一个朋友的饭局后，回家路上，闪烁的霓虹灯下，符号讲了他年轻时的故事。哦，那是一个多么浪漫且富有诗意的开头啊，三湘弟子，考学来到华师桂子山上，性格外向的他，对生活倾注了十二分的热情，写诗、演戏、跳舞、画画、吹笛子、拉手风琴、打篮球、游泳……突然间，一场反右运动的暴风雪扑面袭来，他的人生经历了跌宕，没能逃脱厄运，被补划为“右派”，分配到边城宜昌，当了一名教书先生。

苦难的经历能压垮一个人，也能成全一个人。在宜昌，符号找到了他的爱情，那段曾经使他痛苦的经历，也成了他宝贵的人生财富。

我们在文学朝圣的路上，见过很多拿文学当敲门砖的人，一旦得到了他想要的东西（譬如权力），文学就被弃如敝屣，然而符号却不。他真心喜欢杂文，甚至把杂文看作了生命中的一部分。即使当年在副市长的任上，不少人对政府官员写杂文有非议，他的态度总是虚心接受，坚决不改。

符号最欣赏的一句话是林则徐的名言"海纳百川，有容乃大"，这句话也成了他做人的基本准则。他总是最严厉地解剖自己，在回顾自己读书生涯的文章《我是一只井底蛙》中，符号不无幽默地自我揶揄："一直以为自己比较博学，接受过正规教育，读过马恩列斯的著作……当时光走到20世纪80年代初，终于发现自己原本就是一只受过高等教育的博学的井底蛙。"在文坛中能如此自嘲者并不多见，在官场中则更属于凤毛麟角。几年后，符号新出版一本杂文集，索性将书名取为《敢自嘲者真名士》。

最近几年，符号先生像一只候鸟，炎热的夏天就到北方，在京城儿子家中消夏，到了冬天再回到南方宜昌。正是这种两地生活经历，使他与京城思想界有了更多的接触，视野也变得更加开阔。他的杂文作品一发而不可收拾，频繁见诸报刊，频繁获奖，在各种杂文选本中频繁出现。杂文家鄢烈山评价符号的杂文是血性文章，"不仅有文学的感染力，而且深邃隽永"。鄢烈山前几年说，符号以望七之年，离庄子所说的中寿八十尚远，比起严秀、何满子等几位宝刀未老的杂文界前辈要年轻一二十岁，衷心期望他在从心所欲的自由心境中，写出更多的杂文精品。这样的期待与祝福，也何尝不是我们这些文学同行们的心愿。

2012年3月12日

吹尽狂沙始见金

羊角岩

符号老师是当代杂文大家，我能获得他亲赠的《敢自嘲者真名士》殊为荣幸。元旦期间花了一天多时间初读下来，觉得最能触动我的当属作者对于杂文生命力的不懈追求。其实这不仅是对杂文一种文体来说是一个重要的问题，甚至对于所有的从文者都是需要警醒的极为严肃的命题。

符号是从对历史文化的反思中产生对于杂文生命力的思考的。人的目力所及，毕竟是相当有限的，这便是人的身体本身所带来的局限，没办法可以改变，所以即使贵如皇帝，也渴望着能看得更远，所以他的身边常有“能视于百步之外，见秋毫之末”的离朱。然而世界是无限的，“百步之外，秋毫之末”也只是比常人看得远一些，也是一种局限。

符号是从对于中国当代文坛的考察中得到关于生命力的结论的。原北大校长马寅初预言如不控制好人口“新中国将会背上一个极其沉重不易摆脱的包袱”；梁思成五十多年前提出“保留北京旧城另建政治中心”；清华教授黄万里力排众议反对三门峡工程被打成“右派”蒙冤二十三年……“千淘万漉虽辛苦，吹尽狂沙始见金”，公正的“时间”已证明了这三位当代离朱的正确。

而相反的例子也比比皆是：白桦在粉碎“四人帮”后召开的全国作协代表大会上曾说，新中国成立以来所有的文艺理论文章，可以一字不改地拿出来重新发表的，大概凤毛麟角，许多文章的作者只好无地自容，事后的修补只能被认为是遮羞。1958 年前后龚同文等人的杂文之所以日后竟成笑柄，就因为他们所歌颂的对象经不起历史的拷问，笔下所鞭挞的事物却有着无可摧毁的生命力。

符号是从几十年的切身体验中强化了对于杂文生命力的认识的。符号的阅历相当丰富，经历过新旧两个中国，曾被错划成“极右”，“免冠”后当教师而至校长院长，后来又进入政界，成为一个地级市主管科教文卫的“父母官”……他自己十分珍视这份阅历，他从自己的阅历中得出了宝贵的结论："跟车越紧撞车的几率也越高。"社会的发展往往演绎难以预料的"河东""河西"。对于这一发现，他并不悲观失望，他"是乐观的悲观主义者，也是悲观的乐观主义者"。他由此获得了一种正确的历史观，明白了历史的"显影"常常要花上上十上百年，那么对于杂文家甚至对于所有的写作者来说，要保持独立的思考，进入"自由王国"，而不能"未谙姑食性，先遣小姑尝"，只看"时宜"的眼神做人与为文。

符号是这样思考的，他的作品便体现出对于生命力的顽强追求。他说："每一位严肃的杂文家每一篇杂文都在对现实进行历史拷问。而他自己，也在被历史拷问着。"他的《想起李玉亭》、《坚守"寂寞"的寿者》、《约瑟夫的阶级成分》等篇什都表现出独立思考的个性，他的《五一节的主题》、《北影门前的景观》、《马燕的漂流瓶》、《农民工的"情人节"》等都书写着对于弱势群体的同情和大声疾呼……他的大量作品，都经得起历史的拷问，或许这是他最引为自豪之处。

符号勤于笔耕，这是他于古稀之年为我们奉献的第八部杂文集。符号几十年来所积累的关于如何写杂文的理念，在这部杂文集中或许得到了集中的反映。整体阅读后我突然产生了对于他的第九部杂文集的不成熟的建议：我希望它将是不表露任何写作理念，而把这些理念像盐融于水一样巧妙地、无形地掩藏在对于日常生活的嬉笑怒骂之中，何许将是另一番情景？

岁月如秤　掂量我的沉重、珍重、厚重……

震撼我心的一叶痛史

——读涂怀章《大学的青史》第一卷

读完涂怀章教授的长篇小说《大学的青史》第一卷《人殃》，终于长舒了一口气。那令人窒息的氛围，不断拧紧的情节，如黑云压头石板压心的层层推进，把人带到了20世纪80年代初朗朗乾坤中不该发生的一幕。尽管结尾主人公喻维山只不过取得一点“朦胧的胜利”，但是你终于可以感觉到邪恶势力末日的来临是那样的顺理成章，不可避免。

血性文章火铸就，作者胸中是澎湃的大海，是沸涌的岩浆，和着心底的泪血在奔突。一切技法、推敲，起承转合，字斟句酌，在这里都显得次要，首要的是不吐不快的“骨鲠在喉”，是无情实录的春秋史笔。哀而有伤，痛而含愤，怨而蓄怒，欣而衔悲。投鼠不忘忌器，刺邪更重护真，意外意料兼有，痛快痛苦交融。读这样的作品，只要不是铁石心肠，显然都无法自已。

老一辈卓然的悲剧，宗瑞华的悲剧，中年屈南平的悲剧，红旗下长大的喻维山几陷绝境的悲剧以及转而成为带泪的悲喜剧，都让人唏嘘、扼腕、发指、沉思。曾闻的滑稽闹剧演完之后，面对他的当然也是悲剧——性质与结局完全不同的另一种悲剧。它如谌垒、莆若腾、喻维尘们的悲剧，路可见、董小倩、武施们各样的悲剧，都让人陷于无尽的遐思。哲人说“悲剧使人深沉”，正道出了《人殃》的特色与魅力。

作家借用民间传说中阴森森、绿惨惨，似雾非雾、似云非云，四处游荡、肆虐人间的“人样”鬼祟，描摩出盘桓于校园上空、猖獗多时、作恶多端的“人殃”祸害，是迄今文学尤其是长篇小说中一个未涉、涉浅的领域，无论就题材、气势、深度，都具有填补空白的性质。

当社会已不再把一个或几个攫取了某一级组织权利的人当作真理的化身，不再相信用光荣组织的名义就可以生杀予夺时，正标明社会在向着民主化迈进。小说表现出的史家胆识、作家笔力，将“人样”人殃牢牢钉在了历史的耻辱柱、文学的耻辱柱、道义的耻辱柱上，足可告慰逝者，抚慰生者，警示来者。

小说人物中关于路线与品质、伟大与渺小、过失性作恶与攻击型作恶的诸多议论的对话，乃历史沉思的积淀，社会体验的结晶，是十分精辟的。正是在这个意义上，使这部小说具有“新反思文学”的意义，并进行了深化与超越。它赢得评论家的称许，并在武汉高校激起波澜，是不足为奇的。

小说中独到地塑造了一个阴鸷、歹毒，可怖亦可鄙，卑劣又顽劣的“人样”标本，一个心怀作恶动机、拥有耀眼光环、擅用冠冕堂皇理论置人死地的政治迫害狂，一个从工作方式到思维方式到语言习惯都浸泡着极左溶液的政治怪物的狰狞形象——曾闻。只要危及他的政治“前程”，威胁他的独裁王国，他就会毫不犹豫地以十倍的疯狂，百倍的仇恨，把你往死里整。《三国演义》演绎的那些勾心斗角的林林总总，在他那里得到了淋漓尽致的发挥与“弘扬”。他以“整人”发迹，以“整人”为业，也在“整人”中显示他的价值与地位。他可以娴熟地动用一切组织的、行政的、党内的、党外的、教师的、学生的、校内的、校外的，家庭的、社会的、“合法的”、非法的、有形的、无形的各种手段接连不断无止无休地对喻维山们进行打压，置之死地而后快，逼于绝境始方休。在他的治下，都得成为顺民、贱民，奴隶、奴才，即使在文明发达的高等学府，也不例外。在这样的情势下，“黄钟毁弃，瓦釜雷鸣”，“揣摩学”发达，“迎合学”行时，又有什么奇怪呢。小说对这一角色的塑造，自然引起人们对党的用人路线、党内民主等等重大课题的严肃思考。

对主人公喻维山惨遭奇冤的内心苦痛细致入微的心理描摩，则是小说的又一亮点。作为“根正苗红”、风华正茂、单纯、正直、善良、颇有些书生气的年轻的大学讲师，一个以党的教育事业为己任、以倾情讴歌新时代为最大乐事的德才兼备的青年，仅仅是在正常的组织程序下冒犯了头上的大人物，几遭灭顶之灾。那无边无际的精神折磨，没完没了的批判交代，统统化为痛彻心脾的文字，出离愤怒的控诉，让“整人”这个散发着血腥味的名词深深镌刻入文学的长卷。而他的拼命“突围”，四处求助的过程，不过是一个不堪凌辱的弱者本能的抗争，一个政治求生者走投无路的被“逼上梁山”。他赢得省纪检干部大兵和市委宣传部长李鞠等一批革命干部的支持与保护，赢得黄初、王敬毅、祖延之等正直知识分子的信任与同情，也带有某种必然性。你由此可以追寻到屈原、谭嗣同、鲁迅等知识分子优良传统的一脉相承。《人殃》是被损害被侮辱的正直知识分子的滴血录，是“枪不杀人人杀人”的活的诠释。没有切肤之痛的感同身受，不是出神入化的丹青高手，不可能如此曲尽其妙，产生如此强烈的震撼力。

历史的清算需要文件的作结，也需要文学的载入。翻过过往沉重的一页，掂量为翻过那一页所付出的高昂代价，思索不再让那一页翻转过来的“车鉴”，这正是今日健在人们的义务，也正是我们看重涂氏《大学的青史》价值之所在，也是衷心期盼《青史》二、三卷早日问世的理由。

2003 年 12 月 21 日

平淡中淌出的真情

——《张泽勇随笔》序

当泽勇把厚厚的一叠文稿送到我的手上，一种欣喜与激动之情涌上心头。对于笔耕文作、酿蜜吐丝者，我历来怀有一种天然的好感与尊敬，更何况面对的是泽勇结集出版的第一个集子，我是她的第一个读者！

我与泽勇相识近二十年，在我的印象里，泽勇是一位朴实、热情、随和、正直、奋勉、思想敏锐、富有魄力、具有多方面才能的年轻人。他来自贫穷而富饶的土家山寨，悠悠清江与高等学府的哺育与熏陶，使他具有良好的素质与根基；而教师、党务工作者、新闻工作者的丰富阅历，又锤锻了他的思想，开阔了他的视野，增长了他的才干。他以三十有七的年龄担当起在三峡乃至全国广有影响的《三峡晚报》社长、总编的重任，实行了扩版成大报的宏愿，完成了晚报大厦的构建……真有点“初生之犊”的那股子“牛劲”。然而这还不是完整的张泽勇，作为植根于巴楚文化土壤的文化人，应当说，张氏具有厚富的写作潜力。

那篇发表于20世纪80年代初《光明日报》副刊并获一等奖的散文《大坝赋》，描绘葛洲大坝雄姿，令我至今记忆犹新；而十几年后发表于《人民日报》并为几家报纸转载的《坛子岭记》，描绘正在兴建的跨世纪民族性工程三峡大坝，又广获好评。两文留下两幅珍贵的历史画面，堪称姊妹佳篇。

收入集中的几十篇文章内容较为广泛：游记从土家乡镇（如《施坪小记》、《渔峡口记》），到大洋彼岸（《访美散记》系列）；记人从父母（如《哭母亲》、《父亲》），到师友到自己（如《李华章小记》、《国新画絮语》、《农民生涯自述》、《童年忆》、《早恋琐议》、《病中寻乐记》）；另有随笔式的作家、艺术家评论（如《散读孙犁》、《袒露灵魂的自白》、《张贤亮论》），杂文杂感（如《给打小报告者的致敬信》、《致一位公社书记》、《升官二题》、《匿名信断想》）等，林林总总，颇为丰富。

全书没有激昂的情感宣泄，没有浓烈的文采飞扬，没有奇巧的布局构思，没有典籍的旁征博引，平平的，缓缓的，潺潺的，流淌的却是盈盈的、纯纯的、悠悠的真情。没有伪饰，没有作态，没有刻意打扮，天然色，淡淡妆，自然流露，亲亲切切，明白如话。如果说早期的作品（包括某些见报获奖篇章）略有斧痕并稍显单薄之外，近年来则愈写愈直朴率真。兴之所至，有感而发，随笔而走，随物赋形，是心的剖白情的袒露。无论记事、遣怀、论议，臧否，都有自己的个性。作者对母亲的歉疚与怀念，对父亲的隔膜与理解，对异域海滩“比基尼”装的新奇感，对“社会可容许一个平庸的女人，却不能接纳一个有理想有主见有追求有成就的女人”的慨叹，对打小报告者卑污心态的无情曝光，对退下来的公社书记保持平民心态的叮嘱宽慰……都那么令人诚服贴心，从中可以感受到作者坦荡磊落的人格力量，不经意中展现出从艰难、从顺畅中走来的一位勤勉、虚怀、善于吸纳营养、不倦求索进取的人物形象。这使我想到鲁迅关于早期刘半农的一段论评：“不错，半农确是浅。但他的浅，却如一条清溪，澄澈见底，纵有多少沉渣和腐草，也不掩其大体的清。倘使装的是烂泥，一时就看不出他的深浅来了；如果是烂泥的深渊呢，那就更不如浅一点的好。”泽勇胸中没有腐草、沉渣与烂泥，如清江一样较少污染，因而也更清浅、清澈、清淡得可人。

我曾经说：“散文随笔之与小说，有如演员之与节目主持人，二者是无法等同的。”前者常常藏匿了自我，可以“扮演”；而后者，自我则袒露无遗，你只可能是“本色”，一“扮演”就露马脚。这正是不少演员无法胜任主持人角色的原因。作为侧重表现作者内心体验与情感的散文随笔样式，我似乎更喜爱那种道文并重、质胜于文、托出本色、沉稳有骨、取信后世、舒卷随心的篇什；我本能地厌恶那种虚美掩恶、凌空蹈虚、拿腔作态、为文造情、藏匿自我、故作高深的“假大空”劣品。

泽勇的文章摒弃了后者的污渍，距前者却尚有一段里程。但既然路子已经走对，有良好的开端，有厚富的潜力，只要不懈地攀登，不倦求索，又何愁不会到达光辉的顶点呢！

我期盼着泽勇以自己更多的新作、力作、佳作，去垒砌那通向光辉顶点的石阶。

读张勇的《书生之见》

这是精辟见解与精彩见闻的结集，是杂文的理与散文的情的汇流。

他终于出书了，他早该出书。凭他的才气，他的学养，他的视野，他的阅历，他的文字的品位。

与他有二十多年的文学交往，从20世纪70年代工人文化宫影评小组写出鲜活的文章，到恢复高考以宜昌市作文最高分步入高等学府，到被推举进报社到担任报社的负责人之一，我目睹他由文学青年到专业报人、业余作家的全过程。我们彼此间可以作倾心的长谈，“知己笑谈多”，可以不必设防，可以形成不约而同、不谋而合、所见略同、心照不宣的默契，我们同在宜昌杂文学会“共事”……我应该为他写点文字。

在他的作品中，没有大愤大怒，大喜大悲，大讨大伐，大褒大贬，没有叱咤风云的号召，没有石破天惊的呐喊。他总是款款地，娓娓地，细细地，实实地……这也许就是他的风格。

他以书生自诩，不以为辱，反以为荣，书生之见，贵在率真。有昭昭之肝胆，无世故之圆滑；有较真之拗劲，无做戏之伎俩。他的文没有装腔拿派，没有故作高深，少有刻意的斧痕，他以平静的心态率性而作，善于自然流畅，宽适得度，行止自如，这与他平日的为人是一致的。

然而他并非传统概念上的书生，他是一个年少即踏入社会接触人生的书生，一个从小学会柔韧、忍韧与坚韧的书生，一个既啃嚼有字群书又博览无字大书的书生。

他的家庭就是一部波澜起伏的长篇小说，他父母的遭际即是一部动人心魄的电影。他自己的经历使他没有一般书生对社会实际的隔膜，处于吞吐大量信息的职业岗位后，进一步强化了他的敏感，拓宽了他的视角。他一面保持着书生难能的顶真与执着、清醒与主见，正直与率真，一面又无缘于昔日书生的那种迂腐、偏执、酸臭与可怜。

《书生之见》是一位颇富见地、颇具品位的“书生”递给你的一只五彩缤纷的大千“万花筒”：评时议政，忧国忧民，谈中说外，指古点今，讨腐诊弊，激浊扬清；赏山览水，采景访人，究学探艺，品书论文……让人明目启智，振聋发聩，赏心悦目，养性怡情……

他的杂文表现出高度的政治敏锐与清醒洞察力、时代使命感与可贵的社会良心。他对市场经济条件下道德沦丧良心异化的抨击，发出“什么都值钱，什么都不值钱”的感慨，让人颔首称是；他对干部中一些目无法纪、胆大妄为者对中央指示“理解的不执行，不理解的也不执行”的揭露，入木三分；他面对井冈山、庐山两座“政治名山”，咀嚼其“承载的超重的政治分量”，让人陷于沉甸甸的历史沉思；他就鲁迅笔下阿Q、华老栓、七斤等人物所代表的精神素质七十五年后“改造了多少”发出的诘问，铿锵有力；他对那些动辄以“国情”为盾牌，抵制改革开放的技法，洞若观火；他提出“既要利己，也不损人”的做人标准，看似低调，却求实求是，低调不低；他对各式“百忙”之官的剖析，切中肯綮；他由汉字本义引申出几项乃至十几、几十个义项，有的已与本义风马牛不相及，联系到当今与党的宗旨相距十万八千里的一些现象，发现独到，议论精辟。他的一组议史的文章，评秦始皇、议汉元帝、论明太祖、说清康熙……纵横开阖，左右逢源，显示出古典文学的功底与以古鉴今的腕力。他有不少文章篇尾并不作结，留下疑问让读者去思索探究，也颇有新意。

看一看诸如《如果苍蝇落在老虎屁股上》、《“左”右悖论》、《意态由来画不成》、《天国调资》这些标题，你就会感到杂味十足，试欲一睹为快；读到“不管什么动物，一旦夹着尾巴，无论如何也跑不快”、“与灵犀相通者对话是享受，与不知所云者对话是忍受”、公款吃喝的干部肚皮里装着的“百分之六十是公有制”之类的语段，你就会拍案叫奇，领略到深刻隽永、辛辣风趣的快意。

他无疑是全能型的手笔，十八般武艺皆行，而我，似乎更钟爱于他的散文。鲜活灵动，率性而作，行云流水，平实自然。让人读时爱不释眼，读后品思仍有滋有味。《大宁河野趣》中对小三峡“可抚之山，可掬之水”相看两不厌的妙处，对大宁河“河中的处子，水类的闺秀”的赞美，充满诗情；《丰都这“鬼地方”》记鬼城庙会，游街小鬼耳朵上夹着“希尔顿”、黑白无常背后跟着着时髦衣裙、梳波浪披肩发的现代女郎手捧罐头新产品，让人忍俊不禁，感受到“鬼文化”由宿命避世向入世功利的观念转化；他状峨眉山如丝如雾的雨云、如倾如诉的雨滴、疏疏密密的雨帘，使人仿佛置身其间，享受着佛教名山那绿色的雨浴，悟到佛语“净化”的意蕴；他勾勒“西贯万里，横锁千山，屏障百代”的山海关，令人胸生豪气；记奉化溪口，又令人忆起历史的沧桑；那篇骈散结合、文白夹杂的《三游洞赋》，行文恣肆，洋洋洒洒，展现作者不凡的文字驾驭能力；至于对异国风光多角度的摄取，随意赋形，信马由缰，叙议交错，时空变幻，颇引人入胜，兴味盎然。

从个人的喜好看，我似乎特别爱读《母亲的远行》。那是“痛定”之后的长歌，令我唏嘘，为之动容。我为其双亲三波三折的离合而动容，为历史重负下母亲柔韧的双肩而动容。进而想到天底下许许多多这样的母亲，这样的家庭。平静中感受痛苦，平实中见到深沉。

这是一本地道的“杂”文集，稍“杂”了一点。“四面出击”是他写作的优势，但也未尝不制约着他的优势。常言道，“艺博不养人”，“文博”似乎也不容易“养人”。今后他可以也应该更“专攻”一些，他的“正业”是办报。他主编过副刊，至今他仍主管着副刊。《三峡晚报》拳头版面的副刊列于全国晚报之林而广获好评，他和同人一道，不能不付出大量的精力。

全书的时间跨度较大，当年的时文今日读来仍觉新鲜，实属不易。个别篇章以今日眼光看，则略嫌稚嫩、平平与松散。

他无疑是一名潜质颇富的高手。我似乎并不满足于他已有的成绩，他应当有更高的追求。凭他的才气，他的学养，他的视野，他的阅历，他的文字的品位。

我期待着，孜孜不倦、锲而不舍地用他的眼，他的思，他的文，他的书，去铺就人生新的、更加光辉的里程。

1999年3月8日

黄波印象

对于黄波，我是先识其文，后识其人的。黄波的文章，大多观点新锐独到，材料鲜为人用，笔法老练，学术味浓。我想象他是一位社会阅历颇丰的老者，后来听人说他年纪并不大，就在宜都，象棋下得出色，更引起我对他的兴趣。终于有机会得以相见，一个二十来岁的小伙，反应机敏，说话速度极快。两人年龄相差一大截，却是一见如故，相谈甚欢。听他谈读书心得，谈历史，谈社会，谈杂文创作，其直率、洞察、清醒，深为我所欣赏，其理论修养、学术视野，学识水平，是不可等闲视之的。第二次见面即上他家看他的藏书，文史类书籍许多是我在他未出生的年代不可能读到也不允许读的。从此电邮往来，电话交谈，杂文聚会，竟成忘年之交。他不时传来大作让我先睹为快；我主编《宜昌文林揽粹》向他讨教，他随口推荐张居正的《宜都儒学记》入书，可见其博闻强记。他剖析"内圣外王"的历史现象，指出"历代帝王之师"乃中国文人自欺欺人的迷梦；他辨析有关胡适、傅斯年、翁文灏、梁漱溟、冯友兰的诸多事件，涉人所未涉；他通过对闻一多最后一次演讲原稿的全文考订、朱自清日记的逐一研读，得出与已有权威不尽相同的结论；他在《文汇报》开专栏发表评《水浒传》的文章，被不少报章选摘；《南方周末》曾用近一个版的篇幅刊载他关于郭沫若与周作人交往的文字；《随笔》发他长达一万多言的《朱自清的1948年》；他以一年百余篇的杂文、时评、学术论文见诸《书屋》、《东方文化》、《博览群书》、《社会科学论坛》、《南风窗》、《南方人物周刊》、《同舟共进》、《杂文选刊》、《杂文月刊》等数十家报刊。其观点与材料的新特，学术味与时评性的互补，逻辑与文采的融汇，语言传统与前卫的统一，长篇与短制的并举，尖锐与尺度的把握，主旨言轻实重与切入举重若轻的契合，使黄波凭实力脱颖而出。

他被邀参加长春全国杂文笔会，发言被《杂文选刊》登载；一年一度的杂文、随笔、文史最佳选本，大多有他的作品入列；多种选本提及黄波是值得关注的青年作者。他深得邵燕祥、傅国涌、向继东等名家的赏识；他同当代杂文家鄢烈山、朱铁志、刘洪波等都曾有过争论，后来却成了亲密文友。2005年夏，《三峡晚报》社长张泽勇慧眼识珠，将他调来报社，编辑“三峡论语”时评版，一时好稿云集，栏目有声有色。不久前福建教育出版社同他签约，他的文史新著《幻想与现实》即将出版，是他写作生涯中的一座新的里程碑。

我期待并深信才届而立、起点不凡的黄波，继续保持这种势头，广吸博采，锐进不止，同时注意身体健康，其前景当不可限量。

2007 年 3 月 1 日

应是风骨最难能

——读程建学《望潮集》劄记

程建学先生的古体诗词《望潮集》即将付梓，嘱为作序。

此前我读过他发表的少量作品，感觉新意叠出，出手不凡，是我有限视野中打下烙印的作者之一。而当我连花几个晚上集中拜读他《望潮集》二百多首诗作，夜深人静时得意忘形禁不住吟诵拍案叫好，连老伴都惊动了，我不能不对建学刮目相看肃然起敬了。

其实我对当代人所写古体诗词感兴趣者不多。个中固然有读罢唐宋"黄山归来不看岳"、"除却巫山不是云"的心态问题，也与半个多世纪来古体诗词的式微"风"化不无关系。1977年我买过人民文学出版社的《沫若诗词选》，大量的"万岁高呼三举手"、"一大二公岂可忘"、"大小高炉涌铁泉"以及"大工贼，黄粱梦"、"奋螳臂，邓小平"、"颂公报，歌决定"之类，以为既是《女神》作者自己的难堪，也未必不是古体诗词的尴尬。于是凡趋势赶潮逢场作戏的标语押韵、广告分行、社论摘句以及酒楼开业、宾馆剪彩之类，连同那些生拼硬凑、了无新意、佶屈聱牙、丢失自我之作，则一律采取"远庖厨"对策，"惹不起躲得起"。

然而建学与这些是不搭界的，他的诗属于另一个层次，是肺腑心声，血性文字，用金石材料锻造而成的艺术品。他洞察世象，尊重史实，烛照时势，捍卫良知。其佳构华章、锦句箴辞、激言傥论，让人怦然心动，热血沸煮，胸襟豁开，是承继了屈原、杜甫、白居易的诗脉诗风的。

我知道是鄂东老区父辈的倔强，赋予了建学执拗的基因；草根族顶真的秉性，雕塑着他端方的品格；是先圣前贤的濡染，让他葆有睿智的功力；曾经少有污染的家乡，给予他诗性的启蒙……刘勰云："怊怅述情，必始乎风；沉吟铺辞，莫先于骨。"风骨乃诗之精气神，建学诗词的分量即在于此。他在评价友人的诗中写道："寓庄入侃含幽默，救弊匡时放直言。笔走千行闲墨少，心怀百姓襟怀宽。"这同样适用于他自己，正所谓“结言端直，则文骨成焉；意气骏爽，则文风生焉”。

早在20世纪70年代，他就立下“感事偏多愤忧篇”的表达取向。他诅咒“文革”，“屠刀每向无辜举，牢狱频为文字开”；他为北大才女林昭的惨遭杀害一口气写下七律七首，皆为泣血之作。“浩气盈胸破夕曛”，“血书警世破愚文”；“不教精神没浊流”；“啼血鹃声醒万人”，“倘使他年花覆野，信由先烈血凝成”……将悲剧升华为悲壮而崇高的祈愿与警示。他《读顾准文集》：“百花总被一花欺，争说吾皇着新衣。真话果须拼死说，人间恨少哥白尼。”叩问历史，掷地有声，《七律重读毛主席诗词感赋》，写出的正是中国特色英雄史的缩影及其思考。他调侃李敖善吹牛、夸一流的嬉笑怒骂，“试与林张遇同列，脖间能系几颗头”，弦外之音，耐人寻味，他不愧为以诗为载体的思想者。

历史非同儿戏，教训岂可淡忘。“斗争痛使人为兽，演变欣看鱼化龙”；“浪漫宜诗不宜政，斗争过瘾怕过头”……言少意丰鞭辟入里。那首描绘当年夏日“狂风直挞”，“浊水横流”，“繁花纷堕”，“百鸟同悲”的诗作，淋漓尽致，令人震撼。他仍然“不信乾坤无朗日，科头独立望新晴”……

他是白氏“文章合为时而著，诗歌合为事而作”主张的不懈实践者，言志缘情，志情合一。他痛心“几许英雄作秀，万千人欲横流”，“学士倒戈揖赵帅，款爷得意舞华兹”；他痛感“无里巷中无麻将，有衙门处有贪官”，“逢人厌说官名利，到处难逃酒色牌”；他痛斥“神州多喜夸奇异，国粹新来是‘赌贪’”；他诘问“惯听‘艳若桃花’颂，何时华夏断劣根”；青歌赛执法的透明，使他联想到“民主风行民意顺，政坛何日似歌坛”。篇中铮言妙句，令我叫绝：“一本正经官说谎，连篇累牍士帮闲”；“贪官似韭割还长，政制如船漏未修”；“浊酒只宜邀月饮，危言慎勿对牛谈”；“长愿人间销兵气，春江流碧不流丹”……一卷《望潮集》，不愧为“行藏出处浩然气，吟稿墨痕儒雅风”！

有感于某老区因粮价日贱税费日重村官日酷，纷纷退田不种甚而有自杀者，他悲愤地直指：“纸上墙头空减负，村官盖帽紧收钱。”好一片赤子情怀！1980年夏，他写过一首“轻巧”却让人心惊的《悯农》诗：“远近蛙鸣声渐稀，乘凉人觉露沾衣。池塘谁濯西斜月，棉海姑娘喷药归。”濯开“西斜月”优美画境的非老非壮非男，却是年轻的女孩，其处境家境，留给人多少想像的空间，寥寥二十八字，让人读了鼻子发酸！而今，他更关注“打工潮卷爹娘去，稼穑事凭老幼来”，作于2009年春的一篇貌似喜庆的诗作，却让人心头灌铅：“打工者报归途困，购物人嗟菜价疯。聊借对联红送喜，还疑鞭炮响驱穷。相逢依旧吉祥话，年味犹输去岁浓。”“疯”“疑”“输”，写尽农民工返乡过年的苦楚。这些“负抱一腔激越，关注万家忧乐”的诗章，使人想到杜甫的离乱诗、白居易的新乐府。

他很多诗颇像杂文。他以嘲蔑的口气写山神：“山神半面意若何，愧向人间听颂歌。香火年年安享惯，山川管领破残多。”富鞭挞之力；他用凝重的笔触写被毁的山川：“战天斗地记犹鲜，今为山川设祭坛。一瓣心香和泪祷，多些敬畏少些贪。”真是诗的杂文，杂文的诗。

集中两组“轱辘诗”，堪为力作。《古今一例不须猜》中他列出“历史当真像女孩”、“美真善孕祸殃胎”、“梦里缘槐醒更哀”等系列，是颇富见地的体味；而《百无聊赖作诗人》，亦可看作个人人格思想的自白：“喜结忠肝义胆友，耻为奴骨媚颜邻”；“厌随摧折逐红尘，不较锱铢偏较真”；“情怀岂独关风月，心地何堪染俗尘”；“一啸一吟皆自我，不求闻达但求真”——一位独立、自信而又无奈的歌者兀然站立在我们面前。

集中也有自讽自责之作，颇有意味：“问天生我作何来，徒耗油盐酱醋柴。书读庞杂得悟少，路行曲折与时乖”，“青春耗损盲忙里，智慧涵藏净静时”。然而他“莫笑齿长智未长，每逢关节不糊涂”；“早厌蝇争蜗斗境，颇思漱石枕流人”；“宠辱皆忘谁病我”，“云外探身天地宽”。他赞秋柳“不减青春二月时”；赞山溪“静壑澄潭不欲停”；赞三峡石“任汝涛飞浪卷，不改是纯真”；赞老牛“性如乐道和而静，食不求精草亦香”；赞山景“鸟藏深树随心唱，花不媚人自在开”……从容淡定，固守家园。

作为宋大家程颐、程颢的后裔，方正之气充盈胸臆；作为生活于屈原故里的赤诚学子，正道直行化入灵魂，这乃是建学诗词风骨的由来。

建学的诗涉猎面很广。亲情入诗，浓酽似酒；友情融篇，温暖如春。女儿负笈京城入高等学府，他勉励爱女“遮面尘沙勤拂拭，澄心慧眼好登攀”；七年后女儿学有所成远赴以色列，他再感而赋诗：“早识吾儿非碌碌，人行平易汝登攀。”舐犊情深，令人动容。而他的《故园八忆》，忆及“期谁老病侍晨昏”的双亲、“君义我深知”的娇妻、“哭处犹如动圣乐”的娇儿、“新花雨露润时繁”的小庭院、“汲井担残星”的黎明……勾起多少人心底的谐振！寄友人回忆同窗喧拳、踏雪评梅的日子，“问君何日是归期，腊鼓频催知不知”，真是纸短情长，余音袅袅！

建学是描图的高手。“疏星七八萤三五，新谷清香，菡萏幽香，断续蛙声响四方”、“姑娘别拣人稀处，学唱新腔，取笑情郎，比试时装借月光”等新巧明丽的篇什，显其细察入微的才华。那首《七律夏日江村晚景》：“一带清流弯复弯，牧童俯仰白云间。绕堤杨柳鸣归鸟，依水人家袅夕烟。时笑时歌浣衣女，半行半止打鱼船。斜晖未肯轻收去，为恋江村久盘桓。”恬淡素雅，清新可人，有杨万里之韵味。“青草池塘蛙竞夕，平畴稻麦秀盈眸”，“一夜春雷催唤醒，田头巡守几多回，而今满畈黄云涌，夜战犹来作鼓吹”，是蛙的颂歌，农民的赞歌，农家子的恋歌！“天生笑我农之种，地气一沾销万愁”，土地与他有着千丝万缕的牵挂，农村的一草一木都触动他诗的灵感。“隐隐一痕峰映水，轻轻数点鹭飞天”，“一掬捧来水底山”，“云生幽谷疑仙过，风约繁花送爽回”，与今日家乡“良田栽屋乱如笋，废物盈街臭满衫。曾是荷花香四野，竟无碧水绕一湾”，正形成强烈反差。

建学运笔着色，常有独到之境。他写原生态的三峡：“浮流千载少炊烟，两岸青山静若眠。”写清江渔家：“烹得小鲜时一醉，往来鸥鹭伴渔船。”写清江小岛：“鸟唱高低树，花送浅深香。”写玉泉：“山静似禅尘念息，水柔如抚婴儿安。”写柴埠溪：“山如画轴争罗列，枫似红霞任品题。”写情人泉：“地涌冽泉成瀑布，洞悬奇石若聊斋。”写晚霞：“缤纷彩练霓裳舞，浩荡云旗屈子车。”写苍山：“此间不属凡胎住，只合腾龙自纵横。”……真是别具一格！可谓多姿多彩，美不胜收。

建学用语平白如话，晓畅若水。他极少用典，用也多为一般读者所熟知，用得自然贴切，恰到好处。对仗工而不僵，出语情理妙合，呈现出一种和谐照应共振的形式美。

他的夫人杨玲老师曾心疼地说：“建学写诗是很苦的，睡觉都不曾安稳过。常常半夜里想起了好句，会突然爬起来记下，清早起来，就是一首好诗。”他不“苟安”于现成俗套的构思与表达，“转深履仄险何险，要在无人知处知”。他认定“峥嵘须在蕴藏中”，“好句还须对酒敲”；“推敲常伴月俜伶”；他甘于自讨苦吃，“诗成搔却鬓毛疏”，“浅唱低吟自折磨”，“对酒若狂安句妥，捻须欲断忌词陈”。他终于能够“恰似春蚕细吐丝，隔三差五示好诗”，“新翻旧曲随心唱，景美情真和亦多”。

集中五言、七言、长短句，一应俱全，七律诗、词尤为见长。词语风格也是多样，不忌口语，新词；注重炼字锻句，巧织着诗的锦缎。那一首《农家小院》有王维、陶潜之风，却又不全似。“黄犬浅眠知客至，公鸡阔步似官来。”好一个“浅”字，状写出白天里犬睡的特点；而公鸡昂首翘尾高视阔步的神态，以“似官来”比喻，真是神来之笔！

杨玲老师又说“建学静得下心读书”，这可以从他自己的诗句中找到佐证。他“浓墨独钟屈子姿”，“一卷陶诗傍枕开”，“坐拥书城不叹贫”。在基本不读书不看报大有人在的当下，他以与“先贤往圣日相晤”，“不逐风潮逐缪斯”为荣为乐为幸，真是令人敬佩！他的阅读视野开阔，“慕儒礼佛爱庄周，天主基督亦信求”，“儒庄伊释访寻遍，转益多师是我师”。从他题奇石《祈祷》、《金佛手》等诗作，即可窥到他的功底。

五四以来，新诗不乏伟篇佳构，尔后咄咄逼人，大有取代接管古体诗词的架势。然而终因自身的先天不足、后天失调，闹到今天则陷于凄冷尴尬的境地。要将源远流长的古体诗一刀夭斩掉，谈何容易！不跟要废除毛笔字、废除繁体字，甚至废除方块字一样荒唐么！诚然，古体诗词是“戴着镣铐跳舞”束缚太多，然而魅力与难度不常常要成正比么？杂技家不正因为其难度而让人惊叹倾服么？能于数十字内纵论历史、臧否人物、勾图描画、抒情寄志；把握意蕴、驾驭韵律、推敲文字，其征服力、感染力、吸引力该有几多！在一日千万字信息量也兼千万文字垃圾的当下，古典诗词这种惜字如金的表达方式，不正是一种别开生面的“快餐文学”么？

看建学三十四年来的“诗历”，我以为前后有两个勃发期：一是20世纪70年代末到80年代初，一是近十年；大量好诗即创作于这两个年代。其诗词的风格，前期多清新明丽、轻巧乐观；后期则显得沉郁厚重、顿挫苍凉。

建学因回乡知青、教师、公务员的多种角色，造就了他的目力、视野、襟怀，为诗词的深沉厚重增添了砝码；而恢复高考后首批大学生如饥似渴地攻读获得的扎实古典文学功底，则奠定了他创作的基石；勤于乐于同师友推心置腹的交流切磋，则提升了他诗词的档次。无论感事抒怀、描山写水、友人唱答、亲人寄语、奇石赏释，都成为生命张力的释放，自由灵性的抒发。借用艾鹤年先生的话：“诗坛后继有人矣，建学老弟不失余之厚望矣！”

“天意君须会，人间要好诗！”期盼师追白氏的建学，以更多好诗奉献给这多情多彩、多事多舛的人间，迎来他人生的第三个创作勃发期。

2009年2月19日至3月2日

沉潜专一学术心

——吴柏森《历代昭君戏曲注评》读后

2005年，吴柏森出版了《历代屈原戏曲注评》，2011年，他的《历代昭君戏曲注评》书稿，又摆在了我的面前。惊喜之余，我为他“古稀今不稀”时段青春活力的焕发、学术新绩的开拓而感佩心仪！

柏森是我大学同学，虽比我晚一年，却因工作需要提前于1958年与我同年毕业，分配到创建中的宜昌师专即三峡大学的前身，开始了他的教书生涯。如今五十多年过去，他已是名副其实的三峡大学“元老级”人物。从开始“一码带十扎”地教各式课程，到不久定向于古典文学，先讲唐宋，而后先秦、魏晋南北朝、唐宋、元明清“打通关”，由讲师而教授，由中文系系主任而教务处长，一路“双肩挑”走过来。“文革”结束后，他在教学的基础上，开始了学术研究。从1980年发表关于薛宝钗的论文开始，每年都有论文问世。接着承担国家古籍整理出版领导小组和全国高校古籍整理委员会资助的《明实录》、《清实录》的整理工作，完成《明实录类纂（自然灾异卷、文教科技术卷、军事史料卷）》和《清实录类纂（科学技术卷）》等，可谓硕果累累。退休后他又将目光重点投向了地域历史文化的研究。继完成《〈容美纪游〉校注》之后，又完成了历代屈原戏剧与历代昭君戏剧的辑录注评的双璧之作。无论从古典文学、地方文化的角度看，都具有填补学术空白的价值。他同时还应邀参与了宜昌文化书系《屈原诗歌释读》、《欧阳修夷陵诗文译注》的修订、审定工作，真是步入了人生又一个黄金时期。

对于古籍整理，我向来是心存敬畏的。当你面对浩如烟海的无标点、无段落、无注解，甚至无背景的原始资料，收集、择选、梳理、校勘、考证、审定、标点、分段、、注释、今译、索引、述评，序跋、附录……何其浩繁艰难！涉及版本学、目录学、训诂学，历史沿革、名物掌故、典章制度……有时一件史实、一个地名、一道掌故、一条引语，也让你费尽周折，求解无门。若非古文功底深厚、学识渊博而又甘于默默奉献者，是不愿意从事、也无法胜任这种“吃力不讨好”的工作的。

然而它又是继承发扬文化遗产不可或缺的“工序”，也是一个时代文化繁盛的标志。西汉末刘向父子校理群书，东汉郑玄等遍注群经，魏晋隋唐诸经义疏，宋明《太平御览》、《文苑英华》、《永乐大典》等大型类书的编纂，皆为一代盛事；清乾隆朝官修《四库全书》，民间考据学家古籍研究竟成“显学”，都是历史佳话。今天当我们面临复兴大业，古籍整理难道不也任重道远吗？资料显示：我国各大图书馆、博物馆从未公诸于世的手稿本、钞本、日记、笔记、档案等罕见古籍即达二十万种之巨，出版《中国古籍总目》已成为全国古籍整理出版规划的一项重大基础性工程。不正需要大量的专家从事这项工作吗？

古籍整理其实正是所有古文化研究者的基本功，所有国学大师、知名教授、有所建树者，哪位没有参与过这项基础工程。而所有企图投机取巧走“捷径”者，都在它面前碰得头破血流。“大跃进”年月读不懂李白杜甫的大学生重编《中国文学史》；“文革”中读不懂《论语》的人声色俱厉地狠批“孔老二”……不一一成了历史笑柄！

曾经也有一种论调甚嚣尘上：古籍整理不过是老学究“吃了饭没事干”，“曲高和寡”，“脱离群众”；而今日在拜金主义的冲击下，古籍整理又处于一个进退无据的尴尬境地……然而柏森不为所动，自告奋勇主动承担，凭着对元明清史料的熟悉，凭着参与国家古籍整理的经验，他选择尚无人“光顾”的屈原、昭君戏曲作为切入口，从目录学佚文中发现线索，跟踪追击，以年逾七旬之躯不辞辛劳地将深藏于国家图书馆、湖北省图书馆、北大、武大、复旦等图书馆的资料搜罗汇集，具有真正拓新的意义。

柏森从晋、宋石崇作《王明君辞》，“敦煌变文”中《昭君变文》，到唐诗中歌女表演《昭君变文》的描写，宋代歌舞剧曲中以昭君为题材的作品，到进入成熟繁荣时期的元杂剧，到明清传奇、杂剧作品……对整个古代昭君戏曲的酝酿、产生、发展脉络，作了全景式的梳理与观照。从历史真实与艺术真实的高度，进行了历史的考察、实事求是的解读。指出剧作者们总是从特定的时代特征出发，结合自身的遭遇、感受进行创作，他们往往借“王昭君”之酒杯浇胸中之垒块；对古今昭君戏剧中无法回避的“和亲”问题，他引用鲁迅先生的论断进而指出：同历史上所有宫廷美人一样，进入男权社会最核心的宫廷美人王昭君，无论留汉宫，往匈奴；被“赐单于”或者“请掖庭令求行”；也无论至边地“沉江”还是“从胡俗”贵为“阏氏”，其命运都是悲剧性的。这与她形象的光彩照人、流芳百世不相矛盾。王昭君之令人景仰，在于她对命运的不甘屈服，追求自由人生的奋力抗争，在于她身上表现出的一种崇高、悲壮的人格美。剧作家们的创作各出心裁，但其悲剧的基调乃历史的存在。昭君出塞有利于巩固胡汉友好关系、加强胡汉文化交流，符合胡汉人民意愿，其意义是不可忽视的。但也不可脱离具体历史条件，背离历史真实与艺术真实，任意“拔高”，作现代式的强加。这是很有见地的论述。曹禺的现代话剧《王昭君》曾引起讨论，更有一些把昭君刻画成“政委”、“外交家”、“民委工作者”式的影视剧，犯的正是一种“政治实用主义”。

我在为林永仁《昭君出塞源流考》一书的序言中，曾对董老的《昭君诗》提出过商榷，以为前两句“昭君自有千秋在，胡汉和亲识见高”高屋建瓴气度非凡；第三句“词客各摅胸臆懑”也符合客观实际，但第四句“舞文弄墨总徒劳”，则有“一竿子刷一船人”的偏执。试看汉唐以降，词人骚客对昭君或怨或诉，或怜或惜，却有谁“伤害”过她？如李白、杜甫、苏轼、陆游，难道都要划入“徒劳”的行列？如王安石、欧阳修及至元、明、清，汉、蒙、满诸多诗人对昭君的激情赞誉，都一律要打入“徒劳”另册？历览两千年间七百余首吟咏昭君的四言、五言、七言、长短句各类诗、词、曲，特别是翻检元以后尤其明清时期的昭君诗，正面赞誉已成为昭君形象塑造的“主旋律”，难道也要通通划为“徒劳”之列？尽管我对董老向来敬重有加，尤其是大学期间从同班同学董老的侄女董良元（调干生）处听到一些未曾公开的她伯父的生活细节，更以为是一位富有人情味令人尊敬的慈祥长者。然而本着亚里士多德“吾爱先生，吾更爱真理”的名言，我对诗作中“总徒劳”三字仍持有异议。而柏森历代昭君剧的注评分析，强化着我的认定。它的出版，对历史人物的评价、对古代戏剧的认识、对新编历史剧的创作，无疑是有着多方面的启示作用。

柏森正直正派，谦和大度，本色示人，顺逆如一。真如孔子所述：“不妄动，不徒语，不苛求，不虚行。”具君子之风。“文革”中他到宜昌最穷的地方——远安一个叫李家包的地方劳动，对民间疾苦有切身体验；而对于时弊、积弊，他也有明彻的洞察与本能的憎恶；政治运动中从不乘人之危落井下石，固守良知，坚持正义。“反动学术权威”吴林伯先生“文革”中遭疯狂批斗，数十年呕心沥血的《文心雕龙义疏》手稿四处散落，任人践踏，柏森悄悄将手稿一一捡起，妥善保管，奉还给了林伯先生，否则这部被易中天称为恩师的“惊世之作”将永劫不复！

柏森可以一眼看出一些出版物的“硬伤”，可以从米坛盖上发现《御制三希堂法帖》以及夹页中赵朴初的手稿；他可以不计时日地帮人查阅资料解答疑难，而不会如某些“行家”那样凭“想当然”作注释，借“新名词”以哗众……他也可以毫不犹豫将多年积累的珍贵资料、尚未面世的研究成果提供给青年教师。林永仁先生亡故，他默默送上挽联；我写赞誉师专创始人、我心中留有特殊地位的徐公汝潭小文后，他立即作诗文以响应；笔者拙著出版后，他也多次赋诗作文写信，或奖掖鞭策，或提出修正意见。柏森以学问当人生，沉潜沉静，执着专一，这乃是一种境界，一种修炼，一种生活方式。在浮躁症蔓延的当下，该是何等难能！

“柏森”我疑心出自“锦官城外柏森森”的诗句，推想其家学渊源。后得知乃父早年毕业于燕京大学，长期从事教育工作，1937 年死于逃难中；岳父老报人，与赵朴初常有书信往来、诗词唱和。老伴宋美善副教授，也在三峡大学从事数学教学。专业虽不同，志趣却相投，夫妻相濡以沫，琴瑟和谐。近年来随着年龄的增长他耳有些重听，即自嘲为“东山聋叟”；与孙女童车戏耍，歪戴着维吾尔小帽，活现出“老顽童”的天真。而看他熟练操作电脑发送 Email，存储照片，就知道这个一辈子同古书打交道的人，又怎样地“与时俱进”。

“书魂画魄自成缘，探赜相将遑论年。”这是客厅内与吴章采先生唱和、由青年书法家金强书写的条幅中的诗句，正是其书香之家的写照。退休后他跟朱丹峰先生习绘画，紫藤、墨竹、老荷、幽兰，技巧尚谈不上老到，却有“文人画”的情致；去年游敦煌拍摄的莫高窟、月牙泉，显出不凡的视角；近来则又遣兴于甲骨文书法，那劲峭硬拙的“旧邦新命”，取《诗经・大雅》“周虽旧邦，其命维新”的寓意，构成独有的吴氏雅趣。

他的书房兼卧室的墙上，挂的则是石声淮 1984 年为他写的“慎终如始”四字。先生用《老子・六十九章》“慎终如始，则无败事”的话，勉励自己的学生永立不败之地。而柏森数十年来为人、为学，正是践行了这一朝夕与对的法则的。

我想，一座学府，一方地域，如果多一些柏森这样的人，那么那里的学风、社风的端正倡行，当是顺理成章的吧。

2011 年 12 月 22 日

文明史上的“黥记”

2004年《杂文选刊》的长春笔会的收获之一是结识了周实先生。他是我的同乡，著名诗人、小说家、评论家，他曾任《书屋》主编七年，在思想文化界影响深远，令人仰慕。先生赠我历史小说《刀俎》（湖南文艺出版社2004年4月出版），是我迄今还没有见到过的专以古代酷刑为题材的“奇书”。然而我并非一口气将她读完，一面固然因为那精妙的文字耐品耐嚼满口生香，不愿如猪八戒吃人参果不知其味地囫囵吞下，一面也担心面对如此骇人的惨景自己的心理承受能力。我曾去过保定的直隶总督府，那里附有古代酷刑刑具的陈列室。虽然匆匆走过，回忆起来却依然毛骨悚然。现在作者却孜孜于将那些散发着历史血腥味的稀奇古怪的酷刑具一一展出，该受够多少窒息的折磨，有多少回下地狱的体验！

二十个短篇系列，一面是殛（刀劈）、膑（下膝盖骨）、刖（锯断双脚）、车裂（五马分尸）、定杀（石沉水底）、腰斩（拦腰铡断）、汤镬（烹煮）、人彘（哑药灌喉，聋药熏耳，再剜双目，复剁四肢）、宫（割掉生殖器）、鸩与绫（赐毒酒致死、赐带自缢）、剥皮（人皮完整剥下）、族（诛灭九族加朋友门生）、炮烙（罩入铜缸活活烤死）、拶夹（细棍夹手指、木棍夹腿骨）、凌迟（零刀碎割、千刀万剐）的种种酷刑，一份中国式的刀俎菜谱；一面是如孙膑、卞和、商鞅、屈原、李斯、司马迁、华佗、嵇康、方孝孺、左光斗、袁崇焕等受难者的影像；一面是历代酷主的系列长廊，一面则是或欢呼或木讷的围观的看客。

天地萧杀，人间可怖。封建专制治下的酷刑，成了他们维系权位的法宝。在整肃同类（政治上“异类”）的过程中，他们感兴趣的不仅是将对手致于死地，更在意致人死地花样的翻新与过程，在意享受折磨人的那份痛快与舒心。他们自己的“人性”也因此魔化到了极致——直令再狰狞的魔兽望尘莫及。周实写道：“千百年来的皇权统治，就像一个大厨房，专制之刀的锋利，愚民之俎的厚大，人肉之宴的丰盛，恰如流水席一般……我做的只是发掘工作，将这些菜单稍稍整理，然后举起来，抖一抖，使它发出一点响，以期引起大家的注意。”《刀俎》是用血泪、用憋住的怒火凝铸的封建皇权的诉状，专制集权的咒歌。酷刑的叠出，自然远不止周实先生笔下的二十种。明代野史笔记《孤树裒谈》中就有明初重典的记载："凌迟处死之外，有洗刷，裸置铁床，沃以沸汤；有铁刷，以铁帚扫去皮肉；有枭令，以钩钩脊悬之；有称竿，缚之竿杪，也半悬而称之；有抽肠，亦挂架上，以钩钩人谷道而出；有剥皮，剥脏吏之皮，置公座侧，令代者见而警惩之。"它如醢（剁成肉酱）、大辟、孥戮、劓殄、活埋、火焚、剖心、决口、断筋、灌铅……延续几千年，合法几千年。施刑者将黥记刺在刑犯的脸上，也"黥"在了他们自己的脸上，同时也"黥"在了中华文明的脸上。这是"礼义之邦"无法回避的辱印，是"仁爱之乡"让全人类蒙羞的恶污。

它让人联想到希特勒奥斯维辛集中营的焚尸炉、毒气室，日寇的南京大屠杀，满洲里的化学弹、细菌实验站，联想到波尔布特丛林的屠杀，美国大兵伊拉克的虐俘，非洲国王食人肉诸多画面；联想到当年革命志士被灌辣椒水、坐老虎凳，"文革"中张志新被割断喉管，后来陕西青年农民被割掉舌头，大学生孙志刚惨死于乱棒之下；甚至联想到曾经发生过的精神的膑刖，灵魂的凌迟，"成分"、"关系"的可怕株连……都可视为"刀俎"遗风的一脉。文明前行总是以反文明、非文明的盘踞肆虐为其代价的。唯愿"刀俎"的血酬悲剧，早日消逝，不再轮回。

"人间有的是欢乐无数/我却大都记不住/我的心中记得住的/总是那些过去的痛苦"，周实曾在诗中这样写道。《刀俎》释放的正是这种与受难者"与子同袍"的大关怀，大悲悯，大仁爱。《刀俎》是人本的呼吁录，人道的呐喊集，人性的祷祝篇。

作者为我们展示的，不只是血腥、痛苦、灾难、祸祟、丑恶、罪孽的一面；作者也不着眼于官能的刺激、酷具的展览，而着笔于文明的受辱，正义的被戕，人性的遭侮。

被刑者除了鲧因用"围堵"的办法治水造成恶果（其实不只是治水的教训）属于"责任追究"，"咎由自取"外，其他则都是义士受戮，忠良遭陷，无辜被害。作者塑造一批悲壮、悲惨、悲愤、悲哀的角色，让人感受到了这个世界真、善、美多么珍贵。如卞和的执着专一，孙膑的英武坦荡，稽康的磊落执拗，司马迁的韧忍冤屈，左光斗的坚贞刚烈，方孝孺的鲠直"迂腐"，袁崇焕的忠贞、刚强与困惑，以及戚夫人、甄洛、唐赛儿惊人的美丽……都是人世间多么美好的元素。他不间断、不动声色地描摩、揣度。他很少用感叹号，却处处让人唏嘘动容。悲剧将美遭毁坏的历程展示，展示人类悲剧者，乃是襟怀博大、心地沉毅的大仁大爱者。

小说《刀俎》的构思是别具匠心的：或从受刑者的角度切入——如屈原的沉江前夜的思绪，司马迁被宫的前后，大将军蓝玉被剥皮之时……或从酷主的角度着笔——如吕后沉醉于敌手"求生不得求死不能"的快意，朱棣怪罪方孝孺"逼"他株连十族的逻辑……或从行刑人的角度行墨——如那个坐在松梅树下的刽子手那种孤寂与麻木，完成杀人操作规程的那种细心“敬业”……都具有强大的可读性与感染力。当“轻阅读”时行、“戏说”走俏、“轻读者”“茁壮成长”之时，《刀俎》直可让那些“下三滥”文字相形见绌，无可望其项背。《刀俎》的史料价值、人文价值、审美价值，是显然的。没有对五千年历史典籍的烂记于心，没有对历代酷刑产生的背景、演变、特色、行刑程序的诸多深研，是不可能完成如此跨度如此难度的艺术构思的。作者对于相关历史事件的发掘、勾连、融合，那么得心应手；对一些专业比如对玉质的赏鉴，对古琴的特性赏析，都是那么专业。周实是地道的学者型的作家。

书中关于权力、战争、治水治人、识才识玉之类的锦言哲语，俯拾皆是，简直可以集成一册妙语录。如：“想不到地位低下的大海竟能容纳百川大流！”“天地间叫作水的这种东西，对人是多情又无情的。一口水能把人救活，一口水也能把人呛死。你可以驯服一只恶狗，可以吓跑一头凶牛，可以诱骗一条蟒蛇，可以威胁一只老虎，可以软化一只棕熊，却很难治住水这种怪物。你不能杀死它，它既是死的又是活的，既是柔和的又是凶猛的。它从不亮出自己的心思，往往给你个出其不意，眼前大海的这种突变就是它平常惯用的手法。”“只要始皇活着，天下想乱都乱不起来！可是，只要始皇一死，天下想不乱都不行！”“当英雄是光荣不是虚荣。英雄的兄弟是失败，英雄的姊妹是臭狗屎，英雄的妻子是死亡。”“所有的兵家都是魔鬼。”“孪子相似，唯母亲识之。玉石相类，唯良工识之。能识璞者才是真玉。”“拣金必须披沙，好玉藏而不露，此玉不是裸玉，剖石方能见玉。”“玉师不剖璞，是过于相信自己的判断，为了维护自己的面子。楚王不剖玉，是过于相信玉师的判断，为了维护玉师的面子。他们要面子，就刖他一足！”“受人利用或利用他人，都是要有本钱的。”“如此歹毒的刑具，如果不是极恶之人，又如何能想得出？”“治病的人反而被病人所杀了！”“虽然他还活着，却是以死人的身份活着。”……书中的描摩状物，妙语连珠。光系列别致的比喻，就够让你如入山阴道上的了：“阳光穿过窗户的护栏，就像通过骷髅的肋骨”；“他可不像有些河流总上气不接下气的咕噜，简直是一个老头”；“河水像有生命一般用那复眼似的波光对他一眨一眨地召唤”；“它（大鱼）那十分巨大的身躯就像一片滚动的乌云”；“后面跟押着百十号人，踉踉跄跄地像一条蛇”；“鲜血喷泉般直喷天空又绸子一般飘落下来”；“灯苗熄了，一炷青烟袅袅升起，好似一缕幽幽离魂，飘然若逝又不忍离去”；“这一句话就像一枚竹钉，直钉入他的脑门心”；“猫脸上那圆鼻头挂满鱼卵一般的汗粒”；“樗里疾声音又尖又细，干巴得就像扬起的尘埃”；“哭声拉得又尖又长，活活就像一头老狼，立于山巅，对月长嚎”……诗人写小说，小说如诗，《刀俎》是诗人气质的小说。电影式的推进，短而跃动的语言，一行一事，一句一景，一字一情，隽永，凝练，精致。我读小说《刀俎》，我同时在读史，读诗，读寓言，读杂文《刀俎》，获得的教益是多元的。

2005年3月23日

断断续续地读

当静媛女士将陈染随笔集《声声断断》推荐给我时，我有些犹豫。陈氏单名作家陈染、陈村、陈冲……弄不清谁是谁，我读的太少。扉页上那张短发男孩照，又使我怀疑是不是遇着了一位"美女作家"！

硬着头皮将书带回，用审视的目光读她，竟慢慢地解除了戒备，甚至有一种好感：分量感与质量感。七十克纸，大三十二开本，薄薄的，却又有些沉！

日记体的直接述说，细腻、委婉而又冷峻，思索与反省，精辟与犀利，平淡与深邃，隐秘与坦诚，如听耳语，如闻心声。没有架势，没有训词。我们听的训词太多了，教师爷四处可遇！训词面前不可能有心灵的沟通。思想的张力不时碰撞出火花，凝结成刻骨而特别的文字，声声断断，警言锦句也不经意地流溢其间，感受到作者"学会闭上一只眼，只说出半句"的功夫！

"没有一个成功的人是不懂得应该忽略什么的"，"拒绝一个人的最好的办法就是：尊敬他，并和他拉开距离"，"在一个极度商品化的环境里，人的本质是最为赤裸裸的"，"许多事物，一强调，就不是了"，"过多地被'理由'、'意义'这些抽象的东西缠住，是否意味着抛弃了具体而真实的生活？"……

文字，声声断断；阅读，也不妨断断续续，最好不要一口气读毕。读中以自己的经历相对照再看看周围，未必不是一种惬意的阅读方式。

2000 年 10 月 1 日

《散文的研究与思考》序

青年作家陈胜乐、秦道红合著散文集《今夜星辰》、《散文探索》之后，又将出版文学理论专著《散文的研究与思考》，是值得祝贺和欣喜的。

二位都是土家族人，生长于湖北长阳大山区世代农民的家庭，都曾在高等学府深造，都才二十来岁。如今一位在报社伏案，一位在讲坛执教。工作之余，几乎将全部时间与心血，倾注在散文美学理论的研究探索上，取得了可喜的成果，使人强烈感受到土家后代的执着，山民儿子的坚毅，初生之犊的锐勇和楚人先哲求索传统的延续。

散文理论的探索是艰难的。作为源远流长的"散文大国"，作为从囊括经传子集史书序跋奏议的"泛文学"，到独立独特的文学样式，散文经历了漫长的历史跨度与繁复的时代变迁，探索者若无坚实的功底，丰厚的积蓄，宽阔的视野和睿智的识力，是很难承担与胜任此项工程的。

而当代散文的探索则尤为艰难。正如历史学家难于把握准风云变幻的当代发展脉络一样，当代散文的理论探索面临着同样的难题。古代与现代的研究，可以获得相当长的一段审视距离，有较充裕的时间，有前人的成果可资借鉴，可以"站在巨人肩膀上"去采摘果实。而当代文学的探索则无缘享此优惠，探索者甚至无法超越自己所处的环境与方位，也很难避免文学、非文学的种种干扰，因而更需要探索者的识、胆、才、学，一步一个脚印地去作艰苦的跋涉，随时准备去经受挫折与曲回，去承受进入误区、盲区、雷区的风险，准备面对疏漏、偏颇的失误。然而唯其如此，才更显出精神之难能与成效之可贵。

《散文的研究与思考》涉及面甚广，论题颇多，作者古今勾连，中外参照，从传统美学到大陆、台湾地区到域外的散文创作与散文理论成果，一一收入视野。所论各题，大都观点新颖，文笔优美，深入浅出，轻松耐读，是有志于散文创作者的知音与向导，也是散文研究者的参考书目，其学术性与可接受性，都是较为突出的。

自然，也许正由于选题与剖析的艰难，加之作者阅历与动机的制约，书中也未尝没有肤浅、偏激、粗糙之处；作者对于“新散文”产生的社会背景、社会思潮、读者圈等方面来不及作深入的解剖与阐释，而且实在说，对于某些概念的内涵与提法，我也未必完全赞同。因为我总以为，一种新的科学规范，一种较为成熟的见解，不经过较长时间的洗刷与实践的锤炼与检验，一时匆忙作结论，则未必能够准确切当。某个时期的理据俱足，广泛认同的“新”现象、“新”观点，过些时，则未必就一定立得住脚，很难说不会出现“各领风骚没几年”的局面。而这，正是研究当代散文理论的艰难之处，然而也正因为此，则更值得为之击鼓加油、喝彩助威的。

我们期待着两位土家后生、年轻的探索者继续以楚人先哲锲而不舍、百折不挠的求索精神，在散文美学的领域里，采撷到更硕更丰的果实。

1991 年 1 月 29 日

《杨守敬书法艺术研究》序

"钦仰风容玉样温"，引用杨守敬先生日本弟子水野疏梅的诗句，是为了表达我对守敬先生的倾服之心、仰止之情，也是对赵平新著《杨守敬书法艺术研究》得以问世的祝贺。

杨守敬，一代鸿儒，国学泰斗，舆地巨擘，书坛大师，金石骄子，藏书大家，"三峡第一学人"——永远是我心中的师范、楷模、偶像、标尺。其平生志趣，传奇经历，坦荡襟怀，专一品质，乡国情结，开放意识，学术建树，奉献精神，人格魅力，海内外影响……真是"非维桑梓之荣，亦邦国之光"（陈上岷语）也！先生出生、长眠于故乡宜都的龙窝，守敬先生本人，正是中国文化史上腾云驾雾、驭风播雨的一条学龙、文龙、书龙、儒龙！

本书作者——中国博物馆协会会员、宜都博物馆馆长兼《杨学研究》主编赵平，是杨守敬精神的忠实仰慕者与不懈追随者。长期以来，他以弘扬杨学为己任，以杨氏精神治杨学，沉潜学海，锲而不舍，不浮不躁，持之以恒。历时五载，对杨守敬生活的历史时代、生平业绩，杨守敬的书法源流、书学思想、书法艺术特点及其分期，书法作品的基本笔画、笔法结构、用笔运笔特色、楷行隶篆的四体特征，书法艺术的时代地位、杨守敬在日本的艺术活动，杨氏门派在日本国的师承关系及其对日本书坛的影响……进行了全方位的颇有深度的梳理与总结，为当代的杨学研究特别是书法研究，贡献了新的成果；也对当今书画市场杨守敬墨迹的鉴定鉴赏，提供了新的理论依据与参照系。

《杨守敬书法艺术研究》，在全面探索"杨守敬现象"出现的历史、地域背景方面，有着广阔的人文视野。作者指出：地处长江之滨相对偏僻而封闭的宜都，客观上有利于旧学的保存；而时局动荡江浙文人不少来宜都避难，其深厚的传统文化功底与见地，对杨氏有着巨大影响。正如杨自己所说，"盖守敬得闻国朝诸儒之学自此始"。而整个湖北在晚清至民国时期处于中西文化交汇的锋面，大批外资及外来人员涌入，带来新的思想与视野，对杨守敬人生观的形成与成长道路，都有着巨大的潜移默化的濡染。日后杨守敬借助科举考试出外求学交游，足迹遍及旧学大本营的北京、新学发源地的上海；42岁又东渡日本，呼吸着东邻明治维新的空气……这些经历轨迹，正决定着杨氏一生多方面的建树。作者这种探索，也是很有功力和见地的。

在书法艺术的方面，赵平以一位文物工作者的视角与职业敏感，借助手头大量杨守敬碑版文章题跋、书信、著作手稿，以及中堂、连屏、手卷、扇面、碑铭等艺术墨迹的资料优势，将杨氏书法理论和实践统一起来，进行全面的观照与深入的解读；在充分吸纳海内外杨学研究成果的基础上，提出不少新见，获得令人称誉的成果。他认定杨氏书法同苏东坡、米芾书风的一脉相承，标志着一个历史时期的书法风貌；他指出杨守敬书法作品主要显现出北碑风骨为神韵的碑学派特征，同时又融合了不少帖学因素；他引用近、当代学者对杨书的评价："所见碑版既多，书法高古，融篆隶于行楷中，非貌为六朝者所及"；"杨氏书法最大特点，贵能力破传统的门户之见，碑帖并尊，唯美是尚，导致了南北两派的汇流，迸发了革故鼎新的曙光"；他纠正有学者提出杨守敬书法"源于欧字"的说法，指出杨守敬吸取欧阳询峻拔和法度森严的特点外，更熔铸了各家之长；他指出杨氏书法从理论与实践上对意境、格调、结体、线条和章法多方面的创新；他将杨守敬的书体演变划分为三个时期；指出杨守敬"楷书醇厚端庄，篆书率性恣肆，隶书古奥严谨，行书苍劲潇洒"，是准确精当的概括；他充分论述了杨守敬突破直觉感悟式的抽象点评方式，首次确立了实证主义的研究方法，在书论史上具有重要的学理意义；他针对杨氏自认隶书第一的看法，提出行书乃杨氏的最高顶峰；他对杨守敬学书要品高学富等"五要"思想予以高度评价，品高则下笔妍雅，不落尘俗；胸罗万有，书卷之气自然溢于行间；他较好地揭示了在积贫积弱的清末民初，眼界甚高、生性"刁钻"的日人为何将一位官职不高的普通文化使者尊为"日本现代书法师祖"的奥秘……

全书资料翔实，论述严谨，文字畅达，图例精美，具有较高的学术水准与鉴赏收藏价值。可以预料该书的出版，对杨守敬书法艺术的张扬有着较好的推举作用，对日后杨守敬地理学、金石学、版本学、藏书学等杨学的系列研究与出版，对杨学对近当代的社会影响与中日文化深入交流，对宜都杨守敬文化资源的开发，都有着良好的引领作用。

先哲云"逝而不亡者寿"，杨守敬海内外崇仰，亿万民钦敬，已与宋山梁山同在，共清江长江永流！"宜都——杨守敬"，"中国——杨守敬"，早已是不可逆转的史实！在祝贺赵平新著付梓之际，我衷心期盼并祈祝杨学的振兴与杨守敬资源的开发，与日俱进，再显高峰。

2011年4月29日

博采实据肃评

——序《王昭君和亲源流考》

这是迄今为止较为全面、系统集汇有关王昭君史料，并在此基础上进行严肃阐释考证评析的一本书，是通俗型的学术著作，学术性的通俗读物。

作为中国历史上“四大美人”之一的王昭君，作为名播华夏、流芳千古的和亲使者，真正是美的化身。她的美在貌美：“光明汉宫”，“竦动左右”，“帝见大惊”。尤在其心灵之美：美在不向恶势力低头的倔强，美在不甘于老死宫廷的抗争，美在主动请行、自愿和亲的主见与勇气，美在以塞北为家的执着与专一，美在带给中国历史的震撼与民族和睦的恒远影响。西汉距今2000余年，多少显赫人物被历史大河淘汰，而她，却仍然活在史册上、诗咏中、戏曲内、丝竹间、绘画里……正所谓“闺阁堪垂世，明妃冠汉宫”，“画向功臣卫霍间”，“即有千代国士风”。

永仁先生，作为屈原、昭君家乡的文化人，在他长期将主要精力投入新闻事业之余，对三峡文化、巴楚文化，对屈原、昭君文化，心存厚爱，情有独钟。《昭君和亲源流考》，就是他继《巴楚文化》一书之后的又一学术成果。

不能不承认，至今仍有不少国人对历史上的昭君知之甚少、若暗若明，甚至是个空白。《昭君和亲源流考》有针对性地运用现存的确凿史料，将历史上真实的王昭君与文学形象中的王昭君，加以严格的区分。并从《汉书·匈奴传》等古籍中引出相应史料，告诉人们不少历史知识，例如昭君的两个侄儿王歙、王飒被汉皇封为和亲侯四次出使匈奴；王昭君的大女儿伊墨居次云、女婿须卜当继续坚持从事汉匈友好事业，都是一般读者鲜知的史实。

作者从史乘阙载、学术著作、民间流传、文学演绎、艺术延伸的诸多资料中，爬梳剔抉，条分缕析，审视甄别，提出见解，有水到渠成之效，无牵强“拔高”之嫌。

正如恩格斯所指出：王公贵族的婚姻都是“一种政治行为”。从古罗马帝国，到欧洲中世纪，到中国古代“四大美人”的遭际，概难例外。作者将昭君与其他三大美人在历史上的功过、影响相比较；将昭君与其他王室公主和亲的功绩、影响相比较，角度新颖，见解独到。即使在今天，也给予我们以诸多启迪。事实证明，民族间的通婚联姻，是促使民族大家庭和睦融合的黏合剂；“跨国婚姻”对“地球村”的沟通融合，其积极作用也不容低估。

董老有歌咏昭君的著名诗篇。前两句高屋建瓴，气度非凡，后两句“词客各摅胸臆懑，舞文弄墨总徒劳”，则未免有“一竿子刷一船人”的偏执。汉唐以降，词人骚客，对昭君或怨或诉，或怜或惜，然而有谁“伤害”过王昭君呢？难道如李白、杜甫、苏轼、陆游……都一律要划入“徒劳”之列？如王安石、欧阳修及至元、明、清，汉、蒙、满诸诗人对昭君的激情赞誉，都一律要视为“徒劳”？显然说不过去。永仁先生在历览两千年间七百余首吟咏昭君的四言、五言、七言、长短句各类诗、词、曲之后，指出自元以后，尤其是明清，正面赞颂昭君已成为昭君形象塑造中的“主流”，从而郑重地、有理有据地作出符合历史真实的结论，公允稳妥而具信服力。

年逾古稀的林公，熟稔于中国古代的典籍，尤为可贵的是，能运用高科技手段，以难得的热情与敏感，将目光投向当代、国外的学术、文学、艺术领域，文字收罗，“网”上搜寻，兼包并蓄，有容乃大。不论是《剑桥中国史》、《中国妓女史》，还是大陆、台湾学者、文学艺术家的动态，都一一进入他的视野，其思维方式、研究方法，煞是“现代”，是实实在在的“与时俱进”！

全书在文字表达上清晰流畅，浅显易懂，循循善诱，款款道来，它让艰深晦涩的考证亲切地走近了读者特别是青少年读者，它褪去了考证神秘的面纱，是普及性的提高，是提高型的普及。这种写作定位，其效果是显而易见的。这也许同他“随心所欲而不逾矩”的年龄段，正相合拍。

林公为人为文，令我心仪。数十年如一日主操新闻本业，业绩卓著；有当“喉舌”、作嫁衣之辛劳，却少有自己个性化的东西。然而到晚年他却为一方的文化建设，做出不容埋没的贡献。退休之后，他又步入了一个新的黄金时期，在多领域有骄人的突破：杂文见锋芒，诗词溢才气，记游灵动多姿，言论切中要害。更重要的是他生命中喷射出的一种孜孜不倦、求索不已、正直不阿、泥而不滓的精神与品质，正与屈原、昭君一脉相承。正因为此，所以在林公字典里的所谓“安度晚年”，非可一般视之。他是把这种“吐丝”、“吐思”式的特殊的“度”，视之为更高层次的“安”，臻于至境的“乐”！作为林公的同道同方，是自甘于以他为师，为友的。是为序。

2002年12月15日

美学天地的一块奇石

——来层林《奇石美学》序

奇石，是地球上最古老的天然艺术品，是无语的诗，是沉甸甸的画，是凝固的哲理，是无法重复的杰作。

奇石艺术，是"道法自然"的艺术，是"慧眼识珠"的艺术，是"踏破铁鞋"的艺术，是自发、自觉的审美活动。

经过造物主亿斯万年不经意的熔浇挤压打磨冲刷的"绘制"，那质、色、形、纹非人工所及的出神入化，那鬼斧神工造就的难可名状的构思与意蕴，直让人们惊赞、陶醉、折服。正如前人所论："千变万化，得之神功，自非造化发灵，岂能登峰造极！"奇石艺术其实正是审美领域内"人的自然化"与"自然化的人"的高度统一。奇石的收藏，经历过复杂的综合的审美过程。由藏石家大量的审美感受、审美体验中所形成的审美心理、审美观念、审美趣味、审美理想，直接作用于收藏的始末。此时的奇石，已不再是旷野里那些纯天然的石块，而是被倾注感情、赋予内涵，人格化、"人文"化了的作品。蕴蓄着富厚深邃的文化含量，折射出收藏者的意趣与审美，寄托着收藏者的价值取向与人生态度。

这里我们不能不面临一个"玩物丧志"的命题——一味沉溺于喜好之物而导致志气消磨志向泯灭，此类"前车之鉴"是史不绝书的。汉阿斗沉迷于声色犬马而"乐不思蜀"；宋徽宗沉恋于"花石纲"而让生灵涂炭，自己最后沦为亡国之君……不过也不必谈"玩物"即色变，还须看"谁玩"、"怎样玩"、"怎样的背景下玩"。司马迁称屈原"其志洁，故其称物芳"，"物芳"与"志洁"是并不对立的。屈原戴"明月"之玉、佩"玉英"之石，并不影响他"哀民生之多艰"；白居易咏洞庭、太湖之石，并不妨碍他挥洒出《卖炭翁》之类血泪绝唱。如同饮酒，君子醉后出美，小人醉后出丑，是因人因类而异的。达官显贵、纨绔子弟，醉生梦死，骄奢淫逸，不顾人民死活，丧志玩物，玩物丧志，互为因果，遭千古唾弃。而于小民百姓，于文化人，则是另一回事。

此“玩”非彼“玩”，如同今日民间集邮、收藏字画、古董，纯属一种健康向上的业余文化活动。于忙生计之余，得一爱好，如奇石收藏把玩，劳力劳心，健身怡情，养性增寿，无成本，低消费，何咎之有！较之麻将牌赌、偷鸡摸狗、狂饮大嚼、斗鸡恶作剧，则不知高雅文明凡几。采集、收藏、鉴赏过程中，接受文化陶冶，广涉文学、美学、历史、地理、地质多方面的知识，正是提高素养的良好时机，而且投身自然，去感受世界、生活的美好，赏心悦目，寄情遣怀，载道助兴，荡涤心地尘埃、烦闷，其潜移默化、润物无声之功效，直为政教伦理所鞭长莫及。

而石品可效可法，“千秋形未改，百难体犹坚”，石品人品，互相辉映；访石于荒野河滩，平庸之中择选美石，使人联想到山野民间举贤荐才的重要；藏石者四方求索的执着，则给所有渴望建树者以鼓舞与激励；藏石家集腋成裘、兼容并蓄的态度，给人以哲学的启迪；而以石为友，爱石一家的和谐的人际关系，对于净化心灵与人格，也不无裨益。试问此等“玩物”，有何不可！岂止不会“丧志”，反而可以“长志”、“励志”！

更何况，“玩”是以社会大背景为其前提的。国富民足，社会安稳，民心安稳方可有心有兴赏石品石。如连年“运动”，如三年灾祸期间，如十年“文革”动乱，身心交瘁，朝夕虑夕，谁又有此雅兴闲情呢！因而，“玩物”的本身，就是社会安稳的一种标志，人们精神宽松、心情舒畅的一种兆征。马克思曾说：“社会的进步就是人类对美的追求的结晶。”社会主义的优越性，正在于将所有的美开掘出来，以最大限度地满足人民多元化的精神需求。

来氏层林历时四十余载，致力于奇石收藏与奇石美学的开拓，可敬可钦可师可贺。作为文友，我知道来氏曾广涉小说、诗歌、戏剧、民间文学诸多领域，多有建树，并从事文化部门的领导工作，为巴楚文化做出过独特贡献，系三峡·宜昌的文化名人，为宜昌为数不多的“正高”之一。我知道来氏拥有许多奇石精品如马克思、胡耀邦、鲁迅、高尔基等人物肖像，如俄罗斯少女、农妇，如安娜·卡列尼娜等人物插图，如“中华奇石”、“三峡好”等文字，如十二生肖；我叹服他一眼即可看出奇石的质地、产地、年代、特色以及保护、收藏的要诀，堪称“石是余家事”的石“头”石富；知道他的奇石理论长篇大作远播于海外报刊，为世人所瞩目；知道他曾获联合国教科文组织颁发的民间工艺美术学荣誉证书。然而当我读完《奇石美学》的清样之后，我才发现我对层林先生有了更深一层的了解。他对奇石的独到见解，丰厚学养，他对深藏于古今书山籍海中有关奇石的记载、论述、诗文的广搜巨揽，是又一次大规模的“采石”活动，他真是不可多得的石“豪”石家。《奇石美学》的问世，为中华奇石理论的丰富奠定坚实的基础。我们通常可以读到关于哲学美学、历史美学、建筑美学、教育美学多种美学专著，但迄今为止我们尚未读到一本关于奇石美学的论集。因而我们可以毫不夸张地说，来氏的《奇石美学》是一部填补空白的书，一部富有开拓气魄的书。

本书摆脱了经院式的纯理论说教，也不止于一般评价赏析，兼顾雅俗共赏，感情与理论融合，提高与普及并存，既闪烁着耀眼的理论光辉，也掺和着丰富的藏石情趣。“玩石”真玩出了真善美，玩出了民族优秀的文化特色，玩出了石坛独标一帜的硕果。来氏的执着追求与不懈开拓启示我们：任何门类，只要像来氏那样去孜孜以求，锲而不舍，都是可以有所造就的。

我们可以自豪地说，来氏层林不愧为奇石收藏族中的“奇人”；《奇石美学》乃美学天地中的一块“奇石”。

1997 年 3 月 12 日

“两栖人”的思语

——《夷水夜话》序

周振林先生在出版了散文集《漂流散记》、时评集《世象杂弹》之后，又结集出版随笔集《夷水夜话》，我惊讶于他写作的勤奋与多产。

对文友写作的收获向来有着分享的喜悦，又何况浮躁之气甚盛的当下，什么不好耍偏偏耍笔杆，“耍”的又是把自己的“痛快”建筑在某些人“不自在”上的“死撩人嫌”的文字。

振林是“城里人”，朝夕相处三十年的宜都城可以为他作证；同时又是正宗的“乡里人”，祖祖辈辈脸朝黄土背朝天“耍犁尾巴”，自己也生活了整整二十年才离开那片土地，正如他自己所说，“血管里流淌的是乡里人的血”，“骨子里永远都是乡里人”。正是这种城乡“双栖”的经历与视角，带给他写作“先天性”的优势，比如他也常用“报载”的引子作为自己文章的素材，但一经与自己的经历相契合，写下的便不是那种不着边际不切实际的文字。

振林长期从事农村基层党政工作，以后又领导着一个县级市的文化事业，清醒的良知、沉甸甸的责任心，加上对文学的挚爱，使他在工作之余，在人家打麻将、讲荤故事的时候，坐在清江（夷水）边的静思斋里，捕捉着时事政事、社会热点，在评点、诘问、缕析、感言、呐喊、鞭挞、争鸣、质疑……对于振林，写作是一种心灵的释放，一种情趣的外化，其实干的是于“宦途”无益、于“钱程”无助的事情。他的义无反顾与情有独钟，说明这个世界仍有人不计官位名利而看重思想气质的。

振林以为：“一个人不思想，世上就多条愚汉；一个民族不思想，不是走向迷茫，便是走向疯狂。”真是确论！“古往今来，圣人、凡人、贤人、伟人、大人、小人都是人，是人就有思想，思想是人与生俱来的权利，虽然它并不必然指向真理；但不思想却必然走向愚昧盲从”，此类心得，足可以让人咀嚼沉思。

“寂寞的夜越来越长，吾思吾想越来越多。”他常常独自坐在江风中，静静呼吸那夹在风中悠长的韵律和往日的馨香。他感到清江像一本书，字里行间里洋溢着无穷的欢乐，也充满了深沉的痛楚；既映照出生动的形象，又宣泄着沉郁的激情，升华成深邃的哲思。他感慨，如诗如画的八百里清江宛如人生，欢乐总是太短寂寞总是太长。在如今的浮躁空气里，宁静反而让人醒目。他体味到写作其实是会产生孤独感的，他却将这种"孤寂"作为享受："尽管朦胧的天色让我有些孤独，尽管我脆弱的肩膀撑不起那片天，但我情愿成为清江的一滴水，为大海奉献一点微薄之力。"

在这样的"宁静"里，他思潮漫漫思绪纷纷。他观察燕子将栖息的巢建在家户人家正堂梁上而不被人伤害，体味着燕子的脾性与哲学。它们似乎懂得，人类是"既不能离他们太近、又不能离他们太远的一族"，因而"与人亲近又不受人的控制"，保持不亲不疏的独立状态，是得以安身立命的窍门。这种探究，难道仅限于小生灵世界？不会延伸到人类，联想到作为社会的人面对尘世、官场的处世立身？作者并不深说，留下广阔的思想空间，正有着引而不发的妙趣。

振林一面以素民之心道平民之情，一面针砭时弊直指丑恶。他概括古今贪官"贪前'言谎'、贪后'言善'"，落马后则将"善言"化作"善辩"的招数，简直成"万古纲常"；他扼住贪官咬破手指写下"我以一个党员的名义向组织保证，绝不收人家的一分钱"的血书，"让廉政在全省高速公路上延伸"诗一般的豪言壮语，"不义之财分文不取，人情工程一项不上"的廉政口号，来印证诗人海涅"生命不可能从谎言中开出灿烂鲜花"的哲理；他抓住"前'腐'后继"与"前赴后继"的一字之差与天壤之别，直斥电视连续剧那样没完没了的当今"前'腐'后继"；他针对"大贪官提拔小贪官，小贪官选举大贪官"所形成的既得利益集团，扫描新旧体制转换中的纰漏；他直言监督机制中"上级监督太少，同级监督不好，下级监督不了"的现实弊端……

他感慨"城里人好像生活在一种尔虞我诈的环境中"的紧张感，即使楼上楼下，也是"鸡犬相闻，老死不相往来"；而乡里人简单、淳朴，左邻右舍，毫无戒备。他嗟叹："做个乡里人真好！人人都这样说，就是真正愿意做乡里人却不多。究竟是啥子原因呢？谁来告诉我！"

从"屈原是歌手，他唱过《离骚》；屈原是厨师，发明了粽子；屈原是医生，所以称他为'大夫'"的学子答题笑话，他痛感对历史与文化的藐视；从女孩中"我是差生，我死了可以帮你们节约10万元钱"的绝命书里，他痛陈中国教育制度的野蛮……

振林写作是勤奋的，视野是开阔的，涉猎是广泛的，产量是惊人的，这一切都值得珍视。只是在征服一个一个高度之后，振林应当将写作标杆竖得更高一些。民谚有“艺多不养人”的说法，写作也该是如此。过于地“多”，则易陷于“议”多而不精的境地。振林眼下的随笔多是为时评性的随笔，有别于常见的思想随笔、文化随笔、生活随笔、历史经济之类的随笔等，沾了些边却并不入类，精品也不是太多。随笔是其实很高档的文字，我们无须追求所谓文体的“净化”，却不能不始终着力于深度的精进与文理的匠心。

随笔可以随心所欲随物赋形，然而随笔不是随便之作，不是收容所什么文字都可往里装。写法上的不拘，同浮浅、浮泛是不搭界的。“真佛只说平常话”，讲平常话的却不可能都是真佛。因此如何避免与相类文章的大同小异，警惕说理上的大而化之，拒绝如风过耳的应景篇章，远离说“油”了的官场“成语”与媒体套话，则是始终要关注的课题。既不将写作视之太难，也不把写作看得过易；不满足于数量的剧增，而看重质量的提升；在题材选择、切入点确定、深度开掘、阐发布局、造句遣词上，都需要下更大的功夫，套用市场经济的时髦语，就是更加树立“精品意识”。

在振林新书付梓之际，我说这些带“刺”的话，其实是一种期待，也是一种共勉。

符号

2006年6月16日于北京

倾听贾翔歌唱

贾翔，奇人也。未同他交谈，你以为他是一位文质彬彬的学者、教授、儒商；一同他“交谈”，你知道他是一位曾遭奇难，具奇志，有奇格，创奇迹的汉子！

命运对于贾翔是不公平的。两岁失聪，终生噤声，从小坠入无声世界，过早地饱尝人间痛苦与辛酸。然而他不甘命运的欺凌，不坠青云之志，凭借与生俱来的聪颖与悟性，凭着他的执着与坚守，将生命的缺陷演化为无憾的美好，成就了健全人未必能成就的事业。

贾翔的家，进门的墙面，是关公跃马的大幅素描，后院围墙，也是毛笔勾画的奔腾的骏马；一尘不染的客厅、画室，则挂满他自己的山水人物作品，让我们的眼睛应接不暇，也让松啸、马嘶、瀑喧、鸟啾扑入我的耳腔。“此室”无声胜有声！

艺术是需要宁静的。上帝这回眷顾了贾翔，为他提供了如此美妙的空间。外面的喧嚣打扰不了他。他应该是世上最耐得住寂寞的人之一。

然而他毕竟生活在这个纷扰的世界，他得为生计奔波；然而他决不只为生存而活，他以画笔作喉，纸页为簧，纵情歌唱；他乘着画歌的翅膀，在艺术的天地里搏击翱翔。大学者钱钟书曾提出“通感”一说，那是指人们在审美活动中视觉、听觉、嗅觉、触觉等各种审美感官的相互沟通与转化。“通感”赐给了贾翔触类旁通的敏锐，彼消此长的特长。他何曾失声，他不过在转换一种表达方式。他用彩色的语言无声地歌唱，流荡着潜能的伟力，诠释着生命的价值，谱写着激越的乐章。他的画是他的歌，他的诗，他的倾吐，他的宣言。

集帅气、才气、豪气、侠气于一身的贾翔是“纯爷们”，因而不仅赢得清纯、端庄、高雅、贤慧令人心疼的美女雪燕的芳心，也因此成为残疾人中主持正义、化解纠纷、扶危济困、言信行果可以信赖、可以托付的人物。

贾翔的画是一首首动人的歌，贾翔的人生是一幅幅动人的画。尽管眼下贾翔的画作仍略显稚嫩，其中所透射的生命光辉与张力，则是令人欣喜与振奋的。倾听他的歌唱，促你去思考关于命运、人生的主题，去探究关于求索、立世的奥秘。

贾翔让我自然想到享誉世界的宜昌籍残疾人青年舞蹈家、雪燕的娃娃朋友邰丽华；想到台湾的残疾人歌手郑智化；想到俄国的盲诗人爱罗先珂，晚年失聪的德国音乐大师贝多芬；想到至今仍活跃于世界舞台的以色列肢残小提琴家伊扎克·帕尔曼，意大利的盲人歌唱家安德烈·波切利……尽管眼下贾翔还没有登上那样的高峰，但他们属于同一阵列、同一族群，则是没有疑义的。

如果日后能在繁简、疏密、虚实、浓淡、雅俗、形神上进一步下功夫琢磨锤炼，扩大视野，提高修养，多识名画，广师名家，继续求贤若渴，见贤思齐，求索不止，精益求精，那么其艺术品位、精神内涵将得到更大的提升，也是没有疑义的。。

“天行健，君子以自强不息；地势坤，君子以厚德载物”。衷心期待贾翔继续如天的运行刚强劲健，刚毅坚卓；如大地的气势厚实和顺，增厚美德；相信他一定会为这个多情多舛、有声无声的世界，奉献更多更美动人心魄的画歌。

2009 年 11 月 2 日于北京

沉潜网络的思履心语

受邀为人作序无疑是件荣耀事,那是作者对你的信任、“抬举”。然而于我,却又是件十分吃力的事。平生为几十位作者写过序,每次都诚惶诚恐,生怕有负美意,委屈、亵渎了人家;也生怕由于不恰当的褒扬,被人指为无聊吹捧,当了“托儿”。于是,决不轻易应承,万不得已应承下来,则毫无例外地要通读其大部乃至全书。几十万字的阅读量,换来不过一两千字的小文,进度之缓慢,效率之低下,可以想见。既无法如某些高手,瞄上三五篇即洋洋数千言一挥而就;更不可能如某些大人物,由他人(包括大著作者本人)捉刀代笔,就只好采用这种笨办法。

因各种原因婉拒过十几位文友作序的盛邀,多数人能给予理解,少数则因此被“得罪”,也是没办法的事。这回骆勇邀我,我又陷于两难的境地。他的文章多见于网络,我读得不多;作为初涉网络的“老小朋友”,能有多少“发言权”?然而我无法拒绝。进入浩瀚无垠眼花缭乱的虚拟世界,骆勇正是我的领门人之一,我不能“喝水忘了掘井人”!“结文友可以忘年”,骆勇就是我的“忘年交”之一。为他的写作尽些绵薄之力,自当义不容辞。

于是我在应承之后拜读了他传来的全部大作。读得很慢,很认真,也很吃力。将他的十多万字“网文”读罢,我不能不认定:《左打叉　右打勾》是一本开眼界、长见识的书,一本广博、深沉、严肃、理性的书,一本拒绝无病呻吟、逢场作戏、风花雪月、身边琐事的书,一本同政治套语、商业广告无涉,同粗口詈骂、粗鄙讨伐保持距离的带有审视性、忧患性的书,是骆勇多年沉潜网络、关注社会留下的思履心语。

骆勇热衷网络,精力充沛,全身心投入,如醉如痴,成绩斐然。从2002年始,他在全国网络社区发表近百万文字,广涉经济、政治、哲学、美学、文学、心理、历史、宗教等诸多领域,论及国家、社会、人生,过往、当下、未来,学术、时政、工作,爱情、婚姻、梦幻等诸多论题。他历任东湖社区宜昌文坛、新散文、汉语天下及时评版主,东湖社区超级版主,2005年被评为荆楚网《东湖人物》,2006被评为湖北省首届“十大网络文学实力写手”……

骆勇出生农村，自称是“跳农门的人”。那时那里没有电话电视，没有手机网络，也没有堆积如山的作业，没完没了的周末补课，没有绑架、拐卖、色情，成天牧牛式地散放戏耍，在山林田野奔跑，只有长辈推介的黑白无常……在不算长的四十年月，当年被他们牵着走的地主如今成了董事长、吃嘛嘛香的政协委员，被大队保送上大学的三好生成了贪污犯，少林寺多了个“少林实业发展有限公司”，2005年“少林功夫”申报联合国人类非物质文化遗产落选……一切都催促他、诱使他有感而发，议论风生。

骆勇的文，使我想到香港凤凰台窦文涛主持的“锵锵三人行”，还有那个长年不休的“时事辩论会”：三五人围坐，围绕一个话题，海天神聊，信马由缰，无际无边，无始无终。随时是开头，随时也可以结束。又像“幽默大师”中的漫画、动漫，同传统意义上的讽刺漫画大有异趣。还像香港人拍电影，脚本只是个大概，对话、细节全由演员现场发挥……这种文真是别有意味的“散”文，“杂”文。是不能用已有惯常的标尺衡量，用纸质媒体编辑固有的目光打量的。它具有自己的行文方式，也拥有自己的粉丝、知音、读者圈……

骆勇文章中的不少见解是精当的，不少文字是精致的，许多个性化的表达，让人眼前为之一亮。他说：“维护历史的声誉，犹如维护自己母亲的声誉。”——以民族的亲历作参照，是可以掂量到个中的分量的。“感动于人心的不一定是预测（策划）之初的高谈阔论、豪言壮语，往往是直抵人心灵深处的细节”——堪为人生历练的结晶。“中国文化历史，是一部‘文字狱’进化的历史”，“仰敬一个人，也是有时空地域限度的”，“根据某一个人的意愿、某一条钦定路线、某一种理论给人盖棺定论，其结论最多只能影响一个时期、一个时代或者一代人”，“当说出真实在现实存在的环境里的危及力量高于喷发于自身的信念力量时，你还能真正说出么？”他指陈舍弃历史“手术”名著的“严肃”与“搞笑”；他读《荷马史诗》，看电影《金刚》，发现中国现代小说背负的东西太多太重；他诘问：“为什么国产电影、小说中的对话总是有板有眼？为什么现实生活充满了虚假的客套？”他以为雨果的《雏菊》，比中国式的“以菊明志”更阔远、悲壮……

他嘲笑方舟子要消灭中医的梦呓，切中肯綮；他破解官场迷团，针针见血；他的一些妙喻隐喻独特刻薄，让人联想多多……

在寂静的零点之夜大脑最活跃的时刻，他独自抒写心灵，随感式地记录人生况味，不是为文而文，而是一种倾吐，一种欲念。火花不时闪烁，可当诗读，当警句抄，当哲言品。散文诗式的抒写，浓缩而深邃，朦胧而晦涩……

骆勇说：“思维，是人的意识在走路。”——本书就是他思想的足音。

他的视野是高性能的广角镜。他读《伊利亚特》，读《没有国家的人》、《瓦尔登湖》，读《佛遗教经》、《古兰经》，读《中国文明史》，读鲁迅的《读书杂谈》、老舍的《多鼠斋杂谈》……写作领域也因此广阔庞杂，以致我根本跟不上趟。不少篇章读罢，似知非知，半懂不懂。有时甚至怀疑，作者自己对于论及的对象，是否也那么通透了解呢？

网坛的广阔给网络作者提供了纵横驰骋的天地，也放纵着他们无拘无束的文字表达。一不留神，就会随意挥霍，不注意节俭与节制，于是对主题的提炼，结构的掌控，语言的锤炼，都有所放松；于是松散、冗长、平铺、芜杂、艰涩，就成为当下一部分网文的流行病灶。随着信息量的剧增，“阅速”的提升，大致浏览一下即发高见，了解个大概即臧否褒贬。于是广博中不无驳杂，丰赡里时见浅薄，新奇中显出老套，深邃里藏着草率，良莠并现，精芜互陈。骆勇显然在努力避免这些，但有时却也难于逃脱。不少篇章，一句句读来，新鲜明白；通篇读罢，却又不甚了了。以这种表达方式诉诸纸质媒体，显然格式不对，路数相左，“水土不服”。年龄偏大如我者，对于这种有别于惯常纸质媒体的表达方式，也变得有些“水土不服”。

优点是同缺点总是傍在一起的。骆勇的文章，很有点汪洋恣睢、纵横捭阖的味，有时则似乎有些过分。近七千字的《漫说杂谈》，近三万言的《人生难得几回赎》，都让人感到开阔有余而提炼不足，广博有余而深化不够，艰涩有余而晓畅不足。如果构思更精进一些，主旨更集中一些，结构更严谨一些，逻辑更明晰一些，篇幅更节制一些，用语更准确一些，效果自会更佳的。

网友称赞骆勇是一个自省能力很强的人。很多文字，都是用批判的眼光回忆自己的过去，审视自己的弱点。从我同他的交往中，明显感觉到他是一个真诚谦虚的人。他曾给自己取了个几乎是丑陋男人象征的网名：“伽西么多”，如此“自嘲”，是实副其名的“真名士”了！

被骆勇师傅领进门的“老小朋友”，以上网评，只能算是“妄评”吧！

2009年7月5日于北京

人如其诗

——读柳朝彪《岁月留痕》

初识朝彪是在建学的诗词研讨会上，彬彬有礼仪表堂堂的一中年男子与我比邻而坐，留下第一良好印象。但是否属于生活中“体面苕”那种类型呢？我在观察。

知道了他从商的身份，我惊讶他牌赌不沾、烟酒不嗜的特性；更惊讶他对古体诗词的情有独钟。从商从政弄诗词高超者不乏其例，但俗套平庸者也不在少数。朝彪属哪一类呢？我需要继续“考察”。

而当我读到他赠给建学的那首七律后，他的人生态度、价值取向、审美情趣、文学功底一一袒露，我不能不对他刮目相看了。这首诗至今还保存在我手机里，不忍删去。

此后听他讲蛮横的狱吏看到他发表于《三峡晚报》上的诗作，从此不敢轻慢的故事；讲三十年前去湘西贩牛，多情湘女对他的信赖、好感与依恋，乃至三十年后偕诗友一道去寻觅那段凄美的往事；讲面对身处绝境的客户当面撕掉巨额欠条的情节；讲黄昏时分于儿童公园内识破美女陷阱的传奇；讲长江上亲身遭遇“黑老大”的经历……我知道他的生活，原本就是一首首激荡的诗；他笔下的诗，正是他人生经历的多角度折射。那里溢出的是他喜怒哀乐的痕，酸甜苦辣的迹。诗词，正是他的一种生活方式、休闲方式、自我修炼方式。

他咏橘“魂系江南不乱怀”；“春来款款势夭夭，秋劫残英独不凋”；他赞车溪“壁陡窟幽芳草茂，烟轻岚秀野云闲”；他《吊林昭》“取义宁穿风雨路”，“烈女精神启万家”……都显格调不凡。尤其是那首赠妻诗，名副其实的“卷首”之作。“富贵贫穷自淡然”的发妻，“傲雪经霜如腊蕊，吐丝献爱比春蚕”，“发长不碍目光远，浪急风高稳驾船”，句句真切，字字动人。无论构思、意境、用语，皆属上品。他的苦乐观、爱情观、价值观一一袒露，从此认定朝彪是可以深交的文友。

此后手机不时收到他的新作，良莠不齐。斥教育腐败的诗过于直露；一些时事诗残留"'文革'遗风"；在如何在诗词中力避新闻、政治套语，以为是他面临的课题；在如何看待如拉登、卡扎菲、李敖以及一些显赫的政治人物、如何看待美国等问题上，看法也并不完全一致，但这丝毫不妨碍我们作剖心的直言不讳的交流，不必客客气气地保持距离。

他的处女集并不是尽善尽美的。看样书我就发现封面那张版画式的艺术照，缺了版画的线条与光影。固然可以透现出他的正直、善良、质朴与本分，却少了作为儒商、义商、侠商那种自信、坚韧、从容与潇洒。

在大著《岁月留痕》面世之际，我祈祝朝彪儒商两旺，才财滚滚，续写更加潇洒帅气的人生。

2011年7月3日

“喜欢的”与“不喜欢的”

——读刘仁新《百里风情》

不喜欢这本书的封面封底，与内容、风格反差过大；不喜欢文中间或夹杂的并不协调的政治套话、报道用语；不喜欢不少文章里“干部腔”的结尾；不喜欢“后记”里长串的大锅饭式的“表扬名单”，甚至不喜欢作者省却签名的“发书”式赠书方式……“叹人间美中不足今方信”！

然而不喜欢，丝毫不能冲淡与掩盖我心底的喜欢，不喜欢正出于更强更烈的喜欢——无论其人抑或其书。

一向反感于以“官职”论文章，给“官”们发“优待券”，降格以求。乌纱帽看后看文章，既是一种特权，也未尝不是一种“歧视”。文章面前人人平等——读者只认这个理儿。刘仁新至今仍是一方的头头脑脑，然而我更愿把他作为一个普通作者来品评。

刘仁新的散文，是从他家乡——长江母亲河孕育的百里洲油沙地里长出的、被浓浓乡情浸泡过的散文，深沉，凝重，淳酽，平实，非那般别别扭扭强作欢态无病呻吟装腔作势者可以比拟；也非那种外来浮光掠影的采访者旁观者猎奇者悲悯者所能企及。几十年亲历其间厚积薄发，那是正宗的乡情！

他的述写，“风”中见情，情中展俗，寄寓着丰厚的社会内容，足可让读者深思回味，不是那种轻飘飘甜腻腻的风情展示及《旅游指南》式的纯习俗展览可以同日而语。

他的乡情是掺着苦涩的喜，充满悲壮的怒，饱含坎坷的哀，洋溢五味的乐，这是对农村、农民深层次的读解与开掘。不论久居城市还是长年生活农村的人们，都会跟作者一道引起“思念无穷，感慨良多”的谐振。当今天城乡差距有扩大之势，当城里幼儿园小朋友不知从哪里听来作践农民的笑话，当春节晚会上要亮出出农民洋相的小品而举国喝彩，你不能不感到刘仁新们笔下那些重情仗义、淳朴和善乡风的作品是多么的难能！

刘仁新的散文具有淳酽的生活气息，浓郁的文化氛围。他将家户人家上梁、推船、接春客、打借物一类寻常事写得有声有色，将苦瓜、萝卜、巴扇、叶子烟、“掩底子(鞋垫)”一些普通物写得有滋有味。他很少涉及单纯景色的描写，也不见空洞的抒情“学生腔”。写人记物，多用几件小故事组合而成。他采用白描的手法，展示生活的原生态，使人想到朱自清的《背影》、朱德的《我的母亲》、李锐记苦瓜一类文章。

他的百里洲系列多属回忆系列，别具情味。戴“撮撮帽”的“工作同志”、“弯声子”的外乡人，扯豌豆“先咬破枯壳子，舌尖轻轻一抵吐出壳儿，然后嚼得嘣嘣作响”的五月尝新，大姐出嫁闹房时竟嚷着问：“大姐姐你怎么也来哒？”……尤其是从孩童眼里看四十年前“钢铁元帅升帐”、“超英赶美”、“跑步进入共产主义”，具有浓厚的杂文味。那深藏记忆闸门里三年“自然灾害”期间饿肚子的往事，那从白菜萝卜黄瓜冬瓜南瓜到地米菜刺芥叶豌豆叶桑树叶充饥的年月，那敲打着废钢管、铁犁铧、破铜锣“当当当、咣咣咣、哐哐哐”生产队的“打早工”，让今天的读者领悟到逝去岁月中令人慨叹的许多。

正如作者所说：“真情是散文的神。”好的散文是生活积累、文化内涵、审美情趣的融合与观照。刘仁新的人物系列，无论是“口含浓茶用舌头给害红眼病的孙子舔洗清毒”的祖母，还是有一张搁在儿女身上“婆婆嘴”的母亲，还是秀美精灵的同桌，由于父亲成了“右派”自己名落孙山，十余年后“学生气荡然无存”，“对老同学形同陌人”的琼瑶，都给人打下深深的烙印。最动人的则是许多篇涉及的被称为小爹的父亲——一位54岁就走了、能说出“读书是治憨的良药”名言的并未“脱盲”的农民。困难年月“放卡子抓住几只老鼠，补偿儿子一顿‘米鸡肉’”；腊月间，扛起“赶圈子”和“踩棍”到屋后弄鱼；病入膏肓时还不忘交代莫忘王妈珍爹安福哥的人情……揪心的细节，使人想到中国大地千千万万历尽沧桑的农家，甚至要不自禁地联想到今天城市街头那些收捡破烂供孩子念书的父亲们……

对作品廉价的捧场是无聊的，唯有真话是对人的真诚。我以为写宜都一组，则相对粗糙浮面、大而泛之，有应景敷衍平庸之嫌，明显逊于“百里洲系列”。而那种总结鉴定式的“干部腔”、报道式的评论、现成话式的议论，都是为文的败笔，是散文之大忌。

刘仁新为人忠厚，虚怀若谷，凡事谨慎“小意”，注意方方面面的“摆平”。他为人的长处有时却容易造成为文的弱势。过多的“平衡”思考，有形无形地束缚了文章的激情与深度。可喜的是刘仁新后期的散文，正越来越有意识在摆脱传媒套话的污染，正朝着洒脱深沉隽永方向发展。无论读书与写作，当他有了更阔的视野、更豪的胆魄时，他的文章定将攀上一座新的山峰。

2001年6月9日

“便引诗情到碧霄”

——《三峡蓝天梦》序

参加三峡机场落成的剪彩仪式，目送秋日晴空里银色飞机仙鹤一般排云而上冲向万里碧空，我脑海不禁涌出了刘禹锡的诗句：“晴空一鹤排云上，便引诗情到碧霄。”仿佛这是一千七百多年前，拜谒三峡的诗人特地提前为三峡机场捎来了题词，那神来之笔写尽了三峡机场建设者和所有享受建设成果的人们共同的感受！

面对一眼不见尽头的跑道，你会感到，这是一篇真正的现代化的“大块文章”；是三峡人用水泥铺就的迎宾地毯；是三峡·宜昌上演改革开放活剧的又一舞台。这是三峡腾飞的跑道，是宜昌“天宜地昌”的通道，是三峡·宜昌拉近与世界距离的一块硕大的磁石！

论及宜昌内外交通环境，笔者曾在不同会议上作过文学夸张式的表述：打通东山隧道，第二次解放东山；修建夷陵长江大桥，第二次解放江南点军；修建三峡机场，第二次解放三峡·宜昌。笔者以为这种提法是合乎实际的。交通永远是一方一地交流、交易、交换、交际的开路先锋，是富裕与繁荣的引导者。

我们不会忘记，有的外宾花上一个星期才到达宜昌的艰难行程；我们也记忆犹新，送国家领导人由当阳空军机场返京，国家领导人已经抵京，而欢送者却还在回宜的路上……在海内外人们的心目中，古老、神奇、多彩的三峡，也是个遥远、神秘、闭塞的三峡；“宜于繁荣昌盛之地”的宜昌，也就成了可望而难及之地。于是当“更立西江石壁”梦想即将实现之时，三峡蓝天梦的实现，也就呼之欲出。

这是让三峡插上翅膀、宜昌飞向世界的基础工程，是给跨世纪的民族性工程——三峡水利枢纽配套的重点项目，是海内外翘首共盼的基础设施建设，是进入国家领导人视线的“热点工程”，地方长官握在手中的“一号工程”。

三峡机场的建设者们，就是肩负着如此神圣的使命，以一种前所未有的自豪感，以一种对子孙负责的质量观，以飞行般的速度，终于让这占地二百八十一公顷，跑道二千六百米长、四十五米宽、一米厚，外加候机楼、导航设施等建筑，在短短的一年零九个月里得以建成。在这里，我们那些用滥了的诸如“夜以继日”、“日新月异”之类的词语，又都富有了特殊的新鲜感、立体感与血肉感！这是三峡精神的凝聚与弘扬，是三峡速度的物化与体现，这是三峡形象的成功铸造！尽管这仅仅是第一期工程，也还留下一堆问题有待解决；而第二期工程比如三千三百米跑道的铺设，港澳及海外国际航线的开通，都尚待时日付诸实施。但既然有了良好的开篇，又何愁不会续写出更新更美的“大块文章”呢！

三峡工程将彪炳于中国建设史册，三峡机场也将辉耀于三峡建设史上。而作为时代信使的新闻与文学，也责无旁贷地要记录下三峡机场建设者们的勃勃英姿与卓著功绩。于是，生于斯长于斯、熟悉机场建设全过程、擅长于新闻报道与纪实文学的作家江涛，终于历史地担当起了这一重任。他以三峡人的特有激情，以记者与作家的双重敏感，以对建设英雄们的深情倾慕，并效法三峡机场建设的特有速度，构置了这部十数万字的纪实文学。

全书凸出了一个“实”字。“实”，既是三峡机场英雄们的特色，也是本书的一大特色。实人实事实情实状，求实务实咏实纪实，“实”字当头，“石杵子舂米实打实”。对于当前某些地方的以开虚会、发虚文、讲虚话、办虚事、鼓虚劲、报虚功为特征的“虚风”的流行，无疑是一种有效的抵制与嘲弄，这也许是作者写作时并未着意而成的效果。

构思这样一个长幅是很不容易的。它需要宏观的整体把握，素材的充分占有，对工程技术的熟悉，对全景式结构的驾驭……江涛先生凭着近二百万字的写作积累，凭着全身心写作的投入，在不长的时间里，较好地完成了这一任务。自然，由于时间的仓促，作者未能作过细的推敲与润饰，有些地方尚略嫌粗糙与浮浅，“急就章”的痕迹还时有所见……但从总体上看，则仍不失为一部较好的作品。

“晴空一鹤排云上，便引诗情到碧霄。”同样借用刘禹锡的诗来描绘作者成书的境与结果，也许是合适的。我衷心祝愿江涛先生排云直上，鹤唳九天！

1998 年 5 月 8 日

《大千百味》后记

画家、杂文家韩羽曾将他的《闲话闲画集》比之如“盲者负跛者”，以文补画，以画补文。我们这次，是别一种“盲者负跛者”的效颦。

中国五千年文明推进中的积弊，如泥沙淤积的河床，不冲刷疏浚，岂只航运受阻，还要酿成大灾，今年的水患即是一次振聋发聩的棒喝！杂文自一问世，就天定地加入了这神圣的河道清淤工作，是自以为无上光荣的！

从“泛杂文”的视角看，“杂文”其实是一个包容的概念。一切批判的、以或隐或显或直接或间接形式出现的文学样式，都似乎应入此列。

因而，在成为摄影家族中“克隆”新类的同时，“摄影杂文”则又可忝列于杂文苑圃内成嫁接的新枝。颇类大兴安岭山中似麋似鹿不伦不类的“四不像”，如西人寓言中那只似鸟非鸟、似鼠非鼠的蝙蝠！

大千世界，百味俱生——画面提供具象，诗文发掘内涵。不可忽略的是，还需读者以自己的人生阅历，去诠释去品味去丰富去填补。

这是一次“大姑娘上轿”，感谢为她“作嫁衣”的诸位师友！

1998年10月8日

《思海撷浪》自序

漫画杂文集《思海撷浪》，是摄影杂文集《大千百味》的姊妹篇，是浩渺思海中几朵浪花的采撷，是世态人情几经咀嚼的记录，是个人读书、与人倾谈的一种延思，是文化含量、思想含量较为集中的“文眼”，是省略了起承转合、穿靴戴帽、连缀过渡的文章的“内核”，是未曾展开的篇什。

我们处于一个需要思考、倡行思考的时代；一个需要学会思索、普及思索的年月。

帕斯卡尔说：“人的全部尊严在于思想。”布莱希特说：“思考有不尽的乐趣。”雨果说：“从今以后，众目仰望的不是统治者，而是思维人物。”

思索是灼见的前身，是静观的后续；是生命的高级生存状态，是智商颇高者的特征之一。所有有头脑者都应当培育自己独立思考的习惯与能力。如果失去了独立的思考，人云我云，如果“共识”并非建筑在每个成员充分独立思考的基础上，那么这种“共识”不过是沙堆上的城堡。附和式的正确与盲从式的犯错，都曾经给我们带来过许多的过失与后遗症！

思考是人的价值之所在，是人格魅力之所在。我思故我在，我思故我真，我思故我美！

杂文与漫画，其实是双胞胎，他们的母亲都是思想。杂文是文字的漫画，漫画即画的杂文。昔人云：“歌之不足，则舞之蹈之。”那么文之不足，则难免要涂之画之！文让画境深化，画使文意显豁。

八大山人朱耷纸上那些头颅高昂白眼向天的禽鸟，可视为明末清初寓意颇深的漫画；齐白石笔下的《不倒翁》“浑身何处有心肝”、《螃蟹》“看汝横行到几时”，都堪称典型的中国气派的漫画水墨！

19 世纪 30 年代法国政治漫画大师杜米埃的作品、巴黎公社的革命漫画，都可以让我们领略到漫画的锋芒；二战时期毕加索绘制的那幅有名的鲜血淋漓的《格尔尼卡》，也未尝不可以看作一幅怒斥法西斯的巨型漫画。

当代如陈四益与丁聪合作的《新百喻经图》、韩羽所作《闲话闲画集》，则是漫画与杂文的高度融合。

台湾蔡志忠古文古诗古哲进入漫画，是对漫画领域的拓展与创新，是对读者的贴近与奉献。

随着文明的前行、民主的推进，政治漫画、时事漫画、历史漫画、社会漫画、寓言漫画、哲理漫画、生活漫画、风情漫画、幽默漫画、科普漫画、体育漫画、抒情漫画、广告漫画、连环漫画、人物肖像漫画纷纷登场，蔚为壮观！

而杂文漫画，则是杂文与漫画的联姻。包容政治、时事、历史、社会、哲理、寓言、人物、风尚……关注国计民生、国运民瘼、世象世故，时弊积弊，大千万象，人生百态……

正是漫画与杂文这种血缘与各自的优势，促使我在与摄影家徐达先生共品大千百味、尝试摄影杂文结合之后，又开始了与青年漫画家雪骏先生的联袂，携手同撷思海的浪花！让物思、史思、心思、情思、哲思、文思……涌入脑际，诉诸纸墨；将政风之腐，社风之污，成规之旧，积习之弊，"共识"之非，宿见之谬，"定论"之讹，时论之偏……收入视野，汇聚笔端。凡六篇，三百零六幅(则)。

书中文字，力图言简意赅，审美审丑；小中见大，言近旨远。或横眉冷对，或痛心扼腕；或表炽热于平和，或藏机锋于冷峻。其漫画，则力求以形传神，借喻明理，荒诞巧接，夸张变形，简繁得宜，含蓄幽默。于是一"漫"一"杂"，一画一文，静观肃思，褒贬臧否，冷嘲热讽，嬉笑怒骂，力求深而不奥，奇而不晦，巧而不谬，浅而不白。优势互补，相得益彰。"虽不能至，然心向往之"！

随着社会生活节奏的加快，文化快餐需求日趋迫切，杂文漫画集《思海撷浪》则不失为一种文化快餐！能更便捷地走入更广大的读者群。

需要特别提到的是合作者青年漫画家雪骏，实乃雪中之良骏也！虽出身于贫寒的农耕世家，诞生于"史无前例"的年月，先天不足，后天失调，却天资聪颖，勤勉好学，于繁忙的教学之余，潜心漫画创作而一往情深。他宵衣旰食，呕心沥血；博采兼收，求师若渴；苦思冥想，如醉如痴。终当"而立"未届，即已从偏僻的村镇走向全省，跃入全国，佳作累累而获奖频频，并举办个展，出版专集！雪骏的作品，其立意多不同凡响，构图常以巧夺人，勾勒时出奇制胜，运笔每立异标新！终于获得他心仪已久却至今尚未谋面的漫画大师华君武的青睐，亲自为其题写书名！

能同这样的后生合作，作忘年交，成"老少配"，作为一个年长者，是自以为高兴和荣耀的！我衷心祝愿雪骏这匹苦瘦快马、行空天马，奋蹄振鬣，仰天长嘶，日驰千里而永无止境！

2000 年 1 月

“用兵之要　先择将臣”

阅读《百名校长谈教育》一书，脑海里顿时浮现出广岛的一所高等专科学校（即我国的中专）那一大排校长的照片，那是1990年访日的所见：简朴的会议室的墙上，显赫地挂着该校从明治到昭和十几任校长的照片，每张足有我们的“名人画像”那么大。不禁为之一震，透过玻璃框内历届校长或庄严，或睿智，或自豪，或自信的目光，连来自异邦的我，也不禁肃然起敬！真切看到一个民族的敬业精神和对敬业的褒扬。

欧阳修曾在一篇文章中写道：“用兵之要，先择于将臣。”看来不止于用兵，也适用于办学。校长就是学校阵地的“将臣”，是教育群体的组织者，是校风、教风、学风形成的关键人物，是营造良好思想氛围、学习氛围、人际氛围的主要角色，是推动教育改革、推行素质教育的主将。所谓“兵熊熊一个，将熊熊一窝”，“艄公不得力，耽误一船人”，都从反面说明了作为一校之长对于学校的举足轻重。

校长的魅力不应只限于其职位权力，更在于其人格的魅力，学识的魅力，教育科学与艺术的魅力，即非职权魅力；在于其知人善任、分工组合、协调沟通、审时度势，得人以信、服人以理、感人以情、压邪以威的能力；其尊贤礼士、开诚布公、刚直不阿、平等待人的品质……

素质教育是我们的校长毕生为之求索奋斗的永恒主题，这是学校一切工作的出发点、归宿和过程，是基础教育的主旋律、大趋势，是共和国下给全体教育工作者的一道文化指令。

然而这又是多么繁重艰难的课题！一千三百多年科举应试的传统惯性；高考制度恢复后，“十七年”教育固有弱点与弊端的被强化；长期被压抑的全民族的教育热情被“异化”为新形势下推动应试教育复活的动力，使得本来宽广的基础教育又笼罩在应试教育的阴影之中。中国的中小学生的书包之重、作业之多、学习时间之长、课外自主时间之少、思想压力之大，实在堪称“世界之最”！随着商潮的汹涌，社会竞争机制的强化，就业压力的加重，学校经费的拮据……于是很容易在“保险系数”上寻求驾轻就熟的传统模式，寻求我们过去引以为豪的法宝。全面贯彻方针、面向全体学生、德智体全面发展的方针，很容易成为一种口头禅，一种无法落到实处的时髦招牌。我们叫喊了多少遍的“告别”应试教育，结果是“告而难别”，“告而不别”！因而在基础教育中淡化“选拔”意识，强化“普及”意识，树立“人人成才”的观点；由口头认可到思想认可，到行动认可，到社会认可；将素质教育融化于常规教学与常规管理之中，渗入教职员工“潜意识”之内，这就成为校长们最基本的课题，经受的最严峻的考验，自然也给他们提供了大显身手的舞台。

将实践中的所获，形诸文字，这无疑是一件值得称道的事。孔子“述而不作”，也往往是教师共同的特点。然而也不尽然，“述”，固然是作教师的“传道受业解惑”的主要方式，而“作”，则会让“述”更精彩，更加自觉化、理论化。“述”而“作”，“述”“作”并举，正是专家型领导、领导型专家共有的特点与特长，应当予以鼓励、提倡。从这个意义上说，《百名校长谈教育》一书，我以为就是我们教育长廊里挂出的一批用文字摄制的校长的照片，令人欣然、肃然！

我们期待着经过校长们致远务实、矢志不渝的探索，会由“百名校长”谈教育，而到百名“名校长”谈教育、百名“名校校长”谈教育。那该是更令人多么欣然、肃然的事！我们期待着这一天的到来！

1998 年 5 月 14 日

潜能开发　授人以渔

光胜先生将厚厚的一叠文稿摆在我的书桌上，“巨大潜能自我开发”八个大字，蓦地像磁石一样吸住了我的视线。我不禁暗地叫奇：好一个刘光胜，又选中了一个好“点子”，一个颇具研究价值的课题！

六年前，我写过一篇《潜力论》，曾急切呼吁树立正确的“潜力观”，兴起一门新兴的科学：《潜力学》。我以为，“潜力”或者说“潜能”，作为广布于自然、社会，群体、个人之中的一种潜伏、潜在、潜行的资源，一种可蓄、可释、可逝的能量，乃是弥足珍视的一种极富后劲的物资、精神财富，一种理当发挥却尚未发挥的本体优势。那些资源的、机制的、体制的、素质的，那些硬件的、软件的、深层次的、浅层次的，那些宏观的、微观的、有形的、无形的潜能，无不等待着我们去开发，去攫取，去调动。潜能既存在于我们的优势之中，也潜藏于我们的弊端之内。对潜力视而不见，必定自惭形秽，颓唐沮丧；把潜力开发看得易如反掌者，又难免颟顸自大，头脑升温，走向初衷的反面。潜力面临着三种选择：或充分释放，或继续潜藏，或悄然消失。我们面临的任务，就是要倾注真正的热情与气力，以科学的手段与方法，让潜在的优势转化为现实的优势。释放潜能的过程就是开发的过程，前行的过程，改革的过程，也即进一步解放自身的过程。潜能大开发之日，正是社会处于最活跃最富生气、个人处于最振奋最富创造力之时。

光胜先生将自己的视线总是投向教育科学的最前沿，选择那些最富敏感性最需要回答的课题，潜心研究，孜孜以求。他立于素质教育的制高点，从中外古今大量的成才事例中条分缕析，抽象归纳，探求人的巨大潜能自我开发的奥秘，实在是深得社会、学校、家庭，家长、教师、青少年各方面关注和欢迎的一件大好事，这乃是整个《潜力学》中的一个分支，一个章节，一个子学科。

成功是什么？问世已七十多年的《成功学》研究证明，它是指人类潜能的开发程度以及预定目标的达到。自然，这是以社会大环境包括时代条件、历史传统、生产力发展水平、社会氛围体制、机制乃至家庭、邻里等诸多因素为其大前提的，这是社会学家面临的大课题。但是在大体相同条件下，人的自身潜能的开发特别是自我开发，其结果往往并不一样，有的甚至大相径庭，这就是教育学范畴需要研答的课题。一份成功学的研究报告表明：占人类总数百分之三十的最杰出人才与同样比例的最潦倒人士，在智能及天赋上并无显著差别，差别在于他们有无成功的坚定信念以及对潜能有无正确的开发。

成功并非象某些人所想象的那样，为天赋加机遇的结晶。天赋、机遇固然重要，然而在同等条件下，则取决于人自身潜能的充分开发，取决于坚定的信念、顽强的实践和执着的进取，而后者则常常可弥补前者，促使前者得到充分的施展。正因为如此，发达国家都十分重视在教育体系中引入成功学——潜能开发的研究成果。以美国哈佛大学为例，先后培养了六位美国总统、三十三位诺贝尔奖获得者、三十二名普利策奖获得者、数十家跨国公司总裁，其成功的奥秘就在于除了重视智商（IQ）培养之外，更重视情商（EQ）即人的潜能的自我开发。人类社会已经进入 21 世纪，生活节奏的加快和生活竞争的加剧，要求未来的人才具有良好的智力、知识之外，更重要的要注重自己巨大潜能的自我开发，具备良好的成功成才的心理素质，具有明确的奋斗目标、坚定的信念，不断地认识自我、塑造自我、开发自我、超越自我。

然而在中国，人的潜能自我开发成功培训几乎还处于一种自发状态，甚至空白。顶多只看重了政治动力、思想因素的作用，而忽略了人的潜能的全方位开发。宜昌市教育科研所所长刘光胜先生历四载寒暑，一千多个日夜，深研潜能开发中外理论，涉读数十本中外有关潜能开发的书籍，择选古今中外一百多位成功成才人士之事例，饶有兴味地阐明了潜能自我开发的意义、原则、方法与策略，并精心设计自我训练的习题。作者推敲斟酌，三易其稿，终于编著成这部形象生动、情理交融、深出浅入、耐读易记的训练教程。这是一部导人成才的书，一部授人以渔的书，一部激人奋起的书；一部对青少年有所催动、激励的书，一部给教育同仁以借鉴、启迪的书，一部让“望子成龙”的家长主观意愿与实际效果得以统一的书。

光胜先生本人，其实就是一位善于自我潜能开发的成功成才者。他由普通的小学教师，经三十余年的艰难跋涉，坚韧求索成为中学高级教师、省劳动模范、市管优秀专家、宜昌市教育科研所所长；先后于国家级杂志发表论文近三百篇，出版专著六部，计一百三十余万字，获省以上奖励十六次。因而作者本身，就是一个颇有说服力的例证，给予我们以巨大的激励、鼓舞与多方面的启示。我们期待作者继续奋力开发自身潜能，不懈地在人的巨大潜能的自我开发乃至社会开发、家庭开发的研究上，摘撷到更丰、更新、更硕的果实。

2002 年 10 月 23 日

附 录

艺苑奇葩芳香醉人

——《大千百味》尝析

刘不朽

这是两位艺术家的绝妙默契:一个用睿智的眼光和淋漓的笔墨,将大千世界之所见所闻所思形诸诗文、哲理;一个用娴熟的技巧和变幻的镜头,把所体验所感悟的人生百味,还原于栩栩如生的视觉形象和多姿多彩的黑白世界。

这是一对多才的艺术伙伴的强强联姻:才艺与才艺的亲密组合;心灵与心灵的趋势拥抱。我们不必去猜测:是符利民按徐达的静物摄影作品配诗撰文?还是徐达遵照符利民杂文、诗歌的旨意旋转焦距和精心制作图片?我只有一种感觉:在摄影杂文集《大千百味》的一百八十篇作品中,你中有我,我中有你,他们心有灵犀一点通,彼此早已融合成一个和谐完美的艺术整体。《大千百味》者,珠联璧合之作也。

忽如一夜东风来,三峡艺苑添奇葩。纵观古今中外之文艺形式,诗配漫画有之,散文配摄影作品有之,摄影小说亦有之……而杂文与摄影的嫁接与联姻,实乃文坛艺苑所罕见之首创,称之为“奇苑”并非过誉之辞。

物以稀为贵,文以新为贵。时有少年中颇多“追星族”,殊不知文艺界之“追风族”更是多多。许多作品追风赶潮,或东施效颦,或邯郸学步,无论内容题材和艺术形式,少有创新脱陈之作。而符、徐二君敢为人先,于荆棘从中独辟蹊径,创研出摄影与杂文合璧的全新品牌,令人耳目为之一新。观“映日荷花别样红”,“听唱新翻杨柳枝”,我禁不住为之击掌叫绝!

我不敢言中国还是鲁迅的杂文时代,但我敢于高声呼唤弘扬鲁迅时代的杂文精神。我们从央视的《焦点访谈》的强烈反响,不正是深切地感受到杂文巨大的社会效应?《大千百味》有诗有画,亦不乏优美的抒情,可我仍然把它当作杂文看,它展示给我们的依旧是杂文风格、杂文气派。

杂文是一种难以驾驭的情理载体。作者很好地把握住了这个“度”，作品紧扣改革时代脉搏，以教育、团结、鼓舞人民为宗旨，敢于面对现实，善于观察思考，用尖锐泼辣的笔触，针砭社会生活时弊，用诙谐幽默的语言，启迪人们对不良风气憎恶与省思。或褒或贬，皆搔到时代的痒处；或抑或扬，莫不有振奋社会人心之作用。作者深感中国五千年文明演进中的积弊“如泥沙淤积于河床”，而甘愿当“神圣的河道清淤工”，其志其勇其谋，可圈可点，可嘉可赞！

书名《大千百味》，想必颇费了一番斟酌。这是作者为自己的作品选择了一个最佳的定位：民族化、大众化，雅俗共赏。大千世界之人生百味，对于我们这些芸芸众生并不陌生。通读全篇，尽管面孔千姿百态也都似曾相识。作品的文化内涵，源于中国传统文化中的道德观和朴素的辩证法，而其题材与表现形式，则大多借鉴于民间俗语、谚语和妇幼皆知的寓言故事。难能可贵的是，作者在发掘、发现、翻新、创新上狠下了一番苦功夫。

试列数例以证：《鲜花与牛粪》篇，“鲜花”并不视“牛粪”为牛粪，这是意境的发掘；《对牛弹琴》篇，奉劝人们何妨尽管去“对牛弹琴”，这是科学的发现，也是美的发现；《这山望到那山高》篇，那“望得高”、“高得妙”的感悟，将贬义反为褒义，这是旧意翻新；《鸡犬之声》篇，一脱人情交往封闭之旧白，而赞美“鸡鸣犬吠让世界充满生活的情趣”，所阐释的正是全新的生态观念。

细品《大千百味》，犹如细嚼一枚青橄榄，初尝其味苦涩，久后方感回味甘甜芳香。这多元的味感，源于作品俗中有雅、雅中有欲的品位。惯听“阳春白雪”者，品味其深厚文化内涵，莫不有登高临远，襟怀开阔之思想启迪；乐闻“下里巴人”者，更是如谈家常话、身边事，别有一番亲切的滋味在心头。

作家、艺术家是人类灵魂工程师。但在社会主义市场经济条件下，文艺作品具有商品属性，作家、艺术家同时也是精神产品的制造商。这就要了解市场信息，要研究读者的审美情趣和消费者的阅读心理，从而使自己的作品进入市场后能“和之者众”。《大千百味》出版后读者反响强烈，市场销售行情看好，其成功之道固然与新奇的表现形式有关，但重要的因素在于其民族化、大众化的定位。“百花齐放，推陈出新”，《大千百味》正是破旧推陈而出，为文艺百花圈增添一朵奇葩新花。

作为读者，我渴望从新作佳作中获取教益。作为三峡文化人，我对于三峡文苑的辛勤耕耘者怀着深深敬意。

（作者为原湖北省作协副主席，中国作协会员，著名诗人）

思的魅力

吕志青

图文互为依存是《大千百味》(徐达/图、符号/文)摄影杂文集的显著特点。图因文获得深意,文以图得到直观。然其主要的引人之处在于“思”的魅力。

符号先生比较锋利的篇什主要集中在“荒诞篇”中。这几乎是一个当代的官场现形记,种种丑陋在简练的文字行进中得到犀利的解剖。其中一些应是窥破机关之作,比如在猫与鼠的一侧是:“一个睡眼惺忪,卖傻装聋;一个贼眼溜溜,伺机偷劫;是买通之后的默契,还是做给世人看的并不精彩的双簧?”《垂钓》中说:“被迫上钩,主动糊涂。”“主动糊涂”四个字几乎要从文中蹦出来!而从《牛头对马嘴》的“破绽”中我们很可能发现“见人说人话,见鬼说鬼话”者的“蛛丝马迹”。在《隔靴搔痒》中观察与思考已经融合在一起:“不痒的敏感部位,一搔就痒;真痒的地方,搔了反而不痒!”这是生活的悖论。《狭路相逢》有着对生活的洞察:“斗发了瘾——并非狭路也难容!”“斗”渐渐脱离了最早的目的,为斗而斗,何等的悲哀!

另一类文字则是对我们习见的成语和谚语(亦是对生活)的重新思考,姑且统称为新的“鲜花牛粪”观。在《鲜花与牛粪》中作者说,“鲜花既然不视‘牛粪’为粪,那么那‘牛粪’实际上倒不见得就是牛粪”。《摸石头过河》中本是人们常说的一句话,近年来多挂于改革者的嘴边,但作者说:“浅溪小沟,赤脚尚可;若涉深河大江,此等‘脚工业’,如何了得!”这质疑是有意义的。

《独木桥》也许是这类文字中最好的一篇。“独木桥有时就是阳关道,阳关道有时其实就是独木桥”。这话颇有深意,待后论及。

第三类文字兼及了事物的正反两面,犹如显示一枚硬币:在一个真理的背后藏着另一个真理。《鸡毛蒜皮》、《七拼八凑》、《顺水推舟》等均可看作这一类。

其中《近山知鸟音》当属佼佼者。末尾以一句“且登临那思维之山林,谛听百鸟之和鸣”作为收束。实际上收而不束，令人回味。

最后一类追溯词的本原，如《粗枝大叶》：“古老的典籍曾告诉我们，‘粗枝大叶’是简约概括的意思。”使一个词回到它最初的地方，新的思想就很可能从向后倒退的语言追索中冒出来。

从上述这些方面看，符号先生保持着对语言的敏感和警惕，机关(也许还有官场)所通告的、格式化的语言没有钝化他的语言感觉，我认为这极为难得。

《春蚕到死丝方尽》一文中说“‘丝方尽’——‘思’方尽”。“思”是“智者志士思想家自豪的风格，作为大写的人的生命与价值之所在”，这一点，我极赞同。帕斯卡说：“人显然是为了思考而被创造的，这是人全部的尊严，全部的价值。”一个人，从“思”开始他的真生命，真存在。所以，“独木桥有时就是阳关道”，相反，“阳关道有时其实就是独木桥”。前一个“独木桥”意味着单个完成，并由此走向开敞；后面的阳光道即公共的、既成的道路，独木桥因此通往死胡同。帕斯捷尔纳克认为，所谓历史，首先是个人的生命形式，它包括个性自由和视生命为牺牲的观点。个性自由即思想着，同时要求人“死于为了战胜死亡而从事的火热的劳作之中，死在自己为之献身的这个主要任务之中”。从这个观点来看《口号震天……》这幅“‘文革’遗照”，就有一种怵目惊心，甚至是不寒而栗的感觉。黑压压的人群、森林般的手臂，手臂将人们的脑袋遮蔽得残缺不全。你可以说他们是一群，也可以说他们只是一个。正如作者所说，这是“稀里糊涂的哄喊”，“随大流的随声敷衍”。《命题》则有句：“振振有词，无‘懈’可击！‘一言堂’的舆论，‘一边倒’的逻辑，误导出一场邪恶的风暴，旋天动地！”所以，如果不希望历史重演的话，人首先要获得自己的存在之思或思之存在。《脚印》中说：“无论是浅是深，每个人都有自己的脚印；无论是弯是直，每个民族都有自己的履痕，唯愿我们同我们的民族一道，都有自豪成功的脚印……”但我愿将这末一句改作：“唯愿我们的民族同我们一道……”因为，先有“我们”(单个单个的“我”，渐渐组成“我们”)，而后才有“民族”的实在；先有“我们”的真生命，而后才有“民族”的鲜活。如果脱离了“会思想的苇草”(帕斯卡语)，“民族”将只是一片荒凉的空洞。

关于照片，我想说，一部分照片仍具有相对的艺术自足。我较喜欢的有：《打折》、《福》、《老屋》、《龙与欧式屋顶》以及几幅老照片。在《龙与欧式屋顶》中，“欧式屋顶”实为教堂尖顶。基督教乃西方信仰，龙则代表了中华民族的祖先崇拜，两相对照，虽稍嫌直白，却也有些意味。在以上照片之外，也有一部分似乎过于浅白，观念在先，形成干扰，多少损害了摄影艺术的自足，削弱了感染力。或许，这种要求是过于苛求了，因为，这本来就是一本图文相依存的书。

1999 年 6 月 28 日

（作者为《长江文艺》副主编，中国作家协会会员，著名小说家）

岁月如诉　倾诉我的所感、所悟、所惑……

“爱民诗人”屈原

鲁迅曾引用尼采的话：“要估定人的伟大，则精神上的大，和体格上的大，那法是完全相反的：后者距离愈大，成象则愈小；前者却见得愈大。”——这是社会的“透视学”，历史的“透视学”。验以屈原，是谓确论。

诗人余光中说，“有水的地方就有龙舟/有龙舟竞渡就有人击鼓”；“有水的地方就有人想家/有岸的地方楚歌就四起”，每当听鼓声桡声人声把一条条江抬起，我就仿佛看见，这龙舟是从千年的历史河道划来，在文化的航道里竞渡。龙舟——已成为一个民族纪念不朽灵魂的恒久载体。无论粽子的清香、艾蒿的苦涩，都进入寻常百姓家，化作千年习俗；诗人的遭际也进入“冤屈”这样的词语，化作典故，我就认定：端午是盈漫着文化氛围的节日！

西陵峡中诞生的这位命运多舛的诗人留下的财富是多方面的：他的“博闻强志”、“明于治乱”、“娴于辞令”的才干；他的“竭忠尽智”、“恐皇舆之败绩”的忠贞；他的“受命不迁”、“苏世独立”、“横而不流”、“泥而不滓”的品格；他的“上下求索”、“望崦嵫之勿迫”、“恐鹈鴂之先鸣”的精神；他的“狐死必首丘”、“九死不悔”的决心……构成他爱国爱民命运交响的主旋律。

屈原既是伟大的“爱国诗人”，更是伟大的“爱民诗人”。爱国的内核在爱民，爱国的目的在爱民。“爱国”而不爱民，不过假爱国以“爱己”。曾经“入则与王图议国事，以出号令；出则接遇宾客，应对诸侯”的他，不因身居显位而俯首帖耳唯王命是从。他与趋炎附势宵小鼠辈势不两立，他以激越的诗情与诡奇的诗篇“上称帝喾，下道齐桓，中述汤武”直谏楚王。他痛心疾首的是“王听之不聪”、“谗谄之蔽明”、“邪恶之害公”、“方正之不容”。驱之不散的是“百姓之震愆”、“民离散而相失”的痛苦。“哀民生之多艰”正是他诗的精魂。“一曲《离骚》山鬼哭”——普通百姓不能从文字上全部读懂他的诗句，却在骨子里与他灵犀相通，情感谐振。如果《离骚》失去了忧国忧民的血性本色，那么屈原就不成其为屈原，人民心中也不再有无限崇仰的偶像，端午节也只好另当别论。

屈原小时在乐平里(多么美好的地名:为诞生了屈平而乐的乡里)与乡亲们朝夕共处;放逐后,足迹遍及归州、郢都、溆浦、湘沅、云梦、汨罗,去的全是贫困之地。定然接触到如渔父、长老许许多多平民,他诗中有关辛夷、芝兰、艾萧的描述,不是今天所谓的作家“体验生活”者所能同日而语的。文学是对人的生存的普遍观照。这个世界永远是好人多苦人多,生活不可能“天天都是好日子”。“民”在历代统治者眼中不过是“子民”、“草民”、“蚁民”、“贱民”,唯有真正“哀民生之多艰”者,才可能赢得民的怀念与崇敬。于是端午节,承担着永远的“民意调查”,铸就千年口碑,“哀民生之多艰”,正是端午节永不过时的话题。

笔者早在20世纪70年代末与啸海搜集整理过屈原的传说,收入十多本民间传说的集子,其中一个传说,讲的就是屈原的家乡乐平里有一口曾供屈原整容的照面井,好人到此越照越美,贪官一照成牛头马面,所以至今有“照面井寒奸佞胆”的说法。屈原本人,就是一面灵魂的照面井,人格的照面井。昨日今日,奸官贪吏、城狐社鼠,见了百姓就头痛就腻烦的“公仆”“公主”们,在屈原面前不过粪土一坯。

令人不可思议的是屈原身后三百年却并不见诸文字,几乎在史书上消失。其实这是不足为奇的:秦兵攻陷郢都,白起火烧夷陵,屈原作为戴罪之身、亡国之民、“专政对象”,回天无力抱石沉江,虽悲愤惨烈,却哪有资格“钦史”留名?他的著作,自然也在被禁被焚之列。直到秦亡汉兴,刘项皆楚,司马迁“网罗天下放失旧闻,略考其事,综其终始,稽其成败兴坏之纪”,楚国诗人才得以在太史公笔下“复活”,散失民间的诗章重见天日,屈原的传说在底层悄悄流行。正是黎民百姓保护了屈原及其诗作,使“哀民生之多艰”者得到了回报与慰藉!司马氏一篇《屈原列传》,把传记写成了抒情诗,不是一时的疏忽,正是“屈丝”的良苦用心!文学史上不少传世之作生前都不能发表,诸如英国的莎士比亚、中国四大名著的作者,至今连生平都难以确考,然而其文学穿透力却穿越国界,穿越民族,穿越历史,超越意识形态。

近年来有国家在争端午的文化遗产诞生地,国内一些地方也争所谓“屈原出生地”,作实用主义的伪考强证,可笑亦夫可悲。世界级、世纪级伟人从来属于全中国、全世界,屈原文化资源举国同享、全球共荣,谁可据为己有?还有人把屈原当“牌”打,无异于赌博,至少是对伟人的一种轻慢亵渎。

嗟呼,“其人虽已没,千载有余情”,端午——中国的诗人节!屈原——中国的诗父!

2010年5月24日

杨守敬墓前的沉思

微冷的冬雨中，汽车在泥泞的村级公路上颠簸，我前去拜谒杨守敬墓。我这次是去“还债”的：宜昌居住几十年，竟没有去过“三峡第一学人”的墓地；来宜都几十次，热情的东道主竟一次也没邀过我前往，真是匪夷所思！这自然与老人毫不相干——生前不求闻达，死后更欲何求！然而我不能不为自己的怠慢与麻木而双倍愧疚！杨守敬纪念馆馆长赵平说，1986 年以来，日本书法家前后八批漂洋过海专程而来，向被他们尊为“现代书法之祖”的长髯老人跪拜，果真是应了“墙内开花墙外香”的俗语么？

出城东行约七公里一个叫“龙窝”的村子，就是杨守敬墓的所在地。老人以七十六岁高龄无疾而终，民国政府批专款将灵柩由京运回宜都叶落归根。“青山有幸埋忠骨”，“龙窝”真够幸运而吉祥的，杨氏不正是中国近代史上一条显赫的“学龙”、“文龙”、“书龙”么！

墓地在橘林和田亩之间，不远处有星星点点的农户，想老人不致寂寞。苍翠的长岗如青龙在右侧护卫；左侧不远处的屋场上橘农们正忙着将丰收的柑橘装车外运，这于老人的累累学术硕果也许有些象征意义；但当地柑橘卖不出好价钱，又似乎同老人的境地有些相似。墓地不过三百平米左右，跟杨守敬故居一样狭小而寒伧。这或许也同老人的心暗合——生前节衣啬食，潜心学海，身后又怎会攀比于高门显爵暴发户，占地侵农扰民！

墓地四周是裸露的红砖围墙，简陋的铁门上一把锈锁充当了门卫。然而“湖北省重点文物保护单位”的标牌却分外醒目，与园内几棵高大的翠柏构建着肃穆的氛围。文化局长周振林先生说：“他们总算把门前的停车场给征下来了，让前来拜谒的人们可以落脚。”

墓正中是老人凝神注目、长髯飘拂的石刻头像，体积不大，工艺略显粗拙，但慈祥、坦荡、严谨、坚韧的神韵却可领略。墓两边是著名杨学专家、书法家陈上岷、虞逸夫先生撰书的墓志铭。他们称老人“非维桑梓之荣，亦邦国之光”，真是掷地有声的“盖棺定论”！

雨中橘林，空气清冽。我仿佛触到了老人的呼吸！

真想跟您对话呵，向您发问：古老的城背溪文化如何把您滋养？长江清江水如何将您哺育？您从小习商却随即弃商从文；您幼时“书法草率”而日后成书法巨擘；您孜孜于科举而又及时转向倾心立说著书，您经历怎样的人生选择？您精“舆地”（历史地理学），擅书道，嗜收藏，专版本，工方志，您怎么有如此广阔的视野、如此旺盛的精力？您长期生活于僻乡宜都，在当时的测绘条件下，凭个人之力如何能完成从《禹贡》九州到明代疆域一千九百多幅历代地图的绘制？您怎样为亘古的“三峡”定名？又怎样亲自考察，纠正前人长江清江同源的错误？您怎样于困厄颠沛之中，历时四十余载，完成那被誉为“开舆地学新纪元”、“旷世绝学”的八十卷皇皇巨著《水经注疏》？终生完成著作达四十余种？

真想同您交谈呵，听您谆谆细语。您赴日时，怎么会想到要带去碑刻拓片上万件，把日本书法带入一片崭新的天地？当中国贫弱衰败、备受欺凌之际，您却如何能征服异邦学子之心？“钦仰风容玉祥温，胸无城府共谈论。夏彝周鼎精稽古，秦碣汉碑远溯源。介绍一生翰墨妙，奇书万卷草堂尊。殷勤向我传心画，正是深高海岳恩。”当我在您墓前默诵这首赞誉您的七律，我真吃惊它出自东邻学者之笔！

您罄其所有，让散佚于日本书肆的唐宋元明各种善本孤本璧还祖国；您数十年如一日卖字积资藏书，四十万卷装满十间屋那是怎样一种胸怀？当我读到《杨氏三修家谱》中您遗命要将先后辗转于武昌、上海的全部图书无偿捐给政府，贮于故宫博物院、北海松坡图书馆时，我能不为您的拳拳之心而感佩唏嘘！

真想唤醒您呵，如今从国内到国外，从大陆到台湾，纷纷出版您的大著；国内外七十多家图书馆珍藏着您的大著和墨宝。甚至邻近的松滋这样的小市也为新发现您的家谱而欣喜；汉川特地将新发现您的碑刻刊印成书；湖北人民出版社因得以出版您的洋洋十三卷《杨守敬集》而视为建社以来最辉煌的里程碑之一。《杨守敬集》卷末附录的中外学人研究杨学的论文索引，看到如王国维、梁启超、胡适、鲁迅、郭沫若、程千帆、谢承仁，如日下部鸣鹤、杉村邦彦等大家长长的研究著述目录，真是蔚为“杨学”壮观！国内胜地如庐山、汉阳古琴台、黄州东坡赤壁，至今都保留有您的墨迹、碑刻；归元寺门前的大石碑“归元寺宜都杨守敬题”，至今令游人驻足赞叹！

冬雨在继续飘洒，几丝寒意向我袭来。我想起郁达夫说过的类似的话：“一个产生不出英雄的民族是可悲的民族，一个产生过英雄却不被重视的民族更是可悲的民族。”一个民族如此，一座城市，何尝不然！然而我们会如此么？

汽车在归途中颠簸，冬雨在旷野里飘洒……蓦地，我看见杨守敬的塑像矗立在清江长江交汇的岸上，人们簇拥在他的身边；我漫步于杨守敬大道——宜都市最宽阔的大道，但见彩旗如云，车流如梭；我来到杨守敬广场，但见绿草如茵，游人如织；我来到杨守敬博物馆，海内外名流学者、旅游宾客络绎不绝；我来到杨守敬故居，《杨守敬》的电视连续剧正在加紧拍摄；我来到书店，这里正排着购买《杨守敬传》的长队；我来到学校，那里正举行杨守敬主题班会、杨守敬知识问答、杨守敬演讲会、杨守敬故事会，一簇人正围着欣赏杨守敬少年书法班的作品……

杨守敬——宜都，宜都——杨守敬，有着多么紧密的历史渊源！这座“文有杨守敬、武有陆逊”的古城于是声名大振，外商纷纷前来投资，旅游者慕名而至……多么美好的一串遐想呵！然而我问自己：这仅仅是遐想么？

2003年2月9日

一种愧疚

今年春节，三十年前的学生从各地回宜，邀我聚会。在氤氲的茶香中，共忆三十年前的往事、三十年来的经历，有一种恍然如昨的温馨与沧桑感。其间说到班上的袁谷同学，如今已是北大的化学博士生导师。我不禁一愣，这几年夏秋，我都在海淀住，与袁谷近在咫尺却不通音讯！有同学马上拨通袁谷的电话，熟悉的声音立即传到我的耳中……

8 月一天我在北京给袁谷打电话，第二天他就接我去燕园。难得共踏未名湖，谒蔡元培、李大钊塑像，访北大图书馆，看高级实验室，察“三角地带”，走进知名老教授住宅区和袁谷所居的教授楼新区……

袁谷是宜昌二中的校友。1953 年出生于枝江董市。1971 年由于品学兼优与现任深圳大学人文学院院长曹亚军并列全年级第一名而被保送入华中师大化学系。1992 年在日本高知大学获博士学位，同年进入北大化学博士后流动站从事昆虫信息素的合成及鉴定研究。1995—1999 年任北大有机化学研究所所长。1999—2000 年任生物有机分子工程教育部开放实验室主任，现为北大教授、博士生导师、化学学院学位委员会委员，主要从事 DNA 识别与切割分子及生物有机质谱学研究。

谈中我说到宜昌正在炎黄文化研究会会长、老市委书记张忠民的倡导与组织下编辑一套《宜昌文化丛书》，其中一本《当代风流》，拟将全国各高校宜昌籍的“博导”收入书中，希望袁谷提供有关材料。袁谷说，他自己没有做出什么突出成绩，倒是同是他家乡枝江董市出生的化学家、化学教育家张子高和他儿子、中科院院士张滂，是应该入书的。

张子高张滂？化学家？枝江董市？我都头一次听说。事后我赶紧打电话给《宜昌当代风流》的主编金策兰，她让我尽快收集三位的资料。不久，袁谷传来了有关材料。我也在网上搜索到有关张子高的信息二百八十多条，张滂院士的信息五百三十多条。

张子高，原名张准，又名芷皋，字子高，湖北枝江人，生于1886年8月，1907年武昌文科普通中学堂毕业，曾在枝江县高等小学教授数学、英文。1909年秋，考取第一批庚款公费留美。1911年入麻省理工学院化学系，深得著名学者诺伊斯的赏识。毕业后，就被诺伊斯留下做他的助理研究员。此间，他加入了由赵元任、杨铨（杨杏佛）等发起的我国最早的科学团体——“中国科学社”。为实现“科学救国”愿望，几月后毅然回国。1916—1929年，先后在东南大学、金陵大学、浙江大学担任化学教授。中国科学院副院长吴有训、著名化学家吴学周、柳大纲等，都出自他的门下。1929年应聘于清华大学，历任化学系教授、系主任、教务长。1931年4月，张子高同朱自清、吴有训、周培源等四十八位教授联名迫使校长吴南轩离职。梅贻琦就任清华大学校长，张子高接任教务长。他治校有方，慧眼识珠，明史专家吴晗当年就是被他破格给录取的。“九一八”事变，张子高、马约翰、张奚若等十七人被推举组织教职员的反日活动。珍珠港事件后，他在中国大学任教授、系主任、理学院院长，并兼辅仁大学化学系教授。

1945年抗战胜利，张子高应清华大学梅贻琦校长之邀，参加接收委员会。1948年清华园解放，张子高任教育工会主席。1949年10月初，陈毅来清华作报告，特地拜会了他二十多年前结识的张子高，留影、题词；董必武也于百忙中以武昌文科普通中学堂同学的身份，邀请子高到家中叙旧。1952年院系调整，张子高自愿留清华。1959年，73岁高龄的张子高加入中国共产党，担任了新设置的工程化学系系主任、清华大学副校长、中国化学会理事和全国政协委员。1964年，张子高出版了《中国化学史稿（古代之部）》，“文革”期间，撰写了《中国化学史稿（近代之部）》。1973年，他将几十年精心聚藏的近千方古墨，捐赠给了故宫博物院。1976年12月11日，在高教园地辛勤耕耘60春秋的子高先生与世长辞，享年90岁。子女遵其遗嘱，将他的36000元积蓄全部交为最后一次党费。1994年，清华大学化学院正门中，为先生竖起了半身铜像，白色大理石的贴面上题词的正是他20世纪30年代的学生、前校长蒋南翔。

他的儿子张滂，中国有机化学家、化学教育家、中科院院士。1917年出生于南京，1942年毕业于西南联大化学系，1949年获剑桥博士学位，回国后受聘于燕京大学，1952年院校调整后留北大。1957年与研究生们完成了结合核酸的组分，探索抗癌活性的研究等两个课题。1991年当选为中国科学院化学部学部委员，研究领域包括以天然产物为中心的合成，新型化合物和试剂的设计及合成等，取得了独创性的成果。如今86岁的张滂仍为北大化学系教授、博士生导师、中科院院士，中国化学会常务理事……

我不能不对宜昌，对枝江，对董市刮目相看了。过去我只知道长江三峡东大门的枝江那个普通小镇，三国时期出过被陈寿《三国志》立传、被诸葛亮《出师表》点名赞誉的贤良忠臣董和、董允父子，我却并不知道现当代又接连出了三位知名的化学家。我在宜昌已待上四十多年，我主管过全市文教方面的工作 12 年，枝江我去过不下几十次，我“有眼不识泰山”，而那里的人们也从来没有向我提及过。几年前，我为自己对大学者杨守敬的怠慢而歉疚，几年后当我“居江湖之远”，我又一次为自己的孤陋寡闻而汗颜。

前几年我到浙江绍兴，见街头的标牌尽是王羲之、陆游、徐渭、鲁迅、秋瑾、徐锡麟、蔡元培、马寅初等绍兴名人的头像与名言；福州街头是一字儿排开的福建籍和曾在福建工作过的中科院、工程院“两院”院士的头像与简历。我读武汉的《市情介绍》，其中就有在武汉留下过足迹与业绩的宜昌籍学者杨守敬、中科院院士潘菽的名字。

1994 年我随《土里巴人》剧组到常熟市演出，主人邀我们看他们的“常熟名人馆”，出于礼貌前去，去后却为之一震。当时还是县级市的常熟竟出了那么多的宰相、状元、举人，英烈、院士，作家、导演、歌手……正在参观的中小学生在指指点点窃窃细语抄抄摘摘，我感受到一种传承与弘扬，也感受到内陆与沿海、宜昌与外地的强烈反差……

我想起湖北“文化名人故里寻访记”中有一篇《从宜昌走出的冯汉骥》，记的是与杨守敬、熊十力、闻一多、李四光、曹禺、胡风同列的从宜昌夷陵区冯家湾走出的考古学家冯汉骥。然而当远道而来的记者来到冯家湾采访时，家乡人竟然“置之不理或告之‘不知道’”，让记者尝到了“不合时宜”的难堪。冯先生 10 岁考入宜昌美华书院，1931 年考入哈佛大学，1933 年转宾夕法尼亚大学人类学系，1936 年获人类学哲学博士。1937 年回国参加殷墟及城子崖等考古发掘，1938 年只身去岷江上游考察羌族，1942—1943 年主持前蜀王建墓发掘，发现“资阳人”头骨化石，发掘土台遗址、大量墓葬，翻开一部四川墓葬编年史。1973 年余姚河姆渡原始文化遗址的发现证明了先生早先的预言。国内许多民族、考古工作者出自冯先生门下。1999 年，四川联大举行盛大的“冯汉骥先生诞辰一百周年国际学术研讨会”。

我们没有忘记为这块土地流血流汗的功臣英模，我们却恰恰忽略和怠慢了不少科学文化的精英。杜荀鹤诗云：“时人不识凌云木，直到凌云始道高。”现在我们则是：“凌云木”就在面前，我们仍视而不见，在全国可以入传、可以塑像、可以召开国际学术会议的人物，在他的家乡却享受着悄无声息的待遇，还一个劲儿地晃着脑袋慨叹:“宜昌就没有出过什么人物!”成了自我感觉良好的“睁眼瞎”。不知是无知还是闭塞?是自卑抑或颟顸?是“价值观”出了偏差,还是总体素质受到了局限?

对历史杰出人才的“重视度”,常折射出对当今人才的“重视度”。在把“尊重知识,尊重人才”几乎可以当歌唱的当下,是该以直面的勇气与切实的行动来反思与改进的。

2003 年 11 月 9 日

咀华揽粹说诗文

《宜昌诗词咀华》与《宜昌文林揽粹》是宜昌各个历史时期诗文的精粹选本，收入诗词二百六十首，文章八十六篇；地及二万一千平方公里，时跨亿斯万年；涉及古今作者二百多位，著作百余部。

此前有关宜昌的诗文选本，多从名胜着眼，或拘于某人某专题，缺乏全景式的原貌展现与充足的资料占有，也容易给人以错觉，以为宜昌原本就是一块文化资源贫瘠的土地。因而突破已有选本的格局、视野与档次，选编出具有高度文学性、文献性、包容性，具有较高阅读价值、史料价值、收藏价值的集子，使其成为识解宜昌的教科书、研究宜昌的资料书、馈赠嘉宾的礼品书，就成了两书编选的约定标高。

编选者动用了半个多世纪的阅读视野与学养积累，如雷达扫描浩瀚的典籍星空，如地质学家探求古老宜昌的厚富积淀，如破案人员不放过任何有关"沮漳"、"荆山"、"荆门"、"夷陵"、"峡州"、"归州"、"玉泉"、"清溪"、"夷水"、"长乐"之类的蛛丝马迹。从年轻人那里学来了网上搜索下载资料，运用"超星阅读器"进入数十家网上图书馆获取信息……所选大部分篇目是初次集中同读者见面。

《山海经》关于"荆山"、"巴国"、"巴人"的记载，无疑是珍贵的史料；凝结楚人精神、体现宜昌个性的《左传》名句"江汉沮漳，楚之望也"、"筚路蓝缕，以启草莽"，当然要"语录"式地辑选入书；与西陵峡众多带"沱"的地名相呼应，我们有理由将《诗经・江有汜》首揽入卷；融入屈乡情思的《橘颂》、《山鬼》和《离骚》（片段），当仁不让地要成为《诗词咀华》的镇山之作。

屈原祖先屈瑕伐罗国（今枝江境内）、成得臣亡夔国（今秭归境内）、楚庄王灭若敖氏（今枝江境内），最早记述着宜昌的战事；一系列史学名著中关于历代夷陵之战的记载，"原汁原味"地再现了战国以来宜昌惊心动魄的一幕幕……

夷陵古都、巴楚名城的三峡宜昌，留下了众多诗人的足迹与大量诗文。李白、杜甫、元稹、白居易、欧阳修、三苏、陆游等，自然要进入我们视野；而王粲、郭璞、江淹、庾信、杨炯、陈子昂、张九龄、孟浩然、王维、司空曙、孟郊、柳宗元、李商隐、刘禹锡、李绅、李涉、温庭筠、司马光、王安石、黄庭坚、王十朋、范成大、袁宏道、袁中道、王士禛、张问陶乃至近现代于右任、陈独秀、冯玉祥、毛泽东、董必武、陈毅、叶剑英、郭沫若、叶圣陶、韦君宜等一百余位诗人几百首歌吟宜昌的篇什，当然也不能予以忽略。土家诗人彭秋潭、田泰斗的诗与顾彩的《容美纪游》也被选入，使诗文有容乃大，精彩纷呈。

宜昌挟名山而兼大川、拥自然而富人文、显外美而蕴内秀。她孕育了中国诗父屈原，绝代美人王昭君，也哺育了为诸葛亮高度称誉的贤良董和董允父子、赢得东瀛崇仰的学林巨擘杨守敬等名人。有关他们的传记，正是后辈吸收先贤养分的教本。

有关宜昌的唐文不算多，除了脍炙人口的白居易《三游洞序》外，皇甫湜的《枝江县南亭记》、王茂元的《楚三闾大夫屈先生祠堂铭并序》是首次入选。而陆羽的《茶经》，开篇写到"南方嘉木"峡江茶，誉之为上品，是"茶圣"权威性的结论。正与李白、郑谷的咏茶诗，共相呼应。

欧阳修的《求雨祭景帝文》与李拔的《凿石平江记》、乔拱璧的《重凿新滩碑记》、窦欲峻的《兴山教养记》，焕发出民本思想的光辉；杜甫的《最能行》、范成大《大丫隘》、罗宏备《苦旱行》，让人窥到山民渔樵的艰辛。

明代大学者王夫之撰写的《文安之传》、《李来亨传》，是难得的篇什；作为明朝重臣宜昌籍的刘一儒、王篆、文安之，其诗文及有关传记，自然具有特有的亲和力。一代名相张居正关注宜都儒学，也许由此可以追寻到诞生大学者杨守敬的历史渊源。

从大文化与跨学科的角度看，袁崧、郦道元、杨守敬关于长江、清江、沮水、漳水的篇章系列，既具极高的学术价值，也未始不是颇富情趣的美文。

杨守敬的长篇自传《邻苏年谱》，我们摘选了记述其苦难奋发的童年、赴日赢得异国学者的崇仰、辛亥革命期间为使几十万册藏书平安无恙而费尽周折等三节，连同弟子熊会贞追记他晚年的一节，让人触摸到"三峡第一学人"的伟大人格与成长轨迹。

从日本学者和留日博士的论文中，我们发现了公元15世纪以来众多日本诗人纪念屈原、效仿骚体抒写的大量汉诗。精选其中的二首，读者自可体验到屈原影响的广远，也使选本有所丰富；而与杨守敬同时代的日本书法家松田雪珂的日记，记述同黄遵宪、杨守敬交往切磋的篇章，一面可见杨氏《邻苏年谱》所言之不虚，一面也可知从宜昌走出的巨人怎样为世人所瞩目。

我们还特地留选了吟咏尔雅台、东山寺、甘泉寺、宋玉宅、春秋阁、玉虚洞、崆岭、兵书宝剑峡、牛肝马肺峡等已成为与即将成为历史陈迹的名胜的诗文，算是一种恒远的凭吊。至于英国旅游者一百多年前有关宜昌石门洞、平善坝石龙洞的两篇游记，则是宜昌旅游资源厚富与盛名的见证。后一篇的文言文译本，也重现了特有的历史氛围。

几经周折，我们终于查到了李四光1924年用英文写成、1960年才译成中文的关于宜昌地质与历史的科学论文。即使将它当散文读，也让人满眼生趣；人类学家贾兰坡1957年关于长阳人化石的考古结论，读来同样让人大快朵颐。

至于20世纪三四十年代那一场悲壮的民族战争，无论从胡风、老舍的回忆录，还是叶圣陶的诗作、谢冰莹的散文、冯玉祥的日记、卢祖孚的追忆文章、王陆一记述宜昌市民倾城吊念抗日英烈张自忠将军撼天恸地的诗文，都让人置身于壮怀激烈的中国“敦克尔刻大撤退”中。几十年后读这样的血性文章，激情敬意仍沛然而生。

需要说明的是，对于名家名作，虽有所倾斜，但为了避免遴选的畸轻畸重，仍只好“平衡”割爱多多；也为篇幅所限，诗词选本中现代部分除精选几位名人的旧体诗词外，其余也只好忍痛“遗珠”。至于民本思想苍白、人文关怀少有、八股气浓烈的文字，则一一摒弃，毫不可惜。

还需要说明的是《宜昌文林揽粹》书名中“文林”一词，乃“文苑”、“文坛”之近义。冠于以文言文为主的选本，似有欠妥，但由于其阅读对象皆为当代读者，而今日“文林”与“文海”、“文山”、“文丛”等，又相意近，一时又还想不出更切当的书名，就只好“求其次”了。他日如有更好的书名取代，将是件理想的事。

两书的篇目主要由符号负责辑选。《宜昌诗词咀华》先秦至唐代部分由王德宇释注；宋、元与明代（自宋濂至谭元春）由饶健康释注；明（自雷思霈以下）、清代与现代部分由韩启杰释注。《宜昌文林揽粹》历史、人物部分由张启揆释注；山川部分由杨行政释注。他们以如数家珍的古典功底，数十年的阅读写作实绩，在为宜昌教育文化事业做出不可磨灭贡献之余，又为乡邦文化的建设情有独钟而不遗余力，是地地道道的“养兵千日用兵一时”。

两书的图片资料主要由李继宏辑选。涉及有关人物、风物、文物、版刻、绘画等，如宋代的版刻，元、明屈原的画像，清杨守敬的书法真迹，近代傅抱石、徐悲鸿的绘画上品，侵宜日军当年在宜昌拍摄的照片、所画速写……皆为平日所不易见。亦可见李氏厚积薄发、博采约取的审美视野与艺术造诣。

编选体例上，《宜昌诗词咀华》按朝代顺序分为六块，依原文、注释编排，其中第一个注解，对诗作者、诗作背景及内容进行了简要导读；《宜昌文林揽粹》按历史、山川、人物三部分划分,依原文、作者简介、内容提示、注释次序编排。

题解与注释以接受过中级初等教育者的阅读水平为深浅标准,“薄”今“厚”古、难易适中。注释恪守“准确性”、“可读性”两项原则,为一词一字、一地一人诠释的确当,常常遍查资料,斟酌再三,但在表述上,则不作烦琐冗长的考证。

当本书编选初成之际,我们要特别感谢鼎力相助的各位学兄文友奉献成果,提供资料,发现线索,指点迷津,其忱可感,其行可钦。

选编者以为宜昌文化资源的开发尽绵薄之力引以为荣;然而面对卷帙浩繁的大海,我们又深感力所不逮。选本是对选家眼力、视野、学养的总检验,由于视野的局限、资料的制约以及选本篇幅所限,两选本留下诸多缺漏至今令我们惴惴不安。因而急切期待方家良师,纠讹指谬,拾遗补阙,以期日后有更优更全的宜昌诗文选本问世。

本丛书是在德高望重、年逾古稀的宜昌炎黄文化会会长张忠民先生直接倡导与组织下进行的。忠民在职时曾为一方经济与社会发展做出过全局性的历史性贡献,离休后又以沉锐的目光、博大的襟怀主持这一泽被后世的乡邦文化建设工程。正是在他拳拳赤心与人格魅力的感召下,我与我的同窗同道,才得以于花甲之年而晨昏寒暑不计,忘情于“大海捞珍”。

谨为记

符号

2003年11月8日于北京

(本文为“宜昌文化丛书”《宜昌诗词咀华》、《宜昌文林揽粹》编后记)

站在北京看宜昌

一

退休后，半年居北京。站在北京看宜昌，“旁”观“主”观加“客”观，颇有新体会。“只缘不在此山中”。

首善之区，与长江边一个中等城市，可比性不多。宜昌的惊涛骇浪，北京也许不过“杯中波澜”；北京热之闹之，宜昌有时却了无声息。

然而宜昌毕竟能给人留下美好印象：一个开门见山身边见水的城市，一个人口不太拥挤、车流不太哄闹的城市，一个不会扬起漫天风沙的城市，一个宜居、宜游、宜兴、宜昌的城市……

然而宜昌毕竟缺些大城市的气质：比如满街喇叭响，小县城派头；摊位街前摆，大集镇作风。汽车压黄线，在北京“凤毛麟角”，在宜昌司空见惯。卫生则老停留在“只能看大街，不能看小巷；只能看白天，不能看夜晚；只能抬头看，不能低头看”的局面……

在宜昌买小菜一斤少个一二两，不足为奇，在北京即便是收废报纸的也有一是一有二是二；在北京买衣服说100%的棉就不会是90%，在宜昌，即使“大展销”，信誓旦旦地“全棉”，第一次穿上身就“起球”；北京西客站秩序井然，宜昌火车站挤挤嚷嚷拉客宰客，令游客汗毛直竖；北京许多小商品市场，经营者大部分来自湖北汉川、仙桃，却几乎没有宜昌人，在宜昌做过生意的说，北京政策宽松实惠，故意“找麻烦”的少，宜昌嘛……

有人说，山的挺拔赋予宜昌人以坚韧，也“教”会了他们闭塞与固执；水的逐流赋予宜昌人以随和，也“传染”给他们机变与狡黠。

站在北京看宜昌，看出不少新体会，一次是说不完的。

二

北京的景点无疑是举世无双的，城里的不说，城外也让你游十天半月看不完。不过游得多了也容易倦怠，景点出奇地大，走得腿发软，不论香山、八大处、碧云寺、戒台寺、法源寺、潭柘寺、东陵、西陵、十三陵，都一律红墙黄瓦，“钦定”“御批”，大庙大殿，赫赫皇气逼人。对于不习惯仰视如我者，总不免有点压抑。何况缺些自然本色，或者说自然遭到“人文”的侵凌呢？

今年国庆节，天安门广场鲜花搭建的盛大景点之一，是咱们宜昌的灯影峡和三峡大坝，一天几十万参观者自清晨到深夜的“注目礼”，足以让宜昌人自豪，于是更加勾起对宜昌山水的想念。即将消失的崆岭，清江和它身边的武落钟离山，五峰后河、秭归周坪、兴山黄粮那些雄雄奇奇重重叠叠的山，水车悠悠的车溪峡谷，晓峰绿染的古兵寨……任何一件放到北京，都会让人摩肩接踵啧啧惊叹。

宜昌的景观是原生态的。雄山大川，峡谷溪流；山岚云气，悬瀑深潭……山峥嵘而不乏妩媚，水随势逶迤与京城的人工渠大异其趣。宜昌的山水也不乏人文，但并不“喧宾夺主”，并不成为凌驾其上的至尊。而人文胜迹如屈原故里、昭君故里、三游古洞、世界华人画家三峡刻石，都与自然融为一体，相得益彰。举世瞩目的三峡工程也与黄牛大峡相呼应，天人合一。徜徉于这样的山水之间，洗尽尘嚣的轻松与惬意，怎不油然而生？

即便宜昌城区，四周也全挂满了山水画：打宜黄高速公路进入，淡雾中隔江雄峙的是一对神龟迎宾的奇峰；迎面的两座天然黛色金字塔是沉稳坚实的磨基山；远处长阳、恩施方向层叠连绵的山的线条，有如丹青高手兴致勃勃的信手勾勒；从船闸方向朝西看，穹窿式的圆顶山峰与其他形态各异的山峰展示了独有的风景线。左边是猇亭古战场荆门山的倒影，右边是南津关口长年朦胧诗意的淡蓝……

久居宜昌与初到宜昌的人，都会深情地爱上这片山水，也更加珍重造物主这份难得的馈赠。现在的问题是要把这份馈赠慷慨热情地让更多的来宜昌的客人们分享。宜昌人应当成为这样的美学家，宣传家。

三

以北京之大，不坐车你就别想出门。好比家住枝江到晓溪塔上班不算远，风雪天五点下班十一二点到家不算稀奇。出差的宜昌人没经验，面对首尾不见尽头拥堵的车龙，憋不住要小解，憋紫了脸也没用，幸亏车上找到一个塑料袋救了急。以后给人介绍“经验”曰：到北京坐车最好备个塑料袋……

破“堵”，一时成了各个媒体的热门话题，市民街谈巷议的中心，市人大的重点议案，国际奥委会关注的内容……

于是有人怀念起梁思成——半个世纪前那位要求保留古城、另建新区的直言家。如今住在四环五环的人们每天潮水般涌进出于老城；全市30%的车停在二环以内，光停车位就缺五十多万个；而机动车二百多万辆，其中一百二十八万辆私家车，每年以20万至30万辆的速度在猛增，老城早已不堪重负。可惜梁当年意见遭弃人挨批，那是又一位“马寅初”……

笔者于是想到了宜昌，想到了三峡里这个城区不算小也不算大、人口不算少也不算多的中等城市。眼前仍堪称交通四达，城乡贯通。城区车流顺畅，路线安排也大体合理，除了喇叭满街响，比20世纪80年代有所退步，与旅游城大不相称外，总的还是令人惬意的。

那么这种局面究竟能保持多久呢？宜昌如今高楼见风长，私家车每年也以数千辆的速度在涨，那么道路、车位、线路、管理等方面的问题，也就如影随形接踵而至。看今日一些“瓶颈”路口路段，高峰期堵车现象与日俱增，连单行线的隧道有时也堵上一二十分钟；夜里不少餐馆门前车辆横七竖八，占满人行道，窄窄的通道上车笛由着性子吼，却仍行进滞缓，总令人感到需要未雨绸缪，吸收京城拥堵的教训，有超前意识。如何让城市功能区域布局更趋合理与齐全，城市规模适当控制，不无节制地扩大，区域、道路包括车位、居民区等合理规划，城市管理上新水平，有必要及时提到日程上，否则宜昌的“拥堵”，会距我们遥远么？

2003—2004 年

写在平湖诞生的日子

快艇在刚出世的平湖撒欢，在几天前还是云空的水面飞翔，有一种飘飘欲举的感觉。作为生活于三峡四十余年的见证者，眼前一切真是恍如童话。

夺峡而下的激流呢？“山塞疑无路，弯回别有天”的景观呢？水势变缓变阔，山势变矮变远。高峡捧出平湖，平湖“取代”高峡。如果不是两岸的青山作参照，你简直不知是溯江而上还是顺江而下。“西江石壁”护卫的水面是江与湖的兼职，强悍暴烈的三峡父亲不见了，我们面前的是博大而平易的平湖母亲。

然而我仍不免有些怅然。今年春节我还偕全家在崆岭留影，伟岸俊美的石壁直插江底，那是西陵峡的“标准照”，历代国画家青睐、摄影家频频光顾之所在。连步入史册的邮票也请她出面当西陵峡的“形象大使”。如今，却顿时成了低矮平庸的山包，陌生的旅人打此经过，怕是连瞥都难得瞥上她一眼……

大坝以下至宜昌段三十八公里，是硕果仅存的三峡原生态景区，除此以外，那些与三峡千年相依相守的城镇村落，激起诗人豪情万丈的山川峡谷，就这样地同我们一一作别。“此情可待成追忆，只是当时已惘然。”我曾百十次地驳斥过“告别三峡”的伪炒作，然而眼下的祭奠感猛袭心头，我责问自己是否在作遗老遗少式的凭吊。

新岛新溪新峡新湖陡然增多，是少有历史文化内涵的“处女景”。常言道：“旧的不去，新的不来。”我努力说服自己：建设亦如战事，哪能不打破些坛坛罐罐？一个降伏百年洪魔、释放巨大电能的历史工程，起码险中之险的荆江“人在河床睡，船在屋顶行”的“悬河”之忧，基本可以告别。连一点文化代价都舍不得付出？文化的含义岂止是历史的范畴？才两百年历史的美国又是怎样的呢？

然而我又想起了冯骥才的担心：“长江——一个可能的文化灾难。”绝非耸听危言。也许那些胡乱的命名、伪民间传说故事的泛滥、一涌而上的题名之风、粗鄙浅陋的建筑的“崛起”，就会如期而至，没有任何迹象可以使我们释然。

青滩斜对面的巨大滑坡体链子崖一半已没入江中，估计它再怎么滑也无昔日断航之忧了。然而随着135～175米水位的上下，三峡两岸的滑坡体包括许多城镇新址的基座于日晒水泡之中，更结实还是更松动？新近惊动国人的秭归山体滑坡、丰茅公路塌方，是不是一种警示的信号？有专家说六百里水库将增加上百个水雾天，航行船只在告别急流险滩之后，会不会又增加能见度降低等新的隐忧？平湖通航头六天中五天出现大小不等的海事，与蓄水是否有所联系？有关部门尽管一再宣称与此无关……

游客除了看到源源不断的垃圾漂浮物外，还惊奇地发现：昨天还是浑黄的江水陡然变青，现出白云青山的倒影，真仿佛置身于“河清”盛世。然而一年 5.3 亿立方的泥沙到哪里去了？原来全沉淀于江底。有人放言，弄不好十三年后三峡将成为泥库沙库，重庆将淤成死港。权威部门宣称采用“蓄清排浑”的办法可以将泥沙问题解决。记者会上负责人回答：“可以管八十年。”哪一个意见更合乎实际？国运所系的“千年大计”，怎一个“八十年”了得？

“奔腾得平地，千里怒未消。”行内人告诉我说，泥沙沉积后的江水于坝下有如脱去臃肿棉袄的小伙，左冲右突奔速加快，对于宜都、枝江、荆州一带的河床堤岸的冲刷，又将是怎样一种状态他们心中也没数……杞人忧天，楚人忧江。我一时有些茫然。

快艇航行到了昭君浣纱的香溪，此时香溪已成“香河”，江面几增一倍，轮船可以直达她的故里。然而我又听到参与建设的专家们担心，当江水升至 175 米后趋于固定，那时的香溪还能香么？还能浣纱么？此话并非多余。我身边的黄柏河因葛洲坝工程水位上升几成死水，市、区每年人代会都少不了改善水质的提案……

我记起潘家铮院士十年前说过的话：“反对派意见对三峡论证，起到了积极促进的作用的。”如果当初不是有那么多的反对票、弃权票，三峡工程能像今天这样顺利么？而今天的担心之类的不同声音，正是促使建设者“做流芳百世的功臣，不做骂名千秋的罪人”的必备条件。在多少视“反对派”为另类的背景下，“反对派”力排众议力呈己见，不在说前、说时过多考虑以后以外的因素，实为世人做出了榜样；也让决策与主管者懂得：不论科学与行政决策，都应允许和鼓励不同的声音，拓展其民主的胸怀……

我又想起李锐老人 2002 年 5 月面对即将截流的三峡大坝即兴写下的诗：“横空初试史超前，高峡平湖现眼边，但愿无忧更无恙，巫山神女总开颜。”

平湖飞舟，我为高峡的安康，平湖的洁净，大坝的巍立，移民的富裕，神女的无忧无恙，而默默祝祷祈福。

2003 年 9 月 4 日

嘉陵江、黄柏河的“绿色”

乍看是充满诗情的画图：绿茵茵的草坪一展平阳，草坪上搁几条带篷的木船，显几分闲适……定神细看，不禁大吃了一惊，哪里是茵茵的草坪，分明是簇拥着的水葫芦密不透风地挤满了整个江面，木船死鱼般地陷于绿色的包围中没法动弹——照片的文字说明告诉我，那是今日嘉陵江的一景。

打20世纪50年代末我就在农场劳动时领教过水葫芦的厉害。这种原产于南美学名叫凤眼莲的绿色植物，作为饲料引入我国，后来发现简直是“引狼入室”。其繁殖力之强出人意料，进入池塘、水渠，就会“撒豆成兵”地迅速霸占水面，形成难于遏阻之势。而且“请神容易送神难”，想抑制或者清除它真还不那么容易！水葫芦长时间把水面阳光遮挡，将水中的氧分子消耗殆尽，令水质变黑、变腥、变臭，鱼虾没了赖以生存的环境，原有的生态遭到恶性的破坏，因而它获得“绿色杀手”的恶名。

常言道：“流水不腐。”如今疯狂的水葫芦居然“落户”到了嘉陵江，表明嘉陵江不是已部分断流，就是流速减缓已处于回水、静水状态。其水质的被污染，已到了相当严重的地步。如同火仗风势、风助火威，被污染的嘉陵江为水葫芦提供繁殖的环境，疯长的水葫芦又进一步污染着嘉陵江……

于是我又想到了从我居住的城市流过的、葛洲坝旁边的小河——黄柏河。往日里正是夷陵区居民徜徉休憩的好去处，由于葛洲坝的兴建，水位抬高流速锐缓，形成回水，自净力顿时减弱，水质急剧变差；三峡大坝蓄水后，葛洲坝库容调节率变小，黄柏河进而成了静水、死水。如闻一多当年诗句中所描述的那样：“死水酵成一沟绿酒，漂满了珍珠似的白沫”，“铁罐上锈出几瓣桃花”，“油腻织一层罗绮，霉菌给他蒸出些云霞”……上游的磷、铁矿渣、石板废料与生活垃圾日积月累，水质也日渐变黑、变腥，老远就闻到一股恶心的臭气。水葫芦于是也不请自来，迅速扩展成七十多万平方米的“绿色世界”。每年有关部门不得不动用大量人力物力打捞水葫芦，然而不过“治标”之举，第二年照样疯长，陷于周而复始的“轮回”。十多年来，人大、政协有关治理黄柏河污染的老大难议案、提案多达数百，包括有专家建议在黄柏河边打一条水下隧道，让水形成落差，弄个小水电，以解污染之灾，然而涉及方方面面谈何容易，至今仍是个悬案……

于是我又想到了西陵峡中的另一条河——“水色如黛，澄清可掬”、触发无数文人灵感、流淌着优美的王昭君传说的香溪。随着三峡大坝的建成，她的水位将不断上涨，最后势必也将形成静水、回水，那么会不会也出现黄柏河、嘉陵江同样的境况？也会让水葫芦或者别的什么恶性植物在这里肆虐？香溪会不会从此更名为臭溪？简直不敢往下想。

其实并不止黄柏河、嘉陵江、香溪，三峡库区汇集的岷江、沱江、嘉陵江、乌江、金沙江、赤水河六大支流以及百千小支流，三峡蓄水后库区水位大幅度抬高，尾水深入各支流，下游河段成了水库的一部分。这些远离长江主流枝蔓的港汊状的水库，水体与外界每交流一次，将会间隔很长的时间，因而长年处于黄柏河口那样的静水状态。水库建成后流速减缓，支流泥沙沉降日增，壅高河口，内水与外水将更难交换。干流支流流速减缓后，自净力差，污水与垃圾叠加，水质进一步变坏势所难免。千万人的工业、生活污水90%以上直接排入长江，沿江城镇淹没线以下工业和生活垃圾，原来的各类矿场及矿渣，大量有害物质被浸出并扩散到水体中，黄柏河、嘉陵江今日的境况会不会在她们身上重演？

我于是又想起水利部原部长汪恕诚先生的话：“国际上公认的水资源开发比例是40%，超过40%就会给江河带来严重的生态灾难。”他透露，目前黄河水资源利用已超过60%，海河超过98%，生态状态都非常糟糕。长江的水资源尽管丰富，为黄河的15倍多，但是开发程度也是必须面对的问题。三峡工程建成后，下泄流量加大，城陵矶以上河段首先面临冲刷，有可能加重武汉河段的防洪压力。长江水利委员会水资源保护局前局长翁立达也认为，长江大旱不能极端地说与三峡水库无关，也不能说绝对有关系。从某种程度上说，大型水库会影响局部地区的气候是有的，比如奉节地区，三峡蓄水前很少有雾天，自2003年三峡水库蓄水之后，雾天明显增加（详见2007年4月23日《报刊文摘》）……交通部海事局原副局长刘德洪认为，过度建设水库是造成“有河皆枯”的主要原因。他指出，在东北，因为修了小丰满水库，辽河上游成为一条干河；在山西，因为修了浑河水库，浑河已经消失。刘德洪说，在长江上，因为修建了葛洲坝，长江三峡水库已经把上游的水拦截了大部分，目前，四川境内仅20世纪六七十年代所建设的简易水库就有大小六千六百多座。在长江上游的嘉陵江、金沙江、大渡河、乌江、岷江等主要支流上还在继续修建几十座大型水库。就岷江上游的紫坪坝水库的建设，有人预测，我们将来要告别都江堰水利工程的美丽景观（详见《学习时报》5 月 14 日援引《北京青年报》的报道）。

嘉陵江、黄柏河面“绿色”的病态，敲响了又一记警钟，也为我们提供了又一个解读“科学发展观”的典型的个案。

跨世纪的《西陵峡》

在共和国六十华诞的颂歌声中,《三峡日报》迎来了自己的六十社庆。作为阅读这张报纸断续达半个多世纪的老读者，在它的园地里发表作品前后达三十年的老作者,我为它献上最美好的祝贺与祝福!

在它五十周年的庆贺会上,我曾口占过四句“绕口令”式的打油诗:“宜昌日报,日报宜昌,宜昌宜报,报昌宜昌。”我以为“概括”了它的职能与效用。六十年来,从《宜昌报》、《宜昌日报》、《三峡日报》;从周报、周三报、周五报、日报;从油印版、铅字版、激光照排版;黑白版、彩版、国际型流行版式……《三峡日报》应和着共和国的足音,记下了二万一千九百份“日志”——一部关于三峡宜昌阳光风雨的“史书”。

听老社长林永仁说:早在20世纪50年代,本报的文艺副刊即定名为《西陵峡》。除“文革”期间一度中断外,一直沿用至今。

跨世纪的《西陵峡》,带有鲜明的三峡特色,将视野首先投向基层,发现新苗,悉心培育。它是广大爱好者的一片沃土，一块磁场。农民诗人习久兰从这里出发走进了《诗刊》、《人民文学》、《中国文学》(英文版);码头工人黄声笑在这里吟出“左手搬来上海市,右手送走重庆城”,震撼诗坛;海员出身的鄢国培跨过三峡的漩流,写就《长江三部曲》成为湖北省作协主席;诗人刘不朽、小说家张映泉,也都凭借自己的实力文坛蜚声成为省作协副主席;著名画家汪国新也是从《西陵峡》起步的,走入京城如虎添翼。另如书法家周德聪,油画家孙才清,书画家邹家禧、杨小强、郑瑰玺,民间雕塑家陈德宝等一大批颇具潜质的中青年群体,正活跃于《西陵峡》内。在民族民间文化的挖掘、整理、推介方面,《西陵峡》也不遗余力,先后推出了民间故事家刘德培、刘德方、孙家香,中国第一个谜语村青林寺……如数家珍时,我们不会忘记辛勤为作“嫁衣”的来层林、李啸海、张宣南、熊平、韩永强等人的“编绩”。

常言道:一方水土养一方人,一方水土也养一方“文”。《西陵峡》拥有可观的乡土作家方阵。他们浓浓的乡情、乡声、乡风、乡味，以传统与现代融合的方式，深深地把我们吸引。笔者是文学“唯真主义”的痴迷者，以为文学的最高境界在于“真”——真实，真诚，真挚，率真；远离虚假、虚妄、虚浮、虚夸。《西陵峡》的乡情散文张扬的正是这种可贵的真。涌现了甘茂华、李华章、温新阶、韩永强、吴强、吴绪久、力人、陈刚、梅子、朱朝敏、谭岩等一批“作绩”卓著的歌者。从她近十年来坚持每年主办六七个散文笔会，也可以窥到她的定位与追求。

还必须提到的“佳话”是由社长杨尚聘、副总编胡旭动议，总编熊庆文支持的《三峡特刊》上开辟的“周末漫笔”专栏。从1991年起，由林永仁、高峡、金道行、杨子、陈金成、符号轮流担纲，每周供稿，长达七年多，刊发作品三百多篇，成了市民争相传说的话题。读者纷纷给编者、作者写信、赠诗，甚至有正在服刑的犯人；爱好者中包括年逾八旬的长者将文章剪贴成册，视作范本。从《求是》、《人民日报》到《南方周末》，到香港《大公报》，到各地文摘、杂文选刊纷纷采用在这里首发的文章，作品累累获奖，收入数十种选本专集。1995年杨尚聘的《创办“精品”专栏》、胡旭的《宜昌日报：高品味专栏如何走向市场》分别刊发于《新闻前哨》、《新闻战线》；副刊部主任韩永强在参加全国性专业会议上，最感“风光”的是大报编辑们对一个中等城市副刊专栏的关注与赞誉……时间过去了十几年，人们至今仍念叨着她为正气的张扬、改革开放的催动以及文化思想界的影响力。而如果没有当初的敦促、策励，笔者日后见于包括香港在内的各种报刊八百多篇文章，八个杂文专集出版，三十多篇被四十多个选本选入，加入中国作协，都几乎是不可能的。“喝水不忘掘井人”，写到此笔者感激之情油然而生！

此后《西陵峡》还推出了“漫画杂文”、“摄影散文”、“一石一诗”等新栏目，“漫画杂文”被湖北人民出版社作为创新题材出版；“一石一诗”也为湖北美术出版社以精美的大型图书推出……

在新闻愈来愈同质化的当下，纸质媒体不断娱乐化、市场化，乃至出现“一地鸡毛”的状态，主流媒体如何发掘“本地元素”，彰显特色，张扬个性，发挥优势，固守家园，就成为不可回避的话题。“副刊是报纸的风帆”，“言论是报纸的旗帜”，《三峡日报》在进入三十公岁的而立之年时，我衷心祝愿它书写的三峡宜昌“日志”更加精彩；祝愿《西陵峡》同西陵峡一样更富魅力！

2009年8月9日

“告而不别”是归州

朦胧春雨中，在海拔一百八十五米枫茅公路上眺望西陵峡是另一种滋味：峡水静穆，峡谷峥嵘，屋舍点点，山岚云气……正如方家所论，世上不仅有阳刚、阴柔之美，也有阴中透刚、阳中显柔之美，那么三峡是当之无愧的“全能”！

每次来归州，都有一种“归来”感，何况这次是来同她告别！曾经有过“告别三峡”的旅游炒作，那是短视者的自我惩罚，然而，如同四年前告别中堡岛，随着2003年大坝蓄水第一批机组发电，归州古镇却真要从此打我们的视线中消失……

世上的物事，也许到了要告别的时候才显得分外珍贵。我们就这样带着依恋与无奈，前来拜谒屈原祠。一百七十米的水位后年将淹过这个接纳过数百万中外游客的古祠山门！用家乡泥土的赭红与柑橘的橙黄涂染的山门，笔直而巍峨。没有一般神庙不可向迩的威逼感，却有一种令人靠近的亲切感！我来过上十次了，每次都那么肃然，这次则是专来“温故而知新”！

家乡人最理解屈原。当这位“副总理”级的楚国“高干”（左徒）在朝廷“犯了错误”、“受到处分”，故乡以博大的胸怀接纳他、宽解他。家乡人从众多词汇中挑选了“孤忠流芳”四个大字，是对他最好的鉴定。“孤”是孤独、孤寂、孤愤、孤傲；是孤军奋战，孤掌难鸣，孤芳自赏，孤苦无告……唯其“孤”，才“孤”得难耐，也“孤”得难能！“孤”，是“苏世独立”的倔犟，是“横而不流”的狷介，是“泥而不滓”的“死心眼”，是“九死不悔”的“心胸狭窄”……然而这却是志洁行廉的人格魅力，是光争日月的正气精魂！

透过山门，再次仰瞻屈原青铜塑像。碰撞屈原的目光，是又一次心灵震撼，灵魂的洗礼。这是我见过的屈原造像中最好的一尊，可称作三闾大夫的“标准像”！你瞧，他仍在且行且思，且哦且吟，他沉思两千多年了，将永远这样思索下去。我们的民族太需要这样“哀民生之多艰”的沉思者、行吟者！

“哀民生之多艰”，是一种情感方式，思维方式，也是一种做人方式。一切当权者都标榜过“爱民如子”，然而在他们不少人眼里，民不过是“草民”、“子民”、“蚁民”、“芥民”……然而这些人在屈原眼前，则是粪土不如的污秽。屈原，成了民族脊梁的代号，成为一切昏官、奸官、贪官、庸官的道义克星！

“国难显忠臣”，“文章憎命达”——真理是残酷的，真理的实践者要付出沉重的代价，常常是不幸者，然而又是幸福者！屈原身后三百年湮没无闻，后人却为他将“冤”与“屈”结合起来，组成“冤‘屈’”一词收入词库；用龙舟、粽子化作习俗；用动人的“我哥回”“神鱼”传说寄托眷念；用“屈子词赋悬日月”这样的诗句至情赞美！

尽管我对馆内的介绍不尽满意，例如《橘颂》，写得朝气蓬勃、无牵无挂，丝毫没有日后作品的沉重，应该是少年时代在家乡的柑橘园写成，不会是40岁前后的作品；尽管展出的那个明代荆州富商打凿的屈原石像，肥头大耳富态可掬，与屈原的气质毫不相干；尽管衣冠冢内家乡人将屈原棺木升在空中，图个“升官”的吉利，显现未必确当的价值观……但这里毕竟是一座集纳伟人遗风的宝库，汇聚民族精粹的家园！

去归州途中，我们碰上满载家什炊具的移民卡车驰过，屈原马上也将加入移民的行列。曾经既没“顺产”也未“流产”一直处于“难产”的三峡工程，使古老的归州数十载基本建设停止，乡亲们忍受着长期贫穷的煎熬，连外来凭吊者也为之吃惊！该告别的早该告别呀，那窄乱的街市，破败的老屋，那朽木支撑的铺面，那背得山样高的背篓……同它们告别，本身就是一种痛快，一种庆幸，一种慰藉，一种“凤凰涅槃”式的新生！

然而神鱼出没的屈原沱、活灵活现的九龙奔江、刘备构筑的“金线吊葫芦”土城、郭老书写的“屈原故里”的牌楼、鸭子潭如梦似幻的桃花鱼……终究还是要同我们告别，我又不禁怅然！仰望峡山天马行空般的新公路拱桥，看满坡郁郁葱葱的柑橘，察看“始都”丹阳古城鲤鱼山遗址，眺望峡江南岸考古队挖掘的“井”字形现场，欣赏建设中的新归州灰青淡雅高低错落的民居，听介绍“归州文化园”内将把古镇的古碑、古砖、牌楼一一迁去，于是，你可以期待，有着丰厚楚文化、屈原文化、昭君文化、三国文化、柑橘文化、移民文化背景的归州新镇，将从一百七十五米水位线上款款升起。

2001年6月9日

现代意义上的“回归”

两千多年前，屈原的姐姐在家乡呼唤弟弟忠魂的回归，“秭归”地名来历的传说不胫而走，“秭归”在我心中，就成为“精神回归”的代名词。两千多年后的今天，夏明翰出生地的“后来人”纪念他诞辰一百零八周年暨就义八十周年，出版有关他传奇人生的专著，举办专题研讨会，在我看来，这是一次现代意义上呼唤“精神回归”的行动，是历史与现实的遥相呼应，是弥足珍重的薪火相传。

传统文化中有“英雄不问出处”的说法，那是说英雄不受地域与来路的限制；但中国传统文化中也有“青山有幸埋忠骨”的说法，那是各地对自己身边英雄的特有钟爱。秭归也不例外，秭归人为自己土地上诞生了屈原这样民族伟人而骄傲，也为诞生了夏明翰这样近代史上的英烈而自豪。作为英烈的同乡和他出生地公民的双重身份，我以参加这样的“秭归”行动为幸。

历时两年、行程六千多公里追寻采访，《千古英杰》一书多侧面地展现了夏明翰短暂一生的精神风貌、人格力量与成长轨迹，让读者从有限的史料中较为清晰地看到了较为完整的有血有肉的英雄形象。

夏明翰热爱生活、激情满怀，精力充沛、信念坚定。他像巴金《家》、《春》、《秋》中的觉慧那样从家庭出走，违背祖父意愿考入工业学校机械专业，学习先进的自然科学知识，走的是“科学救国”的道路。受五四潮流的召唤，他和同学们走出校门投入反帝反封的斗争，请愿、游行，抵制日货，参加俄罗斯研究会，上湖南自修大学，到金江高小教数学、国文，成为宋任穷的老师，创办高等女子职业学校；他参与领导长沙人力车工人罢工，参与发动秋收起义平江暴动……屈原“上下求索”的因子流淌在他的血液。21岁时结识毛泽东，毛对这位比他小七岁的小弟弟赏识器重有加。第二年就同何叔衡介绍他入党，夏结婚时同他和杨开慧同住清水塘一个院子里；夏相继担任湖南、湖北的省委委员，全国农民协会秘书长兼毛泽东和中央农民运动讲习所秘书（若无新的史料发现，夏很有可能是毛的首任秘书）。1928年壮烈就义时不过28岁，是真正年轻的“革命老前辈”。

夏明翰同李大钊、瞿秋白、周恩来等许多革命家一样，并不是因为个人或者家庭的利益而走上革命道路的。出身于官宦世家，祖父中举后得衔进士，做过京官，后又出任江南后补道员，与吴佩孚过从甚密；父亲夏绍范为清诰授资政大夫，以知县分发湖北候补，做过湖北崇阳县令，以后又钦加二品衔，署理归州知州；外祖父陈嘉言同祖父夏时济是同年进士，为翰林院编修、国史馆秘书，后任福建漳州知府，辛亥革命后任国会参议员，都由“厅级”做到了“副部”。母亲陈凤云博学多才，能文善诗，也曾被册封为“诰命夫人”……看衡阳扎梓村的夏家故居，大院二进六厢四十五间房，光夏明翰住的东南第二厢房面积即近百平方米。足见夏明翰是正宗的“既得利益集团”者。然而他却走上了一条截然相反的道路，他受崇尚自由民主、赞同辛亥革命的父母、外祖父的影响，为了民族的新生、国家的复兴、社会的公平正义，奋勇献身“九死而不悔”，其动机何等纯正可贵！这，同那些仅为个人的“咸鱼翻身”者不可同日而语；同今日某些成天把“主义”当歌唱，行动上却将“主义”抛到九霄云外；把“主义”当作升官发财的敲门砖，或者只号召别人实行，自己并不实行的“口头信仰派”、手电筒式的“主义者”，都有着天壤之别的。

夏明翰刑场上一挥而就的就义诗：“砍头不要紧，只要主义真。杀了夏明翰，还有后来人。”与年仅26岁的匈牙利爱国诗人裴多菲的“生命诚可贵，爱情价更高，若为自由故，二者皆可抛”，有异曲同工之妙。同我国诗歌长河中岳飞的《满江红》、文天祥的《正气歌》、谭嗣同的“我自横刀向天笑，去留肝胆两昆仑”、陈毅的“此头须向国门悬”、吉鸿昌的“恨不抗日死，留作今日羞，国破尚如此，何当惜此头”等血性之作正一脉相承，激荡百代子孙。

从常理上讲，“砍头”其实是一件很“要紧”的事。因为长在脖子上的脑袋砍下不可能重新长出，怎么能“不要紧”呢？夏说“砍头不要紧”，是因为后面有力重千钧的一句支撑：“只要主义真。”“只要主义真”是“砍头不要紧”的前提。“生，我所欲也；义，亦我所欲也。二者不可得兼，舍生而取义者也。”夏明翰的生死观，同孟子的论断，同王阳明的气节正一脉相承。如果缺了诗的后一句，甚至看轻了后一句，都会谬以千里的。片面地强调所谓“砍头不要紧”，就成为莽汉懦夫的行为特征，亡命之徒铤而走险的“壮胆”理论。“文革”武斗中“完蛋就完蛋，提着脑袋干”、“砍头只当风吹帽”之类口号的走俏即是最好的证明。便是当下，失足少年一语不合即拳脚相加、白刀子进红刀子出，将别人和自己的生命，都视同儿戏；有的死刑犯绑赴刑场挺胸昂头冷眼笑对，也是中了“砍头不过碗大的疤”，“二十年后又是一条好汉”的邪……因而解读夏的就义诗，必须完整地科学地领会诗的精髓与真谛。

当我们在八十年后的今天，面对种种有形、无形的邪恶势力，诸如百年未遇的雪灾，突如其来的SARS，“前仆后继”的腐败分子，猖狂一时一地的黑社会，有增无减的贩毒吸毒，令人发指的拐卖妇女儿童以及许许多多意想不到的横祸，都需要我们于关键时刻挺身而出义无反顾。所谓“养兵千日用兵一时”，没有平日的积淀是不可能有夏那样的壮举的。

今天我们也不可机械效仿夏明翰当年的激烈之举，也组织罢工、游行、请愿，甚至也不提倡如少年赖宁那样的救火牺牲行为，更不能动辄抵制洋货、焚烧日货，让狭隘的民族主义情绪抬头。只能努力吸纳国外科学民主法制的先进成果，同世界接轨，向普适价值靠拢。

就义诗让我们鲜明感受到夏明翰的诗人气质、激情与素养，显然这也同他母亲的教育密不可分。母亲文思敏捷，才华横溢，擅长诗词歌赋，精通经史，曾自己组织诗社自任盟主；晚年自编有诗集《严余吟》、《衡岳吟咏》，另有文集一册。母亲不可能不教儿子诵读屈原的诗篇，向儿子讲述屈原的故事。在荡气回肠的《就义诗》里，你可以强烈感受到屈原诗的气势与情感。夏明翰12岁在母亲循循善诱下写出“洋船水上漂，洋旗空中飘，洋人逞淫威，国耻恨难消”这样具有强烈形象冲击力而又朗朗上口的内容形式俱佳的儿童诗，可见他的悟性与思想的早熟。看他另一首讽刺诗“眼大善观风察色，嘴阔会拍马吹牛，手长能多捞名利，身矮好屈膝磕头”，对照今天官场某些人的尊容，不依然惟妙惟肖活灵活现么。少年观察之敏锐，表达之淋漓，风格之尖锐泼辣，简直就是一个漫画家、杂文家！

较好地展示了夏明翰人性化的一面，是《千古英杰》的又一个亮点。“无情未必真豪杰，怜子如何不丈夫”。英烈斗士一样儿女情长，并非不食人间烟火。夏明翰在离开湖南来湖北前，特地买红珠一颗相赠爱妻，题有“我赠红珠如赠心，但愿君心似我心”的诗句；诀别信中也有“红珠留着相思念”的句子，充满缠绵缱绻之情。他用李白“雁引愁心去，山衔好月来”宽慰阿姊；用屈原《九歌·少司命》“乐兮乐兮新相知”应答她“愁兮愁兮生别离”的“牵挂”，都信手拈来，脱口而出，既表明对亲人的体贴入微，也显露其文学功底的厚富。

夏明翰史料的发现，为屈原故里的文化内涵锦上添花；秭归的山川灵气、人文环境氛围，给夏明翰以先天的“胎教”的优待与后天乳汁的哺育，其潜移默化的影响是不言而喻的。他虽然只在秭归生活不到六年，然而从小呼吸着归州清新的空气，面对三峡激荡的涛声，对于他思想的纯正、诗情的澎湃、一往无前的性格特征，都可能产生催化孕育的作用。尽管眼下有关他的资料仍感稀缺，需要继续做大海捞“珍”的工作，继续开阔视野，拓宽领域，例如从历史档案、敌方资料、海外书林、个人回忆录中继续寻找蛛丝马迹，梳理爬抉，其空间还是很大的。屈原死后三百年不见任何文字记载，司马迁却于艰辛发掘中让屈原“起死回生”，彪炳于世，我们有理由期待夏明翰史料的进一步开掘。然而秭归人对自己土地上杰出人才的珍视，是具有普遍示范意义的。

我曾好几篇文章中提到：我在宜昌居住了几十年，在位时竟没有去过“三峡第一学人”杨守敬的墓地，日本的书法家却不远万里多批渡海前来拜谒；我去宜都几十次，热情的东道主也一次没邀过我前往；枝江董市出了三位国内知名的化学家，其中张子高、张滂父子都是中国科学院院士，位列中国科学家传记，张子高的塑像至今还竖在清华大学化学楼前，张滂、袁谷教授至今还是北大的博士生导师，然而在我接触到的他们家乡的“父母官”，也没有一人提及过他们的名字；湖北日报记者前往夷陵区冯家湾采访与闻一多、李四光齐名，四川为他一百周年诞辰举行国际学术研讨会的考古学家冯汉骥，家乡的人们竟不耐烦地告之“不知道”……于是我不能不想到杜荀鹤的诗：“时人不识凌云木，直到凌云始道高。”我们则是“凌云木”就在面前仍然视而不见——在全国可以入传、可以塑像、可以召开国际学术会议的人物，在他的家乡却享受着“悄无声息”的待遇……不过秭归是不在其列的，秭归人对她土地上诞生的中国诗父的矢志不忘，对生于斯长于斯不足六载的英杰的爱戴有加，其“秭归”行动，足可为毗邻的市县区引为榜样的。

2008 年 5 月 22 日

水车悠悠的峡谷

当料峭的春寒刚刚离去，“大交通”纷纷远道驰来的日子，我第四次来访三峡车溪。所以用“访”，是因为在我的眼里，车溪不只是一个旅游的去处，一个心灵释放的园地，更是一个审美主体，一个诗情画意的解读对象……

从小对溪流就有一种天然的好感。曲曲弯弯，高高低低，宁宁静静，悠悠潺潺，又何况在那幽幽的峡谷、那水车悠悠的峡谷。溪与江、与河，不一样的。天生的小巧，玲珑，清纯，羞涩，是纯自然的原生态，如同这里本本色色的山村少女。

车溪的文眼诗眼在一个“车”字。山歌声水车声在峡谷应答，剪影与倒影于溪边叠映……

咿呀水车，是人类最古老的一种歌谣，车溪的水车，让我想起舒婷那首诗：“我是你河边的水车，日夜纺着疲惫的歌……”勾起我对龟裂的土地没日没夜车水农夫的怀想；忆起黄河边一转千年的大水轮；听见山寨边那用杉木、楠竹、野藤构架的青苔斑驳的水车的吟唱……当水车逐渐将职责交给水泵电闸，如今“退”到这翠染峡谷的“水车族大观园”，为八方游人作浇灌、推谷、舂米、造纸、赶鸟驱兽的示范表演，作历史的叙说，水车于是成为风景区的“区标”，成为伫足留影的背景……

车溪不曾进入过唐诗宋词的视野，连明清小说也似乎不肯垂青，顶多也就载过古道的驿马、负重的挑夫。然而这又有什么呢？深隐于川西亿万斯年的九寨沟，“养在深闺无人识”的小三峡，不也是如此么！

抬头仰视近百丈高的半圆剧场式的崖壁，打量近远黛青、墨绿、深蓝、淡蓝层次分明的山峦，沐浴阳光下不曾散去的山岚云气，还有那树林中分不清是雨、是雾、是瀑沫的飘洒，于林壑间深情呼吸一口又一口清新清凉清纯的清氧，让身上的每个关节、每个细胞都彻底放松，是怎样的一种舒坦、熨帖！

丰盈独特的民俗人文，几近散佚的巴楚文化形态，在这里的多家博物馆里聚首，跳丧的锣鼓哀而不伤，出嫁的哭歌忧中带喜，夸自己丈夫是个“日白佬”的原汁幽默，鹤龟斗法皮影戏的机智夸张，野花的扑鼻幽香，室内舞台布景与室外天然实景巧妙组合的神来之笔，还有那将军崖下神秘夜幕中卷动的火把、跃腾的篝火，原始的茅谷丝舞、咂酒歌，掺和着野性与率真同游客互动的土家婚俗展演，让你于前仰后合中，感受土里巴人的气息，触到屈原《九歌》的音符……

车溪的原始古朴，引多少城市现代的少男少女前来，看原汁原味的劳作工具，稀奇古怪的傩面，西兰卡普织锦，巴人祭祀的衣饰，看竹篾编成的多角形猎兽掩体；陌生而新鲜地来踏水车、推碾磨、推鸡公车、打铁、造纸、榨油、学制陶罐，游戏中进行历史的“复盘”，体味告别农耕文明后心灵的回归。

风景区的开发创始人乐发祥们，将峡谷中的车溪定位于文化人与泛文化人对巴楚文化的向往与陶醉，定位于城里人来乡下“见广”之所在，实践着荀子“善假于物也”的思路，强化着魅力独具的车溪磁场。而谢燕——这只翔飞于车溪天空的燕子，以她靓丽的身影、妩媚的容貌、多情的歌喉、俏美的文字，为车溪、为旅人，不倦衔泥垒窝，令每一位来车溪的游者为之心仪。车溪，是燕子的至爱；而她，也公认为车溪当之无愧的“形象大使”！

车溪你这水车悠悠的翠谷，你这土家文化精粹的宝库，你这盛满土家山歌、游客欢笑的溪流，你这让人们呼朋唤友、携家带口、结群引类、摩肩接踵的峡谷呵……

2005 年 4 月 2 日

情人泉畅想

玉泉邀我去看“情人泉”，说那是新发现的一个奇洞，就坐落在晓峰风景区。距宜昌市城区二十五公里，宜秭公路旁边。右边与白果树瀑布、大岩洞为邻，前面与古悬棺公园、全国青少年夏令营基地相对，是游人驻足的好去处！我答应同行，却并没有太浓的兴趣。“曾经沧海难为水”，天下奇洞我见得多矣！以古闻名，以奇享誉，以大惊世，以美著称者该有几多！在饱享眼福、耳福、心福之余，有时又不免生出些遗憾：比如趋同思维的想象，大同小异的命名，穿凿附会的传说，别别扭扭的讲解，人工雕琢的痕迹，千篇一律的灯饰——对于寻觅“天然美”者来说，真有那么一点“煞风景”！

然而以“泉”为洞命名，并冠以“情人”者，则在我的见闻中尚属首例。在一个细雨飘洒的日子，我终于随同几位文友前去窥视她神秘的面容！

在经理张朝新先生的陪同下，我们来到情人渡，登小舟划过情人河，来到情人洞。这是一个精致、小巧有如艺术宫殿的地下溶洞长廊，各种怪特奇美的钟乳石遍布于上下左右，令人赏心悦目。朝新先生指着面前两根洁白如玉肌理光滑的修长石柱问我们，像不像一对恋人在相依相拥？经他一点拨，大家猛然醒悟，那身姿体位神情，真是越看越像越看越真！转到“恋人”们的背后，一根石柱插生其间，正像“第三者”插足！大家哄然大笑，赞叹不止。我细细打量，寻思良久，那一对相依相拥的恋人，在我眼里竟幻化成了西人神话中的亚当夏娃；身后的那根石柱，正是他们摘尝禁果的那棵善恶树！这真是绝妙的人类“创世纪”的天然雕塑，是“情人泉”点题扛鼎之作！

我对“情人泉”开始刮目相看了！在美轮美奂的钟乳石林中，领略着天趣盎然的“情人系列”：情人树、情人林、情人坡、情人谷、情人梯、情人井……还有那奔龙走蛟、轰然若雷的情人瀑，使人感受到情爱来势的不可遏阻！你看，那一对衣裾飘曳、依依难舍的恋人，不就是生死相恋的梁山伯与祝英台么！或者你也不妨把他们看作红楼梦中“梦难醒”的宝哥哥和林妹妹。而那断桥似的石灰岩边，冰清玉洁的人形钟乳石，不就是哀婉多情的白娘子再世么！“断桥”不远处一方石柱扬起手臂，正是飞赶而来的许仙。“娘子——娘子”的呼唤似可耳闻！再抬头看，那石崖上两块兀立似人像的奇石，高的一块峨冠博带英武飒爽；娇小的一块风姿绰约顾盼生色。啊呀！那不是王昭君与呼和邪单于并肩而立么！可是稍为变换角度，你看到的却是文成公主与却吉坚赞正向藏民挥手呢！我们不能不惊叹多情的造化主如此富有想象力，又如此富于表现力！而就在你的左边，一对鸳鸯石简直就是风流才子司马相如与“当炉女”卓文君的化身！或者见仁见智，你想象他们为“待月西厢下”的张生与崔莺莺，或者干脆看成了唐伯虎点秋香也未尝不可！再看那一对，卿卿我我喁喁私语的亲热劲儿，不就是“七月七日长生殿”里的杨贵妃与风流皇帝唐明皇么！或者你也不妨想象成正在阳台幽会的楚襄王与巫山神女！而僻处的那哀婉相向的一对，不就似陆游与唐婉于“满墙春柳”的沈园不期而然的重逢？你不能不发出“愿天下有情人终成眷属”的喟叹与祝愿！也不能不认定，这里是天下情人“聚会”的好去处！名曰“情人泉”，真是一种奇思妙想！

面对着这些富有生命力的或写实，或写意，或夸张，或变形，形形色色的钟乳奇石，你可以在他们身上附会出许许多多中外流传的情爱故事，“塑造”出一系列活灵活现古今传诵的情人形象！说不定你可以从哪几个石林中，看见了“鹊桥相会”的牛郎织女、“齐眉举案”的梁鸿孟光；发现了孟姜女哭长城、杜十娘怒沉百宝箱、卖油郎独占花魁，乃至西门庆与潘金莲、猪八戒背媳妇、登徒子爬墙好色邻家女……而如果你再让想象的翅膀翱翔于外国文学的天空，你在洞中也许还可以寻到罗密欧与朱丽叶的倩影，奥赛罗与苔丝德梦娜的身姿，欣赏到白天鹅奥杰塔与王子的月下相会，感慨于欧根·奥尼金与达吉亚娜的告别，阿尔弗莱特与茶花女的永诀，少年维特的烦恼，安娜·卡列尼娜的卧轨自尽，巴黎圣母院敲钟人卡西摩多对吉卜赛女郎艾丝米娜达的痴情相思，甚至“泰坦尼克”号上那对青年恋人穿越时空惊天地泣鬼神的挚爱场景！……也许你还可以如考古学家那样，找到丘比特的那支箭，或者那位手舞红线的东方月下老人！“情人眼出西施”，也出“潘安”，在“情人洞”中寻觅、发现、欣赏古今中外情人的形象与情节，获得充盈的美的享受、情的陶冶，那当是何等的富有与充满快意的旅游！

我与文友们流连于这别有洞天的境界，陶醉于别具情致的氛围；赞赏主人别开生面的点化与别出心裁的设计！走出洞时，我想起我曾经为摄影家徐达先生摄影作品《蝶恋花》配的一首小诗：“蝶恋花，花引蝶，天不灭，情不绝。人情天理，千古一页。梁山伯与祝英台，罗密欧与朱丽叶……岂可亵渎，哪容残缺！可歌可叹，可钦可嗟。文也写，曲也写，古也写，今也写，写天人之和谐，写万类之常则！”将她献给“情人泉”，也许是合适的吧！

1999 年 9 月 26 日

美女作家点评

虹　兰

她似乎写得并不多，我读得更为有限，然而读她的作品很少失望过。

疏淡，精致，自矜，内敛，仿佛出自一位大家闺秀之手，尽管我并不清楚她的身世……

她的作品有一种隽永的味道，让人读后获得一种愉悦，一种满足，一种回味……

不管她读没读过多少美学著作，不管她受过什么程度的教育，她的美学涵养、文化品位显然属于上乘，不是那种媚俗的轻佻的文字可以望其项背的。

青　苹

有的人的文章里什么都不缺，就缺灵气。板滞、呆木、平庸是作品低下的致命伤。

灵气是灵动飞扬的思绪，随物赋形的激情，是原创性感受的积淀与散发，是拒绝雷同的个性化表达。

灵气与“作秀”、“硬伤”、“装深”、“装感动”是毫不相干的。灵气是才气的另一种形式。

作品有了灵气，就成为打动读者的缘由，成为作者与读者共有的愉悦，也成为读者原宥作者这样那样瑕疵缺陋的理由。

青苹的文章，就比较地有些灵气。对生活的兴致勃勃，对身边小事的娓娓道来，以持特有的单纯与开朗，豁达与细腻，敏锐与执着，去发现，去捕捉，去咀嚼，去铺展……有情有致，有滋有味；人活活泼泼，文也活活泼泼。这样，就与“套餐”，与“大路菜”，与“鸡毛蒜皮”，保持必要的距离。

大老爷儿们的文风固然让人生厌生畏，小女人的作派也未必堪可恭维。青苹曾问我对小女人散文的看法，我以张抗抗、毕淑敏、王英琦的散文为例委婉作答，青苹的作品与小女人散文也适当保持了一定的距离。

我曾询问青苹笔名的由来，是否出于宋玉《风赋》“风生于青苹之末”的典故，她说，没这意思。在我看来，二者虽属巧合，却给人并非巧合的启示：在来日方长的时段里，青苹若能更多地吸纳古今中外名著的灵气，与生活中蓄蕴的灵气相汇合，相碰撞，那么更郁更勃更丰更沛的灵气，当充盈于青苹今后的写作之中。

黄金荣

也许是一种误判，一种错觉：靓丽外表与郁闷内心的反差，轻盈体态与沉重话题的反差，甜甜笑靥与伤感氛围的反差——是我读黄金荣作品最直感、最原始的印象。

小小的年纪仿佛受过不少的戕害，有过太多的酸楚。纷纭复杂的内心世界里，装着未必能公开与人道的重重心事，于是曲曲折折，躲躲藏藏，吞吞吐吐；于是写作成为她的一种倾吐，一种释放，一种解脱。她是自我心灵的解剖师，抚摸师。读她的一些，令我莫名地想到了林黛玉……

我比较喜欢带忧伤的歌，那里有一种内在，一种深沉，一份凝重。生命常因沉重而升华。忧伤同轻薄、浮华、醉生梦死、逢场作戏，是难于为伍的。

诚然我们不应以一味钻入小叙述与个人化的迷宫为时尚。我们需要表现时代民族命运的大主题，对民生疾苦的深切关注，对父老乡亲的大悲悯大关怀，对人的尊严、痛苦、彷徨、被伤害等等人性主题有着强有力的表现，具有宏大的气魄、崇高撼人的人格力量与笔力，但也不必定于一尊。当伤感式的倾诉与这个世界许许多多物质与精神同样境遇者心灵相碰，一样能“同声相应，同气相求”地谐振。不可轻易看轻此类文字的价值，担心没有自己的读者群。

这些写作自然并不轻松，然而过于沉湎、过度地琐细悲切，无节制地渲染，也很容易成为自己与他人的一种负累，一种沮丧……唯愿作者的作品不与作者的生活画上等同式。

2003 年 6 月

副刊之富

副刊是文刊，是美刊，是妙笔生花刊，是赏心悦目刊，因而副刊可名之曰“富刊”。

副刊是文化、艺术、思想、学术的集结地，是情趣、理趣、启悟、陶冶的营养站。副刊是读者最为青睐的版面，是作者最为钟情的苑圃。

有如食品中的副食，球场上的副攻，任职中的副手，副刊在报纸版面中占有不可或缺、无可替代的位置。

有“副”方有“主”，有“主”须有“副”。“副”虽非“主”，却“副”中有“主”——主旋律，主副谐奏，融汇成动人乐章。

副刊的魅力在多彩，在丰实，在和谐，在宽松，在亲切，在亲近。

副刊的宿敌为浅薄，为单调，为轻浮，为板滞，为八股污染。

副刊较少峨冠博带，革履西服，多着便装、休闲装；副刊少有正规会见，多为友人聚首；少有正襟危坐，多为促膝谈心；少有官腔训导，多为娓娓细语。副刊也拍正面照，更多的却是侧面照、背影照；也拍顺光，更常拍逆光、顶光、泛光；也拍登记相、标准相，更多的却是生活照、艺术照。

副刊的成功在“开卷有益”，有“品”、有“摘”、有“剪”。

副刊的编辑是文化学养颇富的高手，有慧眼，有烫心，有热肠，有巧手，“可敬年年压金线，为他人作嫁衣裳”。

1997年6月16日

珍惜这份馈赠

感谢古代两位预言家，尽管迄今我们尚未考证出他们的实际姓名：一位是“夜明珠”的取名者。凭什么先知先觉竟给咱们的葛洲坝边、黄柏河畔的一块土地取上一个名实如此吻合的地名“夜明珠”！当年他是否真想到，有一天这里将诞生中国最大的“夜明珠”？另一位则是“宜昌”的取名者。凭什么灵感他有如此美妙的构思和创造，赐给我们这块“峡尽天开”、“山平水阔”之地以如此吉祥、动听的美名——宜昌，这块“天宜地昌”、“理宜昌达”的“宜于繁荣昌盛之地”！

宜昌有如此众多、奇妙、幸运的历史巧合：在石灰岩四布的峡水之间，居然有一块阔达几十平方公里的完整花岗岩作为三峡大坝理想的坝址；那个方圆不到一平方公里的中堡岛，纳容有从新石器时代直至元明清上万件历史文物，挖出了一部“立体的中国通史”，如今则承载着“跨世纪的民族性工程”的辉煌史章；这块演出过“火烧连营七百里夷陵之战”的土地，如今又摆开了当代最壮阔的建设的“夷陵之战”战场；继葛洲大坝与三游古洞构成精妙的“今古奇观”之后，黄陵古庙又与三峡大坝璧合成又更宏伟的“今古奇观”；黄牛峡山上那个古老的轩辕洞与西陵山顶刚落成的“西陵女”嫘祖庙相互辉映，为传说中的黄帝及其第一夫人的足迹烙下了新的怀念；唐代白居易那篇声名远播的《三游洞序》之后，又有其姊妹篇——清代桐城派大家刘大魁的《游三游洞记》，记中写道：“山川之胜，使其生于通都大邑，则好游者踵相接也。”这是在写三游洞，还是在超前描绘今日这迅速崛起正在成为“通都大邑”的宜昌城呢？

感谢造化，感谢历史，给了我们如此丰饶的馈赠，使我们具有与水能、矿产、旅游、林特资源相媲美的文化资源，这是对内产生巨大凝聚力、向心力，对外形成强大吸引力、感召力的重要能源，为我们现代文明城市宜昌的构建，做出如此慷慨的奉献。

文化是什么？文化是生活的质量，是群体的智商，是百姓的精神营养品，是城市的魅力之所在。一方文化育一方土，一方水土养一方人。文化文化，“以文教化”，是辟峡搏浪的水手纤夫熏陶了屈原执着求索的精神，还是屈原的奋勇抗争激励着峡江里搏浪的船夫与旅人；是香溪的碧山秀水孕育了外美内秀的王昭君，还是王昭君的美感染了宜昌的山水与心灵。如果说三峡是一座博物馆，宜昌就是它的精品展览厅；如果说三峡是一部百科全书，宜昌就是它的重头篇章。当我们说到宜昌文化，我们就想到李白“山随平野尽，江入大荒流”的咏唱，想到杜甫“始知云雨峡，忽近下牢边”的歌吟，想到欧公“春风疑不到天涯，山城二月未见花”的倾吐，想到陆游“乃知画非妄，却恨笔未精”的惊叹；当我们说到宜昌文化，我们眼前就闪动着白起火烧夷陵的战火，耳边就响起张飞率军操练擂动的鼓声，脑海就浮现点军的关羽、战死的张苞、挂帅的书生陆逊、拔城的张献忠以及倾城空巷为之送葬的抗日英雄张自忠……宜昌的文化因子，藏在西晋文学家郭璞注《尔雅》的尔雅台内，藏在东晋化学家葛洪炼丹的磨基山上，藏在古朴巍峨的天然塔中，藏在佛道合流的石门洞里……当我们品赏屈原赞美过的金橘，观赏与恐龙同代的“水中熊猫”中华鲟，欣赏集当代名流书画于一壁的《三峡刻石》，观看雅俗共赏巴楚文化交汇的《土里巴人》，当我听老奶奶讲优美的三峡传说、民间故事，我们都无不强烈感受到集雄山与大川、历史古迹与现代化工程、自然风光与人文精华的宜昌浓郁的文化氛围与古今的一脉相承。

在有些人的眼里，文化不过是经济裤腰带上一枚可有可无的小小装饰物，从不曾感觉到它的分量。不是文化缺少应有的分量，而是他们自身少了应有的斤两。缺了文化，即现出一域一地、一群一族的粗鄙、贫乏与浅薄。轻视祖先馈赠的，是莽汉；拒绝馈赠的，是愚夫；毁坏馈赠的，是罪人。我曾在一篇文章中提出“双向开掘”的文化战略设想：即锲而不舍地朝着“最古老”与“最现代”的双向作同时的奋力掘进，向历史与未来作两极延伸，拉开时间的长距，廓大空间的视野。应当说，这是一条明晰的思路，一种科学的审美观，一条先进的工作路线，一个经得起实践与时间检验的价值取向。

我们理当身处宝山能识宝，身在宝山能珍宝，身在宝山勤采宝，并不断开创新的辉煌，以震古而烁今的成绩，以作为我们对后人的一份不菲的馈赠。

1997 年 8 月 24 日

附　录

《思海撷浪》的魅力

陈宏灿

符号、雪骏漫画杂文集《思海撷浪》，凡杂文漫画三百多组，每组文不过百十字，画仅三五方坟。读来只觉如饮醇醪，美哉快哉。细细品味其魅力，全在一个“真”字。也就是说这部书的“含真量”很高，是真创作，有真性情，属真文章。大略说来有“四真”。

一是直面现实说真话。直面现实者何?直面的是国计民生、国运民瘼、世象世故、时弊积弊、大千世界、人生百态等等。真话怎样说? 贬时弊一针见血，刺丑恶一剑封喉，道真相一目了然，言事理一语中的。如有一则《一大景观》，文曰：“喝敌敌畏的没有致死，喝酒的反倒把人喝死”——悲剧中的喜剧，喜剧中的悲剧，假冒伪劣的一大景观，画面：“敌敌畏”一手持感谢信，一手指“酒”大笑。又有一题为“形式主义二型”。文曰：“形式主义有二型：一为‘虔诚型’，一为‘作戏型’。前者是唯唯诺诺搞形式，兢兢业业走走场，搞‘主义’而不自觉。后者则是明知故犯，纯系演戏，属于‘清醒’的‘主义’者。”画面是两个男子悬崖垂钓。以上两组文画，一揭假冒伪劣的危害，一描形式主义者的类型。想一想，形式主义和假冒伪劣，不正是当今社会政治经济生活中的两大公害么?

二是观静肃思有真知。不囿成见，独立思考。取民间立场，聆百姓心声。见人之所未言，言人之所未言；见人之所已见，言人之所未言。入木三分，令人折服。如《流水不腐》文曰：“‘流水不腐’；千古哲理。如果污染源太多，长流不断，长年不竭，那么虽是流水，却是‘腐水长流’。污染源不解决，‘流水不腐’从何谈起?”画面上一抽水机，正咕咕噜噜地往江河排放污黑。又比如《炒理论》文曰：“咬文嚼字，寻章摘句，诠释注解，翻来倒去，把各种或现成或新鲜的说法解释得玲珑剔透，对各种需要回答的问题绕而避之，是谓‘炒理论’!一种保险系数颇高却了无生气的作业,一种让人恹恹欲睡的思维方式!"画面上的炒家,手持一锅,正借着灶火,把文稿炒得四下乱飞。读文赏画知其人,我想,如果不是冷静观察,独立思考,哪得如此真知灼见?推而论之,我以为虽不能要求创作者都是思想家,但必是思想者。

三是嬉笑怒骂见真情。文因情而生,画为情而作。笑骂成文章,愤怒出诗人。讽刺幽默,冷面热心。文能动人心魄,画可养人慧眼。笑能让人年轻,骂能促人猛省。有《惜时如金》一篇,文曰:"让那些闭门造车的计划、人浮于事的机构、粗制滥造的产品、少慢差费的效率、马拉松似的空会、漫无边际的空谈、无聊至极的消遣、生活琐事的烦恼、追求排场的苦心,统统见鬼去吧。"面对着谋财害命似的浪费,其愤懑和疾呼之情溢于言表,画面则是一块闪光的时钟金元宝。又有一篇叫《神圣与滑稽》,画面是一卑躬屈膝的小人在为"首长"导厕,文曰:"凡事,神圣过分了,就显得滑稽。"在这里,作者鞭挞的是奴性,呼唤的是人格尊严。

四是文画双馨见真功,杂文是文字的漫画,漫画是画的杂文。杂文漫画,杂交出新,形式创新,内容创新。文重画形象,画显文精神。文让画境深远,画让文意显豁。符号之文,舍起承转合,取文眼文胆;言简意丰,言近旨远;深而不奥,诙谐隽永。雪峻的画,以形传神,借喻明理;荒诞错位,夸张变形;简繁得宜,储蓄幽默。符文雪画,相得益彰,堪称思想美文,精神快餐。阅读费时短暂,一篇三五分钟足矣;余味绵长,篇篇是智慧之果。

岁月如歌　吟唱我的苦歌、甜歌、辣歌……

现场过招

国庆假日，携全家王府井商街看景人海观潮，确是惬意，又何况傍晚一次难得的经历！

随人流“流”入东安市场，忽见前面观者如墙，一位艺人正为一中年男子现场雕像，成型的木雕像与真人竟这般相似，我不禁一惊：何方高手，敢来京城一试技艺？

那雕刻者不高的个头，卷卷的头发，着圆领秋衫披蓝色工作服，眉宇间透一种执着与专注。案台上知名政治人物、公众角色各种人物雕像陈列，神态各异。或逼真写实，或夸张变形，人们指指点点，赞美之声不绝于耳。镜框里嵌着高占祥先生题字的照片，上书“神艺”二字，右边是“常德明先生雅念之”。我有过占祥的题赠，看出是高先生的手迹。想占祥先生定然也曾被常现场“克隆”过，不然又怎会如此美誉呢？蓦地我有一种“众里寻他千百度，蓦然回首，那人却在灯火阑珊处”的感觉，忍不住心头痒痒，决定不放过这一机缘，让常德明先生为自己做一雕像！

我挑中了一块标价略低的国产木料，乃风干多年的榆木檩子。坐在对面的他，朝我静静地打量了约一分钟，再让我侧过身子让他扫上一眼，便开始“兵戎相见”了。只见他咬牙切齿，猛劈大削，木屑四溅，简直就是在干“粗活”。庄子言：“凿眼由小到大，凿鼻由大到小。”总得有个雕刻之道呀！我不禁犯起了嘀咕。他一不画草图，二不勾线条，如此乒乒乓乓，大刀阔斧，弄差一刀，岂非前功尽弃？然而几分钟后，大模子就被砍出了，旁边的观看者连连在说“像”！“像”！

我跟常先生说，希望雕像上保留着刀斧痕迹，显拙朴风格。“大巧不工”，“大巧若拙”，形神兼备重在“神”。无须打磨得光滑如石膏像、细致如真人的那般“匠气”。常先生一听，眼睛一亮，如逢知己，连夸我是行家，我一时“受宠若惊”……

他依然一刻不停地干着“木匠活”，运斤成风。嘭嘭——近觑方块一片，远瞧耳朵一只；再嘭嘭嘭——几绺头发便骄傲地挺立于我的额头。就是眼睛这样的细微处，也不见使用小雕刀精雕细刻反复摩挲，始终只是槌打着一寸多宽的钢凿。

这时我发现高占祥“神艺”二字的两边，有用电脑输出的类似对联的文字：“人乃物化化物亦人”，“心虽使气气行无心”。不知是否出于常先生的原创，却透出了雕刻家对雕刻艺术的理解与追求：世界原本就由物构成，人物也是“物”。常先生刀下的人物正为木物所化；虽然创作者支配气韵，然而创作过程中行于当行止于当止，必将出神入化忘我“无心”。“物化”、“化物”，“使气”、“气使”，两者间饱蕴哲理，充盈了审美情趣，该是怎样一种化境！

有道是“路边打草鞋——有人说长，有人说短”，我周围的看客包括我的家人，竟是一致地啧啧认可，照相机闪闪不断……霎时间我成了大庭广众中的一件活“展品”！

50分钟过去，我终于看到木头上的“我”了——货真价实的一个“榆木脑袋”。我欣赏着另一个陌生而又熟悉的自己！看他四方轮廓，嘴眼神情，刀痕斧迹，线条棱角，我不能不承认，这真是件“我乃物化化物亦我；他虽使气气使无他”的我自己的艺术珍品！

我捧着我的雕像与常先生“三人”合影留念，体味着李白“对影成三人”的诗境。我忽然觉得雕像中还藏着一个人的影子，那就是常德明先生！我要求刻上他的大名。三颗钢印敲下，他的名字便镌入了我的雕像我的心。我向他讨名片，“联合国教科文组织命名的民间工艺美术家”一行字赫然在目。他还是中国工艺美术学会雕塑委员会会员，中国工艺美术学会民间专业委员会会员，河南省民间艺术协会会员，北京市民间艺术协会荣誉会员，果非等闲之辈！他说他来自河南新乡，从事人像木雕已三十多年。他妻子告诉我，如今他们的女儿也已继承了这门绝活……嗟呼，民间民间，其间多少奇才俊杰，卧虎藏龙！深宅豪院者，常藐视、漠视山野民间，生出莫名的优越自负感，其实只会沦入井蛙、夜郎的窘境。

来不及问他是科班出身还是半路出家，出自名师门下还是无师自通……然而在尊尊栩栩如生形神兼备的雕像面前，又有什么重要呢？重要的是容不得半点造假与吹嘘的“现场过招”，多少“权威”“大家”在“现场过招”面前穿帮败露！

与“神艺常”道别，已近晚上9点，见常先生案上盒饭未动，而我呢，也9小时不曾进食饥肠并不辘辘，不亦“神”乎！

2002年11月8日

附：常德明先生来信

（一）

符先生：

您好！

您对我雕像技艺盛情褒扬，令我万分感激而又有些惶然，先生抬爱过甚。实不敢当。

先生文行京津沪上，笔锋所指，阅者心醉，文采流处，名都增色。记不得多少人前来寻观雕像，皆曰读了符先生文而来，使我一时接应不暇。如此荣耀，皆先生所赐。

我所好者“庄子”，对联乃老庄思想的发挥，先生所解恰是我本意。

庄子文，“博大精深”，我积年窥读，不敢企望大道，又难登中道，但持其小道，混饭于江湖，不料被先生识得，先生所识非我，乃老庄之微道也。

令先生再三来信，我已失礼，今致文卖弄于方家之前，请戏读之。

敬颂

台安

常德明

2003年2月24日

（二）

符号先生：

您好！

接先生赠书，彻夜展卷，不胜感慨！前所赠《悟思录》读后，敬佩先生离朱之目，怀孤愤之心，言有投鼠之忌，故指标而射本。

今再读佳作，知先生胸中烈火，欲化千年寒冰；匣中剑鸣，欲啸万里罡风。文如激流，若一泻千里，岂不快哉！怎奈滩阻石乱，不得不曲折而行。然尔却奔东不回，有穿山裂石之韧，悯世悲人之仁，涤蒙濯愚之清，滋润心田之甘。吐我所欲吐，言我所欲言。

当今权与金併，伪与利合，阴霾弥漫，日光乏威。闻仗义之言，本当结交君子，追随呐喊。惜乎多年养就麻木之仁，苟且之义，已成死水，难起波澜。

且与先生作神交之游。

先生屡以人道观世，吾今以天道试为言之：

人有人道，物有物道，《齐物论》开篇三籁点明人与物皆天籁——天道。

人之所以赖以生活者，财物——物质。以天道观之，物宜各居其所宜。以人道观，物宜集中为其所用。

万丈楼起，千里路通，须大集天下物质始得完成。而之楼之路不使物质加倍集中。

物质财富集中过程有三期：先是野蛮期，生于乱世无序或有序之初。挟持暴力，不择手段。

次是序化期：典章即明，制度完备，人略守诺，唯利是图，以物聚物，以财生财。

三是文明期：人皆守诺，取财有道，义重于利，善财普施，贫富无差。

物质财富聚集至极，集于少数富家，众贫者求均物以活，遂生暴力而肇乱，财物由是而分散。

纵观历史，天下财物莫不分合无定，人类社会亦乱治交织。

以人道观财物之分合，有正义非正义、道德非道德之分，合理不合理、公正不公正之别。以天道观之，分久必合，合久必分。纵然如罗贯中所言天下地理大势之分合，亦缘于物质财物之分合。人道、物道皆一天道。

从近代物质财物的走向亦可见天道之所行：

先是清水运衰，民族危机迫使国人废儒道而学西洋（五四运动）。苏俄革命成功，又以为唯马列主义可以救中国。秉此信仰，共产党得国共产，数十年世无私财，国无私物。

至中苏两党论战，“文革”运动，苏俄解体，对马列共产信仰造成危机。

人之行为首先受信仰、其次受法律的约束，信仰真空，信仰混乱，连执掌法律者亦莫能外。思想无所适从，唯眼前实利为务，人欲横流，欲抑弥滋。有势者弄权，狡黠者施智，贪腐之风将社会共财尽入私囊而不罢休，直至成为名副其实、合法合典的资产阶级。其不再贪自己的污，损自己的财，从野蛮的巧取豪夺向有序化的聚财方式转变。一切法规制度也承认既成事实并维护他们的聚敛方式和所得。

当其时也，新兴的富豪用其父辈巧取豪夺来的财物举办各种企业，政府收其高额税金为穷人办福利。

至此，社会财物由私而公，由公而私地完成一个循环！

此其人道也？天道也？

迂腐之人，狂悖之论，当与不当，幸勿介意。

观先生为蛙争之篇，有感于蛙若出井入海，则难免波击鱼吞之厄；若入市，则必有车碾人轧之灾。怎比那东海宠物：其出也，洪波前导，巨浪殿后，一呼云起，一吸潮涌，舒颈摇首，千里震动。其入，藻蔓争媚，珠贝交辉。环视左右列待之众，慨然兴叹：天下者，我们的天下！

虽然，蛙亦有乐焉！其安于陷井之敝陋，持守蓬雀之自足。与其自悲于泥中，何如矜夸以自娱！

此养生尽年之道也。

祝

诸事顺心！

常德明

2008年3月中旬

患骨质疏松症的老人

是儿时教科书的召唤，几十年殷切的向往，引我前去大同武周山麓拜谒云冈石窟。入口处的橙色石屏镌刻着联合国教科文组织的世界文化遗产中英文证书，远处绿树掩映里，云冈云烟氤氲，透一份神秘与神圣。

在导游的导引下，我们依次参观了几个保存完好的洞窟。其中最大的洞窟是第三窟，最大的彩饰雕像是第五窟，大佛双膝可容百人，一只脚背可以站下十二人。最美的大佛则在第二十窟，是云冈石窟的扛鼎之作，世界雕塑史上的稀世珍品。保存最完整、雕刻最精美的洞窟则是第六窟，天神、佛、菩萨、罗汉、飞天，佛龛、乐伎、舞伎、释迦牟尼身世浮雕，蔚成目不暇接的千佛奇观。

我依稀听到一千五百年前的敲凿声。公元 439 年，太武帝拓跋焘攻克凉州，尽徙百姓、僧侣、工匠于首都平城（今大同市）。460 年，文成帝大力兴佛，此后三十多年间，东西栉比三十余里庞大的云冈石窟群得以凿成。上承秦汉，下开隋唐，其中主要洞窟四十五座，大小石窟石龛一千一百多座，石像五万多尊。凝神的瞻仰中，我在不断寻思：石窟的设计者将血液注入雕像，灵魂附于石佛，他们的功绩有多大？他们比米开朗琪罗、罗丹早了好几个世纪。他们究竟是谁？然而除了知道高僧昙曜奉旨开凿之外，其他人都籍籍无名湮没于历史的尘烟之中，这是怎样的一种不公平？

当我继续往下参观时，我们面对的却是一片废墟式的洞窟。方格样的残破不全的黑黑洞口，如一口口枯井，一只只被剜掉眼珠的眼睛。窟体坍塌残破，石像模糊碎裂，头缺臂断、腿畸躯残，有如毕加索的抽象画，达利的怪诞雕塑。尤其令人吃惊的是，当导游用手指轻轻触碰一下潮湿的石像石柱时，砂岩即如面粉、酥饼一样纷纷下落，我简直不敢相信自己的眼睛。

导游说，这是历年雨水剥蚀的结果。雨水通过石窟顶部和后壁渗入洞窟内部，造成石窟严重风化。我的心不禁一阵震颤，云冈老人已经患上严重的“老年骨质疏松症”！

真是怪事，山西严重缺水，云冈却面临雨水的灾难。酸性雨水的千年冲刷，产煤大省长龙式的运煤车长年的侵扰污染，日蚀月剥，年积纪攒，即使坚硬如斯的石窟石柱石龛石像，也无法“拒腐蚀，永不沾”，靠“自律”而独善其身……

我曾读到煤灰煤烟令石像“蒙尘”的报道，我也看到斥巨资让国道改线的消息，我还知道有降低窟前地面、打通阻水脊梁、隔离煤尘污染、阻止酸雨侵蚀等抢救的措施，然而当我走进云冈近距离的接触，我发现这一切都近乎杯水车薪。阿富汗“塔里班”用烈性炸药轰然一声宣告了巴比扬大佛的消失，今日的云冈不正面临着慢性炸药的吞噬？

闻一多当年擂着大地赤胸地叫喊：“不对，不对，这不是我的中华。”此刻我心中想起了他的诗句。不对，不对，这不是我心目中的石窟，我的石窟更美，更健，更神！

我知道古迹从来都不是完美的，从埃及的斯芬克斯到罗马的角斗场，从卢浮宫的维纳斯、胜利女神雕像到意大利的比萨斜塔，概难例外。然而我们不能眼睁睁地看着云冈身上的肉如同麻疯病晚期患者那样一天天地烂掉，不能让老人遭受着“凌迟”的酷刑。至少我们要减缓、减轻他的痛苦，应当遏阻其恶化的势头，否则我们只能是不肖的子孙。

我在云冈圣地看得心热心痛之余，默默地为云冈祈祷，祝福。

2005 年 2 月 28 日

墓地的“这一个”

夏至未至去湘西凤凰，为了去看沈从文。看他梦中的沱江，沱江边的吊脚楼，石板的古街、拱门的老城，他的故居、墓地……

被恩格斯引用过的黑格尔的“这一个”的说法，全印证在了沈从文的身上。凤凰是沈从文笔下独特的“这一个”，沈从文的一生是文坛独特的“这一个”，如今沈从文的墓地，又成为独特的“这一个”！

像生怕多占了故乡的土地，沈从文墓坐落在沱江岸一块狭窄的斜坡，狭窄到站不下二十来人。像故居的老屋，像当年博物馆无名的库房，沈从文墓地就这样不起眼儿地“躲”在这僻静的岸边，默默独处。仿佛要试试拜谒者的虔诚，人们只有步行或者水路方可到达。

不见肃穆的松柏，没有修剪的草坪，唯有竹林、杂树、随季节次第开放的山花；不见见棱见方的碑石、基座、雕像，唯有不方不圆半人高的天然五色原石；没有“沈从文之墓”的题刻，原石正面只刻有先生俊秀而不豪气的手书：“照我思索，能理解我；照我思索，可认识‘人’。”石背后是妻妹张允和教授的诔文：“不折不从，亦慈亦让；星斗其文，赤子其人。”湖南人的桀骜、文化人的谦卑，星斗般的光焰、赤子般的情怀，就这样经典地集于他一身。黄永玉书写的五尺碑在坡下：“一个士兵要不战死沙场，便是回到故乡。”沈从文十五从军，二十多从文，战乱时没有沙场埋骨，“文革”中躲过大劫，正是他“不折不从，亦慈亦让”的性格，决定了他“星斗其文，赤子其人”的命运。

汪曾琪曾说：“沈从文在一条长达千里的沅水上生活了一辈子。20 岁以前生活在沅水边的土地上，20 岁以后生活在对这片土地的印象里。”先生晚年回过一次故乡，亲自探看过百年之后的这块安息地，也许对其制式格局作过交代。如今他终于又可以与沱江整日为伴，看水牛趟在浅水的北岸，听棒槌敲打衣物“嘭嘭”的回声，看长眉秀目脸儿极白奶头高肿的青年苗族女子用彩色衣袖掩口窃笑……

任何文本其实都是作家个人生命体验与其所属群体文化经验的结合。沈氏的超拔在以独具个人意义的生命体验唤起所属群体的“通感”；以其独有体验熔铸的文本作出独具个人意味的解答。对精英读者而言，沈从文的价值离不开他“这一个”的文化取向；对大众读者而言，沈从文的魅力关联着他小学文凭而大学教授的“这一个”传奇人生。

此前我来到先生的故居，厢房的玻璃柜里静排着他一生的各色著作、手迹与照片，那是八十六年来层叠的脚印。从20世纪20年代寂寂无名的“乡下人”，到30年代北方文坛最为活跃的领军者、中国“最优秀的作家”，到40年代末作为“桃红色作家”、“反动作家”、“落后作家”，到50年代以反面形象“叨陪”于多部“新文学史”中，到此后以检讨与抄写说明书为主要“写作”方式，到为历史戏《蔡文姬》、《胆剑篇》、《文成公主》、《武则天》默默提供服装道具样本，到从鹰隼脚下的锦垫、花纹，估出古画的年代，到因过早辞世而与诺贝尔文学奖擦肩而过，到身后《沈从文全集》以三十二卷一千多万字的问世……

从沈从文的出生地到沈从文墓地，我感受着“这一个”人生浓缩的过程。咀嚼着“不折不从，亦慈亦让”的阳刚与阴柔，品味着“星斗其文，赤子其人”的深邃与博大。

2005年11月21日

飞檐走壁的侠者

汽车驰往山西浑源，我们去看悬空寺。寺以“悬空”命名，不禁令人有些“悬乎”。李渔道：“实事，就事敷陈，不假造作，有根有据之谓也；虚者，空中楼阁，随意构成，无影无形之谓也。”真不知这寺如何“悬空”？为何“悬空”。

经过绿色原野与七沟八梁的不断交替，汽车终于在恒山脚下打住。一簇翘檐飞阁酷似敦煌莫高窟的“黄杨木雕”，映入眼帘，紧贴悬崖的还有下部依稀可辨的几根火柴棒似的细木，嵌于千仞绝壁之上，印证着当地“悬空寺，半天高，三根马尾空中吊”的民谣描摩。

沿石路石阶，缓缓登攀，移步换景，不觉就来到寺庙脚下。原先的“火柴棒”，已成了细长的“筷子”，支撑着寺庙的底部。

进入山门，但见殿阁依崖而建，略感狭小，却很精致。俯身下探，谷底小路几成长带，游人如同甲虫。反身仰视，那细长的“筷子”竟然是不足碗口粗的铁杉树。另有数十根墩实的半截“枕木”，从石岩中横出。两座三层楼殿与连接两座楼殿的栈道，看似大部悬空，其实正是这些“因崖凿窟，半插飞梁为基”的暗梁在支撑着。如此据实凌虚，似虚而实，似危而安，危中见奇的构思，既让古寺千余年安然无恙，还产生令人惊心动魄的观赏效应。

然而如此僻塞的山谷，几成垂直的崖壁，方孔如何开凿？“枕木”如何插入？撑木如何支立？平面建筑的布局形制，一应俱全的山门、钟鼓楼、大殿、配殿，如何“叠床架屋”于这狭促的空间？是一次性的整体构想，还是历朝历代的逐个添加？其间多少变故曲折，多少人为此付出心血乃至生命？一连串悬念，令我思绪绵绵。

曲体侧身，梯悬廊绕，终于登上了最高险绝处，“噫吁兮，危乎高哉”！云飞雾漫，山风飕飕，楼阁似在摇晃。理性上明知寺殿千年岿然不动，感性上却有如临深渊之惧。下视谷底河水如线，房屋如盒，游人如刚孵出的蚕蚁。尽管前有栏杆，后有殿壁，却仍弯腿扶岩，轻步悄声，“不敢高声语，恐惊天上人”。纷纷登临的游人，更让我“悬心吊胆”。万一负荷过重，或者“枕木”朽腐，撑木蚀折，那后果岂非不堪设想！

在这虚无缥缈的半空，你或许可以摆摆“高高在上”的威风，也可能尝到“高处不胜寒”的悲凉。只有在这里，你才会对“空灵”、“空虚”、“空旷”、“空幻”，有新的领悟。有史料说：“悬空寺原名玄空寺。取道家之玄、佛家之空，名、形、义浑然契合。”三层三教殿也很有意思，老子、孔子、释迦牟尼三像并坐，儒释道济济一堂，显示出悬空寺求同存异、和而不同的大度与包容。

“谁凿高山石，凌虚构梵宫。蜃楼疑海上，鸟道没云中。莫讶星枢近，应知帝座通。恒河沙作观，大地总成空。”北魏真是个古怪的朝代，开始大肆毁庙灭佛，后来则疯狂兴佛造寺，“左”得出奇，也“右”得出奇，包括悬空寺在内的山西乃至北方大部分古建筑群，多兴建于北魏，至少客观上为后世留下了一批弥足珍贵的文化遗产。

下得山来，阳光明暗中，有一种从仙境返回的幸运。回望玉屏山，如一把巨伞，护佑古寺免受雨水冲刷，洪水肆虐，也控制着日光的照射。而隐秘的峡谷，淳朴的浑源百姓，也护卫它逃过了历朝更替的战火、日寇的铁蹄与“文革”的劫难。这方位与时间的“风水学”，演绎得何等神奇。

悬空寺，我心仪已久的飞檐走壁的侠者，新结识的学富寿高的方家！

2007 年 2 月 26 日

滕王阁上的严嵩

是王勃《滕王阁序》的恣肆、宏富与绚烂，召引我到南昌去看滕王阁，认同了"到南昌不看滕王阁，等于没有到南昌"的流行说法。

于20世纪80年代末重修的滕王阁，金碧辉煌，层叠矗立。楼第二层正厅是一幅长二十多米、高近三米的巨型壁画《人杰图》，绘有先秦至明末江西的八十位名人的画像，与第四层集江西名山大川于一壁的《地灵图》相呼应，取的正是《序》中"物华天宝，人杰地灵"的立意。令我惊异的是，在陶渊明、欧阳修、曾巩、王安石、文天祥等行列中最末的一位竟是严嵩。尽管只露大半个脸，却清楚标出了他的大名，这实在让我有些意外。严嵩经八年韬光养晦，靠给皇上写青词而青云直上做到了宰相，入阁柄政二十余年，做的坏事不算少，连儿子也借父势做了管理工程项目的尚宝司少卿，多方盘剥贪污受贿，因而获得"近代权奸之首"（钱谦益语）的恶名，成为古典戏剧中抹大白脸的角色。这样的"人渣"怎么能上《人杰图》，上滕王阁呢？

陪同的南昌友人说，其实严嵩还是位难得的书法家呢。步入政坛前，他广结文人，文章写得雅秀，书法也很有声名。比如北京的六必居酱园，六百多年中华老字号，酱菜业首屈一指。日本前首相田中角荣首次访华，就指定秘书购买六必居的酱菜带回国。那"六必居"的三个大字，相传就是严嵩步入政坛前所书。这三字给铺面招来兴隆的生意，不少人就是冲着字而来的。后来严嵩发迹，"六必居"也就更加闻名遐迩，书法成就毕竟是不能抹煞的。

此论我早有耳闻。几年前在曲阜看孔林碑刻，除了一批著名汉碑移入孔庙外，林内尚有李东阳、严嵩、翁方钢、何绍基、康有为等明清书法名家亲笔题写的墓碑。只是走得匆忙没有寻到严嵩的手迹，心里则一直在嘀咕：能跻身孔府碑林而历经各式风雨未被铲除毁掉，既可见孔氏家族的海涵，也足见严嵩书法的非同等闲。

齐如山有书记载：清代顺天府乡试贡院堪为天下第一考场，皇帝任命主考官都是尚书级的。贡院大殿的匾额是“至公堂”三个大字，相传也为严嵩所书。乾隆曾经想将它换下，命满朝高手书写，自己私下也写过多遍，结果都不如严嵩的字好，只好原封保留……

严嵩因书法置身“俊采星驰”的《人杰图》，我不能不感慨于江西老表的识见、胸襟与胆魄，以为是深得唯物、唯实、唯史的真谛的。历史毕竟不是任人打扮的小姑娘，唯有还历史的本来面目，有一是一，有二是二，是真正的公平公正，足以“服人”。文化从来是多元的，先进文化更应具备“有容乃大”的属性。“代表”更大多数，首先要“包容”更大多数，那种“好即完美无缺洁白无瑕、坏即脚下流脓头顶长疮”的评价定势，那种“非白即黑”、“非此即彼”的二元对立思维模式，是该好好地换一换的。

《党史博览》有一则消息称：江西老区（又是江西！）兴国县，建国后五十四人被授予少将以上军衔，其中授予中将的是邱会作。邱十五岁投身革命，出生入死，建国后任解放军总后勤部部长。林彪事件后被判十六年，出狱后被安置在西安安度晚年。进入新世纪后兴国县委政府决定兴建“将军广场”，立五十四尊将军雕像。那么雕不雕邱会作的石像呢？经过认真讨论综合大多数人意见，最后决定一样雕刻，并将它置于广场的西北端。孕育出将军群体的英雄兴国人，以海的襟怀、山的执拗，面对真实发生的历史，作出公允无畏的决断，确是令人敬佩的。邱之功过是非，自有后人评判而且已有评判，然而如果“将军广场”少立了这尊石像，那就无异于对历史的更改，对真实的戏弄。老区干群的决定，正凸显出他们对历史的坦荡，对现实与未来的信心。

这使我又想到不久前去国家博物馆看蜡像馆，孙中山、毛泽东、邓小平、陈独秀、胡适、蔡元培、鲁迅一系列人物栩栩如生，英气勃勃的十大元帅的立像也一字儿排着，林彪也位列其中……

宽容是消融偏见的良方，善纳者方为大器，包容其实比威严更得人心。即使面对曾经发生过的不愉快的事情，也不必对其“负面影响”过于担惊受怕忧心忡忡。全局地、公正地衡人量事，方能真正服众，表明我们更加成熟，更加自信。三人的画像、雕像、蜡像，给予我们的启示应该是全方位的。

2011年9月2日

北京观相扑记

时间:2004 年 6 月 5 日下午。　　　　地点:首都体育馆。

馆前彩幡林立,馆内观者如潮。记者各类“长枪短炮”,严阵以待……

日式灯笼四方低置,场馆“日化”;木质屋顶场上高悬,四角垂缨。下设方坛,细沙铺地,稻草围圈,是为赛台。

仪式开始。身着日式彩服者,率大胖一队鱼贯而入。一律玄衣高髻,长裙木屐,迈八字方步。虽嫌笨拙,却显威武。

主客致辞,译员尽责,屏幕显示,掌声四起。众胖鞠躬。复迈八字方步退场。掌声四起。

三力士赤膊上阵。着相扑“比基尼”,宽带勒裆,丰乳肥臀。二力士作基本动作示范。两腿开跨,下蹲,侧抬粗腿,高过头。又顺势侧滚,快捷如球。又正面劈叉成“一”字,如体操健将。又胖胸胖头紧贴地面,似柔术高手。“身怀六甲”者竟如此柔韧协调,出人意料。全场啧啧,掌声大作。

继相扑鼓表演后,数十小儿与二力士登场。一律“T”型兜裆,全身赤裸。蚂蚁大象,反差强烈。小儿勇猛似犊,使吃奶之力顶撞;力士挺胸凸肚,吹灰之力不费而纹丝不动。又一小儿顶推,如碰南墙;力士拎小儿,如拎小鸡。又一小儿施计抱腿,力士佯装败北,轰然倒地。群儿出动,“同仇敌忾”;力士“闻风丧胆”,逃下台去。满场笑声腾沸。皇皇仪式,堂堂礼节。稍嫌烦琐,却感精致。似体育,又似文艺。不觉一时有余,主持人宣布:中场休息。

正式比赛前又有系列仪式。妇人胸,将军肚的“莽和尚”三十余位,再次出动。围圈,击掌,舒臂,搓手,提裙,鞠躬。整齐划一,蹈力之舞。

接着横冈亮相。横冈者,相扑之最高级别也。但见伟似铁塔,重如河马。眼眯缝,面似佛。围彩色厚围腰,如披盾甲。左右二力士护卫两侧,如星托月。依然下蹲,击掌,舒臂,搓手,提裙,鞠躬。礼节如序。

千呼万唤，望眼欲穿。正式比赛终得以开始。着彩服戴乌纱者，相扑裁判也。手执白折扇东西比画。扇上有“静中动”、“知进知退”的汉字书法。拿腔拿调，念念有词，颇类巫师跳神也。

红蓝“比基尼”二力士登场。又行礼，下蹲，侧抬腿，击掌，舒臂，握拳，对视。正以为一触即发，却旋又站立，走向台角。台角有土制木桶，盛清水，力士持长柄小勺，意在以水洁体。又沾白盐撒向空中，意在驱祛邪魔。二人复就位，虎视眈眈。裁判以扇发令。一时饿虎扑食。冲顶推摔，抱击拧举。前后不过数秒，即分高下，一方被一方推出圈外。相互行礼，败者悻悻而归。又一对上场，黑方对黄方。黄方一个忽闪，顺势一扒，黑方倏然倒地告负。如此两两对出，猛若奔雷，迅若闪电。或推，或抱，或钩，或摔，或击，或拧，或举，或掀。负方或膝着地，或脚出圈，或膘肉相枕压，或同滚于台下。全场笑声起伏，乐不可支。

历经四轮层层淘汰，横纲朝青龙终于同大关千代大海会师。大关者，仅次于横冈之级别也。决战在即，全场骚动，“眼球”突出，脖似烤鸭。着紫色官服之最高裁判官带领下，体若大象，形似河马的二“巨无霸”迈企鹅步闪亮登场。展英武之架势，显睥睨之气概。舒臂白鹤亮翅，对视俨若斗鸡。顿时空气凝固，噤若寒蝉。二力士复起立，观众绷紧神经也随之松弛。复撒盐，舒气。复对峙，前蹲。全场复屏声息气，不敢眨眼。如此者再三。终于白扇轻轻一忽，霎时风雨大作，雷电交加。秦王破阵，楚汉厮杀。飞砂走石，天昏地暗。但见横冈铁臂推抱，大关柱腿抵挡。横冈抓大关腰带猛拽，大关旋横冈急转。僵持不下，胶着未决。四面吼声大起，浓云滚滚。更有东瀛女尖声高叫，空气撕裂。霎时大关就势一拧，仅几十秒，横冈朝青龙回天乏力，扑地出圈。全场如梦方醒，掌声，笑声，赞叹声，势欲将馆场抬起……

原以为“胖子相搏”、“肉球打滚”，不过博人一笑，却未料调教得如此隆重，盛大，高雅，精致。整个将动与静，柔与刚，张与弛，笨与巧，风狂雨骤与水波不惊，武士霸气与绅士风度，体育与文艺，如此完美糅合。成为民族文化传承的载体，民族精神释放的方式，民族性格亮相的名片。

神话与传说中才可能出现的巨人，如今由相扑现身眼前，是否在让人享受“想象兑现”的心理愉悦？大而不当的肥胖与减肥潮流格格不入，相扑大力士却赢得众多东洋靓女的芳心，这是否也应了“男儿无丑相”的中国俗谚？

据说相扑源起于我国晋代，宋辽金元尤盛。《水浒传》即有“燕青智扑擎天柱”的描写。尔后东瀛落地生根，宫廷民间合流，竟成“国技”。日人既无被“同化”之虞，也缺被“异化”之忧，是怎样的一种襟怀，一种自信，一种“狡猾”？

是否“物不稀不为贵”？作为历史的先行者，遗产的富有者，中国穿过悠长坎坷的时空，期待新的飞跃，可不可以应不应该，也有这份认真，这份打造，这份气度，这份怀虚？对民族的“活态文化”，少些随意草率、漫不经心？比如体育中的龙舟竞渡、武林设擂、中式摔跤、散打竞技，可不可从形式到内容，更“民族”、更“文化”，更精美、更精彩一些呢？正如贵重的礼品，理该有相应精美的礼品盒匹配。

馆外日式彩幡仍在风中招展。我有一种初吃生鱼片时的神秘、新奇与新鲜，有一种怀抱“他山之石”的充实与欣喜。

2007年2月25日

三峡我师

“高山仰止，景行行止”，我恭学于三峡高师的门下，拜倒在三峡大师的脚前。

三峡是人师，文师，画师……

三峡是良师，严师，名师……

我师有博大的襟怀。容山容水容滩容崖容壑容谷容云容雾，容天容地容史容学容画容诗。洋洋大观，包孕万类。弟子接纳无论智愚文武雅俗，不分尊卑中外古今，有教无类，一视同仁。有她的言传身教，你可真正悟到“有容乃大”的真谛。

我师有崔嵬的高格。无私无畏，大智大勇，大道大德。“一江争划石”的险恶，“三朝三暮黄牛如故”的艰难，“拔地突兀摩苍穹”的高危，“高江急峡雷霆斗”的严峻，她都视若等闲，从容以对。独立不移，顶天立地，随物赋形，刚柔并济，具有崇尚自然的率真，浩荡东下不达目的誓不罢休的毅力。大禹取其胆魄，神女效其神韵，纤夫跟其脚步，船工具其精魂。这里，一切小恩小怨小悲小喜小得小失小计小较何足挂齿；这里唯有在这里，你方深知“一往无前”、“义无反顾”、“九死不悔”的意蕴。

我师有沸扬的激情。蓄势而发，昂扬澎湃，辟峡夺流，万古不衰。她化作激越不朽的诗页，谱成恢宏磅礴的乐章。“朝为行云，暮为行雨”的神奇，“轻舟已过万重山”的欢快，“江声呼岸走，山影压船来”的豪放，“乃知画非妄，却恨笔未精”的虔诚，都因为她而爆闪出灵感的电火，倾泻下情感的瀑泉。今日，当新的长城——中华民族又一历史里程碑横江而立指日可待，她那满腔激情则更加沸腾迸发高扬。

我师有渊博的学识。阅百代之风华，历万世之沧桑，汇百家之总类，集学问之大成。举凡经史文集，林牧茶橘，地矿水文，商旅战事，传说典故，稗言野史，无所不包。于是中外学子以朝圣者的身份纷纷慕名而至，膜拜顶礼，耳濡目染，满载而归；于是一切“浅尝辄止”、“颟顸自大”、“哗众取宠”、“井蛙观天”，都在她面前自惭形秽；于是可以窥探到“源远流长”、“博大精深”的深层内核。

嗟夫，三峡我师乐育英才功绩赫赫，默默奉献大名鼎鼎。屈原从这里走出，昭君从这里走出，纤夫、水手、船长从这里走出……

李杜欧苏向她奔来，郭沫若李四光向她奔来，当代夏禹李冰们列阵向她奔来……

叩谢造物主育我三峡师！叩谢历史请出三峡师！

叩谢时代迎来三峡师！叩谢三峡师给往昔当今未来以不尽的教诲和财富！

大哉伟哉快哉幸哉！可钦可敬可爱可亲可师可法的三峡师哟！

1997 年 9 月

三游洞古今闻名的奥秘

1989年，是三游洞正式命名一千一百七十周年。我眼前不禁浮现历代著名诗人纷纷前来踏访的场面：

公元768年，唐代大诗人杜甫涉足下牢溪，留下了“始知云雨峡，忽近下牢边”的诗句。距三游洞仅一步之遥；

公元819年，唐代大诗人白居易、元稹、白行简三人洞中留宿，题诗作序，惊叹“斯境胜绝，天地间能有几乎”，“三游”从此成为无名奇洞正式有名的缘由；

公元1037年，北宋大文学家欧阳修为宦夷陵，称三游洞为“难寻复易迷”的仙境；

公元1056年，北宋大文豪苏洵、苏轼、苏辙父子三人，同游古洞，赋诗纪胜；

公元1059—1064年，北宋大文学家黄庭坚六年中三游三游洞；

公元1170年，南宋大诗人陆游泉边煮茶，作文赋诗；

至于明清以来，文人骚客慕名而至者，更不可胜数。

一个小小的山洞，居然吸引了如此众多的名人大家，荣获他们的崇高赞誉，实为天下罕见。这个中的奥秘究竟何在呢？

有人说，这是由于三游洞——险。碧溪之上蓝天之下云雾之中，半空临虚。游人越怪石跨山泉攀藤萝爬小道，手脚并用，挥汗喘息，自可享受一种历险的乐趣。然而这答案似乎并不准确。随着葛洲坝的兴建，下牢溪的水位已上升了20多米，三游洞早失去了当年惊险的魅力。可游人为什么照样纷至沓来呢？

又有人说，这是由于三游洞——奇。入口如瓶颈，窄小漆黑，富有刺激性，游人们先爬入洞口，扪壁探步，伛偻摸行，而后豁然开朗，钟乳奇布，天钟地鼓，别有洞天……由此则可体味神秘幽深、变幻莫测的韵味。此说不无一定的道理，然而也未必尽然。因为为游人的安全便利，当年的小入洞口旁早已另辟大门通道。而三游洞依然游人如织，盛况空前呢？

又有人说，这是由于三游洞——得天独厚。峡内“层峦叠嶂”、“滩险浪急”与峡外“峡尽天开”、“山平水阔”的强烈外差，尽收眼底；悠悠古洞与巍巍大坝遥相呼应，构成内涵深邃、令人寻思的“今古奇观”。而景区内擂鼓台、至喜亭、山谷亭、观峡洞、古军垒、陆游泉、楚塞楼、摩崖石刻、书法碑林；再加上景区外的白马洞、龙泉洞、桃花村、昭君渡、下牢溪、仙女洞等，正形成让游人目不暇接流连忘返的景点群。然而，这未必就是三游洞奥秘的全部答案。

又有人说，这是由于三游洞——得地独厚。三峡之口，长江之滨，宜昌市郊，交通四达，“水陆空”并进，店铺云集，不同于偏乡僻野，路途艰难耗时费力。

又有人说，这是由于三游洞——得人独厚。有幸得遇伯乐白氏，超世纪广告，大手笔领衔。引得历代墨客纷纷慕名而来，相互感染，竞相唱和，赋予三游洞以情景、人格、美学、哲学底蕴，形成强大文化氛围，有如强大的气场，让人如醉如痴，驻足流连。

又有人说，这是由于三游洞——得时独厚。适逢盛世，古洞生辉。百姓的丰裕，社会的稳定，人心的舒畅，使得旅游提上人们的日程。饥寒线上挣扎者，哪来乐山乐水的条件与雅兴呢？三游洞有如晴雨表，量出时代的阴晴。

上述诸说法，都有其道理。然而只有综合上述诸说，才是三游洞古今饮誉、闻名遐迩长盛不衰的奥秘之所在。

三游洞，古——不及北京猿人周口店；大——不及鄂西利川腾龙洞；美——不如桂林芦笛岩；奇——不如贵州龙宫……如果单以古、大、美、奇的单一标准评价三游洞，似乎都有美中不足自愧弗如之感。然而天下事并不如此简单，人们的旅游动机也并不如此单一。我们不是常听说某某名胜“没有什么可看的”吗？那意思是说，那地方缺乏典故，讲不出道道，缺少可品味、回味之处。人们的旅游需求其实是多方面的，不管旅游者是否意识到这一点。人们观赏美景，一想“知其然”，二想“知其所以然”。总希望既能“见所未见”，又能“闻所未闻”；总希望由赏景进而到了解历史掌故、名人遗踪、传说轶事、诗文碑题之类，以获取历史的、地理的、文学的、艺术的、哲理的、宗教的多方面教益。在悦目、悦耳、娱身、娱心的同时，增长见识开阔视野，获得多方面的满足。唯有这样，才可能尽兴而来满载而归，归而回味无穷，有着挂入的愉悦感与充实感。何况素养愈高的人，这方面的需求也愈高——三游洞正是在这方面具有独特的“全能优势”，具有高品位的“整体效应”。

三游洞聚山、水、峡、洞，云、树、花、鸟，亭、台、楼、阁，垒、廊、碑、刻于一处；集雄奇、秀美、险峻、曲折、平阔、新奇于一身；汇史学、文学、美学、哲学于一体。林林总总兼容并蓄，其价值已远突破天然石洞本身，而成为名不虚传的文物馆所，艺术殿堂，高等学府。

“内行人看门道，外行人看热闹”，要读懂大自然这部大书确非易事，这就需要求助于老师，求助于导游，而水平最高者，又莫过于历代名流。诗人授我以慧眼，以妙笔，教我去领略、欣赏、品味、享受那精彩纷呈韵味无穷的自然美景人文景观，因而编辑出版一本有关三游洞诗文的书，盛邀历代名流穿越历史长廊屈尊前来为我辈作特级导游，以逐步告别“看热闹”的水平而进入“看门道”的观赏境界。这也许就是本书的编辑的用意。

1990 年 10 月

（本文为《三游洞诗文选》序言）

气象峥嵘　云水交响

——题《新三峡长卷》

三峡者，独步宇内天地造化之山水长卷也。

读李白《观元丹丘坐巫山屏风》，可知三峡入卷已行于唐；而宋赵黻《江山万里图卷》，明周臣《长江万里图》，近代张大千《长江万里图卷》、吴冠中油画《长江万里图》，已入画史典籍；处三峡怀抱宜昌的汪国新、畲代科、胡先裕、刘家信、周德聪辈呈献的三峡绘画、摄影、书法长卷，则成为当今美坛盛事。如今年近耄耋的黄红彻先生，又以二十米《新三峡长卷》巨献，是三峡又一艺界美谈！登门拜赏黄老大卷，气象峥嵘大峡谷顿时陡现斗室：云水交响，时空交汇，古今交融，刚柔交合。数尺展自然之胜，管毫现人文之奇。移步揽粹，一开襟怀。先生早年受业名师吴章彩，晚年师从王丕凡，有扎实的基本功，有熟练的山水技法，更有八十载的人生历练。你也许稍感画面过“实”，着色稍重，但作为一种风格，自有其优势与特色。出自一位多年未操画笔抱疴于身的长者，不能不感佩其魄力、毅力与壮心！红彻先生毕生从事育人大业，平生好干挑战性的工作，无论讲坛、校办企业，都激情似火，干必有成。于颐养天年之时重操旧业，以一千多个日日夜夜，呕心沥血，终了却三峡一段情缘。

“横空初试史超前，高峡平湖现眼边，但愿无忧更无恙，巫山神女总开颜。”世纪老人李锐的诗心道我声心。

我恭祝红彻先生如三峡常青永年！

2003 年 6 月 7 日

扬三峡风采　创三峡画派

——三峡画院展览中心开馆献辞

长江之滨，三峡之门，蹈改革之潮，沐开放之风，三峡画院终于世纪之交应运而生！

三峡画院得三峡之独厚，享宜昌之“宜昌”！

三峡画院以楚人“筚路蓝缕”之开拓精神，在八方有识之士的鼎力支持下，终于建成这丹青宝库，艺术殿堂，成为三峡画家之家，荆楚画家之家，华夏画家之家，四海画家之家！

三峡画院以“扬三峡风采，创三峡画派”为己任，以此作为几代人矢志追求的目标与境界，全体画家上下求索的实践与理论课题！

三峡画院永尊三峡师，永读三峡卷，永结三峡缘！

三峡画院将三峡源远流长、博大精深、外美内秀之灵气，吸之于胸，融之于血，吐之于画！

“天意君须会，人间要好诗”。

华夏呼唤诗人的画，画家的诗，如三峡群峰竞秀，如三峡雪涛争流！

2002 年 10 月

三峡的好摄之徒

——“三峡摄影展”前言

感谢造化，赐我以“三峡”福地；叩谢先人，赠我以“宜昌”美名。

宜昌——宜城宜乡，宜游宜居；昌隆昌盛，昌荣昌明。

三峡捧出宜昌市，世界崛起水电城；巴楚倾倒古今客，夷陵迎来中外宾。

摄影乃城市档案，地方索引，旅游节目单，迎宾欢迎辞。

三峡宜昌“好摄之徒”，慧眼识世界电都，情爱献三峡明珠。放情大自然，聚焦美宜昌。俯瞰仰拍，正侧远近，尺幅映大千，瞬间聚永恒。关注生存状态，发布绿色宣言。见证时代，折射历史，阐释现实，读解未来，鉴照民风，定格时空。或大气磅礴，或纤巧清丽；或淡写轻描，或重彩浓墨；或激情似火，或柔情若水；或传统古典，或现代前卫；或信手拈来，呈神来之笔；或匠心独运，或呕心之作。巨大信息量，强大震撼力。其作，堪称文明载体，历史容器；其人，实为美的大使，诗之画师！

嗟呼，三峡我父，宜昌我母。摄影之道在“捕风捉影”，“摄魂夺魄”。我辈当“捕”三峡之风、“捉”宜昌之影，“夺”艺术之魄、“摄”时代之魂。

唯愿同道不断以艺术的执着汲取超越，拒绝重复，远离定势；摆脱“摆布”痕迹，力避“趋同”效应。孜孜于原创性开拓，以臻于多元多彩、和而不同、刚柔相济、虚实互渗、主客融汇、天人合一的艺术至境。

2001年9月22日

三峡风云塔赋

伟乎高哉！何方一柱，矗三峡之境，耸夷陵之巅？披新纪曙光，受世人注目！美兮靓也，哪界超人，挺凛凛之干，捧熠熠之珠？日观如玉莲待放，夜瞻似吉星高悬！

友人告我曰：此乃三峡风云塔也！于公元2000年终得以拔地摩空出世！凡十五层，七十八米高，海拔二百零八米。从此三峡明珠又添明珠一颗，世界电都又增丰碑一座！

三峡风云塔，继张衡之观象，应孔明之借风；跻科技之先列，立华夏之前茅。广揽江汉沮漳风云，博采鄂湘渝陕信息。破译天公密码，解读无字天书。电子波，全天候搜寻九霄不计秋冬春夏；多普勒，全方位运筹帷幄兼顾南北西东。荧屏闪烁，织恢恢天网，令风神云君乖乖就范；电脑飞旋，下赫赫圣旨，命雷公河伯俯首称臣。高瞻远瞩，九州凉热贮胸臆；深思熟虑，万家忧乐系心头。重“气”“节”，热浪寒流无所惧；蔑邪恶，天妖地煞若等闲。实话实说，风声雨声声声入耳；报喜报忧，天下事天上事事事关情！迫“翻手为云覆手为雨”有所顾忌；让“天有不测风云”难于恣行。直而不阿，养凌霄正气；高而不傲，知天外有天！三峡风云塔，乃我气象英才之塑像也，凝我三峡卫士之精魂！

三峡风云塔，与天然塔、镇江阁、楚塞楼，延颈相望；与滨江公园、东山陵园、夷陵广场、五一广场，比邻相连。登斯楼也，峡尽天开山平水阔，星垂平野月涌大江！霞染大坝工地如画，夕照船闸游客如云！登斯楼也，长坂鼓角声犹在耳；连营火光历历在目！元白三游洞、陆游品茗泉，似隐还现；葛洪炼丹处、郭璞尔雅台，依稀可寻。登斯楼也，诵屈原之《天问》，吟宋玉之《神女》，默欧公《求雨》祭辞，读杨氏《水经》注疏，能不血涨十丈、情涌百叠、心激千浪、感慨万端乎！

噫！江山俊美，人物风流！科教兴市，天人合一。风云塔风云际会，气象台气象万千！三峡风云塔是预言家，天天接受实践检验；是真公仆，时时经受百姓监督。三峡风云塔是记程碑，镌刻改革开放足迹；是青史笔，录记实干巧干史实！谢先辈赐我夷陵胜迹、宜昌美誉，我辈倍当以屈子“九死不悔”之气概、楚人“筚路蓝缕”之精神，为这天宜地昌，理宜昌达之一方宝地，再竖丰碑，续写华章！

2000年8月

三峡刻石记

西陵峡中，陡沱崖边，两屏夹缝，一壁耸天，是谓石门。画家聚首于20世纪末，仿佛就缘寻觅此方石壁；石壁静守亿斯万年，似乎专待结识今日画师。1994年春，由画院大家动议，南国牵线，海外解囊；方家精心设计，高手俱呈佳作；宜昌同人，察访选址；凿师石匠，倾心雕刻。千古一绝，世界华人画家三峡石刻终得以问世。

首批凡二百六十件，集一流书、画、诗、文于一壁。摩崖巨幅，展时代风采，硕大印方，创新吉尼斯纪录。画刻或质朴浑厚，或空灵隽永，或流丽纤巧，或凝重古拙；篆刻阴阳凹凸，篆隶行草，奔雷走电，龙盘虎踞。为民族优秀文化传统之弘扬，为一代画师杰作之传世，为三峡胜地人文景观之增添，做不可磨灭之贡献。

三峡刻石，古与三游洞、黄陵庙相望，今同葛洲坝、三峡大坝为邻。立石门，远眺峡山涛涌，近观画壁辉生，俯瞰长江似蟒，仰瞻叠峰若林，能不神通万里，思接千载，醉倒于这天设地造、珠联璧合的画中画，诗中诗，景中景！

昔人云："文章乃经国之大业，不朽之盛事。"三峡刻石是无声史诗，巨型档案，锦绣文章，永恒之杰作。愿代代相传，锲而不舍，营之造之，呵之护之，以蔚成三峡之"大足"，后世之"龙门"。

1996年4月12日

（本记为西陵峡石门《世界华人画家三峡石刻》崖壁石刻）

三峡奇石的殿堂

——“三峡奇石展”前言

瑰宝云集，珍奇聚会，精品满座，佳构咸至。三峡奇石馆是三峡奇石的殿堂！三峡奇石展是三峡石坛之盛事！

三峡奇石，历亿斯万年撞击熔压之沧桑，经青藏云川千山万谷之迁徙，受长江、清江、沮漳、黄柏之挟带，逢石迷、石痴、石家、石富之知音，终于被请入雅室、宾馆、会堂、展厅，令游人叫绝、方家倾倒、媒体青睐，四海折服，三峡奇石终成为巴楚文化的一大景观！

大道自然，神功造化；石道千秋，石缘万古！三峡奇石吸三峡峰、滩、洞、壑之灵气，受神女、大禹、屈子、欧公之熏陶；听宇宙万象之昭示，摄林林大千之缩影。仪态万方，兴味无穷！三峡奇石乃中华奇石中的一座宝库！

石乃灵物，有情有性，可听可语，耐读耐吟；可亲可敬，足慰足欣！人为石友，石为人师；石品人品，天人合一！有道是：仁者乐山，智者乐水。仁者智者寿者皆乐石！

愿三峡奇石石艺、石品、石韵、石趣更富；

愿三峡奇石石文、石谱、石学、石经更丰！

2000年10月8日

紫阳龙洞记

紫阳河畔，南津关边；紫阳高照，龙洞生烟。傍城而远尘嚣，处乡而入画卷。王篆故里，夷陵佳境。名扬及遐迩，声蜚自康乾……

癸未仲春，雨后初霁。偕文友三五，乘兴前来。踏石阶，钻林莽；吸清氧，饮醇泉。赏珍奇，探名洞，寻古迹，访天宫。

但见龙山叠翠，龙沟贮宝，龙泉泄玉，龙岩叠片。蟒藤缠林，若群龙聚首；榔栾耸刺，似顽敌当前。龙洞内，举目皆奇，俯仰皆景；幻幻真真，特特怪怪。

明刻石像健在，铁笔文章犹传。老妪争讲古事，后生缅思前贤。拨草寻断碑，叹岁月之沧桑；座上拜观音，数“文革”之罪孽。

或碧波弄影，或危崖攀援；或品吟滩碑，或俯照碧潭。抚石鳄以留照，面寿龟与倾谈。登亭四望，爽风拂面；山岚云气，拥我为仙。

千年山楂蔽日，百丈石板天然。幼鹿出没，锦鸡啼鸣。倦躁尽而神怡心旷，烦忧亡而真归璞返。念山川之恒稳兮，感今古之嬗变；效智者而恋水兮，追仁者以乐山；觉人生之处世兮，唯宁静而致远。

昔人云：紫气，祥瑞之气也；紫阳，吉祥之名也。于是顿然大悟：今日紫阳为客，采天运之气，沾地缘之光，接人杰之灵，能不祥瑞乎？

是为记。

2003 年 4 月 26 日

（本记为紫阳龙洞碑刻）

夷陵楼赋

峡州故地，西楚新区，有楼翼然，号曰夷陵。踞闹市而出尘嚣，连荆襄而引川渝。柱正基牢，肃毅之仪落落；廊回厅阔，海纳之襟泱泱。凌空却不蹈虚，超凡而能孚众。

地灵仰人杰，楼崇倚文重。昔欧公谪贬夷陵，安民教化，革旧布新，口碑代代，华章篇篇；更有诗仙诗圣诸大家巨子，跨代聚首于兹，此乃历史之佳话，乡邦之殊荣！政要名流，莘莘学子，芸芸众生，进谒学范思齐，实为天赐机缘，一方福祉也！

而叟妪童稚，同窗同仁，骚客墨友，情侣知音，登楼眺黄牛古峡，观西陵新坝；醉稻香醇醴，品佳茗清馨；听郎姐俚曲，赏指书趣诗；率性泼彩，激情寄慨；引吭高歌，捕风留影。此等快事，能得几回耶？

予登斯楼，观白云苍狗，思盈虚消长之律；阅沧海桑田，探盛衰成败之由。然则眼前锦绣，大块文章，显夷陵儿女伟力，无可限量。此等盛事，能不歌之赋之乎？

噫！皇天后土，钟我夷陵。夷陵一楼，宜昌一志！

祈后来者薪火相传，斯文益彰，以期比肩黄鹤，牵手岳阳，并美滕王也。

2011 年 6 月 8 日

（本记为夷陵楼石刻）

附　录

百炼千锤美赋成

程建学

符号师行将北上京华，文坛诸友十余人邀约于点军农家饭庄，倩葱茏以佐酒，借山水以壮行，小雨方晴，暑气未炽；山光岚影，养眼润心。众或坐或立，亦侃亦观；驰神纵意，一派怡然。符号老师忽分数纸于众曰："好景佳会，殊为难得，今有一文未妥，愿借诸君一筹。"

因某种机缘，我闻知夷陵区夷陵楼告竣，诚请符师为之作赋，历时也久，且已数易其稿。汪洋恣肆已成规行矩步；锋芒棱角磨得圆润光滑。今欲更上层楼者必是其文。询之果然。众皆以先睹为快。

有人朗声诵之，"峡州故郡，西楚新区，有楼翼然，号曰夷陵……""好！"首段毕而赞声起，评曰："开篇叙地述楼，简洁有序，'踞闹市而出尘嚣，连荆襄而引川渝'句出彩，四动词勾勒出夷陵楼超凡脱俗，气象宏大之状。'肃毅之仪，海纳之襟'，则赋楼以人格，寄意于深远。人之与楼，浑然一体，尤妙。"

开篇气势夺人，继必引人入胜，复请再诵。至"跨代聚首于兹"句，大家又啧啧称赞，说："行文至此，若笔墨稍纵，没三五百字拢不来灿若星河之巨子名家。符师以六字束之，将时空转换，唤诸子聚首。言简意赅，所谓惜字如金者于此见之。"

休云尽美，尚有微疵。品读至"登楼眺黄牛之峡，观西陵之坝，醉稻香之醴，品佳茗之馨"处，有人批评："连用四'之'字，句式平淡呆滞，莫若以形容词替之。如'古峡'、'新坝'、'醇醴'、'清馨'。"换易四字，便觉灵动十分，符师连声称好，道是：真一字师也。众友亦乐为美赋润色，纷纷再寻瑕处。

读至"祈后来者薪火相传，营造呵护，以蔚成荆楚名楼，三峡古楼，神州美楼也"，张泽勇先生道："三楼排比稍嫌别扭。"冯汉斌先生说："营造呵护亦过现代。"

符师忙说："请各位再酌再酌。"沉思有顷，张勇先生道："改为比肩黄鹤，牵手岳阳，并美滕王如何？"众人叫好："较原句胜，以谦和之语道出比美名楼之意。"符公说妙！正合一稿之初衷。

若道前句是信手拈来，便成佳构，而"营造呵护"四字之替，则是踏破铁鞋、苦无觅处。有人提"斯文重光"，驳难者说："'斯文'可留，'重光'不妥。以祈来者重光，岂非要斯文扫地，再遭厄运?现在斯文渐兴，应寄望于更加光大矣。""斯文大张？""不好！""斯文永光？""不好！"数提数否，一时"斯文"满地也，真难为了大家，看周遭，男士俱拈须欲断，女士则蹙损春山。及至暮云四合，酒阑人散，斯文依然悬案。

夜深欲寝，符师短信至，"斯文永彰？"复曰："犹觉未妥帖。"短信又至："斯文益彰？"四字浑成，复信贺之："妥也，妥也。"

今喜见美赋刊出，不禁生出许多赞叹，一赞符师之风：致仕太守而平易近人；文章大家却虚怀若谷。推心置腹，为人务求真诚；千锤百炼，为文必臻精当，真晚生后进之典范也。二赞符师之赋：短小精练，言近旨远且歌且颂，亦慨亦慷。深得范公之神韵，实为当世之佳章。三赞文友雅兴：变饯行之小聚，成研讨之胜会。吹毛求疵，俱是推诚相见；精雕细琢，方乃择善而从。真得陶令"奇文共欣赏，疑义相与析"之髓。文人之行谊今有若是乎？故不嫌芜蔓，记录在兹，留存文坛一段佳话。

代跋：我的散文观

梳理一下自己对于散文个性化的阅读，应该说是一件很有兴味的事。

新中国成立前上小学背《国文》课本里朱自清的《匆匆》："燕子去了，有再来的时候；杨柳枯了，有再青的时候；桃花谢了，有再开的时候"、"洗手的时候，日子从水盆里过去；吃饭的时候，日子从饭碗里过去；默默时，便从凝然的双眼前过去"、"过去的日子如轻烟，被微风吹散了，如薄雾，被初阳蒸融了"……如同黑夜里八十岁的老祖母教我背《正气歌》(说可以避鬼)，是一样渗入骨子里管一辈子的东西。

一直认定散文是中国文学的源头。哲学家不以散文为目标，然而孟子文字的雄健气势，养浩然之气；庄子文字的汪洋恣肆，富想象力，皆为我视为古代散文的经典。史书写得好的，也是极好的散文，司马迁是一座高峰。他的列传、《报任少卿书》，是值得终身吟诵的上品。还不能不感激乾隆年间山阴教馆里那两位普通的塾师吴氏叔侄——两位独具慧眼的大选家，为我们精心选编了《古文观止》，经四百年的历史筛选至今长盛而不衰。曾数点过《古文观止》里的篇目，发现选得最多的是韩文十七篇，这就不奇怪毛泽东在湖南第一师范诵读韩文连室友都听熟了。其次是欧、苏各十一篇，柳文八篇，皆散文大家之作。柳的《捕蛇者说》、《童区寄传》、《种树郭橐驼传》，写底层平民的遭际，对我一生的影响不可小觑。而作为《古文观止》的压卷之作张溥的《五人墓碑记》——一篇叙写平民义士让人血涌肠热的文章，同样是耐人咀嚼品味的。

天性喜爱"白露横江水光接天，纵一苇之所如，凌万顷之茫然"的画面，"空游无所依，日光下彻，影布石上，佁然不动；俶尔远逝，往来翕忽"透明的小鱼以及承天寺夜那"如积水空明，藻荇交横，盖竹柏影"的溶溶月色，那是我的另一种阅读取向。

20世纪八九十年代，吕志青打北京上鲁迅文学班寄给我一套三袁的散文集，至今铭感在心。公安派抒写性灵的笔墨，率尔不拘，具清幽之趣；不哗众，不奇诡，常情动人，令我心醉！

人生后半段，感觉读长篇费时、读晦诗败兴、读报告（广告）文学反胃时，在阅读有关思想、哲理类文字之外，就只剩下读好散文了。然而全由着性子来，私下制造些不成文的尺度，既与作者本人的实绩无关，也同别的阅读者的好恶无涉。正如看人，别人说好我未必就觉好，别人说不好如果我直觉好，就依然认定为好，只是不一定公开宣称而已。强求阅读上的“一律”，如同要求舆论上的“一律”，是一样荒唐的。

年轻时读巴金小说前的序言，总激动不已。写给读者的一封封信，在我心中是一封封情意绵绵的情书。至于晚年风格大变的《随想录》，其历史的开拓性，恰如梅兰芳之于京剧、侯宝林之于相声，是有目共睹毋庸置疑的。《随想录》比具强烈震撼力的韦君宜《思痛录》早了近二十年，巴老是说真话的前驱。高僧只说平常话，从灵魂深处流淌的文字，乃人间的精品。而“文革”后一系列回忆性深沉厚重的散文，烙下历史年轮，可谓散文中新兴的旺族。如杨绛的《干校六记》、季羡林的《牛棚杂忆》、新凤霞的回忆录，以及肖乾、吴祖光、黄苗子的文章，都是参透人生、洞明练达、率真平易、返璞归真的好散文。晚年能写出“雨后的青山像洗过的良心”这样句子的冰心，为我所仰视。

杨绛步入耄耋之年的《走到人生边上》那些“胡思乱想”，令我忍俊不禁：她寻思上天堂该穿什么衣服为好，“如果是现在这副面貌，钟书、圆圆会认得，可是我爸爸妈妈肯定不认得了……爸爸和我分别时，我只有三十三岁，爸爸会诧异说：‘阿季老成这副模样，爸爸都要叫你娘了！’……就是带着十五六岁的形态面貌上天，爸爸妈妈当然喜欢，可是钟书、圆圆都不会认得，都不肯认，钟书决不把这个清秀的小姑娘当作老伴；圆圆也只会把我看作她的女儿……”“胡思乱想”——奇思妙想！杨绛式的睿智、韧性、豁达、淡雅，真如洁玉一方！加上对历史反思的从容、冷静、幽默，一扫拿架势、摆面孔的作派，几入化境！连同张中行、金克木等学者型散文，真而朴，淡而醇，正是心灵的一面面镜子，照我内里。

也许同自己的经历有关，对悲情散文我情有独钟。时下流行所谓“悦读”一说，如果是指阅读中、阅读后心灵满足与愉悦，那是可以认同的；

如果指专写轻松、愉快的内容，以为是文章的正宗，则私下并不以为然。阅读中的忧伤、愤怒，与阅读后心灵的满足后的愉悦，并不是一回事。忧患、酸楚、隐痛、遗憾，令我常心潮起伏。然而过于沉重又让人透不过气来。于是喜欢史铁生那灵魂的袒现，他说："文学更要紧的是生命感受的交流，是对存在状态的察看，是哀或美的观赏，是求一条生路似的期待迷途的携手或孤寂的摆脱。"不做死板面孔的训导者、高居于上的思悟者、争胜好强的辩论者，坦诚慧达，平易精辟，亲切凝重，深远素朴，喻理示情，寄寓哲思，他把写作当作人生的一种方式，是当代散文内涵的成功开掘者。他的人生历练、生命歌吟，令我想到贝多芬的《命运交响曲》。

"品佳作可以拍案"，是我生活享受的一种。读金敬迈的《七秩试啼》、李南央的《我有这样一个母亲》、龙应台的《谁不是母亲》、戴某的《我的四个父亲》一类真情血性文章，想起来就让人感慨不已。不久前田晖东将他忆母亲的文章传给我，令我唏嘘，触到我多年不忍触及的情感禁区。

散文中的重要分支是乡土散文。同乡泰斗沈从文是我心目中的"乡土散文之父"，孙犁、贾平凹等则属于同一个门派。孙犁散文的难于临摩，无法重复，是真正的"这一个"。而贾将耳闻目睹一揽笔底，妙笔点睛，化龙飞舞，不能不归功于他的机敏与渊博。贾文风韵深藏，有着强烈的主观感觉色彩。丰富的民间文化元素，儒佛道依的禅思哲理，富有启迪性的语言旋律，如水如石如兰如梅的文字，轻灵而细腻，平实而从容。他写道："出游踏无名山水，省却门票，不看人亦不被人看。脚往哪儿，路往哪儿，喜瞧巉岩勾心斗角，倾听风前鸟叫声硬。云在山头登上山头云却更远了，遂吸清新空气，意尽而归。归来自有文章作，不会与他人同。""读闲杂书，不必规矩，坐也可，站也可，卧也可。偶向墙根，水蚀斑驳，瞥一点而逮形象，即与书中人、物合，愈看愈肖。或听室外黄鹂，莺莺恰恰能辨鸟语……"读这样的篇什，与读《归去来兮辞》、读《赤壁赋》何异！意境上升到中国文化的高度，贾应是当代作家中哲学素养最高的一位。读他的《商雒山记》系列，读《丑石》、《月迹》、《辞宴书》，读写前"妇人"的那些篇章，以为其散文成就，当在小说之上，堪为当今散文大师。

一方山水养一方人，一方山水也养一方文。地处三峡巴楚交汇之地的宜昌，也是乡土散文的沃土。作家林立，"写绩"卓然，可以随手开出一长串散文作者的名单。明显的地域乡土人文气息，传统与现代的融合，浮躁的现实中读者自可寻到一方宁静的净土，心灵有所皈依……甘茂华写龙船调的故乡、格子寨；李华章记千年老屋，缠人的乡情；张泽勇的《资丘小记》长阳系列；韩永强的《母亲》归州系列；温新阶的乡村影像；周立荣文作为农家子所释放出那种伤感，都令我感动。

年青时读屠格涅夫的《猎人笔记》，那广阔的草原、长着谷物的田野、白桦树散发着的馨香、珍禽异兽出没于广袤的森林……是抒情诗式的俄罗斯风景描摩大师，堪与风景油画大师列维坦媲美。我是把许多小说当散文来读的，鲁迅的《故乡》、《社戏》，沈从文的《月下》、《边城》，杨绛的《洗澡》，高行健的《灵山》，都是当散文来读的。

昆德拉说："一部小说就是以带有虚构人物的游戏为基础的长篇综合性散文。"昆氏"提前"帮高行健回敬了"不像小说"的责难。《灵山》的确与时下"正统"的小说大异其趣，是孤独者的心灵倾诉，万般无奈下的灵魂挣扎，寻求解脱而不可得的挣脱式叙说。在无人可与言说的年代，最后只剩下了"自说自话"。"说者"、"听者"，"你"、"我"、"他"，全是一人。变换着人称倾诉，到头来仍是"独语"！我将全书连读了两遍，无法释怀。主人公行走于我们身边的归州、神龙架木魚镇、松柏镇，是很有意味的游记。

第一次接触称了多少年"资本家的乏走狗"的梁实秋的《雅舍小品》，几乎把我惊呆。他的那种豁然、坦荡、平和、率性、超然、幽默、古朴、凝练，是我几十年来所没有见过的。读罢你未必会哈哈大笑，会心的笑却不请自来。从不用尖酸刻薄的词语，更不破口大骂，顶多也就无可奈何地苦涩地笑笑，作醉翁之意式的发挥，不愠不火，温柔敦厚，中庸平和，其绅士风度与涵养触手可及。台湾作家不少皆有此风，比如右手写诗、左手写散文的余光中，深情款款的笔触下，思维放纵，辞采飞扬，举重若轻，洋洋洒洒，机智闪烁，情趣高雅，文笔鲜活，典雅出锋，与"文革"式的语言暴力、矫情的图解文章，岂可以道里计！

还折服于"龙旋风"龙应台的高格锐利，情理俱佳，桀骜柔情，不倨不媚，不亢不卑，与弱女子的形象、未必靓丽的外表，形成强烈反差。可惜她的不少文章，当年为台湾、今日为大陆所不容。文友杨学武曾送我一套李敖文集，读了不少，并未达到我预期的希望值。李文过于直露，文采略输，有时粗口詈骂，格调欠高。主持凤凰台节目两年，进一步败坏了我心中的李敖形象。

初读余秋雨的《抱愧山西》、《东坡突围》，曾给过我震惊，其视野之阔大，行文之厚重，给人醍醐灌顶、茅塞顿开的感觉，不能不折服于他的视角与为文；但到后期的《行者无疆》，则明显感到卖弄与做作，让人“审美疲劳”。为什么写文章也要“摆阔”呢？到后来夸老婆，为“致仕”的常识性错误强词夺理的辩解，则以为是个过于洁身自好而又名不副实的“洁癖”了。

李存葆的不少散文令我击节，忧乐情怀，入世气度，精粹语言，凝重风格。但并不欣赏获鲁迅文学奖的散文集《大河遗梦》，虽有黄钟大吕式的制作，却过于铺排、罗列、堆砌，囊括太多，“全景”式模式，雕琢过重，骈散无节制，成了散文中的“大赋”，不应是散文的常态。

女作家中的散文我比较喜欢张抗抗，雅韵兼容，情理辉映。对人生是智性的思考，对社会有文明的批判，在自然山水中蕴含深厚的人文关怀，是位值得尊敬的精神家园守护者。

徐迟的散文，拟古不泥古，鉴洋而化洋，不时溅出些中西文化撞击的火花，为他人所难于效仿；碧野同其笔名一样，其散文则过于华丽；齐克的《金色的长江》，过于理想主义，他晚年的怨愤与失望，恐与此不无关系。

读刘白羽散文，豪而且大且虚，好“代表”大家抒情。窃以为最好不必动辄代表，老以替大家抒情为己任。如果你抒发个人的情，恰与大家相应和产生谐振，那么也就是大家的了，何必“自告奋勇”“责无旁贷”以此自诩呢？杨朔的诗情画意与主观营造的混合；秦牧“文革”前散文的知识探奇与平和表达，都成为典型“范式”，陷入怪圈。后期的秦牧，同后期的袁鹰一样，无论写作的内容与风格都大变，是大彻大悟后的易弦更张。

大、中学语文教本中曾有大量程式概念化的散文入选，对束缚学生思维、培育新八股模式“功不可没”。如同不喜欢节日晚会那些春风过耳、转身即忘的应景歌、大歌、“空头歌”，现如今走俏的那些精神平庸、内涵苍白、趋时应景的文字，与不停鼓吹匍匐、仰视，敬祝、万谢之类，是一样令人“腻味”的。

需要说明的是我的阅读评价都是纯个人化的，我不大以是否获奖、以某某某的推重为尺度。阅读上好“跟着感觉走”，特别看重直觉。积数十年之正反阅历，发现最初的原始印象、第一判断，倒常常是最准确、最经得起实践检验的。这种判断，不必求诸他人的认同，当然他人要影响我也非易事。这是一种固执，一种倔强，也未必不是一种自信。因为都基于我的散文观。

2010年5月20日